Terry Goodkind
Die Günstlinge der Unterwelt

Buch

Nachdem Richard Cypher seinen teuflischen Stiefvater Darken Rahl zum zweiten Mal besiegt und den Schleier zur Unterwelt verschlossen hat, will er als neuer Herrscher Rahl der Welt den Frieden bringen. Von allen Völkern der Midlands verlangt er eine Entscheidung darüber, ob sie sich unter sein Regime oder unter die Herrschaft der Imperialen Ordnung stellen wollen, deren gewaltige Militärmaschinerie nach dem Fall der Großen Barriere das Land überzieht. Doch die Imperiale Ordnung ist nicht der einzige Gegner für Richard und seine große Liebe Kahlan. Der Lebensborn aus dem Schoß der Kirche, eine inquisitorische Organisation, verunsichert die Menschen mit Gesinnungsterror. Ihr Anführer will alle Magie ausmerzen ...

»Ich kann mich nicht erinnern, jemals eine so großartige Fantasy gelesen zu haben. Terry Goodkind ist der wahre Erbe von J. R. R. Tolkien.«
Marion Zimmer Bradley

Autor

Mit dem *Schwert der Wahrheit* legt Terry Goodkind eine Fantasy-Saga vor, die mit Witz und Spannung, Phantasie und Wirklichkeitsnähe neue Maßstäbe in diesem Genre setzt. Terry Goodkind ist einer der neuen Superstars der Fantasy. Er lebt in Mount Desert, Maine.

Terry Goodkind im Goldmann Verlag

Das Schwert der Wahrheit 1:
Das Gesetz der Magie (24614)
Das Schwert der Wahrheit 2:
Der Schatten des Magiers (24658)
Das Schwert der Wahrheit 3:
Die Schwestern des Lichts (24659)
Das Schwert der Wahrheit 4:
Der Palast des Propheten (24660)
Das Schwert der Wahrheit 5:
Die Günstlinge der Unterwelt (24661)

In Kürze erscheint:

Das Schwert der Wahrheit 6:
Die Dämonen des Gestern (24662)

Weitere Bände in Vorbereitung.

TERRY GOODKIND
DIE GÜNSTLINGE DER UNTERWELT

Aus dem Amerikanischen
von Caspar Holz

GOLDMANN

Die amerikanische Originalausgabe erschien 1996
unter dem Titel »Blood of the Fold« (Chapters 1–25)
bei Tor Books, New York

Umwelthinweis:
Alle bedruckten Materialien dieses Taschenbuches
sind chlorfrei und umweltschonend.
Das Papier enthält Recycling-Anteile

Der Goldmann Verlag
ist ein Unternehmen der Verlagsgruppe Bertelsmann

Deutsche Erstveröffentlichung 12/97
Copyright © der Originalausgabe 1996 by Terry Goodkind
All rights reserved.
Copyright © der deutschsprachigen Ausgabe 1997
by Wilhelm Goldmann Verlag, München
Published in agreement with Baror International, Inc.,
Bedford Hills, New York, USA,
in association with Scovil Chichak Galen Literary Agency.
Umschlaggestaltung: Design Team München
Umschlagillustration: AKG, Berlin
Satz: deutsch-türkischer fotosatz, Berlin
Druck: Graphischer Großbetrieb Pößneck
Verlagsnummer: 24661
Redaktion: Andreas Helweg
V. B. Herstellung: Peter Papenbrok
Printed in Germany
ISBN 3-442-24661-X

3 5 7 9 10 8 6 4 2

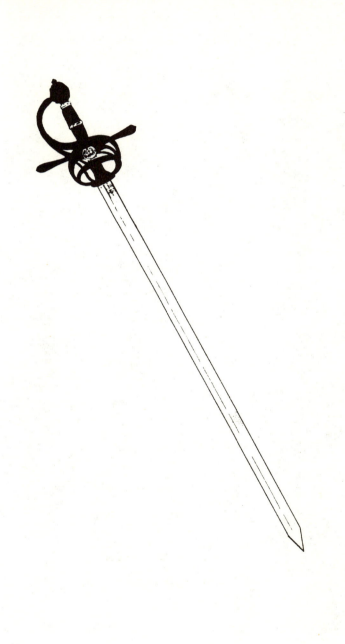

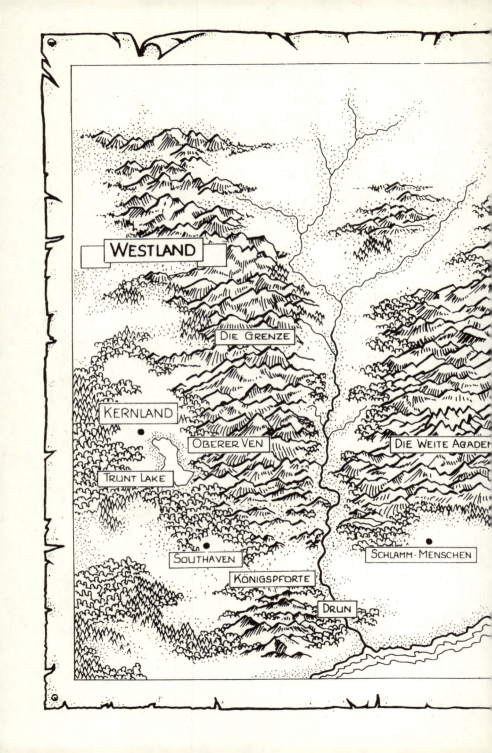

1. Kapitel

Die sechs Frauen wachten plötzlich auf, alle im selben Augenblick, während ihre Schreie noch durch die enge Offizierskabine nachhallten. In der Dunkelheit hörte Schwester Ulicia, wie die anderen japsend nach Luft schnappten. Sie schluckte, um ihr eigenes Keuchen zu beruhigen, und zuckte zusammen, als sie den Schmerz in ihrer wunden Kehle spürte. Sie fühlte die Feuchtigkeit auf ihren Lidern, ihre Lippen aber waren so trocken, daß sie, aus Angst, sie könnten reißen und zu bluten anfangen, mit der Zunge darüberfuhr.

Jemand hämmerte gegen die Tür. Die Rufe drangen nur als dumpfes Dröhnen bewußt in ihren Kopf. Sie versuchte erst gar nicht, sich auf die Worte oder ihre Bedeutung zu konzentrieren. Der Mann war nicht wichtig.

Sie richtete die zitternde Hand auf den Mittelpunkt der Kabinendecke, setzte einen Strom ihres Han frei, der Essenz des Lebens und des Geistes, und lenkte einen Hitzepunkt in die Öllampe, die, wie sie wußte, an dem niedrigen Balken hing. Der Docht fing folgsam Feuer und gab eine wellenförmige Rußfahne von sich, die das langsame Hin- und Herschaukeln des in der See rollenden Schiffes nachzeichnete.

Die anderen Frauen, alle nackt wie sie selbst, setzten sich ebenfalls auf, die Augen auf den matten, gelben Schein gerichtet, so als suchten sie dort ihr Heil oder vielleicht nur die Bestätigung dafür, daß sie noch lebten und es ein Licht gab, das man sehen konnte. Selbst Ulicia lief beim Anblick der Flamme eine Träne über die Wange. Die völlige Finsternis war erdrückend gewesen, wie eine schwere Schicht feuchter, schwarzer Erde, die man über sie geschaufelt hatte.

Ihr Bettzeug war schweißdurchnäßt und kalt, doch auch sonst war immer alles feucht von der salzigen Luft, ganz zu schweigen von der Gischt, die gelegentlich das Deck überspülte und alles durchtränkte, was darunter lag. Wie es war, trockene Kleider oder trockenes Bettzeug auf der Haut zu spüren, hatte sie inzwischen vergessen. Sie haßte dieses Schiff, die ewige Feuchtigkeit, den fauligen Gestank, das unablässige Rollen und Stampfen, bei dem sich ihr der Magen umdrehte. Wenigstens lebte sie und konnte das Schiff hassen. Vorsichtig schluckte sie den galligen Geschmack herunter.

Ulicia wischte sich durch die warme Feuchtigkeit über ihren Augen und betrachtete die Hand – ihre Fingerspitzen glänzten von Blut. Als hätte ihr Beispiel sie ermutigt, taten einige der anderen das gleiche. Jede einzelne von ihnen hatte blutige Kratzer auf den Lidern vom verzweifelten, aber erfolglosen Versuch, sich die Augen aufzukratzen, sich aus der Falle des Schlafes zu befreien, von dem fruchtlosen Bemühen, dem Traum zu entfliehen, der keiner war.

Ulicia kämpfte, um den Schleier um ihren Verstand zu lüften. Es mußte schlicht ein Alptraum gewesen sein.

Sie riß den Blick von der Flamme los und zwang sich, die anderen Frauen zu betrachten. Schwester Tovi kauerte gegenüber in einer der unteren Kojen. Die dicken Fettwülste ihrer Taille hingen schlaff herab, wie aus Mitgefühl für den verdrießlichen Ausdruck ihres faltigen Gesichts, mit dem sie die Lampe anstarrte. Schwester Cecilias sonst wohlgeordnetes, lockig graues Haar stand zerzaust ab, ihr unerschütterliches Lächeln war einer aschfahlen Miene der Angst gewichen, als sie aus der Koje, unten neben Tovi, starr heraufschaute. Ulicia beugte sich ein wenig vor und warf einen Blick in die Koje über ihr. Schwester Armina, die längst nicht so alt wie Tovi oder Cecilia, sondern eher in Ulicias Alter und noch immer sehr attraktiv war, wirkte ausgezehrt. Mit zitternden Fingern wischte sich die sonst so ruhige Armina das Blut von den Lidern.

Auf der anderen Seite des schmalen Ganges, in den Kojen über Tovi und Cecilia, saßen die beiden jüngsten und gefaßtesten Schwestern. Kratzer verunzierten Schwester Niccis zuvor makellose

Wangen. Tränen, Schweiß und Blut klebten ihr Strähnen ihrer blonden Haare ins Gesicht. Schwester Merissa, ebenso schön, drückte sich ein Laken vor die nackte Brust, nicht aus Schamgefühl, sondern weil sie scheußliche Angst hatte. Ihr langes, dunkles Haar war ein einziges verfilztes Durcheinander.

Die anderen waren älter und wußten ihre in der Schmiede der Erfahrung gehärtete Macht geschickt zu nutzen, Nicci und Merissa dagegen waren im Besitz von seltenen, angeborenen dunklen Gaben – ein Anflug von Geschicktheit, den selbst noch soviel Erfahrung nicht ersetzen konnte. Die beiden waren gerissener, als es sich für ihre Jahre geziemte, und beide ließen sich nicht von Cecilias oder Tovis freundlichem Lächeln oder dem vorgetäuschten Mitleid täuschen. Trotz ihrer Jugend und Beherrschtheit wußten beide, daß Cecilia, Tovi, Armina und vor allem Ulicia selbst imstande waren, sie auseinanderzunehmen, Stück für Stück, wenn ihnen danach war. Doch das tat ihrer Meisterschaft keinen Abbruch. Für sich betrachtet, waren sie zwei der beeindruckendsten Frauen, die je einen Atemzug getan hatten. Erwählt hatte sie der Hüter jedoch wegen ihres einzigartigen Durchsetzungswillens.

Es war entmutigend, die Frauen, die sie so gut kannte, in diesem Zustand zu sehen, doch Merissas unverhohlenes Entsetzen war es, das Ulicia wirklich schockierte. Sie kannte keine Schwester, die so ruhig, leidenschaftslos, unnachgiebig und gnadenlos war wie Merissa. Schwester Merissa hatte ein Herz aus schwarzem Eis.

Ulicia kannte Merissa seit nahezu einhundertsiebzig Jahren und konnte sich nicht erinnern, sie in all der Zeit je weinen gesehen zu haben. Jetzt schluchzte sie.

Es vermittelte Schwester Ulicia ein Gefühl von Macht, die anderen in einem solchen Zustand jämmerlicher Schwäche zu sehen, und eigentlich gefiel es ihr. Sie war die Anführerin und stärker als sie.

Der Mann hämmerte noch immer gegen die Tür und wollte wissen, was los sei, was all das Geschrei zu bedeuten habe. Ulicia entlud ihren Ärger in Richtung Tür. »Laß uns in Ruhe! Du wirst gerufen, wenn man dich braucht!«

Die gedämpften Flüche des Matrosen verklangen im Gang, als er sich entfernte. Vom Knarren der Balken abgesehen, wenn das Schiff, querab von einer schweren See getroffen, gierte, war das Schluchzen das einzige Geräusch.

»Hör auf mit dem Gegreine, Merissa«, fauchte Ulicia. Merissa sah sie aus ihren vor Angst noch immer glasigen Augen an. »So wie jetzt war es noch nie.« Tovi und Cecilia pflichteten ihr nickend bei. »Ich habe getan, was er von mir verlangte. Warum hat er das getan? Ich habe ihn nicht enttäuscht.«

»Hätten wir ihn enttäuscht«, sagte Ulicia, »wären wir dort, bei Schwester Liliana.«

Armina schreckte hoch. »Du hast sie auch gesehen? Sie war –«

»Ich habe sie gesehen«, fiel ihr Ulicia ins Wort, verbarg ihr Entsetzen jedoch hinter dem beiläufigen Tonfall.

Schwester Nicci strich sich eine verdrehte Strähne blutgetränkten Haars aus dem Gesicht. Wachsende Gelassenheit machte ihre Stimme aalglatt. »Schwester Liliana hat den Meister enttäuscht.«

Schwester Merissa, aus deren Augen alles Glasige wich, warf ihr einen kalten, geringschätzigen Blick zu. »Sie zahlt den Preis für ihr Versagen.« Die schneidende Schärfe ihres Tonfalls wuchs zu wie winterliche Eisblumen auf einer Fensterscheibe. »Und zwar bis in alle Ewigkeit.« Merissa ließ ihre glatten Züge so gut wie niemals von irgendeiner Regung verunstalten, doch diesmal zogen sich ihre Brauen zu einem mörderisch finsteren Blick zusammen. »Sie hat deine Befehle widerrufen und die des Hüters. Sie hat unsere Pläne durchkreuzt. Das war ihr Fehler.«

Liliana hatte den Hüter in der Tat enttäuscht. Ohne Schwester Liliana würden sie alle sich nicht an Bord dieses Schiffes befinden. Der Gedanke an die Überheblichkeit dieser Frau trieb Ulicia die Hitze ins Gesicht. Liliana hatte den ganzen Ruhm für sich einstreichen wollen. Sie hatte bekommen, was sie verdiente. Und doch mußte Ulicia schlucken, wenn sie daran dachte, daß sie Lilianas Qualen gesehen hatte, nur diesmal spürte sie den Schmerz in ihrer wunden Kehle nicht.

»Aber was wird aus uns?« fragte Cecilia. Ihr Lächeln kehrte zurück, eher kleinlaut als vergnügt. »Müssen wir tun, was dieser ... Mann verlangt?«

Ulicia wischte sich mit der Hand übers Gesicht. Wenn dies wirklich war, wenn das, was sie gesehen hatte, tatsächlich geschehen war, dann hatten sie keine Zeit zu verlieren. Es durfte nicht sein, daß es mehr war als ein schlichter Alptraum. Niemand außer dem Hüter war ihr jemals in jenem Traum erschienen, der keiner war. Ja, es mußte einfach ein Alptraum gewesen sein. Ulicia sah zu, wie eine Kakerlake in den Nachttopf krabbelte. Plötzlich hob sie den Kopf.

»Dieser Mann? Du hast nicht den Hüter gesehen? Sondern einen Mann?«

Cecilia verlor den Mut. »Jagang.«

Tovi hob die Hand an die Lippen und küßte den Ringfinger – eine uralte Geste, mit der man den Schutz des Schöpfers erbat. Es war eine alte Gewohnheit, die ihr seit dem ersten Morgen ihrer Ausbildung zur Novizin selbstverständlich geworden war. Sie alle hatten gelernt, dies jeden Morgen zu tun, ohne Unterlaß, gleich nach dem Aufstehen sowie ebenfalls in schwierigen Zeiten. Wahrscheinlich hatte Tovi es, wie sie alle, unzählige tausend Male mechanisch wiederholt. Eine Schwester des Lichts war symbolisch dem Schöpfer versprochen – und Seinem Willen. Das Küssen des Ringfingers war eine rituelle Erneuerung dieses Versprechens.

Unmöglich zu sagen, was das Küssen des Fingers jetzt, angesichts ihres Verrats, bewirken würde. Dem Aberglauben nach bedeutete es den Tod, wenn jemand, der seine Seele dem Hüter verpfändet hatte – eine Schwester der Finsternis also – diesen Finger küßte. Zwar war nicht klar, ob es den Zorn des Schöpfers heraufbeschwören würde, doch bestand kein Zweifel, daß der Hüter so reagieren würde. Ihr Ringfinger war schon auf halbem Weg zum Mund, als Tovi merkte, was sie tat, und die Hand zurückriß.

»Ihr habt alle Jagang gesehen?« Ulicia sah eine nach der anderen an, und alle nickten. Wie ein kleines Flämmchen flackerte noch immer Hoffnung in ihr. »Dann habt ihr also den Herrscher gesehen. Das bedeutet gar nichts.« Sie beugte sich zu Tovi. »Hast du ihn sprechen hören?«

Tovi zog ihre Decke bis unters Kinn hoch. »Wir waren alle dort, wie immer, wenn der Hüter uns besucht. Wir saßen im Halbkreis, nackt wie immer. Aber es war Jagang, der kam, nicht der Meister.«

Armina, in der Koje über ihr, schluchzte. »Ruhe!« Ulicia richtete ihre Aufmerksamkeit wieder auf die zitternde Tovi. »Aber was hat er gesagt? Wie lauteten seine Worte?«

Tovis Blick schweifte über den Boden. »Er meinte, unsere Seelen gehörten nun ihm. Er sagte, wir gehörten jetzt ihm, und wir lebten nur, weil es ihm gefiele. Er sagte, wir müßten sofort zu ihm kommen, oder wir würden Schwester Liliana um ihr Schicksal beneiden.« Sie sah auf und blickte Ulicia in die Augen. »Er sagte, wir würden es bedauern, wenn wir ihn warten ließen.« Ihr kamen die Tränen. »Und dann gab er mir einen Vorgeschmack darauf, was es heißt, ihn zu verstimmen.«

Ulicias Haut war kalt geworden, und sie merkte, daß sie ebenfalls die Decke hochgezogen hatte. Widerstrebend schob sie sie wieder zurück in ihren Schoß. »Armina?« Von oben kam leise eine Antwort. »Cecilia?« Cecilia nickte. Ulicia sah hinüber zu den beiden in der oberen Koje auf der anderen Seite. Offenbar hatten sie die Fassung, um die sie so hart gerungen hatten, endlich wiedergefunden. »Nun? Habt ihr zwei die gleichen Worte gehört?«

»Ja«, bestätigte Nicci.

»Genau dieselben«, meinte Merissa ohne Regung. »Liliana hat uns das eingebrockt.«

»Vielleicht ist der Hüter wegen uns verstimmt«, schlug Cecilia vor, »und hat uns dem Kaiser übergeben, damit wir ihm dienen und so unsere Sonderstellung zurückgewinnen können.«

Merissa drückte den Rücken durch. Ihre Augen glichen einem Fenster in ihr gefrorenes Herz. »Ich habe dem Hüter meinen Seelenleid geschworen. Wenn wir dieser vulgären Bestie dienen müssen, um die Gnade unseres Meisters zurückzugewinnen, dann werde ich ihm eben dienen. Ich werde dem Mann die Füße küssen, wenn ich muß.«

Ulicia erinnerte sich, daß Jagang Merissa befohlen hatte, aufzustehen, kurz bevor er den Halbkreis in dem Traum, der keiner war, verließ. Dann hatte er beiläufig die Hand ausgestreckt, ihre rechte Brust mit seinen kräftigen Fingern gepackt und zugedrückt, bis die Knie unter ihr nachgaben. Ulicia warf einen Blick auf Merissas Brust und sah dort schauerliche, blutunterlaufene Flecken.

Merissa machte keine Anstalten, sich zu bedecken, während sich ein Anflug von Heiterkeit in Ulicias Augen zeigte. »Der Kaiser meinte, wir würden es bedauern, wenn wir ihn warten ließen.«

Ulicia hatte diese Anweisungen ebenfalls gehört. Jagang hatte fast so etwas wie Verachtung für den Hüter an den Tag gelegt. Wie hatte er den Hüter in dem Traum, der keiner war, ausstechen können? Jedenfalls hatte er es geschafft – das war alles, was zählte. Es war ihnen allen so ergangen. Es war nicht einfach ein Traum gewesen.

Wachsende Angst machte sich kribbelnd in ihrer Magengrube breit, als die kleine Flamme der Hoffnung erlosch. Auch sie hatte einen Vorgeschmack davon bekommen, was Ungehorsam nach sich zog. Das Blut, das über ihren Augen verkrustete, erinnerte sie daran, wie sehr sie diese Lektion hatte vermeiden wollen. Es war Wirklichkeit gewesen, und sie alle wußten das. Sie hatten keine Wahl. Sie hatten keine Minute zu verlieren. Eine Perle kalten Schweißes rann zwischen ihren Brüsten herab. Wenn sie zu spät kamen ...

Ulicia sprang aus der Koje.

»Das Schiff muß wenden!« kreischte sie und warf die Tür auf. »Wenden, und zwar sofort!«

Im Korridor war niemand. Sie sprang schreiend die Kajütstreppe hinauf. Die anderen rannten ihr hinterher, trommelten gegen Kabinentüren. Mit den Türen gab Ulicia sich gar nicht erst ab. Der Steuermann war es, der das Schiff lenkte und die Matrosen in die Takelage schickte.

Ulicia wuchtete den Lukendeckel hoch, und trübes Licht schlug ihr entgegen. Die Dämmerung war noch nicht angebrochen. Bleierne Wolken rasten über dem dunkel brodelnden Kessel des Meeres dahin. Leuchtende Gischt schäumte jenseits der Reling, als das Schiff eine gewaltige Woge hinabglitt, so daß es schien, als stürzten sie in einen tintenschwarzen Abgrund. Die anderen Schwestern kletterten hinter ihr aus der Luke auf das gischtumtoste Deck.

»Wendet das Schiff!« schrie sie den barfüßigen Matrosen zu, die sich in stummer Überraschung zu ihr umdrehten.

Ulicia stieß knurrend einen Fluch aus und rannte nach achtern, zum Ruder. Die fünf Schwestern folgten ihr auf den Fersen. Mit den Händen nach dem Kragen seiner Jacke greifend, reckte der Steuermann seinen Hals und wollte sehen, was los war. Der Schein einer Laterne drang durch die Öffnung zu seinen Füßen, und man sah die Gesichter der vier Männer, die das Ruder bemannten. Matrosen scharten sich um den Steuermann, standen da und glotzten die sechs Frauen an.

Ulicia keuchte, rang nach Luft. »Was ist, haltet keine Maulaffen feil, ihr Idioten! Habt ihr nicht gehört? Ich sagte, wendet das Schiff!«

Plötzlich konnte sie sich den Grund für die starren Blicke erklären: die sechs waren nackt. Merissa trat neben sie, aufrecht und entzückt, als trüge sie ein Kleid, das sie vom Hals bis zu den Planken verhüllte.

Einer der lüstern dreinblickenden Matrosen meinte, während sein Blick die jüngere der beiden Frauen von oben bis unten taxierte: »Schau an, schau an. Sieht aus, als wären die feinen Damen zum Spielen rausgekommen.«

Merissa, kühl und unnahbar, betrachtete sein lüsternes Feixen mit unerschütterlicher Autorität. »Was mein ist, gehört mir und niemandem sonst, nicht mal zum Anschauen, es sei denn, ich will es so. Nimm sofort deine Augen von meinem Körper, oder man wird sie dir nehmen.«

Hätte der Mann die Gabe besessen und meisterhaft beherrscht wie

Merissa, er hätte spüren können, wie die Luft um Merissa vor Kraft unheilverkündend knisterte. Diese Männer kannten sie nur als reiche Adelige, die eine Überfahrt zu fremden und fernen Orten bezahlten. Sie wußten nicht, wer oder was diese sechs Frauen wirklich waren. Captain Blake kannte sie als Schwestern des Lichts, Ulicia hatte ihm jedoch befohlen, dieses Wissen seinen Männern vorzuenthalten.

Der Mann verhöhnte Merissa mit einem lüsternen Ausdruck im Gesicht und obszönen Stößen seines Beckens. »Nicht so hochmütig, Weib. Du wärst nicht in diesem Zustand nach draußen gekommen, hättest du nicht dasselbe im Sinn wie wir.«

Die Luft um Merissa knisterte. Im Schritt der Hose des Mannes breitete sich ein Blutfleck aus. Brüllend hob er den Kopf, sein Blick war wild. Licht blitzte über die Klinge, als er das lange Messer aus dem Gürtel riß. Einen Racheschwur schreiend, taumelte er in mörderischer Absicht vor.

Ein grausames Lächeln spielte um Merissas volle Lippen. »Du dreckiger Abschaum«, sagte sie leise bei sich. »Ich schicke dich in die kalten Arme meines Meisters.«

Sein Fleisch zerplatzte wie eine faulige Melone, der man mit einem Stock einen Schlag versetzt. Eine Erschütterung der Luft, hervorgerufen von der Kraft der Gabe, warf ihn über die Reling. Eine Blutspur zeichnete den Flug seiner Leiche quer über die Planken nach. Die anderen Männer, nahezu ein Dutzend, standen mit aufgerissenen Augen da, zu Statuen erstarrt.

»Ihr werdet uns nur in die Gesichter sehen«, stieß Merissa hervor, »und nirgendwohin sonst.«

Die Männer nickten, zu entsetzt, um ihr Einverständnis in Worten auszudrücken. Der Blick eines Mannes zuckte gegen seinen Willen an ihrem Körper herab, als hätte ihr Aussprechen des Tabus das Verlangen, sie anzusehen, übermächtig gemacht. Vor Entsetzen zusammenhanglos stammelnd, begann er sich zu entschuldigen, doch eine konzentrierte Linie aus Kraft, scharf wie eine Streitaxt, schnitt ihm durch beide Augen. Taumelnd ging er wie der erste über die Reling.

»Merissa«, sagte Ulicia leise, »das reicht. Ich denke, sie haben ihre Lektion gelernt.«

Augen aus Eis, entrückt hinter dem Schleier ihres Han, richteten sich auf sie. »Ich werde nicht zulassen, daß sie von Kopf bis Fuß betrachten, was ihnen nicht gehört.«

Ulicia zog die Augenbrauen hoch. »Wir brauchen sie. Du hast doch sicher nicht vergessen, unter welchem Druck wir stehen.«

Merissa sah zu den Männern hinüber, als betrachtete sie Ungeziefer unter ihren Stiefeln. »Natürlich nicht, Schwester. Wir müssen sofort umkehren.«

Ulicia drehte sich um und sah, daß Captain Blake soeben eingetroffen war und hinter ihnen stand, den Mund weit aufgerissen.

»Wendet das Schiff, Captain«, sagte Ulicia. »Sofort.«

Seine Zunge schoß hervor und fuhr über seine Lippen, während sein Blick von einem Augenpaar der Frauen zum anderen sprang. »Jetzt wollt Ihr umkehren? Warum?«

Ulicia hob einen Finger und zeigte auf ihn. »Man hat Euch gut bezahlt, Captain, um uns dorthin zu bringen, wohin wir wollen, und wann wir wollen. Ich habe Euch vorher schon erklärt, Fragen wären nicht Teil dieser Abmachung, außerdem habe ich Euch versprochen, Euch das Fell über die Ohren zu ziehen, solltet Ihr einen Teil der Abmachung nicht einhalten. Stellt mich auf die Probe, und Ihr werdet erkennen, daß ich bei weitem nicht so nachsichtig bin wie Merissa hier – ich gewähre keinen schnellen Tod. Und jetzt wendet das Schiff!«

Captain Blake ging sofort ans Werk. Er strich seine Jacke glatt und funkelte seine Männer zornig an. »Zurück auf die Posten, faules Pack!« Er machte dem Steuermann ein Zeichen. »Mister Dempsey, wendet das Schiff.« Der Mann war offenbar noch immer starr vor Schreck. »Sofort, verdammt noch mal, Mister Dempsey!«

Sich den speckigen Hut vom Kopf reißend, verneigte sich Captain Blake, sorgfältig darauf bedacht, daß sein Blick auf keine verbotene Stelle fiel. »Wie Ihr wünscht, Schwester, zurück um die Große Barriere, in die Alte Welt.«

»Nehmt direkten Kurs, Captain. Jede Minute zählt!«

Er zerdrückte den Hut in seiner Faust. »Einen direkten Kurs? Wir können unmöglich durch die Große Barriere segeln!« Er mäßigte augenblicklich seinen Ton. »Es ist nicht möglich, wir würden alle getötet werden.«

Ulicia preßte eine Hand auf den Bauch, der brennend schmerzte. »Die Große Barriere ist gefallen, Captain. Sie stellt kein Hindernis mehr für uns dar. Schlagt einen direkten Kurs ein.«

Er wrang seinen Hut. »Die Große Barriere ist gefallen? Das ist nicht möglich. Wie kommt Ihr auf die Idee ...«

Sie beugte sich zu ihm vor. »Ihr wagt schon wieder, meine Worte in Zweifel zu ziehen?«

»Nein, Schwester. Nein, natürlich nicht. Wenn Ihr sagt, die Große Barriere sei gefallen, dann ist sie es. Auch wenn ich nicht begreife, wie geschehen sein soll, was nicht sein kann, so weiß ich doch, daß es mir nicht ansteht, Zweifel zu äußern. Einen direkten Kurs also.« Er wischte sich mit dem Hut über den Mund. »Gnädiger Schöpfer, beschütze uns«, murmelte er und wandte sich zum Steuermann. Er hatte es eilig, ihrem zornigen Blick zu entkommen. »Hart Steuerbord, Mister Dempsey!«

Der Mann sah zu den Matrosen am Ruder hinab. »Wir liegen bereits hart Steuerbord, Captain.«

»Keine Widerrede, sonst lasse ich Euch zurückschwimmen!«

»Aye, Captain. An die Leinen!« brüllte er den Männern zu, die bereits einige Leinen lösten und andere anzogen. »Bereitmachen zum Wenden!«

Ulicia musterte die Männer, die nervös über ihre Schultern sahen. »Schwestern des Lichts haben hinten Augen im Kopf, Gentlemen. Sorgt dafür, daß ihr nirgendwo anders hinblickt, sonst wird dies das letzte sein, was ihr in eurem Leben seht.« Die Männer nickten und machten sich an die Arbeit.

Wieder in der engen Kabine, hüllte Tovi ihren zitternden, massigen Körper in ihr Bettzeug. »Ist schon eine ganze Weile her, daß stramme junge Männer mich lüstern angesehen haben.« Sie sah zu

Nicci und Merissa hinüber. »Genießt die Bewunderung, solange ihr noch ihrer für würdig befunden werdet.«

Merissa zog ihr Hemd aus der Kiste am Ende der Kabine. »Du warst es nicht, die sie lüstern angesehen haben.«

Cecilias Gesicht verzog sich zu einem mütterlichen Schmunzeln. »Das wissen wir, Schwester. Ich glaube, was Schwester Tovi sagen wollte, ist, daß wir jetzt, wo wir nicht mehr unter dem Bann des Palastes der Propheten stehen, altern werden wie alle anderen auch. Ihr habt jetzt nicht mehr all die Jahre Zeit, eure Schönheit zu genießen, so wie wir dies konnten.«

Merissa straffte sich. »Wenn wir erst den Ehrenplatz bei unserem Meister zurückgewonnen haben, werde ich behalten, was ich jetzt habe.«

Tovi starrte mit einem selten gefährlichen Blick ins Leere. »Und ich will zurück, was ich einst hatte.«

Armina ließ sich auf eine Koje plumpsen. »Liliana ist schuld daran. Wäre sie nicht gewesen, hätten wir den Palast und seinen Bann nicht zu verlassen brauchen. Wäre sie nicht gewesen, hätte der Hüter Jagang nicht die Macht über uns gegeben. Wir wären bei unserem Meister nicht in Ungnade gefallen.«

Einen Augenblick lang schwiegen alle. Sie gingen sich gegenseitig aus dem Weg, drückten sich aneinander vorbei und machten sich daran, ihre Unterwäsche anzulegen, sorgsam darauf bedacht, nicht mit den Ellenbogen aneinanderzugeraten.

Merissa zog ihr Hemd über den Kopf. »Ich will alles Nötige tun, um zu dienen und die Gunst des Meisters zurückzugewinnen. Ich will den Lohn für meinen Eid.« Sie sah zu Tovi hinüber. »Ich will jung bleiben.«

»Das wollen wir alle, Schwester«, meinte Cecilia, und steckte ihren Arm durch den Ärmel ihres schlichten, braunen Wamses. »Aber im Augenblick will der Hüter, daß wir diesem Mann, diesem Jagang, dienen.«

»Tatsächlich?« fragte Ulicia.

Merissa hockte sich hin und durchwühlte ihre Truhe, dann zog sie ihr karminrotes Kleid heraus. »Warum sonst hätte man uns diesem Mann übergeben sollen?«

Ulicia runzelte die Stirn. »Übergeben? Glaubst du das? Ich denke, es steckt mehr dahinter. Ich denke, Kaiser Jagang handelt aus eigenem Entschluß.«

Die anderen hielten beim Ankleiden inne und hoben den Kopf. »Du meinst, er könnte sich dem Hüter widersetzen?« fragte Nicci. »Um seiner eigenen Ziele willen?«

Ulicia tippte Nicci mit dem Finger seitlich an den Kopf. »Denk nach. Nicht der Hüter ist uns im Traum, der keiner war, erschienen. Das ist noch nie zuvor passiert. Noch nie. Statt dessen kommt Jagang. Selbst wenn der Hüter unzufrieden mit uns wäre und wollte, daß wir unter Jagang Buße tun, meinst du nicht, er hätte sich selbst gezeigt und dies verfügt, um uns so seine Unzufriedenheit zu offenbaren? Ich glaube nicht, daß dies das Werk des Hüters ist. Ich glaube, es ist das Werk Jagangs.«

Armina schnappte sich ihr blaues Kleid. Es war eine Spur heller als Ulicias, doch nicht weniger kunstvoll gearbeitet. »Dennoch ist es immer noch Liliana, die uns dies eingebrockt hat.«

Ein feines Lächeln spielte über Ulicias Lippen. »Hat sie das? Liliana war habgierig. Ich glaube, der Hüter wollte sich diese Habgier zunutze machen, doch sie hat ihn verraten.« Das Lächeln verschwand. »Es war nicht Schwester Liliana, die uns dies eingebrockt hat.«

Nicci zögerte, als sie die Kordel am Mieder ihres schwarzen Kleides festzog. »Natürlich. Der Junge.«

»Der Junge?« Ulicia schüttelte langsam den Kopf. »Kein ›Junge‹ hätte die Barriere zu Fall bringen können. Kein einfacher Junge hätte das durchkreuzen können, an dem wir all die Jahre so hart gearbeitet haben. Wir alle wissen, was er ist, aus den Prophezeiungen.«

Ulicia sah alle Schwestern nacheinander an. »Wir befinden uns in einer sehr gefährlichen Lage. Wir müssen darum kämpfen, die Macht des Hüters in dieser Welt zurückzugewinnen, oder Jagang wird uns töten, wenn er fertig mit uns ist, und wir werden uns in der Unterwelt wiederfinden, wo wir dem Meister nicht mehr von Nutzen sind. Wenn das geschieht, dann wird der Hüter gewiß unzufrieden sein und dafür sorgen, daß das, womit Jagang uns gedroht hat, uns erscheint wie die Umarmung eines Geliebten.«

Das Schiff ächzte und stöhnte, während sie über die Worte nachdachten. Sie eilten zurück, um einem Mann zu dienen, der sie benutzen und dann, ohne einen Gedanken, noch viel weniger einen Lohn, fallenlassen würde. Und doch war keine von ihnen bereit, auch nur zu erwägen, sich ihm zu widersetzen.

»Ob er ein Junge ist oder nicht, er hat dies alles verursacht.« Merissas Kinn spannte sich. »Wenn ich mir vorstelle, daß ich ihn in meinen Fingern hatte, wir alle. Wir hätten uns seiner bemächtigen sollen, als wir die Gelegenheit dazu hatten.«

»Liliana hat sich auch seiner bemächtigen wollen, um seine Kraft für sich selbst zu nutzen«, sagte Ulicia, »aber sie war leichtsinnig und endete mit seinem verfluchten Schwert in ihrem Herzen. Wir müssen klüger sein als sie, dann werden wir seine Macht bekommen, und der Hüter seine Seele.«

Armina wischte sich eine Träne aus dem Auge. »Aber bis dahin muß es doch eine Möglichkeit geben, wie wir unsere Umkehr verhindern können –«

»Und wie lange, glaubst du, können wir wach bleiben?« brauste Ulicia auf. »Früher oder später werden wir einschlafen. Was dann? Jagang hat uns bereits gezeigt, daß er die Macht besitzt, die Hand nach uns auszustrecken, ganz gleich, wo wir sind.«

Merissa knöpfte weiter das Mieder ihres Kleides zu. »Im Augenblick werden wir erst einmal tun, was wir tun müssen. Aber das heißt nicht, daß wir nicht unseren Kopf gebrauchen können.«

Ulicia runzelte nachdenklich die Stirn. Dann hob sie den Kopf und lächelte gequält. »Kaiser Jagang glaubt vielleicht, er hat uns dort, wo er uns haben will, doch wir leben schon sehr lange. Wenn wir unseren Kopf gebrauchen und unsere Erfahrung nutzen, werden wir vielleicht gar nicht so eingeschüchtert sein, wie er denkt.«

Ein boshaftes Funkeln leuchtete in Tovis Augen. »Ja«, zischte sie, »wir leben in der Tat schon lange und haben gelernt, manchen wilden Eber zu Fall zu bringen und ihn auszuweiden, während er noch quiekt.«

Nicci strich die Bäusche ihres schwarzen Kleides glatt. »Schweine auszunehmen ist ja gut und schön, aber Kaiser Jagang ist unser Elend und nicht der Grund dafür. Es ist auch nicht sinnvoll, unseren Zorn auf Liliana zu richten. Sie war nur eine habgierige Närrin. Der, der uns diesen Ärger eingebrockt hat, ist es, den man leiden lassen muß.«

»Weise gesprochen, Schwester«, stimmte Ulicia zu.

Merissa griff sich gedankenverloren an die Brust, an die blutunterlaufene Stelle. »Ich werde im Blut dieses jungen Burschen baden.« Ihr Blick öffnete erneut das Fenster in ihr schwarzes Herz. »Während er dabei zusieht.«

Ulicia ballte die Fäuste und pflichtete ihr mit einem Nicken bei. «Er, der Sucher, hat uns das eingebrockt. Ich schwöre, er wird dafür bezahlen: mit seiner Gabe, seinem Leben und seiner Seele.«

2. Kapitel

Richard hatte gerade einen Löffel heiße Gewürzsuppe zu sich genommen, als er das tiefe, bedrohliche Knurren hörte. Stirnrunzelnd sah er zu Gratch hinüber. Die zusammengekniffenen Augen des Gar glühten, erleuchtet von einem kalten grünen Feuer, als er wütend in die Düsterkeit zwischen den Säulen am Fuß der ausgedehnten Treppe blickte. Er zog die ledrigen Lippen zurück, fletschte die Zähne und entblößte seine unglaublichen Reißzähne. Richard merkte, daß er den Mund noch immer voller Suppe hatte, und schluckte.

Gratchs heiseres Knurren wurde lauter, tief in seiner Kehle klang es, als öffnete man zum ersten Mal nach hundert Jahren die schwere, durchgefaulte Tür eines Burgverlieses.

Richard warf einen kurzen Blick auf Fräulein Sanderholts weit aufgerissene braune Augen. Fräulein Sanderholt, die Oberköchin im Palast der Konfessoren, war immer noch nervös wegen Gratch und nach wie vor von Richards Beteuerungen nicht überzeugt, der Gar sei harmlos. Das unheilverkündende Knurren war nicht gerade hilfreich.

Sie hatte Richard einen Laib frisch gebackenen Brotes und eine Schale pikanter Gewürzsuppe herausgebracht, sich zu ihm auf die Stufen gesellen und mit ihm über Kahlan sprechen wollen, nur um festzustellen, daß kurz vorher der Gar aufgetaucht war. Trotz ihres unguten Gefühls wegen des Gar hatte Richard sie überreden können, sich zu ihm auf die Treppe zu setzen.

Kahlans Name hatte bei Gratch ein lebhaftes Interesse ausgelöst – er hatte eine Locke ihres Haares, die Richard ihm geschenkt hatte, an einem Riemen um den Hals hängen, zusammen mit dem Drachenzahn. Richard hatte Gratch erzählt, er und Kahlan seien ineinander verliebt, und sie wolle, genau wie Richard, mit Gratch befreundet sein. Daher hatte sich der neugierige Gar hingesetzt und zugehört, doch gerade als Richard die Suppe gekostet hatte, und noch bevor Fräulein Sanderholt ein Wort hatte sagen können, war die Stimmung des Gar auf einmal umgeschlagen. Wild entschlossen, unter Spannung, beobachtete er jetzt irgend etwas, das Richard nicht sehen konnte.

»Weshalb tut er das?« fragte Fräulein Sanderholt leise.

»Ich weiß nicht genau«, gestand Richard. Er lächelte freundlich und zuckte unbekümmert mit den Schultern, während die Furchen auf ihrer Stirn noch tiefer wurden. »Bestimmt hat er ein Kaninchen oder etwas Ähnliches entdeckt. Gars verfügen über eine außergewöhnliche Sehkraft, selbst im Dunkeln, und sie sind ausgezeichnete Jäger.« Da sich ihre besorgte Miene nicht entspannte, fuhr er fort: »Er frißt keine Menschen. Er würde nie jemandem etwas tun«, beruhigte er sie. »Es ist in Ordnung, Fräulein Sanderholt, bestimmt.«

Richard blickte hoch in das finster dreinblickende, zähnefletschende Gesicht. »Gratch«, sagte er leise aus dem Mundwinkel heraus, »hör auf mit dem Geknurre. Du machst ihr angst.«

»Richard«, wandte sie ein und beugte sich näher zu ihm hinüber, »Gars sind gefährliche Bestien. Das sind keine Haustiere. Gars kann man nicht vertrauen.«

»Gratch ist kein Haustier, er ist mein Freund. Ich kenne ihn, seit er ein Jungtier war, als er noch halb so groß war wie ich. Er ist zahm wie ein Kätzchen.«

Ein nicht überzeugtes Lächeln trat auf Fräulein Sanderholts Gesicht. »Wenn Ihr meint, Richard.« Plötzlich riß sie entsetzt die Augen auf. »Er versteht doch nicht, was ich sage, oder?«

»Schwer zu beurteilen«, gestand Richard. »Manchmal versteht er mehr, als ich für möglich halte.«

Gratch schien sie nicht zu beachten, während sie sich unterhielten. Er war vollkommen konzentriert und schien etwas zu wittern oder zu sehen, was ihm nicht gefiel. Richard glaubte, daß er Gratch schon einmal so knurren gehört hatte, konnte sich aber nicht genau erinnern, wo oder wann. Er versuchte, sich die Situation ins Gedächtnis zu rufen, doch das Bild in seinem Innern entglitt ihm immer wieder, obwohl es greifbar nahe schien. Je angestrengter er es versuchte, desto mehr entzog sich ihm die schattenhafte Erinnerung.

»Gratch?« Er packte den kräftigen Arm des Gar. »Gratch, was ist?«

Gratch war starr wie Stein und reagierte nicht auf die Berührung. Indem er gewachsen war, hatte auch das Leuchten in seinen grünen Augen an Stärke gewonnen, doch nie zuvor war es so wild gewesen wie jetzt. Die Augen strahlten geradezu.

Richard ließ den Blick über die Schatten unten wandern, auf die diese grünen Augen wie gebannt starrten, konnte jedoch nichts Außergewöhnliches entdecken. Weder zwischen den Säulen noch entlang der Mauer des Palastgeländes befanden sich Menschen. Es war bestimmt ein Kaninchen, entschied er schließlich. Gratch war ganz versessen auf Kaninchen.

Im Licht der Dämmerung waren die ersten Fetzen purpurroter und rosa Wolken zu erkennen, und nur noch wenige der allerhellsten Sterne glitzerten am westlichen Himmel. Mit dem ersten fahlen Licht kam ein sanfter, für den Winter ungewöhnlich milder Wind auf, die in das Fell des riesigen Tieres fuhr und Richards schwarzes Mriswithcape aufblähte.

In der Alten Welt, während seines Aufenthaltes bei den Schwestern des Lichts, war Richard in den Hagenwald gegangen, wo die Mriswiths auf der Lauer lagen – abscheuliche Kreaturen, die aussahen wie Menschen, halb zerschmolzen zu einem reptilienhaften Alptraum. Nachdem er gegen einen der Mriswiths gekämpft und ihn getötet hatte, hatte er entdeckt, welch erstaunliche Fähigkeit dessen Cape besaß – es konnte so perfekt, so makellos mit seinem Hintergrund verschmelzen, daß es den Mriswith – oder Richard, wenn er sich beim Tragen des Capes konzentrierte – unsichtbar zu machen schien. Es verhinderte auch, daß jemand mit der Gabe sie – oder ihn – spüren konnte. Aus irgendeinem Grund jedoch ermöglichte Richards Gabe ihm, die Gegenwart eines Mriswith zu fühlen. Diese Fähigkeit – eine Gefahr zu spüren, obwohl sie sich unter einem magischen Umhang verbarg – hatte ihm das Leben gerettet.

Richard fiel es schwer zu glauben, daß Gratch Kaninchen in den Schatten anknurrte. Die Qual, das stumme Entsetzen über die Annahme, seine geliebte Kahlan sei hingerichtet worden, war in jenem herzzerreißenden Augenblick tags zuvor verflogen, als er herausgefunden hatte, daß sie noch lebte. Er freute sich ganz vorbehaltlos darüber, daß sie in Sicherheit war, freute sich überschwenglich, daß er die Nacht mit ihr allein an einem seltsamen Ort zwischen den Welten verbracht hatte. Er hätte singen mögen an diesem wundervollen Morgen und ertappte sich dabei, wie er, ohne es zu merken, lächelte. Nicht einmal Gratchs seltsame Anspannung konnte ihm die gute Laune verderben.

Trotz alledem fühlte sich Richard durch das kehlige Geräusch abgelenkt, und Fräulein Sanderholt fand es offenkundig alarmierend. Sie saß steif auf der Kante einer Stufe neben ihm, ihr wollenes Tuch fest um sich geklammert. »Still, Gratch. Du hast eben eine ganze Hammelkeule bekommen und einen halben Laib Brot. Du kannst unmöglich schon wieder Hunger haben.«

Gratchs Aufmerksamkeit blieb zwar nach wie vor gefesselt, doch sein Knurren ging in ein leiseres Grollen tief in seiner Kehle über, als er abwesend versuchte zu gehorchen.

Richard warf erneut einen kurzen Blick zur Stadt hinüber. Er hatte vorgehabt, sich ein Pferd zu suchen und zügig aufzubrechen, um Kahlan und seinen Großvater und alten Freund Zedd einzuholen. Abgesehen davon, daß er es nicht abwarten konnte, Kahlan zu sehen, vermißte er Zedd aus ganzer Seele. Seit drei Monaten hatte er ihn nicht mehr gesehen, doch schienen es Jahre zu sein. Zedd war ein Zauberer der Ersten Ordnung, und es gab viel, das Richard angesichts seiner Entdeckungen über sich selbst mit ihm zu besprechen hatte, doch dann hatte Fräulein Sanderholt die Suppe und das frisch gebackene Brot herausgebracht. Guter Dinge oder nicht, er war ausgehungert.

Richard blickte nach hinten, vorbei am eleganten Weiß des Palastes der Konfessoren, hinauf zur gewaltigen, eindrucksvollen in die Bergflanke eingebetteten Burg der Zauberer, zu den erhabenen Mauern aus dunklem Stein, ihren Brustwehren, ihren Bastionen, Verbindungswegen und Brücken, die allesamt aussahen wie eine unheilvolle, aus dem Stein herauswachsende Verkrustung, die irgendwie lebendig wirkte, so als blickte sie von oben auf ihn herab. Ein breites Straßenband wand sich von der Stadt hinauf zu den dunklen Mauern, überquerte dabei eine schmale, wenn auch nur aus dieser Entfernung zerbrechlich wirkende Brücke, bevor sie unter einem mit Eisenspitzen versehenen Falltor hindurchführte und vom dunklen Schlund der Burg verschluckt wurde. Wenn überhaupt, dann gab es sicher Tausende von Zimmern in der Burg. Richard zog sein Cape unter dem kalten, steinernen Blick dieses Ortes fester um sich und wandte sich ab.

Dies war der Palast, die Stadt, in der Kahlan aufgewachsen war, wo sie den größten Teil ihres Lebens verbracht hatte – bis zum vergangenen Sommer, als sie auf der Suche nach Zedd die Grenze nach Westland überschritten hatte und auch Richard begegnet war.

Die Burg der Zauberer war jener Ort, an dem Zedd aufgewachsen war und wo er gelebt hatte, bevor er, noch vor Richards Geburt, die Midlands verlassen hatte. Kahlan hatte ihm Geschichten erzählt, wie sie einen Großteil ihrer Zeit in jener Burg mit Lernen zugebracht hatte, doch nie hatte dieser Ort in ihren Schilderungen unheilvoll gewirkt. Hart am Berg gelegen, schien ihm die Burg jetzt etwas Bösartiges auszustrahlen.

Richard lächelte, als er daran dachte, wie Kahlan als kleines Mädchen ausgesehen haben mußte, als Konfessor in der Ausbildung, die durch die Flure dieses Palastes wandelt, die inmitten von Zauberern die Korridore der Burg durchwandert, und die sich draußen unter die Menschen dieser Stadt mischt.

Doch Aydindril war unter den verderblichen Einfluß der Imperialen Ordnung gefallen, keine freie Stadt mehr und nicht mehr Sitz der Macht in den Midlands.

Zedd hatte mit einem seiner Zauberertricks – mit Magie – aufgewartet, so daß jedermann glaubte, Zeuge von Kahlans Enthauptung geworden zu sein. Dadurch hatten sie aus Aydindril fliehen können, während jedermann hier annahm, sie sei tot. Niemand würde sie jetzt verfolgen. Fräulein Sanderholt kannte Kahlan von Geburt an und war überglücklich vor Erleichterung gewesen, als Richard ihr erzählte, Kahlan sei wohlauf und in Sicherheit.

Wieder spielte ein Lächeln um seine Lippen. »Wie war Kahlan, als sie klein war?«

Fräulein Sanderholt blickte in die Ferne, selbst ein Lächeln auf den Lippen. »Sie war immer ernst, aber das liebreizendste Mädchen, das ich je gesehen habe, und sie wuchs heran zu einer beherzten, wunderschönen jungen Frau. Sie hatte als Kind nicht nur eine Begabung für Magie, sondern auch einen ganz besonderen Charakter.

Keiner der Konfessoren war von ihrem Aufstieg zur Mutter Konfessor überrascht, und alle freuten sich darüber, weil es ihre Art war, die Verständigung zu fördern und sich nicht über andere zu stellen. Wer sich ihr aber zu Unrecht widersetzte, mußte feststellen, daß sie aus ebenso hartem Holz geschnitten war wie jede andere Mutter Konfessor auch. Ich habe keinen Konfessor kennengelernt, der soviel Leidenschaft für die Menschen in den Midlands empfand. Für mich war es immer eine Ehre, sie zu kennen.« Sie schweifte in Erinnerungen ab und lachte matt, ein Ton, der bei weitem nicht so kraftlos war, wie alles Übrige an ihr zu sein schien. »Selbst als ich ihr einmal einen Klaps gab, nachdem ich dahintergekommen war, daß sie sich mit einer gebratenen Ente davongemacht hatte, ohne zu fragen.«

Die Aussicht, eine Geschichte über eine Ungezogenheit von Kahlan zu hören, brachte Richard zum Schmunzeln. »Hat Euch das nicht zu denken gegeben, einen Konfessor, und sei es einen jungen, zu bestrafen?«

»Ach was«, meinte sie spöttisch. »Hätte ich sie verwöhnt, hätte mich ihre Mutter rausgeworfen. Man erwartete von uns, daß wir sie respektvoll, aber gerecht behandelten.«

»Hat sie geweint?« wollte er wissen, bevor er ein großes Stück Brot abbiß. Es war köstlich – grob gemahlener Weizen mit einem Hauch Sirup.

»Nein. Sie wirkte überrascht. Sie war überzeugt, nichts Unrechtes getan zu haben, und wollte es mir erklären. Offenbar hatte eine Frau mit zwei kleinen Kindern ungefähr in Kahlans Alter draußen vor dem Palast auf einen leichtgläubigen Menschen gewartet. Als Kahlan zur Burg der Zauberer aufbrach, trat die Frau mit einer traurigen Geschichte an sie heran und erzählte ihr, sie brauche Gold, um ihren Kleinen etwas zu essen zu geben. Kahlan sagte ihr, sie solle warten. Dann brachte sie ihr meine gebratene Ente, denn sie war zu dem Schluß gekommen, daß es Essen war, was die Frau brauchte, kein Gold. Kahlan setzte die Kinder auf den Boden«, mit ihrer bandagierten Hand zeigte sie nach links, »ungefähr dort drüben, und gab ihnen die Ente zu essen. Die Frau war außer sich und wurde laut. Sie beschuldigte Kahlan, eigennützig mit all dem Gold des Palastes umzugehen.

Während Kahlan mir diese Geschichte erzählte, kam eine Patrouille der Palastwache in die Küche, die Frau und ihre beiden Kleinen im Schlepptau. Offenbar war die Wache hinzugekommen, als die Frau über Kahlan herzog. Ungefähr in diesem Augenblick erschien Kahlans Mutter in der Küche und wollte wissen, was los sei. Kahlan erzählte ihre Geschichte, und die Frau brach zusammen, weil sie sich im Gewahrsam der Palastwache befand, und schlimmer noch, weil sie sich plötzlich der Mutter Konfessor persönlich gegenübersah.

Kahlans Mutter hörte sich ihre Geschichte an und die der Frau, dann erklärte sie Kahlan, daß man die Verantwortung für einen Menschen übernahm, wenn man sich dazu entschloß, ihm zu helfen, und daß man die Pflicht hatte, diese Hilfe so lange weiterzuführen, bis der Betreffende wieder auf eigenen Füßen stand. Den nächsten Tag verbrachte Kahlan auf der Königsstraße. Die Palastwache schleppte die Frau hinter ihr her, während sie von einem Ort zum anderen lief und jemanden suchte, der Hilfe brauchte. Viel

Glück hatte sie nicht damit – alle wußten, daß die Frau eine Trinkerin war.

Ich fühlte mich schuldig, weil ich Kahlan einen Klaps gegeben hatte, ohne mir ihre Gründe anzuhören, weshalb sie meine gebratene Ente gestohlen hatte. Ich hatte eine Freundin damals, eine strenge Frau, die Aufsicht über die Köche in einem der Paläste hatte. Als Kahlan die Frau wieder zurückbrachte, lief ich also rasch zu ihr und bat sie, die Frau in ihre Dienste aufzunehmen. Ich habe Kahlan nie davon erzählt. Die Frau arbeitete eine ganze Weile dort, kam aber nie wieder in die Nähe des Palastes der Konfessoren. Ihr Jüngster wuchs heran und ging zur Palastwache. Vergangenen Sommer wurde er bei der Eroberung Aydindrils durch die D'Haraner verwundet und starb eine Woche darauf.«

Auch Richard hatte gegen D'Hara gekämpft und am Ende seinen Herrscher, Darken Rahl, getötet. Auch wenn er nach wie vor ein gewisses Bedauern verspürte, daß dieser üble Mann ihn gezeugt hatte, er fühlte sich nicht mehr schuldig, dessen Sohn zu sein. Ihm war klar, die Verbrechen des Vaters gingen nicht einfach auf den Sohn über, und ganz gewiß war es nicht der Fehler seiner Mutter, daß Darken Rahl sie vergewaltigt hatte. Sein Stiefvater liebte Richards Mutter deswegen nicht weniger, und auch Richard gegenüber zeigte er sich nicht weniger liebevoll, nur weil dieser nicht sein eigenes Blut war. Richard hätte seinen Stiefvater auch nicht weniger geliebt, hätte er gewußt, daß George Cypher nicht sein richtiger Vater war.

Richard war ebenfalls ein Zauberer, das wußte er inzwischen. Die Gabe, die Kraft der Magie in seinem Innern, genannt Han, war über zwei Geschlechter von Zauberern an ihn weitergegeben worden: über Zedd, seinen Großvater mütterlicherseits, und über Darken Rahl, seinen Vater. Diese Kombination hatte in ihm eine Magie hervorgebracht, wie sie seit Jahrtausenden kein Zauberer mehr besessen hatte – nicht nur Additive, sondern auch Subtraktive Magie. Richard wußte herzlich wenig, was es hieß, ein Zauberer zu sein, oder über Magie, Zedd jedoch wollte ihm helfen zu lernen, die

Gabe zu beherrschen und sie zu benutzen, um den Menschen zu helfen.

Richard schluckte das Brot hinunter, auf dem er herumgekaut hatte. »Das klingt ganz nach der Kahlan, die ich kenne.«

Fräulein Sanderholt schüttelte wehmütig den Kopf. »Sie verspürte immer eine tiefe Verantwortung für die Menschen in den Midlands. Ich weiß, es tat ihr in der Seele weh, mit ansehen zu müssen, wie sich die Menschen gegen sie wendeten, weil man ihnen Gold versprochen hatte.«

»Ich wette, nicht alle haben so gehandelt«, meinte Richard. »Aber aus diesem Grund dürft Ihr niemandem erzählen, daß sie noch lebt. Niemand darf die Wahrheit erfahren, damit Kahlan auch weiter sicher ist und nicht in Gefahr gerät.«

»Mein Wort habt Ihr, Richard, das wißt Ihr. Aber ich glaube, mittlerweile haben die Menschen sie vergessen. Wahrscheinlich werden sie bald randalieren, wenn sie das Gold nicht bekommen, das man ihnen zugesichert hat.«

»Deswegen haben sich also all die Menschen vor dem Palast der Konfessoren versammelt?«

Sie nickte. »Inzwischen glauben sie, ein Recht darauf zu haben, denn irgend jemand von der Imperialen Ordnung hat gesagt, sie sollten es bekommen. Zwar ist der Mann, der dies versprochen hat, längst tot, trotzdem scheint es, als sei das Gold mit dem Aussprechen seiner Worte wie durch Magie in ihren Besitz übergegangen. Wenn die Imperiale Ordnung nicht bald das Gold aus der Staatskasse verteilt, könnte ich mir vorstellen, daß es nicht mehr lange dauert, bis die Menschen in den Straßen den Palast stürmen und es sich holen.«

»Vielleicht sollten sie mit dem Versprechen nur abgelenkt werden, und die Truppen der Imperialen Ordnung hatten die ganze Zeit über die Absicht, das Gold als Beute für sich zu behalten und den Palast zu verteidigen.«

»Vielleicht habt Ihr recht.« Ihr Blick ging ins Leere. »Wenn ich es mir recht überlege, ich weiß nicht einmal, was ich hier überhaupt noch soll. Ich habe keine Lust, mit ansehen zu müssen, wie die Imperiale Ordnung im Palast ihr Quartier aufschlägt. Ich habe keine Lust, am Ende für sie arbeiten zu müssen. Vielleicht sollte ich fortgehen und versuchen, einen Ort zu finden, wo die Menschen noch nicht unter dem Joch dieser Barbaren stehen. Aber die Vorstellung kommt mir so seltsam vor. Der Palast war den größten Teil meines Lebens mein Zuhause.«

Richard wendete den Blick von der weißen Pracht des Palastes der Konfessoren ab und sah wieder hinaus über die Stadt. Sollte er ebenfalls fliehen und zulassen, daß das angestammte Zuhause der Konfessoren und der Zauberer an die Imperiale Ordnung fiel? Aber wie konnte er das verhindern? Davon abgesehen suchten die Soldaten der Imperialen Ordnung wahrscheinlich nach ihm. Am besten schlich er davon, solange sie nach dem Tod ihres Rates noch in Auflösung begriffen waren. Was Fräulein Sanderholt tun sollte, wußte er nicht – er jedoch brach besser auf, bevor die Imperiale Ordnung ihn fand. Er mußte zu Kahlan und Zedd.

Gratchs Grollen wurde tiefer und ging in ein urtümliches Knurren über, das Richard in die Knochen fuhr und ihn aus seinen Gedanken riß. Der Gar erhob sich geschmeidig. Richard suchte erneut die Gegend unten ab, konnte aber nichts erkennen. Der Palast der Konfessoren stand auf einer Anhöhe, von der aus man einen eindrucksvollen Blick über Aydindril hatte, und von diesem Aussichtspunkt konnte er sehen, daß hinter den Mauern, in den Straßen der Stadt, Soldaten standen, in der Nähe der drei jedoch, in ihrem abgelegenen Seitenhof vor dem Kücheneingang, befand sich niemand. Wo Gratch hinblickte, war nichts Lebendiges zu entdecken.

Richard erhob sich, tastete mit den Fingern zur Beruhigung kurz nach dem Heft des Schwertes. Er war größer als die meisten Männer, trotzdem überragte ihn der Gar. Er war zwar für einen Gar, kaum älter als ein Jungtier, klein, dennoch maß er fast sieben Fuß, und Richard schätzte, daß er anderthalbmal so schwer war wie er selbst. Gratch würde noch einen Fuß wachsen, vielleicht mehr – Richard war alles andere als ein Experte für kurzschwänzige Gars –, so vielen war er nicht begegnet, und die, die er gesehen hatte, hatten versucht, ihn umzubringen. Tatsächlich hatte Richard Gratchs Mutter in Notwehr getötet und am Ende versehentlich den kleinen Waisen adoptiert. Mit der Zeit waren sie dicke Freunde geworden.

Die Muskeln unter der rosigen Haut an Bauch und Brust des kräftig gebauten Tieres schwollen wellenartig an. Es stand reglos da, angespannt, die Krallen an der Seite bereit, die haarigen Ohren aufgestellt und gerichtet auf Dinge, die man nicht sah. Selbst wenn er hungrig auf Beutefang ging, zeigte sich Gratch niemals so wild. Richard spürte, wie sich ihm die Nackenhaare sträubten.

Gerne hätte er gewußt, wann oder wo er Gratch schon einmal so knurren gehört hatte. Schließlich schob er seine angenehmen Gedanken an Kahlan beiseite und konzentrierte sich, während seine Anspannung immer weiter stieg.

Fräulein Sanderholt stand neben ihm und blickte nervös von Gratch zu der Stelle, auf die er starrte. Obwohl sie dürr war und zerbrechlich wirkte, war sie alles andere als eine ängstliche Frau. Dennoch – wären ihre Hände nicht bandagiert gewesen, sie hätte sie gerungen, dachte er. So sah sie jedenfalls aus.

Richard kam sich plötzlich nackt vor auf der offenen, weit geschwungenen Treppe. Mit scharfen, grauen Augen beobachtete er die grauen Schatten und verborgenen Stellen zwischen den Säulen, den Mauern, den verschiedenen eleganten Belvederes, die verstreut im unteren Teil des Palastgeländes standen. Ein gelegentlicher Windhauch wirbelte glitzernden Schnee auf, doch sonst war alles still. Er schaute so konzentriert, daß seine Augen schmerzten, konnte aber nichts Lebendiges, keine Anzeichen für eine Bedrohung bemerken.

Obwohl er nichts sah, spürte Richard ein wachsendes Gefühl der Gefahr – es war nicht einfach eine Reaktion auf Gratchs Aufgebrachtheit, sondern es entstammte seinem Innern, seinem Han, den Tiefen seiner Brust, strömte in die Fasern seiner Muskeln und versetzte sie in angespannte Bereitschaft. Die Magie in seinem Innern war zu einem zusätzlichen Sinn geworden, der ihn oft gerade dann warnte, wenn seine anderen Sinne versagten. Darum mußte es sich auch jetzt handeln.

Tief in seiner Magengrube nagte das Bedürfnis fortzurennen, bevor es zu spät war. Er mußte zu Kahlan, er wollte nicht in irgendwelche Schwierigkeiten verwickelt werden. Er konnte sich ein Pferd suchen und einfach losreiten. Besser noch, er konnte jetzt sofort davonrennen und sich später ein Pferd besorgen.

Gratch faltete die Flügel auseinander und nahm eine drohende, hockende Haltung ein, bereit, in die Luft zu schießen. Er zog die Lippen weiter zurück, Dampf entwich zischend zwischen seinen Reißzähnen, während sein Knurren tiefer wurde und die Luft zum Schwingen brachte.

Richard bekam eine Gänsehaut auf den Armen. Sein Atem ging schneller, als das greifbare Gefühl der Gefahr sich zu einer konkreten Bedrohung zuspitzte.

»Fräulein Sanderholt«, sagte er, während sein suchender Blick von einem langen Schatten zum nächsten sprang, »warum geht Ihr nicht hinein? Ich komme nach und unterhalte mich mit Euch, sobald ich –«

Die Worte blieben ihm in der Kehle stecken, als er eine knappe Bewegung unten zwischen den weißen Säulen bemerkte – ein Flirren in der Luft, wie Hitzeschlieren über einem Feuer. Er starrte, versuchte zu entscheiden, ob er es tatsächlich gesehen oder sich nur eingebildet hatte. Hektisch versuchte er zu überlegen, was es sein könnte, wenn er denn überhaupt etwas gesehen hatte. Vielleicht war es ein wenig Schnee gewesen, von einem Windstoß hochgewirbelt. Er kniff konzentriert die Augen zusammen, konnte nichts erkennen. Wahrscheinlich war es nichts weiter als der Schnee im Wind, versuchte er sich zu beruhigen.

Plötzlich stieg die unleugbare Erkenntnis in ihm hoch wie kaltes, schwarzes Wasser durch den Riß in der Eisschicht eines Flusses – Richard war eingefallen, wann er Gratch so hatte knurren hören. Die feinen Härchen in seinem Nacken standen ab wie Nadeln aus Eis auf seiner Haut. Seine Hand tastete nach dem Griff seines Schwertes.

»Geht«, drängte er flüsternd Fräulein Sanderholt. »Sofort.«

Ohne Zögern rannte sie die Stufen hoch und machte sich auf den Weg zum weit entfernten Kücheneingang hinter ihm, als das Sirren von Stahl in der frischen Morgenluft verkündete, daß das Schwert der Wahrheit gezogen worden war.

Wie war es möglich, daß sie hier auftauchten? Es war nicht möglich, und doch war er sicher – er spürte sie.

»Tanze mit mir, Tod, ich bin bereit«, raunte Richard, bereits im Trancezustand des Zornes der Magie, die aus dem Schwert der Wahrheit in ihn strömte. Die Worte waren nicht die seinen, sondern stammten aus der Magie des Schwertes, aus den Seelen all derer, die das Schwert vor ihm benutzt hatten. Mit den Worten begriff er instinktiv ihre Bedeutung: es war ein Morgengebet, das besagte, daß man an diesem Tag sterben konnte und man sich daher bemühen sollte, sein Bestes zu geben, solange man noch lebte.

Aus dem Echo anderer Stimmen im Innern wuchs die Erkenntnis, daß dieselben Worte auch noch eine ganz andere Bedeutung hatten: sie waren ein Schlachtruf.

Mit lautem Brüllen schoß Gratch hoch – seine Flügel trugen ihn nach nur einem einzigen, weiten Satz in die Luft. Schnee wirbelte auf, von den mächtigen Flügelschlägen bewegt, die auch Richards Mriswithcape aufblähten.

Richard spürte ihre Gegenwart, lange bevor er sah, wie sie in der winterlichen Luft Gestalt annahmen. Er konnte sie mit seinem Geist erkennen, obwohl sie für seine Augen unsichtbar waren.

Unter wütendem Geheul stieß Gratch blitzschnell zum Fuß der Treppe hinab. Unweit der Säulen, kurz bevor der Gar sie erreichte, begannen sie sichtbar zu werden – Schuppen, Krallen und Capes, weiß vor dem weißem Hintergrund des Schnees. Weiß, so rein wie das Gebet eines Kindes.

Mriswiths.

3. Kapitel

Die Mriswiths reagierten auf die Bedrohung, nahmen Gestalt an und stürzten sich auf den Gar. Die Magie des Schwertes, der Zorn, überschwemmte Richard in seiner ganzen Wildheit, als er sah, wie sein Freund angegriffen wurde. Er sprang die Stufen hinab, hinein in den Kampf.

Geheul schlug ihm entgegen, da sich der Gar nun auf die Mriswiths stürzte. Jetzt, in der Hitze des Kampfes, waren sie zu erkennen. Vor dem Weiß der Steine und des Schnees waren sie immer noch schwer auszumachen, Richard konnte sie dennoch gut genug sehen. Es waren an die zehn, soweit er dies in all dem Durcheinander sagen konnte. Unter ihren Capes trugen sie schlichte Felle, die so weiß waren wie alles übrige an ihnen. Richard hatte sie vorher schwarz gesehen, doch er wußte, daß die Mriswiths die Farbe ihrer Umgebung annehmen konnten. Feste glatte Haut spannte sich über ihre Köpfe bis zum Hals hinunter, wo sie Falten zu werfen begann und in fest anliegende, ineinandergreifende Schuppen überging. Lippenlose Mäuler wurden aufgerissen, so daß man kleine, nadelspitze Zähne sah. Mit den Fäusten ihrer mit Schwimmhäuten versehenen Klauen umklammerten sie die Hefte dreiklingiger Messer. Kleine, runde, glänzende Augen fixierten voller Abscheu den rasenden Gar.

Geschmeidig umkreisten sie die dunkle Gestalt in ihrer Mitte. Ihre weißen Capes bauschten sich hinter ihnen auf, als sie über den Schnee hinwegglitten. Einige gerieten durch den Angriff ins Trudeln oder taumelten außer Reichweite und entkamen so den mächtigen Armen des Gar. Andere bekam der Gar mit den Krallen zu fassen, riß sie auf und versprizte dabei Mengen von Blut auf dem Schnee.

Sie waren so sehr mit Gratch beschäftigt, daß Richard ihnen in den Rücken fallen konnte, ohne auf Widerstand zu stoßen. Nie zuvor hatte er gegen mehr als einen Mriswith gleichzeitig gekämpft, und bereits das war eine ernstzunehmende Prüfung gewesen, doch jetzt, während der Zorn der Magie durch seinen Körper flutete, hatte er nur noch eins im Sinn: Gratch zu helfen. Richard streckte zwei von ihnen nieder, bevor sie dazu kamen, sich der neuen Bedrohung zuzuwenden. Schrilles Todesgeheul zerriß die Morgenluft. Nadelspitz und schmerzhaft klang es ihm in den Ohren.

Richard spürte andere hinter sich, zog sich Richtung Palast zurück. Er wirbelte gerade noch rechtzeitig herum und sah, wie plötzlich drei weitere auftauchten. Sie stürzten herbei, um sich in den Kampf zu werfen – nur Fräulein Sanderholt war ihnen noch im Weg. Diese schrie auf, als sie merkte, daß die näher kommenden Bestien ihr den Fluchtweg abschnitten. Sie machte kehrt und lief vor ihnen davon. Doch das Rennen würde sie verlieren, wie Richard erkannte – und er war zu weit entfernt, um rechtzeitig zu ihr zu gelangen.

Mit einem schwungvollen Rückhandschlag seines Schwertes schlitzte er einen seiner schuppigen Gegner auf. »Gratch!« schrie er. »Gratch!«

Gratch, der gerade einem Mriswith den Kopf abdrehte, sah auf. Richard zeigte mit dem Schwert auf Fräulein Sanderholt.

»Gratch! Beschütze sie!«

Gratch begriff sofort, in welcher Gefahr Fräulein Sanderholt schwebte. Er schleuderte den schlaffen, kopflosen Kadaver zur Seite und war mit einem Satz in der Luft. Richard duckte sich. Die schnellen Schläge seiner ledrigen Flügel trugen den Gar über Richards Kopf hinweg und die Stufen hinauf.

Gratch riß die Frau mit seinen pelzigen Armen hoch. Ihre Füße lösten sich mit einem Ruck vom Boden und schwebten über die kreisenden Messer der Mriswith hinweg. Gratch breitete die Flügel aus, legte sich in die Kurve, bevor das Gewicht der Frau ihm Schwung nahm, stürzte hinter den Mriswiths in die Tiefe, bremste dann mit einem mächtigen Flügelschlag und setzte Fräulein Sanderholt auf dem Boden ab. Ohne Pause warf er sich dann wieder in den Kampf, schlug und biß, geschickt den blinkenden Messern ausweichend, mit Krallen und Reißzähnen um sich.

Richard wirbelte herum zu den drei Mriswiths am Fuß der Treppe. Er ging auf im Zorn des Schwertes, wurde eins mit der Magie und den Seelen derer, die das Schwert vor ihm geschwungen hatten. Er bewegte sich mit der trägen Eleganz eines Tanzes – des Tanzes mit den Toten. Die drei Mriswiths gingen auf ihn los, ein anmutiger Ansturm blitzblanker Klingen. Mit einem Schwenk lösten sie ihre Formation auf, zwei glitten über die Stufen nach oben und wollten ihn einkreisen. Mit einer mühelosen, zwingenden Drehung bekam Richard den Zurückgebliebenen vor die Spitze seiner Klinge.

Zu seiner Überraschung schrien die beiden anderen auf. »Nein!« Richard hielt überrascht inne. Er hatte nicht gewußt, daß Mriswiths sprechen konnten. Sie warteten zögernd auf den Stufen, fixierten ihn mit ihren kleinen, runden, glänzenden schlangengleichen Augen. Auf ihrem Weg die Treppe hoch zu Gratch waren sie fast schon an Richard vorbei. Offensichtlich hatten sie es auf Gratch abgesehen, mutmaßte er.

Richard sprang die Stufen hinauf und verstellte ihnen den Weg. Wieder lösten sie ihre Formation auf, und jeder übernahm eine Seite. Richard täuschte nach links an, dann wirbelte er herum und drosch auf den anderen ein. Richards Schwert zerschmetterte die Dreifachklinge in seiner Klaue. Ohne zu zögern, wirbelte der Mriswith herum und wich so dem tödlichen Stoß von Richards Klinge aus, doch als das Wesen sich drehte und näher kam, um selbst einen Hieb anzubringen, zog Richard sein Schwert zurück und schlitzte ihm damit den Hals auf. Der Mriswith brüllte, ging taumelnd zu Boden, krümmte sich und vergoß sein Blut im Schnee.

Bevor Richard sich dem anderen zuwenden konnte, sprang dieser ihn von hinten an. Die beiden wälzten sich die Stufen hinunter. Sein Schwert und eines der dreiklingigen Messer glitten scheppernd über den Stein am Fuß der Treppe, schlidderten außer Reichweite und versanken im Schnee.

Sie wälzten sich herum, und beide versuchten, die Oberhand zu gewinnen. Die drahtige Bestie legte ihm die schuppigen Arme um die Brust und drückte zu, wollte Richard auf den Bauch zwingen. Der Sucher spürte den fauligen Atem in seinem Nacken. Er konnte zwar sein Schwert nicht sehen, aber er spürte dessen Magie und wußte genau, wo es lag. Er wollte danach greifen, doch das Gewicht des Mriswith hinderte ihn daran. Er versuchte sich nach vorn zu ziehen, doch der vom Schnee glatte Stein bot nicht genügend Halt. Das Schwert blieb unerreichbar.

Der Zorn verlieh ihm Kraft. Richard richtete sich wankend auf. Der Mriswith, der ihn immer noch mit schuppigen Armen umklammert hielt, schlang ein Bein um seines. Richard stürzte mit dem Gesicht nach vorn zu Boden, das Gewicht des Mriswith auf seinem Rücken preßte ihm den Atem aus den Lungen. Das zweite Messer des Mriswith schwebte Zentimeter über seinem Gesicht.

Vor Anstrengung ächzend, stemmte Richard sich mit einem Arm hoch und packte mit dem anderen das Gelenk der Hand, die das Messer hielt. Mit einer ungeheur kraftvollen, fließenden Bewegung wuchtete er den Mriswith zurück, tauchte unter dem Arm hindurch und schraubte ihn im Hochkommen einmal ganz herum. Knochen brachen mit dumpfen Knacken. Mit seiner anderen Hand drückte Richard ihm das Messer auf die Brust. Der Mriswith, mitsamt Cape und allem anderen, nahm plötzlich eine ekelhafte, schwach grünliche Farbe an.

»Wer hat dich geschickt!« Als er nicht antwortete, verdrehte Richard ihm den Arm noch weiter, klemmte ihn auf dem Rücken der Bestie fest. »Wer hat dich geschickt!«

Der Mriswith erschlaffte. »Der Traumwandler«, zischelte er.

»Wer ist der Traumwandler? Warum bist du hier?«

Eine wächsern gelbliche Farbe überkam den Mriswith in Wellen. Er riß die Augen auf, als er erneut zu fliehen versuchte. »Grünauge!«

Plötzlich wurde Richard von einem krachenden Schlag zurückgeworfen. Mit einer blitzschnellen Bewegung packte etwas Dunkles, Pelziges den Mriswith. Klauen rissen seinen Kopf nach hinten. Reißzähne bohrten sich in seinen Hals. Ein mächtiger Ruck, und die Kehle wurde ihm herausgerissen. Richard rang entsetzt nach Atem.

Er keuchte noch immer, als der Gar auf ihn losging. Richard warf die Arme hoch, als das riesige Tier gegen ihn prallte. Das Messer fiel ihm aus der Hand. Die schiere Größe des Gar war erdrückend, seine furchterregende Kraft überwältigend. Ebensogut hätte Richard versuchen können, einen Berg zurückzuhalten, der auf ihn stürzte. Triefende Reißzähne schnappten nach seinem Gesicht.

»Gratch!« Er krallte seine Fäuste in das Fell. »Gratch! Ich bin's, Richard!« Das zähnefletschende Gesicht wich ein kleines Stück zurück. Mit jedem Schnaufen entwich dampfender Atem, der nach dem Verwesungsgeruch des Mriswithblutes stank. Die leuchtend grünen Augen blinzelten. Richard strich über die sich hebende Brust. »Alles in Ordnung, Gratch. Es ist vorbei. Beruhige dich.«

Die eisenharten Muskeln der Arme, die ihn hielten, wurden schlaff. Das zähnefletschende Gesicht verzog sich zu einem faltigen Grinsen. Tränen traten ihm in die Augen, als Gratch Richard an seine Brust drückte.

»Grrratch haaat Rrrrraaaach liiiieerrg.«

Richard gab dem Gar einen Klaps auf die Schulter und bemühte sich, wieder zu Atem zu kommen. »Ich hab' dich auch lieb, Gratch.«

Gratch, dessen Augen jetzt wieder funkelten, hielt Richard vor seinen Körper und musterte ihn kritisch, so als wollte er sich versichern, ob sein Freund unversehrt war. Mit einem murmelnden, gurgelnden Geräusch machte er seiner Erleichterung Luft – weil er Richard unverletzt vorfand oder weil er sich zurückgehalten hatte, bevor er ihn in Stücke gerissen hätte, war Richard nicht ganz klar, aber eins wußte er: er war selbst erleichtert, daß es vorüber war. Jetzt, wo die Angst, der Zorn und die Raserei des Kampfes abklangen, zog sich ein dumpfer Schmerz durch seine Muskeln.

Richard atmete tief durch. Das Gefühl, den plötzlichen Angriff überstanden zu haben, versetzte ihn in ein Hochgefühl, doch daß Gratch, sonst so sanft, plötzlich zur tödlich wilden Bestie geworden war, beunruhigte ihn. Mit einem flüchtigen Blick erfaßte er die erschreckend große Menge übelriechenden, geronnenen Blutes überall im Schnee. Das war nicht Gratch alleine gewesen. Als der letzte Rest des magischen Zorns verrauchte, kam ihm der Gedanke, daß Gratch ihn möglicherweise in einem ähnlichen Licht sah. Ebenso wie Richard hatte Gratch sich der Bedrohung gewachsen gezeigt.

»Du wußtest, daß sie hier waren, Gratch, nicht wahr?«

Gratch nickte begeistert und unterstrich dies noch mit einem leisen Knurren. Vielleicht hatte Gratch damals, als Richard ihn zum letzten Mal so heftig knurren gehört hatte, vor dem Hagenwald, auch die Gegenwart des Mriswith gespürt, dachte er.

Die Schwestern des Lichts hatten ihm erzählt, daß die Mriswiths gelegentlich den Hagenwald verließen und daß niemand, weder die Schwestern des Lichts – die Magierinnen waren – und nicht einmal Zauberer imstande waren, ihre Gegenwart wahrzunehmen oder jemals eine Begegnung mit ihnen überlebt hatten. Richard hatte sie spüren können, weil er als erster seit nahezu dreitausend Jahren mit beiden Seiten der Gabe geboren worden war. Wie konnte also Gratch wissen, wo sie waren?

»Konntest du sie sehen, Gratch?« Gratch deutete auf einige der Kadaver, so als wollte er sie Richard zeigen. »Nein, jetzt kann ich sie sehen. Ich meine vorher, als ich mich mit Fräulein Sanderholt unterhielt und du geknurrt hast. Konntest du sie da schon sehen?« Gratch schüttelte den Kopf. »Konntest du sie hören oder riechen?« Gratch legte nachdenklich die Stirn in Falten, seine Ohren zuckten, dann schüttelte er erneut den Kopf. »Woher wußtest du dann, daß sie da waren, bevor du sie sehen konntest?«

Das riesige Tier zog seine Brauen, dick wie Axtgriffe, zusammen und blickte Richard fragend von oben an. Er zuckte die Achseln. Sein Unvermögen, eine befriedigende Antwort zu geben, schien ihn zu verwirren.

»Soll das heißen, du konntest sie spüren, bevor du sie gesehen hast? Irgend etwas hat dir gesagt, daß sie da sind?«

Grinsend nickte Gratch, froh, weil Richard zu verstehen schien. Aus einem ähnlichen Grund hatte Richard von ihrer Anwesenheit gewußt – er konnte sie spüren, im Geiste sehen, bevor er sie mit den Augen erblickte. Aber Gratch besaß die Gabe nicht. Wieso war er dazu fähig?

Vielleicht, weil Tiere Dinge eher spürten als Menschen. Wölfe wußten gewöhnlich, daß man da war, bevor man wußte, das *sie* da waren. Gewöhnlich bemerkte man ein Reh im Gebüsch erst dann, wenn es Reißaus nahm, weil es einen längst gewittert hatte, bevor man es selbst zu Gesicht bekam. Im allgemeinen hatten Tiere schärfere Sinne als Menschen, und Raubtiere mit die schärfsten. Und Gratch war ganz gewiß ein Raubtier. Dieser Sinn hatte ihm offenbar mehr genützt als Richard die Magie.

Fräulein Sanderholt war zum Fuß der Treppe heruntergekommen und legte Gratch eine bandagierte Hand auf den pelzigen Arm. »Gratch ... danke.« Sie wandte sich Richard zu und senkte die Stimme. »Ich dachte schon, er würde mich auch umbringen«, gestand sie. Kurz sah sie zu den zerfetzten Leichen hinüber. »Ich habe gesehen, wie Gars das gleiche Menschen angetan haben. Als er mich packte, war ich überzeugt, er würde mich töten. Aber ich habe mich geirrt. Er ist anders.« Sie blickte erneut zu Gratch hoch. »Du hast mir das Leben gerettet. Danke.«

Gratch lächelte, und man konnte seine blutverschmierten Reißzähne in ihrer ganzen Länge sehen. Der Anblick verschlug ihr den Atem.

Richard blickte hinauf in das finster wirkende, grinsende Gesicht. »Hör auf zu grinsen, Gratch. Du machst ihr schon wieder angst.«

Seine Mundwinkel senkten sich, seine Lippen bedeckten die gewaltigen, gefährlich scharfen Reißzähne. Sein faltiges Gesicht nahm einen schmollenden Ausdruck an. Gratch hielt sich für liebenswert, und ihm erschien es nur natürlich, daß alle anderen ihn ebenfalls so betrachteten.

Fräulein Sanderholt strich Gratch über den Arm. »Schon gut. Sein Lächeln kommt vom Herzen und ist auf seine Art auch schön. Ich bin einfach ... nicht daran gewöhnt, das ist alles.«

Gratch lächelte Fräulein Sanderholt erneut an, diesmal schlug er dazu noch temperamentvoll mit den Flügeln. Fräulein Sanderholt konnte nicht anders, sie wich taumelnd einen Schritt zurück. Sie stand gerade erst im Begriff zu verstehen, daß dieser Gar anders war als die, die für die Menschen von jeher eine Bedrohung darstellten, doch ihre Instinkte waren noch immer mächtiger als diese Erkenntnis. Gratch ging auf die Frau zu, um sie an sich zu drücken. Richard war überzeugt, daß sie vor Angst sterben würde, bevor sie die gute Absicht des Gar erkannte, also hielt er Gratch mit der Hand zurück.

»Er mag Euch, Fräulein Sanderholt. Er wollte Euch nur umarmen, das ist alles. Aber ich denke, es reicht, wenn Ihr Euch bedankt.«

Schnell fand sie ihre Fassung wieder. »Unsinn.« Sie lächelte freundlich und breitete die Arme aus. »Ich möchte in die Arme genommen werden, Gratch.«

Gratch gurgelte vor Wonne und hob sie hoch. Leise warnte Richard Gratch, behutsam mit ihr umzugehen. Fräulein Sanderholt kicherte unterdrückt und hilflos. Als sie wieder auf dem Boden stand, zupfte sie ihr Kleid über ihrem knochigen Körper zurecht und zog das Wolltuch ungeschickt über ihre Schultern. Sie strahlte freundlich.

»Ihr habt recht, Richard. Er ist kein Haustier. Er ist ein Freund.«

Gratch nickte begeistert. Seine Ohren zuckten, während er erneut mit den ledrigen Flügeln schlug.

Richard zog ein weißes, fast sauberes Cape von einem Mriswith in der Nähe. Er bat Fräulein Sanderholt um Erlaubnis, und als sie einverstanden war, schob er sie vor die Eichentür eines kleinen, niedrigen Steinschuppens. Er legte ihr das Cape um die Schultern und zog ihr die Kapuze über den Kopf.

»Ich möchte, daß Ihr Euch konzentriert«, erklärte er ihr. »Konzentriert Euch auf das Braun der Tür hinter Euch. Haltet das Cape unter Eurem Kinn zusammen und schließt die Augen, wenn Euch das beim Konzentrieren hilft. Stellt Euch vor, Ihr seid eins mit der Tür und habt dieselbe Farbe wie sie.«

Sie sah stirnrunzelnd zu ihm auf. »Warum sollte ich das tun?«

»Ich möchte sehen, ob Ihr Euch unsichtbar machen könnt wie sie.«

»Unsichtbar!«

Richard lächelte aufmunternd. »Versucht es doch einfach mal!«

Sie atmete hörbar aus, schließlich nickte sie. Langsam schloß sie die Augen. Ihr Atem wurde gleichmäßiger und langsamer. Nichts geschah. Richard wartete noch ein Weilchen, doch noch immer passierte nichts. Das Cape blieb weiß, nicht ein Faden darin färbte sich braun. Schließlich öffnete sie die Augen wieder.

»Bin ich unsichtbar geworden?« fragte sie, und es klang, als machte ihr diese Vorstellung angst.

»Nein«, mußte Richard zugeben.

»Das habe ich mir gedacht. Aber wie machen diese widerlichen Schlangenmenschen sich unsichtbar?« Sie warf das Cape mit einem Schulterzucken ab und schüttelte sich vor Ekel. »Und wie kommt Ihr darauf, daß ich das könnte?«

»Sie heißen Mriswiths. Und es sind die Capes, die ihnen das ermöglichen. Daher dachte ich, Ihr könntet es vielleicht auch.« Sie sah ihn zweifelnd an. »Hier, ich will es Euch beweisen.«

Richard nahm ihren Platz vor der Tür ein und zog die Kapuze seines Mriswithcapes hoch. Dann schlug er das Cape übereinander, schloß es, und konzentrierte sich ganz auf die Aufgabe. Einen Atemzug später nahm das Cape genau die Farbe dessen an, was sich hinter ihm befand. Richard wußte, daß die Magie des Capes, offenbar unterstützt durch seine eigene, irgendwie auch die bloßliegenden Teile seines Körpers verhüllte, so daß er völlig verschwand.

Als er sich vor der Tür bewegte, veränderte sich das Cape stets so, daß es genau mit dem übereinstimmte, was sie hinter ihm sah, und als er vor die weißen Steine trat, schienen die farblosen Steinblöcke und die dunkleren Fugen über ihn hinwegzugleiten und ahmten den Hintergrund so täuschend nach, als blickte sie durch ihn hindurch. Aus Erfahrung wußte Richard, daß es selbst dann keinen Unterschied machte, wenn der Hintergrund sehr vielfältig war. Das Cape war in der Lage, sich allem anzupassen, was sich hinter ihm befand.

Als Richard sich entfernte, starrte Fräulein Sanderholt noch immer auf die Tür, wo sie ihn zuletzt gesehen hatte, Gratch dagegen ließ ihn keinen Moment aus den Augen. Die grünen Augen des Gar bekamen etwas zunehmend Bedrohliches, während er Richards Bewegungen folgte. Sein Knurren wurde lauter.

Richard ließ es dabei bewenden. Die Hintergrundfarben lösten sich vom Cape, und es wurde, als er die Kapuze zurückschlug, wieder schwarz. »Ich bin's noch immer, Gratch.«

Fräulein Sanderholt erschrak, fuhr herum und entdeckte ihn an seinem neuen Standort. Gratchs Knurren verlor sich, ging erst in Verwirrung, dann in ein Grinsen über. Als er das neue Spiel durchschaute, fing er leise gurgelnd an zu lachen.

»Richard«, stammelte Fräulein Sanderholt, »wie habt Ihr das gemacht? Wie habt Ihr Euch unsichtbar gemacht?«

»Es ist das Cape. Er macht mich nicht wirklich unsichtbar, aber irgendwie kann es seine Farbe ändern, sich dem Hintergrund anpassen und so das Auge täuschen. Vermutlich braucht man Magie, damit das Cape funktioniert, und Ihr besitzt keine. Ich dagegen wurde mit der Gabe geboren, deshalb funktioniert es bei mir.« Richard sah sich nach den toten Mriswiths um. »Ich denke, es ist am besten, wenn wir die Capes verbrennen, damit sie nicht in falsche Hände fallen.«

Richard sagte Gratch, er solle die Capes von oben auf der Treppe holen, während er sich bückte, um die unten liegenden einzusammeln.

»Richard, meint Ihr, es könnte ... gefährlich sein, die Capes dieser unheilvollen Geschöpfe zu benutzen?«

»Gefährlich?« Richard richtete sich auf und kratzte sich im Nacken. »Ich wüßte nicht, wieso. Es wechselt doch nur die Farbe, sonst nichts. Wißt Ihr, so wie manche Frösche oder Salamander die Farbe wechseln können, um sich dem anzupassen, worauf sie hocken, wie zum Beispiel einem Felsen, einem Baumstamm oder einem Blatt.«

Sie half ihm, so gut ihre verletzten Hände es zuließen. »Ich habe diese Frösche gesehen. Ich hielt es immer für eines der Wunder unseres Schöpfers, daß sie das konnten.« Sie sah lächelnd zu ihm hoch. »Vielleicht hat der Schöpfer Euch mit demselben Wunder gesegnet, weil Ihr die Gabe besitzt. Er sei gelobt, Sein Segen hat geholfen, uns zu retten.«

Als Gratch ihr die übrigen Capes reichte, eines nach dem anderen, damit sie sie auf das Bündel packen konnte, legte sich ein Gefühl der Besorgnis auf Richards Brust. Er hob den Kopf und sah den Gar an.

»Gratch, du spürst doch keine weiteren Mriswiths mehr, oder?«

Der Gar reichte Fräulein Sanderholt das letzte Cape, dann ließ er den Blick aufmerksam in die Ferne schweifen. Schließlich schüttelte er den Kopf. Richard atmete erleichtert auf.

»Hast du eine Idee, wo sie hergekommen sein könnten, Gratch? Irgendeine bestimmte Richtung?«

Wieder drehte sich Gratch langsam um und betrachtete sorgsam prüfend die Umgebung. Einen totenstillen Augenblick lang richtete sich seine Aufmerksamkeit auf die Burg der Zauberer, wanderte dann aber weiter. Schließlich zuckte er die Achseln und machte ein kleinlautes Gesicht.

Richard ließ den Blick über die Stadt Aydindril schweifen, musterte sorgfältig die Truppen der Imperialen Ordnung, die er unten erkennen konnte. Sie setzten sich aus Männern vieler Nationen zusammen, hatte man ihm erzählt, doch die Kettenhemden, Panzer und das dunkle Leder, das die meisten trugen, kannte er: D'Haraner.

Richard knotete das letzte lose Ende um die Capes, schnürte sie zu einem festen Bündel zusammen und warf das Ganze auf den Boden. »Was ist mit Euren Händen passiert?«

Sie hielt sie ihm hin und drehte sie. Die Bandage aus weißem Tuch war mit getrockneten Flecken aus Bratenfett, Soßen und Ölen verschmutzt, war schmuddelig von der Asche und dem Ruß der Feuer. »Man hat mir die Fingernägel mit Zangen rausgezogen, damit ich gegen die Mutter Konfessor aussage ... gegen Kahlan.«

»Und – habt Ihr?« Sie wendete den Blick ab, und Richard wurde rot, als ihm klar wurde, wie seine Frage geklungen haben mußte. »Tut mir leid, das ist mir so rausgerutscht. Niemand kann erwarten, daß Ihr Euch ihren Forderungen unter Folter widersetzt. Die Wahrheit ist solchen Menschen gleichgültig. Kahlan würde niemals glauben, daß Ihr sie verraten habt.«

Sie zuckte mit einer Schulter und ließ die Hände sinken. »Ich habe mich geweigert, die Dinge zu sagen, die ich über sie erzählen sollte. Sie verstand, genau wie Ihr gesagt habt. Kahlan selbst befahl mir, gegen sie auszusagen, damit sie mir nicht noch mehr antun. Dennoch, es war die reinste Qual, solche Lügen auszusprechen.«

»Ich wurde mit der Gabe geboren, aber ich weiß nicht, wie man sie benutzt, sonst würde ich versuchen, Euch zu helfen.« Er wand sich vor Mitgefühl. »Lassen denn die Schmerzen wenigstens inzwischen nach?«

»Ich fürchte, jetzt, wo die Imperiale Ordnung im Besitz von Aydindril ist, haben die Schmerzen gerade erst begonnen.«

»Waren es die D'Haraner, die Euch das angetan haben?«

»Nein. Ein keltonischer Zauberer hat es angeordnet. Kahlan hat ihn bei ihrer Flucht getötet. Die meisten Soldaten der Imperialen Ordnung in Aydindril sind allerdings D'Haraner.«

»Wie haben sie die Menschen in der Stadt behandelt?«

Sie rieb sich mit den bandagierten Händen über die Arme, als fröstelte sie in der winterlichen Luft. Richard hätte ihr fast sein Cape um die Schultern gelegt, besann sich jedoch eines Besseren und half ihr statt dessen, ihr Tuch zurechtzurücken.

»Die D'Haraner haben zwar im letzten Herbst Aydindril eingenommen, und im Kampf sind ihre Soldaten brutal vorgegangen, aber seit sie jeglichen Widerstand niedergeschlagen und die Stadt übernommen haben, sind sie, solange ihre Befehle befolgt werden, nicht mehr so grausam. Vielleicht ist es ihnen wichtiger, daß ihre Beute unversehrt bleibt.«

»Das könnte sein. Was ist mit der Burg? Haben sie die auch eingenommen?«

Sie warf einen Blick über die Schulter, den Berg hinauf. »Ich bin mir nur nicht sicher, aber ich glaube nicht. Die Burg ist durch Banne geschützt, und nach dem, was man mir erzählt hat, fürchten sich die D'Haranischen Truppen vor Magie.«

Richard rieb sich nachdenklich das Kinn. »Was geschah, nachdem der Krieg mit D'Hara vorüber war?«

»Offenbar haben die D'Haraner, wie andere auch, Verträge mit der Imperialen Ordnung geschlossen. Nach und nach übernahmen die Keltonier das Ruder. Die D'Haraner stellten zwar noch immer den größten Teil der Kampftruppen, duldeten aber stillschweigend die keltonische Herrschaft über die Stadt. Keltonier fürchten Magie nicht so sehr wie die D'Haraner. Prinz Fyren von Kelton und dieser keltonische Zauberer beherrschten den Rat. Da mittlerweile Prinz Fyren, der Zauberer und der Rat tot sind, weiß ich nicht genau, wer im Augenblick das Sagen hat. Vermutlich die D'Haraner, womit wir weiterhin der Gnade der Imperialen Ordnung ausgeliefert wären.

Nun, da die Mutter Konfessor und die Zauberer fort sind, mache ich mir Sorgen, was aus uns wird. Ich weiß, sie mußten fliehen, sonst wären sie ermordet worden, aber ...«

Ihre Stimme verlor sich, daher beendete er den Satz für sie. »Seit die Midlands geschaffen wurden und man Aydindril als deren Herzstück gründete, hat hier niemand anderes regiert als die Mutter Konfessor.«

»Ihr kennt Euch in der Geschichte aus?«

»Kahlan hat mir ein wenig darüber erzählt. Es betrübt sie zutiefst, daß sie Aydindril verlassen mußte, doch ich versichere Euch, wir werden nicht zulassen, daß Aydindril und die Midlands an die Imperiale Ordnung fallen.«

Fräulein Sanderholt wandte sich resigniert ab. »Was einmal war, ist nicht mehr. Mit der Zeit wird die Imperiale Ordnung die Geschichte dieses Ortes umschreiben, und die Midlands werden in Vergessenheit geraten.

Richard, ich weiß, Ihr könnt es kaum erwarten, aufzubrechen und Euch ihr anzuschließen. Sucht Euch einen Ort, wo Ihr Euer Leben in Frieden und Freiheit leben könnt. Seid nicht verbittert über das, was verloren ist. Wenn Ihr zu Kahlan kommt, dann erklärt ihr, daß es zwar Menschen gab, die bei ihrer Scheinhinrichtung gejubelt haben, daß aber viel mehr Menschen verzweifelt waren, als sie von ihrem Tod erfuhren. In den Wochen nach ihrer Flucht habe ich die Seite gesehen, die sie nicht gesehen hat. Es gibt hier böse, habgierige Menschen wie überall – aber es gibt auch gute Menschen, die sie immer in Ehren halten werden. Wir sind zwar jetzt Untertanen der Imperialen Ordnung, doch die Erinnerung an die Midlands wird, solange wir leben, in unseren Herzen weiterbestehen.«

»Danke, Fräulein Sanderholt. Ich weiß, es wird ihr Mut machen, zu hören, daß sich nicht alle innerlich von ihr und den Midlands abgewendet haben. Aber verzweifelt nicht! Solange die Midlands in unseren Herzen weiterbestehen, gibt es noch Hoffnung. Wir werden uns behaupten.«

Sie lächelte, doch tief in ihren Augen konnte er zum ersten Mal ins Innerste ihrer Verzweiflung blicken. Sie glaubte ihm nicht. Das Leben unter der Imperialen Ordnung, so kurz es bisher gedauert haben mochte, war brutal genug gewesen, selbst den kleinsten Funken Hoffnung auszulöschen. Deshalb hatte sie Aydindril auch gar nicht erst verlassen. Wo sollte sie auch hin?

Richard nahm sein Schwert aus dem Schnee und wischte die blinkende Klinge an der Fellkleidung eines Mriswith ab. Er steckte das Schwert zurück in seine Scheide.

Die beiden drehten sich um, als sie nervöses Geflüster hörten, und erblickten eine Gruppe Küchenangestellte, die sich nahe dem oberen Treppenabsatz versammelt hatten und ungläubig das Blutbad im Schnee anstarrten – und Gratch. Ein Mann hatte eines der dreiklingigen Messer aufgehoben und betrachtete es von allen Seiten. Aus Angst, die Stufen hinunterzukommen, in Gratchs Nähe, versuchte er durch hartnäckiges Winken, Fräulein Sanderholt auf sich aufmerksam zu machen. Mit einer gereizten Geste bewegte sie ihn dazu, herunterzukommen.

Offenkundig hatte ihm eher ein Leben voll harter Arbeit als das Alter zugesetzt, auch wenn sein gelichtetes Haar schon das erste Grau zeigte. Er stieg die Stufen in einer schlingernden Gangart hinab, als hätte er einen schweren Getreidesack auf seinen gebeugten Schultern. Dann nickte er Fräulein Sanderholt knapp und ehrerbietig zu, während sein Blick von ihr zu den Leichen hinüberzuckte, zu Gratch, zu Richard, und dann wieder zurück zu ihr.

»Was gibt es, Hank?«

»Ärger, Fräulein Sanderholt.«

»Im Augenblick habe ich mit meinem eigenen Ärger genug zu tun. Könnt ihr das Brot nicht ohne mich dort aus dem Ofen holen?«

Er nickte hastig. »Doch, Fräulein Sanderholt. Aber bei diesem Ärger geht es um«, er starrte haßerfüllt auf den stinkenden Mriswithkadaver neben sich, »um diese Wesen.«

Richard richtete sich auf. »Was ist mit ihnen?«

Hank warf einen Blick auf das Schwert an seiner Hüfte, dann wandte er die Augen ab. »Ich glaube, es war ...« Als er den Kopf hob und Gratch ansah und dieser lächelte, verschlug es dem Mann die Stimme.

»Sieh mich an, Hank.« Richard wartete, bis er gehorchte. »Der Gar wird dir nichts tun. Diese Wesen heißen Mriswith, Gratch und ich haben sie getötet. Jetzt erzähl mir von dem Ärger.«

Er wischte sich die Handflächen an seiner wollenen Hose ab. »Ich habe mir ihre Messer angesehen. Offenbar sind sie es gewesen.« Sein Gesichtsausdruck verfinsterte sich. »Es geht das Gerücht, daß jeden Augenblick eine Panik ausbrechen kann. Menschen wurden ermordet. Die Sache ist, niemand hat gesehen, wie. Den Opfern wurden mit einem dreiklingigen Gegenstand die Bäuche aufgeschlitzt.«

Richard stöhnte gequält auf und fuhr sich mit der Hand durchs Gesicht. »Das ist die Art, wie Mriswiths töten – sie weiden ihre Opfer aus, und man sieht sie nicht einmal kommen. Wo wurden diese Leute umgebracht?«

»Überall in der Stadt, alle ungefähr zur selben Zeit, gleich beim ersten Morgenlicht. Nach dem, was ich gehört habe, müssen es wohl mehrere Täter gewesen sein. Nach der Anzahl dieser Mriswithwesen zu schließen, habe ich wohl recht damit. Die Toten markieren ihre Wege, die wie Speichen eines Wagenrades alle hierherführen.

Sie haben getötet, wer immer ihnen im Weg stand: Männer, Frauen, sogar Pferde. Unter den Soldaten ist Unruhe ausgebrochen, denn es hat auch ein paar von ihnen erwischt, und die übrigen sind offenbar der Ansicht, daß es sich um eine Art Angriff handelt. Eines dieser Mriswithwesen ist mitten durch eine Menschenmenge gezogen, die sich auf der Straße versammelt hatte. Der Bastard hat sich nicht die Mühe gemacht, sie zu umgehen, sondern sich einen Weg durch ihre Mitte freigeschlagen.« Hank warf einen besorgten Blick auf Fräulein Sanderholt. »Einer ist durch den Palast gezogen. Hat eine Magd, zwei Wachen und Jocelyn umgebracht.«

Fräulein Sanderholt erschrak und schlug sich die bandagierte Hand vor den Mund. Sie schloß die Augen und sprach leise ein Gebet.

»Tut mir leid, Fräulein Sanderholt, aber ich denke, Jocelyn hat nicht gelitten. Ich war sofort bei ihr, und da war sie schon tot.«

»Sonst noch jemand vom Küchenpersonal?«

»Nur Jocelyn. Sie war wegen einer Besorgung unterwegs und nicht in der Küche.«

Gratch betrachtete Richard stumm, der seinerseits hinauf zu den Bergen blickte, zu den steinernen Mauern. Der Schnee darüber leuchtete rosa im Licht der Dämmerung. Er schürzte verzweifelt die Lippen und ließ den Blick erneut über die Stadt schweifen, während ihm die Galle in die Kehle stieg.

»Hank.«

»Sir?«

Richard drehte sich wieder um. »Ich möchte, daß du ein paar Männer zusammenholst. Tragt die Mriswiths zur Vorderseite des Palastes und reiht sie vor dem Haupteingang auf. Tut es jetzt gleich, bevor sie hartgefroren sind.« Seine Kiefermuskeln standen hervor, als er die Zähne aufeinanderbiß. »Steckt die Köpfe auf Spieße. Reiht sie sauber und ordentlich zu beiden Seiten auf, so daß jeder, der den Palast betritt, zwischen ihnen hindurch muß.«

Hank räusperte sich, als wollte er protestieren, doch dann fiel sein Blick auf das Schwert an Richards Seite, und statt dessen sagte er: »Sofort, Sir.« Er verneigte kurz den Kopf vor Fräulein Sanderholt und eilte zum Palast, um Hilfe zu holen.

»Die Mriswiths besitzen zweifellos Magie. Vielleicht hält die Angst davor die D'Haraner für eine Weile vom Palast fern.«

Ihre Stirn war von Sorgenfalten zerfurcht. »Richard, diese Wesen besitzen, wie Ihr sagt, ganz offenbar Magie. Kann jemand außer Euch diese Schlangenmenschen sehen, wenn sie sich anschleichen und dabei die Farbe verändern?«

Richard schüttelte den Kopf. »Nach dem, was man mir erzählt hat, kann nur meine einzigartige Magie sie erspüren. Aber offensichtlich hat auch Gratch diese Fähigkeit.«

»Die Imperiale Ordnung predigt, Magie sei böse, und auch jene, die sie besitzen. Was, wenn dieser Traumwandler die Mriswiths geschickt hat, um die zu töten, die Magie haben?«

»Durchaus möglich. Worauf wollt Ihr hinaus?«

Sie betrachtete ihn eine Weile mit ernster Miene. »Euer Großvater, Zedd, besitzt Magie, ebenso wie Kahlan.«

Er bekam eine Gänsehaut, als er hörte, wie sie seine Befürchtungen laut aussprach. »Ich weiß. Aber vielleicht habe ich eine Idee. Jetzt muß ich mich erst mal um das kümmern, was hier vor sich geht, um die Imperiale Ordnung.«

»Was wollt Ihr denn damit erreichen?« Sie holte tief Luft und mäßigte ihren Tonfall. »Ich will Euch nicht kränken, Richard. Ihr besitzt zwar die Gabe, aber Ihr wißt nicht, wie man sie anwendet.

Ihr seid kein Zauberer, Ihr könnt hier nicht helfen. Flieht, solange Ihr noch könnt.«

»Wohin denn! Wenn die Mriswiths mich hier erwischen können, dann können sie das überall. Es gibt keinen Ort, an dem man sich lange verstecken kann.« Er sah zur Seite und spürte, wie sein Gesicht heiß wurde. »Ich weiß selbst, daß ich kein Zauberer bin.«

»Aber was –«

Er warf ihr einen wütenden, raubvogelhaften Blick zu. »Kahlan hat die Midlands als Mutter Konfessor im Namen der Midlands in den Krieg gegen die Imperiale Ordnung und gegen deren Tyrannei geführt. Die Imperiale Ordnung beabsichtigt, alle Magie auszumerzen und alle Menschen zu unterwerfen. Wenn wir nicht kämpfen und alle Menschen befreien sowie alle, die Magie besitzen, werden wir entweder ermordet oder versklavt. Es kann erst dann Frieden geben – sei es für die Midlands oder für jedes andere freie Land oder Volk –, wenn die Imperiale Ordnung vernichtet ist.«

»Es sind zu viele, Richard. Was glaubt Ihr denn allein erreichen zu können?«

Er war es leid, überrascht zu werden und nicht zu wissen, was ihn als nächstes erwartete. Er war es leid, als Gefangener gehalten, gefoltert, ausgebildet, angelogen zu werden. Mit ansehen zu müssen, wie hilflose Menschen dahingemetzelt wurden. Er mußte etwas tun.

Er war zwar kein guter Zauberer, aber er kannte einen. Zedd war nur wenige Wochen in Richtung Südwesten entfernt. Zedd würde verstehen, daß Aydindril von der Imperialen Ordnung befreit und die Burg der Zauberer beschützt werden mußte. Wenn die Imperiale Ordnung diese Magie zerstörte, ginge sie dann nicht – womöglich für alle Zeiten – verloren?

Wenn es sein mußte, gab es noch andere – im Palast der Propheten in der Alten Welt –, die vielleicht bereit und in der Lage waren zu helfen. Warren war sein Freund, und obwohl seine Ausbildung noch nicht abgeschlossen war, war er ein Zauberer und kannte sich mit Magie aus. Jedenfalls besser als Richard.

Auch Schwester Verna würde ihm helfen. Die Schwestern waren ebenfalls Magierinnen und besaßen die Gabe, auch wenn sie nicht so mächtig waren wie ein Zauberer. Allerdings traute er außer Schwester Verna keiner von ihnen. Nun, vielleicht auch Prälatin Annalina. Es gefiel ihm nicht, daß sie ihm Informationen vorenthielt und die Wahrheit nach Bedarf zurechtbog, doch das machte sie nicht aus Böswilligkeit – was sie getan hatte, war allein aus Sorge um die Lebenden geschehen. Ja, Ann würde ihm vielleicht helfen.

Und dann war da noch Nathan, der Prophet. Nathan, der den größten Teil seines Lebens unter dem Bann des Palastes gelebt hatte, war an die tausend Jahre alt. Was dieser Mann wußte, überstieg Richards Fassungsvermögen. Er hatte gewußt, daß Richard ein Kriegszauberer war, der erste, der seit Tausenden von Jahren geboren worden war, und er hatte ihm geholfen, die Bedeutung dessen zu verstehen und zu akzeptieren. Nathan hatte ihm schon einmal geholfen, und Richard war ziemlich sicher, er würde ihm noch einmal helfen. Nathan war ein Rahl, Richards Vorfahr.

Verzweifelte Gedanken schwirrten ihm durch den Kopf. »Der Aggressor stellt die Regeln auf. Ich muß sie irgendwie verändern.«

»Was werdet Ihr tun?«

Richard blickte voller Zorn zur Stadt hinüber. »Ich muß etwas tun, was sie nicht erwarten.« Er fuhr mit seinen Fingern über den erhabenen Golddraht, der das Wort *WAHRHEIT* auf dem Heft seines Schwertes bildete, und zur selben Zeit spürte er dessen wutschäumende Magie. »Ich trage das Schwert der Wahrheit, das mir von einem echten Zauberer verliehen wurde. Ich habe eine Pflicht. Ich bin der Sucher.« Im Taumel des gärenden Zornes, der hochkam, sobald er an die von den Mriswiths ermordeten Menschen dachte, sagte er leise zu sich selbst: »Ich schwöre, ich werde diesem Traumwandler Alpträume bereiten.«

4. Kapitel

»Meine Arme kribbeln wie Ameisen«, beklagte sich Lunetta. »Hier ist sie mächtig.«

Tobias Brogan warf einen flüchtigen Blick über die Schulter. Fetzen und Flicken zerrissenen, ausgebleichten Stoffes flatterten im schwachen Licht, als Lunetta sich kratzte. Inmitten der Reihen schmucker Soldaten in ihren blinkenden Rüstungen und den mit karminroten Capes drapierten Kettenhemden wirkte sie, wie sie gedrungen und gebeugt auf dem Pferd saß, als schaute sie unter einem Haufen Lumpen hervor. Ihre feisten Wangen bekamen Grübchen, während sie zahnlos feixend in sich hineinkicherte.

Brogan verzog angewidert den Mund, wandte sich ab und bändigte seinen drahtigen Schnäuzer, derweil sein Blick noch einmal über die Burg der Zauberer an der Bergflanke wanderte. Die dunkelgrauen Steinmauern fingen die ersten schwachen Strahlen der Wintersonne ein, die den Schnee auf den höhergelegenen Hängen rötlich färbte. Sein Mund zog sich noch fester zusammen.

»Magie, ich sag' es Euch, mein Lord General«, beharrte Lunetta. »Hier gibt es Magie. Mächtige Magie.« Sie plapperte weiter, beschwerte sich murrend darüber. Wie kalt es sie deswegen überlief.

»Sei still, alte Hexe. Nicht einmal ein Narr wäre auf dein unheimliches Talent angewiesen, um zu bemerken, daß Aydindril über und über mit dem Makel der Magie behaftet ist.«

Ihre wilden Augen funkelten gefährlich unter den fleischigen Brauen hervor. »Dies ist anders als alles, was Ihr bisher gesehen habt«, sagte sie mit einer Stimme, die zu dünn war für ihre übrige Gestalt. »Anders als alles, was ich je zuvor gespürt habe. Und im Südwesten ist sie auch nicht, bloß hier.« Sie kratzte den Unterarm heftiger und lachte erneut schnatternd.

Brogan betrachtete finsteren Blicks die Menschenmassen, die die Straße hinuntereilten, dann musterte er kritisch die exquisiten Paläste, die die breite Durchgangsstraße säumten, die, wie man ihn unterrichtet hatte, Königsstraße hieß. Die Paläste sollten den Betrachter mit dem Reichtum, der Macht und dem Charakter der Menschen beeindrucken, die sie repräsentierten. Sämtliche Gebäude warben mit hoch aufragenden Säulen, reichen Verzierungen, weiten Fensterflächen, weit geschwungenen Dächern und verziertem Gebälk um Aufmerksamkeit. Für Tobias Brogan waren sie nicht mehr als steinerne Pfaue: protzig zur Schau gestellte Verschwendung, wie er sie noch nie gesehen hatte.

Auf einer fernen Anhöhe lag der weitläufige Palast der Konfessoren, dessen steinerne Säulen und Türme auf der eleganten Königsstraße ihresgleichen suchten, und der irgendwie noch weißer war als der Schnee, der ihn umgab – so, als wollte er die Ruchlosigkeit seiner Existenz hinter einer Illusion der Reinheit verbergen. Starren Blicks erkundete Brogan die geheimen Winkel dieser Heimstatt der Gottlosigkeit, dieses Heiligtums der Macht der Magie über die Frommen, während seine knochigen Finger zärtlich über den ledernen Trophäenbeutel an seinem Gürtel strichen.

»Mein Lord General«, bedrängte ihn Lunetta und beugte sich vor, »habt Ihr gehört, was ich gesagt habe?«

Brogan drehte sich um, seine gewichsten Stiefel rieben in der Kälte knarzend am Gurt des Steigbügels. »Galtero!«

Augen wie schwarzes Eis leuchteten hervor unter dem Rand eines polierten Helms mit einem Helmbusch, den man karminrot gefärbt hatte, passend zu den Capes der Soldaten. Die Zügel locker in einer behandschuhten Hand haltend, bewegte er sich im Sattel mit der fließenden Eleganz eines Berglöwen. »Lord General?«

»Sollte meine Schwester nicht den Mund halten können, wenn man es ihr befiehlt« – er warf ihr einen wütenden Blick zu –, »dann knebelt sie.«

Lunetta blickte kurz nervös zu dem breitschultrigen Mann hinüber, der neben ihr ritt, sah die polierte Rüstung mitsamt Kettenhemd, seine scharfgeschliffenen Waffen. Sie öffnete den Mund und wollte protestieren, doch als ihr Blick auf diese eiskalten Augen fiel, schloß sie ihn wieder und kratzte sich statt dessen an den Armen. »Vergebt mir, Lord General Brogan«, murmelte sie und verneigte den Kopf ehrerbietig vor ihrem Bruder.

Galtero trieb sein Pferd mit einem aggressiven Ausfallschritt näher an Lunetta heran, so daß sein kraftvoller grauer Wallach ihre braune Mähre rempelte. »Sei still, *streganicha*.«

Ihre Wangen erröteten ob der Beleidigung, und einen Augenblick lang blitzten ihre Augen bedrohlich auf, doch ebenso schnell war es wieder vorbei, und sie schien unter ihren abgerissenen Lumpen zu erschlaffen, während sie unterwürfig den Blick senkte.

»Ich bin keine Hexe«, sagte sie leise bei sich.

Eine hochgezogene Braue über einem kalten Auge bewirkte, daß sie noch weiter in sich zusammensank und endgültig verstummte.

Galtero war ein guter Soldat. Der Umstand, daß Lunetta Lord General Brogans Schwester war, hätte keinerlei Bedeutung, wenn der Befehl erteilt würde. Sie war eine *streganicha,* eine mit dem Makel des Bösen Behaftete. Auf ein Wort hin würde Galtero oder irgendein anderer der Männer ihr Lebensblut vergießen, ohne einen Augenblick zu zögern oder Mitleid zu empfinden.

Daß sie Brogans Verwandte war, nahm ihn nur noch härter in die Pflicht. Sie war eine ständige Mahnung daran, daß der Hüter jederzeit zum Schlag gegen die Gerechten ausholen und selbst die edelsten Familien verderben konnte.

Sieben Jahre nach Lunettas Geburt hatte der Schöpfer diese Ungerechtigkeit des Hüters ausgeglichen, und Tobias war geboren worden. Doch ihrer Mutter, die längst dem Wahn verfallen war, hatte dies nicht mehr geholfen. Seit seinem achten Lebensjahr, nachdem der schlechte Ruf seinen Vater vorzeitig ins Grab getrieben und seine Mutter es sich endgültig und vollkommen am Busen des Wahns behaglich gemacht hatte, lastete auf Tobias die Pflicht, die Gabe zu kontrollieren, die von seiner Schwester Besitz ergriffen hatte, damit diese sie nicht ganz beherrsche. In diesem Alter hatte

Lunetta ihn abgöttisch geliebt, und er hatte diese Liebe dazu benutzt, sie davon zu überzeugen, nur auf die Wünsche des Schöpfers zu hören. Er hatte sie zu anständiger Lebensführung angeleitet, so wie es die Männer aus dem Kreis des Königs ihm beigebracht hatten. Lunetta hatte immer Führung gebraucht, sie sogar bereitwillig angenommen. Sie war eine hilflose Seele, gefangen in einem Fluch, der ihre Fähigkeit und ihre Kraft überstieg, ihn abzulegen und ihm zu entfliehen.

Dank unbarmherziger Anstrengungen war es ihm gelungen, die Schande zu tilgen, daß jemand mit der Gabe in seine Familie hineingeboren worden war. Es hatte ihn den größten Teil seines Lebens gekostet, doch Tobias hatte seinem Familiennamen die Ehre zurückgegeben. Er hatte es allen gezeigt – er hatte die Schande zu seinen Gunsten umgemünzt und war der Erhabenste unter den Erhabenen geworden.

Tobias Brogan liebte seine Schwester – liebte sie so sehr, daß er ihr, wenn nötig, eigenhändig die Kehle durchschneiden würde, um sie aus den Fängen des Hüters, von der Folter des Makels, zu befreien, sollte sie jemals seiner Kontrolle entgleiten. Sie würde nur leben, solange sie von Nutzen war, nur solange sie ihnen dabei half, das Böse mit der Wurzel auszureißen, die Verderbten mit Stumpf und Stiel auszumerzen.

Ihm war bewußt, sie machte nicht viel her, eingehüllt in Fetzen bunten Tuches – aber das war das einzige, was ihr Freude machte und dafür sorgte, daß sie zufrieden blieb: wenn man sie mit unterschiedlichen Farben, ihren ›hübschen Sachen‹, wie sie sie nannte, drapierte –, der Hüter dagegen hatte Lunetta mit einem außergewöhnlichen Talent und einer außergewöhnlichen Macht ausgestattet. Dank zäher Bemühungen hatte Tobias sie davon befreit.

Dies war der schwache Punkt der Schöpfung des Hüters – der schwache Punkt in allem, was der Hüter schuf: es ließ sich von den Frommen als Werkzeug benutzen, wenn sie nur klug genug waren. Der Schöpfer stellte immer Waffen bereit, um die Gottlosigkeit zu bekämpfen, man brauchte nur nach ihnen zu suchen und die Weisheit, ja Kühnheit besitzen, sie zu benutzen. Das war es, was ihn an der Imperialen Ordnung beeindruckte – dort war man schlau genug, dies zu begreifen, und wendig genug, die Magie als Werkzeug einzusetzen, um Gottlosigkeit aufzuspüren und diese zu vernichten.

Wie er, so benutzte auch die Imperiale Ordnung die *streganicha*, und offenbar schätzte man sie und vertraute ihnen. Doch ihm gefiel nicht, daß man ihnen zugestand, frei und unbewacht herumzulaufen, um Informationen und Vorschläge zu beschaffen. Sollten sie sich allerdings jemals gegen die Sache wenden, nun, Lunetta war stets in seiner Nähe.

Trotzdem behagte es ihm nicht, dem Bösen so nahe zu sein. Es widerte ihn an, Schwester oder nicht.

Es dämmerte gerade, und die Straßen waren bereits dicht von Menschen bevölkert. Zudem gab es eine große Anzahl von Soldaten verschiedener Länder, die jeweils auf dem Gelände ihres Palastes patrouillierten, sowie andere, meist D'Haraner, die in der Stadt Streife gingen. Viele der Soldaten wirkten nervös, so als erwarteten sie jeden Augenblick einen Angriff. Man hatte Brogan versichert, es wäre alles unter Kontrolle. Da er nie etwas ohne genauere Prüfung glaubte, hatte er am Abend zuvor seine eigenen Patrouillen ausgesandt, und sie hatten ihm bestätigt, daß nirgendwo in der Nähe von Aydindril Rebellen aus den Midlands zu finden waren.

Brogan zog es stets vor einzutreffen, wenn man am allerwenigsten mit ihm rechnete, und in größerer Zahl einzutreffen, als man erwartete – nur für den Fall, daß er die Dinge selbst in die Hand nehmen mußte. Er hatte einen vollen Verband – fünfhundert Mann – mit in die Stadt gebracht, sollte sich jedoch herausstellen, daß es Ärger gab, konnte er immer seine Hauptstreitmacht nach Aydindril holen. Seine Hauptstreitmacht hatte sich als vollauf fähig erwiesen, jede Rebellion niederzuwerfen.

Wären die D'Haraner keine Verbündeten, ihre große Zahl hätte ihn alarmieren müssen. Brogan hatte zwar ein wohlbegründetes Vertrauen in das Können seiner Männer, doch nur die Eitlen kämpften Schlachten, wenn die Chancen ausgeglichen standen, und schon gar nicht gegen eine große Übermacht. Die Eitlen fanden in den Augen des Schöpfers keine freundliche Beachtung.

Tobias hob eine Hand und ließ die Pferde langsamer gehen, damit sie nicht eine Schwadron D'Haranischer Fußsoldaten niedertrampelten, die den Weg der Kolonne kreuzte. Er hielt es für unglücklich, daß sie, aufgefächert in einer Schlachtformation, die seinem fliegenden Keil ähnelte, die Hauptdurchgangsstraße überquerten, aber vielleicht waren die D'Haraner, denen man den Auftrag gegeben hatte, in der eroberten Stadt zu patrouillieren, dazu gezwungen, Straßenräubern und Taschendieben ihre Macht zu demonstrieren.

Die D'Haraner, die Waffen gezogen und sichtlich bei schlechter Stimmung, beäugten die Kavalleriekolonne, als würden sie nach Anzeichen für eine Bedrohung Ausschau halten. Brogan fand es recht eigenartig, daß sie ihre Waffen nicht in der Scheide trugen. Eine vorsichtige Truppe, diese D'Haraner.

Was sie sahen, schien sie nicht zu beunruhigen, und so gingen sie im selben Tempo weiter. Brogan schmunzelte – unbedeutendere Männer als sie hätten einen Schritt zugelegt. Ihre Waffen, größtenteils Schwerter oder Streitäxte, waren weder verziert noch kunstvoll, und das allein verlieh ihnen ein um so eindrucksvolleres Aussehen. Es waren Waffen, die getragen wurden, weil sie sich als wirkungsvoll erwiesen hatten, und nicht, um damit anzugeben.

Obwohl zahlenmäßig gut um das Zwanzigfache unterlegen, betrachteten die Männer in dunklem Leder und Kettenhemden all das blankgeputzte Metall ohne großes Interesse: Glanz und Präzision stellten oft nichts anders als Eitelkeit zur Schau, und wenn sich in diesem Fall darin Brogans Disziplin widerspiegelte und seine tödliche Liebe zum Detail verriet, so wußten die D'Haraner dies vermutlich nicht. Wo er und seine Soldaten besser bekannt waren, genügte der Anblick ihrer karminroten Capes, um starke Männer erbleichen zu lassen, und das Funkeln ihrer blankgeputzten Rüstungen reichte, um einen Feind in die Flucht zu schlagen.

Als sie, von Nicobarese kommend, das Rang'Shada-Gebirge überquert hatten, war Brogan auf eine der Armeen der Imperialen Ordnung gestoßen, die aus Soldaten vieler Nationen, größtenteils jedoch D'Haranern, bestand. Der General der D'Haraner, Briggs, der seinen Rat aufmerksam und interessiert angenommen hatte, hatte ihn zutiefst beeindruckt. Und zwar so sehr, daß er einen Teil seiner Truppen bei ihm zurückgelassen hatte, um bei der Eroberung der Midlands zu helfen. Die Imperiale Ordnung war auf dem Weg in die heidnische Stadt Ebinissia, dem Sitz der Krone von Galea, gewesen, um sie zu unterwerfen. Wenn der Schöpfer ihnen wohlgesonnen war, dann hatten sie Erfolg gehabt.

Brogan hatte erfahren, daß die D'Haraner nicht viel von Magie hielten, und das hatte ihm gefallen. Daß sie Magie darüber hinaus fürchteten, empörte ihn. Magie war der Zutritt des Hüters in die Welt des Menschen. Den Schöpfer mußte man fürchten. Magie, die Hexenkunst des Hüters, mußte man vernichten. Bis zum Niederreißen der Grenze im vergangenen Frühjahr war D'Hara über Generationen von den Midlands abgeriegelt gewesen, D'Hara und sein Volk waren für Brogan zu großen Teilen noch immer etwas Unbekanntes, ein weites, neues Gebiet, das nach Erleuchtung und möglicherweise nach Läuterung verlangte.

Darken Rahl, der Führer D'Haras, hatte die Grenze zu Fall gebracht und dadurch seinen Truppen ermöglicht, die Midlands im Sturm zu erobern und unter anderem auch Aydindril einzunehmen. Hätte er sich mehr auf die Angelegenheiten der Menschen beschränkt, wäre es Rahl vielleicht gelungen, die gesamten Midlands in seine Gewalt zu bringen, bevor man dort Armeen gegen ihn aufstellen konnte. Doch er war mehr daran interessiert gewesen, Magie zu betreiben, und das hatte seinen Untergang zur Folge gehabt. Nach Darken Rahls Tod, nach seiner Ermordung durch einen Bewerber für den Thron, wie man Brogan erzählt hatte, hatten sich die D'Haranischen Truppen der Imperialen Ordnung und ihren Zielen angeschlossen.

Für die alte, sterbende Religion, genannt Magie, war kein Platz mehr in der Welt. Jetzt herrschte die Imperiale Ordnung, und der Ruhm des Schöpfers würde dem Menschen den Weg weisen. Tobias Brogans Gebete waren erhört worden. Jeden Tag dankte er dem Schöpfer, daß er ihn in diesen Zeiten leben ließ und er mittendrin dabeisein durfte. Er konnte sehen, wie die Blasphemie der Magie besiegt wurde, und er konnte die Rechtschaffenen in die letzte Schlacht führen. Hier wurde Geschichte gemacht, und er war ein Teil davon.

Tatsächlich: erst kürzlich war der Schöpfer Tobias im Traum erschienen und hatte ihm gesagt, wie sehr ihn seine Bemühungen erfreuten. Seinen Männern gegenüber verschwieg er dies, man hätte ihn für vermessen halten können. Durch den Schöpfer geehrt zu werden war Lohn genug. Natürlich hatte er Lunetta davon erzählt und ihr damit große Ehrfurcht eingeflößt. Schließlich geschah es nicht oft, daß der Schöpfer beschloß, direkt zu einem seiner Kinder zu sprechen.

Brogan gab seinem Pferd einen festen Schenkeldruck, um wieder Tempo zuzulegen, während er beobachtete, wie die D'Haraner in einer Seitenstraße weiterzogen. Keiner von ihnen drehte sich um und sah nach, ob sie verfolgt oder angegriffen wurden, aber nur ein Narr hätte dies für Selbstgefälligkeit gehalten – und Brogan war kein Narr. Die Menge teilte sich, um die Kolonne durchzulassen, und machte ihr weiträumig Platz, als sie weiterritt, die Königsstraße hinunter. Brogan erkannte einige Soldatenuniformen vor den verschiedenen Palästen wieder: Sandarier, Jarier und Keltonier. Galeaner sah er keine – offenbar hatte die Imperiale Ordnung in Ebinissia, dem Sitz der Krone von Galea, gute Arbeit geleistet.

Schließlich entdeckte Brogan Truppen aus seiner Heimat. Mit einer ungeduldigen Handbewegung winkte er eine Gruppe heran. Mit blähenden Capes, die karminrot verkündeten, wer sie waren, stürmten sie vorbei an den Schwertträgern, an den Lanzenträgern, an den Standartenträgern und schließlich an Brogan. Unter dem Lärm eiserner Hufe auf Straßenpflaster stürmten die Reiter geradewegs die weiten Stufen des Nicobaresischen Palastes hinauf. Das

Gebäude war so protzig wie alle anderen auch, mit seinen sich verjüngenden, gekehlten Säulen aus seltenem, weiß gemasertem, braunem Marmor, einem schwer zu findenden Stein, den man in den Bergen im Osten von Nicobarese gebrochen hatte. Diese Verschwendungssucht ärgerte ihn.

Die regulären Soldaten, die den Palast bewachten, taumelten beim Anblick der berittenen Männer zurück und rissen die Hände erschrocken zum Salut hoch. Die Gruppe der Reiter drängte sie weiter nach hinten und öffnete so einen breiten Durchgang für den Lord General.

Oben auf der Treppe, zwischen Statuen auf sich aufbäumenden Hengsten aus lederbraunem Stein, stieg Brogan ab. Er warf die Zügel einem aschfahlen Mann der Palastwache zu, blickte lächelnd hinaus auf die Stadt, die Augen auf den Palast der Konfessoren geheftet. Heute war Tobias Brogan bei guter Laune. In letzter Zeit wurde das immer seltener. Er sog die frische Luft tief in sich hinein: es war der Morgen eines neuen Tages.

Der Mann, der seine Zügel übernommen hatte, verbeugte sich, als Brogan sich wieder umdrehte. »Lang lebe der König.«

Brogan richtete sein Cape. »Das kommt ein wenig spät.«

Der Mann räusperte sich, nahm seinen Mut zusammen. »Sir?«

»Der König«, sagte Brogan und strich seinen Schnäuzer glatt, »hat sich als ein ganz anderer herausgestellt, als wir alle, die wir ihn liebten, dachten. Man hat ihn für seine Sünden verbrannt. Und jetzt kümmere dich um mein Pferd.« Er winkte einen anderen Posten herbei. »Du – lauf zum Koch und sage ihm, ich habe Hunger. Ich mag es nicht, wenn man mich warten läßt.«

Der Posten zog sich unter Verbeugungen zurück, während Brogan zu dem Mann hinaufsah, der noch immer hoch zu Roß saß. »Galtero.« Der Mann lenkte sein Pferd näher heran, sein karminrotes Cape hing schlaff in der stillen Luft. »Nehmt die Hälfte der Männer und bringt sie zu mir. Ich werde frühstücken und dann das Urteil über sie fällen.«

Sanft strich er mit seinen knochigen Fingern gedankenverloren über das Kästchen an seinem Gürtel. Bald würde er die Trophäe aller Trophäen in seine Sammlung aufnehmen. Er lächelte grimmig bei dem Gedanken. Die Ehre der moralischen Wiedergutmachung würde ihm zufallen.

»Lunetta.« Sie sah starren Blicks zum Palast der Konfessoren hinüber, die winzigen Flicken zerlumpten Tuches fest um sich gerafft, während sie träge an den Armen kratzte. »Lunetta!«

Sie zuckte zusammen, endlich hatte sie ihn gehört. »Ja, Lord General?«

Er warf sein karminrotes Cape nach hinten über seine Schulter und zog die Schärpe, die seinen Rang verkündete, gerade. »Komm, frühstücke mit mir. Wir werden uns unterhalten. Ich erzähle dir von dem Traum, den ich letzte Nacht hatte.«

Sie riß aufgeregt die Augen auf. »Schon wieder ein Traum, mein Lord General? Ja, ich möchte wirklich gerne davon hören. Ihr erweist mir eine Ehre.«

»Allerdings.« Sie folgte ihm in den nicobaresischen Palast, als er durch die hohen, messingbeschlagenen Doppeltüren schritt. »Wir haben verschiedene Dinge zu besprechen. Du wirst aufmerksam zuhören, nicht wahr, Lunetta?«

Sie folgte ihm schlurfend auf den Fersen. »Ja, mein Lord General. Immer.«

An einem Fenster mit einem schweren, blauen Vorhang blieb er stehen. Er zog sein Uniformmesser und schnitt an der Seite ein großes Stück ab, darunter auch einen Streifen der Bordüre mit goldenen Quasten. Lunetta fuhr sich mit der Zunge über die Lippen, wiegte sich hin und her, verlagerte das Gewicht von einem Fuß auf den anderen und wartete.

Brogan lächelte. »Etwas Hübsches für dich, Lunetta.«

Sie riß es mit glänzenden Augen aufgeregt an sich, hielt es mal hier-, mal dorthin und suchte nach der Stelle, wo sie es am besten zu den anderen stecken konnte. Vor Wonne jauchzte sie. »Danke, Lord General. Es ist wunderschön.«

Er marschierte davon, und Lunetta mußte sich sputen, um mit

ihm Schritt zu halten. Porträts von Angehörigen des Königshauses hingen vor der kostbaren Täfelung, und unter den Füßen erstreckten sich bis in die Ferne kostbare Teppiche. Mit Blattgold verzierte Türrahmen faßten zu beiden Seiten oben abgerundete Türen ein. Das Karminrot seines Umhangs blitzte in Spiegeln mit goldenen Rahmen auf.

Ein Diener in braunweißer Livree betrat unter Verbeugungen den Gang und deutete mit ausgestrecktem Arm in die Richtung des Speisesaales, bevor er sich hastig zurückzog, sich alle paar Schritte verbeugend und mit Seitenblicken vergewissernd, daß er allem Unheil aus dem Wege ging.

Tobias Brogan war kein Mann, der einem mit seiner Größe Furcht einflößte, doch die Diener, die Bediensteten, die Palastwache und halb angezogenen Beamten, die in die Halle stürmten, um zu sehen, was all die Aufregung verursacht hatte, erbleichten, als sie ihn erblickten – den Lord General höchstpersönlich, den Mann, der den Lebensborn aus dem Schoß der Kirche befehligte.

Auf sein Wort hin wurden Verderbte für ihre Sünden verbrannt, ob es Bettler waren oder Soldaten, Lords oder Ladies – oder sogar Könige.

5. Kapitel

Schwester Verna stand wie erstarrt vor den Flammen, aus deren Tiefe sich flüchtige Wirbel glitzernder Farben und schimmernder Strahlen voller schwankender Bewegungen lösten, Fingern gleich, die sich im Tanz verdrehten, die Luft ansogen, die im Vorüberziehen an ihren Kleidern riß, und die eine Hitze abstrahlten, die sie alle zurückgetrieben hätte, wären ihre Schilde nicht gewesen. Die riesige, blutrote Sonne stand halb aufgegangen über dem Horizont und nahm den Flammen, die die Leichen aufgezehrt hatten, endlich ein wenig von ihrem grellen Schein. Einige der Schwestern in ihrer Nähe schluchzten leise.

Wohl über einhundert Jungen und junge Männer standen um das Feuer, und doppelt so viele Schwestern des Lichts und Novizinnen standen dort, umringt von ihrem Kreis. Bis auf eine Schwester und einen jungen Mann, die symbolisch den Palast bewachten und natürlich jene Schwester, die verrückt geworden war und die man zu ihrem eigenen Besten in eine leere, abgeschirmte Zelle gesperrt hatte, standen sie alle auf dem Hügel oberhalb von Tanimura und sahen zu, wie die Flammen gen Himmel schlugen. Und trotz der Gegenwart so vieler Menschen wurde jeder einzelne von einer unergründlichen Einsamkeit ergriffen und stand zurückgezogen da, in sich gekehrt und ins Gebet vertieft. Wie vorgeschrieben, sprach während des Begräbnisrituals niemand ein Wort.

Schwester Verna schmerzte der Rücken, denn sie hatte die ganze Nacht über Totenwache gehalten. Sie alle hatten die Stunden der Dunkelheit hindurch dort gestanden und gebetet, hatten den gemeinsamen Schild über den Toten als symbolischen Schutz für die Verehrten aufrechterhalten. Wenigstens waren sie für eine Zeit von dem unaufhörlichen Getrommel unten in der Stadt fortgekommen.

Beim ersten Licht hatte man den Schild fallen lassen, und jede Schwester hatte einen Strom ihres Han in den Scheiterhaufen geschickt und ihn damit entzündet. Feuer, gespeist von Magie, war durch die aufgeschichteten Scheite emporgeschossen und durch die beiden fest umhüllten Körper – der eine klein und gedrungen, der andere hochgewachsen und kräftig gebaut – und hatte ein Inferno göttlicher Macht entfaltet.

Sie hatten in den Gewölben nach Unterweisung suchen müssen, denn kein Lebender hatte je an dieser Zeremonie teilgenommen. Seit fast achthundert Jahren war sie nicht mehr durchgeführt worden – seit siebenhunderteinundneunzig, um genau zu sein – als zum letzten Mal eine Prälatin gestorben war.

Wie sie aus den alten Büchern erfahren hatten, stand es allein der Prälatin zu, daß man ihre Seele in einem geheiligten Begräbnisritual der Obhut des Schöpfers übergab. In diesem Fall jedoch hatten die Schwestern abgestimmt, um dem Einen, der so tapfer um ihre Errettung gekämpft hatte, dasselbe Privileg zu gewähren. In den Büchern hatte es geheißen, eine Ausnahme könne nur einstimmig bewilligt werden. Erhitzte Debatten waren nötig gewesen, um dies durchzusetzen.

Dem Brauch entsprechend wurde der Strom des Han zurückgenommen, als die Sonne sich schließlich in ihrer vollen Größe über dem Horizont entfaltet hatte und das Feuer mit dem Licht des Schöpfers überflutete. Nachdem sie ihre Kraft zurückgerufen hatten, fiel der Scheiterhaufen in sich zusammen, und zurück blieb nur ein Haufen Asche und einige verkohlte Scheite, die den Ort der Zeremonie auf der Kuppe des grünen Hügels markierten. Rauch stieg kräuselnd in die Höhe und löste sich in der Stille des beginnenden Tages auf.

Gräulich-weiße Asche – das war alles, was in der Welt der Lebenden von Prälatin Annalina und dem Propheten Nathan geblieben war. Es war vollbracht.

Wortlos entfernten sich die Schwestern, manche allein, andere legten tröstend einen Arm um die Schulter eines Jungen oder einer

Novizin. Verlorenen Seelen gleich wanderten sie auf gewundenem Weg den Hügel hinab Richtung Stadt, zum Palast der Propheten, kehrten zurück in ein Zuhause ohne Mutter. Schwester Verna küßte ihren Ringfinger und überlegte, daß sie jetzt, da auch der Prophet tot war, wohl auch keinen Vater mehr hatten.

Sie faltete die Hände vor dem Bauch und sah gedankenverloren zu, wie die anderen in der Ferne verschwanden. Sie hatte keine Gelegenheit mehr gehabt, sich mit der Prälatin zu versöhnen, bevor diese starb. Die Frau hatte sie benutzt, hatte sie gedemütigt und zugelassen, daß man sie für die Erfüllung ihrer Pflicht und das Befolgen von Befehlen zurückgestuft hatte. Obwohl alle Schwestern dem Schöpfer ergeben waren und das Verhalten der Prälatin einem größeren Wohl gedient haben mußte, schmerzte es, daß die Prälatin diese Treue ausgenutzt hatte. Sie war sich wie eine Närrin vorgekommen.

Prälatin Annalina war bei dem Angriff durch Schwester Ulicia, einer Schwester der Finsternis, verletzt worden und von da an nahezu drei Wochen bis zu ihrem Tod nicht mehr aus der Bewußtlosigkeit erwacht. Daher hatte Schwester Verna keine Gelegenheit mehr gehabt, mit ihr zu sprechen. Nathan allein hatte sich um die Prälatin gekümmert, hatte unermüdlich versucht, sie zu heilen, war schließlich aber gescheitert. Ein grausamer Schicksalsschlag, der auch ihn das Leben gekostet hatte. Ihr war Nathan immer sehr vital vorgekommen, doch offenbar war die Belastung wohl zu groß gewesen, schließlich war er an die tausend Jahre alt. Vermutlich war er in den gut zwanzig Jahren gealtert, in denen sie fortgewesen war, nach Richard gesucht und ihn schließlich zum Palast gebracht hatte.

Schwester Verna mußte lächeln, als sie an Richard dachte. Ihn vermißte sie ebenfalls. Er hatte sie bis an die Grenzen ihrer Geduld gereizt, doch auch er war ein Opfer der Pläne der Prälatin geworden, selbst wenn er das, was sie getan hatte, offenbar verstanden und akzeptiert und so keinen Groll gegen sie gehegt hatte.

Es versetzte ihr einen Stich ins Herz, wenn sie daran dachte, daß Richards Geliebte, Kahlan, dieser entsetzlichen Prophezeiung zufolge vermutlich umgekommen war. Sie hoffte, es sei nicht der Fall. Die Prälatin war eine resolute Frau gewesen und hatte die Ereignisse im Leben einer großen Zahl von Menschen aufeinander abgestimmt. Schwester Verna hoffte, daß dies wahrhaftig zum Wohl der Kinder des Schöpfers geschehen war und nicht einfach nur den persönlichen Zielen der Prälatin gedient hatte.

»Ihr seht verärgert aus, Schwester Verna.«

Sie drehte sich um und erblickte den jungen Warren, der seine Hände in dem jeweils anderen Silberbrokatärmel seines tief violetten Gewandes gesteckt hatte. Sie sah sich um und merkte, daß sie beide allein auf der Hügelkuppe geblieben waren. Die anderen waren längst gegangen.

»Vielleicht bin ich das auch, Warren.«

»Und worüber, Schwester?«

Sie strich sich den dunklen Rock mit den Händen an den Hüften glatt. »Vielleicht bin ich nur über mich selbst verärgert.« Sie zog ihr hellblaues Tuch zurecht und versuchte das Thema zu wechseln. »Du bist so jung, was deine Studien anbetrifft, meine ich, daß ich noch immer Schwierigkeiten habe, mich daran zu gewöhnen, dich ohne deinen Rada'Han zu sehen.«

Als hätte sie ihn an etwas erinnert, fuhr er sich mit den Fingern über den Hals, über die Stelle, wo den größten Teil seines bisherigen Lebens der Halsring gesessen hatte. »Jung für die, die unter dem Bann des Palastes leben, vielleicht, aber wohl kaum für die Menschen in der Welt draußen – ich bin einhundertundsiebenundfünfzig, Schwester. Aber ich weiß es zu schätzen, daß Ihr mir den Halsring abgenommen habt.« Er löste seine Finger vom Hals und strich eine Strähne blondgelockten Haars zurück. »Es scheint, als sei die ganze Welt in den letzten paar Monaten auf den Kopf gestellt worden.«

Sie lachte stillvergnügt in sich hinein. »Ich vermisse Richard auch.«

Ein unbeschwertes Lächeln hellte seine Miene auf. »Wirklich? Es gibt nicht viele wie ihn, oder? Ich kann kaum glauben, daß es ihm gelungen ist, den Hüter daran zu hindern, aus der Unterwelt zu entkommen. Aber ganz sicher hat er den Geist seines Vaters aufgehalten und den Stein der Tränen an seinen rechtmäßigen Ort zurückgebracht, denn sonst wären wir alle von den Toten verschlungen worden. Um die Wahrheit zu sagen, ich war die ganze Wintersonnenwende über in kalten Schweiß gebadet.«

Schwester Verna nickte, so als wollte sie ihre Lauterkeit damit noch unterstreichen. »Offenbar sind die Dinge, die du geholfen hast ihm beizubringen, von Nutzen gewesen. Du hast deine Sache gut gemacht, Warren.« Sie betrachtete einen Augenblick lang prüfend sein sanftes Lächeln, dabei fiel ihr auf, wie wenig es sich über die Jahre verändert hatte. »Ich bin froh, daß du dich entschieden hast, noch eine Weile im Palast zu bleiben, obwohl man dir den Halsring abgenommen hat. So wie es aussieht, haben wir keinen Propheten.«

Er sah zu den Überresten des Feuers hinüber. »Den größten Teil meines Lebens habe ich in den Gewölben die Prophezeiungen studiert, und die ganze Zeit über wußte ich nicht, daß einige von einem lebenden Propheten oder gar von einem aus dem Palast selbst stammten. Ich wünschte, man hätte es mir gesagt. Ich wünschte, sie hätten mich mit ihm sprechen, mich etwas von ihm lernen lassen. Jetzt ist die Gelegenheit vertan.«

»Nathan war ein gefährlicher Mann, ein rätselhafter Mann, den keine von uns je voll verstehen, dem keine trauen konnte. Aber vielleicht war es falsch, dich daran zu hindern, ihn aufzusuchen. Du solltest wissen, daß die Schwestern es dir mit der Zeit, sobald du mehr Erfahrung gehabt hättest, erlaubt, wenn nicht sogar von dir verlangt hätten.«

Er sah zur Seite. »Aber jetzt ist die Gelegenheit vertan.«

»Warren, ich weiß, jetzt, da man dir den Halsring abgenommen hat, kannst du es kaum erwarten, hinaus in die Welt zu ziehen. Aber du hast gesagt, du hättest die Absicht, im Palast zu bleiben, wenigstens für eine Weile, um zu studieren. Im Augenblick ist der Palast ohne Propheten. Ich glaube, du solltest der Tatsache Rechnung tragen, daß deine Gabe sich auf diesem Gebiet sehr deutlich offenbart. Du könntest eines Tages ein Prophet werden.«

Ein sanfter Wind fuhr in seine Kleider, als er über die grünen Hügel hinüber zum Palast blickte. »Nicht nur meine Gabe, auch meine Interessen, meine Hoffnungen, hatten immer mit den Prophezeiungen zu tun. Erst in letzter Zeit habe ich angefangen, sie auf eine Weise zu verstehen wie niemand sonst, doch Prophezeiungen zu verstehen ist etwas anderes, als sie selbst zu machen.«

»Das braucht Zeit, Warren. Nun gut, als Nathan in deinem Alter war, war er bestimmt, was Prophezeiungen betrifft, nicht weiter fortgeschritten als du. Würdest du im Palast bleiben und deine Studien fortsetzen, ich bin sicher, in vier- oder fünfhundert Jahren könntest du ein ebenso großer Prophet sein wie Nathan.«

Eine ganze Weile erwiderte er nichts. »Aber dort draußen wartet eine ganze Welt. Ich habe gehört, in der Burg der Zauberer in Aydindril gibt es wichtige Bücher, und an anderen Orten auch. Richard meinte, im Palast des Volkes in D'Hara gebe es bestimmt jede Menge. Ich möchte lernen, und es gibt vieles zu lernen, was man hier jedoch nicht finden kann.«

Schwester Verna bewegte die Schultern hin und her, um die Schmerzen etwas zu lindern. »Der Palast der Propheten steht unter einem Bann, Warren. Wenn du ihn verläßt, wirst du genauso altern wie die Menschen draußen. Sieh doch, was aus mir in den kaum zwanzig Jahren geworden ist, in denen ich fort war. Obwohl wir nur ein Jahr auseinander geboren wurden, siehst du noch immer so aus, als solltest du an Heirat denken, und ich sehe so aus, als müßte ich bald ein Enkelkind auf meinen Knien wiegen. Jetzt, da ich zurück bin, werde ich wieder nach der Zeit des Palastes altern, was aber einmal verloren ist, kann ich nicht zurückgewinnen.«

Warren wendete den Blick ab. »Ich glaube, Ihr seht mehr Fältchen, als dort tatsächlich sind, Schwester Verna.«

Sie mußte gegen ihren Willen lächeln. »Wußtest du, Warren, daß ich einmal verliebt in dich war?«

Diese Mitteilung erstaunte ihn so, daß er einen Schritt zurücktaumelte. »In mich? Das könnt Ihr unmöglich ernst meinen. Wann?«

»Ach, das ist lange her. Gut über hundert Jahre, denke ich. Du warst so gelehrig und intelligent, und dazu all die blonden Locken. Und diese blauen Augen haben mein Herz höher schlagen lassen.«
»Schwester Verna!«
Als sie sah, wie sein Gesicht errötete, konnte sie ein vergnügtes Schmunzeln nicht unterdrücken. »Es ist lange her, Warren, und ich war jung, genau wie du. Es war eine vorübergehende Vernarrtheit.« Ihr Lächeln verflog. »Jetzt kommst du mir vor wie ein Kind, und ich sehe alt genug aus, um deine Mutter zu sein. Die lange Abwesenheit vom Palast hat mich nicht nur äußerlich altern lassen.

Dort draußen hast du ein paar kurze Jahrzehnte Zeit, soviel zu lernen, wie du kannst, dann wirst du alt und stirbst. Hier hättest du Zeit zu lernen und vielleicht ein Prophet zu werden. Man kann die Bücher von diesen Orten ausleihen und zum Studieren hierherschaffen.

Du bist das, was für uns einem Propheten am nächsten kommt. Nachdem die Prälatin und Nathan tot sind, weißt du möglicherweise mehr über die Prophezeiungen als jeder andere lebende Mensch. Wir brauchen dich, Warren.«

Er drehte sich ins Sonnenlicht, das von den Türmen und Dächern des Palastes schimmernd zurückgeworfen wurde. »Ich werde darüber nachdenken, Schwester.«

»Mehr verlange ich nicht, Warren.«

Mit einem Seufzer wandte er sich wieder um. »Und nun? Wer, glaubt Ihr, wird zur neuen Prälatin erkoren werden?«

Durch ihre Nachforschungen auf dem Gebiet des Begräbnisrituals hatten sie erfahren, wie kompliziert das Verfahren für die Auswahl einer neuen Prälatin war. Warren wußte das bestimmt, denn nur wenige kannten die Bücher in den Gewölbekellern so gut wie er.

Sie zuckte die Achseln. »Für diese Stellung braucht man ein ungeheures Wissen und äußerst viel Erfahrung. Das bedeutet, es wird wohl eine der älteren Schwestern sein müssen. Leoma Marsick wäre eine mögliche Kandidatin, oder Philippa, oder Dulcinia. Schwester

Maren wäre natürlich eine Spitzenkandidatin. Es gibt jede Menge geeigneter Schwestern. Ich könnte wenigstens dreißig nennen, ich bezweifele allerdings, daß mehr als ein Dutzend eine ernsthafte Chance haben, Prälatin zu werden.«

Gedankenverloren rieb er sich mit dem Finger an der Nase. »Wahrscheinlich habt Ihr recht.«

Schwester Verna hegte keinen Zweifel daran, daß die Schwestern bereits um die Plätze im Wettbewerb, wenn nicht gar um den Platz ganz oben auf der Liste wetteiferten. Die weniger ehrwürdigen dagegen wählten ihre Favoriten und formierten sich, um ihre Wahl zu unterstützen, in der Hoffnung, mit einem einflußreichen Posten belohnt zu werden, wenn ihre Auserwählte Prälatin wurde. Sobald das Feld der Kandidatinnen kleiner wurde, würde man die einflußreicheren Schwestern, die sich noch nicht entschieden hatten, hofieren, bis man sie auf die Seite der einen oder anderen führenden Schwester gezogen hätte. Es war eine folgenschwere Wahl, eine, die sich auf den Palast über Hunderte von Jahren auswirken würde. Aller Voraussicht nach würde es ein erbitterter Kampf werden.

Schwester Verna seufzte. »Ich sehe der Auseinandersetzung nicht mit Freude entgegen, doch vermutlich muß das Verfahren so streng sein, damit die Stärkste Prälatin wird. Kann sein, daß es sich lange hinzieht. Möglicherweise werden wir monatelang, vielleicht ein ganzes Jahr, ohne Prälatin sein.«

»Wen werdet Ihr unterstützen, Schwester?«

Sie lachte bellend auf. »Ich! Jetzt siehst du wieder nur die Fältchen, Warren. Sie ändern nichts daran, daß ich zu den jüngeren Schwestern gehöre. Ich habe keinerlei Einfluß.«

»Nun, ich denke, Ihr solltet besser dafür sorgen, daß Ihr ein wenig Einfluß bekommt.« Er beugte sich vor und senkte die Stimme, obwohl niemand in der Nähe war. »Die sechs Schwestern der Finsternis, die auf dem Schiff entkommen sind, habt Ihr die schon vergessen?«

Sie blickte ihm in die blauen Augen und runzelte die Stirn. »Was hat das damit zu tun, wer Prälatin wird?«

Warren raffte sein Gewand über dem Bauch zusammen und verdrehte sie ungestüm zu einem Knoten. »Wer sagt denn, daß es nur sechs waren? Was, wenn es im Palast noch eine weitere gibt? Oder noch ein Dutzend? Oder hundert? Schwester Verna, Ihr seid die einzige Schwester, der ich traue, daß sie eine wahre Schwester des Lichts ist. Ihr müßt etwas unternehmen, um sicherzustellen, daß keine Schwester der Finsternis Prälatin wird.«

Sie sah kurz zum fernen Palast hinüber. »Ich sagte dir doch, ich bin eine der jüngeren Schwestern. Mein Wort hat kein Gewicht, und die anderen glauben, die Schwestern der Finsternis seien allesamt entkommen.«

Warren wandte den Blick ab, versuchte, die Falten in seinem Gewand zu glätten. Plötzlich drehte er sich wieder um, die Stirn mißtrauisch in Falten gelegt.

»Ihr glaubt, ich habe recht, nicht wahr? Ihr glaubt, daß es im Palast noch Schwestern der Finsternis gibt.«

Sie sah ihm gelassen in seine von Leidenschaft erfüllten Augen. »Ich halte das zwar nicht für völlig ausgeschlossen, trotzdem gibt es keinen Grund anzunehmen, daß es so ist, und davon abgesehen ist dies nur eins von vielen Dingen, die man in Betracht ziehen muß, wenn –«

»Kommt mir nicht mit diesem nichtssagenden Gerede, das den Schwestern so leicht über die Lippen geht. Die Sache ist wichtig.«

Schwester Verna richtete sich auf. »Du bist ein Student, Warren, der zu einer Schwester des Lichts spricht, also zeige den gebührenden Respekt.«

»Ich benehme mich nicht respektlos, Schwester. Richard hat mir geholfen zu erkennen, daß ich für mich selbst und das, woran ich glaube, geradestehen muß. Außerdem seid Ihr es doch gewesen, die mir den Halsring abgenommen hat. Und wie Ihr schon gesagt habt, sind wir im selben Alter, Ihr seid nicht älter als ich.«

»Trotzdem bist du ein Student, der –«

»Der, wie Ihr selbst gesagt habt, wahrscheinlich mehr als jeder andere über Prophezeiungen weiß. Schwester, Ihr seid meine Schülerin. Ich gebe zu, über eine große Zahl von Dingen wißt Ihr mehr als ich, wie zum Beispiel über den Gebrauch des Han, aber über andere weiß ich mehr als Ihr. Ihr habt mir den Rada'Han teils auch deshalb abgenommen, weil Ihr wißt, daß es falsch ist, jemanden gefangenzuhalten. Ich respektiere Euch als Schwester, für das Gute, das Ihr tut, und für das Wissen, das Ihr habt, aber ich kein Gefangener der Schwestern mehr. Ihr habt meinen Respekt verdient, Schwester, nicht meine Unterwerfung.«

Eine ganze Weile sah sie ihm prüfend in die blauen Augen. »Wer hätte geahnt, was sich unter dem Halsring verbirgt.« Schließlich nickte sie. »Du hast recht, Warren. Ich fürchte, es gibt noch andere im Palast, die dem Hüter persönlich einen Eid auf ihre Seele geschworen haben.«

»Andere.« Warren sah ihr forschend in die Augen. »Ihr habt nicht ›Schwestern‹ gesagt, Ihr habt ›andere‹ gesagt. Damit meint Ihr auch junge Zauberer, nicht wahr?«

»Hast du Jedidiah schon vergessen?«

Er wurde ein wenig blaß. »Nein, ich habe Jedidiah nicht vergessen.«

»Wie du schon sagtest, wo es einen gibt, könnten auch noch andere sein. Durchaus möglich, daß sich einige der jungen Männer im Palast ebenfalls dem Hüter verschworen haben.«

Er beugte sich näher zu ihr und verdrehte erneut sein Gewand. »Was sollen wir dagegen tun, Schwester Verna? Wir dürfen keine Schwester der Finsternis Prälatin werden lassen, das wäre eine Katastrophe. Das darf nicht geschehen!«

»Und woher sollen wir das wissen, wenn sie sich dem Hüter verschworen haben? Sie beherrschen subtraktive Magie, wir nicht. Selbst wenn wir dahinterkämen, wer sie sind, wir könnten nichts dagegen tun. Es wäre, als griffe man in einen Sack und packte eine Viper beim Schwanz.«

Warren erbleichte. »Daran habe ich überhaupt nicht gedacht.«

Schwester Verna faltete die Hände. »Wir werden uns etwas einfallen lassen. Vielleicht wird der Schöpfer uns den Weg weisen.«

»Vielleicht können wir Richard dazu bringen, zurückzukehren und uns zu helfen, wie er es schon bei den sechs Schwestern der Finsternis getan hat. Die sechs sind wir wenigstens los. Die werden sich nie wieder blicken lassen. Richard hat ihnen Angst vor dem Schöpfer eingejagt und sie in die Flucht geschlagen.«

»Aber dabei wurde die Prälatin verletzt, woraufhin sie später zusammen mit Nathan starb«, erinnerte sie ihn. »Der Tod ist ständiger Begleiter dieses Mannes.«

»Aber nicht, weil er ihn mit sich bringt«, protestierte Warren. »Richard ist ein Kriegszauberer. Er kämpft für das, was rechtens ist, um den Menschen zu helfen. Ohne sein Eingreifen wären die Prälatin und Nathan nur die ersten Opfer all des Sterbens und der Zerstörung gewesen.«

Sie drückte seinen Arm, ihr Ton wurde sanfter. »Du hast natürlich recht. Wir alle sind Richard eine Menge schuldig. Aber ihn zu brauchen und ihn zu finden ist zweierlei. Meine Falten sind der Beweis dafür.« Schwester Verna nahm die Hand zurück. »Ich glaube nicht, daß wir auf jemand anderes zählen können als aufeinander. Wir werden uns etwas einfallen lassen.«

Warren fixierte sie mit düsterer Miene. »Das sollten wir auch – denn die Prophezeiungen enthalten unheilvolle Vorzeichen über die Herrschaft der nächsten Prälatin.«

Zurück in der Stadt Tanimura waren sie erneut umgeben vom unablässigen Klang der Trommeln, der aus verschiedenen Richtungen kam – ein dröhnender, dunkler, gleichförmiger Rhythmus, der tief in ihrer Brust zu vibrieren schien. Er war zermürbend und sollte es wohl auch sein.

Die Trommler und ihre Bewacher waren drei Tage vor dem Tod der Prälatin eingetroffen und hatten unverzüglich ihre riesigen Kesselpauken an verschiedenen Orten überall in der Stadt aufgestellt. Seit sie mit ihrem langsamen, gleichförmigen Trommelschlag begonnen hatten, hatte dieser nicht mehr aufgehört, weder bei Tag noch bei Nacht. Die Männer wechselten sich an den Trommeln ab, so daß sie niemals aussetzten, auch nicht für einen einzigen Augenblick.

Das alles beherrschende Geräusch hatte die Menschen in einen Zustand äußerster Gereiztheit versetzt. Alle waren nervös und brausten leicht auf, so als lauerte in den Schatten die Verdammnis, bereit zuzuschlagen. Anstelle des üblichen Geschreis, der Unterhaltungen, des Gelächters und der Musik hatte sich eine gespenstische Stille über alles gelegt – was die düstere Stimmung noch unterstrich.

An den Rändern der Stadt kauerten die Bedürftigen in den selbst errichteten Schuppen, statt sich zu unterhalten, kleine Gegenstände auf der Straße zu verhökern, Wäsche in Eimern zu waschen oder wie gewohnt auf kleinen Feuern zu kochen. Ladenbesitzer standen in den Türen oder an einfachen Plankentischen, die sie aufgestellt hatten, um ihre Waren auszubreiten, die Arme verschränkt, einen finsteren Ausdruck im Gesicht. Männer, die Karren zogen, gingen trübsinnig ihrer Arbeit nach. Wer etwas brauchte, tätigte den Einkauf hastig und prüfte die Waren bestenfalls flüchtig. Kinder klammerten sich an den Rock ihrer Mutter, während ihre Augen unruhig umherwanderten. Männer, die sie früher beim Würfeln oder anderen Spielen gesehen hatte, drückten sich an Mauern herum.

In der Ferne, im Palast der Propheten, schlug alle paar Minuten eine einzelne Glocke, so wie sie es die ganze vergangene Nacht über getan hatte und noch bis zum Sonnenuntergang tun würde, und kündete vom Tod der Prälatin. Die Trommeln dagegen hatten mit dem Tod der Prälatin nichts zu tun, sie kündigten die bevorstehende Ankunft des Kaisers an.

Schwester Verna sah einigen Leuten im Vorübergehen in die sorgenvollen Augen. Sie berührte die Köpfe der Menschen, die sich ihr in Gruppen auf der Suche nach Trost näherten und erteilte ihnen den Segen des Schöpfers. »Ich kenne nur Könige«, sagte sie zu Warren, »und nicht diese Imperiale Ordnung. Wer ist dieser Kaiser?«

»Sein Name ist Jagang. Vor zehn, vielleicht fünfzehn Jahren, ging die Imperiale Ordnung dazu über, Königreiche zu schlucken und sie unter ihrer Herrschaft zu vereinen.« Er strich sich nachdenklich mit einem Finger über die Schläfe. »Ihr müßt wissen, den größten

Teil meiner Zeit habe ich mit Studieren in den Gewölbekellern verbracht, daher kenne ich die Einzelheiten nicht so genau, doch nach dem, was ich mir zusammengereimt habe, ist es ihnen rasch gelungen, die Alte Welt unter ihre Herrschaft zu bringen und zu vereinen. Der Kaiser hat noch nie Schwierigkeiten gemacht. Jedenfalls nicht hier, so weit oben in Tanimura. Er hält sich aus den Belangen des Palastes heraus und erwartet, daß wir uns aus seinen heraushalten.

»Warum kommt er her?«

Warren zuckte mit den Achseln. »Ich weiß es nicht. Vielleicht, weil er diesen Teil seines Reiches besuchen möchte.«

Schwester Verna hatte gerade einer ausgezehrten Frau den Segen des Schöpfers erteilt, dann mußte sie einem Haufen frischen Pferdekots ausweichen. »Nun, ich wünschte, er würde sich beeilen und bald herkommen, damit dieses infernalische Getrommel aufhört. Jetzt machen sie das schon vier Tage lang, seine Ankunft steht sicher jeden Augenblick bevor.«

Warren sah sich um, bevor er sprach. »Die Palastwachen gehören zu den Soldaten der Imperialen Ordnung. Der Kaiser stellt sie aus Gefälligkeit zur Verfügung, da er nur seinen eigenen Leuten gestattet, Waffen zu tragen. Wie auch immer, ich habe mit einem der Posten gesprochen, und der erzählte mir, die Trommeln verkündeten lediglich, daß der Kaiser kommt, nicht, ob dies bald geschieht. Er sagte, beim Besuch des Kaisers in Branston seien die Trommeln zuvor fast sechs Monate lang erklungen.«

»Sechs Monate! Willst du damit sagen, wir müssen diesen Lärm sechs Monate lang ertragen!«

Warren raffte sein Gewand zusammen und stieg über eine Pfütze hinweg. »Nicht unbedingt. Vielleicht trifft er erst in ein paar Monaten ein, vielleicht morgen. Er läßt sich nicht dazu herab, anzukündigen, wann er eintrifft, nur daß er überhaupt kommt.«

Schwester Verna zog eine finstere Miene. »Na, wenn er nicht bald kommt, werden die Schwestern dafür sorgen, daß dieses infernalische Getrommel ein Ende hat.«

»Ich hätte nichts dagegen. Aber mit diesem Kaiser sollte man es sich besser nicht verscherzen. Ich habe gehört, er besitzt die größte Armee, die je aufgestellt wurde.« Er warf ihr einen bedeutungsvollen Blick zu. »Den Großen Krieg eingeschlossen, der die Alte von der Neuen Welt getrennt hat.«

Sie kniff die Augen zusammen. »Wozu braucht er eine solche Armee, wenn er doch bereits alle alten Königreiche erobert hat? Für mich klingt das wie müßiges Geschwätz von Soldaten. Soldaten geben immer gerne an.«

Warren zuckte die Schultern. »Die Posten haben mir erzählt, sie hätten sie mit ihren eigenen Augen gesehen. Sie meinten, wenn sich die Truppen der Imperialen Ordnung zusammenziehen würden, dann bedeckten sie den Erdboden in alle Richtungen, so weit das Auge reicht. Was denkt man im Palast darüber, daß er herkommt?«

»Bah. Im Palast interessiert sich niemand für Politik.«

Warren feixte. »Ihr habt Euch doch noch nie einschüchtern lassen.«

»Es ist unsere Aufgabe, uns um die Wünsche des Schöpfers zu kümmern, nicht die irgendeines Kaisers, das ist alles. Der Palast wird noch Bestand haben, wenn er längst abgetreten ist.«

Sie waren schon eine Weile schweigend weitergegangen, als Warren sich räusperte. »Wißt Ihr, vor langer Zeit, wir waren noch nicht lange hier, und Ihr wart noch Novizin ... also, da war ich sehr angetan von Euch.«

Schwester Verna sah ihn ungläubig an. »Jetzt machst du dich über mich lustig.«

»Nein, es ist wahr.« Er errötete. »Ich fand, Euer lockiges braunes Haar war das schönste, das ich je gesehen hatte. Ihr wart klüger als die anderen und wußtet Euer Han sicher zu beherrschen. Ich glaubte, niemand sei Euch ebenbürtig. Ich wollte Euch bitten, mit mir zu studieren.«

»Warum hast du es nicht getan?«

Er zuckte die Achseln. »Ihr wart immer so selbstbewußt, so sicher. Ich nie.« Er strich sich verlegen das Haar zurück. »Außerdem hattet Ihr ein Auge auf Jedidiah geworfen. Verglichen mit ihm war ich ein Nichts. Ich habe immer geglaubt, Ihr würdet mich doch nur auslachen.«

Sie merkte, daß sie sich das Haar zurückstrich, und nahm den Arm herunter. »Nun, vielleicht hätte ich das auch getan.«

Dann besann sie sich ob ihrer Kränkung eines Besseren. »Menschen sind manchmal töricht, wenn sie jung sind.« Eine Frau mit einem kleinen Kind kam auf sie zu und fiel vor ihnen auf die Knie. Verna blieb stehen, um den beiden den Segen des Schöpfers zu erteilen. Die Frau bedankte sich bei ihr, dann eilte sie schnell von dannen, und Schwester Verna wandte sich wieder Warren zu. »Du könntest doch für zwanzig Jahre oder so fortgehen und diese Bücher studieren, die dich so interessieren, und mich dann altersmäßig einholen. Wir sähen wieder so aus, als wären wir im selben Alter. Dann könntest du mich fragen, ob du meine Hand halten darfst ... so wie ich es mir damals von dir gewünscht habe.«

Sie sahen beide auf, als jemand nach ihnen rief. Hinter der wogenden Menschenmenge erblickten sie einen Soldaten der Palastwache, der winkend ihre Aufmerksamkeit zu erregen versuchte.

»Ist das nicht Kevin Andellmere?« fragte sie.

Warren nickte. »Ich frage mich nur, was ihn so in Aufregung versetzt hat.«

Atemlos setzte Schwertmann Andellmere über einen kleinen Jungen hinweg und kam stolpernd vor ihnen zum Stehen. »Schwester Verna! Gut! Endlich hab' ich Euch gefunden. Man verlangt nach Euch. Im Palast. Sofort.«

»Wer verlangt nach mir? Um was geht es?«

Er schlang Luft hinunter und versuchte gleichzeitig zu sprechen. »Die Schwestern verlangen nach Euch. Schwester Leoma hat mich am Ohr gepackt, damit ich euch finde und zurückbringe. Sie meinte, wenn ich trödeln würde, dann würde ich den Tag bereuen, an dem meine Mutter mich zur Welt gebracht hat. Sicherlich gibt es Schwierigkeiten.«

»Was für Schwierigkeiten?«

Er warf die Hände in die Luft. »Als ich danach fragte, haben sie mich mit diesem Blick angesehen, der die Knochen eines Mannes erweichen kann, und mir gesagt, das ginge nur die Schwestern etwas an, nicht mich.«

Schwester Verna stieß einen müden Seufzer aus. »Ich denke, dann wird es wohl das Beste sein, wenn wir mit dir zurückkehren, sonst ziehen sie dir womöglich noch das Fell über die Ohren und benutzen es als Flagge.«

Der junge Soldat erbleichte, als würde er das keinesfalls für unmöglich halten.

6. Kapitel

Auf der gewölbten Steinbrücke, die über den Flußkern zur Insel Drahle und dem Palast der Propheten führte, standen in einer Reihe, Schulter an Schulter, die Schwestern Philippa, Dulcinia und Maren – wie drei Habichte, die auf ihr abendliches Fressen lauerten. Sie hatten die Hände ungeduldig in die Hüften gestemmt. Die Sonne stand hinter ihnen, daher lagen ihre Gesichter im Schatten, trotzdem konnte Schwester Verna ihre finsteren Mienen erkennen. Warren betrat zusammen mit ihr die Brücke, Schwertmann Andellmere dagegen hatte seinen Auftrag erledigt und entfernte sich hastig in eine andere Richtung.

Die grauhaarige Schwester Dulcinia, die Zähne fest zusammengebissen, beugte sich vor, als Schwester Verna vor ihr stehenblieb. »Wo hast du gesteckt! Du hast uns alle warten lassen!«

Die Trommeln in der Stadt schlugen unbeirrt weiter ihren Takt im Hintergrund – dem langsamen Tröpfeln von Regen gleich. Schwester Verna verbannte sie aus ihren Gedanken.

»Ich war spazieren und habe über die Zukunft des Palastes und das Werk des Schöpfers nachgedacht. Ich hatte nicht erwartet, daß die Verleumdungen schon so früh beginnen würden, wo doch Prälatin Annalinas Asche kaum erkaltet ist.«

Schwester Dulcinia beugte sich noch weiter vor, ihre stechenden blauen Augen bekamen einen gefährlichen Schimmer. »Wage es nicht, uns gegenüber unverschämt zu sein, Schwester Verna, oder du wirst dich sehr schnell als Novizin wiederfinden. Jetzt, da du in das Leben im Palast zurückgekehrt bist, tätest du gut daran, dir die Gepflogenheiten hier wieder ins Gedächtnis zu rufen und deinen Vorgesetzten den gehörigen Respekt zu erweisen.«

Schwester Dulcinia richtete sich wieder auf, so als zöge sie ihre

Krallen zurück, jetzt, nachdem die Drohung ausgesprochen war. Sie erwartete keinen Widerspruch. Schwester Maren, eine stämmige Frau mit Muskeln wie ein Waldarbeiter und der dazugehörigen Zunge, lächelte zufrieden. Die große, düstere Schwester Philippa, deren vorstehende Wangenknochen und schmaler Kiefer ihr ein exotisches Aussehen verliehen, hielt ihre dunklen Augen auf Schwester Verna gerichtet und beobachtete sie mit ausdrucksloser Miene.

»Meine Vorgesetzten?« fragte Schwester Verna. »In den Augen des Schöpfers sind wir alle gleich.«

»Gleich!« Schwester Maren schnaubte gereizt. »Eine interessante Vorstellung. Wenn wir eine Revisionsverhandlung einberiefen, um über den Fall deines zänkischen Verhaltens zu beraten, dann würdest du schon sehen, wie ›gleich‹ du bist. Und sehr wahrscheinlich würdest du dich zusammen mit meinen übrigen Novizinnen bei der Hausarbeit wiederfinden, nur wäre diesmal kein Richard hier, der sich einmischen und dich dort rausholen würde.«

»Tatsächlich, Schwester Maren.« Schwester Verna zog eine Braue hoch. »Was Ihr nicht sagt.« Warren schob sich langsam hinter sie, in ihren Schatten. »Wenn ich mich recht erinnere, und bitte verbessert mich, wenn ich mich irre, so habt Ihr beim letzten Mal, als ich ›dort rauskam‹ gesagt, dies sei deshalb geschehen, weil Ihr zum Schöpfer gebetet hättet und dabei darauf gekommen wärt, ich könnte Ihm besser dienen, wenn man mich wieder zur Schwester machte. Und jetzt sagt Ihr, es sei Richards Werk gewesen. Ist meine Erinnerung falsch?«

»*Du* wagst es, *meine* Worte in Zweifel zu ziehen?« Schwester Maren preßte ihre Hände so fest zusammen, daß ihre Knöchel sich weiß färbten. »Ich habe schon zweihundert Jahre vor deiner Geburt unverschämte Schwestern bestraft! Wie kannst du es wagen –«

»Ihr habt zwei Versionen desselben Sachverhalts erzählt. Da nicht beide wahr sein können, müßt Ihr wohl die Unwahrheit gesprochen haben. Nicht wahr? Es scheint, als hättet Ihr euch in eine Lüge verstrickt, Schwester Maren. Ich hätte gedacht, daß gerade Ihr alles daran setzen würdet, daß das Lügen Euch nicht zur Gewohnheit wird. Die Schwestern des Lichts legen sehr viel Wert auf Ehrlichkeit und verabscheuen Lügen – noch mehr als Respektlosigkeit. Und welche Strafe hat meine Vorgesetzte, die Leiterin der Novizinnen, sich nun selbst verordnet, um ihre Lügen zu sühnen?«

»Sieh an, sieh an«, sage Schwester Dulcinia mit einem aufgesetzten Grinsen. »Welche Dreistigkeit. Wäre ich an deiner Stelle, Schwester Verna, und spielte ich mit dem Gedanken, mich im Wettstreit um die Stellung der Prälatin selbst aufzustellen, wie du es offensichtlich tust, würde ich mir diesen anmaßenden Gedanken gleich aus dem Kopf schlagen. Wenn Schwester Leoma mit dir fertig wäre, bliebe nicht mehr genug übrig, um sich damit in den Zähnen herumzustochern.«

Schwester Verna erwiderte das aufgesetzte Lächeln. »Aha, Schwester Dulcinia, Ihr habt also die Absicht, Schwester Leoma zu unterstützen, ja? Oder wollt Ihr sie bloß ein wenig beschäftigen und sie so aus dem Weg räumen, während Ihr selbst das Amt anstrebt?«

Schwester Philippa sprach mit ruhiger Stimme, die keinen Widerstand duldete. »Genug. Es gibt wichtigere Dinge, um die wir uns zu kümmern haben. Machen wir diesem Scheingefecht ein Ende, damit wir mit der Auswahl fortfahren können.«

Schwester Verna stemmte die Fäuste in die Hüften. »Und was für ein Scheingefecht wäre das?«

Schwester Philippa drehte sich mit einer anmutigen Bewegung zum Palast um, ihr schlichtes, aber elegantes gelbes Gewand umfloß sie. »Folge uns, Schwester Verna. Du hast uns lange genug aufgehalten. Du bist die letzte, dann können wir mit unseren Geschäften fortfahren. Mit deiner Dreistigkeit werden wir uns zu einem späteren Zeitpunkt beschäftigen.«

Die beiden anderen Schwestern schlossen sich ihr an, als sie sich wie schwebend über die Brücke entfernte. Schwester Verna und Warren blickten sich fragend an, dann gingen sie ihnen nach.

Warren verlangsamte seinen Schritt, so daß die drei Schwestern einen kleinen Vorsprung bekamen. Mit finsterer Miene beugte er sich dicht zu ihr vor, damit er leise sprechen konnte, ohne daß sie es hörten.

»Schwester Verna! Manchmal glaube ich, Ihr könntet selbst die strahlende Sonne dazu bringen, böse auf Euch zu sein! Während der letzten zwanzig Jahre war es hier so friedlich, daß ich ganz vergessen hatte, wieviel Ärger Ihr mit Eurer Zunge anrichten könnt. Warum tut Ihr das? Macht es Euch einfach Spaß, ohne Sinn und Zweck Schwierigkeiten zu bereiten?«

Er lächelte sie an, während sie ihm einen vernichtenden Blick zuwarf, und dann wechselte er das Thema. »Warum glaubt Ihr, stecken die drei wohl zusammen? Ich dachte, sie wären Widersacherinnen?«

Schwester Verna blickte kurz zu den drei Schwestern hinüber, um sich zu vergewissern, daß sie nichts hören konnten. »Wenn man seinem Gegner ein Messer in den Rücken stecken will, muß man ihm zuerst nahe genug kommen.«

Im Herzen des Palastes blieben die drei Schwestern vor den schweren Türen aus Walnußholz, die in den großen Saal führten, so unvermittelt stehen, daß Schwester Verna und Warren fast in sie hineingelaufen wären. Die drei drehten sich um. Schwester Philippa legte die Fingerspitzen einer Hand auf Warrens Brust und schob ihn einen Schritt zurück.

Dann hielt sie ihm einen ihren langen, eleganten Zeigefinger vor die Nase und fixierte Warren mit kalt funkelndem Blick. »Dies ist eine Angelegenheit unter Schwestern.« Sie betrachtete seinen nackten Hals. »Und wenn die neue Prälatin, wer immer sie auch sein mag, eingesetzt ist, wird man dir einen neuen Rada'Han um den Hals legen müssen, solltest du den Wunsch haben, auch weiterhin im Palast der Propheten zu bleiben. Wir können unmöglich junge Burschen dulden, die sich unserem Einfluß nicht gebührend unterwerfen.«

Schwester Verna stützte Warren mit unsichtbarer Hand im

Rücken, damit er nicht weiter zurückwich. »Ich habe ihm den Halsring kraft meiner Befugnis als Schwester des Lichts abgenommen. Das geschah im Namen des Palastes. Niemand wird das rückgängig machen.«

Schwester Philippa schenkte ihr einen finsteren Blick. »Über diese Angelegenheit werden wir uns später, zu einem angemessenen Zeitpunkt, unterhalten.«

»Hören wir endlich auf damit«, meinte Schwester Dulcinia, »es gibt Wichtigeres, um das wir uns zu kümmern haben.«

Schwester Philippa nickte. »Folge uns, Schwester Verna.«

Warren zog den Kopf ein und wirkte verloren, als eine der Schwestern ihr Han dazu benutzte, die schweren Türen aufzustoßen, so daß die drei hindurchmarschieren konnten. Da sie nicht wie ein begossener Pudel aussehen wollte, der ihnen beim Hineingehen hinterhertrabte, beschleunigte Schwester Verna ihre Schritte und ging neben ihnen her. Schwester Dulcinia stieß ein lautes Zischen aus. Schwester Maren versuchte es mit einem ihrer berüchtigten Blicke, die unglückliche Novizinnen so gut kannten, äußerte jedoch keinerlei Protest. Auf Schwester Philippas Gesicht war der leise Anflug eines Lächelns zu erkennen. Wer hinsah, hätte durchaus glauben können, daß Schwester Verna auf ihre Anweisung hin neben ihnen ging.

Sie blieben unter dem inneren Rand der niedrigen Decke stehen, zwischen den weißen Säulen mit den güldenen Kapitellen, die wie eingerollte Eichenblätter geformt waren – und dort wartete Schwester Leoma, mit dem Rücken zu ihnen. Sie hatte ungefähr Schwester Vernas Größe, ihr Schopf aus glattem, weißem Haar, das sie lose mit einem einzelnen, goldenen Band zusammengebunden hatte, reichte bis zur Mitte ihres Rückens. Sie trug ein bescheidenes, braunes, fast bodenlanges Kleid.

Dahinter öffnete sich die große Eingangshalle auf einen gewaltigen Saal, den eine riesige Gewölbedecke krönte. Bunte Glasfenster hinter der oberen Empore warfen farbiges Licht in die gerippte Kuppel, die mit Darstellungen von Schwestern in altertümlichen

Gewändern bemalt war. Sie umringten eine Lichtgestalt, die den Schöpfer darstellen sollte. Mit ausgestreckten Armen schien er seine Liebe über die Schwestern auszubreiten, die wiederum zärtlich die Arme zu ihm ausstreckten.

Hinter den verzierten Steingeländern der zwei Ränge Balkone rings um den Saal standen Schwestern und Novizinnen und starrten schweigend nach unten. Überall auf dem blankpolierten Boden mit dem Zickzackmuster standen Schwestern: meist jene, wie Schwester Verna bemerkte, die älter waren und von höherem Rang. Vereinzeltes Hüsteln hallte durch den riesigen Raum, doch niemand sprach.

In der Mitte des Saales, unterhalb der Figur, die den Schöpfer darstellte, stand eine einzelne hüfthohe, weiße gekehlte Säule in einem schwachen Lichtstrahl. Das Licht hatte keine ersichtliche Quelle. Die Schwestern standen in gehörigem Abstand von der Säule und ihrer geheimnisvollen Umhüllung aus Licht entfernt und ließen soviel Raum als möglich, woran sie auch gut taten, wenn der Lichtstrahl das war, was Schwester Verna vermutete. Ein kleiner Gegenstand, was genau, konnte sie nicht erkennen, lag auf der oben flachen Säule.

Schwester Leoma drehte sich um. »Ach. Ich bin froh, daß du dich zu uns gesellst, Schwester.«

»Ist es das, was ich denke?« fragte Schwester Verna.

Ein kaum merkliches Lächeln verzog leicht die Fältchen in Schwester Leomas Gesicht. »Falls du an ein Lichtnetz denkst, dann ja. Ich würde sagen, nicht einmal die Hälfte von uns besitzt das Talent oder die Kraft, eines zu weben. Recht bemerkenswert, meinst du nicht auch?«

Schwester Verna kniff die Augen zusammen und versuchte zu erkennen, was auf der Säule lag. »Ich habe dieses Postament noch nie zuvor gesehen, jedenfalls nicht hier drinnen. Was ist es? Wo kommt es her?«

Schwester Philippa starrte auf den weißen Pfeiler in der Mitte des Saales. Ihre Arroganz war verflogen. »Als wir vom Begräbnis zurückkamen, stand es dort und wartete.«

Schwester Verna sah wieder zum Postament hinüber. »Was liegt darauf?«

Schwester Leoma faltete die Hände. »Der Ring der Prälatin – ihr Amtsring.«

»Der Ring der Prälatin! Was in aller Welt tut er dort?«

Schwester Philippa zog eine Braue hoch. »Ganz recht – was tut er eigentlich dort?«

Schwester Verna konnte in ihren dunklen Augen eine winzige Andeutung von Beunruhigung entdecken. »Aber was soll –«

»Geh einfach hin und versuche, ihn aufzunehmen«, sagte Schwester Dulcinia. »Nicht, daß es dir gelingen wird, natürlich«, fügte sie kaum hörbar hinzu.

»Wir wissen nicht, warum er dort liegt«, sagte Schwester Leoma, deren Stimme einen vertrauteren Ton annahm, wie er unter Schwestern üblich war. »Als wir zurückkehrten, lag er dort. Wir haben versucht, ihn zu untersuchen, aber wir kommen nicht an ihn heran. In Anbetracht der seltsamen Natur des Schildes haben wir uns überlegt, es wäre klug, festzustellen, ob jemand von uns in seine Nähe gelangen und vielleicht seinen Zweck erkennen kann, bevor wir fortfahren. Wir alle haben versucht, uns ihm zu nähern, doch niemandem gelang es. Du bist die letzte, die es noch nicht probiert hat.«

Schwester Verna zog ihr Wolltuch höher. »Was passiert, wenn man sich ihm zu nähern versucht?«

Schwester Dulcinia und Schwester Maren sahen zur Seite. Schwester Philippa blickte Schwester Verna in die Augen. »Es ist nicht angenehm. Ganz und gar nicht angenehm.«

Das überraschte Schwester Verna keineswegs. Sie war lediglich überrascht, daß niemand verletzt worden war. »Es grenzt an ein Verbrechen, ein Lichtschild zu errichten und ihn dort zurückzulassen, wo ein Nichtsahnender aus Versehen hineinlaufen kann.«

»Das ist recht unwahrscheinlich«, meinte Schwester Leoma. »Jedenfalls, wenn man bedenkt, wo er steht. Die Putzfrauen haben ihn entdeckt. Sie waren klug genug, sich von ihm fernzuhalten.«

Es war äußerst seltsam, daß keine der Schwestern imstande gewesen war, den Schild zu durchbrechen und an den Ring heranzukommen, was, wie Schwester Verna sicher vermutete, alle versucht hatten. Wenn eine von ihnen beweisen könnte, daß sie die Kraft besaß, den Ring der Prälatin zurückzuholen – ohne Hilfe, dann wäre dies recht bezeichnend.

Sie blickte kurz zu Schwester Leoma hinüber. »Habt Ihr versucht, die Netze miteinander zu verbinden, um dem Schild die Kraft zu nehmen?«

Schwester Leoma schüttelte den Kopf. »Der Überlegung folgend, daß es sich möglicherweise um einen auf eine auserwählte Schwester abgestimmten Schild handelt, haben wir beschlossen, daß zuerst jede eine Chance bekommen soll. Wir wissen nicht, welchen Zweck dies haben könnte, doch wenn es stimmt, und es sich um einen defensiven Schild handelt, dann könnte es durchaus sein, daß das, was geschützt werden soll, durch das Verbinden und die Entnahme der Kraft zerstört wird. Du bist die einzige, die es noch nicht versucht hat.« Sie seufzte matt. »Wir haben sogar Schwester Simona hier heraufgeschafft.«

Schwester Verna senkte die Stimme, als es plötzlich still wurde. »Geht es ihr schon besser?«

Schwester Leoma starrte zum Bild des Schöpfers hinauf. »Sie hört noch immer Stimmen, und letzte Nacht, als wir draußen auf dem Hügel waren, hatte sie wieder einen ihrer irren Träume.«

»Geh und stelle fest, ob du den Ring holen kannst, damit wir mit dem Auswahlverfahren fortfahren können«, forderte Schwester Dulcinia sie auf. Sie warf Schwester Philippa und Leoma einen drohenden Blick zu, so als wollte sie sagen, es sei genug geredet worden. Schwester Philippa ließ den Blick ausdrucks- und kommentarlos über sich ergehen. Schwester Maren sah voller Ungeduld zu dem sanften Lichtschein hinüber, unter dem das Objekt ihrer Begierde lag.

Schwester Leoma deutete mit einer Bewegung ihrer schwieligen Hand auf die weiße Säule. »Verna, meine Liebe, bringe uns den

Ring, wenn du dazu imstande bist. Wir müssen uns wieder um die Angelegenheiten des Palastes kümmern. Wenn du es nicht schaffst, nun, dann sind wir wohl gezwungen, dem Schild mit anderen Mitteln seine Kraft zu nehmen und den Ring der Prälatin zurückzuholen. Geh jetzt, mein Kind.«

Schwester Verna atmete tief durch und beschloß, kein Aufhebens davon zu machen, daß eine andere Schwester, eine Gleichgestellte, sie als ›Kind‹ bezeichnet hatte, und trat über den blankpolierten Fußboden vor. Von den gedämpften, fernen Trommelschlägen abgesehen, waren ihre durch den riesigen Saal hallenden Schritte das einzige Geräusch. Schwester Leoma war älter als sie und verdiente wohl ein gewisses Maß an Achtung. Sie sah hinauf zu den Balkonen und erkannte ihre Freundinnen, die Schwestern Amelia, Phoebe und Janet, die ihr zaghaft zulächelten. Schwester Verna biß entschlossen die Zähne aufeinander.

Sie hatte keinerlei Vorstellung, was der Ring der Prälatin unter einem so gefährlichen Schild, einem Lichtschild, zu suchen hatte. Irgend etwas stimmte da nicht. Ihr Atem ging schneller bei dem Gedanken, daß es sich vielleicht um das Werk einer Schwester der Finsternis handeln könnte. Vielleicht argwöhnte eine von ihnen, daß sie zuviel wußte, und hatte den Schild auf sie abgestimmt. Sie ging etwas langsamer. Wenn das stimmte, und es ein Trick war, um sie zu beseitigen, konnte es durchaus passieren, daß sie ohne jede Vorwarnung verbrannt wurde.

Nur ihre Schritte dröhnten ihr in den Ohren, als sie die äußere Begrenzung des Netzes spürte. Sie konnte sehen, wie der Goldring blinkte. Voller Anspannung erwartete sie etwas Unangenehmes, wie es die anderen offenbar erlebt hatten, doch sie verspürte nichts als Wärme, wie von einer sommerlichen Sonne. Langsam, Schritt für Schritt, ging sie weiter, aber die Temperatur stieg nicht weiter an.

Den wenigen, leise-erschrockenen Lauten, die sie hörte, entnahm sie, daß keine der anderen so weit gekommen war. Doch mußte sie es deshalb noch lange nicht schaffen, den Ring wirklich zu nehmen.

Durch den zarten, weißen Lichtschein hindurch konnte sie die Schwestern sehen, die mit aufgerissenen Augen das Geschehen verfolgten.

Dann plötzlich stand sie wie im verschwommenen Licht eines Traumes vor dem Postament. Der Schein im Zentrum des Schildes war so hell geworden, daß sie die Gesichter der Dahinterstehenden nicht mehr erkennen konnte.

Der Goldring der Prälatin lag auf einem gefalteten Stück Pergament, das mit einem roten Wachssiegel verschlossen war, in das man das Sonnenaufgangssymbol des Ringes gedrückt hatte. Unter dem Ring waren Buchstaben zu erkennen. Sie schob den Ring zur Seite und drehte das Pergament mit einem Finger, damit sie es lesen konnte.

Wenn du lebend diesem Netz entkommen willst, stecke dir den Ring auf den dritten Finger deiner linken Hand, küsse ihn, dann erbrich das Siegel und lies meine Worte darin den anderen Schwestern vor – Prälatin Annalina Aldurren.

Schwester Verna starrte auf die Worte. Sie schienen zurückzustarren, abwartend. Sie wußte nicht, was sie tun sollte. Sie erkannte die Handschrift der Prälatin durchaus wieder, war sich aber bewußt, daß es eine Fälschung sein konnte. Wenn es sich um einen Trick einer Schwester der Finsternis handelte, besonders einer, die einen Hang für Dramatik hatte, konnte ein Befolgen der Anweisungen den Tod bedeuten. Wenn nicht, dann ihr Nichtbefolgen. Sie blieb reglos einen Augenblick lang stehen und versuchte sich eine Alternative zu überlegen. Ihr fiel nichts ein.

Schwester Verna streckte die Hand aus und nahm den Ring. Aus der Dunkelheit dahinter hörte sie überraschte Laute. Sie drehte den Ring zwischen ihren Fingern und betrachtete das Symbol der aufgehenden Sonne. Er fühlte sich warm an, so als würde er von einer inneren Quelle erwärmt. Er sah aus wie der Ring der Prälatin, und ein Gefühl in der Magengrube sagte ihr, daß er es war. Sie blickte noch einmal auf die Worte auf dem Pergament.

Wenn du lebend diesem Netz entkommen willst, stecke dir den Ring auf den dritten Finger deiner linken Hand, küsse ihn, dann er-

brich das Siegel und lies meine Worte darin den anderen Schwestern vor – Prälatin Annalina Aldurren.

Schwester Vernas Atem ging flach und schwer, als sie den Ring über den dritten Finger ihrer linken Hand streifte. Sie führte die Hand an die Lippen und küßte den Ring, während sie den Schöpfer in einem stummen Gebet um Unterweisung und Kraft bat. Sie zuckte zusammen, als ein Lichtstrahl aus der Gestalt des Schöpfers über ihr hervorschoß und sie in einen gleißend hellen Lichtkegel hüllte. Die Luft ringsum summte deutlich hörbar. Überall im Saal waren Schreie und Protestrufe der Schwestern zu hören, doch in dem Licht, in dem sie stand, konnte sie niemanden erkennen.

Schwester Verna nahm das Pergament in die zitternden Hände. Das Summen in der Luft wurde lauter. Sie wollte fortlaufen, brach statt dessen das Siegel. Der Lichtkegel, der aus dem Abbild des Schöpfers über ihr kam, nahm an Helligkeit zu, bis er gleißend hell erstrahlte.

Schwester Verna faltete das Pergament auseinander und hob den Kopf, obwohl sie die Gesichter ringsum nicht erkennen konnte. »Man hat mich bei Todesstrafe angewiesen, diesen Brief hier vorzulesen.«

Niemand erwiderte etwas, also richtete sie den Blick auf die säuberlich geschriebenen Worte. »Hier steht: ›So sollen alle hier Versammelten sowie die Nichtanwesenden meinen letzten Befehl vernehmen.‹

Schwester Verna hielt inne und mußte schlucken, als den Schwestern vor Schreck der Atem stockte.

»›Die Zeiten sind schwierig, und der Palast kann sich einen langen Kampf um meine Nachfolge nicht leisten. Und einen solchen werde ich auch nicht zulassen. Hiermit übe ich mein Hoheitsrecht als Prälatin aus, wie es im Kanon des Palastes festgeschrieben steht, und ernenne meine Nachfolgerin. Sie steht vor euch und trägt den Ring ihres Amtes. Die Schwester, die dies verliest, ist von nun an Prälatin. Die Schwestern des Lichts werden ihr gehorchen. Alle werden ihr gehorchen.

Der Bann, den ich über dem Ring zurückgelassen habe, wurde mit der Hilfe und der Anleitung des Schöpfers selbst eingerichtet. Widersetzt ihr euch meinem Ansinnen, so tut ihr dies auf eigene Gefahr.

Es ist eure Pflicht, der neuen Prälatin zu dienen und den Palast der Propheten und alles, wofür er steht, zu beschützen. Möge das Licht euch beistehen und euch immer führen.

Geschrieben eigenhändig, bevor ich aus diesem Leben in die sanften Hände des Schöpfers hinüberwandle – Prälatin Annalina Aldurren.‹«

Mit einem Donnerschlag, der den Boden unter ihren Füßen erzittern ließ, erloschen der Lichtkegel und der Lichtschein, der sie umhüllte.

Verna Sauventreen ließ die Hand mit dem Brief sinken, hob den Kopf und sah die überwältigten Gesichter ringsum. Ein leises Rascheln ging durch den Saal, als die Schwestern des Lichts sich auf ein Knie niederließen und vor ihrer neuen Prälatin den Kopf beugten.

»Das kann nicht sein«, sagte sie leise bei sich.

Schleppenden Schritts ging sie über den blankpolierten Boden und ließ den Brief aus den Fingern gleiten. Von hinten kamen Schwestern vorsichtig herbeigeeilt und schnappten nach dem Brief, um die letzten Worte von Prälatin Annalina Aldurren mit eigenen Augen nachzulesen.

Die vier Schwestern erhoben sich, als sie näher kam. Schwester Marens feines, sandfarbenes Haar umrahmte ein aschfahles Gesicht. Schwester Dulcinias blaue Augen waren weit aufgerissen und ihr Gesicht gerötet. Schwester Philippas sonst so gelassener Gesichtsausdruck bot jetzt ein Bild der Bestürzung.

Schwester Leomas faltige Wangen verzogen sich zu einem breiten, freundlichen Lächeln. »Ihr werdet Rat und Unterweisung brauchen, Schw… Prälatin.« Ihr Lächeln war dahin, als sie gegen ihren Willen schlucken mußte. »Wir stehen bereit, Euch auf jede Weise zu helfen, wo wir nur können. Wir stehen zu Eurer Verfügung. Wir sind dazu da, um Euch zu dienen …«

»Danke«, sagte Schwester Verna mit schwacher Stimme, als sie sich wieder auf den Weg nach draußen machte. Ihre Füße schienen sich von ganz allein zu bewegen.

Draußen wartete Warren. Sie drückte die Türen zu und stand wie benommen vor dem jungen, blonden Zauberer. Warren ließ sich mit tiefer Verbeugung auf ein Knie nieder.

»Prälatin.« Er sah grinsend auf. »Ich habe an der Tür gelauscht«, erklärte er.

»Nenne mich nicht so.« Die eigene Stimme klang hohl in ihren Ohren.

»Warum nicht? Das ist es doch, was Ihr jetzt seid.« Sein Grinsen wurde breiter. »Das ist –«

Sie drehte sich um und wollte gehen. Endlich begann ihr Verstand wieder zu funktionieren. »Komm mit.«

»Wo gehen wir hin?«

Verna legte den Zeigefinger an die Lippen und warf ihm über ihre Schulter einen finsteren Blick zu, und sofort schloß er den Mund. Warren mußte sich beeilen, um mit ihr Schritt zu halten, als sie davonmarschierte. Sie schickte sich an, den Palast der Propheten zu verlassen. Wann immer er den Mund abermals öffnen wollte, legte sie erneut den Finger an die Lippen. Schließlich seufzte er, stopfte seine Hände in die Ärmel seines Gewandes, richtete den Blick nach vorn und lief neben ihr her.

Draußen vor dem Palast standen Novizinnen und junge Männer, die das Glockenläuten gehört hatten, mit dem die Ernennung der neuen Prälatin verkündet wurde, sahen den Ring und verbeugten sich. Verna ging an ihnen vorbei, den Blick nach vorn gerichtet. Als sie die Brücke über den Kern überquerte, verbeugten sich die Wachen.

Am Ende der Brücke stieg sie zum Ufer hinab und lief den Pfad durch die Binsen entlang. Warren mußte sich noch immer beeilen, um mit ihr Schritt zu halten, als sie an den kleinen Anlegestellen vorüberging, die jetzt alle verlassen dalagen, weil die Boote sich draußen auf dem Fluß befanden und ihre Fischer, langsam flußabwärts rudernd, Netze auswarfen oder Leinen hinter sich herzogen. Bald würden sie zurückkommen, um ihren Fisch auf dem Markt in der Stadt zu verkaufen.

Ein Stück flußaufwärts vom Palast der Propheten, an einer menschenleeren, flachen Stelle in der Nähe eines hier zutage tretenden Felsens, den das Wasser gurgelnd und plätschernd umspielte, blieb sie stehen. Sie blickte finster in das wirbelnde Wasser und stemmte ihre Fäuste in die Hüften.

»Eins schwöre ich, wäre diese aufdringliche alte Frau nicht tot, ich würde sie mit bloßen Händen erwürgen.«

»Wovon redet Ihr?« fragte Warren.

»Von der Prälatin. Wäre sie in diesem Augenblick nicht in den Händen des Schöpfers, ich würde ihr meine um den Hals legen.«

Warren lachte stillvergnügt in sich hinein. »Das wäre ein recht seltsamer Anblick, Prälatin.«

»Nenne mich nicht so!«

Waren runzelte die Stirn. »Aber das seid Ihr doch jetzt: die Prälatin.«

Sie packte sein Gewand mit beiden Fäusten an den Schultern. »Warren, du mußt mir helfen. Du mußt mich aus dieser Geschichte rausholen.«

»Was! Aber das ist doch wunderbar! Verna, Ihr seid nun Prälatin!«

»Nein. Das kann ich nicht. Warren, du kennst alle Bücher in den Gewölbekellern unten, du hast die Gesetze des Palastes studiert – du mußt etwas finden, um mich aus dieser Lage zu befreien. Es muß einen Weg geben. Es gibt in den Büchern bestimmt etwas, wodurch dies verhindert werden kann.«

»Verhindert? Es ist bereits geschehen. Und davon abgesehen, etwas Besseres hätte gar nicht passieren können.« Er neigte den Kopf fragend zur Seite. »Warum habt Ihr mich den weiten Weg hierhergebracht?«

Sie ließ sein Gewand los. »Denk nach, Warren. Warum wurde die Prälatin umgebracht?«

»Sie wurde von Schwester Ulicia getötet, einer der Schwestern der Finsternis. Sie wurde getötet, weil sie gegen deren Bosheit gekämpft hat.«

»Nein, Warren, ich sagte, denk nach. Sie wurde umgebracht, weil sie mir eines Tages in ihrem Büro erklärte, sie wisse über die Schwestern der Finsternis Bescheid. Schwester Ulicia war eine ihrer Verwalterinnen und hat gelauscht, als die Prälatin ihr Wissen preisgegeben hat.« Sie beugte sich zu ihm vor. »Der Raum war abgeschirmt, dafür hatte ich gesorgt. Aber damals war mir nicht klar, daß die Schwestern der Finsternis möglicherweise Subtraktive Magie anwenden können. Schwester Ulicia lauschte durch den Schild hindurch, kam zurück und tötete die Prälatin. Hier draußen können wir sehen, ob jemand nah genug ist, um uns sprechen zu hören, hier gibt es keine Ecke, hinter der man sich verstecken könnte.« Sie deutete mit dem Kopf auf das plätschernde Wasser. »Und das Wasser übertönt den Klang unserer Stimmen.«

Warren sah sich nervös um. »Ich verstehe, was Ihr meint. Aber Prälatin, manchmal trägt das Wasser Geräusche ziemlich weit.«

»Ich sagte, hör auf, mich so zu nennen. Bei all den Geräuschen ringsum, und wenn wir leise sprechen, wird das Wasser unsere Stimmen übertönen. Wir dürfen nicht riskieren, im Palast ein einziges Wort darüber zu verlieren. Wenn wir darüber sprechen müssen, dann werden wir stets nach draußen aufs Land gehen, wo wir sehen können, ob jemand in der Nähe ist. So, und jetzt wirst du einen Weg finden, wie ich aus dem Amt der Prälatin entlassen werden kann.«

Warren stieß einen verzweifelten Seufzer aus. »Hört doch endlich auf damit. Ihr seid für die Stellung als Prälatin qualifiziert, vielleicht mehr als irgendeine der anderen Schwestern. Die Prälatin muß, abgesehen von Erfahrung, über außergewöhnliche Kraft verfügen.« Er wandte den Blick ab, als sie eine Braue hochzog. »Ich habe uneingeschränkten Zugang zu allem, was in den Gewölbekellern lagert. Ich habe die Berichte gelesen.« Er sah sie wieder an. »Als Ihr Richard gefangennahmt, sind die beiden anderen Schwestern gestorben, und dabei haben sie ihre Kraft an Euch weitergegeben. Ihr besitzt die Kraft, das Han, dreier Schwestern.«

»Das ist wohl kaum die einzige Anforderung, Warren.«

Er beugte sich vor. »Wie gesagt, ich habe uneingeschränkten Zugang zu den Büchern. Ich kenne die Anforderungen. Es gibt nichts, was Euch die Berechtigung absprechen könnte, Ihr erfüllt sämtliche Bedingungen. Ihr solltet Mut daraus schöpfen, Prälatin zu sein. Das ist das Beste, was passieren konnte.«

Schwester Verna seufzte. »Hast du mit deinem Halsring auch deinen Verstand verloren? Welchen Grund sollte ich haben, Prälatin sein zu wollen?

»Jetzt können wir den Schwestern der Finsternis auf die Schliche kommen.« Warren setzte ein vertrauliches Lächeln auf. »Ihr werdet die Machtbefugnis haben, das zu tun, was getan werden muß.« Seine blauen Augen funkelten. »Wie gesagt, das ist das Allerbeste, was passieren konnte.«

Sie warf die Hände in die Luft. »Warren, daß ich Prälatin geworden bin, ist das Allerschlimmste, was passieren konnte. Diese Machtbefugnis engt mich ebenso ein wie der Halsring, den du froh bist, los zu sein.«

Warren runzelte die Stirn. »Wie meint Ihr das?«

Sie strich sich die braunen Locken aus dem Gesicht. »Warren, die Prälatin ist eine Gefangene ihrer Machtbefugnis. Hast du Prälatin Annalina oft gesehen? Nein. Und warum nicht? Weil sie in ihrem Büro saß und die Verwaltung des Palastes überwachte. Es gab tausend Dinge, um die sie sich hat kümmern müssen, Tausende von Fragen, die ihrer Aufmerksamkeit bedurften, Hunderte von jungen Männern und Schwestern, die betreut werden mußten, darunter auch das ewige Dilemma Nathan. Du hast ja keine Vorstellung, wieviel Ärger dieser Mann bereitet hat. Man mußte ihn unter ständiger Bewachung halten.

Die Prälatin kann auch nicht einfach mal vorbeischauen, um eine Schwester oder einen jungen Mann während seiner Ausbildung zu besuchen. Jeder würde sofort in Panik verfallen und sich fragen, was er oder sie falsch gemacht hätte, was man der Prälatin über sie berichtet hätte. Mit einer Prälatin spricht man niemals über etwas Beiläufiges, stets glaubt man, sie würde nach Verborgenem suchen. Nicht etwa, weil sie das will – es ist einfach so, daß niemand über die Macht ihrer Stellung hinwegsehen kann.

Wagt sie sich einmal aus ihren Zimmern heraus, ist sie augenblicklich eine Gefangene der Zeremonien ihres Amtes. Wenn sie in den Speisesaal geht, um zu Abend zu essen, wagt niemand, sein Gespräch fortzusetzen. Alles sitzt stumm da, beobachtet sie und hofft, nicht von ihr angesehen, oder schlimmer noch, gebeten zu werden, ihr Gesellschaft zu leisten.«

Warren sackte ein wenig in sich zusammen. »So habe ich das noch nie betrachtet.«

»Wenn deine Vermutungen über die Schwestern der Finsternis stimmen, und ich sage nicht, daß es so ist, dann würde mich meine Stellung als Prälatin daran hindern, herauszufinden, wer sie sind.«

»Prälatin Annalina hat es nicht daran gehindert.«

»Weißt du das? Wäre sie nicht Prälatin gewesen, hätte sie diese fehlgeleiteten Schwestern vielleicht schon vor langer Zeit aufgespürt, als sie noch etwas gegen sie hätte unternehmen können. Vielleicht hätte sie sie ausrotten können, bevor sie damit anfingen, unsere jungen Burschen umzubringen, ihnen ihr Han zu stehlen und mächtig zu werden. So, wie die Dinge liegen, kam ihre Entdeckung zu spät und hat zu nichts weiter als ihrem Tod geführt.«

»Aber vielleicht fürchten sie Euer Wissen und geben sich auf irgendeine Weise zu erkennen.«

»Wenn es Schwestern der Finsternis im Palast gibt, dann wissen sie um meine Beteiligung an der Entdeckung der sechs Geflohenen. Und wenn überhaupt, dann werden sie es gerne sehen, daß man mich zur Prälatin gemacht hat, weil mir dadurch die Hände gebunden sind und ich ihnen nicht in die Quere kommen kann.«

Warren legte einen Finger an seine Lippen. »Aber es muß doch etwas nützen, daß Ihr Prälatin geworden seid.«

»Es wird mich nur hindern, die Schwestern der Finsternis aufzuhalten. Du mußt mir helfen, Warren. Du kennst die Bücher. Es muß doch etwas geben, daß mich aus dieser Lage befreit.«

»Prälatin –«

»Nenn mich nicht so!«

Warren wand sich verzweifelt. »Aber das ist es, was Ihr seid. Ich kann Euch mit keinem geringeren Titel ansprechen.«

Sie seufzte. »Die Prälatin, Prälatin Annalina, bat ihre Freunde, sie mit Ann anzusprechen. Wenn ich jetzt Prälatin bin, dann bitte ich dich, mich mit Verna anzusprechen.«

Warren legte die Stirn in Falten und dachte darüber nach. »Nun ... ich glaube, wir sind Freunde.«

»Wir sind mehr als Freunde, Warren. Du bist der einzige, dem ich vertrauen kann. Zur Zeit habe ich niemand anderes.«

Er nickte. »Gut, dann also Verna.« Er verzog den Mund und überlegte. »Verna, Ihr habt recht: Ich kenne die Bücher. Ich kenne die Anforderungen, und Ihr erfüllt sie alle. Ihr seid jung für eine Prälatin, aber nur, weil es so etwas noch nie gegeben hat. Im Gesetz gibt es keine Bestimmungen bezüglich des Alters. Mehr noch, ihr besitzt das Han dreier Schwestern. Es gibt keine Schwester, jedenfalls keine Schwester des Lichts, die Euch ebenbürtig wäre. Das allein beweist Eure Eignung mehr als genug. Die Kraft, die Beherrschung des Han, ist eine wesentliche Überlegung bei der Entscheidung, wer Prälatin wird.«

»Es muß doch irgend etwas geben, Warren. Denk nach.«

In seinen blauen Augen spiegelte sich Wissen und Bedauern wider. »Ich kenne die Bücher, Verna. Sie drücken sich sehr klar aus. Ist die Prälatin einmal formal ernannt, wird ihr dort ausdrücklich untersagt, sich ihrer Pflicht zu entziehen. Erst im Tod darf sie die Berufung abtreten. Solange Prälatin Annalina nicht wieder zum Leben erwacht und Ihre Stellung zurückverlangt, sehe ich kaum eine Möglichkeit, wie Ihr zurücktreten könnt. Ihr seid Prälatin.«

Auch Verna wußte keine Lösung. Sie saß in der Falle. »So lange ich denken kann, hat diese Frau mein Leben verdreht. Sie hat diesen Bann auf mich abgestimmt, ich weiß, daß sie es war. Sie hat mich in diese Falle gelockt. Ich wünschte, ich könnte sie erwürgen!«

Warren legte ihr sachte eine Hand auf den Arm. »Verna, würdet Ihr jemals zulassen, daß eine Schwester der Finsternis Prälatin wird?«

»Natürlich nicht.«

»Glaubt Ihr, Ann würde das?«

»Nein, aber ich verstehe nicht –«

»Verna, Ihr habt gesagt, Ihr könntet niemandem außer mir vertrauen. Denkt an Ann. Sie war in der gleichen Klemme. Sie durfte nicht zulassen, daß durch einen Zufall eine von ihnen Prälatin wird. Sie lag im Sterben. Und so tat sie das einzig Mögliche. Sie konnte niemandem vertrauen außer Euch.«

Verna starrte ihm in die Augen, während seine Worte in ihrem Kopf nachhallten. Dann ließ sie sich auf einen glatten, dunklen Stein am Wasser fallen. Sie vergrub das Gesicht in den Händen. »Geliebter Schöpfer«, sagte sie leise, »bin ich wirklich so selbstsüchtig?«

Warren setzte sich neben sie. »Selbstsüchtig? Dickköpfig, manchmal, aber nie selbstsüchtig.«

»Ach, Warren, sie muß manchmal so alleine gewesen sein. Wenigstens war Nathan bei ihr ... am Ende.«

Warren nickte. Nach einer Weile blickte er sie an. »Wir stecken richtig in Schwierigkeiten, nicht wahr, Verna.«

»In einem ganzen Palast voller Schwierigkeiten, Warren. Säuberlich zusammengehalten von einem Ring aus Gold.«

7. Kapitel

Richard hielt sich die Hand vor den Mund und gähnte. Weder in der vergangenen Nacht noch, was das anbetraf, in den letzten beiden Wochen hatte er viel Schlaf gefunden, von seinem Kampf mit den Mriswith ganz zu schweigen. Er war so müde, daß es ihm schwerfiel, einen Fuß vor den anderen zu setzen. Alle paar Schritte wechselten faulige Gerüche mit wohlduftenden ab, während er immer weiter in den Irrgarten aus verschlungenen Straßen eindrang, nahe an den Gebäuden blieb, das dichteste Gedränge mied und sich alle Mühe gab, der Richtung zu folgen, die ihm Fräulein Sanderholt beschrieben hatte. Hoffentlich hatte er sich nicht verirrt.

Stets zu wissen, wo er sich befand, und wie er an sein Ziel gelangen konnte, war für einen Führer Ehrensache, da Richard aber Waldführer gewesen war, mochte man es ihm verzeihen, wenn er sich in einer großen Stadt verlief. Außerdem war er kein Waldführer mehr und nahm auch nicht an, jemals wieder einer zu werden.

Aber er wußte, wo die Sonne stand, und wie verwirrend sich die Straßen und Gebäude auch gestalteten, mit ihren von Menschen wimmelnden Durchgangsstraßen, den dunklen Hinterhöfen und den Labyrinthen enger, sich windender Seitenstraßen zwischen uralten, fensterlosen, vollkommen planlos angelegten Häusern, Südosten blieb Südosten. Statt Königsbäumen oder Erhebungen im Gelände benutzte er einfach die größeren Gebäude als Markierungspunkte.

Richard schlängelte sich durch die Menschenmenge, vorbei an schäbig gekleideten Straßenhändlern mit Töpfen voller getrockneter Wurzeln, Körben mit Tauben, Fischen und Aalen, Köhlern, die, ihre Karren schiebend, in einem Singsang ihre Ware feilboten, vorbei an Käsehändlern in steifer, rotgelber Livree, Metzgerläden, in denen Schweine, Schafe und Wild aufgereiht an Haken hingen, Salzverkäufern, die Salz verschiedener Qualität und Beschaffenheit anboten, Ladeninhabern, die Brote, Pasteten und Gebäck, Geflügel, Gewürze, Säcke mit Getreide, Fässer mit Wein und Bier und hundert andere Dinge verkauften, die in Schaufenstern oder auf Tischen vor den Läden ausgebreitet lagen, vorbei an Leuten, die die Waren begutachteten, ein Schwätzchen hielten und sich über die Preise beklagten. Und dann bemerkte er das Flattern in seiner Magengrube, eine Warnung – jemand verfolgte ihn.

Plötzlich hellwach, bog er ab und blickte in ein Gedränge aus Gesichtern, erkannte aber keines wieder. Er hielt sein schwarzes Cape über sein Schwert, um keine Aufmerksamkeit auf sich zu ziehen. Wenigstens schienen die allgegenwärtigen Soldaten sich nicht für ihn zu interessieren, auch wenn einige der D'Haraner, wenn er nahebei an ihnen vorüberging, den Kopf hoben, so als spürten sie etwas, wüßten aber nicht recht, woher es kam. Richard beschleunigte seine Schritte.

Das Flattern war so schwach, daß er dachte, seine Verfolger wären vielleicht noch so entfernt, daß sie ihn nicht gesehen hatten. Doch wie sollte er dann wissen, wer es war? Es konnte jedes der Gesichter sein, in die er sah. Er blickte zu den Dächern hoch, aber den einen, der ihn, wie er wußte, verfolgte, entdeckte er nicht. Statt dessen sah er nach dem Stand der Sonne, um nicht die Orientierung zu verlieren.

An einem Eckhaus blieb er stehen, beobachtete die Menschen, die die Straße hinauf- und hinunterströmten, und hielt Ausschau nach jemandem, der ihn beobachtete, der fehl am Platze wirkte oder ungewöhnlich, doch fiel ihm nichts Beunruhigendes auf.

»Einen Honigkuchen, edler Herr?«

Richard drehte sich zu einem kleinen Mädchen in einer zu großen Jacke um, das hinter einem wackeligen, kleinen Tisch stand. Er hielt sie für zehn oder zwölf, allerdings war er im Schätzen des Alters junger Mädchen nicht gut. »Wie bitte?«

Ihre Hand bot mit ausladender Geste die Waren auf dem Tisch an. »Einen Honigkuchen? Meine Großmutter macht sie selbst. Sie sind wirklich gut, das kann ich Euch versprechen, und kosten nur einen Penny. Möchtet Ihr einen kaufen, edler Herr, bitte? Ihr werdet es nicht bereuen.«

Auf dem Boden hinter dem Mädchen hockte auf einem Brett im Schnee eine stämmige, alte, in eine zerrissene, braune Decke gehüllte Frau. Grinsend sah sie zu ihm auf. Richard erwiderte das Lächeln halbherzig, horchte auf das Flattern in seinem Inneren und versuchte festzustellen, was er da spürte, welcher Art das düstere Vorzeichen war. Das Mädchen und die Alte lächelten hoffnungsvoll und warteten.

Richard blickte die Straße entlang und seufzte. Sein Atem hing wie eine kleine Dampfwolke in der Luft, bis der leichte Wind sie verwehte. Er kramte in seiner Tasche. Während seiner zwei Wochen langen Reise nach Aydindril hatte er herzlich wenig zu essen bekommen. Alles, was er besaß, war das Silber und Gold aus dem Palast der Propheten. Auch in seinem Rucksack im Palast der Konfessoren befand sich wahrscheinlich kein einziger Penny.

»Ich bin kein Herr«, sagte er und stopfte alles bis auf eine Silbermünze zurück in die Tasche.

Das Mädchen zeigte auf sein Schwert. »Jeder, der ein so feines Schwert besitzt, muß doch gewiß ein Herr sein.«

Die Alte hatte aufgehört zu lächeln. Die Augen auf das Schwert geheftet, rappelte sie sich auf.

Richard warf rasch sein Cape über das in Silber und Gold gearbeitete Heft und gab dem Mädchen die Münze. Sie betrachtete sie in ihrer Handfläche.

»Ich habe nicht genug Kleingeld, um darauf rauszugeben. Du meine Güte, ich weiß nicht mal, wieviel Kleingeld man dazu braucht. Ich habe noch nie eine Silbermünze in der Hand gehabt, Herr.«

»Ich hab' dir doch gesagt, ich bin kein Herr.« Er lächelte, als sie aufsah. »Ich heiße Richard. Ich sag' dir was, warum behältst du die

Münze nicht einfach und betrachtest sie als Vorauszahlung, und jedesmal, wenn ich vorbeikomme, nun, dann gibst du mir noch einen von deinen Honigkuchen, bis das Silber aufgebraucht ist.«

»Oh, edler Herr ... ich meine, Richard, vielen Dank.«

Das Mädchen gab die Münze strahlend seiner Großmutter. Die alte Frau untersuchte die Münze skeptisch und drehte sie zwischen den Fingern. »Eine solche Prägung habe ich noch nie gesehen. Ihr müßt von sehr weit her gekommen sein.«

Die Frau konnte unmöglich wissen, woher die Münze stammte – die Alte und die Neue Welt waren in den letzten dreitausend Jahren voneinander getrennt gewesen. »Das stimmt. Aber das Silber ist echt.«

Sie sah ihn mit blaßblauen Augen an, aus denen die Jahre alle Farbe herausgewaschen zu haben schienen. »Gestohlen oder geschenkt, mein Herr?« Als Richard die Stirn in Falten legte, machte sie eine Handbewegung. »Das Schwert, das Ihr dort habt, mein Herr. Habt Ihr es gestohlen oder wurde es Euch geschenkt?«

Richard sah ihr in die Augen und endlich verstand er. Eigentlich wurde der Sucher von einem Zauberer ernannt, da Zedd jedoch vor vielen Jahren aus den Midlands geflohen war, war das Schwert zur Beute derer geworden, die es sich leisten konnten, oder die in der Lage waren, es zu stehlen. Das Schwert der Wahrheit war durch selbsternannte Sucher in Verruf geraten, denen man besser nicht über den Weg traute. Sie hatten die Magie des Schwertes für ihre eigenen Zwecke eingesetzt und im Sinne jener, die der Klinge ihre Magie verliehen hatten. Seit Jahrzehnten war Richard der erste, der von einem Zauberer zum Sucher der Wahrheit ernannt worden war. Richard verstand die Magie, ihre fürchterliche Kraft und Verantwortung. Er war der wahre Sucher.

»Es wurde mir von jemandem Erster Ordnung überreicht. Ich wurde ernannt«, sagte er ernst.

Sie raffte die Decke an ihre dralle Brust. »Ein Sucher«, hauchte sie durch die Lücken, wo ihre Zähne hätten sein sollen. »Den Seelen sei Dank. Ein echter Sucher.«

Das kleine Mädchen, das die Unterhaltung nicht verstand, schaute auf die Münze in der Hand ihrer Großmutter, dann reichte sie Richard den größten Honigkuchen auf dem Tisch. Er nahm ihn lächelnd entgegen.

Die Alte beugte sich ein Stück über den Tisch vor und senkte die Stimme. »Seid Ihr gekommen, um uns von diesem Ungeziefer zu befreien?«

»Schon möglich.« Er probierte den Honigkuchen. Dann lächelte er das Mädchen erneut an. »Er ist wirklich so lecker, wie du versprochen hast.«

Sie grinste. »Hab' ich Euch doch gesagt. Großmutter macht den besten Honigkuchen der ganzen Stentorstraße.«

Stentorstraße. Wenigstens war es ihm gelungen, die richtige Straße zu finden. Am Markt auf der Stentorstraße vorbei, hatte Fräulein Sanderholt gesagt. Er zwinkerte dem Mädchen zu, während er kaute. »Was für Ungeziefer?« fragte er die Alte.

»Mein Sohn«, erwiderte die Alte und deutete mit den Augen auf das Mädchen, »und ihre Mutter haben uns verlassen, um in der Nähe des Palastes zu bleiben und auf das versprochene Gold zu warten. Ich hab' ihnen gesagt, sie sollen arbeiten, aber sie meinten, ich sei nicht recht bei Verstand, man würde ihnen mehr geben, als sie verdienen könnten, wenn sie nur dort auf das warten würden, was man ihnen schuldet.«

»Wie kommen sie darauf, daß man ihnen etwas ›schuldet‹?«

Sie zuckte mit den Achseln. »Weil irgend jemand aus dem Palast das gesagt hat. Gesagt hat, es stünde ihnen zu. Gesagt hat, es stünde allen Leuten zu. Manche, wie diese beiden, glauben daran. Das kommt der Faulheit meines Sohnes entgegen. Die jungen Leute sind heutzutage alle faul. Also sitzen sie da und warten, daß man ihnen etwas gibt, anstatt für das zu arbeiten, was sie brauchen. Sie streiten darum, wer zuerst Gold erhalten soll. Einige der Schwachen und Alten sind bei diesen Streitereien schon umgekommen.

Inzwischen arbeiten immer weniger, und die Preise steigen immer weiter. Wir können uns mittlerweile kaum noch genug Brot leisten.« Ihr Gesicht nahm einen verbitterten Ausdruck an. »Und das alles wegen dieser törichten Gier nach Gold. Mein Sohn hatte Arbeit, bei Chalmer, dem Bäcker, aber anstatt zu arbeiten wartet er darauf, daß man Gold an ihn verteilt, und sie wird immer hungriger.« Sie warf aus den Augenwinkeln einen Blick auf das Mädchen und lächelte freundlich. »Aber sie arbeitet. Hilft mir, die Kuchen zu backen, jawohl, damit wir was zu essen haben. Ich lasse nicht zu, daß sie sich auf der Straße herumtreibt, wie inzwischen so viele von den anderen Kindern.«

Sie hob den Kopf und blickte ernst. »Sie sind das Ungeziefer, diese Kerle, die uns das Wenige nehmen, das wir verdienen oder uns mit unseren eigenen Händen erarbeiten, nur um es uns gleich darauf wieder zu versprechen. Und dann erwarten sie, daß wir für ihre Güte dankbar sind, diese Kerle. Sie verleiten gute Menschen zur Faulheit, damit sie uns beherrschen können wie Schafe an einem Trog, diese Kerle. Sie haben uns unseren Frieden und unsere Lebensart genommen. Selbst ein närrisches altes Weib wie ich weiß, daß faule Menschen nicht für sich selber denken können – sie denken nur an sich. Ich weiß nicht, was aus der Welt noch werden soll.«

Endlich schien ihr die Luft ausgegangen zu sein, und Richard deutete auf die Münze in ihrer Hand und schluckte einen Mundvoll Kuchen. »Fürs erste würde ich es zu schätzen wissen, wenn du mein Schwert vergessen würdest.«

Sie nickte verständnisvoll. »Wie Ihr wollt. Was immer Ihr verlangt, mein Herr. Mögen die guten Seelen mit Euch sein. Und verpaßt diesem Ungeziefer einen Schlag von mir.«

Richard ging ein Stück die Straße weiter, setzte sich einen Augenblick neben einem Durchgang auf ein Faß und biß von seinem Honigkuchen ab. Er war gut, aber Richard achtete eigentlich kaum auf den Geschmack, zumal ihm der Kuchen auch nicht half, das mulmige Gefühl in seinem Bauch zu verscheuchen. Das Gefühl war anders als bei den Mriswiths, wie er jetzt feststellte – eher glich es dem Gefühl, daß er immer dann bekam, wenn die Augen eines anderen auf ihm ruhten und die feinen Härchen in seinem Nacken sich aufrichteten. Genau das spürte er jetzt – jemand beobachtete und verfolgte ihn. Er ließ den Blick suchend über die Gesichter schweifen, entdeckte aber niemanden, der so aussah, als würde er sich für ihn interessieren.

Sich den Honig von den Fingern leckend, bahnte er sich einen Weg hinüber auf die andere Straßenseite, um Pferde herum, die Karren und Wagen zogen, und durch das dichte Gedränge der Menschen, die ihrer Arbeit nachgingen. Manchmal war es, als schwimme man gegen den Strom. Der Lärm, das Rasseln von Ketten, das Stampfen der Hufe, das Scheppern der Fracht auf den Karren, das Ächzen der Achsen, das Knirschen festgetretenen Schnees, die Rufe der Straßenhändler, der laute Singsang der Marktschreier und das Summen der Gespräche, manche davon in Sprachen, die er nicht verstand – all das war zermürbend. Richard war die Stille seiner Wälder gewohnt, wo der Wind in den Bäumen oder das Murmeln eines Baches die lautesten Geräusche waren. Er war zwar oft nach Kernland gegangen, doch das war kaum mehr als ein kleiner Ort und kein Vergleich zu Städten wie dieser, die er seit Verlassen seiner Heimat gesehen hatte.

Richard vermißte die Wälder. Kahlan hatte versprochen, eines Tages mit ihm gemeinsam zu einem Besuch dorthin zurückzukehren. Er lächelte bei sich, als er an die wundervollen Orte dachte, zu denen er sie führen würde – die Aussichtspunkte, die Wasserfälle, die versteckten Bergpässe. Das Lächeln wurde noch breiter, als er sich vorstellte, wie erstaunt sie sein würde, und welches Glück sie erleben würden. Er mußte schmunzeln, als ihm dieses ganz besondere Lächeln einfiel, das sie außer ihm keinem schenkte.

Er vermißte Kahlan mehr, als er seine Wälder je vermissen konnte. Er wollte so schnell wie möglich zu ihr. Bald schon wäre es soweit, aber zuerst mußte er in Aydindril noch einige Dinge erledigen.

Auf einen Zuruf hin hob er den Kopf und stellte fest, daß er über seine Tagträumerei gar nicht darauf geachtet hatte, wo er hinlief, und ihn jeden Augenblick eine Soldatenkolonne niedertrampeln konnte. Der Kommandant fluchte und gab seinen Soldaten den Befehl, augenblicklich anzuhalten.

»Bist du blind! Was ist das für ein Narr, der einer Kolonne Reiter vor die Pferde läuft!«

Richard sah sich rasch um. Die Menschen waren alle vor den Soldaten zurückgewichen und taten offenbar ihr Bestes, um den Eindruck zu erwecken, sie hätten niemals auch nur die Absicht gehabt, sich der Straßenmitte zu nähern. Sie gaben sich alle Mühe, die Existenz der Soldaten einfach nicht zu bemerken. Die meisten sahen aus, als hätten sie sich am liebsten unsichtbar gemacht.

Richard blinzelte zu dem Mann hinauf, der ihn angeschrien hatte, und spielte kurz mit dem Gedanken, sich selbst unsichtbar zu machen, bevor es Ärger gab und jemand verletzt wurde, doch dann fiel ihm das Zweite Gesetz der Magie ein: die besten Absichten bewirken oft das größte Unheil. Er hatte die Erfahrung gemacht, daß, wenn man dann noch Magie hineinmischte, als Ergebnis leicht eine Katastrophe herauskam. Magie war gefährlich und mußte mit Bedacht angewendet werden. Rasch entschied er, es wäre klug und würde am besten wirken, sich einfach zu entschuldigen.

»Tut mir leid. Ich glaube, ich habe nicht darauf geachtet, wo ich hinlaufe. Verzeiht.«

Er konnte sich nicht erinnern, jemals Soldaten wie diese gesehen zu haben – alle auf Pferden, die in ordentlichen, präzisen Reihen standen. Die Rüstung jedes einzelnen der grimmig dreinblickenden Soldaten gleißte blendend in der Sonne. Neben den tadellos polierten Rüstungen blinkten auch ihre Schwerter, Messer und Lanzen. Jeder Soldat trug ein karminrotes Cape, das in exakter Manier über die Flanke seines weißen Pferdes drapiert war. Richard kamen sie vor wie Soldaten, die jeden Augenblick an einem großen König vorbeidefilieren würden.

Unter dem Rand seines glänzenden Helmes mit dem roten Busch aus Roßhaar hervorblickend, sah der Mann, der ihn angebrüllt hatte, wütend auf ihn herab. Er hielt die Zügel seines kräftigen, grauen Wallachs locker in der behandschuhten Hand und beugte sich vor.

»Aus dem Weg, du Schwachkopf, oder wir treten dich in den Staub, und damit hat sich's.«

Richard erkannte den Akzent des Mannes. Es war der gleiche wie Adies. Er wußte nicht, aus welchem Land Adie stammte, aber offenbar kam dieser Mann aus derselben Gegend.

Achselzuckend trat Richard einen Schritt zurück. »Ich sagte doch, es tut mir leid. Ich wußte nicht, daß Ihr so dringende Geschäfte habt.«

»Den Hüter zu bekämpfen ist immer ein dringendes Geschäft.«

Richard trat noch einen Schritt zurück. »Da kann ich Euch nicht widersprechen. Bestimmt sitzt er jetzt zitternd in irgendeiner Ecke und wartete nur darauf, daß Ihr ihn überwältigt, also reitet am besten schnell weiter.«

Die Augen des Mannes nahmen einen kalten Glanz an. Richard versuchte, sich nicht anmerken zu lassen, daß er zusammenzuckte. Wenn er doch nur lernen könnte, den Mund zu halten.

Richard hatte nie gerne gekämpft. Doch als Heranwachsender war er zur Zielscheibe anderer geworden, die sich beweisen wollten. Bevor man ihm das Schwert der Wahrheit gegeben und er durch es gelernt hatte, daß er seinem Zorn, den er stets fest unter Kontrolle hatte, manchmal Luft machen mußte, hatte er die Wut aufgebrachter Gegner oft mit einem Lächeln oder mit Humor besänftigen können. Richard war sich seiner Stärke bewußt, doch dieses Selbstbewußtsein verleitete ihn schnell, vorlaut zu sein. Manchmal schien es, als könnte er nichts dagegen machen, sein Mund bewegte sich ganz einfach, bevor der Verstand reagiert hatte.

»Du hast ein freches Mundwerk. Vielleicht bist du einer, dem der Hüter die Sinne verdreht hat.«

»Ich versichere Euch, Sir, Ihr und ich, wir kämpfen gegen denselben Feind.«

»Die Günstlinge des Hüters verbergen sich hinter ihrer Arroganz.«

Richard überlegte sich gerade, daß er keinen Ärger gebrauchen konnte und es an der Zeit sei, sich schnellstens zurückzuziehen, als der Mann Anstalten machte, abzusteigen. Im selben Augenblick wurde er von kräftigen Händen gepackt. Zwei riesenhafte Männer, je einer rechts und links hinter ihm, hoben ihn von den Füßen.

»Verzieht Euch, Geck«, meinte der hinter Richards rechter Schulter zu dem Reiter. »Das geht Euch nichts an.« Richard versuchte seinen Kopf zu drehen, konnte aber nur das braune Leder der d'Haranischen Uniformen der Männer sehen, die ihn von hinten festhielten.

Der Soldat erstarrte, sein Fuß hatte den Steigbügel gerade erst verlassen. »Wir stehen auf derselben Seite, Bruder. Dieser Mann muß verhört werden – und zwar von uns –, und dann muß ihm ein wenig Demut beigebracht werden. Wir werden –«

»Ich sagte, verzieht Euch!«

Richard öffnete den Mund und wollte etwas sagen. Augenblicklich schoß der schwer muskelbepackte Arm des D'Haraners zu seiner Rechten unter einem dicken, dunkelbraunen wollenen Cape hervor. Als sich eine massige Hand wie eine Klammer über seinen Mund legte, sah Richard einen Reifen goldfarbenen Metalls gleich oberhalb des Ellbogens, dessen rasiermesserscharfe Dorne im Licht der Sonne blinkten. Diese Reifen waren tödliche Waffen, die dazu dienten, einen Gegner im Nahkampf aufzuschlitzen. Richard verschluckte sich fast an seiner eigenen Zunge.

Die meisten d'Haranischen Soldaten waren groß, doch diese zwei nicht nur einfach groß. Schlimmer noch, es waren auch nicht einfach reguläre d'Haranische Soldaten. Richard hatte solche Soldaten mit Reifen oberhalb des Ellenbogens bereits gesehen. Sie gehörten zu Darken Rahls Leibgarde. Darken Rahl hatte fast immer zwei dieser Männer um sich gehabt.

Die beiden hoben Richard mühelos in die Höhe. Er war so hilflos wie eine Stockpuppe. Auf seinem zwiwöchigen Eilritt nach Aydindril, als er zu Kahlan wollte, hatte er nicht nur wenig zu essen, sondern auch wenig Schlaf bekommen. Der Kampf mit den Mriswiths, nur wenige Stunden zuvor, hatte ihn fast seiner gesamten noch verbliebenen Kräfte beraubt, die Angst jedoch verlieh seinen Muskeln einen Rest von Energie. Gegen diese zwei reichte die nicht aus.

Der Mann auf dem Pferd machte erneut Anstalten, abzusteigen. »Ich sagte doch, der Mann gehört uns. Wir haben die Absicht, ihn zu verhören. Wenn er dem Hüter dient, wird er gestehen.«

Der D'Haraner an Richards linker Schulter knurrte bedrohlich. »Kommt runter, und ich schlage Euch den Kopf ab und spiele eine Partie Kegeln damit. Wir haben diesen Mann gesucht, und jetzt gehört er uns. Wenn wir mit ihm fertig sind, könnt ihr seinen Kadaver verhören, so lange Ihr wollt.«

Der Mann verharrte mitten im Absteigen und blickte wütend auf die D'Haraner hinab. »Ich sagte es schon, Bruder, wir stehen auf derselben Seite. Wir beide streiten gegen das Unheil des Hüters. Es ist nicht nötig, daß wir uns gegenseitig bekämpfen.«

»Wenn Ihr kämpfen wollt, dann tut es mit dem Schwert. Wenn nicht, verzieht Euch!«

Die annähernd zweihundert Reiter musterten die beiden D'Haraner, die keinerlei Regung zeigten, und Angst schon gar nicht. Schließlich waren sie nur zwei D'Haraner – kein schwieriges Problem, trotz ihrer Größe. Wenigstens hätte ein Narr dies denken mögen. Richard hatte überall d'Haranische Truppen in der Stadt gesehen. Es war möglich, daß sie beim ersten Anzeichen von Ärger sofort zur Stelle waren.

Die Reiter schienen wegen der anderen D'Haraner jedoch nicht sonderlich besorgt zu sein. »Ihr seid nur zu zweit, Bruder. Die Chancen stehen nicht gut.«

Der zu Richards Linken ließ seinen Blick beiläufig an der Reihe der Reiter entlangwandern, drehte den Kopf und spuckte aus. »Ihr habt recht, Geck. Egan hier wird zurücktreten, um die Chancen für Euch ein wenig auszugleichen, während ich mich um Euch und Eure phantasievoll kostümierten Soldaten kümmere. Aber Ihr solltet Eurer Sache sicher sein, ›Bruder‹, denn wenn Euer Fuß den Boden berührt, auf mein Wort, dann sterbt Ihr zuerst.«

Augen aus Eis, reglos und kalt, taxierten die beiden einen Augenblick lang, dann murmelte der Mann in der polierten Rüstung und dem karminroten Cape einen Fluch in einer fremden Sprache und ließ sein Gewicht zurück in den Sattel sinken. »Wir haben wichtigere Dinge zu erledigen. Das hier ist reine Zeitverschwendung. Er gehört Euch.«

Auf sein Winken hin jagte die Reiterkolonne die Straße hinauf, haarscharf vorbei an Richard und den beiden, die ihn festgenommen hatten. Richard mühte sich ab, aber die beiden, die ihn hielten, waren zu kräftig, und er bekam die Hand nicht an sein Schwert, als sie ihn forttrugen. Er suchte die Dächer ab, konnte aber nichts entdecken.

Die Menschen ringsum wandten sich ab, wollten mit dem ganzen Streit nichts zu schaffen haben. Als die beiden riesenhaften D'Haraner Richard von der Straßenmitte fortzerrten, sprangen die Menschen hastig zur Seite, so als hätten sie hinten im Kopf Augen. Sein gedämpftes, wütendes Geschimpfe ging im Lärm der Stadt unter. So sehr er es auch versuchte, er bekam keine Hand in die Nähe einer Waffe. So schwebte er über den Schnee hinweg, während seine Füße auf der Suche nach Halt ins Leere traten.

Richard mühte sich ab, doch bevor er Gelegenheit fand, darüber nachzudenken, was er als nächstes tun sollte, schleppten sie ihn in einen engen Durchgang zwischen einem Gasthaus und einem anderen Haus mit verschlossenen Läden.

Ganz hinten im Durchgang, im trüben Schatten, warteten vier dunkle, in lange Umhänge gehüllte Gestalten.

8. Kapitel

Die beiden riesigen D'Haraner setzten Richard sachte ab. Als seine Füße den Boden berührten, fand seine Hand das Heft seines Schwertes. Die beiden Soldaten stellten sich breitbeinig auf und verschränkten die Hände hinter dem Rücken. Aus dem im Schatten liegenden Ende des Durchgangs kamen die vier in lange Umhänge gehüllten Gestalten auf ihn zu.

Richard entschied, daß Flucht einem Kampf vorzuziehen sei, zog nicht sein Schwert, sondern warf sich zur Seite. Er rollte durch den Schnee und kam wieder auf die Füße. Mit dem Rücken schlug er krachend gegen eine kalte Ziegelmauer. Keuchend hüllte er sich in sein Mriswithcape. Einen Herzschlag später wechselte das Cape die Farbe, paßte sich der Mauer an, und er war verschwunden.

Es wäre ein leichtes gewesen, sich fortzuschleichen, solange das Cape ihn verbarg. Besser fliehen als kämpfen. Sobald er wieder bei Atem war.

Die vier marschierten vorwärts. Als sie ins Licht traten, blähten sich ihre dunklen Capes auf. Dunkelbraunes Leder in der gleichen Farbe wie die d'Haranischen Uniformen verhüllte ihre wohlgeformten Körper vom Fuß bis zum Hals. Ein gelber Stern zwischen den Hörnern eines Halbmondes schmückte die Vorderseite des Lederanzuges jeder Frau.

Als Richard diesen Stern mit dem Halbmond erkannte, schoß es ihm wie ein Blitz durch den Kopf. Häufiger als er zählen konnte, hatte man sein Gesicht, von seinem eigenen Blut verschmiert, gegen dieses Emblem gepreßt. Reflexartig erstarrte er, zog nicht sein Schwert, vergaß sogar zu atmen. Einen von panischer Angst erfüllten Augenblick lang sah er nur dieses Symbol, daß er nur zu gut kannte.

Mord-Sith.

Die Frau an der Spitze schob ihre Kapuze zurück, und ließ ihr langes blondes, zu einem dicken Zopf geflochtenes Haar herunterfallen. Mit ihren blauen Augen suchte sie die Mauer ab, dort wo er stand.

»Lord Rahl? Lord Rahl, wo ...?«

Richard blinzelte fassungslos. »Cara?«

Er war gerade dabei, das Cape wieder schwarz werden zu lassen, damit er gesehen werden konnte, als der Himmel einstürzte.

Unter Brüllen und Flügelklatschen, mit blitzenden Reißzähnen, stieß Gratch zur Erde herab. Die beiden Männer hatten ihre Schwerter fast augenblicklich gezogen, aber so schnell wie die Mord-Siths waren sie nicht. Als die Männer ihre Klingen aus den Scheiden hatten, hielten die Frauen ihre Strafer bereits in den Fäusten. Ein Strafer schien zwar nichts weiter zu sein als ein dünner, roter Lederstab, Richard aber kannte sie als Waffen von furchteinflößender Macht. Schließlich war er mit einem Strafer ›ausgebildet‹ worden.

Richard warf sich auf den Gar, schob ihn zur gegenüberliegenden Wand, bevor die zwei Männer und vier Frauen ihn erreichen konnten. In seinem Bestreben, sich der Bedrohung entgegenzuwerfen, drängte Gratch ihn zur Seite.

»Halt! Ihr alle, haltet ein!« Die sechs Menschen und der eine Gar erstarrten, als sie seinen Ruf hörten. Richard wußte nicht, wer den Kampf gewinnen würde, hatte aber nicht die Absicht, es herauszufinden. Er nahm die Chance wahr, die sich ihm bot, bevor sie womöglich wieder aufeinander losgingen, und sprang vor Gratch. Dem Gar den Rücken zugewandt, breitete er die Hände nach beiden Seiten aus. »Gratch ist mein Freund. Er will mich nur beschützen. Bleibt wo Ihr seid, und er wird Euch nichts tun.«

Gratch schlang Richard seinen pelzigen Arm um den Leib und zog ihn an die straffe, rosige Haut auf seiner Brust und seinem Bauch. Der Durchgang hallte von einem Brüllen wider, das einerseits liebevoll war, gleichzeitig ein bedrohliches Grollen für die anderen enthielt.

»Lord Rahl«, sagte Cara mit leiser Stimme, während die beiden Männer ihre Schwerter in die Scheiden zurückschoben, »auch wir sind hier, um Euch zu beschützen.«

Richard schob Gratchs Arm fort. »Schon gut, Gratch. Ich kenne sie. Du hast deine Sache gut gemacht, genau wie ich dich gebeten habe, aber jetzt ist es in Ordnung. Beruhige dich.«

Gratch knurrte. Richard wußte, es war ein Laut der Zufriedenheit. Er hatte Gratch gesagt, er sollte ihm folgen, entweder hoch droben in der Luft oder von Dach zu Dach, sich aber nicht blicken lassen, es sei denn, es gäbe Ärger. Gratch hatte in der Tat gute Arbeit geleistet – Richard hatte keine Spur von ihm gesehen, bis er sich auf sie gestürzt hatte.

»Cara, was tut Ihr hier?«

Cara berührte ihn ehrfurchtsvoll am Arm und versicherte sich, ob er aus Fleisch und Blut war. Sie stieß ihm mit dem Finger gegen die Schulter und fing plötzlich an zu grinsen.

»Nicht einmal Darken Rahl persönlich konnte sich unsichtbar machen. Er konnte wilde Tiere befehligen, aber unsichtbar machen konnte er sich nicht.«

»Ich befehlige Gratch nicht, er ist mein Freund. Außerdem werde ich eigentlich auch nicht ... Cara, was tut Ihr eigentlich hier?«

Die Frage schien sie zu überraschen. »Ich beschütze Euch.«

Richard zeigte auf die beiden Männer. »Und diese beiden? Sie haben gesagt, sie wollten mich töten.«

Die beiden Männer standen angewurzelt da wie eine Zwillingseiche. »Lord Rahl«, sagte einer, »eher würden wir sterben als zulassen, daß Euch ein Unheil widerfährt.«

»Wir hatten Euch fast eingeholt, da seid Ihr in diese bunte Reitertruppe hineingelaufen«, sagte Cara. »Ich gab Egan und Ulic den Auftrag, Euch dort ohne Kampf rauszuholen, sonst hättet Ihr verletzt werden können. Wären diese Männer auf die Idee gekommen, daß wir Euch befreien wollen, sie hätten vielleicht versucht, Euch zu töten. Wir wollten Euer Leben nicht aufs Spiel setzen.«

Richard betrachtete die beiden riesenhaften, blonden Männer.

Die dunklen Ledergurte und Koppel ihrer Uniformen waren so geformt, daß sie sich wie eine zweite Haut über ihre Muskeln legten. Mitten auf ihrer Brust war ein reich verziertes ›R‹ ins Leder geritzt und darunter zwei gekreuzte Schwerter. Einer von ihnen, Richard war nicht sicher, ob Egan oder Ulic, bestätigte Caras Worte. Cara und die anderen Mord-Siths hatten in D'Hara geholfen und es ihm damit ermöglicht, Darken Rahl zu besiegen, daher war er geneigt, ihr zu glauben.

Richard hatte ihre Entscheidung nicht vorhersehen können, als er die Mord-Siths befreite. Doch sie hatten beschlossen, seine Wächterinnen zu werden und nahmen diese Pflicht nun mit großer Leidenschaft wahr. Und davon ließen sie sich durch nichts abbringen.

Eine der anderen Frauen rief warnend Caras Namen und deutete mit dem Kopf zur Straße hin. Ein paar Vorübergehende waren stehengeblieben. Ein drohender Blick der beiden Männer, die sich umgedreht hatten, machte den Passanten Beine.

Cara packte Richard am Arm oberhalb des Ellenbogens. »Hier ist es nicht sicher – noch nicht. Kommt mit uns – Lord Rahl.«

Ohne eine Antwort oder sein Einverständnis abzuwarten zog sie ihn in den Schatten im hinteren Teil des Durchgangs. Richard beruhigte Gratch mit einer stummen Geste. Cara hob den unteren Teil eines losen Fensterladens an und schob Richard vor sich her durch die Öffnung. Das Fenster, durch das sie hereinkamen, war das einzige in einem Raum, der mit einem staubigen Tisch, auf dem drei Kerzen standen, mehreren Bänken und einem Stuhl ausgestattet war. Seitlich lag ein Haufen mit ihrem Gepäck.

Gratch gelang es, die Flügel zusammenzufalten und sich ebenfalls durch das Fenster hineinzuquetschen. Er blieb dicht bei Richard stehen und beobachtete stumm die anderen. Nachdem man ihnen gesagt hatte, er sei Richards Freund, bereitete der ungeschlachte Gar ihnen wiederum offensichtlich keine Sorgen mehr.

»Cara, was tut Ihr hier?«

Sie runzelte die Stirn, als sei er schwer von Begriff. »Ich sagte es doch schon, wir sind gekommen, Euch zu beschützen.« Ein schelmisches Lächeln umspielte ihren Mund. »Scheint, als wären wir gerade rechtzeitig gekommen. Der Meister Rahl muß sich der Aufgabe widmen, die Magie gegen die Magie zu sein, eine Aufgabe, für die Ihr Euch besser eignet als wir. Wir dagegen wollen der Stahl gegen den Stahl sein.« Sie deutete mit ausgestreckter Hand auf die drei anderen Frauen. »Im Palast hatten wir keine Zeit, uns vorzustellen. Das hier sind meine Schwestern des Strafers: Hally, Berdine und Raina.«

Richard betrachtete die drei Gesichter im flackernden Schein der Kerzen. Damals war er fürchterlich in Eile gewesen und konnte sich nur an Cara erinnern. Sie war es gewesen, die für sie gesprochen hatte. Er hatte ihr ein Messer an die Kehle gehalten, bis sie ihn davon überzeugt hatte, daß sie die Wahrheit sprach. Wie Cara war auch Hally blond, blauäugig und groß. Berdine und Raina waren ein wenig kleiner. Die blauäugige Berdine trug einen losen Zopf aus welligem, braunem Haar. Raina hatte dunkles Haar und Augen, die seine Seele auf jede Nuance von Kraft, Schwäche und Charakter zu prüfen schienen – ein charakteristisch stechender Blick, wie er nur einer Mord-Sith eigen war. Irgendwie schienen Rainas dunkle Augen dem durchdringenden Urteil noch mehr Schärfe zu verleihen.

Richard scheute sich nicht, ihnen in die Augen zu sehen. »Ihr wart bei denen, die mich sicher durch den Palast gelotst haben?« Sie nickten. »Dann schulde ich Euch ewig Dank. Was ist mit den anderen?«

»Die anderen sind im Palast geblieben, für den Fall, daß Ihr zurückkehrt, bevor wir Euch finden«, sagte Cara. »Kommandant General Trimack bestand darauf, daß Egan und Ulic ebenfalls mitkommen, da sie zur persönlichen Leibgarde von Meister Rahl gehören. Wir sind eine Stunde nach Euch aufgebrochen und haben versucht, Euch einzuholen.« Sie schüttelte verwundert den Kopf. »Wir haben keine Zeit vergeudet, und doch habt Ihr uns gegenüber einen Tag gewonnen.«

Richard zog den Tragegurt seines Schwertes gerade. »Ich hatte es eilig.«

Cara zuckte die Achseln. »Ihr seid Meister Rahl. Nichts, was Ihr tut, kann uns überraschen.«

Richard fand, daß sie, als er unsichtbar geworden war, sogar sehr überrascht ausgesehen hatten, behielt das aber für sich.

Er sah sich in dem schwach beleuchteten, muffigen Raum um. »Was tut Ihr hier, an diesem Ort?«

Cara zog ihre Handschuhe aus und warf sie auf den Tisch. »Wir hatten vor, ihn während der Suche nach Euch als Stützpunkt zu benutzen. Wir sind erst seit kurzem hier. Diesen Ort haben wir gewählt, weil er in der Nähe des d'Haranischen Hauptquartiers liegt.«

»Man sagte mir, es befände sich in einem großen Gebäude hinter dem Markt.«

»Das stimmt«, meinte Hally. »Wir haben uns davon überzeugt.«

Richard musterte ihre durchdringenden, blauen Augen. »Ich war gerade auf dem Weg dorthin, als Ihr mich gefunden habt. Vermutlich kann es nicht schaden, Euch als Begleitung dabei zu haben.« Er lockerte das Mriswithcape an seinem Hals und kratzte sich im Nacken. »Wie habt Ihr mich in dieser großen Stadt gefunden?«

Die beiden Männer standen da und zeigten keinerlei Regung, die Frauen jedoch runzelten erstaunt die Stirn.

»Ihr seid Herrscher Rahl«, sagte Cara, offenbar in der Annahme, das reiche als Erklärung.

Richard stemmte die Fäuste in die Hüften. »Und?«

»Die Bande«, sagte Berdine. Der leere Ausdruck in seinem Gesicht schien sie verlegen zu machen. »Wir sind dem Herrscher Rahl verpflichtet.«

»Ich verstehe nicht, was das bedeutet. Was hat das damit zu tun, daß Ihr mich gefunden habt?«

Die Frauen sahen sich an. Cara neigte den Kopf zur Seite. »Ihr seid Lord Rahl, der Herrscher D'Haras. Wir sind D'Haraner. Wie ist es möglich, daß Ihr das nicht versteht?«

Richard strich sich die Haare aus der Stirn und stieß einen verzweifelten Seufzer aus. »Ich wurde in Westland erzogen, zwei

Grenzen weit von D'Hara entfernt. Bis die Grenzen fielen, wußte ich nichts von D'Hara, und erst recht nichts von Darken Rahl. Bis vor ein paar Monaten wußte ich nicht einmal, daß Darken Rahl mein Vater ist.« Er wandte den Blick von ihren verwirrten Gesichtern ab. »Er hat meine Mutter vergewaltigt, und sie floh nach Westland, bevor ich geboren wurde, bevor die Grenzen eingerichtet wurden. Darken Rahl wußte bis zu seinem Tod weder von meiner Existenz noch daß ich sein Sohn bin. Was bedeutet es also, der Herrrscher Rahl zu sein?«

Die beiden Männer standen immer noch reglos da, ohne eine Miene zu verziehen. Die vier Mord-Siths starrten ihn eine ganze Weile an. Die Flamme der Kerze spiegelte sich als Lichtpunkt in ihren Augen, während sie ein weiteres Mal seine Seele zu ergründen schienen. Er fragte sich, ob sie es schon bereuten, ihm die Treue geschworen zu haben.

Es war Richard unangenehm, seine Abstammung vor diesen Menschen auszubreiten, die er kaum kannte. »Ihr habt mir noch immer nicht erklärt, wie Ihr es geschafft habt, mich zu finden.«

Als Berdine ihr Cape abnahm und es auf ihre Sachen warf, legte Cara ihm die Hand auf die Schulter und drängte ihn, sich auf den Stuhl zu setzen. So wie das Holz unter seinem Gewicht nachgab, zweifelte er, ob es ihn tragen würde, doch der Stuhl hielt. Sie sah zu den beiden Männern auf. »Vielleicht könnt Ihr ihm die Bande erklären, da Ihr sie am stärksten spürt. Ulic?«

Ulic trat von einem Bein aufs andere. »Ich werde es Euch erklären, wie man es uns beigebracht hat.«

Richard deutete auf eine Bank, gab Ulic so zu verstehen, daß er sich setzen solle. Es war ihm unangenehm, daß der Mann ihn überragte wie ein Berg mit Armen. Ein prüfender Blick über die Schulter zeigte, daß Gratch zufrieden sein Fell putzte, seine leuchtend grünen Augen aber auf die Leute gerichtet hielt. Richard lächelte ihm beruhigend zu. Gratch war noch nicht oft in der Gesellschaft von Menschen gewesen, und im Hinblick auf das, was er vorhatte, war Richard daran gelegen, daß er sich wohl fühlte. Das Gesicht des

Gar verzog sich zu einem faltenreichen Lächeln, seine Ohren jedoch blieben lauschend aufgerichtet. Richard hätte zu gern gewußt, wieviel Gratch verstand.

Ulic zog eine Bank heran und setzte sich. »Vor langer Zeit –«
»Wie lange?« unterbrach ihn Richard.

Ulic rieb mit dem Daumen über den Knochengriff des Messers an seinem Gürtel und dachte über die Frage nach. Seine tiefe Stimme schien die Kerzenflammen zu ersticken. »Vor langer Zeit ... während der Anfänge von D'Hara. Ich glaube, vor mehreren tausend Jahren.«

»Was geschah denn nun während der Anfänge von D'Hara?«

»Also, daher stammen die Bande. Während dieser Anfänge überzog der erste Herrscher Rahl das d'Haranische Volk mit seiner Macht, seiner Magie, um es zu beschützen.«

Richard zog eine Braue hoch. »Ihr meint, um euch zu beherrschen.«

Ulic schüttelte den Kopf. »Es handelte sich um ein feierliches Bündnis. Das Haus Rahl« – dabei tippte er auf den reich verzierten, in das Leder über seiner Brust geritzten Buchstaben R – »sollte die Magie sein, und das Volk der D'Haraner der Stahl. Wir beschützen ihn, und er beschützt dafür uns. Wir waren einander verpflichtet.«

»Wozu sollte ein Zauberer den Schutz von Stahl benötigen? Zauberer besitzen Magie.«

Ulics Lederuniform knarzte, als er einen Ellenbogen auf sein Knie stützte und sich mit einem nüchtern werdenden Ausdruck vorbeugte. »Ihr besitzt Magie. Hat sie Euch immer beschützt? Weder könnt ihr immer wach bleiben noch immer wissen, wer hinter Euch steht, oder die Magie schnell genug herbeirufen, wenn es viele sind. Selbst wer Magie besitzt, stirbt, wenn ihm jemand die Kehle aufschlitzt. Ihr braucht uns.«

In diesem Punkt mußte Richard ihm recht geben. »Und was haben diese Bande nun mit mir zu tun?«

»Nun, das feierliche Bündnis, die Magie, verbindet das Volk von D'Hara mit dem Herrscher Rahl. Stirbt der Herrscher Rahl, gehen die Bande an seinen Erben mit der Gabe über.« Ulic zuckte mit den Achseln. »Die Bande sind die Magie dieser Verbindung. Alle D'Haraner spüren sie. Wir verstehen sie von Geburt an. An diesen Banden erkennen wir den Herrscher Rahl. Wenn der Herrscher Rahl in der Nähe ist, können wir seine Gegenwart fühlen. Auf diese Weise haben wir Euch gefunden.«

Richard packte die Armlehnen des Sessels und beugte sich vor. »Wollt Ihr damit sagen, daß alle D'Haraner mich spüren können und wissen, wer ich bin?«

»Nein. Es steckt noch mehr dahinter.« Ulic schob einen Finger unter seinen Lederharnisch, um sich an der Schulter zu kratzen, während er darüber nachdachte, wie er die Sache am besten erklären sollte.

Berdine stellte einen Fuß neben Ulic auf die Bank, stützte sich auf einen Ellenbogen und kam ihm zur Hilfe. Ihr dicker, brauner Zopf fiel nach vorne über ihre Schulter. »Seht Ihr, zuallererst müssen wir den Herrscher Rahl anerkennen. Damit meine ich, wir müssen seine Herrschaft förmlich akzeptieren. Diese Einwilligung erfolgt nicht im Rahmen einer Zeremonie, sondern eher im Sinne eines Einvernehmens mit dem Herzen. Es muß sich nicht unbedingt um eine Anerkennung handeln, die wir uns wünschen, und in der Vergangenheit war dies, wenigstens bei uns, auch nicht der Fall. Nichtsdestotrotz erfolgt diese Anerkennung bedingungslos.«

»Das heißt, Ihr müßt glauben.«

Sämtliche Gesichter, die ihn anstarrten, leuchteten auf.

»Ja. So kann man es ausdrücken«, warf Egan ein. »Haben wir erst einmal in seine Herrschaft eingewilligt, sind wir dem Herrscher Rahl zeit seines Lebens verpflichtet. Stirbt er, nimmt der neue Herrscher Rahl seinen Platz ein, dem wir dann verpflichtet sind. Wenigstens ist es so vorgesehen. Diesmal jedoch ist etwas schiefgegangen und Darken Rahl, oder seiner Seele, gelang es, einen Teil von sich in dieser Welt zu bewahren.«

Richard richtete sich auf. »Das Tor. Die Kästchen im Garten des Lebens waren ein Tor zur Unterwelt, und eines von ihnen wurde geöffnet zurückgelassen. Als ich vor zwei Wochen zurückkam, habe ich es verschlossen und Darken Rahl so endgültig in die Unterwelt verbannt.«

Ulics Muskeln schwollen an, als er sich die Hände rieb. »Als Darken Rahl zu Beginn des Winters starb und Ihr vor dem Palast gesprochen habt, waren viele D'Haraner überzeugt, Ihr wärt der neue Lord Rahl. Andere dagegen nicht. Einige hielten noch immer an ihren Banden zu Darken Rahl fest. Wohl deshalb, weil, wie Ihr sagt, dieses Tor geöffnet war. Das war nie zuvor passiert, jedenfalls nicht, soweit ich gehört habe.

Als Ihr dann in den Palast zurückkamt und Darken Rahls Seele mit Hilfe Eurer Gabe besiegt habt, da habt Ihr auch die aufständischen Offiziere besiegt, die Euch öffentlich verunglimpft hatten. Durch die Verbannung von Darken Rahls Seele habt Ihr die Bande zerrissen, mit denen er einige von ihnen noch immer in die Pflicht nahm, und die übrigen am Palast von Eurer Machtbefugnis als Herrscher Rahl überzeugt. Jetzt sind sie Euch treu ergeben. Der ganze Palast. Sie alle fühlen sich Euch verpflichtet.«

»Genauso wie es sein sollte«, sagte Raina mit Entschiedenheit. »Ihr besitzt die Gabe, Ihr seid ein Zauberer. Ihr seid die Magie gegen die Magie, und die D'Haraner, Euer Volk, sind der Stahl gegen den Stahl.«

Richard hob den Kopf und sah ihr in die dunklen Augen. »Von diesen Banden, von dieser Geschichte ›Stahl gegen den Stahl und Magie gegen Magie‹ verstehe ich noch weniger als davon, was es heißt, Zauberer zu sein, und davon verstehe ich nahezu nichts. Ich weiß nicht, wie man Magie benutzt.«

Die Frauen starrten ihn einen Augenblick lang an, dann lachten sie, als hätte er einen Scherz gemacht.

»Das war kein Scherz. Ich weiß nicht, wie ich meine Gabe einsetzen kann.«

Hally klopfte ihm auf die Schulter und zeigte auf Gratch. »Ihr befehligt diese wilden Tiere, genau wie Darken Rahl. Wir können Tiere nicht befehligen. Ihr sprecht sogar mit ihm. Mit einem Gar!«

»Ihr versteht nicht. Ich habe ihn gerettet, als er noch ganz jung war. Ich habe ihn großgezogen, das ist alles. Wir sind Freunde geworden. Das ist keine Magie.«

Hally klopfte ihm erneut auf die Schulter. »Vielleicht kommt es Euch nicht vor wie Magie, Lord Rahl, doch von uns könnte das niemand.«

»Aber –«

»Wir haben heute gesehen, wie Ihr unsichtbar geworden seid«, sagte Cara. Sie hatte aufgehört zu lachen. »Wollt Ihr etwa behaupten, das sei keine Magie gewesen?«

»Na ja, wahrscheinlich war es wohl Magie, allerdings nicht so, wie Ihr denkt. Ihr begreift einfach nicht, daß –«

Cara zog die Augenbrauen hoch. »Lord Rahl, Ihr begreift es, weil Ihr die Gabe besitzt. Für uns ist es Magie. Ihr wollt doch nicht etwa behaupten, jemand von uns könnte das?«

Richard wischte sich mit der Hand durchs Gesicht. »Nein, Ihr könntet es nicht. Trotzdem ist es nicht das, was Ihr denkt.«

Raina bedachte ihn mit diesem Blick, mit dem sie einen immer dann ansah, wenn sie erwartete, daß man sich fügte und nicht widersprach – einem stählernen Blick, der seine Zunge zu lähmen schien. Er war zwar kein Gefangener der Mord-Siths mehr, und diese Frauen versuchten ihm zu helfen, trotzdem gab ihm dieser Blick zu denken.

»Lord Rahl«, sagte sie mit sanfter Stimme, die den stillen Raum erfüllte, »im Palast des Volkes habt Ihr gegen die Seele von Darken Rahl gekämpft. Ihr, ein einfacher Mensch, habt gegen die Seele eines mächtigen Zauberers gekämpft, der aus der Unterwelt, der Welt der Toten, zurückgekehrt war, um uns alle zu vernichten. Er besaß keine körperliche Existenz, er war nur eine Seele, belebt allein durch Magie. Einen solchen Dämon konntet Ihr nur durch eigene Magie bekämpfen.

Während des Kampfes habt Ihr durch Magie hervorgerufene Blitze im Palast umhergeschleudert und so die Rebellenführer vernichtet, die sich Euch widersetzten und Darken Rahl zum Triumph verhelfen wollten. Wer Euch im Palast noch nicht verpflichtet war, der war es nach diesem Tag. Keiner von uns hat je in seinem ganzen Leben etwas Vergleichbares gesehen wie die Magie, die knisternd an jenem Tag durch den Palast fegte.«

Sie beugte sich zu ihm vor, hielt ihn weiter mit ihrem dunklen Blick gefangen, während ihre leidenschaftliche Stimme durch die Stille schnitt. »Das war Magie, Lord Rahl. Wir alle sollten vernichtet, von der Welt der Toten verschlungen werden. Ihr habt uns gerettet. Ihr habt Euren Teil des Bündnisses eingehalten, Ihr wart die Magie gegen die Magie. Ihr seid der Herrscher Rahl. Wir alle würden unser Leben für Euch opfern.«

Richard merkte, wie er das Heft des Schwertes mit seiner Linken fest umklammerte. Er spürte die erhabenen Lettern des Wortes WAHRHEIT, die sich in sein Fleisch gruben.

Es gelang ihm, sich von Rainas Blick zu lösen, dann betrachtete er die übrigen. »Alles was Ihr sagt, ist richtig, dennoch ist es nicht so einfach, wie Ihr denkt. Es steckt mehr dahinter. Ihr sollt nicht glauben, ich konnte diese Dinge tun, weil ich wußte, wie es funktioniert. Es ist einfach passiert. Darken Rahl hat sein ganzes Leben lang studiert, um Zauberer zu werden, um Magie anwenden zu können. Ich weiß fast nichts darüber. Ihr setzt zuviel Vertrauen in mich.«

Cara zuckte mit den Achseln. »Wir haben verstanden. Ihr müßt noch mehr über Magie lernen. Das ist gut. Es ist immer gut, etwas hinzuzulernen. Ihr werdet uns von größerem Nutzen sein, wenn Ihr noch mehr lernt.«

»Nein, Ihr versteht nicht ...«

Sie legte ihm beruhigend eine Hand auf die Schulter. »Egal, wieviel Ihr wißt, es gibt immer noch mehr. Niemand weiß alles. Das ändert nichts. Ihr seid der Herrscher Rahl. Euch sind wir verpflichtet.« Sie drückte seine Schulter. »Selbst wenn wir wollten, niemand von uns könnte etwas daran ändern.«

Auf einmal wurde Richard ruhig. Im Grunde wollte er es ihnen gar nicht ausreden. Er konnte ihre Hilfe, ihre Ergebenheit gut gebrauchen.« »Ihr habt mir schon einmal geholfen, mir vielleicht dort draußen auf der Straße den Hals gerettet, aber ich möchte nicht, daß Ihr mehr Vertrauen in mich setzt, als ich verdiene. Ich will Euch nichts vormachen. Ich will, daß Ihr mir folgt, weil das, was wir tun, richtig ist, und nicht wegen irgendwelcher mit Magie geschmiedeter Bande. Das wäre Sklaverei.«

»Lord Rahl«, erwiderte Raina, und zum erstenmal schwankte ihre Stimme, »wir waren Darken Rahl verpflichtet. Damals hatten wir ebensowenig die Wahl wie jetzt. Er hat uns aus unseren Häusern geraubt, als wir noch klein waren, uns ausgebildet und dazu mißbraucht...«

Richard stand auf und legte ihr den Zeigefinger an die Lippen. »Ich weiß. Schon gut. Jetzt seid Ihr frei.«

Cara packte ihn am Hemd und riß sein Gesicht dicht vor ihres. »Begreift Ihr nicht? Viele von uns haben Darken Rahl gehaßt, und trotzdem waren wir gezwungen, ihm zu dienen. Wir waren ihm verpflichtet. Das war Sklaverei.

Auch wenn Ihr nicht alles wißt, für uns ist das nicht wichtig. Dessenungeachtet sind wir Euch als Herrscher Rahl verpflichtet. Zum erstenmal in unserem Leben ist dies keine Last. Gäbe es die Bande nicht, würden wir uns genauso entscheiden. Das ist keine Sklaverei.«

»Wir wissen nichts über Eure Magie«, sagte Hally, »aber wir können Euch helfen, zu verstehen, was es heißt, Lord Rahl zu sein.« Ihr ironisches, breites Lächeln milderte den Ausdruck ihrer blauen Augen, so daß die Frau hinter der Mord-Siths durchschimmerte. »Schließlich ist es die Aufgabe der Mord-Siths, auszubilden und zu unterrichten.« Das Lächeln erlosch, und ihr Gesicht wurde wieder ernst. »Es macht uns nichts aus, wenn Ihr noch weitere Schritte auf Eurem Weg zurückzulegen habt. Deswegen werden wir Euch nicht im Stich lassen.«

Richard fuhr sich mit den Fingern durch die Haare. Was sie sagten, rührte ihn, aber irgendwie beunruhigte ihn ihre blinde Ergebenheit auch. »Solange Ihr nur begreift, daß ich nicht der Zauberer bin, für den Ihr mich gehalten habt. Ich weiß ein wenig über Magie, zum Beispiel über mein Schwert, doch wie ich meine Gabe einsetzen kann, darüber weiß ich nicht viel. Ich habe das, was aus meinem Innern kam, benutzt, ohne es zu begreifen oder kontrollieren zu können, und die Guten Seelen haben mir dabei geholfen.« Er hielt einen Augenblick inne und blickte ihnen tief in die erwartungsvollen Augen. »Denna ist bei ihnen.«

Die vier Frauen lächelten, jede auf ihre ganz eigene Art. Alle hatten Denna gekannt, hatten gewußt, daß sie ihn ausgebildet und er sie umgebracht hatte, um zu fliehen. Dadurch hatte er Denna von ihren Banden zu Darken Rahl befreit, von dem, zu was dieser sie gemacht hatte, allerdings um einen Preis, der ihn ewig verfolgen würde, selbst wenn ihre Seele jetzt Frieden gefunden hatte. Er hatte das Schwert der Wahrheit weiß färben und ihrem Leben mit dieser Magie ein Ende bereiten müssen – dank ihrer Liebe und Versöhnlichkeit.

»Was könnte besser sein, als die Guten Seelen auf unserer Seite zu haben«, meinte Cara ruhig, und sie schien für alle zu sprechen. »Es ist gut zu wissen, daß Denna bei ihnen ist.«

Richard floh ihren Blick, bemüht, damit auch die quälenden Erinnerungen zu verdrängen. Er bürstete sich den Staub von seiner Hose und wechselte das Thema.

»Nun, ich war als Sucher der Wahrheit unterwegs, um den Mann aufzusuchen, der hier in Aydindril das Kommando über die D'Haraner führt. Ich habe etwas Wichtiges zu erledigen, und ich muß mich beeilen. Ich wußte nichts von diesen Banden, aber ich weiß, was es heißt, der Sucher zu sein. Es kann wohl nicht schaden, Euch mitzunehmen.«

Berdine schüttelte den Kopf und das lockige, braune Haar. »Zum Glück haben wir ihn rechtzeitig gefunden.« Die anderen drei gaben ihr murmelnd recht.

Richard sah von einem Gesicht zum anderen. »Warum ist das ein Glück?«

»Weil«, sagte Cara, »sie Euch noch nicht als Herrscher Rahl kennen.«

»Ich sagte Euch doch schon, ich bin der Sucher. Das ist wichtiger als der Herrscher Rahl zu sein. Vergeßt nicht, als Sucher habe ich den Herrscher Rahl getötet. Aber nachdem Ihr mir jetzt von diesen Banden erzählt habt, habe ich die Absicht, der d'Haranischen Führung zu erklären, daß ich auch der neue Lord Rahl bin und von ihnen Gehorsam verlange. Das wird mein Vorhaben mit Sicherheit erleichtern.«

Berdine lachte bellend. »Wir hatten ja keine Ahnung, welches Glück es war, daß wir Euch rechtzeitig eingeholt haben.«

Raina strich ihre dunklen Stirnlocken zurück und sah zu ihrer Schwester des Strafers hinüber. »Mir schaudert, wenn ich daran denke, daß wir ihn fast verloren hätten.«

»Wovon redet Ihr? Das waren D'Haraner. Ich dachte, sie können mich spüren, wegen dieser Bande.«

»Wir haben es Euch doch schon erklärt«, sagte Ulic, »zuerst müssen wir die Herrschaft des Herrschers Rahl förmlich anerkennen und akzeptieren. Das habt Ihr von diesen Soldaten nicht verlangt. Außerdem sind die Bande nicht bei allen von uns gleich.«

Richard warf die Hände in die Luft. »Erst erzählt Ihr mir, daß sie mir folgen werden, und jetzt erzählt Ihr mir, sie tun es nicht?«

»Ihr müßt sie erst in die Pflicht nehmen, Lord Rahl«, sagte Cara. Sie seufzte. »Wenn Ihr könnt. General Reibischs Blut ist nicht rein.«

Richard runzelte die Stirn. »Was bedeutet das?«

»Lord Rahl«, sagte Egan und trat vor, »am Anfang der Zeit, als der erste Herrscher Rahl das Netz auswarf und uns in die Pflicht nahm, war D'Hara noch nicht so, wie es heute ist. D'Hara war ein Land innerhalb eines größeren Landes, ganz so, wie auch die Midlands aus verschiedenen Ländern bestehen.«

Plötzlich fiel Richard die Geschichte ein, die Kahlan ihm in der Nacht erzählt hatte, als er sie kennengelernt hatte. Sie hatten fröstelnd an einem Feuer im Schutz einer Launenfichte gesessen, nachdem sie eine Begegnung mit einem Gar fast um den Verstand gebracht hatte, und sie hatte ihm etwas über die Geschichte der Welt jenseits seiner Heimat Westland erzählt.

Richard starrte in eine dunkle Ecke, während er sich diese Geschichte ins Gedächtnis rief. »Darken Rahls Großvater Panis, der Herrscher von D'Hara, ging damals daran, alle Länder unter seiner Herrschaft zu vereinen. Er schluckte sämtliche Länder, sämtliche Königreiche, und machte sie zu einem, zu D'Hara.«

»Das ist richtig«, sagte Egan. »Nicht alle Menschen, die sich jetzt D'Haraner nennen, sind Nachfahren der ersten D'Haraner – die in die Pflicht genommen wurden. Einige haben etwas echtes d'Haranisches Blut, andere mehr, und in manchen, so wie bei Ulic und mir, ist es rein. Einige haben überhaupt kein d'Haranisches Blut, sie spüren diese Bande nicht.«

»Darken Rahl und vor ihm sein Vater, scharten jene um sich, die mit ihnen einer Meinung waren – jene, die nach Macht gierten. Viele dieser D'Haraner waren nicht reinen Blutes, besaßen aber einen großen Ehrgeiz.«

»Kommandant General Trimack im Palast und die Soldaten der Ersten Rotte« – Richard deutete auf Ulic und Egan – »sowie die persönliche Leibgarde des Herrschers Rahl sind also reine D'Haraner?«

Ulic nickte. »Wie schon sein Vater vor ihm vertraute Darken Rahl nur den Männern reinen Blutes, um ihn zu beschützen. Wer gemischtes Blut hatte oder die Bande überhaupt nicht spürte, wurde von ihm dazu eingesetzt, Kriege fern des Kernlandes von D'Hara zu führen und andere Länder zu erobern.«

Richard strich sich mit dem Finger über die Unterlippe und dachte nach. »Was ist mit dem Mann, der hier in Aydindril die d'Haranischen Truppen befehligt? Wie lautet sein Name?«

»General Reibisch«, meinte Berdine. »Er hat gemischtes Blut, daher wird es nicht ganz einfach sein. Aber wenn Ihr ihn dazu bringen könnt, Euch als Herrscher Rahl anzuerkennen, so hat er genügend d'Haranisches Blut, um in die Pflicht genommen zu werden. Wenn Euch ein Befehlshaber anerkennt, dann auch gleichzeitig viele seiner Männer, denn sie vertrauen ihren Befehlshabern. Sie werden ihm folgen. Wenn Ihr General Reibisch in die Pflicht nehmen könnt, dann habt Ihr die Herrschaft über die Streitkräfte in Aydindril. Obwohl einige der Männer kein echtes d'Haranisches Blut haben, sind sie ihren Führern ergeben und werden sich daher trotzdem in die Pflicht nehmen lassen, wenn ich so sagen darf.«

»Dann muß ich irgend etwas tun, um General Reibisch zu überzeugen, daß ich der neue Herrscher Rahl bin.«

Cara grinste schelmisch. »Und dazu braucht Ihr uns. Wir haben Euch etwas mitgebracht – von Kommandant General Trimack.« Sie gab Hally einen Wink. »Zeig es ihm.«

Hally öffnete den obersten Knopf ihrer Lederkleidung und zog einen länglichen Beutel zwischen ihren Brüsten hervor. Stolz lächelnd reichte sie ihn Richard. Er nahm die Schriftrolle heraus, die sich darin befand, und sah sich das Symbol eines Schädels mit gekreuzten Schwertern darunter genau an, das man in das golden eingefärbte Wachs gedrückt hatte.

»Was ist das?«

»Kommandant General Trimack wollte Euch helfen«, erklärte Hally. Das Funkeln eines Lächelns noch immer in den Augen, legte sie einen Finger auf das Wachs. »Dies ist das persönliche Siegel des Kommandant Generals der Ersten Rotte. Das Dokument ist von ihm eigenhändig geschrieben. Er schrieb es, während ich dabeistand und wartete, dann trug er mir auf, es Euch zu geben. Der Brief erklärt Euch zum neuen Herrscher Rahl und besagt, daß die Erste Rotte sowie alle Truppen und Feldgeneräle in D'Hara Euch als solchen anerkennen, sie in die Pflicht genommen wurden und bereitstehen, Euern Aufstieg zur Macht mit ihrem Leben zu verteidigen. Ewige Rache droht jedem, der sich gegen Euch stellt.«

Richard hob den Kopf und sah ihr in die blauen Augen. »Hally, ich könnte Euch küssen.«

Ihr Lächeln erlosch augenblicklich. »Lord Rahl, Ihr habt erklärt, wir seien frei. Wir müssen uns nicht länger unterwerfen ...« Sie klappte ihren Mund zu, als sie scharlachrot wurde, wie die anderen Frauen auch. Hally senkte den Kopf und senkte den Blick zum Boden. Ihre Stimme war ein unterwürfiges Geflüster. »Vergebt mir,

Lord Rahl. Wenn Ihr das von uns verlangt, werden wir uns natürlich bereitwillig opfern.«

Richard hob ihr Kinn mit den Fingerspitzen an. »Hally, das war bloß eine Redewendung. Wie Ihr schon sagtet, Ihr seid zwar in die Pflicht genommen, aber diesmal nicht als Sklaven. Ich bin nicht nur der Herrscher Rahl, ich bin auch der Sucher der Wahrheit. Ich hoffe, Ihr habt Euch deshalb entschlossen, mir zu folgen, weil es um eine gerechte Sache geht. Der sollt Ihr Euch verpflichtet fühlen, nicht mir. Ihr braucht niemals zu befürchten, daß ich Euch die Freiheit wieder nehme.«

Hally schluckte. »Danke, Lord Rahl.«

Richard wedelte mit der Schriftrolle. »Und jetzt laßt uns aufbrechen, damit dieser General Reibisch den neuen Herrscher Rahl kennenlernt, und ich mich endlich den Dingen zuwenden kann, die ich tun muß.«

Berdine legte ihm eine Hand auf den Arm und hielt ihn zurück. »Lord Rahl, die Zeilen des Kommandanten General Trimack sind als Hilfe gedacht. Sie allein werden die Truppen nicht für Euch in die Pflicht nehmen können.«

Richard stemmte die Fäuste in die Hüften. »Ihr vier habt die schlechte Angewohnheit, mir etwas vor die Nase zu halten, um es dann gleich wieder fortzuziehen. Was muß ich sonst noch tun? Ein bißchen bunte Magie?«

Die vier nickten, als hätte er endlich ihren Plan erraten.

»Was!« Richard beugte sich zu ihnen. »Soll das heißen, der General verlangt, daß ich einen magischen Trick vorführe, um mich auszuweisen?«

Cara fühlte sich gar nicht wohl in ihrer Haut und nickte. »Lord Rahl, das sind doch nur Worte, geschrieben auf Papier. Sie sollen Euch unterstützen, Euch hilfreich sein, Euch aber nicht die Arbeit abnehmen. Am Palast in D'Hara ist das Wort des Kommandant Generals Gesetz, nur Ihr steht im Rang höher. Aber im Feld ist das nicht so. Hier ist General Reibisch das Gesetz. Ihr müßt ihn überzeugen, daß Ihr im Rang höher steht als er.«

Diese Männer sind nicht leicht zu überzeugen. Der Herrscher Rahl muß also den Eindruck einer Persönlichkeit von furchteinflößender Macht und Stärke erwecken. Um die Bande zu erbitten, müssen sie überwältigt sein, so wie die Truppen im Palast, als Ihr die Mauern mit Blitzen überzogen habt. Wie Ihr schon sagtet, sie müssen glauben. Um zu glauben, braucht es mehr als Worte auf Papier. General Trimacks Brief ist als Teil davon gedacht, aber er kann nicht alles sein.«

»Magie«, murmelte Richard und ließ sich auf den wackeligen Stuhl sinken. Er rieb sich das Gesicht, versuchte, trotz seiner Müdigkeit nachzudenken. Er war der Sucher, ernannt von einem Zauberer – eine Stellung von Macht und Verantwortung. Der Sucher war sich selbst Gesetz. Er hatte vorgehabt, diesen Besuch als Sucher zu unternehmen. Er konnte es noch immer als Sucher tun. Er wußte, was es hieß, der Sucher zu sein.

Trotzdem, wenn die D'Haraner in Aydindril ihm ergeben wären …

Bei aller Müdigkeit, ein Gedanke war klar: Er mußte für Kahlans Sicherheit sorgen. Er mußte seinen Kopf gebrauchen, nicht nur sein Herz. Er konnte ihr nicht einfach hinterherrennen, ohne zu bedenken, was sonst noch vor sich ging. Er mußte es tun. Er mußte die D'Haraner für sich gewinnen.

Richard sprang auf. »Habt Ihr Eure rote Lederkleidung mitgebracht?« Mord-Siths trugen rote Lederkleidung, wenn sie entschlossen waren, jemandem Disziplin beizubringen – auf Rot war Blut nicht zu erkennen. Wenn eine Mord-Sith ihr rotes Leder trug, brachte sie damit zum Ausdruck, daß sie eine Menge Blut erwartete – und jeder wußte, es würde nicht das ihre sein.

Hally lächelte verschmitzt, als sie die Arme vor der Brust verschränkte. »Ohne ihre rote Lederkleidung geht eine Mord-Sith nirgendwohin.«

Cara klimperte erwartungsvoll mit ihren Lidern. »Ihr habt einen Plan, Lord Rahl?«

»Ja.« Richard lächelte sie gefaßt an. »Sie brauchen eine Demonstration von Macht und Stärke? Sie wollen einen Beweis von furchteinflößender Magie? Sie sollen Magie bekommen. Wir werden sie damit überschütten.« Er hob warnend den Zeigefinger. »Aber Ihr müßt genau tun, was ich sage. Ich will nicht, daß jemand zu Schaden kommt. Ich habe Euch nicht befreit, um mitansehen zu müssen, wie Ihr jetzt getötet werdet.«

Hally fixierte ihn mit einem eisernen Blick. »Mord-Sith sterben nicht alt und zahnlos im Bett.«

Richard sah in diesen Augen einen Schatten jenes Irrsinns, der diese Frauen zu erbarmungslosen Waffen machte. Er hatte selbst einiges davon durchgestanden, was man ihnen angetan hatte, er wußte, was es hieß, mit diesem Wahn zu leben. Er sah ihr in die Augen und versuchte mit sanfter Stimme, das Eisen zu erweichen. »Wenn Ihr getötet werdet, Hally, wer soll mich dann beschützen?«

»Wenn wir unser Leben opfern müssen, werden wir das tun – denn sonst wird es keinen Lord Rahl geben, den man beschützen muß.« Ein unerwartetes Lächeln milderte Hallys Blick. »Wir wollen, daß Lord Rahl im Bett stirbt – alt und zahnlos. Was müssen wir tun?«

Zweifel machten sich in ihm breit. War sein Ehrgeiz von demselben Wahn verzerrt? Nein. Er hatte keine Wahl. Dies würde Leben retten, nicht kosten.

»Ihr vier legt Euer rotes Leder an. Wir warten draußen, während Ihr Euch umzieht. Ich erkläre Euch alles, sobald Ihr fertig seid.«

Hally packte ihn am Hemd, als er sich zum Gehen wenden wollte. »Jetzt, da wir Euch gefunden haben, werden wir Euch nicht mehr aus den Augen lassen. Ihr werdet hierbleiben, während wir uns umziehen. Wenn Ihr wollt, könnt Ihr Euch umdrehen.«

Seufzend kehrte Richard ihnen den Rücken zu und verschränkte die Arme. Die beiden Soldaten standen da und sahen zu. Richard runzelte die Stirn und gab ihnen mit einer Bewegung zu verstehen, daß sie sich ebenfalls umdrehen sollten. Gratch legte den Kopf zur Seite und zog ein verwundertes Gesicht. Achselzuckend tat er es Richard nach und drehte sich um.

»Wir sind froh, daß Ihr Euch entschieden habt, diese Männer in die Pflicht zu nehmen, Lord Rahl«, sagte Cara. Er hörte, wie sie etwas aus ihren Bündeln hervorzogen. »Ihr werdet viel sicherer sein, wenn Euch eine ganze Armee beschützt. Sobald Ihr sie in die Pflicht genommen habt, werden wir alle zusammen sofort nach D'Hara aufbrechen. Dort seid Ihr in Sicherheit.«

»Wir gehen nicht nach D'Hara«, sagte Richard über die Schulter. »Es gibt eine wichtige Angelegenheit, um die ich mich kümmern muß. Ich habe andere Pläne.«

»Pläne, Lord Rahl?« Fast konnte er Rainas Atem in seinem Nacken spüren, als sie sich aus ihrem braunen Lederanzug schälte. »Was für Pläne?«

»Was glaubt Ihr, welche Pläne der Herrscher Rahl hat? Ich habe vor, die Welt zu erobern.«

9. Kapitel

Es war nicht nötig, sich mit Gewalt einen Weg zu bahnen, vor ihnen wich die Menschenmenge auseinander wie eine Herde Schafe vor Wölfen. Mütter nahmen im Laufen ihre Kinder auf den Arm, Männer stürzten, auf allen vieren kriechend, mit dem Gesicht in den Schnee, um fortzukommen, Händler ließen ihre Waren im Stich, während sie wie wahnsinnig geworden um ihr Leben rannten, und zu beiden Seiten fielen Ladentüren krachend zu.

Die Panik, überlegte Richard, war ein gutes Zeichen. Wenigstens wurden sie nicht übersehen. Es war natürlich auch schwer, einen sieben Fuß großen Gar zu übersehen, der am hellichten Tag mitten durch die Stadt spazierte. Gratch hatte vermutlich einen Mordsspaß. Die übrigen teilten seine naive Sicht der bevorstehenden Aufgabe offenbar nicht und hatten eine grimmig-entschlossene Miene aufgesetzt, während sie in der Straßenmitte einhermarschierten.

Gratch ging hinter Richard, Ulic und Egan vor ihm, Cara und Berdine zu seiner Linken, und Hally und Raina zu seiner Rechten. Die Ordnung war nicht zufällig. Ulic und Egan hatten darauf bestanden, ihn in die Mitte zu nehmen, da sie die Leibwächter Lord Rahls wären. Die Frauen hatten nicht viel von dieser Idee gehalten und angeführt, sie seien die letzte Verteidigungslinie. Gratch war es egal gewesen, wo er ging, solange er nahe bei Richard sein konnte.

Richard hatte laut werden müssen, um dem Streit ein Ende zu machen. Er hatte ihnen erklärt, daß Ulic und Egan vorne gehen würden, um notfalls den Weg freizuräumen, die Mord-Siths die beiden Flanken sichern sollten und Gratch hinter ihm gehen würde, da der Gar über sie alle hinwegblicken konnte. Offenbar waren alle damit zufrieden gewesen, da sie glaubten, genau die Plätze bekommen zu haben, die sich als bester Schutz für Lord Rahl erweisen würden.

Ulic und Egan hatten ihre Capes über die Schultern nach hinten geworfen. Dadurch waren die Reifen mit den geschärften Spitzen, die sie oberhalb der Ellenbogen trugen, sichtbar, ihre Schwerter jedoch beließen sie in der Scheide an ihrem Gürtel. Die vier Frauen, vom Hals bis zu den Zehen in enggeschnittenes, blutrotes Leder gekleidet, auf dessen Brust der Stern mit Halbmond der Mord-Siths zu sehen war, hielten ihre Strafer in Fäusten, die in Handschuhen aus blutrotem Leder steckten.

Richard kannte die Schmerzen nur zu gut, die es bereitete, einen Strafer zu halten. Genau wie jener Strafer, mit dem Denna ihn ausgebildet und den sie ihm geschenkt hatte, schmerzte, wann immer er ihn in die Hand nahm, so litten auch diese Frauen unter der Magie ihrer eigenen Strafer. Dieser Schmerz, das wußte Richard, kam einer Folter gleich. Mord-Siths jedoch waren darin ausgebildet, Qualen auszuhalten und rühmten sich hartnäckig ihrer Fähigkeit, diese zu ertragen.

Richard hatte versucht, sie zu überzeugen, ihre Strafer aufzugeben, doch das wollten sie nicht. Wahrscheinlich hätte er es ihnen befehlen können, doch damit hätte er ihnen die Freiheit wieder genommen, die er ihnen gerade erst gewährt hatte, und das lag nicht in seiner Absicht. Sollten sie tatsächlich ihren Strafer aufgeben, dann mußten sie dies selbst entscheiden. Irgendwie glaubte er nicht recht daran. Nachdem er das Schwert der Wahrheit so lange getragen hatte, konnte er durchaus verstehen, daß Wünsche manchmal mit Prinzipien unvereinbar waren. Er haßte das Schwert, wäre es am liebsten losgewesen, doch jedesmal hatte er wieder darum gekämpft, es zu behalten.

Gut fünfzig oder sechzig Soldaten liefen auf dem Platz draußen vor dem rechteckigen, zweistöckigen Gebäude umher, welches das d'Haranische Kommando besetzt hatte. Nur sechs davon, oben auf dem Absatz vor dem Eingang, schienen wirklich Wache zu halten. Ohne das Tempo zu verringern, bahnten sich Richard und sein kleines Gefolge einen schnurgeraden Weg mitten durch die Traube der Soldaten auf die Treppe zu. Die Soldaten taumelten zurück und machten Platz. Der Schock bei diesem seltsamen Anblick stand ihnen ins Gesicht geschrieben.

Sie gerieten nicht in Panik, so wie die Menschen auf dem Markt, doch wichen die meisten aus dem Weg. Die zornigen Blicke der vier Frauen scheuchten die anderen ebenso wirkungsvoll zurück wie blankgezogener Stahl. Einige der Männer griffen nach den Heften ihrer Schwerter und zogen sich ein paar Schritte weit zurück.

»Macht Platz für Lord Rahl!« rief Ulic. Ohne Ordnung stolperten die Soldaten zur Seite. Verwirrt, aber nicht bereit, ein Risiko einzugehen, verneigten sich einige.

Richard, in sein Mriswithcape gehüllt, betrachtete das Ganze ein wenig entrückt, weil er sich konzentrierte.

Bevor jemand die Geistesgegenwart aufbrachte, sie anzuhalten oder zu befragen, hatten sie die Gruppe der Soldaten hinter sich gelassen und stiegen das Dutzend Stufen zu der einfachen, eisenbeschlagenen Tür hinauf. Einer der Posten oben, ein Mann ungefähr von Richards Größe, war wohl nicht recht sicher, ob er sie einlassen sollte. Er stellte sich vor die Tür.

»Ihr werdet warten, bis –«

»Mach Platz für Lord Rahl, du Narr!« knurrte Egan, ohne seine Schritte zu verlangsamen.

Der Blick des Postens blieb an den Armreifen hängen. »Was ...?«

Immer noch ohne langsamer zu werden, schlug Egan dem Mann mit dem Handrücken ins Gesicht und stieß ihn so zur Seite. Der Posten stürzte vom Treppenabsatz. Zwei der anderen sprangen hinterher, um Platz zu machen, und die anderen drei öffneten die Tür und gingen rückwärts hindurch.

Richard zuckte innerlich zusammen. Er hatte ihnen allen, selbst Gratch, klargemacht, daß niemand zu Schaden kommen sollte, es sei denn, es wäre unumgänglich. Die Vorstellung, was die einzelnen jeweils für unumgänglich hielten, bereitete ihm Sorgen.

Drinnen stürzten ihnen Soldaten, die den Aufruhr draußen

gehört hatten, aus Fluren entgegen, die von wenigen Lampen spärlich erleuchtet wurden. Als sie Ulic und Egan und die goldenen Reifen über ihren Ellenbogen sahen, zogen sie zwar nicht die Waffen, erweckten aber auch nicht den Anschein, als wären sie weit davon entfernt. Ein bedrohliches Knurren von Gratch hielt sie zurück. Der Anblick der Mord-Siths in ihrem roten Leder ließ sie stehenbleiben.

»General Reibisch!« war alles, was Ulic sagte.

Ein paar der Soldaten traten ein Stück vor.

»Lord Rahl wünscht General Reibisch zu sprechen«, sagte Egan mit ruhiger Autorität. »Wo ist er?«

Die Männer starrten ihn argwöhnisch an, sagten aber nichts. Ein stämmiger Offizier zur Rechten, die Hände in die Hüften gestemmt und einen wütenden Ausdruck in seinem pockennarbigen Gesicht, bahnte sich einen Weg durch seine Männer.

»Was ist hier los?«

Er machte einen Schritt nach vorn, einen zuviel, und drohte ihnen mit dem Finger. Im Nu hatte Raina ihren Strafer auf seiner Schulter und warf ihn damit auf die Knie. Sie drehte den Strafer nach oben und drückte die Spitze in das Nervenende an der Seite seines Halses. Sein Schrei gellte durch die Flure. Die übrigen Männer zuckten vor Schreck zurück.

»Ihr habt die Fragen zu beantworten«, sagte Raina in dem unmißverständlichen, glühenden Tonfall einer Mord-Sith, die alles uneingeschränkt unter Kontrolle hat, »und nicht zu stellen.« Der Mann zuckte am ganzen Körper, während er schrie. Raina beugte sich zu ihm hinunter, ihr rotes Leder knarzte. »Ich gebe Euch noch eine einzige Chance. Wo ist General Reibisch?«

Sein Arm zuckte hoch, unkontrolliert zitternd, trotzdem gelang es ihm, in die ungefähre Richtung des mittleren der drei Flure zu zeigen. »Tür ... Ende ... des Ganges.«

Raina zog ihren Strafer zurück. »Danke.« Der Mann brach zusammen wie eine Marionette, der man die Fäden durchgeschnitten hatte. Richard war so konzentriert, daß er es sich nicht leisten konnte, aus Mitgefühl zu zucken. So groß die Schmerzen auch waren, die ein Strafer bereiten konnte, Raina hatte ihn nicht benutzt, um damit zu töten. Der Mann würde sich wieder erholen. Die anderen Soldaten jedoch verfolgten mit aufgerissenen Augen, wie er sich in unendlichen Höllenqualen wand. »Verbeugt euch vor dem Herrscher Rahl«, zischte sie. »Ihr alle.«

»Herrscher Rahl?« erkundigte sich eine von Panik erfüllte Stimme.

Hally zeigte auf Richard. »Der Herrscher Rahl.«

Die Soldaten rissen verwirrt die Augen auf. Raina schnippte mit den Fingern und zeigte auf den Boden. Sie fielen auf die Knie. Bevor sie dazu kamen, nachzudenken, waren Richard und seine Begleitung bereits unterwegs, den Gang hinunter. Die Schritte ihrer Stiefel auf dem breitbohligen Holzboden hallten von den Wänden wider. Ein paar der Männer zogen ihre Schwerter blank und folgten ihnen.

Am Ende des Ganges stieß Ulic die Tür zu einem großen Raum mit hoher Decke auf, den man allen Schmuckes beraubt hatte. Da und dort schimmerten noch Spuren der ehemals blauen Farbe durch den neuen weißen Putz hindurch. Gratch, der die Nachhut bildete, mußte sich bücken, damit er durch die Tür paßte. Richard ignorierte das mulmige Gefühl, daß sie gerade in eine Schlangengrube eintraten.

Im Inneren des Raumes wurden sie von drei furchterregenden Reihen d'Haranischer Soldaten empfangen, alle die Streitäxte oder Schwerter griffbereit, eine massive Wand grimmig dreinblickender Gesichter, Muskeln und Stahl. Hinter den Soldaten stand ein langer Tisch vor einer Wand mit schmucklosen Fenstern, die auf einen verschneiten Innenhof hinausgingen. Über der gegenüberliegenden Innenhofmauer sah Richard die Türme des Palastes der Konfessoren, und darüber, auf dem Berg, die Burg der Zauberer.

Hinter dem Tisch saß eine Reihe streng blickender Männer und beobachtete die Eindringlinge. Auf ihren Oberarmen, teils verhüllt von den Ärmeln ihrer Kettenpanzer, befanden sich saubere Narben, die, wie Richard vermutete, ihren Rang kundtaten. Dem Auftreten nach waren diese Männer Offiziere. Ihre Augen leuchteten vor Selbstbewußtsein und Empörung.

Der Mann in der Mitte kippte seinen Stuhl nach hinten und verschränkte die muskulösen Arme, Arme, auf denen mehr Narben zu sehen waren als auf denen der anderen. Sein gekräuselter, rostfarbener Bart verhüllte teilweise einen alten, weißen Schmiß, der von seiner linken Schläfe bis zum Kiefer reichte. Seine schweren Brauen waren vor Mißfallen herabgezogen.

Hally funkelte die Soldaten wütend an. »Wir sind hier, um General Reibisch zu sehen. Aus dem Weg, oder ich helfe nach.«

Der Hauptmann der Wachmannschaft streckte die Hand nach ihr aus. »Ihr werdet –«

Hally verpaßte ihm mit der gepanzerten Oberseite ihres Handschuhs einen Schlag seitlich an den Kopf. Egan riß seinen Ellenbogen hoch und schlitzte dem Hauptmann die Schulter auf. Mitten in der Rückwärtsbewegung packte Egan den Mann bei den Haaren, bog seinen Rücken über ein Knie und umklammerte seine Luftröhre.

»Sprich weiter, wenn du sterben willst.«

Der Hauptmann preßte die Lippen so fest aufeinander, daß sie weiß wurden. Unter wütenden Flüchen drängten die anderen Männer vorwärts. Strafer wurden warnend gehoben.

»Laßt sie durch«, meinte der Bärtige hinter dem Tisch.

Die Männer zogen sich zurück, ließen ihnen gerade genug Platz, um sich hindurchzuzwängen. Die Frauen zu beiden Seiten schwangen ihre Strafer, und die Soldaten wichen noch weiter zurück. Egan ließ den Hauptmann fallen. Der stützte sich auf seinen unverletzten Arm und seine Knie, hustete und rang keuchend nach Atem. Hinten füllten sich die Tür und der dahinterliegende Gang mit immer mehr Soldaten, die allesamt bewaffnet waren.

Der Mann mit dem rostfarbenen Bart ließ die Vorderbeine seines Stuhls mit einem dumpfen Schlag auf den Boden kippen. Er faltete die Hände über einem Durcheinander von Papieren inmitten der säuberlich geordneten Stapel zu beiden Seiten.

»Was wollt Ihr?«

Hally trat vor, zwischen Ulic und Egan. »Ihr seid General Reibisch?« Der Bärtige nickte. Hally verneigte kurz den Kopf vor ihm. Es war eine knappe Verbeugung, Richard hatte nie gesehen, daß eine Mord-Sith jemandem mehr gewährte, nicht einmal einer Königin. »Wir bringen eine Nachricht von Kommandant General Trimack von der Ersten Rotte. Darken Rahl ist tot, und seine Seele wurde von dem neuen Herrscher Rahl in die Unterwelt verbannt.«

Er zog die Augenbrauen hoch. »Tatsächlich?«

Sie reichte ihm die Schriftrolle. Er prüfte kurz das Siegel, bevor er es mit einem Daumen erbrach. Dann kippte er seinen Stuhl wieder nach hinten und rollte den Brief auseinander. Seine grauen Augen wanderten beim Lesen hin und her. Schließlich ließ er den Stuhl wieder mit einem dumpfen Schlag nach vorne kippen.

»Und dafür wart Ihr alle nötig – um mir diese Nachricht zu überbringen?«

Hally stemmte ihre gepanzerten Knöchel auf den Tisch und beugte sich zu ihm vor. »Wir bringen Euch nicht nur die Nachricht, General Reibisch, wir bringen Euch auch Lord Rahl.«

»Tatsächlich. Und wo befindet sich Euer Lord Rahl?«

Hally blitzte ihn mit ihrer besten Mord-Sith-Miene an und erweckte nicht den Eindruck, als erwartete sie, noch einmal gefragt zu werden. »Er steht in diesem Augenblick vor Euch.«

Reibisch warf einen Blick an ihr vorbei auf die Gruppe der Fremden, betrachtete einen Augenblick lang den Gar von Kopf bis Fuß. Hally richtete sich auf und zeigte auf Richard.

»Darf ich Euch Lord Rahl vorstellen, den Herrscher D'Haras und aller seiner Bewohner.«

Die Männer tuschelten, die Nachricht wurde nach hinten durchgegeben, zu denen draußen im Gang. Verwirrt deutete General Reibisch mit einer Geste auf die Frauen.

»Eine von Euch behauptet, sie sei Lord Rahl?«

»Seid kein Narr«, sagte Cara. Sie deutete mit der Hand auf Richard. »Das hier ist Lord Rahl.«

Der General legte die Stirn in Falten und zog ein finsteres Gesicht. »Ich weiß nicht, was für ein Spiel dies ist, aber meine Geduld ist jeden Augenblick zu ...«

Richard zog die Kapuze seines Mriswithcapes zurück und ließ sich wieder sichtbar werden. Vor den Augen des Generals und aller seiner Männer schien Richard aus dem Nichts heraus Gestalt anzunehmen.

Die Soldaten schrien vor Entsetzen auf. Einige wichen zurück. Andere fielen auf die Knie und verneigten sich tief.

»Ich«, sprach Richard mit ruhiger Stimme, »bin Lord Rahl.«

Einen Augenblick lang herrschte Totenstille. Dann brach General Reibisch in Gelächter aus und schlug mit der Hand auf den Tisch. Er warf seinen Kopf zurück und brüllte. Einige seiner Männer schlossen sich ihm kichernd an, doch aus den Bewegungen ihrer Augen ging klar hervor, daß sie nicht recht wußten, weshalb sie sich ihm anschlossen – nur, daß sie es für das Klügste hielten.

Sein Gelächter verklang, und General Reibisch erhob sich. »Ganz hübscher Trick, junger Mann. Aber ich habe eine Menge Tricks gesehen, seit ich in Aydindril stationiert bin. Tja, einmal hatte ich einen Mann hier, der mich mit Vögeln, die aus seinem Hosenbein flogen, unterhalten wollte.« Sein finsterer Blick kehrte auf sein Gesicht zurück. »Einen Augenblick lang hätte ich dir fast geglaubt, aber ein Taschenspielertrick macht aus dir noch nicht Lord Rahl. Vielleicht in Trimacks Augen, aber nicht in meinen. Ich verneige mein Haupt nicht vor einem Zauberer von der Straße.«

Richard stand da, starr wie Stein, das Ziel aller Blicke, und überlegte verzweifelt, was er als nächstes tun sollte. Mit Gelächter hatte er nicht gerechnet. Ihm fiel keine Magie ein, die er noch anwenden könnte, außerdem war dieser Mann offenbar nicht in der Lage, echte Magie von einem Trick zu unterscheiden. Ohne den rechten Einfall zur Hand, versuchte Richard, wenigstens mit fester Stimme zu sprechen.

»Ich bin Richard Rahl, Sohn von Darken Rahl. Er ist tot. Ich bin jetzt Lord Rahl. Wenn Ihr den Wunsch habt, auch weiterhin auf

Eurem Posten zu dienen, dann werdet Ihr Euch jetzt verbeugen und mich anerkennen. Wenn nicht, werde ich Euch ablösen lassen.«

General Reibisch lachte erneut amüsiert in sich hinein und hakte einen Daumen hinter seinen Gürtel. »Führe noch einen anderen Trick vor, und wenn ich ihn dessen wert erachte, dann werde ich dir und deiner Truppe eine Münze geben, bevor ich euch wieder eures Weges schicke. Ich bin geneigt, dich für deine Tollkühnheit zu belohnen, wenn auch sonst für nichts.«

Die Soldaten rückten näher, und die Atmosphäre bekam etwas Bedrohliches.

»Lord Rahl führt keine ›Tricks‹ vor«, fauchte Hally.

Reibisch plazierte seine fleischigen Hände auf den Tisch und beugte sich zu ihr. »Eure Kleidung ist recht überzeugend, aber Ihr solltet nicht so tun, als wäret Ihr Mord-Sith, junges Fräulein. Würdet Ihr einer von ihnen jemals in die Hände fallen, sie hätte keine große Freude an Eurer Heuchelei – die nehmen ihren Beruf ernst.«

Hally schlug ihm mit ihrem Strafer auf die Hand. Mit einem Aufschrei sprang General Reibisch zurück, sein Gesicht ein Bild der Erschütterung. Er zog ein Messer.

Gratchs Grollen ließ die Fensterscheiben erzittern. Seine grünen Augen glühten, als er seine Reißzähne bleckte. Seine Flügel breiteten sich mit einem Knall aus wie Segel in einem Sturm. Soldaten wichen zurück, hoben herausfordernd die Waffen.

Richard stöhnte im stillen. Die Dinge liefen immer schneller aus dem Ruder. Hätte er das Ganze doch nur besser durchdacht. Er war jedoch sicher gewesen, daß sein Auftritt als Unsichtbarer den D'Haranern genügend Furcht einflößen würde, um ihm zu glauben. Hätte er sich wenigstens einen Fluchtplan überlegt! Er hatte keine Ahnung, wie sie lebend aus dem Gebäude herauskommen sollten. Selbst wenn es ihnen gelang, dann womöglich nur um einen hohen Preis – es konnte ein Blutbad werden. Das wollte er nicht. Er hatte sich auf diese Geschichte mit dem Herrscher Rahl doch nur eingelassen, weil er verhindern wollte, daß Menschen zu Schaden kamen, und nicht, um genau das Gegenteil zu bewirken. Ringsum wurden Rufe laut.

Noch bevor Richard richtig merkte, was er tat, zog er das Schwert. Das unverwechselbare Sirren von Stahl füllte den Raum. Die Magie des Schwertes toste durch seinen Körper, schwang sich zu seiner Verteidigung empor, überschwemmte ihn mit ihrem Zorn. Es war, als würde man von der Hitzewelle eines Schmelzofens getroffen, die bis auf die Knochen brannte. Er kannte das Gefühl gut und spornte es energisch an. Er hatte keine Wahl. Unwetter aus Zorn brachen in seinem Innern aus. Er ließ die Seelen derer, die Magie vor ihm eingesetzt hatten, auf den Winden dieses Zornes in die Höhe steigen.

Reibisch schnitt mit seinem Messer durch die Luft. »Tötet die Betrüger!«

Als der General über den Tisch setzte, auf Richard zu, erzitterte der Raum plötzlich unter dem Schlag eines donnernden Getöses. Die ganze Luft war voller Glassplitter, die das Licht in funkelnden Blitzen brachen.

Richard duckte sich und ging in die Hocke, als Gratch über ihn hinwegsprang. Splitter von Fensterrahmen schwirrten über ihren Köpfen. Die Offiziere hinter dem Tisch kippten nach vorn, viele mit Wunden vom Glas übersät. Völlig sprachlos stellte Richard fest, daß die Fenster nach innen barsten.

Verschwommene, farbige Konturen bewegten sich blitzschnell durch den Splitterregen. Schatten und Licht stürzten krachend mitten aus der Luft zu Boden. Voller Bestürzung spürte Richard sie durch den Zorn des Schwertes hindurch.

Mriswiths.

Sie nahmen Gestalt an, als sie auf dem Boden auftrafen.

Im Raum brach ein Gemetzel los. Richard sah es rot aufblitzen, Fellstreifen, den mächtigen Schwung von Stahl. Ein Offizier schlug mit dem Gesicht nach vorne auf den Tisch, Blut spritzte über die Papiere. Ulic wuchtete zwei Mann zurück. Egan schleuderte zwei weitere quer über den Tisch.

Richard achtete nicht auf den Tumult ringsum, während er sich des ruhigen Zentrums in seinem Innern bemächtigte. Die Kakophonie wurde zunehmend leiser, als er den kalten Stahl an seine Stirn legte und stumm darum bat, seine Klinge möge ihm an diesem Tage treu sein.

Er sah nur die Mriswiths, spürte nur sie. Mit jeder Faser seines Seins wollte er nichts anderes als sie.

Der, der ihm am nächsten war, sprang hoch, ihm den Rücken zugewandt. Mit einem wütenden Schrei setzte Richard den Zorn des Schwertes der Wahrheit frei. Pfeifend beschrieb die Spitze einen Kreis, und die Klinge fand ihr Ziel: die Magie bekam ihren Geschmack von Blut. Kopflos brach der Mriswith zusammen, sein dreiklingiges Messer schlidderte scheppernd über den Boden.

Richard wirbelte zu der echsenähnlichen Gestalt auf seiner anderen Seite herum. Hally warf sich zwischen die beiden, stellte sich ihm in den Weg. Noch immer in der Drehbewegung benutzte er seinen Schwung, stieß sie zur Seite, ließ sein Schwert kreisen und zerteilte den Mriswith in der Mitte, noch bevor der Kopf des ersten auf den Boden schlug. Ein Nebel aus stinkendem Blut erfüllte die Luft.

Richard drehte sich wieder nach vorn. Im Zorn wurde er eins mit der Klinge, mit ihren Seelen, mit ihrer Magie. Er wurde – wie ihn die uralten Prophezeiungen in Hoch-D'Haran genannt hatten, wie er sich selbst nannte – *fuer grissa ost drauka*: der Bringer des Todes. Allein er konnte das Leben seiner Freunde retten, doch er war längst jenseits jeglicher vernünftigen Gedanken. Er ging völlig auf in der Notwendigkeit.

Der dritte Mriswith war dunkelbraun, hatte die Farbe von Leder, Richard erkannte ihn trotzdem, als er zwischen den Soldaten hindurchschoß. Mit einem mächtigen Stoß bohrte er ihm das Schwert zwischen die Schulterblätter. Das Todesgeheul des Mriswith ließ die Luft erzittern.

Männer erstarrten, als sie das Geräusch hörten, dann wurde es still im Saal.

Vor Anstrengung und Zorn ächzend wuchtete Richard den Mriswith zur Seite. Der leblose Kadaver glitt von der Klinge herunter und schlug krachend gegen ein Tischbein. Die Ecke des Tisches brach zusammen, und Papier flatterte auf.

Die Zähne aufeinandergepreßt, ließ Richard sein Schwert zurückkreisen zu dem Mann, der einen Schritt hinter der Stelle stand, wo sich einen Augenblick zuvor noch der Mriswith befunden hatte. An seiner Kehle machte die Spitze Halt, ruhig wie ein Fels, vor Blut triefend. Die Magie des Zorns geriet außer Kontrolle, verlangte in ihrer Gier, alles Bedrohliche zu vernichten, verlangte nach mehr.

Der tödliche Blick des Suchers fand General Reibischs Augen. Diese Augen begriffen jetzt zum ersten Mal, wer vor ihnen stand. Die Magie, die in Richards Augen funkelte, war unverkennbar – sie zu sehen, bedeutete, die Sonne zu sehen, ihre Wärme zu fühlen, sie ohne jede Frage zu erkennen.

Niemand gab einen Ton von sich. Doch selbst wenn, hätte Richard nichts gehört. Sein ganzes Interesse galt dem Mann vor seiner Schwertspitze, dem Ziel seiner Rache. Richard hatte sich mit dem Kopf voran über den Rand tödlicher Begeisterung in einen Hexenkessel brodelnder Magie gestürzt, und die Rückkehr daraus war ein quälender Kampf.

General Reibisch ging auf die Knie und blickte an der Klinge entlang hinauf in Richards habichtartiges, zornig funkelndes Gesicht. Seine Stimme füllte die tönende Stille.

»Herrscher Rahl, führe uns. Herrscher Rahl, lehre uns. Herrscher Rahl, beschütze uns. In deinem Licht gedeihen wir. In deiner Gnade finden wir Schutz. Deine Weisheit erfüllt uns mit Demut. Wir leben nur, um zu dienen. Unser Leben gehört dir.«

Das waren keine geheuchelten Worte, mit denen er sein Leben retten wollte, das waren die ehrfurchtsvollen Worte eines Mannes, der etwas gesehen hatte, was er wahrlich nicht erwartet hatte.

Unzählige Male hatte Richard diese Worte bei Andachten vor sich hingesprochen. Für zwei Stunden jeden Morgen und Nachmittag gingen alle im Palast des Volkes in D'Hara zu einem Andachtsplatz, sobald die Glocke erklang, berührten mit der Stirn den Boden und sprachen ebendiese Worte. Richard hatte diese Worte wie befohlen zum ersten Mal gesprochen, als er Darken Rahl begegnet war.

Als Richard jetzt auf den General herabblickte und eben diese Worte hörte, überkam ihn ein Gefühl des Ekels, und doch war er andererseits zur gleichen Zeit erleichtert.

»Lord Rahl«, sagte General Reibisch leise, »Ihr habt mir das Leben gerettet. Ihr habt uns allen das Leben gerettet. Danke.«

Richard wußte, wenn er jetzt versuchte, das Schwert der Wahrheit gegen ihn zu erheben, dann würde er sein Fleisch nicht berühren. In seinem Herzen wußte Richard, daß dieser Mann weder länger eine Bedrohung noch sein Feind war. Das Schwert konnte niemanden verletzen, der keine Bedrohung darstellte, es sei denn, er ließ es weiß erglühen und machte sich die Liebe und Versöhnlichkeit seiner Magie zunutze. Der Zorn dagegen reagierte nicht auf Vernunft, und ihm die Rache zu verwehren, bedeutete eine unerträgliche Qual. Schließlich jedoch machte Richard von seinem Einfluß auf den Zorn Gebrauch und schob das Schwert der Wahrheit in die Scheide und damit gleichzeitig die Magie, den Zorn, zurück.

Es war so schnell zu Ende, wie es begonnen hatte. Richard kam es fast vor wie ein unerwarteter Traum, ein kurzes Aufflackern von Gewalt, und schon war es vorbei.

Quer über die nun geneigte Tischplatte lag ein toter Offizier. Sein Blut rann das polierte Holz herab. Der Boden war mit Glas bedeckt, mit einzelnen Papieren und stinkendem Mriswithblut. Sämtliche Soldaten im Saal lagen auf den Knien, ebenso wie jene draußen auf dem Gang. Auch ihre Augen hatten etwas erblickt, was nicht mißzuverstehen war.

»Sind alle anderen wohlauf?« Richards Stimme war vom Schreien heiser. »Ist sonst jemand verletzt?«

Stille erfüllte den Raum. Ein paar der Männer behandelten Wunden, die schmerzhaft, aber nicht lebensbedrohlich aussahen. Ulic und Egan, beide keuchend, beide die Schwerter noch immer in der Scheide, beide mit blutverschmierten Knöcheln, standen mitten zwischen den knienden Soldaten. Sie waren im Palast des Volkes gewesen, ihre Augen hatten bereits gesehen.

Gratch faltete seine Flügel ein und feixte. Wenigstens einer, dachte Richard, der sich ihm aus Freundschaft verbunden fühlte. Vier tote Mriswiths lagen hingestreckt auf dem Fußboden. Gratch hatte einen getötet und Richard drei – glücklicherweise, bevor sie jemand anderes hatten töten können. Es hätte leicht viel schlimmer kommen können. Cara strich sich eine Haarsträhne aus dem Gesicht, während Berdine sich einen Glassplitter vom Kopf bürstete und Raina den Arm eines Soldaten losließ, so daß dieser nach vorne sackte und nach Luft schnappte.

Richards Blick wanderte am abgetrennten Oberkörper eines der auf dem Boden liegenden Mriswiths vorbei. Hally, deren rotes Leder einen scharfen Kontrast zu ihren blonden Haaren bildete, stand da, gebückt, die Hände auf den Bauch gepreßt. Ihr Strafer baumelte an seiner Kette von ihrem Handgelenk. Ihr Gesicht war leichenblaß.

Als Richard nach unten sah, überkam ihn ein Gefühl eiskalter Angst wie ein Kribbeln. Ihre rotes Leder hatte verborgen, was er jetzt entdeckte – sie stand in einer Lache aus Blut. Aus ihrem eigenen Blut.

Er sprang über den Mriswith hinweg und fing sie in den Armen auf.

»Hally!« Richard legte sie auf den Boden. »Bei den Seelen, was ist passiert?« Die Worte waren noch nicht aus seinem Mund, da wußte er es schon – dies war die Art, wie Mriswiths töteten. Die anderen drei Frauen eilten herbei und knieten hinter ihm, während er ihren Kopf in seinem Schoß bettete. Gratch hockte sich neben ihn.

Ihre blauen Augen trafen seine. »Lord Rahl ...«

»Oh, Hally, es tut mir so leid. Ich hätte niemals zulassen dürfen, daß Ihr –«

»Nein ... hört zu. Ich war so töricht, mich ablenken zu lassen ... und er war schnell ... trotzdem ... als er mich aufschlitzte ... da habe ich seine Magie eingefangen. Für einen Augenblick ... bevor Ihr ihn getötet habt ... gehörte sie mir.«

148

Wenn gegen eine Mord-Sith Magie eingesetzt wurde, konnten sie darüber die Kontrolle übernehmen und ihren Gegner hilflos machen. So hatte Denna ihn damals eingefangen.

»Oh, Hally, es tut mir so leid, daß ich nicht schnell genug war.«

»Es war die Gabe.«

»Was?«

»Seine Magie war genau wie Eure ... wie die Gabe.«

Er strich ihr mit der Hand über die kalte Stirn, was ihn zwang, ihr weiter in die Augen zu sehen und nicht den Blick zu senken.

»Die Gabe? Danke für die Warnung, Hally. Ich stehe in Eurer Schuld.«

Sie griff mit ihrer blutigen Hand nach seinem Hemd. »Ich danke Euch, Lord Rahl ... für meine Freiheit.« Sie mühte sich, holte stockend Atem. »So kurz sie auch war ... sie war ihn wert ... den Preis.« Sie sah zu ihren Schwestern des Strafers hinüber. »Beschützt ihn ...«

Mit einem gräßlichen Pfeifen entwich die Luft aus ihren Lungen, zum letzten Mal. Ihre blinden Augen starrten zu Richard hoch.

Der zog ihren schlaffen Körper weinend an sich, eine verzweifelte Reaktion auf seine Unfähigkeit, das Geschehene zu ändern. Gratch legte ihr zärtlich eine Klaue auf den Rücken, und Cara eine Hand auf seine.

»Ich wollte nicht, daß eine von Euch stirbt. Bei den Seelen, das habe ich nicht gewollt.«

Raina drückte seine Schulter. »Das wissen wir, Lord Rahl. Das ist der Grund, weshalb wir Euch beschützen müssen.«

Richard beugte sich über Hally und legte sie behutsam auf dem Boden ab. Er wollte nicht, daß die anderen die entsetzliche Wunde sahen, die sie erlitten hatte. Sein suchender Blick entdeckte ganz in der Nähe ein Mriswithcape. Doch wandte er sich an einen Soldaten in der Nähe.

»Gib mir deinen Umhang.«

Der Mann riß sich den Umhang runter, als stünde er in Flammen. Richard schloß Hally die Augen, dann deckte er sie mit dem Umhang zu, während er gegen den Drang ankämpfte, sich zu übergeben.

»Wir werden ihr ein angemessenes d'Haranisches Begräbnis bereiten, Lord Rahl.« General Reibisch, der neben ihm stand, deutete auf den Tisch. »Zusammen mit Edwards.«

Richard schloß die Augen und sprach ein Gebet an die Guten Seelen, damit sie über Hallys Seele wachten. Dann erhob er sich.

»Nach der Andacht.«

Der General kniff ein Auge zu. »Lord Rahl?«

»Sie hat für mich gekämpft. Sie ist bei dem Versuch gestorben, mich zu beschützen. Bevor sie zur Ruhe gebetet wird, soll ihre Seele sehen, daß das nicht umsonst war. Hally und Euer Mann werden heute nachmittag nach der Andacht zur Ruhe gebettet.«

Cara beugte sich zu ihm und raunte, »Lord Rahl, vollständige Andachten werden in D'Hara abgehalten, aber doch nicht an der Front. An der Front ist nur eine Meditation üblich.«

General Reibisch nickte kleinlaut. Richard ließ den Blick durch den Raum schweifen. Sämtliche Augen waren auf ihn gerichtet. Die Wand hinter den Gesichtern war mit Mriswithblut bespritzt. Richard blickte den General fest entschlossen an.

»Was Ihr in der Vergangenheit getan habt, interessiert mich nicht. Heute wird es eine vollständige Andacht geben, hier in Aydindril. Morgen könnt Ihr von mir aus wieder tun, was Ihr gewohnt seid. Heute werden alle D'Haraner in und um die Stadt eine vollständige Andacht abhalten.«

Der General strich sich nervös durch den Bart. »Lord Rahl, in diesem Gebiet gibt es eine große Anzahl von Soldaten. Sie alle müssen benachrichtigt werden und –«

»Ausflüchte interessieren mich nicht, General Reibisch. Wir haben einen schweren Weg vor uns. Wenn Ihr dieser Aufgabe nicht gewachsen seid, dann erwartet bitte nicht, daß ich darauf vertraue, daß Ihr andere bewältigen könnt.«

General Reibisch warf rasch einen Blick über die Schulter zu den Offizieren, so als wollte er sagen, er sei im Begriff, sein Wort zu geben und sie ebenfalls darauf festzulegen. Er wandte sich wieder zu Richard und schlug sich mit der Faust aufs Herz. »Bei meinem Wort als Soldat im Dienste D'Haras, dem Stahl gegen den Stahl, es wird geschehen, wie Lord Rahl befiehlt. Heute nachmittag werden alle D'Haraner die Ehre haben, eine vollständige Andacht für den neuen Herrscher Rahl abzuhalten.«

Der General sah kurz zu dem Mriswith unter der Ecke des Tisches. »Ich habe noch nie gehört, daß ein Herrscher Rahl Stahl gegen Stahl an der Seite seiner Männer kämpft. Es war, als hätten die Seelen selbst Eure Hand geführt.« Er räusperte sich. »Wenn Ihr gestattet, Lord Rahl, darf ich Euch fragen, welcher schwere Weg vor uns liegt?«

Richard betrachtete das narbenübersäte Gesicht des Mannes. »Ich bin ein Kriegszauberer. Ich kämpfe mit allem, was ich habe – mit Magie und mit Stahl.«

»Und meine Frage, Lord Rahl?«

»Ich habe Eure Frage soeben beantwortet, General Reibisch.«

Ein gezwungenes Lächeln verzog die Mundwinkel des Generals.

Ohne daß Richard es wollte, fiel sein Blick auf Hally. Der Umhang konnte die Wunde nicht vollständig verdecken. Kahlan hätte gegen einen Mriswith noch viel weniger eine Chance. Er glaubte abermals, sich übergeben zu müssen.

»Ihr sollt wissen, daß sie so gestorben ist, wie sie es wollte, Lord Rahl«, sprach ihm Cara leise ihr Beileid aus. »Als Mord-Sith.«

Er versuchte sich das Lächeln vorzustellen, das er nur wenige Stunden gekannt hatte. Es gelang ihm nicht. In seinen Gedanken erschien immer wieder nur die entsetzliche Wunde, die er gerade ein paar Sekunden lang betrachtet hatte.

Richard ballte seine Fäuste, um die Übelkeit zu vertreiben, und sah die drei verbliebenen Mord-Sith zornig funkelnd an. »Bei den Seelen, ich will dafür sorgen, daß ihr alle im Bett sterbt, zahnlos und alt. Macht Euch mit dem Gedanken vertraut!«

10. Kapitel

Tobias Brogan strich mit den Knöcheln über seinen Schnäuzer und sah aus den Augenwinkeln nach Lunetta. Als sie mit einem kaum merklichen Nicken antwortete, verzog sich sein Mund zu einer säuerlichen Miene. Seine selten gute Laune war verflogen. Der Mann sagte die Wahrheit, bei so etwas unterliefen Lunetta keine Fehler, und doch wußte Brogan, daß es nicht die Wahrheit war. Er wußte es besser.

Er richtete seinen Blick wieder auf den vor ihm stehenden Mann auf der anderen Seite eines Tisches, der lang genug für ein Bankett von siebzig Personen gewesen wäre, und zwang ein höfliches Lächeln auf seine Lippen.

»Danke. Ihr wart eine große Hilfe.«

Der Mann betrachtete die Soldaten in den blankpolierten Uniformen rechts und links von ihm argwöhnisch. »Das ist alles, was Ihr wissen wollt? Ihr habt mich den weiten Weg hierherbringen lassen, nur um mich zu fragen, was jeder weiß? Ich hätte es Euern Leuten sagen können, hätten sie mich gefragt.«

Brogan zwang sich, weiter zu lächeln. »Nehmt meine Entschuldigung für diese Unannehmlichkeit. Ihr habt dem Schöpfer einen guten Dienst erwiesen, und mir auch.« Das Lächeln entglitt seiner Kontrolle. »Ihr könnt gehen.«

Der Mann hatte Brogans Blick wohl bemerkt. Eilig verbeugte er sich und eilte zur Tür.

Brogan tippte mit der Seite seines Daumens auf das Kästchen an seinem Gürtel und sah ungeduldig zu Lunetta hinüber. »Bist du sicher?«

Lunetta, ganz in ihrem Element, erwiderte den Blick gelassen. »Er spricht die Wahrheit, Lord General, genau wie zuvor die anderen.« Sie kannte sich aus in ihrem Gewerbe, so schmutzig es auch war, und wenn sie es ausübte, umgab sie eine Aura der Selbstsicherheit. Das ging ihm auf die Nerven.

Er schlug mit der Faust krachend auf den Tisch. »Es ist nicht die Wahrheit!«

Fast konnte er den Hüter in ihren sanften Augen sehen, wenn sie ihn anschaute. »Ich sage nicht, es wäre die Wahrheit, Lord General, nur, daß er das erzählt hat, was er für die Wahrheit hält.«

Tobias räusperte sich gewichtig. Er wußte nur zu gut, wie sehr dies stimmte. Er hatte nicht sein ganzes Leben damit verbracht, das Böse zu verfolgen, ohne dabei ein paar von dessen Tricks zu lernen. Er kannte sich aus mit Magie. Das Opfer war so nah, er konnte es fast wittern.

Die Sonne des späten Nachmittags fiel durch einen Spalt in den schweren goldenen Vorhängen, warf einen leuchtenden Lichtbalken auf ein vergoldetes Sesselbein, auf den reich verzierten, königsblau geblümten Teppich und auf die Ecke der langen, glänzenden Tischplatte. Man hatte das Mittagsmahl schon längst auf einen ungewissen, späteren Zeitpunkt verschoben, und doch war Tobias immer noch nicht weiter als am Anfang. Die Enttäuschung darüber zehrte an ihm.

Gewöhnlich brachte Galtero mit großem Geschick Zeugen heran, die wirklich etwas wußten, doch bislang hatten sich seine Leute als nutzlos erwiesen. Er fragte sich, was Galtero herausgefunden hatte. Irgend etwas löste große Unruhe in der Stadt aus, und Tobias Brogan mochte es nicht, wenn die Menschen in Aufruhr waren, es sei denn, er und seine Leute waren der Grund dafür. Unruhe konnte eine mächtige Waffe sein, doch er mochte keine Unbekannten. Gewiß war Galtero längst zurück.

Tobias lehnte sich in seinem mit diamantbesetzten Quasten versehenen Ledersessel zurück und richtete das Wort an einen der Soldaten im scharlachroten Cape, die die Tür bewachten. »Ettore, ist Galtero schon zurück?«

»Nein, Lord General.«

Ettore war jung und konnte es kaum erwarten, sich einen Namen im Kampf gegen das Böse zu machen, und er war ein tüchtiger Mann: gescheit, ergeben und ohne Angst vor Unbarmherzigkeit, wenn er es mit den Günstlingen des Hüters zu tun bekam. Irgendwann würde er zu den besten Jägern der Verderbten gehören. Tobias strich sich mit den Knöcheln über seinen schmerzenden Rücken. »Wie viele Zeugen haben wir noch?«

»Zwei, Lord General.«

Er machte eine ungeduldige Geste. »Also, schafft den nächsten rein.«

Während Ettore durch die Tür hinausschlüpfte, blinzelte Tobias an dem Balken aus Sonnenlicht vorbei zu seiner Schwester, die an der Wand lehnte. »Du warst dir doch sicher, Lunetta, oder?«

Sie starrte ihn an und raffte ihre zerfetzten Lumpen um sich. »Ja, Lord General.«

Er seufzte, als die Tür aufging und der Posten eine dürre Frau hereinführte, die keinen besonders glücklichen Eindruck machte. Tobias setzte sein höflichstes Lächeln auf. Ein weiser Jäger gewährte seinem Opfer keinen flüchtigen Blick auf seine Reißzähne.

Die Frau befreite ihren Ellenbogen mit einem Ruck aus Ettores Griff. »Was soll das alles? Man hat mich gegen meinen Willen mitgenommen und den ganzen Tag in ein Zimmer gesperrt. Welches Recht habt Ihr, jemanden gegen seinen Willen mitzunehmen!«

Tobias setzte ein reumütiges Lächeln auf. »Da muß wohl ein Mißverständnis vorliegen. Tut mir leid. Seht Ihr, wir wollen nur gewissen Leuten, die wir für verläßlich halten, einige Fragen stellen. Tja, die meisten Menschen auf der Straße kennen nicht mal den Unterschied zwischen oben und unten. Ihr scheint eine intelligente Frau zu sein, das ist alles, und –«

Sie beugte sich über den Tisch zu ihm. »Und deshalb habt Ihr mich eingesperrt? Das ist es, was der Lebensborn mit Menschen macht, die er für verläßlich hält? Nach dem, was ich gehört habe, macht sich der Lebensborn nicht die Mühe, Fragen zu stellen, ihm genügt ein bloßes Gerücht – Hauptsache, das Ergebnis ist ein frisches Grab.«

Brogan spürte ein Zucken in seiner Wange, lächelte jedoch unbeirrt. »Da habt Ihr etwas Falsches gehört, meine Dame. Der Lebensborn ist ausschließlich an der Wahrheit interessiert. Wir dienen dem Schöpfer und seinem Willen nicht weniger als eine Frau von Eurem Charakter. Hättet Ihr nun etwas dagegen einzuwenden, ein paar Fragen zu beantworten? Anschließend werden wir Euch sicher nach Hause bringen.«

»Bringt mich jetzt sofort nach Hause. Dies ist eine freie Stadt. Kein Palast hat das Recht, harmlose Bürger zu verschleppen, um sie zu verhören. Nicht in Aydindril. Ich bin nicht verpflichtet, Eure Fragen zu beantworten.«

Brogan setzte ein noch breiteres Lächeln auf und zwang sich zu einem kleinen Achselzucken. «Ganz recht, Madame. Wir haben nicht das geringste Recht dazu, und ich hatte auch nicht die Absicht, diesen Eindruck zu erwecken. Wir bemühen uns nur um die Hilfe ehrlicher, bescheidener Menschen. Wenn Ihr uns nur helfen wolltet, einigen einfachen Dingen auf den Grund zu gehen, dann könntet ihr Eures Weges gehen, und wir wären euch von ganzem Herzen dankbar.«

Einen Augenblick lang zog sie eine finstere Miene, dann rückte sie das Wolltuch über ihrer Schulter zurecht. »Also schön, fangt an, wenn ich dadurch wieder nach Hause komme. Was wollt Ihr wissen?«

Tobias setzte sich in seinem Sessel um, tarnte damit einen knappen Blick hinüber zu Lunetta, um sich zu vergewissern, ob sie achtgab. »Seht Ihr, meine Dame, seit dem vergangenen Frühjahr leiden die Midlands unter dem Krieg, und nun wollen wir herausfinden, ob die Günstlinge des Hüters bei dem Zwist, der seine Schatten auf die Länder wirft, ihre Hände im Spiel haben. Haben irgendwelche Ratsmitglieder Reden gegen den Schöpfer geführt?«

»Sie sind tot.«

»Ja, das habe ich gehört. Der Lebensborn hält jedoch nicht viel von Gerüchten. Wir brauchen handfeste Beweise, wie zum Beispiel die Aussage eines Zeugen.«

»Ich habe ihre Leichen gestern abend in den Ratssälen gesehen.«

»Tatsächlich? Nun, das ist allerdings ein Beweis. Endlich erfahren wir die Wahrheit von einer ehrenhaften Person, die Zeuge war. Seht Ihr, bereits jetzt seid Ihr uns eine Hilfe. Wer hat sie getötet?«

»Ich habe nicht gesehen, wie sie getötet wurden.«

»Habt Ihr je gehört, daß ein Ratsmitglied gegen den Frieden des Schöpfers gepredigt hat?«

»Sie sind über den Frieden des Midlandbundes hergezogen, und soweit es mich betrifft, ist das dasselbe, auch wenn sie es nicht ausdrücklich gesagt haben. Sie wollten den Eindruck erwecken, als sei Schwarz Weiß und Weiß Schwarz.«

Tobias zog die Augenbrauen hoch und versuchte, interessiert zu wirken. »Die, die dem Hüter dienen, bedienen sich solcher Taktiken: indem sie einen glauben machen, daß es recht sei, Böses zu tun.« Er hob die Hand zu einer unbestimmten Geste. »Wollte ein bestimmtes Land den Frieden des Bundes brechen?«

Die Frau stand da, den Rücken gerade und steif, und sah ihn von oben herab an. »Sie alle, Eures eingeschlossen, schienen gleichermaßen bereit, die Welt unter der Imperialen Ordnung der Sklaverei preiszugeben.«

»Sklaverei? Ich habe gehört, die Imperiale Ordnung hat es sich lediglich zum Ziel gesetzt, die Länder zu vereinen und den Menschen unter der Führung durch den Schöpfer rechtmäßigen Frieden zu bringen.«

»Dann habt Ihr etwas Falsches gehört. Sie trachten nur danach, genau jene Lügen zu hören, die ihrem Ziel dienen, und ihr Ziel ist Eroberung und Herrschaft.«

»Davon habe ich noch nichts gehört. Das sind wertvolle Neuigkeiten.« Er lehnte sich in seinem Sessel zurück, schlug ein Bein übers andere und faltete die Hände in seinem Schoß. »Und während all dies Ränkeschmieden und der ganze Aufruhr stattfand, wo war da die Mutter Konfessor?«

Die Frau zögerte einen Augenblick. »Unterwegs in Amtsgeschäften.«

»Verstehe. Aber kehrte sie zurück?«

»Ja.«

»Und als sie zurückkehrte, hat sie da versucht, dem Aufruhr ein Ende zu machen? Hat sie versucht, die Midlands zusammenzuhalten?«

Die Frau kniff die Augen zusammen. »Natürlich hat sie das, und Ihr wißt, was man ihr dafür angetan hat. Tut doch nicht so!«

Ein beiläufiger Blick in Richtung Fenster ergab, daß Lunetta die Augen auf die Frau gerichtet hielt. »Nun, ich habe alle möglichen Gerüchte gehört. Wenn Ihr die Ereignisse mit eigenen Augen gesehen habt, dann wäre dies ein gewichtiger Beweis. Wart Ihr Zeugin dieser Geschehnisse, meine Dame?«

»Ich habe die Hinrichtung der Mutter Konfessor gesehen, ja, falls Ihr das meint.«

Tobias beugte sich, auf die Ellenbogen gestützt, vor und legte die Fingerspitzen aneinander. »Ja, das hatte ich befürchtet. Dann ist sie also tot?«

Ihre Nasenflügel bebten. »Weshalb seid Ihr so an Einzelheiten interessiert?«

Tobias riß die Augen auf. »Seit dreitausend Jahren sind die Midlands unter den Konfessoren und einer Mutter Konfessor vereinigt. Unter der Herrschaft Aydindrils sind wir alle zu Wohlstand gelangt, und wir hatten Frieden. Als nach dem Fall der Grenze der Krieg mit D'Hara begann, hatte ich Angst um die Midlands –«

»Warum seid Ihr uns dann nicht zur Hilfe gekommen?«

»Ich hätte gerne meine Hilfe gewährt, doch der König verbot dem Lebensborn, sich einzumischen. Ich habe selbstverständlich protestiert, doch er war schließlich unser König. Nicobarese litt unter seiner Herrschaft. Wie sich herausstellte, hatte er finsterere Absichten mit unserem Volk, und offenbar waren seine Räte, wie Ihr sagtet, bereit, uns der Sklaverei preiszugeben. Als man dann den König als das bloßgestellt hatte, was er wirklich war, nämlich ein Verderbter, und nachdem er den Preis dafür bezahlt hatte, brachte ich unsere Soldaten sofort über die Berge nach Aydindril, um sie den Midlands und der Mutter Konfessor zur Verfügung zu stellen.

Und was finde ich bei meinem Eintreffen vor? Nichts als d'Haranische Truppen, doch angeblich befinden sie sich nicht mehr im Krieg mit uns. Ich höre, die Imperiale Ordnung ist den Midlands zur Hilfe gekommen. Auf meinem Weg hierher, und seit meinem Eintreffen, habe ich alle möglichen Gerüchte gehört – daß die Midlands gefallen sind, daß die Midlands neue Kräfte sammeln, daß die Räte tot sind, daß die Keltonier die Herrschaft über die Midlands übernommen haben, oder die D'Haraner, oder die Imperiale Ordnung, daß sämtliche Konfessoren tot sind, sämtliche Zauberer, die Mutter Konfessor, oder daß alle leben. Was soll ich nun glauben? Wenn die Mutter Konfessor noch lebte, könnten wir sie beschützen. Wir sind ein armes Land, aber wir möchten den Midlands behilflich sein, soweit wir können.«

Die Schultern der Frau entspannten sich ein wenig. »Von dem, was Ihr gehört habt, ist manches richtig. Im Krieg mit D'Hara wurden alle Konfessoren, bis auf die Mutter Konfessor, getötet. Die Zauberer starben ebenfalls. Dann starb Darken Rahl, und die D'Haraner schlossen sich auf Gedeih und Verderb der Imperialen Ordnung an, unter anderem auch Kelton. Die Mutter Konfessor kam zurück und versuchte, die Midlands zusammenzuhalten. Für diese Mühe ließen die aufrührerischen Heuchler sie hinrichten.«

Er schüttelte den Kopf. »Das sind traurige Neuigkeiten. Ich hatte gehofft, die Gerüchte würden sich als falsch erweisen. Wir brauchen die Mutter Konfessor.« Brogan benetzte seine Lippen. »Seid Ihr ganz sicher, daß sie bei der Hinrichtung getötet wurde? Vielleicht habt Ihr Euch getäuscht? Schließlich ist sie ein Geschöpf der Magie. Sie könnte in einem Durcheinander aus Rauch oder dergleichen entkommen sein. Vielleicht lebt sie noch.«

Die Frau fixierte ihn mit einem wütenden Blick. »Die Mutter Konfessor ist tot.«

»Aber ich habe Gerüchte gehört, daß sie noch lebt ... jenseits des Kern.«

»Falsche Gerüchte von Narren. Sie ist tot. Ich habe selbst gesehen, wie sie enthauptet wurde.«

Brogan strich mit dem Finger über die glatte Narbe neben seinem Mund und betrachtete die Frau. »Ich habe auch einen Bericht gehört, daß sie in die andere Richtung geflohen sei: nach Südwesten. Es besteht doch sicherlich noch Hoffnung?«

»Das kann nicht stimmen. Ich sage es jetzt zum letzten Mal, ich habe gesehen, wie sie enthauptet wurde. Sie ist nicht geflohen. Die Mutter Konfessor ist tot. Wenn Ihr den Midlands behilflich sein wollt, dann müßt Ihr alles tun, was Ihr könnt, um die Midlands wieder zu vereinen.«

Tobias musterte einen Augenblick lang ihr grimmig entschlossenes Gesicht. »Ja. Ja, Ihr habt ganz recht. Das alles sind sehr betrübliche Nachrichten, aber es ist gut, wenigstens einen verläßlichen Zeugen zu haben, der Licht auf die Wahrheit wirft. Ich danke Euch, Ihr seid uns eine größere Hilfe gewesen, als Ihr ahnt. Ich werde sehen, was ich tun kann, um meine Truppen zum größten Nutzen einzusetzen.«

»Der größte Nutzen wäre es, die Imperiale Ordnung aus Aydindril und dann aus den Midlands zu vertreiben und sie zu vernichten.«

»Haltet Ihr sie für so ruchlos?«

Sie zeigte ihm ihre bandagierten Hände. »Sie haben mir die Fingernägel ausgerissen, um mich zu zwingen, Lügen auszusprechen.«

»Wie gräßlich. Und welche Lügen habt Ihr ihnen erzählen sollen?«

»Daß Schwarz Weiß sei und Weiß Schwarz. Genau wie der Lebensborn.«

Brogan lächelte und tat, als amüsierte ihn ihr Witz.

»Ihr wart eine große Hilfe, meine Dame. Ihr seid den Midlands treu ergeben, und dafür habt Ihr meinen Dank. Daß Ihr so über den Lebensborn denkt, tut mir leid. Vielleicht solltet Ihr ebenfalls nicht auf Gerüchte hören.«

»Ich möchte Euch nicht länger zur Last fallen. Guten Tag.«

Sie sah ihn tadelnd mit einem leidenschaftlich finsteren Blick an, bevor sie davonstürmte. Unter anderen Umständen hätte sie die Weigerung, offen zu sprechen, sehr viel mehr gekostet als nur die Fingernägel, Brogan hatte jedoch schon früher gefährlichen Opfern nachgejagt und wußte, daß Besonnenheit sich später auszahlen würde. Die Beute war es wert, ihren spöttischen Ton zu ertragen. Auch ohne ihr Mitwirken hatte er von ihr an diesem Tag etwas sehr Wertvolles bekommen, etwas, von dem sie nicht wußte, daß sie es ihm gegeben hatte, und genau das war sein Plan: der Gejagte sollte nicht wissen, daß der Jäger die Witterung aufgenommen hatte.

Endlich erlaubte Tobias sich, in Lunettas funkelnde Augen zu schauen.

»Sie lügt, mein Lord General. Größtenteils spricht sie die Wahrheit, um ihre Lügen zu tarnen, aber sie lügt.«

Galtero hatte ihm wahrlich einen Schatz angeschleppt.

Tobias beugte sich vor. Er wollte hören, wie Lunetta es sagte, wollte hören, wie sie seinen Verdacht laut aussprach – um ihn mit ihrer Begabung zu bekräftigen. »Was war denn gelogen?«

»Zweierlei – und das hütet sie wie den Staatsschatz.«

Er machte ein schmatzendes Geräusch mit seinen Lippen. »Und das wäre?«

Lunetta lächelte verschlagen. »Erstens hat sie gelogen, als sie behauptete, die Mutter Konfessor sei tot.«

Tobias schlug mit der Hand auf den Tisch. »Wußte ich's doch! Als sie es sagte, wußte ich, daß es gelogen war!« Er schloß die Augen und schluckte, während er dem Schöpfer ein kurzes Dankgebet schickte. »Und das andere?«

»Sie hat gelogen, als sie sagte, die Mutter Konfessor sei nicht geflohen. Sie weiß, daß die Mutter Konfessor lebt, und daß sie nach Südwesten gegangen ist. Alles, was sie sonst erzählt hat, war wahr.«

Tobias gute Laune war zurückgekehrt. Er rieb sich die Hände und spürte die Wärme, die das hervorrief. Das Glück des Jägers war ihm abermals hold. Er hatte die Witterung aufgenommen.

»Habt Ihr gehört, was ich gesagt habe, Lord General?«

»Was? Ja, ich habe es gehört. Sie lebt und ist nach Südwesten. Das hast du gut gemacht, Lunetta. Der Schöpfer wird dich segnen, wenn ich ihm von deiner Hilfe berichte.«

»Ich meine, daß alles sonst die Wahrheit war.«

Er runzelte die Stirn. »Wovon redest du?«

Lunetta raffte ihre Stoffetzen fest um ihren Körper. »Sie sagte, daß der Rat aus toten Männern und aufrührerischen Heuchlern besteht. Wahr. Daß die Imperiale Ordnung nur jene Lügen hören will, die ihrem Ziel dienlich sind, und daß ihr Ziel Eroberung und Herrschaft ist. Wahr. Daß man ihr die Fingernägel ausgerissen hat, um sie zu zwingen, Lügen zu erzählen. Daß der Lebensborn auf Gerüchte hin handelt, solange nur als Ergebnis ein frisches Grab dabei herauskommt. Wahr.«

Brogan sprang auf. »Der Lebensborn bekämpft das Böse! Wie kannst du es wagen, etwas anderes zu behaupten, du dreckige *streganicha*!«

Sie zuckte zusammen und biß sich auf die Unterlippe. »Ich behaupte diese Dinge nicht, ich behaupte nur, Lord General, daß es die Wahrheit ist, so wie diese Frau sie sieht.«

Er zog seine Schärpe zurecht. Er wollte sich seinen Triumph nicht durch Lunettas Gerede verderben lassen. »Das beurteilt sie falsch, und das weißt du.« Er zeigte mit dem Finger auf sie. »Ich habe mehr Zeit, als dir zustünde, mehr Zeit, als du wert bist, damit verschwendet, dir den Unterschied zwischen Gut und Böse beizubringen.«

Lunetta starrte den Boden an. »Ja, mein Lord General, Ihr habt mehr Zeit damit verbracht, als ich wert bin. Vergebt mir. Es waren ihre Worte, nicht meine.«

Schließlich löste Brogan seinen wütenden Blick von ihr und nahm das Kästchen von seinem Gürtel. Er legte es hin, stieß es mit dem Daumen zurecht, bis es parallel zur Tischkante lag und setzte sich wieder hin. Er verbannte Lunettas Unverschämtheit aus seinen Gedanken und überlegte sich seinen nächsten Zug.

Gerade wollte er nach seinem Abendessen rufen, als ihm einfiel, daß noch ein weiterer Zeuge wartete. Er hatte gefunden, wonach er gesucht hatte, weitere Befragungen waren nicht erforderlich ... aber es war immer klug, gründlich zu sein.

»Ettore, bring den nächsten Zeugen rein.« Brogan warf Lunetta einen wütenden Blick zu, während sie wieder mit der Wand zu verschmelzen schien. Sie hatte ihre Sache gut gemacht, es dann jedoch verdorben, indem sie ihn provoziert hatte. Er wußte zwar, daß das Böse in ihr war, trotzdem verärgerte es ihn, daß sie sich nicht mehr Mühe gab, es zu unterdrücken. Vielleicht war er in letzter Zeit zu freundlich mit ihr umgegangen – in einem schwachen Augenblick hatte er ihr ein hübsches Stückchen Stoff geschenkt, weil er wollte, daß sie an seiner Freude teilhatte. Vielleicht schloß sie daraus, er würde ihr Unverschämtheiten durchgehen lassen. Aber das würde er ganz bestimmt nicht.

Tobias setzte sich in seinem Sessel zurecht, faltete die Hände auf dem Tisch, dachte noch einmal über seinen Triumph nach, über den Fang der Fänge. Diesmal mußte er sich nicht zum Lächeln zwingen.

Er war ein wenig überrascht, als er aufblickte und ein kleines Mädchen vor zwei der Wachen den Saal betreten sah. Der alte Mantel, den sie trug, schleifte auf dem Boden. Hinter dem Mädchen, zwischen den Wachen, humpelte schlingernden Schritts eine untersetzte alte Frau in einem zerlumpten Umhang aus einer braunen Decke.

Als die Gruppe vor dem Tisch anhielt, lächelte das Mädchen ihn an. »Ihr habt ein schönes, warmes Zuhause, Mylord. Wir haben unseren Tag hier genossen. Dürfen wir Eure Gastfreundschaft erwidern?«

Die Alte steuerte ebenfalls ein Lächeln bei.

»Es freut mich, daß ihr Gelegenheit hattet, euch aufzuwärmen, und ich wäre dankbar, wenn du und deine ...« Er zog fragend eine Augenbraue hoch.

»Großmutter«, sagte das Mädchen.

»Ja. Großmutter. Ich wäre dankbar, wenn du und deine Großmutter ein paar Fragen beantworten würdet, das ist alles.«

»Aha«, sagte die Alte. »Fragen, darum geht es, ja? Fragen können gefährlich sein, Mylord.«

»Gefährlich?« Tobias rieb sich mit zwei Fingern die Furchen auf seiner Stirn. »Ich suche nur nach der Wahrheit, meine Dame. Wenn Ihr ehrlich antwortet, wird Euch nichts geschehen. Ihr habt mein Wort darauf.«

Sie grinste, daß man die Lücken zwischen ihren Zähnen sah. »Ich meinte, für Euch, Mylord.« Sie lachte keckernd leise vor sich hin, dann beugte sie sich mit harter Miene zu ihm vor. »Vielleicht gefallen Euch die Antworten nicht, oder Ihr schlagt sie in den Wind.«

Tobias tat ihre Bedenken mit einer Handbewegung ab. »Die Sorge überlaßt mir.«

Sie richtete sich, wieder lächelnd, auf. »Wie Ihr wollt, Mylord.« Sie kratzte sich die Nase. »Wie lauten also Eure Fragen?«

Tobias lehnte sich zurück und musterte die Augen der wartenden Frau. »In letzter Zeit befanden sich die Midlands in Aufruhr, und wir wollen herausfinden, ob die Günstlinge des Hüters bei dem Zwist, der jetzt die Länder überschattet, ihre Hände im Spiel haben. Habt ihr gehört, ob Ratsmitglieder Reden gegen den Schöpfer geführt haben?«

»Räte lassen sich selten auf dem Markt blicken, um theologische Diskussionen mit alten Damen zu führen, Mylord. Ich nehme auch nicht an, daß sie so töricht wären, öffentlich Verbindungen zur Unterwelt bekanntzugeben, wenn sie welche hätten.«

»Und was habt Ihr sonst über sie gehört?«

Sie zog eine Augenbraue hoch. »Ihr wünscht Gerüchte aus der Stentorstraße zu hören, Mylord? Sagt nur, an welcher Art Gerücht Ihr interessiert seid, und ich erzähle Euch eines, das Eurem Wunsch entspricht.«

Tobias trommelte mit den Fingern auf den Tisch. »Gerüchte interessieren mich nicht, meine Dame. Nur die Wahrheit.«

Sie nickte. »Natürlich, Mylord, und die sollt Ihr auch erfahren. Manchmal interessieren sich die Menschen für die törichtesten Dinge.«

Er räusperte sich geplagt. »Ich habe bereits jede Menge Gerüchte gehört und an weiteren keinen Bedarf. Ich muß die Wahrheit über das erfahren, was in Aydindril geschehen ist. Wie ich hörte, hat man sogar den Rat hingerichtet und die Mutter Konfessor auch.«

Ihr verschlagenes Lächeln kehrte auf ihr Gesicht zurück. »Wieso macht ein Mann von Eurem hohen Rang bei seiner Ankunft nicht am Palast halt und bittet darum, den Rat zu sprechen? Wäre das nicht sinnvoller, als alle möglichen Leute heranzuschleppen, die selbst nichts gesehen haben, und diese auszufragen? Die Wahrheit läßt sich mit eigenen Augen besser beurteilen. Mylord.«

Brogan preßte die Lippen aufeinander. »Ich war nicht hier, als die Mutter Konfessor den Gerüchten zufolge hingerichtet wurde.«

»Ah, die Mutter Konfessor ist es also, um die es Euch geht. Warum habt Ihr das nicht gleich gesagt? Ich hörte, sie sei hingerichtet worden, aber gesehen habe ich es nicht. Aber meine Enkelin hat es gesehen, nicht wahr, mein Liebling?«

Das kleine Mädchen nickte. »Ja, Mylord, ich habe es selbst gesehen. Sie haben ihr den Kopf abgeschlagen, jawohl.«

Brogan seufzte übertrieben. »Das hatte ich befürchtet. Sie ist also tot?«

Das Mädchen schüttelte den Kopf. »Das hab' ich nicht gesagt, Mylord. Ich sagte, ich hätte gesehen, wie man ihr den Kopf abgeschlagen hat.« Sie sah ihm offen in die Augen und lächelte.

»Was willst du damit sagen?« Brogan funkelte die Alte wütend an. »Was will sie damit sagen?«

»Genau das, was sie sagt, Mylord. In Aydindril gab es immer schon viel Magie, in letzter Zeit jedoch sprüht es hier geradezu davon. Wo Magie im Spiel ist, kann man nicht immer nur den Augen trauen. Dieses Mädchen ist zwar jung, dennoch klug genug, um das zu wissen. Ein Mann Eures Standes weiß das sicher auch.«

»Es sprüht von Magie? Das bedeutet Unheil. Was wißt Ihr über die Günstlinge des Hüters?«

»Schrecklich sind sie, Mylord. Doch Magie an sich ist selbst nichts Unheilvolles, sie existiert, ganz ohne Falsch.«

Brogan ballte die Fäuste. »Magie ist der Einfluß des Hüters.«

Sie lachte erneut keckernd. »Das ist, als wollte man sagen, das glänzende Silbermesser an Eurem Gürtel sei der Einfluß des Hüters. Benutzt man es, um einen Harmlosen oder Unschuldigen zu bedrohen, dann ist der Besitzer des Messers böse. Benutzt man es jedoch zum Beispiel, um sein Leben gegen einen fanatischen Wahnsinnigen zu verteidigen, egal wie hoch sein Rang, dann ist der Besitzer des Messers gut. Das Messer ist keins von beiden, weil beide es benutzen können.«

Ihr Blick schien zu brechen, und ihre Stimme senkte sich zu einem Zischen. »Benutzt man sie jedoch zur Vergeltung, dann ist Magie die Verkörperung der Rache.«

»Nun denn, wird die Magie, die in der Stadt umgeht, nun Eurer Ansicht nach für gute oder für böse Zwecke eingesetzt?«

»Für beides, Mylord. Schließlich steht hier die Burg der Zauberer, und die Stadt ist somit ein Sitz der Macht. Über Tausende von Jahren haben hier Konfessoren und auch Zauberer geherrscht. Macht zieht Macht nach sich. Konflikte brechen aus. Auf einmal erscheinen schuppige Wesen, genannt Mriswiths, mitten aus der Luft und reißen jedem Unschuldigen die Gedärme aus dem Leib, der ihnen im Weg ist. Das unheilvollste Omen, das es jemals gab. Andere Magie schlummert im Verborgenen, um sich derer zu bemächtigen, die vorschnell oder unvorsichtig sind. Die Nacht selbst wimmelt nur so von Magie, getragen von den hauchzarten Schwingen der Träume.«

Sie linste ihn aus einem trüben blauen Auge an und fuhr fort. »Ein Kind, das vom Feuer fasziniert ist, kann leicht darin verbrennen. Ein solches Kind wäre gut beraten, sehr vorsichtig zu sein und bei der ersten Gelegenheit fortzulaufen, bevor es, ohne es zu wollen, die Hand in die Flamme hält.

Es werden sogar Menschen auf den Straßen aufgegriffen, um ihre Worte durch ein Sieb aus Magie zu filtern.«

Brogan beugte sich mit einem gluterfüllten Blick vor. »Und was wißt Ihr über Magie, meine Dame?«

»Eine zwiespältige Frage, Mylord. Könntet Ihr Euch etwas deutlicher ausdrücken?«

Tobias hielt einen Augenblick inne, um das Wesentliche aus ihrem weitschweifigen Gerede herauszupicken. Er hatte schon oft mit Leuten wie ihr zu tun gehabt und spürte, daß sie versuchte, ihn mit List vom Thema und von seiner Fährte abzubringen.

Wieder setzte er sein höfliches Lächeln auf. »Nun, zum Beispiel sagt Eure Enkelin, sie habe gesehen, wie die Mutter Konfessor enthauptet wurde, das heiße aber nicht, sie sei tot. Ihr sagt, Magie könne so etwas bewirken. Eine solche Behauptung macht mich neugierig. Natürlich weiß ich, wie Magie die Menschen gelegentlich zum Narren halten kann, doch bislang habe ich nur gehört, daß sie kleine Täuschungen bewirkt. Könnt Ihr erklären, wie man den Tod rückgängig machen kann?«

»Den Tod rückgängig machen? Der Hüter allein hat dazu die Macht.«

Brogan preßte seinen Leib nach vorne gegen den Tisch. »Wollt Ihr behaupten, der Hüter selbst hätte sie wieder zum Leben erweckt?«

Sie lachte keckernd. »Nein, Mylord. Ihr verfolgt das, worauf Ihr aus seid, mit solcher Hartnäckigkeit, daß Ihr nur das hört, was Ihr hören wollt. Ihr habt gefragt, wie man den Tod rückgängig machen kann. Der Hüter kann den Tod rückgängig machen. Zumindest nehme ich das an, denn er ist der Herrscher der Toten, er hat Macht über das Leben und den Tod, daher ist es nur natürlich, wenn man annimmt, daß –«

»Lebt sie oder lebt sie nicht!«

Die Alte blickte ihn erstaunt an. »Woher soll ich das wissen, Mylord?«

Brogan knirschte mit den Zähnen. »Ihr habt selbst gesagt, nur weil Leute gesehen haben, wie sie enthauptet wurde, heißt das nicht, daß sie tot ist.«

»Oh, sind wir jetzt wieder da angelangt, ja? Nun, mit Magie könnte man so etwas vollbringen, aber deshalb muß es ja nicht auch so gewesen sein. Ich sagte lediglich, daß Magie das kann. Dann habt Ihr die Witterung verloren und Euch danach erkundigt, ob man den Tod rückgängig machen kann. Das ist ganz etwas anderes, Mylord.«

»Wie, Weibstück! Wie kann Magie eine solche Täuschung bewirken!«

Sie zog die zerlumpte Decke hoch und wickelte sie sich gemütlich um die Schultern.

»Durch einen Todeszauber, Mylord.«

Brogan sah zu Lunetta hinüber. Ihre kleinen runden Augen waren starr auf die alte Frau gerichtet, dabei kratzte sie sich die Arme.

»Ein Todeszauber. Und was genau ist ein Todeszauber?«

»Nun, ich habe genaugenommen nie gesehen, wie einer ausgeübt wurde«, – sie lachte stillvergnügt, als hätte sie einen Scherz gemacht – »daher kann ich Euch nicht recht davon berichten, aber ich kann Euch sagen, was man mir erzählt hat, wenn Euch Kenntnisse aus zweiter Hand genügen.«

Brogan preßte zwischen zusammengebissenen Zähnen hervor: »Fangt endlich an.«

»Jemandes Tod zu sehen, ihn zu begreifen, ist etwas, daß wir alle auf einer spirituellen Ebene verstehen. Der Anblick eines Körpers, der von einer Seele, seinem Geist, getrennt wird, das ist es, was wir als Tod begreifen. Ein Todeszauber kann einen echten Tod vortäuschen, indem er die Menschen glauben macht, sie hätten einen Toten, einen Körper ohne seine Seele gesehen, so daß sie das Ereignis instinktiv als wahr hinnehmen.«

Sie schüttelte den Kopf, so als fände sie dies gleichermaßen erstaunlich als auch empörend. »Das ist sehr gefährlich. Man muß dazu die Hilfe der Seelen erflehen, damit sie die Seele der betreffenden Person festhalten, während das Netz ausgeworfen wird. Geht irgend etwas schief, wird die Seele des Opfers hilflos in die Unterwelt verbannt – eine sehr unangenehme Weise zu sterben. Geht alles gut und geben die Seelen wieder her, was sie behütet haben, so wird es, wie man mir erzählt hat, gelingen, und der Betreffende lebt weiter. Wer Zeuge war, wird jedoch denken, er sei tot. Das ist allerdings sehr riskant. Ich habe zwar davon gehört, aber nie gesehen, daß es tatsächlich versucht wurde. Möglicherweise handelt es sich also nur um Gerede.«

Brogan saß still da und sortierte in Gedanken alles, was er heute erfahren hatte, kombinierte es mit jenem, was er vorher schon gewußt hatte. Wie mochte das alles zusammenpassen? Bestimmt hatte sie einen Trick benutzt, um der Gerechtigkeit zu entgehen, allerdings einen, den sie nicht ohne Mittäter hätte durchführen können.

Die Alte legte dem Mädchen die Hand auf die Schulter und wollte sich schlurfend entfernen. »Vielen Dank, daß wir uns bei Euch aufwärmen durften, Mylord, aber langsam werde ich Eurer wirren Fragen müde, außerdem habe ich Besseres zu tun.«

»Wer könnte einen solchen Todeszauber durchführen?«

Die alte Frau blieb stehen. Ihre verwaschenen blauen Augen begannen gefährlich zu leuchten. »Nur ein Zauberer, Mylord. Nur ein Zauberer mit ungeheurer Macht und großem Wissen.«

Brogans Blick hatte jetzt etwas Bedrohliches. »Und – gibt es hier in Aydindril Zauberer?«

Ihr bedächtiges Lächeln ließ ihre trüben Augen funkeln. Sie griff in eine Tasche unter ihrer Decke und warf eine Münze auf den Tisch, wo sie sich träge drehte, bis sie schließlich vor ihm liegenblieb. Brogan nahm die Silbermünze in die Hand und betrachtete argwöhnisch die Prägung.

»Ich habe etwas gefragt, alte Frau. Ich erwarte eine Antwort.«

»Ihr haltet sie in der Hand, Mylord.«

»So eine Münze habe ich noch nie gesehen. Was ist das hier für eine Abbildung? Sieht aus wie irgendein großes Gebäude.«

»Oh, das ist es auch, Mylord«, zischelte sie. »Es ist die Brutstätte von Rettung und Verdammnis, von Zauberern und Magie: der Palast der Propheten.«

»Nie davon gehört. Was ist das, dieser Palast der Propheten?«

Die alte Frau setzte ein stilles Lächeln auf. »Fragt Eure Magierin, Mylord.« Sie drehte sich erneut um und wollte den Raum verlassen.

Brogan sprang auf. »Niemand hat Euch erlaubt zu gehen, zahnloses altes Weib!«

Sie warf einen Blick zurück über ihre Schulter. »Es ist die Leber, Mylord.«

Brogan beugte sich, auf die Fingerknöchel gestemmt, vor. »Was?«

»Ich mag rohe Leber, Mylord. Ich glaube, das war es, weshalb mir im Laufe der Zeit alle meine Zähne ausgefallen sind.«

Genau in diesem Augenblick erschien Galtero, drückte sich an der Frau und dem Mädchen vorbei, während diese durch die Tür gingen. Er salutierte, die Fingerspitzen an die nach vorn geneigte Stirn gelegt. »Lord General, ich habe etwas zu berichten.«

»Ja, ja. Einen Augenblick.«

»Aber –«

Brogan gebot Galtero mit erhobenem Finger zu schweigen und wandte sich Lunetta zu. »Nun?«

»Es stimmt jedes Wort, Lord General. Sie ist wie eine Wasserwanze, die über die Wasseroberfläche huscht und sie dabei nur mit den Spitzen ihrer Füße berührt, aber alles, was sie gesagt hat, ist wahr. Sie weiß viel mehr, als sie preisgibt, doch was sie sagt, ist wahr.«

Brogan winkte Ettore mit einer ungeduldigen Handbewegung zu sich. Der Mann nahm vor dem Tisch Haltung an, während sich sein scharlachrotes Cape um seine Beine aufbauschte. »Lord General?«

Brogan kniff die Augen zusammen. »Ich denke, wir haben es möglicherweise mit einer Verderbten zu tun. Möchtest du dich des scharlachroten Capes, das du trägst, würdig erweisen?«

»Ja. Lord General, sehr gern.«

»Nimm sie in Gewahrsam, ehe sie das Gebäude verläßt. Sie steht unter dem Verdacht, eine Verderbte zu sein.«

»Was ist mit dem Mädchen, Lord General?«

»Hast du nicht zugehört, Ettore? Zweifellos wird sich herausstellen, daß es die Vertraute der Verderbten ist. Außerdem wollen wir nicht, daß sie draußen auf der Straße herumposaunt, ihre Großmutter werde vom Lebensborn festgehalten. Die andere, die

Köchin, würde man vermissen, und das könnte uns Unruhestifter auf den Plan bringen, aber die beiden nicht. Sie gehören jetzt uns.«

»Ja, Lord General. Ich werde mich sofort darum kümmern.«

»Ich will sie so schnell wie möglich verhören. Das Mädchen ebenfalls.« Brogan hob warnend einen Finger. »Sie sollten besser darauf vorbereitet sein, alle meine Fragen wahrheitsgemäß zu beantworten.«

Ettores jugendliches Gesicht verzog sich zu einem schauerlichen Grinsen. »Sie werden gestehen, wenn Ihr sie aufsucht, Lord General. Beim Schöpfer, sie werden bereit sein, zu gestehen.«

»Sehr gut, mein Junge, und nun geh, bevor sie auf der Straße sind.«

Als Ettore durch die Tür hinauseilte, trat Galtero ungeduldig vor, wartete jedoch schweigend vor dem Tisch.

Brogan ließ sich in den Sessel zurücksinken, seine Stimme klang entrückt. »Galtero, Ihr habt wie üblich sorgfältige und gute Arbeit geleistet. Die Zeugen, die Ihr brachtet, haben sich als überaus brauchbar erwiesen.«

Tobias Brogan schob die Silbermünze zur Seite, schnallte die Lederriemen seines Kästchens los und kippte seine Trophäen in einem Haufen auf den Tisch. Er bereitete sie mit zärtlicher Sorgfalt aus, berührte das einst lebendige Fleisch. Es handelte sich um getrocknete Brustwarzen – jeweils die linke, die dem bösen Herz eines Verderbten am nächsten war – mit genügend Haut, damit der Namen eintätowiert werden konnte. Sie stellten nur einen Bruchteil der Verderbten dar, die er enthüllt hatte. Die Wichtigsten der Wichtigen, die abscheulichsten Unholde des Hüters.

Während er die Beutestücke einzeln wieder zurücklegte, las er den Namen eines jeden Verderbten, den er auf den Scheiterhaufen gebracht hatte. Er erinnerte sich an jeden Fall, jede Gefangennahme, jede Untersuchung. Flammen der Wut loderten auf, sobald er an die ruchlosen Verbrechen dachte, die ein jeder schließlich gestanden hatte. Jedes einzelne Mal war der Gerechtigkeit Genüge getan worden.

Doch der Fang der Fänge stand noch aus: die Mutter Konfessor.

»Galtero«, sagte er mit leiser, eisiger Stimme. »Ich habe ihre Spur aufgenommen. Holt die Männer zusammen. Wir werden augenblicklich aufbrechen.«

»Ich denke, Ihr solltet Euch lieber erst anhören, was ich zu berichten habe, Lord General.«

11. Kapitel

€s geht um die D'Haraner, Lord General.«
Brogan hatte die letzte seiner Trophäen zurückgelegt, ließ den Deckel seines Kästchens zuschnappen, sah auf und blickte in Galteros dunkle Augen. »Was ist mit den D'Haranern?«

»Ich wußte, daß etwas im Gange war, als sie heute morgen früh begannen, sich zu versammeln. Das war es, was die Menschen so in Aufruhr versetzt hat.«

»Versammeln?«

Galtero nickte. »Rings um den Palast der Konfessoren, Lord General. Am Nachmittag haben sie dann mit diesem Sprechgesang begonnen.«

Tobias beugte sich erstaunt zu seinem Colonel hinüber. »Sprechgesang? Wißt Ihr ihre Worte noch?«

Galtero hakte einen Daumen hinter seinen Waffengürtel. »Es ging zwei geschlagene Stunden so, es dürfte schwerfallen, sie zu vergessen, wenn man sie so oft gehört hat. Die D'Haraner verneigten sich, die Stirn bis zum Boden, und alle sangen dieselben Worte: ›Herrscher Rahl, führe uns. Herrscher Rahl, lehre uns. Herrscher Rahl, beschütze uns. In Deinem Licht gedeihen wir. In Deiner Gnade finden wir Schutz. Deine Weisheit erfüllt uns mit Demut. Wir leben nur, um zu dienen. Unser Leben gehört Dir.‹«

Brogan trommelte mit einem Finger auf den Tisch. »Und alle D'Haraner haben daran teilgenommen? Wie viele sind es?«

»Jeder einzelne von ihnen, Lord General, und es sind mehr, als wir dachten. Sie füllten den Platz draußen vor dem Palast, standen bis in die Parks und Marktplätze und in die Straßen überall ringsum. Man kam nicht mehr zwischen ihnen hindurch, so ein Gedränge herrschte, als wollten sie alle dem Palast der Konfessoren so nahe sein wie möglich. Meiner Zählung nach befinden sich an die zweihunderttausend Menschen in der Stadt, wobei die meisten sich rings um den Palast versammelt haben. Währenddessen waren die anderen Leute einer Panik nahe, weil sie nicht wußten, was da vor sich ging.

Ich bin hinaus aufs Land geritten, und dort waren noch sehr viel mehr, die nicht bis in die Stadt gekommen waren. Auch sie hatten, wo immer sie sich befanden, die Stirn bis auf den Boden geneigt und sangen gemeinsam mit ihren Brüdern in der Stadt. Ich ritt forsch, um so weit wie möglich zu kommen und alles zu sehen, was ich nur konnte, trotzdem sah ich keinen einzigen D'Haraner, der sich nicht singend verbeugt hatte. Niemand beachtete uns, während wir auf Erkundung waren.«

Brogan klappte den Mund zu. »Dann muß er wohl hier sein, dieser Herrscher Rahl.«

Galtero verlagerte sein Gewicht auf den anderen Fuß. »Er ist hier, Lord General. Während die D'Haraner sangen, die ganze Zeit, während sie sangen, stand er oben auf der Treppe des Haupteinganges und sah zu. Alle verneigten sich vor ihm, so als sei er der Schöpfer in Person.«

Brogan verzog angewidert den Mund. »Ich hatte immer schon den Verdacht, daß die D'Haraner Helden sind. Man stelle sich vor, einen Menschen anzubeten. Was geschah dann?«

Galtero sah müde aus, er war den ganzen Tag lang scharf geritten. »Als es vorbei war, sprangen sie alle in die Höhe und jubelten und stießen Freudenschreie aus, als hätte man sie gerade aus der Gewalt des Hüters befreit. Ich konnte zwei Meilen weit hinter der Menschenmenge herreiten, das Gebrüll und die Hochrufe nahmen kein Ende. Schließlich machte die Menge Platz, als zwei Leichen hinausgetragen wurden, und Stille kehrte ein. Hastig wurde ein Scheiterhaufen errichtet und in Brand gesteckt. Während dieser ganzen Zeit, bis die Leichen zu Asche verbrannt waren, und man die Asche schließlich aufgesammelt hatte, um sie zu begraben, stand dieser Herrscher Rahl auf der Treppe und beobachtete alles.«

»Habt Ihr ihn Euch genau ansehen können?«

Galtero schüttelte den Kopf. »Die Menschen standen ganz dicht beieinander, und ich wollte mir nicht gewaltsam einen Weg näher heran bahnen, aus Angst, sie könnten über mich herfallen, weil ich die Zeremonie störe.«

Brogan rieb mit dem Daumen über sein Kästchen, während er gedankenversunken ins Leere starrte. »Natürlich. Ich hatte nicht erwartet, daß Ihr Euer Leben aufs Spiel setzt, um zu erfahren, wie jemand aussieht.«

Galtero zögerte einen Augenblick. »Ihr werdet ihn bald selbst kennenlernen, Lord General. Man hat Euch in den Palast geladen.«

Brogan hob den Kopf. »Für Vergnügungen habe ich keine Zeit. Wir müssen aufbrechen, der Mutter Konfessor hinterher.«

Galtero zog ein Stück Papier aus der Tasche und überreichte es ihm. »Ich war gerade zurückgekehrt, als ein großer Trupp d'Haranischer Soldaten sich anschickte, unseren Palast zu betreten. Ich hielt sie an und fragte, was sie wollten, da gaben sie mir dies.«

Brogan faltete den Zettel auseinander und las das hastige Gekritzel. *Lord Rahl bittet die Würdenträger, Diplomaten und Amtsinhaber aller Länder umgehend in den Palast der Konfessoren.* Er zerknüllte das Papier in seiner Faust. »Ich gehe nicht zu Audienzen, ich gewähre sie. Und wie gesagt, für Vergnügungen habe ich keine Zeit.«

Galtero zeigte mit dem Daumen auf die Straße. »Das dachte ich mir schon, deshalb habe ich dem Soldaten, der sie mir gab, gesagt, ich würde den Brief weiterreichen, wir seien jedoch mit anderen Dingen beschäftigt und ich wüßte nicht, ob jemand aus dem Palast von Nicobarese Zeit hätte, zu erscheinen.

Er meinte, Lord Rahl wolle jedermann dort sehen, und es wäre besser, wir nähmen uns die Zeit.«

Brogan tat die Drohung mit einer Handbewegung ab. »Niemand wird hier in Aydindril Ärger machen, bloß weil wir nicht an einer Gesellschaft teilnehmen, um einen neuen Stammesfürsten kennenzulernen.«

»Lord General, in der Königsstraße stehen d'Haranische Soldaten Schulter an Schulter. Die Paläste dort sind alle umzingelt, die Verwaltungsgebäude der Stadt ebenso. Der Mann, der mir die Nachricht gab, meinte, er sei hier, um uns zum Palast der Konfessoren zu ›begleiten‹. Er meinte, wenn wir nicht bald kämen, würden sie uns holen. Er hatte zehntausend Soldaten hinter sich, die mich beobachteten, während er mir das mitteilte.

Diese Männer sind keine Ladenbesitzer oder Bauern, die für ein paar Monate Soldaten spielen, das sind berufsmäßige Krieger, und sie sehen sehr entschlossen aus.

Ich vertraue darauf, daß sich der Lebensborn gegen diese Männer stellen wird, vorausgesetzt, wir kommen bis zu unserer Hauptstreitmacht durch, aber wir haben nur einen Verband des Lebensborns mit in die Stadt gebracht. Fünfhundert Mann sind nicht annähernd genug, um uns den Weg hinaus freizukämpfen. Wir würden es keine zwanzig Meter weit schaffen, bevor wir alle niedergestreckt würden.«

Brogan sah zu Lunetta hinüber, die an der Wand lehnte. Sie strich über ihre bunten Flicken und glättete sie, ohne auf die Diskussion zu achten. Sie hatten vielleicht nur fünfhundert Mann in der Stadt, aber sie hatten auch Lunetta.

Er wußte nicht, welches Spiel dieser Lord Rahl spielte, aber das war eigentlich gleichgültig. D'Hara war mit der Imperialen Ordnung verbündet und nahm von ihr Befehle entgegen. Wahrscheinlich war dies nur ein Versuch, innerhalb der Imperialen Ordnung mehr Macht zu gewinnen. Es gab immer Menschen, die Macht wollten, aber nicht bereit waren, sich mit den dazugehörigen moralischen Notwendigkeiten auseinanderzusetzen.

»Also gut. Es wird ohnehin bald dunkel sein. Wir werden zu dieser Feier gehen, dem neuen Herrscher Rahl zulächeln, seinen Wein trinken, seine Speisen essen und ihn willkommen heißen. Bei Anbruch der Dämmerung brechen wir zur Imperialen Ordnung auf und beginnen mit der Verfolgung der Mutter Konfessor. Er gab seiner Schwester ein Zeichen. »Lunetta, begleite uns.«

»Und wie wollt Ihr sie finden?« Lunetta kratzte sich am Arm. »Die Mutter Konfessor, Lord General. Wie wollt ihr sie finden?«

Tobias schob seinen Sessel zurück und stand auf. »Sie ist nach Südwesten. Wir haben mehr als genug Männer, sie zu suchen. Wir werden sie finden.«

»Wirklich?« Noch immer legte Lunetta, nachdem sie von ihrer Kraft Gebrauch gemacht hatte, einen Anflug von Unverschämtheit an den Tag. »Erzählt mir, wie Ihr sie erkennen wollt.«

»Sie ist die Mutter Konfessor! Wie können wir sie da nicht erkennen, du dämliche *streganicha!*«

Sie runzelte die Stirn, als ihr wilder Blick seine Augen traf. »Die Mutter Konfessor ist tot. Wie wollt ihr eine wandelnde Tote erkennen?«

»Sie ist nicht tot. Die Köchin weiß, daß das die Wahrheit ist, das hast du selbst gesagt. Die Mutter Konfessor lebt, und wir werden sie gefangennehmen.«

»Wenn die alte Frau die Wahrheit gesagt hat und ein Todesnetz ausgeworfen wurde, was wäre dann wohl sein Zweck? Erklärt Lunetta das.«

Tobias runzelte die Stirn. »Die Menschen sollten glauben, daß sie getötet wurde, um ihr die Flucht zu ermöglichen.«

Lunetta lächelte verschlagen. »Und wie kommt es dann, daß man sie nicht hat fliehen sehen? Aus demselben Grund werdet Ihr sie nicht finden.«

»Hör auf mit deinem magischen Geschwätz und erkläre mir, was du meinst.«

»Lord General, wenn es so etwas wie einen Todeszauber gibt, und er auf die Mutter Konfessor angewendet wurde, dann wäre es nur sinnvoll, wenn die Magie ihre Identität verbirgt. Das würde erklären, wieso sie fliehen konnte. Wegen der Magie, die sie umgab, hat niemand sie erkannt. Aus demselben Grund werdet Ihr sie ebenfalls nicht erkennen.«

»Kannst du diesen Bann brechen, diesen Zauber?« stammelte Tobias.

Lunetta lachte stillvergnügt in sich hinein. »Von solcher Magie habe ich nie zuvor gehört, Lord General. Darüber weiß ich nichts.«

Seine Schwester hatte recht, dämmerte Tobias. »Du kennst dich mit Magie aus. Erkläre mir, wie wir sie finden können.«

Lunetta schüttelte den Kopf. »Lord General, ich weiß nicht, wie man die Fäden einen Zauberernetzes erkennt, das ausdrücklich zum Zwecke des Versteckens ausgeworfen wurde. Ich erkläre Euch bloß, was einen Sinn ergäbe: daß wir sie nämlich ebenfalls nicht erkennen würden, wenn man einen solchen Zauber dazu benutzt hätte, um sie zu verstecken.«

Er drohte ihr mit erhobenem Finger. »Du besitzt Magie. Du weißt, wie du uns die Wahrheit zeigen kannst.«

»Lord General, die alte Frau meinte, nur ein Zauberer könne einen Todesbann aussprechen. Wenn ein Zauberer ein solches Netz auswirft, dann müssen wir erst mal imstande sein, die Fäden dieses Netzes auszumachen. Ich weiß nicht, wie man die Täuschung der Magie durchschaut, um die Wahrheit zu erkennen.«

Tobias rieb sich das Kinn und dachte darüber nach. »Die Täuschung durchschauen. Aber wie?«

»Eine Motte verfängt sich im Spinnennetz, weil sie die Fäden nicht sehen kann. Wir verfangen uns in diesem Netz, genau wie die, die bei ihrer Enthauptung anwesend waren, weil wir die Fäden nicht bemerken. Ich wüßte nicht, wie wir das anstellen sollen.«

»Zauberer«, murmelte er bei sich. Er zeigte auf die Silbermünze auf dem Tisch. »Als ich sie fragte, ob es hier in Aydindril Zauberer gibt, zeigte sie mir diese Münze mit einem Gebäude darauf.«

»Dem Palast der Propheten.«

Bei der Erwähnung des Namens hob er den Kopf. »Ja, so hat sie ihn genannt. Sie sagte, ich soll dich fragen, was das ist. Wie kommt es, daß du davon weißt? Wo hast du von diesem Palast der Propheten gehört?«

Lunetta zog sich in sich selbst zurück und sah fort. »Kurz nach Eurer Geburt hat Mama mir davon erzählt. Es ist ein Ort, an dem Magierinnen –«

177

»*Streganicha*«, verbesserte er.

Sie hielt einen Augenblick inne. »Es ist ein Ort, wo *streganicha* Männer zu Zauberern ausbilden.«

»Dann ist es ein Ort des Bösen.« Gebeugt und steif stand sie da, während er die Münze betrachtete. »Was weiß Mama über einen solchen Ort des Bösen?«

»Mama ist tot, Tobias. Laßt sie in Frieden«, sagte sie leise.

Er warf ihr einen finsteren, vernichtenden Blick zu. »Darüber werden wir uns später unterhalten.« Er zog seine Rangesschärpe zurecht und ordnete seine silberbestickte graue Jacke, dann nahm er sein scharlachrotes Cape zur Hand. »Die Alte muß gemeint haben, es gibt einen Zauberer in Aydindril, der in diesem Haus des Bösen ausgebildet wurde.« Er richtete sein Augenmerk wieder auf Galtero. »Glücklicherweise hat Ettore sie zur weiteren Vernehmung hierbehalten. Die Alte kann uns eine Menge erzählen. Das spüre ich in den Knochen.«

Galtero nickte. »Wir sollten uns jetzt besser auf den Weg zum Palast der Konfessoren machen, Lord General.«

Brogan warf sich das Cape über die Schultern. »Wir werden auf dem Weg nach draußen bei Ettore vorbeischauen.«

Ein Feuer war angeheizt worden und brannte brüllend, als die drei den kleinen Raum betraten, um nach Ettore und den beiden zu sehen, die man ihm anvertraut hatte. Ettore war bis zur Hüfte nackt, seine Muskeln waren von einer Schweißschicht bedeckt. Oben auf dem Sims blinkten mehrere Rasiermesser sowie eine Sammlung spitzer Eisendorne. Eisenstäbe lagen fächerförmig ausgebreitet vor der Feuerstelle. Ihr anderes Ende glühte orange in den Flammen.

Die alte Frau kauerte in der gegenüberliegenden Ecke, den Arm schützend um das Mädchen gelegt, das ihr Gesicht in der braunen Decke verbarg.

»Hat sie dir irgendwelche Schwierigkeiten gemacht?« erkundigte sich Brogan.

Ettore ließ sein vertrautes Grinsen aufblitzen. »Mit ihrer arroganten Haltung war es schnell vorbei, als sie dahinterkam, daß wir hier keine Unverschämtheit dulden. So ist es mit den Verderbten. Sie brechen zusammen, sobald man sie mit der Macht des Schöpfers konfrontiert.

»Wir drei müssen für eine Weile das Haus verlassen. Der Rest des Verbandes wird hier im Palast bleiben, für den Fall, daß du Hilfe brauchst.« Brogan betrachtete die Eisendorne, die im Feuer glühten. »Wenn ich zurückkomme, will ich ihr Geständnis. Das Mädchen ist mir gleich, aber die Alte sollte besser noch leben und erpicht sein, mir alles zu verraten.«

Ettore berührte die Stirn mit den Fingerspitzen und verneigte sich. »Beim Schöpfer, es soll sein, wie Ihr befehlt, Lord General. Sie wird alle Verbrechen gestehen, die sie für den Hüter begangen hat.«

»Gut. Ich habe noch weitere Fragen, und ich will die Antworten darauf.«

»Ich werde Euch keine Fragen mehr beantworten«, sagte die alte Frau.

Ettore schürzte verächtlich die Lippen und blickte finster über die Schulter. Die alte Frau verkroch sich noch tiefer in der dunklen Ecke. »Den Schwur wirst du brechen, bevor die Nacht vorüber ist, du alte Hexe. Wenn du siehst, was ich deinem kleinen bösen Mädchen antue, wirst du darum flehen, die Fragen beantworten zu dürfen. Erst darfst du mitansehen, wie sie stirbt, dann kannst du dir überlegen, was dich erwartet, wenn du an der Reihe bist.«

Das Mädchen kreischte und drängte sich näher an die alte Frau heran.

Lunetta starrte die beiden in der Ecke an und kratzte sich bedächtig den Arm. »Wollt Ihr, daß ich bleibe und Ettore zur Hand gehe, Lord General? Ich glaube, das wäre am besten.«

»Nein. Du wirst mich heute abend begleiten.« Er hob den Kopf und sah Galtero an. »Das habt Ihr gut gemacht, mir diese Frau zu bringen.«

Galtero schüttelte den Kopf. »Sie wäre mir niemals aufgefallen, hätte sie nicht versucht, mir Honigkuchen zu verkaufen. Irgend etwas an ihr hat meinen Argwohn erregt.«

Brogan zuckte mit den Achseln. »So ist das mit den Verderbten. Sie werden vom Lebensborn angezogen wie Motten vom Licht. Sie sind übermütig, weil sie an ihren bösen Herrn und Meister glauben.« Er sah noch einmal zu den Frauen hinüber, die sich in die Ecke duckten. »Aber wenn sie der Gerechtigkeit des Lebensborns gegenüberstehen, verlieren sie all ihre Widerborstigkeit. Diese hier wird nur eine kleine Trophäe abgeben, aber dem Schöpfer wird damit gedient sein.«

12. Kapitel

"Hör auf damit«, knurrte Tobias. »Die Leute werden denken, du hast Flöhe.«

Auf einer breiten Straße, zu beiden Seiten gesäumt mit majestätischen Ahornbäumen, deren kahles Astdickicht sich über ihren Köpfen verflocht, stiegen Würdenträger und Amtsinhaber verschiedenster Länder aus prunkvollen Kutschen und schlenderten das letzte Stück hinauf zum Palast der Konfessoren. Wie Uferbänke standen d'Haranische Soldaten am Rand des Stromes der grüppchenweise eintreffenden Gäste.

»Ich kann nichts dagegen tun, Lord General«, beschwerte sich Lunetta, während sie sich kratzte. »Meine Arme jucken, seit wir hier in Aydindril angekommen sind. So habe ich mich noch nie gefühlt.«

Menschen, die sich dem Strom anschlossen, starrten Lunetta ganz offen an. Wegen ihrer zerfetzten Lumpen fiel sie auf wie eine Leprakranke bei einer Krönungszeremonie. Sie schien den Spott in den Blicken nicht zu bemerken, eher hielt sie ihn für Bewunderung. Bei unzähligen Gelegenheiten hatte sie sich geweigert, eines der eleganten Kleider anzulegen, die Tobias ihr anbot, und sich damit herausgeredet, daß keines es mit ihren ›hübschen‹ Sachen aufnehmen könne. Offenbar jedoch lenkten sie sie ab und begrenzten so den Einfluß des Hüters, daher bestand er nie darauf, daß sie etwas anderes trug. Außerdem fand er es gotteslästerlich, jemandem, der vom Bösen berührt war, ein ansprechendes Äußeres zu geben.

Die Eintreffenden trugen ihre elegantesten Gewänder, Mäntel oder Pelze. Einige hatten zwar reich geschmückte Schwerter umgeschnallt, doch Tobias war sich sicher, daß diese Waffen nur der Zierde dienten. Er bezweifelte, ob auch nur einer von ihnen sein

Schwert jemals in einem Augenblick der Furcht, viel weniger noch des Zorns, gezogen hatte. Schlug gelegentlich ein Umhang auf, sah er, daß die Frauen elegante Kleider trugen, während die untergehende Sonne auf dem Schmuck an ihren Hälsen, Handgelenken und Fingern blitzte. Fast schien es, als seien sie alle so aufgeregt, in den Palast der Konfessoren geladen zu sein, um den neuen Lord Rahl kennenzulernen, daß sie die d'Haranischen Soldaten nicht als bedrohlich empfanden. Nach ihrem Lächeln und Geplauder zu schließen, konnten sie es alle kaum erwarten, sich beim neuen Lord Rahl einzuschmeicheln.

Tobias knirschte mit den Zähnen. »Wenn du nicht mit dem Gekratze aufhörst, binde ich dir die Hände auf den Rücken.«

Lunetta nahm die Hände herunter. Tobias und Galtero hoben die Köpfe und sahen, daß man zu beiden Seiten der Promenade vor ihnen Leichen auf Pfähle gespießt hatte. Während die drei näher kamen, erkannte er, daß es sich nicht um Menschen handelte, sondern um schuppige Kreaturen, wie sie nur der Hüter ersonnen haben konnte. Beim Weitergehen hüllte sie ein Gestank so dicht wie Nebel ein, und sie befürchteten, er werde ihre Lunge schwärzen, sollten sie es wagen, einen Atemzug zu tun.

An manchen der Pfähle waren nur Köpfe befestigt, an manchen ganze Körper, an wieder anderen nur Körperteile. Offenbar waren alle in brutalem Kampf getötet worden. Einige der Bestien waren aufgeschlitzt worden, und mehrere hatte man vollständig in zwei Teile gehackt, so daß ihre Eingeweide wie erstarrt aus ihren Überresten hingen.

Es war, als durchschritt man ein Monument des Bösen, ein Tor zur Unterwelt.

Die anderen Gäste bedeckten ihre Nasen so gut es ging mit allem, was sie griffbereit hatten. Einige der elegant gekleideten Frauen sanken ohnmächtig zu Boden. Diener eilten ihnen zur Hilfe, fächelten ihnen mit Taschentüchern Luft zu oder rieben ihnen ein wenig Schnee auf ihre Stirn. Manche der Leute starrten voller Verwunderung auf den Anblick, andere dagegen schauderten so heftig, daß

Tobias ihre Zähne klappern hörte. Nach diesem Spießrutenlauf aus Denkwürdigkeiten und Gerüchen befanden sich alle ringsum entweder in einem Zustand höchster Angst, oder zumindest sichtlicher Unruhe. Tobias, der sich schon oft inmitten des Bösen bewegt hatte, betrachtete die anderen Gäste voller Abscheu.

Auf die Frage eines mitgenommenen Diplomaten antwortete einer der seitlich stehenden D'Haraner, diese Geschöpfe hätten die Stadt angegriffen und Lord Rahl habe sie erschlagen. Die Stimmung der Gäste hellte auf. Im Weitergehen unterhielten sie sich ausgelassen darüber, welche Ehre es doch sei, einen Mann wie Lord Rahl kennenzulernen, den Herrscher ganz D'Haras. Übermütiges Gelächter wehte in der kälter werdenden Luft davon.

Galtero beugte sich näher. »Als ich vorhin draußen war, bevor all dieser Singsang losging, und die Soldaten draußen vor der Stadt noch gesprächig waren, rieten sie mir, auf der Hut zu sein. Es habe Angriffe unsichtbarer Geschöpfe gegeben, und eine Anzahl ihrer Soldaten und auch Bürger der Stadt seien zu Tode gekommen.«

Tobias erinnerte sich, daß die Alte ihm erzählt hatte, die schuppigen Kreaturen – er wußte nicht mehr, wie sie sie genannt hatte – seien aus dem Nichts gekommen und hätten jedem die Gedärme aus dem Leib gerissen, der ihnen im Weg stand. Lunetta hatte behauptet, die Frau habe die Wahrheit gesprochen. Das mußten also diese Kreaturen sein.

»Wie praktisch, daß Lord Rahl genau im richtigen Augenblick eintrifft, um die Kreaturen zu erschlagen und die Stadt zu retten.«

»Mriswiths«, sagte Lunetta.

»Was?«

»Die Frau meinte, die Kreaturen würden Mriswiths genannt.«

Tobias nickte. »Ja, ich glaube du hast recht: Mriswiths.«

Weiße Säulen ragten draußen vor dem Palasteingang in die Höhe. Das Heer der Soldaten zu beiden Seiten schleuste sie durch weiße, mit Schnitzereien verzierte, weit offenstehende Türen hinein in eine prachtvolle Eingangshalle, die durch Fenster aus blaßblauem Glas erhellt wurde. Diese waren zwischen polierten, weißen Marmorsäulen, die goldene Kapitelle krönten, eingelassen. Tobias Brogan hatte das Gefühl, in den Bauch des Bösen hineingesogen zu werden. Die anderen Gäste, hätte auch nur ein einziger von ihnen genug Verstand besessen, wären angesichts dieses Monuments der Gottlosigkeit erschaudert, und nicht wegen der toten Tierkadaver.

Nach einem langen Marsch durch elegante Korridore und Gemächer mit genügend Granit und Marmor, um daraus einen Berg zu errichten, kamen sie endlich durch eine hohe Mahagonitür und betraten einen riesigen Saal, über dem sich eine gewaltige Kuppel wölbte. Reiche Fresken von Männern und Frauen zierten die Decke.

Runde Fenster rings um den unteren Kuppelrand gewährten dem nachlassenden Licht Eintritt und gaben den Blick frei auf die Wolken, die sich am dämmernden Himmel zusammenbrauten. Die Sessel hinter dem prächtigen, mit Schnitzereien verzierten Tisch oben auf dem Podium, auf der gegenüberliegenden Seite des Raumes, waren leer.

Hinter mit Bögen überwölbten Durchbrüchen rings um den Saal führten Treppen hinauf zu den mit Säulengängen versehenen Balkonen, die von geschwungenen, polierten Mahagonigeländern eingefaßt wurden. Auf den Balkonen drängten sich ebenfalls Menschen – keine feingekleideten Edelleute wie im Saal selbst, bemerkte er, sondern gewöhnliches, arbeitendes Volk. Den anderen Gästen fiel dies ebenfalls auf, und sie warfen mißbilligende Blicke nach oben auf das Gesindel, das im Schatten hinter dem Geländer stand. Die Menschen dort oben hielten ein wenig Abstand zum Geländer, so als suchten sie die Anonymität der Dunkelheit, damit keiner von ihnen erkannt und zur Rechenschaft gezogen werden konnte, weil er es gewagt hatte, bei einem so großen festlichen Anlaß anwesend zu sein. Üblicherweise wurde ein großer Mann erst der Obrigkeit vorgestellt, bevor er sich dem gewöhnlichen Volk präsentierte.

Die Gäste unten ignorierten das Publikum auf den Balkonen und verteilten sich auf dem gemusterten Marmorboden. Dabei hielten sie Abstand zu den beiden Männern des Lebensborns und versuchten, es wie einen Zufall und nicht wie Absicht aussehen zu lassen, wenn sie ihnen aus dem Wege gingen. Erwartungsvoll blickten sie sich nach ihrem Gastgeber um, während sie tuschelnd die Köpfe zusammensteckten. Fast schienen sie in ihren eleganten Kleidern ein Teil der reichen Schnitzereien und Dekoration zu sein. Niemand ließ sich anmerken, daß ihm die Pracht des Palastes der Konfessoren gewaltigen Respekt einflößte. Tobias vermutete, daß die meisten häufige Besucher waren. Er war zwar nie zuvor in Aydindril gewesen, aber er wußte, wann er Speichellecker vor sich hatte. In der Umgebung seines Königs hatte es genug davon gegeben.

Lunetta blieb dicht an seiner Seite, die eindrucksvolle Architektur ringsum interessierte sie nur wenig. Von den Menschen, die sie anstarrten, nahm sie keinerlei Notiz, obwohl es inzwischen weniger geworden waren – die meisten waren jetzt eher an sich selbst und an der Aussicht, endlich Lord Rahl kennenzulernen, interessiert, als an dieser seltsamen Frau, die zwischen zwei Männern des Lebensborns in scharlachroten Capes stand. Galtero ließ den Blick im Raum schweifen, wobei er den Prunk übersah, und taxierte statt dessen ohne Unterlaß Menschen, Soldaten und Ausgänge. Die Schwerter, die er und Tobias trugen, dienten nicht der Zierde.

Bei aller Verachtung konnte Tobias nicht umhin, den Ort, an dem er stand, zu bewundern. Dies war der Ort, von dem aus die Mutter Konfessor und die Zauberer ihren Einfluß über die Midlands ausgeübt hatten. Dies war der Ort, an dem der Rat, über Jahrtausende hinweg, das Symbol der Einheit dargestellt und die Magie bewahrt und geschützt hatte. Von hier aus hatte der Hüter die Fäden gezogen.

Diese Einheit war jetzt zerschlagen. Die Magie hatte ihre Macht über die Menschen, ihre schützende Funktion, verloren. Das Zeitalter der Magie war vorbei. Die Midlands waren am Ende. Schon bald würde der Palast voller scharlachroter Capes sein, und auf dem Podium würden dann die Männer des Lebensborns sitzen. Tobias lächelte – die Geschehnisse bewegten sich unaufhaltsam auf ihr unausweichliches Ende zu.

Ein Mann und eine Frau schlenderten vorbei, mit Absicht, wie Tobias vermutete. Die Frau mit ihrem hochaufgetürmten schwarzen Haar und den feinen Locken rings um ihr buntbemaltes Gesicht beugte sich beiläufig zu ihm hinüber. »Stellt Euch vor, man lädt uns ein, und dann gibt es nicht einmal etwas zu essen.« Sie strich die Spitze am Busen ihres gelben Kleides glatt, und ein höfliches Lächeln kam ihr auf die unfaßbar roten Lippen, während sie auf eine Antwort wartete. Er erwiderte nichts, und sie fuhr fort. »Scheint sehr unfein, nicht einmal einen Tropfen Wein anzubieten, wenn man bedenkt, wie kurzfristig wir gekommen sind, findet Ihr nicht auch? Hoffentlich erwartet er nach dieser ungehobelten Behandlung nicht, daß wir seiner Einladung noch einmal Folge leisten.«

Tobias verschränkte die Hände hinter dem Rücken »Ihr kennt Lord Rahl?«

»Vielleicht bin ich ihm schon mal begegnet, aber ich kann mich nicht erinnern.« Sie wischte ein für ihn nicht sichtbares Stäubchen von ihrer nackten Schulter und hielt ihm dabei ihre funkelnden Juwelen unter die Nase. »Ich bin zu so vielen Gesellschaften hier im Palast eingeladen, daß ich mir nicht all die Menschen merken kann, die mir vorgestellt werden. Schließlich ist es jetzt, nachdem Prinz Fyren ermordet wurde, doch sehr wahrscheinlich, daß Herzog Lumholtz und ich demnächst führende Positionen einnehmen.«

Sie schob die Lippen zu einem aufgesetzten Lächeln vor. »Vom Lebensborn ist mir jedoch mit Sicherheit hier noch nie jemand begegnet. Schließlich hat der Rat dem Lebensborn immer übertriebenen Eifer vorgeworfen. Nicht, daß ich damit sagen will, ich sei derselben Meinung, ganz und gar nicht, er hat ihm allerdings verboten, sein ... ›Gewerbe‹ irgendwo außerhalb seines Heimatlandes auszuüben. Natürlich, zur Zeit hat es wohl den Anschein, als hätten wir keinen Rat. Wie gräßlich sie umgebracht wurden, genau hier, während sie sich über den zukünftigen Kurs der Midlands berieten. Was führt Euch hierher, Sir?«

Tobias blickte an ihr vorbei und sah, wie Soldaten die Türen schlossen. Er strich sich mit den Knöcheln über den Schnauzer und schlenderte in Richtung Podium los. »Ich wurde ›eingeladen‹, genau wie Ihr.«

Herzogin Lumholtz schloß sich ihm an. »Wie ich höre, hält die Imperiale Ordnung große Stücke auf den Lebensborn.«

Der Mann in ihrer Begleitung, der eine goldbesetzte blaue Jacke trug und große Autorität ausstrahlte, lauschte mit bemühter Gleichgültigkeit, während er vorgab, er sei mit seinen Gedanken ganz woanders. Von seinem dunklen Haar und seinen dichten Brauen her hatte Tobias bereits geschlossen, daß er Keltonier war. Die Keltonier hatten sich flugs nach der Imperialen Ordnung ausgerichtet und verteidigten eifersüchtig ihre hohe Stellung dort. Sie wußten auch, wieviel die Imperiale Ordnung von der Meinung des Lebensborns hielt.

»Ich bin überrascht, meine Dame, daß Ihr überhaupt etwas hört, soviel, wie Ihr redet.«

Ihr Gesicht wurde so rot wie ihre Lippen. Tobias blieb ihre vorhersehbare, empörte Entgegnung erspart, als auf der anderen Seite des Saals Bewegung in die Menge kam. Er war nicht groß genug, um über die Köpfe hinwegsehen zu können, also wartete er geduldig ab, denn Lord Rahl würde sich aller Wahrscheinlichkeit nach auf das erhöhte Podium begeben. Für diesen Fall wählte er seinen Standort mit Bedacht. Nah genug, um den Mann einschätzen zu können, doch nicht so nah, um aufzufallen. Im Gegensatz zu den anderen Gästen war ihm bewußt, daß heute abend nicht zu einem gesellschaftlichen Anlaß eingeladen worden war. Vermutlich würde es stürmisch werden, und wenn es blitzte, war er nicht gern der höchste Baum. Tobias Brogan – im Gegensatz zu den Narren, die um ihn herumstanden – wußte, wann Vorsicht geboten war.

Auf der anderen Seite des Saales machten die Gäste eilig einer Staffel d'Haranischer Soldaten Platz, die wie ein Keil den Weg freiräumte. Es folgte eine dichte Formation aus Lanzenträgern, die paarweise ausscherten, um einen Korridor zu schaffen. Die Staffel nahm vor dem Podium Aufstellung, ein grimmig entschlossener

Keil aus d'Haranischen Muskeln und Stahl. Die flinke Präzision war beeindruckend. Hochrangige d'Haranische Offiziere marschierten durch den Korridor und stellten sich neben das Podium. Tobias blickte über Lunettas Kopf hinweg in Galteros eiskalte Augen. Wahrlich, ein geselliger Abend würde das nicht werden.

Nervöses, erwartungsvolles Gemurmel wurde in der Menge laut, während man dessen harrte, was als nächstes geschehen würde. Dem Geraune nach zu urteilen, das Tobias mitbekam, war dergleichen im Palast der Konfessoren mehr als beispiellos. Tuschelnd machten sich rotgesichtige Würdenträger einander in ihrer Empörung Luft über den ihrer Ansicht nach nicht hinnehmbaren Einsatz bewaffneter Truppen im Ratssaal – einem Ort, der für diplomatische Verhandlungen gedacht war.

Brogan war Diplomatie gegenüber unempfänglich – Blut war eindrucksvoller und wirkte dauerhafter. Zunehmend schien ihm, als wüßte Lord Rahl dies ebenfalls, im Gegensatz zu dem Meer kriecherischer Gesichter, das sich im Saale drängte.

Tobias wußte, was dieser Lord Rahl wollte. Das war schließlich zu erwarten gewesen, denn immerhin hatten die D'Haraner den größten Teil der Last für die Imperiale Ordnung auf sich genommen. In den Bergen war er auf eine Streitmacht gestoßen, die größtenteils aus D'Haranern bestand, und die auf dem Weg nach Ebinissia war. Die D'Haraner hatten Aydindril eingenommen, dafür gesorgt, daß kein Chaos ausbrach und der Imperialen Ordnung dann die Herrschaft überlassen. Im Namen der Imperialen Ordnung hatten sie ihren Kopf im Kampf gegen die Rebellen hingehalten, andere dagegen, wie die Keltonier, wie Herzog Lumholtz, hatten ihre Machtpositionen behalten und die Befehle weitergegeben, um die D'Haraner in die Spitzen der feindlichen Klingen laufen zu lassen.

Lord Rahl hatte zweifellos die Absicht, innerhalb der Imperialen Ordnung einen hohen Rang für sich zu beanspruchen, und würde den versammelten Vertretern ihre Zustimmung abnötigen. Fast wünschte sich Tobias, man hätte Speisen angeboten. Dann hätte er beobachten können, wie all die intriganten Funktionäre sich daran verschluckten, während der neue Lord Rahl seine Forderungen stellte.

Die beiden D'Haraner, die als nächste eintraten, waren so riesig, daß Tobias ihr Näherkommen über die Köpfe der Menge hinweg verfolgen konnte. Als sie schließlich genau vor ihm standen und er ihre Lederrüstung, ihren Kettenpanzer und die gespitzten Dornenreifen über ihren Ellenbogen sah, raunte ihm Galtero über Lunettas Kopf hinweg zu: »Die beiden habe ich schon mal gesehen.«

»Wo?« raunte Tobias zurück.

Galtero betrachtete die Männer und schüttelte den Kopf. »Draußen auf der Straße irgendwo.«

Tobias drehte sich wieder um, und zu seiner Überraschung erblickte er drei Frauen in rotem Leder, die den beiden riesenhaften D'Haranern folgten. Nach den Berichten, die Tobias gehört hatte, konnte es sich bei ihnen nur um Mord-Siths handeln. Mord-Siths standen in dem Ruf, äußerst gefährlich für den zu sein, der Magie besaß und sich ihnen widersetzte. Tobias hatte sich einmal der Dienste einer dieser Frauen versichern wollen, doch man hatte ihm erzählt, daß sie nur dem Herrscher von D'Hara dienten und unnachsichtig gegen jeden vorgingen, der ihnen irgendwelche Angebote machte. Nach dem, was er gehört hatte, waren sie nicht käuflich, für welchen Preis auch immer.

Machten die Mord-Siths die Menge schon nervös, dann raubte ihr das, was danach kam, den Atem. Kinnladen fielen beim Anblick einer monströsen Bestie mit Krallen, Reißzähnen und Flügeln herunter. Selbst Tobias versteifte sich beim Anblick des Gar. Kurzschwänzige Gars galten als äußerst aggressive, blutrünstige Rohlinge, die alles Lebendige fraßen, was ihnen unterkam. Seit dem Fall der Grenze im vergangenen Frühjahr hatten Gars dem Lebensborn nicht wenig Ärger bereitet. Im Augenblick trabte diese Bestie ganz ruhig hinter den drei Frauen her. Tobias überprüfte, ob sein Schwert locker in der Scheide steckte, und bemerkte, daß Galtero dasselbe tat.

»Bitte, Lord General«, greinte Lunetta, »ich will jetzt fort.« Sie kratzte sich heftig an den Armen.

Brogan packte sie am Oberarm, riß sie an sich heran und redete zwischen zusammengepreßten Zähnen auf sie ein. »Du wirst dir diesen Lord Rahl jetzt aufmerksam ansehen, oder ich habe keine Verwendung mehr für dich. Hast du verstanden? Und hör mit dem Gekratze auf!«

Ihre Augen wurden wässrig, als er ihr den Arm verdrehte. »Ja, Lord General.«

»Paß genau auf, was er sagt.«

Sie nickte, während die beiden riesenhaften D'Haraner ihre Plätze am jeweiligen Ende des Podiums einnahmen. Die drei Frauen in rotem Leder stiegen zwischen ihnen hinauf und ließen einen Platz in der Mitte frei, vermutlich für den Lord Rahl, wenn er denn endlich kam. Der Gar stand hochaufragend hinter den Sesseln.

Die blondköpfige Mord-Sith in der Mitte des Podiums sah sich mit einem durchdringenden Blick, der sich Stille ausbat, im Saal um.

»Bewohner der Midlands«, sagte sie, hob einführend den Arm und deutete auf den leeren Sessel oberhalb des Tisches, »hiermit stelle ich Euch Lord Rahl vor.«

Ein Schatten nahm in der Luft Gestalt an. Plötzlich zeichnete sich ein schwarzer Umhang ab, und als dieser weit auseinandergerissen wurde, stand dort oben auf dem Podium ein Mann.

Jene, die ganz vorne standen, wichen erschrocken zurück. Vereinzelt schrien Leute entsetzt auf. Einige riefen den Schöpfer an, er solle sie beschützen, andere flehten, die Seelen möchten ihnen zur Hilfe kommen, wieder andere fielen auf die Knie. Viele verstummten vor Schreck, dennoch wurden einige der Zierschwerter zum ersten Mal aus Furcht blank gezogen. Als ein D'Haraner aus der ersten Reihe der Staffel sie mit leiser, eisiger Stimme ermahnte, die Waffen in die Scheide zurückzustecken, stießen sie die Klingen widerstrebend in ihre Hüllen zurück.

Lunetta kratzte sich heftig, als sie zu dem Mann hochblickte, doch diesmal hinderte Brogan sie nicht daran. Selbst er spürte, wie das Unheil der Magie ihm eine Gänsehaut bereitete.

Der Mann dort oben wartete geduldig, bis die Menge still geworden war, dann sprach er mit ruhiger Stimme.

»Ich bin Richard Rahl, von den D'Haranern Lord Rahl genannt. Andere Völker kennen mich unter anderen Titeln. Prophezeiungen aus ferner Vergangenheit, noch vor der Enstehung der Midlands, haben mir diesen Namen eingetragen.« Er stieg vom Tisch herunter und stellte sich zwischen die Mord-Siths. »Doch es ist die Zukunft, über die zu sprechen ich vor Euch trete.«

Obwohl nicht so groß wie die beiden D'Haraner zu den Seiten des geschwungenen Tisches, war er dennoch ein kräftiger Mann, groß und muskulös und überraschend jung. Seine Kleidung, ein schwarzer Umhang und hohe Stiefel, eine dunkle Hose und ein schlichtes Hemd, war einfach, um so mehr für jemanden, der sich als ›Lord‹ bezeichnete. Auch wenn das Blinken einer silbernen und goldenen Scheide an seiner Hüfte kaum zu übersehen war, so schien er doch nichts weiter zu sein als ein Mann aus den Wäldern. Tobias fand, der Mann sah zudem müde aus, so als lastete ein Berg von Sorgen auf seinen Schultern.

Tobias war das Schlachtfeld nicht fremd, und so erkannte er allein an der eleganten Haltung dieses Mannes, an der Selbstverständlichkeit, mit der der Waffengurt über seiner Schulter lag und das Schwert an seiner Hüfte sich mit ihm zusammen bewegte, daß man diesen Mann nicht auf die leichte Schulter nehmen durfte. Das Schwert hing nicht zur Zierde dort, es war eine Waffe. Der Kerl wirkte wie ein Mann, der in letzter Zeit eine große Zahl Entscheidungen aus Verzweiflung heraus gefällt und sie alle überlebt hatte. Trotz seines bescheidenen Äußeren hatte er eine unerklärliche Autorität an sich, und sein Auftreten gebot Aufmerksamkeit.

Schon hatten viele der Frauen die Haltung wiedergefunden und begannen ihm heimlich zuzulächeln, dabei zwinkerten sie und verfielen in die einstudierten Gewohnheiten, mit denen sie sich bei denen einschmeichelten, die Macht ausübten. Auch wenn der Mann nicht auf derbe Weise gut ausgesehen hätte, sie hätten dasselbe getan, wenn auch vielleicht mit weniger Ernst. Entweder bemerkte Lord Rahl ihr lüsternes Gebaren nicht, oder er hatte sich entschlossen, es zu ignorieren.

Doch was Brogan interessierte, waren seine Augen. Die Augen verrieten den Charakter eines Mannes, und von ihnen ließ er sich nur selten täuschen. Wenn der stählerne Blick dieses Mannes sich auf die Menschen richtete, wich manch einer zurück, ohne es zu merken, und andere wurden unruhig. Jetzt wandten sich diese Augen in Tobias' Richtung, und der Blick fiel zum ersten Mal auf ihn.

Der kurze Blick war alles, was er brauchte: Lord Rahl war ein sehr gefährlicher Mann.

Zwar war er jung und fühlte sich in seiner Haut nicht wohl, weil er das Zentrum allen Interesses war, und doch war er nichtsdestotrotz ein Mann, der wie der Teufel kämpfen würde. Augen wie diese hatte Tobias schon einmal gesehen. Dieser Mann würde sich kopfüber von einer Klippe stürzen, um jemanden zu verfolgen, wenn es sein mußte.

»Ich kenne ihn«, raunte Galtero.

»Was? Woher?«

»Heute morgen, als ich Zeugen gesucht habe, bin ich diesem Mann begegnet. Ich wollte ihn zum Verhör zu Euch bringen, da sind diese beiden riesigen Wachen aufgetaucht und haben ihn fortgeschleppt.«

»Das ist schade. Es wäre sicherlich ...«

Die plötzliche Stille im Saal ließ Tobias aufsehen. Lord Rahl starrte ihn an. Es war, als schaute man in die durchdringenden, grauen Augen eines Raubvogels.

Lord Rahls Blick wanderte weiter zu Lunetta. Sie erstarrte. Überraschenderweise huschte ein Lächeln über seine Lippen.

»Von allen Frauen auf dem Ball«, meinte Lord Rahl zu ihr, »ist dein Kleid das hübscheste.«

Lunetta strahlte. Tobias hätte fast laut aufgelacht. Lord Rahl hatte den anderen Anwesenden im Saal gerade auf einschneidende

Weise klargemacht, daß ihr gesellschaftlicher Rang für ihn nichts zählte. Plötzlich fing Tobias an, sich zu amüsieren. Vielleicht wäre der Imperialen Ordnung mit einem Mann wie diesem unter ihren Führern gar nicht schlecht gedient.

»Die Imperiale Ordnung«, begann Lord Rahl, »glaubt, die Zeit sei gekommen, die Welt unter allgemein verbindlichen Regeln – den ihren – zu vereinen. Diese Leute sagen, Magie sei für jedes Versagen, für alles Unglück und sämtliche Sorgen der Menschen verantwortlich. Sie behaupten, alles Unheil ginge auf den äußeren Einfluß von Magie zurück. Sie sagen, die Zeit sei gekommen, daß die Magie aus der Welt verschwinde.«

Einige im Saal gaben ihm murmelnd recht, andere brummten skeptisch, doch die meisten blieben stumm.

Lord Rahl legte einen Arm über die Lehne des größten Sessels – desjenigen in der Mitte. »Damit ihre Vision sich erfüllt, und im Hinblick auf die von ihnen selbst verkündete göttliche Sache, wollen sie keinem einzigen Land seine Souveränität zugestehen. Sie wollen, daß sich alle ihrem Einfluß unterstellen und als ein Volk in die Zukunft schreiten: als Untertanen der Imperialen Ordnung.«

Er hielt einen Augenblick inne und blickte vielen unten im Saal in die Augen. »Magie ist keineswegs ein Quell des Bösen. Das ist lediglich eine Rechtfertigung für ihre Taten auf dem Weg zur Herrschaft.«

Ein Flüstern machte sich im Saal breit, und gemurmelte Debatten wurden lauter. Herzogin Lumholtz trat energisch vor und bat sich Aufmerksamkeit aus. Sie lächelte Lord Rahl zu, bevor sie den Kopf verneigte.

»Was Ihr da sagt, Lord Rahl, ist ja sehr interessant, aber der Lebensborn hier« – mit einer knappen Bewegung ihrer Hand deutete sie auf Tobias und funkelte ihn dabei eiskalt an – »sagt, alle Magie sei ein Auswurf des Hüters.«

Weder sagte Brogan etwas noch rührte er sich von der Stelle, Lord Rahl sah nicht in seine Richtung, sondern hielt statt dessen den Blick auf die Herzogin gerichtet.

»Ein Kind, das neu in diese Welt kommt, ist Magie. Wollt Ihr das als Unheil bezeichnen?«

Ein gebieterisches Heben ihrer Hand ließ die Menschenmenge in ihrem Rücken verstummen. »Der Lebensborn predigt, Magie sei vom Hüter selbst erschaffen und könne daher nur eine Verkörperung des Bösen sein.«

Zustimmende Rufe erschallten von verschiedenen Stellen unten im Saal und oben auf dem Balkon. Diesmal war es Lord Rahl, der die Hand hob und die Menge zum Schweigen brachte.

»Der Hüter ist der Zerstörer, der Verderber allen Lichts und Lebens, der Hauch des Todes. Wie ich erzählen hörte, ist es der Schöpfer mit seiner Macht und Erhabenheit, der alle Dinge ins Leben ruft.« Fast wie aus einem Mund schrie die Menge, dies sei wahr.

»Wenn das so ist«, sagte Lord Rahl, »dann ist der Glaube, daß Magie vom Hüter stammt, eine Gotteslästerung. Wäre der Hüter imstande, ein neugeborenes Kind zu schaffen? Dem Hüter die Fähigkeit zur Schöpfung zuzuschreiben, die allein das Reich des Schöpfers ist, hieße dem Hüter eine Reinheit zugestehen, die nur dem Schöpfer innewohnt. Der Hüter ist nicht zur Schöpfung fähig. An einem solch profanen Glauben festzuhalten, kann nur als Ketzerei bezeichnet werden.«

Stille senkte sich wie ein Leichentuch über den Saal. Lord Rahl legte den Kopf seitlich und sah die Herzogin an. »Seid Ihr deshalb vorgetreten, Mylady, weil Ihr Euch als Ketzerin offenbaren wollt? Oder einfach nur, um einen anderen zu Eurem persönlichen Vorteil der Ketzerei zu bezichtigen?«

Mit einem Gesicht, das ein weiteres Mal so rot wurde wie ihre zusammengepreßten Lippen, wich sie mehrere Schritte zurück und stellte sich wieder neben ihren Gatten. Der Herzog, dessen Gesicht nicht länger ruhig blieb, drohte Lord Rahl mit dem Finger.

»Eure verdrehten Worte werden nichts an der Tatsache ändern, daß die Imperiale Ordnung gegen das Unheil des Hüters kämpft und angetreten ist, um uns gegen ihn zu vereinen. Ihr Ziel ist lediglich das gemeinsame Wohl aller Völker. Magie verweigert der

Menschheit dieses Recht. Ich bin Keltone und stolz darauf, aber es ist an der Zeit, diese Kleinstaaterei hinter uns zu lassen. Wir haben umfassende Gespräche mit der Imperialen Ordnung geführt, und sie als zivilisierte und ehrbare Menschen kennengelernt, deren Interesse es ist, alle Länder in Frieden zu vereinen.«

»Ein nobles Ideal«, antwortete Lord Rahl mit ruhiger Stimme, »das in der Einheit der Midlands bereits verwirklicht war, das Ihr jedoch aus Habsucht aufgegeben habt.«

»Die Imperiale Ordnung ist anders. Sie bietet wahre Stärke und echten, dauerhaften Frieden.«

Lord Rahl fixierte den Herzog mit einem wütend funkelnden Blick. »Auf Friedhöfen wird nur selten der Frieden gebrochen.« Er richtete sein wütendes Funkeln auf die Menschenmenge. »Es ist noch nicht lange her, als eine Armee der Imperialen Ordnung durch das Herz der Midlands fegte und danach trachtete, andere in ihren Schoß aufzunehmen. Viele schlossen sich ihnen an, was bewirkte, daß ihre Streitmacht immer größer wurde. Ein d'Haranischer General mit Namen Riggs führte sie an, zusammen mit Offizieren verschiedener Länder. Dabei unterstützte ihn ein Zauberer Slagle, von Keltonischem Geblüt.

Über einhunderttausend Mann fielen über Ebinissia her, den Sitz der Krone Galeas. Die Imperiale Ordnung befahl dem Volk von Ebinissia, sich ihnen anzuschließen und Untertanen der Imperialen Ordnung zu werden. Als man sie aufforderte, sich der Aggression gegen die Midlands zu widersetzen, tat das Volk von Ebinissia dies voller Tapferkeit. Sie weigerten sich, ihre Verpflichtung gegenüber der Einheit und der gemeinschaftlichen Verteidigung aufzugeben, die die Midlands ausmachte.«

Der Herzog öffnete den Mund und wollte etwas sagen, doch zum allerersten Mal nahm Lord Rahls Stimme einen bedrohlichen Unterton an, der ihm das Wort abschnitt.

»Die galeanische Armee verteidigte die Stadt bis zum letzten Mann. Der Zauberer benutzte seine Kraft dazu, die Stadtmauern einzureißen, und die Imperiale Ordnung stürmte sie. Als die galeanischen Verteidiger, bei weitem in der Unterzahl, vernichtet waren, besetzte die Imperiale Ordnung die Stadt nicht, sondern zog durch sie hindurch wie ein Rudel heulender Wölfe – und vergewaltigte, folterte und ermordete brutal hilflose Menschen.«

Lord Rahl, die Kiefer fest zusammengebissen, beugte sich über den Tisch vor und zeigte auf Herzog Lumholtz. »Die Imperiale Ordnung schlachtete jeden lebenden Menschen in Ebinissia ab: die Alten, die Jungen, die Neugeborenen. Sie pfählten wehrlose, schwangere Frauen, um auf diese Weise sowohl die Mutter als auch das ungeborene Kind zu töten.«

Mit zornrotem Gesicht schlug er krachend mit der Faust auf den Tisch. Der ganze Saal fuhr zusammen. »Mit dieser Tat strafte die Imperiale Ordnung alle ihre Worte Lügen. Sie haben das Recht verwirkt, irgend jemandem zu erzählen, was richtig ist und was gottlos. Sie wissen nicht, was Tugend ist. Sie kommen aus einem ganz bestimmten Grund, und aus diesem Grund allein: zu besiegen und zu unterwerfen. Sie haben die Menschen in Ebinissia dahingemetzelt, um anderen zu zeigen, was jedem droht, der sich ihnen entgegenstellt.

Weder Grenzen noch Vernunft können sie aufhalten. Männer mit dem Blut von kleinen Kindern an ihren Klingen kennen keine Moral. Wagt es nicht, mir etwas anderes zu erzählen. Die Imperiale Orndung läßt sich durch nichts rechtfertigen. Sie hat die Fangzähne hinter ihrem Lächeln gezeigt, und bei den Seelen, sie hat das Recht verwirkt, Reden zu schwingen, denen man Glauben schenken kann!«

Lord Rahl atmete tief durch und richtete sich auf. »Beide, sowohl die Verteidiger als auch die Angreifer, verloren viel an jenem Tag. Die Verteidiger ihr Leben. Die Angreifer ihre Menschlichkeit und das Recht, gehört zu werden – oder daß man ihnen irgendwann noch Glauben schenkt. Sie haben sich und jeden, der sich ihnen anschließt, mir zum Feind gemacht.«

»Und wer waren diese Soldaten?« fragte jemand. »Viele waren D'Haraner, wie Ihr selbst zugebt. Ihr führt die D'Haraner an, wie

Ihr gesagt habt. Als die Grenze vergangenes Frühjahr fiel, stürmten die D'Haraner ins Land und begingen scheußliche Greueltaten, ganz so, wie Ihr berichtet. Zwar blieb Aydindril diese Grausamkeit erspart, viele andere Städte und Ortschaften erlitten jedoch das gleiche Schicksal wie Ebinissia, allerdings durch die Hände D'Haras. Und jetzt sollen wir Euch glauben? Ihr seid kein bißchen besser.«

Lord Rahl nickte. »Was Ihr über D'Hara sagt, ist wahr. D'Hara wurde von meinem Vater, Darken Rahl, geführt, der für mich jedoch ein Fremder war. Er hat mich nicht erzogen. Was er wollte, war größtenteils das gleiche, was auch die Imperiale Ordnung will: alle Länder erobern und alle Menschen beherrschen. Ging es bei der Imperialen Ordnung um den Zusammenschluß zu einem einzigen festen Block, so hatte er nur sein persönliches Wohl im Blick. Neben brutaler Gewalt benutzte er auch Magie, um seine Ziele zu erreichen, genau wie die Imperiale Ordnung.

Ich bin gegen alles, wofür Darken Rahl einst stand. Er machte vor keiner Bosheit halt, um seinen Willen durchzusetzen. Er folterte und tötete unzählige unschuldige Menschen und unterdrückte die Magie, damit sie nicht gegen ihn eingesetzt werden konnte, genau wie es die Imperiale Ordnung tut.«

»Dann seid Ihr genau wie er.«

Lord Rahl schüttelte den Kopf. »Nein, das bin ich nicht. Ich giere nicht nach Macht. Ich ergreife das Schwert nur, weil ich dabei helfen kann, der Unterdrückung Widerstand zu leisten. Ich habe auf Seiten der Midlands gegen meinen Vater gekämpft. Am Ende habe ich ihn für seine Verbrechen getötet. Als er seine abscheuliche Magie dazu benutzte, aus der Unterwelt zurückzukehren, wandte ich ebenfalls Magie an, um ihn aufzuhalten und seine Seele zurück zum Hüter zu schicken. Ich benutzte Magie, um ein Tor zu schließen, das der Hüter dazu mißbrauchte, seine Günstlinge in diese Welt zu entsenden.«

Brogan biß die Zähne aufeinander. Aus Erfahrung wußte er, daß Verderbte oft ihre wahre Natur hinter Geschichten darüber zu verbergen suchten, wie tapfer sie den Hüter und seine Günstlinge bekämpft hatten. Er hatte genug von diesen verfälschten Berichten gehört, um zu erkennen, daß sie von der eigentlichen Bosheit in den Herzen dieser Menschen ablenken sollten. Die Anhänger des Hüters waren oft zu feige, wahres Wesen zu offenbaren und versteckten sich daher hinter Prahlereien und erfundenen Heldentaten.

Tatsächlich wäre er viel eher in Aydindril eingetroffen, wäre er nach seinem Abzug aus Nicobarese nicht auf so viele Nester voller Verderbter gestoßen. Ganze Dörfer und Ortschaften, wo jeder ein frommes Leben zu führen schien, waren, wie sich herausstellte, von Verdorbenheit zerfressen. Einige der hartnäckigeren Verfechter ihrer eigenen Tugendhaftigkeit mußten erst gründlichen Verhören unterzogen werden, bevor sie schließlich ihre Blasphemie gestanden. Im Verlauf dieser gründlichen Verhöre waren ihnen die Namen der *streganicha* und der Verderbten, die in der Gegend lebten und sie zum Bösen verleitet hatten, ganz leicht über die Lippen gekommen.

Die einzige Lösung war Läuterung gewesen. Ganze Dörfer und Ortschaften hatten dem Feuer übergeben werden müssen. Nicht einmal ein Ortsschild zum Versteck des Hüters blieb von ihnen. Der Lebensborn aus dem Schoß der Kirche hatte das Werk des Schöpfers vollendet, doch das hatte Zeit und Mühe gekostet.

Innerlich brodelnd, richtete Brogan seine Aufmerksamkeit wieder auf Lord Rahls Worte.

»Ich nehme diese Herausforderung nur deswegen an, weil man mir das Schwert aufgedrängt hat. Ich bitte Euch, mich nicht danach zu beurteilen, wer mein Vater war, sondern nach meinen eigenen Taten. Ich schlachte keine unschuldigen, hilflosen Menschen ab. Doch die Imperiale Ordnung geht so vor. Solange ich nicht gewaltsam das Vertrauen ehrlicher Menschen breche, habe ich das Recht auf eine gerechte Beurteilung.

Ich kann nicht danebenstehen und mitansehen, wie das Böse triumphiert. Ich werde mit allem kämpfen, was ich habe, auch mit Magie. Wenn Ihr Euch auf die Seite dieser Mörder schlagt, werdet Ihr unter meinem Schwert keine Gnade finden.«

»Wir wollen nichts weiter als Frieden!« rief jemand.

Lord Rahl nickte. »Ich wünsche mir auch nichts mehr als Frieden, damit ich nach Hause in meine geliebten Wälder gehen und ein einfaches Leben führen kann. Doch das kann ich nicht, ebensowenig wie wir zur schlichten Unschuld unserer Kindheit zurückkehren können. Man hat mir die Verantwortung aufgedrängt. Wenn man hilfsbedürftigen Unschuldigen den Rücken zukehrt, macht man sich zum Komplizen des Aggressors. Im Namen der Unschuldigen und Wehrlosen ergreife ich das Schwert und fechte diesen Kampf aus.«

Lord Rahl legte seinen Arm wieder über den Sessel in der Mitte. »Dies ist der Platz der Mutter Konfessor. Tausende von Jahren haben die Mütter Konfessor die Midlands mit wohlwollender Hand regiert, waren darum bemüht, die Länder zusammenzuhalten, darauf bedacht, daß alle Völker der Midlands als Nachbarn in Frieden leben und ihren eigenen Angelegenheiten ohne Furcht vor einer außenstehenden Macht nachgehen konnten.« Er ließ seinen Blick über die Augen wandern, die ihn beobachteten. »Der Rat trachtete danach, den Frieden der Einheit zu zerstören, für die dieser Saal und diese Stadt standen, und von dem Ihr so voller Sehnsucht sprecht. Er verurteilte die Mutter Konfessor einstimmig zum Tode und ließ sie hinrichten.«

Lord Rahl zog langsam sein Schwert blank und legte die Waffe auf die vordere Kante des Tisches, wo alle sie sehen konnten. »Ich sagte, daß man mich unter verschiedenen Titeln kennt. Ich bin auch der Sucher, dazu ernannt vom Ersten Zauberer. Ich trage zu Recht das Schwert der Wahrheit. Gestern abend habe ich den Rat für seinen Verrat hingerichtet.

Ihr seid die Vertreter der Länder der Midlands. Die Mutter Konfessor bot Euch die Chance, zusammenzustehen, doch Ihr habt dieses Angebot abgelehnt und damit auch ihr den Rücken zugekehrt.«

Ein Mann außerhalb Tobias' Gesichtsfeld brach das eisige Schweigen. »Wir waren nicht alle mit dem Vorgehen des Rates einverstanden. Viele von uns wollten, daß die Midlands weiterbestehen. Die Midlands werden wieder vereint werden und aus dem Kampf stärker hervorgehen als zuvor.«

Viele in der Menge gelobten, ihr Bestes zu geben, um die Einheit wiederherzustellen. Andere blieben stumm.

»Dafür ist es zu spät. Ihr habt Eure Chance gehabt. Die Mutter Konfessor hat Euer Gezänk und Euern Eigensinn ertragen.« Lord Rahl rammte sein Schwert zurück in die Scheide. »Ich werde das nicht tun.«

»Was redet Ihr da?« fragte Herzog Lumholtz, dessen Verärgerung seinem Ton eine gewisse Schärfe verlieh. »Ihr seid aus D'Hara. Ihr habt kein Recht, uns vorzuschreiben, was in den Midlands geschieht. Die Midlands sind unsere eigene Angelegenheit.«

Lord Rahl stand reglos wie eine Statue da, während er sich mit seiner sanften, achtunggebietenden Stimme an die Menge wandte. »Die Midlands existieren nicht länger. Ich löse sie auf, hier und jetzt. Von jetzt an ist jedes Land auf sich gestellt.«

»Die Midlands sind nicht Euer Spielzeug!«

»Auch nicht das Keltons«, erwiderte Lord Rahl. »Kelton hatte den Plan, die Midlands zu beherrschen.«

»Wie wagt Ihr es, uns zu beschuldigen ...«

Lord Rahl hob seine Hand und bat sich Ruhe aus. »Ihr seid ebenso raffgierig wie manche von den anderen. Viele von Euch konnten es kaum erwarten, die Mutter Konfessor und die Zauberer los zu sein, um die Beute unter sich aufzuteilen.«

Lunetta zupfte ihn am Arm. »Das stimmt«, sagte sie leise. Brogan gebot ihr mit einem eisigen Blick Schweigen.

»Die Midlands werden diese Einmischung in ihre Angelegenheiten nicht hinnehmen!« rief jemand anderes.

»Ich bin nicht hier, um über die Regierung der Midlands mit Euch zu diskutieren. Ich habe es Euch gerade erst erklärt, die Midlands sind aufgelöst.« Lord Rahl betrachtete die Menge mit einem funkelnden Blick von solch tödlicher Entschlossenheit, daß Tobias bald das Atmen vergessen hätte. »Ich bin gekommen, um Euch die Bedingungen Eurer Kapitulation zu diktieren.«

Die Menge zuckte wie ein Mann zusammen. Verärgerte Rufe wurden laut und schwollen an, bis der Saal tobte. Rotgesichtige Männer schworen fäusteschwingend Eide.

Herzog Lumholtz schrie alle nieder und drehte sich ein weiteres Mal zum Podium um. »Ich weiß nicht, welch törichte Vorstellungen Ihr Euch in den Kopf gesetzt habt, junger Mann, aber diese Stadt steht unter der Obhut der Imperialen Ordnung. Viele haben vernünftige Abmachungen mit ihr getroffen. Die Midlands werden bestehen bleiben, durch die Imperiale Ordnung vereint werden und niemals vor D'Hara und seinesgleichen die Waffen strecken!«

Als die Menschenmenge auf Lord Rahl zubrandete, erschienen rote Stäbe in den Händen der Mord-Siths, die Staffel aus Soldaten zog Stahl blank, Lanzen senkten sich, und der Gar breitete mit einem Schlag die Flügel aus. Das Tier knurrte, seine Reißzähne trieften, seine grünen Augen leuchteten. Lord Rahl stand wie eine Mauer aus Granit da. Die Menge kam zum Stillstand und wich dann zurück.

Lord Rahls Anspannung drückte sich in seiner bedrohlichen Körperhaltung sowie in seinem funkelnden Blick aus. »Man hat Euch eine Chance gegeben, die Midlands zu erhalten, aber ihr habt sie nicht genutzt. D'Hara hat sich von der Imperialen Ordnung befreit und regiert nun in Aydindril.«

»Ihr glaubt nur, daß Ihr Aydindril in Eurer Gewalt habt«, widersprach der Herzog. »Wir haben Truppen hier, wie eine große Zahl der anderen Länder auch, und haben keinesfalls die Absicht, die Stadt kampflos aufzugeben.«

»Auch das kommt ein wenig spät.« Lord Rahl streckte die Hand aus. »Darf ich General Reibisch vorstellen, den Kommandanten aller d'Haranischen Streitkräfte in diesem Gebiet?«

Der General, ein muskulöser Mann mit rostrotem Bart und Narben im Gesicht, kletterte auf das Podium und salutierte vor Lord Rahl mit einem Faustschlag aufs Herz, bevor er sich an die Leute wandte. »Meine Truppen sitzen in Aydindril und haben es gleichzeitig umzingelt. Endlich sind wir von der Herrschaft der Imperialen Ordnung befreit und wieder D'Haraner, angeführt von Herrscher Rahl.

D'Haranische Soldaten mögen es nicht, tatenlos herumzusitzen. Falls jemand von Euch einen Kampf wünscht, ich persönlich hätte nichts dagegen. Lord Rahl hat allerdings befohlen, daß wir mit dem Morden nicht beginnen dürfen. Aber wenn wir uns verteidigen müssen, dann, die Seelen wissen es, erledigen wir das gründlich. Das ermüdende Geschäft der Besatzung langweilt mich fast zu Tode, viel lieber würde ich mich etwas Interessanterem widmen, etwas, das ich gut beherrsche.

Jedes eurer Länder hat Verbände abkommandiert, die eure Paläste bewachen sollen. Solltet Ihr beschließen, mit allen Euch zur Verfügung stehenden Truppen um die Stadt zu kämpfen, würde es meiner Einschätzung nach einen, vielleicht zwei Tage dauern, bis wir Euch in die Flucht geschlagen hätten. Wenn das erledigt wäre, hätten all unsere Schwierigkeiten ein Ende. Hat der Kampf einmal begonnen, machen D'Haraner keine Gefangenen mehr.«

Der General trat mit einer Verbeugung vor Lord Rahl zurück.

Alles redete wild durcheinander, mancher schüttelte erzürnt die Fäuste und versuchte, sich durch Gebrüll Gehör zu verschaffen. Lord Rahl riß die Hand nach oben.

»Ruhe!« Es wurde fast augenblicklich still, und er fuhr fort: »Ich habe Euch hierher eingeladen, um mir anzuhören, was Ihr zu sagen habt. Doch erst, wenn Ihr Euch entschlossen habt, Euch D'Hara zu ergeben, werde ich mich dem widmen, was Ihr zu sagen habt. Vorher nicht!

Die Imperiale Ordnung will ganz D'Hara und die Midlands beherrschen. D'Hara hat sie verloren. In D'Hara regiere ich. Aydindril hat sie verloren, in Aydindril regiert D'Hara.

Ihr hattet eine Chance zur Einheit, und Ihr habt sie leichtfertig vertan. Diese Chance ist Vergangenheit. Jetzt bleiben Euch nur zwei Alternativen. Die erste besteht darin, Euch auf die Seite der Imperialen Ordnung zu schlagen. Sie wird mit eiserner Faust herrschen. Ihr werdet nichts zu sagen und keine Rechte haben. Alle Magie wird ausgerottet werden, bis auf jene, mit der sie Euch beherrscht. Überlebt Ihr, wird Euer Leben ein trostloser Kampf ohne Hoffnung auf Freiheit. Ihr werdet ihre Sklaven sein.

Eure andere Alternative ist, Euch D'Hara zu ergeben. Ihr werdet Euch an die Gesetze D'Haras halten. Seid ihr erst mit uns vereint, werdet Ihr bei diesen Gesetzen ein Mitspracherecht erhalten. Ihr werdet das Recht auf die Früchte Eurer Arbeit haben, das Recht auf Handel und Erfolg, solange Ihr Euch im Rahmen der Gesetze bewegt und die Rechte anderer achtet. Magie wird geschützt werden, und Eure Kinder werden in eine freie Welt hineingeboren werden, in der ihnen alle Möglichkeiten offenstehen.

Sobald die Imperiale Ordnung ausgerottet ist, wird es Frieden geben. Wahren Frieden.

Doch das hat seinen Preis: Eure Souveränität. Man wird Euch zwar erlauben, Eure Länder und Kultur beizubehalten, ein stehendes Heer wird man Euch aber nicht gestatten. Die einzigen Männer unter Waffen werden jene sein, die allen gemeinsam dienen – unter dem Banner D'Haras. Dies wird kein Zusammenschluß unabhängiger Länder sein, Euer Verzicht ist endgültig. Die Kapitulation ist der Preis, den jedes Land für den Frieden zahlt, und der Beweis dafür, daß Ihr Euch ihm verpflichtet fühlt.

Zwar werdet Ihr alle eine Abgabe an Aydindril leisten, trotzdem wird kein einziges Land, kein Volk die Last der Freiheit alleine tragen müssen. Alle Länder, alle Völker werden eine Steuer zahlen, die für die gemeinsame Verteidigung ausreicht, sonst aber nichts. Alle werden gleichermaßen zahlen, niemand wird bevorzugt werden.«

Im Saal brach Protestgeschrei aus. Die meisten machten geltend, dies sei Diebstahl dessen, was ihnen gehöre. Lord Rahl brachte sie allein mit seinem Blick zum Schweigen.

»Was ohne Preis gewonnen wurde, ist nichts wert. Erst heute bin ich an diese Tatsache erinnert worden. Sie war es, die wir begraben haben. Freiheit hat ihren Preis, und den werden alle tragen, auf daß alle sie zu schätzen wissen und sie bewahren.«

Unter den Menschen auf dem Balkon wäre fast ein Tumult ausgebrochen. Sie beschwerten sich, man habe ihnen Gold versprochen, daß dieses ihnen gehöre und daß sie es sich nicht leisten könnten, eine Steuer zu bezahlen. Ein Sprechchor setzte ein, in dem verlangt wurde, man solle ihnen das Gold aushändigen. Wieder hob Lord Rahl seine Hand und bat sich Ruhe aus.

»Der Mann, der Euch das Gold versprochen hat, ist tot. Grabt ihn aus und beschwert Euch bei ihm, wenn Ihr wollt. Die Männer, die für Eure Freiheit kämpfen, benötigen Lebensmittel – und die werden unsere Truppen nicht stehlen. Wer von Euch Speisen und Dienste bereitstellen kann, wird einen fairen Preis für seine Arbeit und seine Waren gezahlt bekommen. Am Kampf für Freiheit und Frieden werden sich alle beteiligen, wenn nicht im Dienst unter Waffen, dann wenigstens mit Steuern zur Unterstützung unserer Truppen.

Alle, über welche Mittel sie auch verfügen, müssen etwas in ihre Freiheit investieren und werden ihren Teil bezahlen. Dieses Prinzip ist ein Gesetz, das nicht gebrochen werden darf.

Wenn Ihr Euch dem nicht fügen wollt, dann verlaßt Aydindril und geht zur Imperialen Ordnung. Es steht Euch frei, das Gold von ihr zu verlangen, schließlich war sie es, die es Euch versprochen hat. Ich werde ihr die Erfüllung dieses Versprechens nicht abnehmen.

Also wählt frei: mit uns oder gegen uns. Wenn Ihr mit uns seid, dann werdet Ihr uns helfen. Überlegt es Euch gut, bevor Ihr geht, denn wenn ihr geht und später beschließt, daß Ihr lieber doch nicht unter der Imperialen Ordnung leiden wollt, dann werdet Ihr über einen Zeitraum von zehn Jahren die doppelte Steuer zahlen, um Euch Eure Rückkehr zu erkaufen.«

Der Menschenmenge auf dem Balkon stockte der Atem. Eine Frau unten im Saal, ziemlich weit vorn, meldete sich mit besorgter Stimme zu Wort.

»Und wenn wir uns für keine von beiden Möglichkeiten entscheiden? Kämpfen ist gegen unsere Prinzipien. Was, wenn wir beschließen, nicht zu kämpfen, sondern einfach unseren Geschäften nachzugehen?«

»Glaubt Ihr in Eurer Arroganz, uns macht es Spaß zu kämpfen, nur weil wir unbedingt wollen, daß das Gemetzel ein Ende hat, und Ihr seid etwas Besseres, weil Ihr nicht kämpfen wollt? Oder daß wir die ganze Last auf uns laden, damit Ihr die Freiheit genießen und nach Euren Prinzipien leben könnt?

Ihr könnt Euch auf andere Weise beteiligen, ohne ein Schwert in die Hand zu nehmen, aber beteiligen müßt Ihr Euch. Ihr könnt helfen, die Verwundeten zu versorgen, Ihr könnt den Familien helfen, deren Männer in den Kampf gezogen sind, Ihr könnt helfen, Straßen zu bauen und zu unterhalten, um die Soldaten mit Nachschub zu versorgen – es gibt unzählige Möglichkeiten, wie Ihr helfen könnt, aber helfen müßt Ihr. Ihr werdet die Steuer zahlen wie jeder andere auch. Niemand wird tatenlos zusehen.

Solltet Ihr beschließen, Euch nicht zu ergeben, dann seid Ihr auf Euch selbst gestellt. Die Imperiale Ordnung hat die Absicht, alle Völker und Länder zu erobern. Früher oder später werdet Ihr also von einem von uns beherrscht werden. Betet darum, daß es nicht die Imperiale Ordnung ist.

Die Länder, die es vorziehen, sich uns nicht zu ergeben, werden mit einer Blockade belegt und isoliert, bis wir Zeit haben, Euch zu erobern – oder die Imperiale Ordnung dies tut. Keinem unserer Völker wird es unter Androhung einer Strafe wegen Verrats erlaubt sein, mit Euch Handel zu treiben, und weder Reisende noch Güter werden unsere Grenzen passieren dürfen.

Die Möglichkeit der Kapitulation, die ich Euch jetzt biete, ist verlockend: Ihr könnt Euch uns ohne Nachteile oder Strafen anschließen. Ist dieses Ultimatum zur friedlichen Kapitulation jedoch abgelaufen und wird es erforderlich, Euch zu erobern, dann wird man Euch erobern, und Ihr werdet Euch ergeben – aber die Bedingungen werden hart sein. Jedes einzelne Eurer Völker wird über einen Zeitraum von dreißig Jahren eine dreifache Steuer zahlen. Es wäre unfair, zukünftige Generationen für die Taten dieser Generation zu bestrafen. Die angrenzenden Länder werden wachsen und gedeihen, während Ihr dies, belastet durch die höheren Kosten Eurer Kapitulation, nicht könnt. Schließlich wird auch Euer Land sich erholen, aber wahrscheinlich werdet Ihr das nicht mehr erleben.

Seid gewarnt: Ich habe die Absicht, diese Schlächter, die sich Imperiale Ordnung schimpfen, vom Erdboden zu fegen. Seid Ihr töricht genug, Euch ihr anzuschließen, dann schließt Ihr Euch auf Gedeih und Verderb mit ihnen zusammen, und es wird kein Erbarmen geben.«

»Damit kommt Ihr nicht ungestraft durch«, rief eine anonyme Stimme aus der Menge. »Wir werden Euch daran hindern.«

»Die Midlands sind zerschlagen. Man kann sie nicht wieder zu einem Ganzen zusammenfügen, sonst würde ich mich statt dessen Euch anschließen. Was vorbei ist, ist vorbei und kann nicht mehr zurückgewonnen werden.

Der Geist der Midlands wird in denen von uns weiterleben, die ihren Zielen zur Ehre gereichen. Die Mutter Konfessor hat die Midlands zu einem erbarmungslosen Krieg gegen die Tyrannei der Imperialen Ordnung verpflichtet. Macht Ihrer Herrschaft und den Idealen der Midlands auf die einzige Weise Ehre, die von Erfolg gekrönt sein wird: ergebt Euch D'Hara. Schließt Ihr Euch aber der Imperialen Ordnung an, so steht Ihr gegen alles, wofür die Midlands einst gestanden haben.

Eine Streitmacht galeanischer Soldaten, angeführt von der Königin Galeas selbst, hat die Meuchler der Imperialen Ordnung zur Strecke gebracht und sie bis auf den letzten Mann aufgerieben. Sie hat uns allen gezeigt, daß die Imperiale Ordnung zu besiegen ist.

Ich habe versprochen, die Königin von Galea, Kahlan Amnell, zu ehelichen und ihr Volk und das meine zu vereinen und auf diese Weise allen zu zeigen, daß ich die begangenen Verbrechen nicht dulde, selbst wenn sie von d'Haranischen Soldaten begangen wurden. Galea und D'Hara werden die ersten sein, die dem neuen Bund beitreten, indem Galea sich D'Hara ergibt. Meine Vermählung mit Kahlan wird allen zeigen, daß es sich um einen Bund gegenseitigen Respekts handelt, und beweisen, daß man dies auch ohne blutige Eroberung oder Gier nach Macht erreichen kann, sondern statt dessen um der Stärke willen und einer Hoffnung auf ein neues und besseres Leben. Kahlan hat nicht weniger als ich das feste Ziel, die Imperiale Ordnung zu vernichten. Sie hat ihren Mut mit kaltem Stahl bewiesen.«

Die Menge, sowohl die Menschen unten im Saal als auch die oben auf dem Balkon, fing an, Fragen zu rufen und Forderungen zu stellen.

Lord Rahl brüllte sie nieder. »Genug!« Widerstrebend verstummten die Leute ein weiteres Mal. »Ich habe nicht die Absicht, Euch noch länger zuzuhören. Ich habe Euch erklärt, wie es sein wird. Glaubt nicht irrtümlicherweise, ich würde die Art einfach so hinnehmen, wie Ihr als Nationen der Midlands aufgetreten seid. Das werde ich bestimmt nicht tun. Bis zu Eurer Kapitulation seid Ihr potentielle Feinde und dementsprechend werdet ihr behandelt werden. Eure Truppen werden ihre Waffen sofort abgeben, und es wird ihnen nicht erlaubt sein, sich aus der Bewachung der d'Haranischen Truppen zu entfernen, die gegenwärtig Eure Paläste umstellt haben.

Jedes Volk wird eine kleine Abordnung in sein Heimatland entsenden, die meine Botschaft so übermittelt, wie ich sie Euch soeben erklärt habe. Versucht nicht, meine Geduld auf die Probe zu stellen. Eine Verzögerung könnte Euch um Kopf und Kragen bringen. Und glaubt nicht, Ihr könntet mich zu besonderen Bedingungen überreden – die wird es nicht geben. Jedes Land, ob groß oder klein, wird gleich behandelt werden und muß sich ergeben. Entscheidet Ihr Euch für die Kapitulation, heißen wir Euch mit offenen Armen willkommen und erwarten von Euch, daß Ihr Euren Beitrag zum Ganzen leistet.« Er sah hinauf zu den Balkonen. »Die Verantwortung lastet auch auf Euren Schultern: leistet Euren Beitrag zu unserem Überleben oder verlaßt die Stadt.

Ich behaupte nicht, daß es einfach werden wird. Wir haben es mit einem gewissenlosen Feind zu tun. Die Kreaturen draußen auf den Pfählen wurden auf uns gehetzt. Haltet Euch ihr Schicksal vor Augen, wenn Ihr über meine Worte nachdenkt.

Solltet Ihr beschließen, Euch der Imperialen Ordnung anzuschließen, dann bete ich dafür, daß die Seelen Euch im Leben nach dem Tode gnädiger sein werden als ich in diesem.
 Ihr seid entlassen.«

13. Kapitel

Die Wachen kreuzten ihre Lanzen vor der Tür. »Lord Rahl wünscht mit Euch zu sprechen.«

Von den anderen Gästen blieb niemand im Saal. Brogan hatte bis zuletzt gewartet, um festzustellen, ob jemand um eine Privataudienz bei Lord Rahl ersuchen würde. Die meisten waren in großer Eile aufgebrochen, ein paar jedoch waren noch geblieben, wie Brogan vermutet hatte. Ihre höflichen Anfragen wurden von den Wachen abgewiesen. Auch die Balkone hatte man geräumt.

Brogan und Galtero, mit Lunetta in ihrer Mitte, überquerten die weite Marmorfläche zum Podium, begleitet vom Hall ihrer Schritte und dem metallischen Klirren der Rüstungen der Wachen hinter ihnen. Der Schein der Lampen tauchte den riesigen, prunkvollen Saal aus Stein in ein warmes Licht. Lord Rahl lehnte sich in dem Sessel neben dem der Mutter Konfessor zurück und beobachtete, wie sie näher kamen.

Die meisten der d'Haranischen Soldaten waren zusammen mit den Gästen entlassen worden. General Reibisch stand mit grimmig entschlossener Miene neben dem Podium. Die beiden riesenhaften Wachen an den Enden und die drei Mord-Siths neben Lord Rahl sahen ebenfalls zu – im stillen angespannt wie eingerollte Vipern. Der Gar ragte hoch hinter den Sesseln auf und verfolgte mit leuchtend grünen Augen, wie sie vor dem Tisch stehenblieben.

»Ihr könnt gehen«, sagte General Reibisch zu den Soldaten, die noch anwesend waren. Sie schlugen sich die Faust vors Herz und zogen ab. Lord Rahl wartete, bis sämtliche Doppeltüren geschlossen worden waren, sah Galtero und Brogan an, dann ließ er seinen Blick auf Lunetta zur Ruhe kommen.

»Willkommen. Ich bin Richard. Wie heißt du?«

»Lunetta, Lord Rahl.« Kichernd machte sie einen unbeholfenen Knicks.

Lord Rahls Blick ging weiter zu Galtero, und Galtero trat von einem Bein aufs andere. »Ich möchte mich entschuldigen, Lord Rahl, daß ich Euch heute fast niedergeritten hätte.«

»Entschuldigung angenommen.« Lord Rahl lächelte in sich hinein. »Seht Ihr, wie einfach das war?«

Galtero schwieg. Endlich richtete Lord Rahl den Blick auf Brogan, und sein Gesichtsausdruck wurde ernst.

»Lord General Brogan, ich möchte wissen, warum Ihr mit Gewalt Menschen entführt habt.«

Tobias breitete die Hände aus. »Menschen mit Gewalt entführt? Lord Rahl, dergleichen haben wir niemals getan, wir kämen nicht einmal auf die Idee.«

»Ich glaube, daß Ihr ein Mann seid, der sich keine Ausflüchte bieten läßt, General Brogan. Das haben wir beide gemeinsam.«

Tobias räusperte sich. »Lord Rahl, da muß ein Mißverständnis vorliegen. Als wir in Aydindril eintrafen, um unsere Hilfe anzubieten, fanden wir die Stadt im Chaos vor und die Verwaltungsangelegenheiten in einem Zustand der Verwirrung. Wir haben ein paar Leute zu uns in den Palast eingeladen, die uns dabei unterstützen sollten, die zu erwartenden Gefahren festzustellen, weiter nichts.«

Lord Rahl beugte sich vor. »So ziemlich das einzige, was Euch interessiert hat, war die Hinrichtung der Mutter Konfessor. Welchen Grund habt Ihr dafür?«

Tobias zuckte die Achseln. »Lord Rahl, Ihr müßt verstehen, mein ganzes Leben lang war die Mutter Konfessor die Machtperson in den Midlands. Hierherzukommen und festzustellen, daß sie womöglich hingerichtet wurde, hat mich zutiefst beunruhigt.«

»Annähernd die halbe Stadt war Zeuge ihrer Hinrichtung und hätte Euch das sagen können. Warum haltet Ihr es für erforderlich, Menschen auf offener Straße aufzugreifen, um sie darüber auszufragen?«

»Nun, die Menschen haben manchmal verschiedene Versionen

eines Ereignisses, wenn man sie getrennt befragt – sie erinnern sich unterschiedlich an Geschehnisse.«

»Eine Hinrichtung ist eine Hinrichtung. Welche unterschiedlichen Erinnerungen soll man daran haben?«

»Nun, wie könnte man, von der anderen Seite eines Platzes aus, erkennen, wer zum Block geführt wird? Nur ein paar Leute recht weit vorne können ihr Gesicht gesehen haben, und viele von denen würden ihr Gesicht nicht erkennen, selbst wenn sie es vor sich sähen.« Lord Rahls Augen verloren nichts von ihrer Bedrohlichkeit, daher fuhr er schnell fort. »Seht Ihr, Lord Rahl, ich hatte gehofft, daß Ganze sei vielleicht eine Täuschung gewesen.«

»Eine Täuschung? Die versammelten Menschen waren Zeugen, wie die Mutter Konfessor hingerichtet wurde«, stellte Lord Rahl sachlich fest.

»Manchmal sehen die Leute das, was sie zu sehen glauben. Meine Hoffnung war, daß sie nicht wirklich gesehen hatten, wie die Mutter Konfessor hingerichtet wurde, sondern vielleicht nur ein Schauspiel, damit sie fliehen konnte. Zumindest war dies meine Hoffnung. Die Mutter Konfessor steht für den Frieden. Für die Menschen wäre es ein großes Symbol der Hoffnung, wenn die Mutter Konfessor noch lebte. Wir brauchen sie. Ich hatte vor, ihr meinen Schutz anzubieten, falls sie noch lebt.«

»Schlagt Euch die Hoffnung aus dem Kopf und widmet Euch der Zukunft.«

»Aber Lord Rahl, Ihr habt doch gewiß die Gerüchte über ihre Flucht gehört?«

»Ich habe keine solchen Gerüchte gehört. Kanntet Ihr die Mutter Konfessor überhaupt?«

Brogan ließ ein liebenswürdiges Lächeln über seine Lippen spielen. »Aber ja, Lord Rahl. Recht gut sogar. Sie hat Nicobarese bei zahllosen Anlässen besucht, da wir ein geschätztes Mitglied der Midlands waren.«

»Tatsächlich?« Lord Rahls Gesicht war ausdruckslos, als er auf ihn herabblickte. »Wie sah sie aus?«

»Sie war ... nun, sie hatte ...« Tobias runzelte die Stirn. Er war ihr zwar begegnet, doch seltsamerweise stellte er plötzlich fest, daß er sich nicht mehr recht an ihr Äußeres erinnern konnte. »Nun, sie ist schwer zu beschreiben, und solche Dinge fallen mir nicht leicht.«

»Wie war ihr Name?«

»Ihr Name?«

»Ja, ihr Name. Ihr sagtet, Ihr hättet sie gut gekannt. Wie lautete ihr Name?«

Tobias runzelte erneut die Stirn. Wie war das möglich? Er verfolgte eine Frau, die Plage aller Gottesfürchtigen, das Symbol für die Unterdrückung der Frommen durch Magie, eine Frau, deren Verurteilung und Bestrafung er mehr herbeisehnte als die aller anderen Schüler des Hüters, und plötzlich wußte er nicht mehr, wie sie aussah, kannte nicht einmal mehr ihren Namen. Das Durcheinander in seinem Kopf überschlug sich, als er mühsam versuchte, sich ihr Äußeres ins Gedächtnis zu rufen.

Plötzlich fiel es ihm ein: der Todeszauber. Lunetta hatte gesagt, wenn er funktionierte, würde er sich wahrscheinlich nicht an sie erinnern. Daß der Zauber sogar ihren Namen auslöschen würde, darauf war er nicht gekommen. Aber das mußte die Erklärung sein.

Tobias zuckte mit den Achseln und lächelte. »Es tut mir leid, Lord Rahl, aber offenbar sind meine Gedanken durch die Dinge, die Ihr heute abend ansprechen mußtet, ein wenig verwirrt.« Er lachte stillvergnügt in sich hinein und tippte sich an die Schläfe. »Vermutlich werde ich alt und vergeßlich. Vergebt mir.«

»Ihr greift Menschen auf offener Straße auf, um sie über die Mutter Konfessor auszufragen, weil Ihr hofft, sie lebend zu finden, um sie beschützen zu können, könnt Euch aber nicht erinnern, wie sie aussieht, und wißt nicht einmal mehr ihren Namen? Ich hoffe, Ihr habt Verständnis dafür, General, daß von meinem Platz hinter diesem Tisch aus ›vergeßlich‹ eine milde Umschreibung dieses Sachverhalts darstellt. Ich muß darauf bestehen, daß Ihr diese törichte, schlechtberatene Suche ebenso vergeßt wie ihren Namen und Euch statt dessen mit der Zukunft Eures Volkes befaßt.«

Brogan merkte, wie es in seiner Wange zuckte, als er erneut die Hände ausbreitete. »Aber Lord Rahl, versteht Ihr denn nicht? Wenn man die Mutter Konfessor lebend fände, wäre Euch dies bei Euren Bemühungen eine große Hilfe. Wenn sie lebt und Ihr sie von Eurer Entschlossenheit und der Notwendigkeit Eures Planes überzeugen könntet, wäre sie Euch von unschätzbarem Wert. Würde sie Euren Plänen zustimmen, dann hätte dies bei den Menschen in den Midlands ein großes Gewicht. Obwohl es wegen des unglücklichen Vorgehens des Rates, das, in aller Offenheit, mein Blut in Wallungen versetzt, nicht den Anschein hat, so empfinden viele in den Midlands großen Respekt für sie und würden sich durch ihr Einverständnis mitreißen lassen. Möglicherweise – und das wäre ein toller Coup – könnt Ihr sie sogar überzeugen, Euch zu heiraten.«

»Ich bin entschlossen, die Königin von Galea zu heiraten.«

»Trotzdem, wenn sie lebte, könnte sie Euch helfen.« Brogan strich sich über die Narbe neben seinem Mund und fixierte den Mann hinter dem Tisch mit den Augen. »Haltet Ihr es für möglich, Lord Rahl, daß sie noch lebt?«

»Ich war zu dieser Zeit nicht hier, doch man hat mir berichtet, Tausende von Menschen hätten mitangesehen, wie sie enthauptet wurde. Sie glauben, daß sie tot ist. Zugegeben, wenn sie noch lebte, wäre sie als Verbündete von unschätzbarem Wert, aber das ist nicht der Punkt. Der Punkt ist, könnt Ihr mir einen einzigen guten Grund nennen, warum sich all diese Menschen irren sollten?«

»Nun, das nicht, aber ich denke –«

Lord Rahl schlug krachend mit der Faust auf den Tisch. Selbst die beiden Wachen schreckten hoch. »Genug davon! Haltet Ihr mich für so dumm, daß ich mich durch diese Spekulationen vom Friedensprozeß abbringen lassen würde? Glaubt Ihr, ich räume Euch irgendwelche besonderen Vorrechte ein, nur weil Ihr mir Vorschläge macht, wie ich die Bevölkerung in den Midlands für mich gewinnen kann? Ich sagte es Euch bereits, es wird keine Vergünstigungen geben! Ihr werdet genauso behandelt werden wie jedes andere Land.«

Tobias fuhr sich mit der Zunge über die Lippen. »Natürlich, Lord Rahl. Das war nicht meine Absicht –«

»Wenn Ihr weiterhin nach einer Frau sucht, deren Enthauptung Tausende gesehen haben, und das auf Kosten Eurer Verantwortung, die Zukunft Eures Landes vorzuzeichnen, dann werdet Ihr am Ende von meinem Schwert durchbohrt.«

Tobias verbeugte sich. »Natürlich, Lord Rahl. Wir werden sofort mit Eurer Botschaft in unsere Heimat aufbrechen.«

»Ihr werdet nichts dergleichen tun. Ihr werdet hierbleiben.«

»Aber ich muß dem König doch Eure Botschaft überbringen.«

»Euer König ist tot.« Lord Rahl zog eine Braue hoch. »Oder wollt Ihr damit sagen, daß Ihr auch seinem Schatten nachjagen wollt, weil Ihr annehmt, er versteckt sich vielleicht zusammen mit der Mutter Konfessor?«

Lunetta lachte leise in sich hinein. Brogan warf ihr einen Blick zu, und das Lachen brach unvermittelt ab. Brogan spürte, daß ihm das Lächeln vergangen war. Es gelang ihm, wenigstens eine Andeutung davon wieder auf die Lippen zu bringen.

»Man wird zweifellos einen neuen König ernennen. So ist es Brauch in unserem Land: Wir werden von einem König regiert. Ihm, dem neuen König, wollte ich die Botschaft überbringen, Lord Rahl.«

»Da jeder neuernannte König zweifellos Eure Marionette wäre, ist Eure Reise überflüssig. Ihr werdet in Eurem Palast bleiben, bis Ihr Euch entschließt, meine Bedingungen zu akzeptieren und Euch zu ergeben.«

Brogans Lächeln wurde breiter. »Wie Ihr wünscht, Lord Rahl.«

Er versuchte, unauffällig das Messer aus der Scheide an seinem Gürtel zu ziehen. Sofort hielt ihm eine der Mord-Siths ihren roten Stab in einem Zentimeter Abstand vors Gesicht. Er stockte.

Er sah hoch in ihre blauen Augen und hatte Angst, sich zu bewegen. »Eine Sitte meines Landes, Lord Rahl. Ich wollte niemanden bedrohen. Ich wollte Euch mein Messer übergeben, zum Beweis meiner Absicht, Euren Wünschen zu entsprechen und im Palast zu bleiben. Es handelt sich um eine Art, mein Wort zu geben, um ein Symbol meiner Aufrichtigkeit. Gestattet Ihr?«

Die Frau starrte ihm unverdrossen in die Augen. »Schon gut, Berdine«, meinte Lord Rahl zu ihr.

Sie zog sich zurück, wenn auch nur widerstrebend und mit haßerfülltem Blick. Brogan zog das Messer langsam heraus und legte es vorsichtig, den Griff zuerst, auf die Kante des Schreibtisches. Lord Rahl nahm das Messer und legte es zur Seite.

»Danke, General.« Brogan hielt seine Hand auf. »Was soll das?«

»Der Brauch, Lord Rahl. In meinem Land ist es bei der feierlichen Übergabe eines Messers Brauch, daß, um Schande zu vermeiden, die Person, der man es überreicht, eine Münze zurückgibt, Silber für Silber, als Zeichen des guten Willens und des Friedens.«

Lord Rahl, Brogan keinen Moment aus den Augen ließ dachte kurz darüber nach, dann lehnte er sich zurück und zog eine Silbermünze aus der Tasche. Er schob sie über den Tisch. Brogan reichte hinauf, nahm die Münze und ließ sie dann in seine Jackentasche gleiten, doch nicht bevor er einen Blick auf die Prägung geworfen hatte: der Palast der Propheten.

Tobias verbeugte sich. »Danke, daß Ihr meinen Brauch respektiert habt, Lord Rahl. Wenn sonst nichts weiter anliegt, werde ich mich jetzt zurückziehen und Eure Worte überdenken.«

»Da wäre tatsächlich noch etwas. Ich hörte, der Lebensborn aus dem Schoß der Kirche betrachtet Magie alles andere als wohlwollend.« Er beugte sich ein wenig weiter vor. »Wie kommt es dann, daß Ihr eine Magierin bei Euch habt.«

Brogan sah hinüber zu der geduckten Gestalt, die neben ihm stand. »Lunetta? Aber sie ist meine Schwester, Lord Rahl. Sie begleitet mich überall hin. Ich liebe sie von ganzem Herzen – ihre Gabe, alles. An Eurer Stelle würde ich den Worten von Herzogin Lumholtz kein großes Gewicht beimessen. Sie ist Keltonierin, und die sollen, wie ich hörte, recht gut mit der Imperialen Ordnung stehen.«

»Das habe ich woanders auch gehört, von jemandem, der kein Keltonier ist.«

Brogan zuckte mit den Schultern. Nur zu gerne hätte er diese Köchin in die Finger gekriegt, um ihr das Plappermaul zu stopfen.

»Ihr batet darum, nach Euren Taten beurteilt zu werden, und nicht danach, was andere über Euch erzählen. Wollt Ihr mir das gleiche Recht verweigern? Was Ihr hört, entzieht sich meiner Kontrolle, aber meine Schwester besitzt die Gabe, und anders wollte ich es auch nicht.«

Lord Rahl lehnte sich in seinem Sessel zurück, sein Blick so durchdringend wie noch nie. »In der Armee der Imperialen Ordnung, die die Menschen in Ebinissia abgeschlachtet hat, gab es auch Soldaten des Lebensborns.«

»Ebenso wie D'Haraner.« Brogan zog die Augenbrauen hoch. »Von denen, die Ebinissia angegriffen haben, lebt keiner mehr. Das Angebot, das Ihr heute abend unterbreitet habt, soll doch ein neuer Anfang sein, oder täusche ich mich da? Jeder erhält Gelegenheit, sich Eurem Friedensangebot zu unterwerfen?«

Lord Rahl nickte langsam. »So ist es. Ein letztes noch, General. Ich habe gegen die Günstlinge des Hüters gekämpft, und ich werde das auch weiterhin tun. Im Kampf mit ihnen habe ich herausgefunden, daß sie keine Schatten brauchen, um sich darin zu verstecken. Es können die sein, die man zuletzt erwartet, schlimmer noch, sie können auf Geheiß des Hüters handeln, ohne es selbst zu merken.«

Brogan neigte den Kopf. »Das habe ich ebenfalls gehört.«

»Seht zu, daß der Schatten, den Ihr jagt, nicht der ist, den Ihr werft.«

Brogan runzelte die Stirn. Er hatte Lord Rahl heute vieles sagen gehört, was ihm nicht gefiel, aber dies war das erste Mal, daß er etwas nicht verstand. »Ich bin mir des Bösen, das ich verfolge, sehr gewiß, Lord Rahl. Seid nicht um meine Sicherheit besorgt.«

Brogan wollte sich schon abwenden, doch dann hielt er inne und sah über seine Schulter zurück. »Darf ich Euch zu Eurer Verlobung mit der galeanischen Königin gratulieren ... ich glaube wirklich, ich werde langsam vergeßlich. Offenbar kann ich keine Namen mehr behalten. Verzeiht mir. Wie war gleich ihr Name?«

»Königin Kahlan Amnell.«

Brogan machte eine Verbeugung. »Natürlich. Kahlan Amnell. Ich werde es nicht wieder vergessen.«

14. Kapitel

Richard starrte auf die hohe Mahagonitür, nachdem sie sich geschlossen hatte. Es war erfrischend, einem Menschen zu begegnen, der von so arglosem Wesen war, daß er inmitten so vieler eleganter Menschen in den Palast der Konfessoren kam und dabei ein Gewand aus zerlumpten Flicken bunter Stoffe trug. Bestimmt hatten alle gedacht, sie sei verrückt. Richard blickte an seiner schlichten, schmutzigen Kleidung hinunter. Er fragte sich, ob sie ihn auch für verrückt gehalten hatten. Vielleicht war er es sogar.

»Lord Rahl«, fragte Cara, »woher wußtet Ihr, daß sie eine Magierin ist?«

»Sie war in ihr Han gehüllt. Konntet Ihr das nicht an ihren Augen ablesen?«

Ihr rotes Leder knarzte, als sie sich mit der Hüfte neben ihm an den Tisch lehnte. »Ob es sich bei einer Frau um eine Magierin handelt, wissen wir erst, wenn sie ihre Kraft gegen uns benutzt, vorher nicht. Was ist ein Han?«

Richard fuhr sich mit der Hand durchs Gesicht und gähnte. »Ihre innere Kraft – die Lebensenergie. Ihre Magie.«

Cara zuckte mit den Achseln. »Ihr besitzt Magie, deswegen könnt Ihr es erkennen. Wir können das nicht.«

Er strich mit dem Daumen über das Heft seines Schwertes, während er mit einem abwesenden Brummen antwortete.

Mit der Zeit hatte er, ohne es zu merken, eine Art Sinn für die Magie eines Menschen entwickelt – wenn jemand seine Magie tatsächlich benutzte, konnte er es ihm normalerweise an den Augen ansehen. Obwohl sie bei jedem Menschen einzigartig war, vielleicht gerade wegen der Eigentümlichkeit ihrer Magie, hatten sie etwas gemeinsam. Vielleicht lag es daran, daß er, wie Cara gemeint hatte, die Gabe besaß, oder vielleicht war es auch einfach die Erfahrung, weil er diesen charakteristischen, zeitlosen Blick in den Augen so vieler Menschen mit Magie gesehen hatte: bei Kahlan, Adie, der Knochenfrau, der Hexe Shota, Du Chaillu, der Seelenfrau der Baka Ban Mana, Darken Rahl, Schwester Verna, Prälatin Annalina und bei zahllosen anderen Schwestern des Lichts.

Die Schwestern des Lichts waren Magierinnen, und er hatte oft den einzigartigen Glanz entrückter Gespanntheit in ihren Augen entdeckt, wenn sie mit ihrem Han eins wurden. Manchmal, wenn sie in einen Schleier aus Magie gehüllt waren, meinte er fast, die Luft um sie herum würde knistern. Es gab Schwestern, die eine Aura von solcher Kraft auszustrahlen schienen, daß sich ihm die Nackenhaare sträubten, wenn sie vorübergingen.

Diesen selben Blick hatte Richard in Lunettas Augen bemerkt – sie war in ihr Han gehüllt gewesen. Was er nicht wußte, war warum – weshalb stand sie dort, tat nichts und berührte doch ihr Han. Magierinnen hüllten sich normalerweise nicht in ihr Han, es sei denn, sie verfolgten einen Zweck damit – genau wie er sein Schwert nicht ohne Grund zog und so seine Magie heraufbeschwor. Vielleicht erfreute es ganz einfach ihr kindliches Gemüt, eben wie diese bunten Flicken. Doch das mochte Richard nicht recht glauben.

Vielleicht hatte Lunetta versucht, in Erfahrung zu bringen, ob er die Wahrheit sprach. Er wußte nicht genug über Magie, um mit Sicherheit zu sagen, ob das möglich war. Dennoch schienen Magierinnen oft irgendwie zu wissen, wenn er nicht aufrichtig war, und gaben ihm bei jeder Lüge das Gefühl, daß es für sie auch nicht offensichtlicher hätte sein können, wenn sein Haar plötzlich in Flammen aufgegangen wäre. Er hatte nichts riskieren wollen und war darauf bedacht gewesen, sich vor Lunetta nicht bei einer Lüge ertappen zu lassen – vor allem nicht was Kahlans Tod anbetraf.

Brogan hatte sich zweifellos für die Mutter Konfessor interessiert. Richard hätte ihm gerne geglaubt – was er sagte, ergab durchaus Sinn. Möglicherweise war es einfach die Sorge um Kahlans Sicherheit, die ihn allem gegenüber mißtrauisch machte.

»Der Mann bedeutet Ärger und scheint sich hier niederlassen zu wollen«, sagte er gegen seinen Willen laut.

»Wollt Ihr, daß wir ihm die Flügel stutzen, Lord Rahl?« Berdine ließ ihren Strafer, der an einer Kette an ihrem Handgelenk hing, hochschnappen und fing ihn in ihrer Hand auf. Sie zog eine Braue hoch. »Oder vielleicht etwas anderes, ein wenig tiefer?« Die anderen beiden Mord-Siths lachten amüsiert in sich hinein.

»Nein«, meinte Richard müde. »Ich habe mein Wort gegeben. Ich habe alle Leute gebeten, etwas Beispielloses zu tun, etwas, das ihr Leben für immer verändern wird. Ich muß zu meinem Wort stehen und ihnen allen Gelegenheit geben, zu erkennen, daß dies richtig ist und zum Wohl der Allgemeinheit geschieht und die beste Chance auf Frieden darstellt.«

Gratch gähnte, daß man seine Reißzähne sehen konnte, und ließ sich auf dem Boden hinter Richards Sessel nieder. Richard hoffte, daß der Gar nicht so müde war wie er selbst. Ulic und Egan schienen dem Gespräch nicht zuzuhören. Sie standen entspannt da, die Hände hinter dem Rücken verschränkt, reglos und hochaufragend wie die Säulen rings um den Saal. Ihre Augen jedoch wirkten keinesfalls entspannt, sie behielten die Ecken und die Nischen stets im Blick und paßten auf, obwohl der riesige Saal, abgesehen von der Achtergruppe auf dem prunkvollen Podium, verlassen war.

Nachdenklich rieb General Reibisch mit seinem fleischigen Daumen über den knollig-goldenen Fuß einer Lampe am Rand des Podiums. »Lord Rahl, war es Euch ernst damit, als Ihr sagtet, die Männer sollen nicht behalten, was sie erobert haben?«

Richard sah in die besorgten Augen des Generals. »Ja. Das ist die Art unserer Feinde, nicht unsere. Wir kämpfen für die Freiheit, nicht um der Beute willen.«

Der General wich seinem Blick aus und pflichtete ihm nickend bei.

»Habt Ihr dazu etwas anzumerken, General?«

»Nein, Lord Rahl.«

Richard ließ sich in seinen Sessel zurückfallen. »General Reibisch, ich war Waldführer, seit ich alt genug war, daß man mir vertrauen konnte. Nie zuvor mußte ich eine Armee befehligen. Ich gebe gern zu, daß ich über die Position, in der ich mich plötzlich wiederfinde, nicht allzuviel weiß. Ich könnte Eure Hilfe gebrauchen.«

»Meine Hilfe? Welche Art von Hilfe, Lord Rahl?«

»Eure Erfahrung könnte mir von Nutzen sein. Ich wäre Euch sehr dankbar, wenn Ihr Eure Meinung sagen würdet, anstatt damit hinterm Berg zu halten und immer nur ›Ja, Lord Rahl‹ zu sagen. Kann sein, daß ich nicht einer Meinung mit Euch bin, kann sein, daß ich wütend werde, aber ich werde Euch nicht dafür bestrafen, wenn Ihr mir Eure Gedanken mitteilt. Wenn Ihr Euch meinen Befehlen widersetzt, werde ich Euch ablösen lassen, aber es steht Euch frei, zu sagen, was Ihr davon haltet. Das ist eines der Dinge, für die wir kämpfen.«

Der General verschränkte die Hände hinter seinem Rücken. Seine Armmuskeln glänzten unter dem Kettenpanzer, und unter den Ringen aus Metall konnte Richard auch die weißen Narben seines Ranges erkennen. »Bei den d'Haranischen Soldaten ist es Brauch, die Besiegten auszuplündern. Die Männer erwarten das.«

»In der Vergangenheit haben Führer das vielleicht toleriert oder sogar ermutigt, aber ich werde das nicht tun.«

Ein Seufzer war Kommentar genug. »Wie Ihr wünscht, Lord Rahl.«

Richard rieb sich die Schläfen. Er hatte Kopfschmerzen, weil er zu wenig geschlafen hatte. »Begreift Ihr nicht? Hier geht es nicht darum, Länder zu erobern und anderen etwas wegzunehmen, hier geht es darum, die Unterdrückung zu bekämpfen.«

Der General stellte einen Stiefel auf die goldene Strebe eines Sessels und hakte einen Daumen hinter seinen breiten Gürtel. »Ich sehe da keinen großen Unterschied. Aus meiner Erfahrung ist der Herrscher Rahl immer überzeugt, es am besten zu wissen, und will stets die Welt beherrschen. Ihr seid Eures Vaters Sohn. Krieg ist Krieg. Gründe machen für uns keinen Unterschied. Wir kämpfen, weil man es von uns verlangt, genau wie die auf der anderen Seite. Gründe bedeuten einem Mann nicht viel, der das Schwert schwingt, um seinen Kopf zu retten.«

Richard schlug krachend mit der Faust auf den Tisch. Gratch riß plötzlich hellwach die leuchtend grünen Augen auf. Am Rand seines Gesichtsfeldes sah Richard rotes Leder, das sich näherte.

»Die Männer, die die Schlächter von Ebinissia verfolgten, hatten einen Grund! Dieser Grund, und nicht die Beute war es, der ihnen die Kraft gab, die sie brauchten, um sich durchzusetzen. Sie waren ein Verband von fünftausend galeanischen Rekruten ohne jede Kampferfahrung, und doch haben sie General Riggs und seine Armee von über fünfzigtausend Mann besiegt.«

General Reibisch runzelte die Stirn. »Rekruten? Ihr täuscht Euch ganz bestimmt, Lord Rahl. Ich kenne Riggs, er ist ein erfahrener Soldat. Das waren kampfgestählte Truppen. Ich habe Berichte über diese Schlacht erhalten. Sie ergehen sich in schauerlichen Einzelheiten dessen, was diesen Männern beim Versuch, sich aus den Bergen freizukämpfen, zugestoßen ist. Auf diese Weise konnten sie nur von einer überwältigenden Übermacht vernichtet werden.«

»Dann besaß Riggs vermutlich als Soldat nicht die Erfahrung, die nötig gewesen wäre. Ihr habt Berichte aus zweiter Hand, ich aber habe die Geschichte aus einer unanfechtbaren Quelle, von jemandem, der selbst dabei war. Fünftausend Mann, Knaben eigentlich, kamen zufällig nach Ebinissia, nachdem Riggs und seine Leute damit fertig waren, die Frauen und Kinder dort niederzumetzeln. Diese Rekruten verfolgten Riggs und schlugen seine Armee vernichtend. Als es vorüber war, standen nicht einmal mehr tausend dieser jungen Männer auf den Beinen, doch weder Riggs noch ein einziger Soldat seiner Streitmacht lebte noch.«

Richard verschwieg, daß diese Rekruten ohne Kahlan, die ihnen alles beigebracht hatte, was sie tun mußten, die sie in die ersten Schlachten geführt und ihnen in der Hölle des Gefechts den Weg gewiesen hatte, wahrscheinlich innerhalb eines Tages in den Dreck gestampft worden wären. Aber er wußte auch, daß es ihr Pflichtgefühl gewesen war, das ihnen den Mut gegeben hatte, ihr zuzuhören und sich gegen eine unglaubliche Übermacht zu stellen.

»Das ist die Kraft der Motivation, General. Das ist es, was Männer erreichen können, wenn sie starke Gründe haben und für eine gerechte Sache kämpfen.«

Ein säuerlicher Ausdruck zog das Gesicht des Generals zusammen. »Die D'Haraner haben den größten Teil ihres Lebens gekämpft und wissen, was sie tun. Im Krieg geht es ums Töten. Man tötet die anderen, bevor diese einen töten können, das ist alles. Wer gewinnt, hat recht gehabt.

Gründe sind die Ausbeute des Sieges. Ist der Feind vernichtet, dann schreiben die Führer die Gründe in Büchern nieder und halten bewegende Reden darüber. Hat man gute Arbeit geleistet, dann ist von den Feinden niemand mehr übrig, der diesen Gründen widersprechen könnte. Wenigstens nicht bis zum nächsten Krieg.«

Richard kämmte sich mit den Fingern die Haare zurück. Was tat er hier eigentlich? Was glaubte er, erreichen zu können, wenn schon seine Mitstreiter nicht an das glaubten, was er sich vorgenommen hatte?

Oben, von der verputzten Kuppeldecke, blickten die gemalten Figuren von Magda Searus – der ersten Mutter Konfessor, wie Kahlan ihm erzählt hatte – und ihres Zauberers Merritt auf ihn herab. Mißbilligend, wie es schien.

»General, was ich heute abend versucht habe, als ich zu den Leuten sprach, hat damit zu tun, daß ich dem Töten ein Ende machen wollte. Ich wollte der Freiheit und dem Frieden eine Chance geben, damit sie endlich Wurzeln schlagen können.

Ich weiß, es klingt paradox, aber begreift Ihr nicht? Wenn wir uns ehrenvoll verhalten, dann werden sich uns alle rechtschaffenen Länder anschließen, die Frieden und Freiheit wollen. Wenn sie sehen, daß wir kämpfen, um dem Kämpfen ein Ende zu machen, und nicht einfach nur um der Eroberung und der Herrschaft oder der Beute willen, dann werden sie auf unserer Seite stehen, und die Kräfte des Friedens werden unschlagbar sein.

Zur Zeit legt der Aggressor die Regeln fest, und wir haben nur eine Wahl: zu kämpfen oder uns zu unterwerfen, aber ...«

Mit einem niedergeschlagenen Seufzer ließ er den Kopf an die Sessellehne sinken. Er schloß die Augen, konnte den Blick des Zauberers Merritt oben nicht länger ertragen. Merritt sah aus, als wollte er jeden Augenblick zu einem Vortrag über die Torheit der Vermessenheit ansetzen.

Soeben hatte er öffentlich bekanntgegeben, daß er die Welt beherrschen wollte, aus Gründen, die selbst seine eigenen Gefolgsleute für leeres Gerede hielten. Plötzlich kam er sich vor wie ein hoffnungsloser Narr. Er war nichts weiter als ein Waldführer, den man zum Sucher gemacht hatte, kein Herrscher. Nur weil er die Gabe besaß, begann er zu glauben, er könne etwas bewirken. Die Gabe. Er wußte nicht einmal, wie er seine Gabe benutzen konnte.

Wie konnte er so vermessen sein, zu glauben, das könne funktionieren? Er war so müde, daß er nicht mehr klar denken konnte. Er wußte nicht einmal mehr, wann er zuletzt geschlafen hatte.

Er wollte niemanden beherrschen. Er wollte bloß, daß alles aufhörte, damit er bei Kahlan sein und sein Leben leben konnte, ohne kämpfen zu müssen. Die vorletzte Nacht mit ihr zusammen war die reine Wonne gewesen. Das war alles, was er sich wünschte.

General Reibisch räusperte sich. »Ich habe nie zuvor für irgend etwas gekämpft. Ich meine, aus einem anderen Grund als dem, daß es meine Pflicht war. Vielleicht ist die Zeit gekommen, es auf Eure Art zu versuchen.«

Richard löste sich von der Sessellehne und sah den Mann stirnrunzelnd an. »Sagt Ihr das nur, weil Ihr glaubt, daß ich es hören will?«

»Nun«, antwortete der General, während er mit dem Daumennagel in den Eichelschnitzereien auf der Schreibtischkante polkte, »die Seelen wissen, niemand wird dies glauben, aber ich bin überzeugt, daß sich Soldaten den Frieden mehr als alle anderen wünschen. Wir wagen nur deshalb nicht, davon zu träumen, weil wir soviel Morden sehen, daß wir mittlerweile denken, es könne gar nicht anders sein. Und wenn man zu lange grübelt, dann verweichlicht man, und wenn man verweichlicht, bringt einen das um. Tritt man aber auf, als sei man erpicht aufs Kämpfen, stimmt das den Feind nachdenklich, und er überlegt, ob er einem einen Grund liefern soll. Ganz wie das Paradoxon, von dem Ihr gesprochen habt.

Wenn man all dies Kämpfen und Morden erlebt, fragt man sich, ob es eine andere Möglichkeit gibt als das zu tun, was von einem verlangt wird – Menschen umzubringen. Man fragt sich, ob man eine Art Ungeheuer ist, das zu nichts anderem taugt. Vielleicht war es das, was mit diesen Soldaten passiert ist, die Ebinissia angegriffen haben. Vielleicht haben sie einfach nur der Stimme in ihrem Kopf nachgegeben.

Wenn uns das gelingt, vielleicht würde dann das Töten tatsächlich endgültig aufhören, wie Ihr sagt.« Er drückte einen langen Splitter zurück, den er gelockert hatte. »Vermutlich hofft ein Soldat immer, daß er sein Schwert niederlegen kann, wenn er erst einmal alle Menschen umgebracht hat, die ihn töten wollen. Die Seelen wissen, daß niemand das Töten mehr haßt als gerade die, die dazu gezwungen sind.« Er stieß einen langen Seufzer aus. »Ah, aber das will niemand glauben.«

Richard lächelte. »Ich glaube es.«

Der General sah auf. »Man findet nur selten jemand, der wirklich begreift, was es heißt zu töten. Die meisten verherrlichen es entweder, oder sie fühlen sich abgestoßen, denn sie wissen nicht, wie schmerzlich die Tat selbst ist, wie quälend die Verantwortung. Ihr seid gut im Töten. Es freut mich, daß Ihr es nicht genießt.«

Richard löste den Blick vom General und suchte das tröstliche Dunkel des Schattens hinter den Bögen zwischen den Marmorsäulen. Wie er den versammelten Vertretern erklärt hatte, war er in einer Prophezeiung erwähnt worden. Eine der ältesten Prophezeiungen bezeichnete ihn auf Hochd'Haran als *fuer grissa ost drauka* – den Bringer des Todes. Dieser Name traf dreifach zu: auf denjenigen, der das Reich der Toten und die Welt der Lebenden zusammenbringen konnte, indem er den Schleier zur Unterwelt zerriß, auf den, der die Seelen der Toten herbeirief, was er immer dann tat, wenn er die Magie seines Schwertes benutzte und mit den Toten tanzte, und im gemeinsten Sinn des Wortes auf den, der tötet.

Berdine gab Richard einen Klaps auf den Rücken, daß seine Zähne klapperten, und brach damit das beklemmende Schweigen. »Ihr habt uns nicht erzählt, daß Ihr eine Braut gefunden habt. Hoffentlich plant Ihr, vor der Hochzeitsnacht ein Bad zu nehmen, sonst wird sie Euch davonjagen.« Die drei Frauen lachten.

Zu Richards Überraschung hatte er noch die Kraft zu lächeln. »Ich bin nicht der einzige, der stinkt wie ein Pferd.«

»Wenn das alles war, Lord Rahl, dann werde ich mich jetzt am besten um ein paar anstehende Angelegenheiten kümmern.« General Reibisch richtete sich auf und kratzte sich den rostfarbenen Bart. »Wie viele Menschen werden wir Eurer Ansicht nach töten müssen, bis wir diesen Frieden haben, von dem Ihr gesprochen habt?« Er lächelte schief. »Damit ich weiß, wie weit der Weg noch ist, bis ich keine Wache mehr brauche, die mir den Rücken freihält, wenn ich mich zu einem Nickerchen niederlege.«

Richard und Reibisch wechselten einen langen Blick. »Vielleicht kommen sie auch zur Besinnung und ergeben sich, und wir brauchen nicht zu kämpfen.«

General Reibisch stieß grunzend ein zynisches Lachen hervor. »Mit Verlaub, ich denke, ich werde veranlassen, daß die Männer ihre Schwerter wetzen, für alle Fälle.« Er sah auf. »Wißt Ihr, wie viele Länder es in den Midlands gibt?«

Richard überlegte einen Augenblick. »Offen gestanden nein. Nicht alle Länder sind groß genug, um in Aydindril vertreten zu sein, aber von diesen sind viele immer noch groß genug, um Soldaten unter Waffen zu haben. Die Königin wird es wissen. Sie wird bald zu uns stoßen und uns helfen.«

Auf seinem Kettenpanzer tanzten winzige Lichtpunkte, Spiegelungen der Lampen. »Ich werde sofort damit beginnen, unter den Streitkräften der Palastwachen aufzuräumen, bevor sie Gelegenheit haben, sich zu formieren. Vielleicht geht es auf diese Weise ruhig und friedlich ab. Vermutlich wird aber noch vor Ende dieser Nacht eine der Palastwachen versuchen, auszubrechen.«

»Sorgt dafür, daß genügend Leute um den Palast von Nicobarese stehen. Lord General Brogan darf die Stadt nicht verlassen. Ich traue dem Mann nicht, aber ich habe ihm mein Wort gegeben, daß er die gleiche Chance erhält wie alle anderen.«

»Ich werde dafür Sorge tragen.«

»Und, General, sagt den Männern, sie sollen auf seine Schwester Lunetta achtgeben.« Richard spürte eine seltsame Sympathie für Tobias Brogans Schwester, für ihre scheinbare Arglosigkeit. Ihre Augen gefielen ihm. Er richtete sich auf. »Wenn sie ihren Palast in der Absicht, abzuziehen, verlassen, dann haltet genügend Bogenschützen an strategischen Stellen und in Schußweite bereit. Wenn sie von ihrer Magie Gebrauch macht, geht kein Risiko ein und zögert nicht.«

Richard war es bereits jetzt zuwider. Noch nie zuvor hatte er Männer in einen Kampf schicken müssen, in dem Menschen verletzt oder getötet werden konnten. Er mußte daran denken, was die Prälatin ihm einst erklärt hatte: Zauberer waren gezwungen, die Menschen für das zu benutzen, was getan werden mußte.

General Reibisch betrachtete Ulic und Egan, die schwiegen, den Gar und die drei Frauen. Er richtete das Wort an sie, vorbei an Richard. »Eintausend Mann werden hellwach sein und nur einen Ruf entfernt, falls Ihr sie braucht.«

Nachdem der General gegangen war, wurde Caras Miene ernst. »Ihr müßt schlafen, Lord Rahl. Als Mord-Sith weiß ich, wann ein Mann erschöpft ist und jederzeit zusammenbrechen kann. Eure Welteroberungspläne könnt Ihr morgen schmieden, wenn Ihr Euch ausgeruht habt.«

Richard schüttelte den Kopf. »Augenblick noch. Ich muß zuerst noch einen Brief schreiben.«

Berdine lehnte sich neben Cara an den Schreibtisch und verschränkte die Arme. »Einen Liebesbrief an Eure Braut?«

Richard zog eine Schublade auf. »So etwas Ähnliches.«

Berdine setzte ein kokettes Lächeln auf. »Vielleicht können wir Euch helfen. Wir werden Euch verraten, was man sagen muß, damit ihr Herz klopft und sie vergißt, daß Ihr ein Bad benötigt.«

Raina gesellte sich zu den Schwestern des Strafers am Tisch und lächelte schelmisch, wobei ihre dunklen Augen funkelten. »Wir werden Euch Unterricht geben, wie man ein richtiger Gatte wird. Ihr und Eure Königin werden erfreut sein, daß wir euch mit Rat zur Seite stehen.«

»Und es wäre besser, wenn Ihr auf uns hört«, warnte Berdine, »sonst bringen wir ihr bei, wie sie Euch nach ihrer Pfeife tanzen lassen kann.«

Richard schob Berdine zur Seite, damit er an die Schubladen hinter ihr herankam. In der untersten fand er Papier. »Wieso geht Ihr nicht und schlaft ein wenig«, meinte er abwesend, während er nach Feder und Tinte suchte. »Ihr habt in den letzten Nächten sicher kaum mehr Schlaf bekommen als ich.«

Cara reckte in gespielter Empörung die Nase empor. »Wir werden Wache stehen, während Ihr schlaft. Frauen sind stärker als Männer.«

Richard mußte daran denken, daß Denna ihm genau dasselbe gesagt hatte, nur hatte sie das nicht im Scherz gemeint. Solange jemand in der Nähe war, ließen diese drei niemals in ihrer Wachsamkeit nach. Er war der einzige, dem sie trauten, wenn sie sich in feiner Lebensart üben wollten. Er fand, daß sie reichlich Übung nötig hatten. Vielleicht war das der Grund, warum sie ihren Strafer nicht aufgeben wollten: Sie waren nie etwas anderes gewesen als Mord-Siths und hatten Angst, sie würden es nicht schaffen.

Cara beugte sich vor und warf einen Blick in die leere Schublade, bevor er sie zurückschob. Sie warf ihren blonden Zopf über ihre Schulter. »Sie muß Euch sehr mögen, Lord Rahl, wenn sie bereit ist, Euch ihr Land zu übergeben. Ich weiß nicht, ob ich das für einen Mann tun würde, selbst wenn es jemand wäre wie Ihr. Er müßte sich mir ergeben.«

Richard scheuchte sie zur Seite und fand endlich Feder und Tinte in einer Schublade, die er zuerst geöffnet hätte, wäre Cara nicht im Weg gewesen. »Da habt Ihr recht, sie mag mich wirklich sehr. Aber was die Kapitulation ihres Landes anbegrifft, nun, davon hab' ich ihr noch gar nichts erzählt.«

Cara faltete die Arme auseinander. »Soll das etwa heißen, Ihr müßt noch ihre Kapitulation verlangen, so wie Ihr es heute abend bei den anderen getan habt?«

Richard schraubte den Korken aus dem Tintenfaß. »Das ist der Grund, weshalb ich sofort diesen Brief schreiben muß, um ihr meine Pläne zu erklären. Warum seid Ihr drei nicht einfach still und laßt mich schreiben?«

Raina hockte sich mit einem besorgten Ausdruck in den Augen neben seinen Sessel. »Was ist, wenn sie die Hochzeit absagt? Königinnen sind stolz. Vielleicht will sie nichts dergleichen tun.«

Eine Woge von Unsicherheit durchfuhr Richard. Eigentlich war es sogar noch schlimmer. Diese drei Frauen begriffen überhaupt nicht, um was er Kahlan bat. Er stand nicht im Begriff, eine Königin um die Kapitulation ihres Landes zu bitten, er bat die Mutter Konfessor um die Kapitulation aller Midlands.

»Sie hat sich der Niederwerfung der Imperialen Ordnung ebenso verschrieben wie ich. Sie hat mit einer Entschlossenheit gekämpft, die eine Mord-Sith erbleichen lassen würde. Sie wünscht sich ebensosehr wie ich, daß das Töten ein Ende hat. Sie liebt mich und wird verstehen, daß ich sie um etwas Gutes bitte.«

Raina seufzte. »Nun, falls nicht, werden wir Euch beschützen.«

Richard fixierte sie mit einem derart wütenden Blick, daß sie rückwärts taumelte, als hätte er sie geschlagen. »Denkt nie, niemals daran, Kahlan auch nur ein Haar zu krümmen. Ihr werdet sie ebenso beschützen wie mich, oder Ihr könnt auf der Stelle gehen und Euch den Truppen meiner Feinde anschließen. Ihr Leben muß Euch ebensoviel bedeuten wie das meine. Schwört es auf Euern Bund mit mir. Schwört es!«

Raina schluckte. »Ich schwöre es, Lord Rahl.«

Er funkelte die anderen beiden Frauen wütend an. »Schwört es.«

»Ich schwöre es, Lord Rahl«, sagten sie wie aus einem Mund.

Er sah zu Ulic und Egan hinüber.

»Ich schwöre es, Lord Rahl«, sagten die beiden wie ein Mann.

Er ließ von seinem aggressiven Tonfall ab. »Also gut.«

Richard legte das Papier vor sich auf den Schreibtisch und versuchte nachzudenken. Alle hielten sie für tot, es gab keinen anderen Weg. Die Menschen durften nicht erfahren, daß sie noch lebte, sonst könnte jemand versuchen, das Werk zu vollenden, welches der Rat bereits vollbracht zu haben glaubt. Sie würde es schon verstehen, er mußte es ihr nur richtig erklären.

Richard spürte die Gestalt der Magda Searus über sich, die wütend auf ihn herniederblickte. Er wagte nicht, den Kopf zu heben, aus Angst, ihr Zauberer Merrit könnte einen Blitz herabsenden und ihn für das bestrafen, was er gerade tat.

Kahlan mußte ihm glauben. Sie hatte ihm einmal gesagt, sie würde notfalls sterben, um ihn zu beschützen, um die Midlands zu retten – sie würde alles tun. Alles.

Cara setzte sich auf ihre Hände. »Ist die Königin hübsch?« Sie hatte wieder ihr schelmisches Lächeln im Gesicht. »Wie sieht sie aus? Wir werden ihr gehorchen, aber Kleider werden Mord-Siths nicht anziehen.«

Richard seufzte innerlich. Sie versuchten bloß, die Stimmung aufzuheitern und taten, als wären sie zu Scherzen aufgelegt. Er fragte sich, wie viele Menschen diese ›zu Scherzen aufgelegten‹ Frauen wohl getötet hatten. Er schalt sich selbst. Das war nicht fair, schon gar nicht, wenn es vom Bringer des Todes kam. Gerade erst heute war eine von ihnen umgekommen, als sie ihn beschützen wollte. Die arme Hally hatte gegen einen Mriswith keine Chance gehabt.

Ebensowenig wie Kahlan.

Er mußte ihr helfen. Das war das einzige, an das er denken konnte, und jede Minute, die verstrich, war vielleicht schon eine Minute zu spät. Er mußte sich beeilen. Er überlegte, was er schreiben sollte. Er durfte nicht verraten, daß Königin Kahlan in Wirklichkeit die Mutter Konfessor war. Wenn der Brief in falsche Hände fiel …

Richard sah auf, als er hörte, wie die Tür sich quietschend öffnete. »Wo willst du hin, Berdine?«

»Mir ein eigenes Bett suchen. Wir werden abwechselnd bei Euch Wache stehen.« Sie stemmte eine Hand in die Hüfte und ließ mit der anderen den Strafer an der Kette um ihr Handgelenk kreisen. »Reißt Euch zusammen, Lord Rahl. Ihr werdet schon bald eine neue Braut in Eurem Bett haben. Bis dahin könnt Ihr warten.«

Richard konnte nicht anders, er mußte lächeln. Er mochte Berdines schrägen Sinn für Humor. »General Reibisch meinte, es stünden eintausend Mann Wache, es ist also nicht nötig –«

Berdine zwinkerte ihm zu. »Lord Rahl, ich weiß, mich mögt Ihr am liebsten, aber hört auf, mir beim Gehen aufs Hinterteil zu starren und schreibt Euren Brief.«

Richard tippte mit dem gläsernen Griff der Feder gegen seine Zähne, als die Tür sich schloß.

Cara legte nachdenklich die Stirn in Falten. »Lord Rahl, glaubt Ihr, die Königin ist eifersüchtig auf uns?«

»Warum sollte sie eifersüchtig sein?« murmelte er und kratzte sich im Nacken. »Dazu hat sie keinen Grund.«

»Na ja, haltet Ihr uns nicht für attraktiv?«

Richard hob den Kopf und sah sie erstaunt an. Er zeigte auf die Tür. »Alle beide, verschwindet! Stellt Euch an die Tür und sorgt dafür, daß niemand hereinkommen kann, um Euern Lord Rahl umzubringen. Wenn Ihr still seid, wie Ulic und Egan hier, und mich diesen Brief schreiben laßt, dürft Ihr auf dieser Seite der Tür bleiben. Wenn nicht, werdet Ihr von der anderen Seite aus aufpassen.«

Sie verdrehten die Augen, doch beide schmunzelten, als sie den Saal durchquerten. Es freute sie ganz offenbar, daß sie ihm mit ihrer Stichelei eine Reaktion entlockt hatten. Wahrscheinlich waren Mord-Siths geradezu ausgehungert nach neckischen Spielereien. Er hatte allerdings wichtigere Dinge im Kopf.

Richard starrte das leere Blatt Papier an und versuchte, während die Müdigkeit seinen Verstand umnebelte, nachzudenken. Gratch legte ihm seine pelzige Pfote aufs Bein und schmiegte sich an ihn, als Richard die Feder in das Tintenfaß tauchte.

Geliebte Königin, begann er mit der einen Hand, derweil er mit der anderen die Pfote auf seinem Schoß tätschelte.

15. Kapitel

Tobias blickte suchend in das verschneite Dunkel, während sie durch die anwachsenden Verwehungen stapften. »Hast du auch ganz bestimmt getan, was ich dir aufgetragen habe?«

»Ja, mein Lord General. Wie ich Euch sagte, sie sind gebannt.«

Hinter ihnen waren die Lichter des Palastes der Konfessoren und der umliegenden Gebäude des Stadtzentrums längst mit dem wirbelnden Schneesturm verschmolzen, der von den Bergen heruntergetost war, während sie drinnen noch Lord Rahl zugehört hatten, der den Vertretern der Midlands seine absurden Forderungen verkündete.

»Aber wo sind sie dann?« Wenn du sie verlierst und sie erfrieren da draußen, werde ich mehr als ungehalten über dich sein, Lunetta.«

»Ich weiß, wo sie sind, Lord General«, behautpete sie hartnäckig. »Ich werde sie nicht verlieren.« Sie blieb stehen und hob die Nase, sog schnuppernd die Luft ein. »Hier entlang.«

Tobias und Galtero sahen sich stirnrunzelnd an, dann machten sie kehrt und folgten ihr, während sie hastig tippelnd in der Dunkelheit hinter der Königsstraße verschwand. Manchmal konnte er die dunklen Umrisse der im Sturm schemenhaft wirkenden Paläste gerade eben erkennen. Sie boten mit ihren gespenstischen Lichtern Markierungspunkte in der Orientierungslosigkeit des fallenden Schnees.

In der Ferne konnte er das flüchtige Klirren von Rüstungen hören. Es klang, als wären es eher Soldaten als nur eine einfache Patrouille. Wahrscheinlich würden die D'Haraner noch vor Ende der Nacht etwas unternehmen, um ihre Stellung in Aydindril zu festigen. Das zumindest würde er an ihrer Stelle tun: zuschlagen, bevor der Gegner Gelegenheit findet, seine Alternativen richtig zu überlegen. Nun, egal, er hatte ohnehin nicht vor, zu bleiben.

Tobias blies den Schnee von seinem Schnäuzer. »Du hast gehört, was er gesagt hat, oder?«

»Ja, Lord General, aber ich sagte es Euch schon, ich konnte es nicht erkennen.«

»Er ist nicht anders als alle anderen auch. Bestimmt hast du nicht aufgepaßt. Ich wußte, daß du nicht aufpassen würdest. Du hast an deinen Armen rumgekratzt und nicht richtig zugehört.«

Lunetta warf ihm einen kurzen Blick über die Schulter zu. »Er ist anders. Ich weiß nicht, wieso, aber er ist anders. Noch nie zuvor habe ich eine Magie wie seine gespürt. Ich wußte nicht, ob er mit jedem Wort die Wahrheit spricht oder lügt, aber ich glaube, er hat die Wahrheit gesagt.« Sie schüttelte verwundert den Kopf. »Ich kann Sperren überwinden. Ich kann Sperren immer überwinden. Sperren jeder Art: aus Luft, Wasser, Erde, Feuer, Eis, jeder Art. Selbst aus Geist. Aber seine…?«

Tobias lächelte abwesend. Es spielte keine Rolle. Er war auf ihre schmutzige Begabung nicht angewiesen. Er wußte ohnehin Bescheid.

Sie murmelte immer weiter vor sich hin, über die eigenartigen Aspekte von Lord Rahls Magie und daß sie von ihr fort wollte, fort von diesem Ort, der ihre Haut jucken machte wie noch nie zuvor. Er hörte nur halb zu. Ihr Wunsch, von Aydindril fortzugehen, würde erfüllt werden, sobald er sich noch um ein paar Dinge gekümmert hatte.

»Was schnupperst du?« knurrte er.

»Abfälle, mein Lord General. Küchenabfälle.«

Tobias krallte seine Faust in ihre bunten Lumpen. »Abfälle? Du hast sie in einem Abfallhaufen gelassen?«

Feixend watschelte sie weiter. »Ja, Lord General. Ihr habt gesagt, daß Ihr nicht wollt, daß jemand in der Nähe ist. Ich kenne mich nicht aus in der Stadt und wußte keinen sicheren Ort, wo ich sie hinschicken konnte, doch dann sah ich auf unserem Weg zum Palast der Konfessoren den Abfallhaufen. Nachts ist bestimmt niemand dort.«

Abfallhaufen. Tobias gab ein mißbilligendes Geräusch von sich. »Verrückte Lunetta«, murmelte er.

Sie setzte einen Schritt aus. »Bitte Tobias, nennt mich nicht –«
»Dann sag mir, wo sie sind!«

Sie hob den Arm und gab die Richtung an, beschleunigte ihre Schritte. »Hier entlang, Lord General. Ihr werdet sehen. Hier entlang. Nicht weit.«

Er dachte darüber nach, während er durch die Verwehungen stapfte. Es ergab Sinn. Es ergab durchaus Sinn. Ein Abfallhaufen. Das war perfekte Gerechtigkeit.

»Lunetta, du sagst mir doch die Wahrheit über Lord Rahl, nicht wahr? Wenn du mich in dieser Sache anlügst, werde ich dir das nie verzeihen.«

Sie blieb stehen und schaute zu ihm hoch. Ihre Augen wurden feucht, während sie sich an ihre bunten Lumpen klammerte. »Ja, mein Lord General. Bitte. Ich sage die Wahrheit. Ich habe alles versucht. Ich habe mein Bestes gegeben.«

Tobias starrte sie eine ganze Weile an, während ihr eine Träne über die dralle Wange lief. Es spielte keine Rolle, er wußte Bescheid.

Er fuchtelte ungeduldig mit der Hand. »Also schön, dann los. Es wäre besser, wenn du sie nicht verloren hast.«

Plötzlich strahlte sie, wischte sich über die Wange, wandte sich wieder nach vorn und schoß davon. »Hier entlang, Lord General. Ihr werdet sehen. Ich weiß, wo sie sind.«

Seufzend machte sich Tobias erneut auf den Weg, ihr hinterher. Der Schnee wurde immer tiefer, und bei der Heftigkeit, mit der er fiel, sah es danach aus, als würde es ein übler Schneesturm werden. Egal, die Dinge entwickelten sich ganz nach seinen Wünschen. Lord Rahl war ein Narr, wenn er glaubte, Lord General Tobias Brogan vom Lebensborn aus dem Schoß der Kirche würde sich ergeben wie ein Verderbter unter glühenden Eisen.

Lunetta zeigte nach vorn. »Dort drüben, Lord General. Dort sind sie.«

Selbst mit dem heulenden Wind im Rücken roch Tobias den Abfallhaufen, bevor er ihn sehen konnte. Er schüttelte den Schnee von seinem scharlachroten Cape, als sie den dunklen Haufen erreichten, der vom schwachen Schein der Lichter aus dem Palast in der Ferne beleuchtet wurde. An einigen Stellen schmolz der Schnee, sobald er auf den dampfenden Haufen fiel und nahm so einem großen Teil der dunklen Form die letzte Illusion von Reinheit.

Er stemmte seine Fäuste in die Hüften. »Und? Wo sind sie?«

Lunetta stellte sich dicht neben ihn, verkroch sich an seiner Seite vor dem windgepeitschten Schnee. »Wartet hier, Lord General. Sie werden zu Euch kommen.«

Er sah nach unten und erblickte einen tief ausgetretenen Pfad. »Ein Kreisbann?«

Sie lachte leise keckernd und zog der Kälte wegen ein paar Fetzen hoch um ihre roten Wangen. »Ja, Lord General. Ihr habt gesagt, Ihr wolltet nicht, daß sie entkommen, sonst würdet Ihr böse auf mich sein. Ich wollte nicht, daß Ihr böse auf Lunetta seid, also habe ich einen Kreisbann ausgesprochen. Sie können jetzt nicht fort, egal, wie schnell sie laufen.«

Tobias lächelte. Ja, der Tag schien schließlich doch noch ein gutes Ende zu nehmen. Es hatte Schwierigkeiten gegeben, aber die würde er mit des Schöpfers Hilfe überwinden. Jetzt hatte er die Dinge wieder unter Kontrolle. Lord Rahl würde feststellen müssen, daß niemand dem Lebensborn aus dem Schoß der Kirche Vorschriften machen konnte.

Er trat aus der Dunkelheit heraus und sah als erstes, wie ihre gelben Röcke sich aufbauschten, als ihr Umhang von einem Windstoß aufgerissen wurde. Herzogin Lumholtz und einen halben Schritt schräg hinter ihr der Herzog stapften vorsichtig in seine Richtung. Als die Herzogin sah, wer neben ihrem Pfad stand, verdunkelte sich ihr geschminktes Gesicht vor Zorn. Sie zog ihren schneeverkrusteten Umhang fest um ihren Körper.

Tobias begrüßte sie mit einem breiten Lächeln. »So treffen wir uns wieder. Einen guten Abend wünsche ich Euch, meine Dame.« Er neigte den Kopf und deutete eine Verbeugung an. »Und Euch ebenfalls, Herzog Lumholtz.«

Die Herzogin rümpfte mißbilligend die Nase. Der Herzog starrte sie finster an, so als wollte er sie mit diesem Blick von sich fernhalten. Wortlos marschierten die beiden vorbei, in die Dunkelheit. Tobias lachte stillvergnügt in sich hinein.

»Seht Ihr, Lord General. Wie ich versprochen habe. Sie warten auf Euch.«

Tobias hakte die Daumen in seinen Gürtel, drückte die Schultern durch und ließ zu, daß sein scharlachrotes Cape sich im Wind blähte. Es war nicht nötig, die beiden zu verfolgen.

»Das hast du gut gemacht, Lunetta«, murmelte er.

Kurz darauf war das Gelb ihrer Röcke erneut zu sehen. Als sie diesmal Tobias, Galtero und Lunetta neben ihrem tief ausgetretenen Pfad stehen sah, machte sie ein erschrockenes Gesicht und zog die Brauen hoch. Sie war tatsächlich eine attraktive Frau, trotz der übertriebenen Schminke: ganz und gar nicht mädchenhaft, wenn auch noch jung, dabei reif im Gesicht und an Gestalt und mit der stolzen Haltung ausgeprägter Weiblichkeit.

Drohend legte der Herzog seine Hand ruhig auf das Heft seines Schwertes, als das Paar näher kam. Obgleich es eine prachtvolle Waffe war, glich das Schwert des Herzogs, wie Tobias wußte, dem Lord Rahls: Es diente nicht allein der Zierde. Kelton stellte mit den besten Stahl der Midlands her, und alle Keltonier, vor allem der Adel, rühmten sich damit, zu wissen, wie man damit umging.

»General Bro –«

»*Lord* General, meine Dame.«

Sie sah ihn von oben herab an. »Lord General Brogan, wir befinden uns auf dem Heimweg zu unserem Palast. Ich schlage vor, Ihr gebt es auf, uns nachzulaufen und kehrt zurück in Euren eigenen. Es ist eine scheußliche Nacht, um draußen herumzulaufen.«

Galtero neben ihm beobachtete, wie sich ihr Busen zornig hob und senkte. Als sie den Blick bemerkte, riß sie ihren Umhang mit einem Ruck zu. Dem Fürsten fiel es ebenfalls auf, und er beugte sich zu Galtero vor.

»Hört auf, meine Gattin anzustarren, Sir, oder ich schneide Euch in Stücke und verfüttere Euch an meine Hunde.«

Galtero, auf dessen Lippen sich ein heimtückisches Lächeln breitmachte, schaute zu dem größeren Mann auf, sagte aber nichts.

Die Fürstin schnaubte verärgert. »Gute Nacht, General.«

Die beiden marschierten erneut von dannen, um eine weiteres Mal die Runde um den Küchenabfallhaufen zu machen, vollauf überzeugt, ihr Ziel so schnurstracks wie die Flugbahn eines Pfeiles anzusteuern. Doch im Nebel des Kreisbanns liefen sie nirgendwo hin, immer nur in die Runde. Schon beim ersten Mal hätte er sie anhalten können, doch er genoß die Bestürzung in ihren Blicken, wenn sie zu begreifen versuchten, wie es ihm zum wiederholten Mal gelungen war, vor ihnen aufzutauchen. Ihr vom Bann umnebelter Verstand war nicht imstande, sich einen Reim darauf zu machen.

Als sie das nächste Mal vorüberkamen, wurden ihre Gesichter erst weiß wie Schnee, dann rot. Die Herzogin stampfte mit dem Fuß auf, blieb, die Fäuste in die Hüften gestemmt, stehen und blickte ihn finster an. Tobias sah, wie sich die weiße Spitze am Dekolleté ihres Kleides in der Hitze ihrer Empörung hob und senkte.

»Hört zu, Ihr schmieriger, kleiner Teufel, wie könnt Ihr es wagen –«

Brogan biß die Zähne aufeinander. Mit einem wütenden Knurren packte er die Spitze mit beiden Händen und riß die Vorderseite ihres Kleides bis zum Nabel auf.

Lunetta hob die Hand, begleitet von einer kurzen Zauberformel, und der Herzog, der sein Schwert bereits halb aus der Scheide hatte, hielt erstarrt und reglos inne, als wäre er zu Stein geworden. Nur seine Augen bewegten sich noch und sahen, wie die Herzogin aufschrie, als Galtero ihr die Arme auf den Rücken bog und sie dadurch ebenso hilflos und bewegungsunfähig machte wie ihn – nur ohne die Zuhilfenahme von Magie. Ihr Rücken krümmte sich, als

Galtero ihr die Arme mit kräftigem Griff verdrehte. Ihre Brustwarzen reckten sich hart in den kalten Wind.

Da er sein Messer eingebüßt hatte, zog Brogan statt dessen sein Schwert. »Was hast du zu mir gesagt, du dreckige kleine Hure?«

»Nichts.« Von Panik ergriffen warf sie den Kopf von einer Seite auf die andere, daß ihr die schwarzen Locken das Gesicht peitschten. »Gar nichts.«

»Sieh an, so schnell kneifst du den Schwanz ein?«

»Was wollt Ihr?« keuchte sie. »Ich bin keine Verderbte! Laßt mich gehen! Ich bin keine Verderbte!«

»Natürlich bist du keine Verderbte. Für eine Verderbte bist du viel zu aufgeblasen, aber das macht dich nicht weniger verachtenswert. Oder nützlich.«

»Dann ist er es, den Ihr wollt. Ja, der Herzog. Er ist der Verderbte. Laßt mich gehen, und ich erzähle Euch alles über seine Verbrechen.«

Zwischen seinen Zähnen preßte Brogan hervor: »Dem Schöpfer ist mit falschen, eigennützigen Geständnissen nicht gedient. Aber du wirst ihm trotzdem dienen.« Über sein Gesicht zuckte ein Lächeln grimmiger Entschlossenheit. »Du wirst dem Schöpfer durch mich dienen, du wirst tun, was ich von dir verlange.«

»Ich werde nichts dergleichen –« Sie schrie auf, als Galtero fester zupackte. »Ich tue alles. Tut mir nur nicht weh. Sagt mir, was Ihr wollt, und ich tue es.«

Sie versuchte erfolglos zurückzuweichen, als er sein Gesicht bis auf wenige Zentimeter an ihres heranschob. »Du wirst tun, was ich sage«, preßte er zwischen den zusammengebissenen Zähnen hervor.

Vor Entsetzen versagte ihr fast die Stimme. »Ja. Ja ... Ihr habt mein Wort.«

Er feixte voller Hohn. »Was bedeutet das Wort einer Hure, die alles verhökert, alles verrät? Du wirst tun, was ich will, weil dir gar nichts anderes übrigbleibt.«

Er trat zurück, packte ihre Brustwarze zwischen Daumen und Knöchel seines Zeigefingers und zog daran. Sie fing an zu wimmern, riß die Augen auf. Brogan hob das Schwert und schnitt die Brustwarze mit einer sägenden Bewegung ab. Ihr Geschrei übertönte das Heulen des Sturms.

Brogan legte die abgetrennte Brustwarze in Lunettas aufgehaltene Hand. Ihre stummeligen Finger schlossen sich um sie, während ihre Augen, umschleiert von Magie, zufielen. Die leisen Klänge einer alten Zauberformel verschmolzen mit dem Wind und dem Geräusch der zittrigen, spitzen Schreie der Herzogin. Galtero stützte sie, während der Wind sie umtoste.

Lunettas Sprechgesang wurde schriller, während sie das Gesicht in den tintenfarbigen Himmel reckte. Die Augen fest geschlossen, hüllte sie sich selbst und die Frau vor ihr in einen Bann. Der Wind schien Lunetta die Worte zu entreißen, als sie in ihrem *streganicha*-Dialekt die beschwörenden Worte sprach:

»*Himmel zu Erde, Blätter zu Saft.*
Feuer zu Eis, der Seele Kraft.
Licht wird zu Dunkel, der Wind weht ins Meer,
Die Seele des Schöpfers, sie muß her
Das Blut kocht im Herzen, die Knochen sind bleich.
Talg wird zu Staub, der Tod nagt am Fleisch.
Sie gehört mir.
Den Sonnenuhrzeiger werf' ich in die Schlucht.
Ihre Seele folgt, wo niemand sie sucht.
Ihre Arbeit getan, die Würmer sind fett,
Ihr Fleisch ist Staub, die Seele weg.
Sie gehört mir.«

Lunetta begann nun mit einem kehligen Sprechgesang. »*Hühnerhahn, der Spinnen zehn, Bezoar dann, ich will die Sklavin kochen seh'n. Ochsengalle, Kastoröl, Glückshaube dann, ich will die Sklavin schmoren seh'n ...*«

Der Wind trug ihre Worte davon, sie wurden unverständlich, ihr gedrungener Körper jedoch wiegte sich hin und her, während sie immer weiter sprach, die leere Hand über dem Kopf der Frau, und die andere mit dem Stückchen Fleisch darin über ihrem eigenen Herzen schüttelnd.

Die Fürstin erschauderte, als die Ranken der Magie ihren Körper umwickelten und schlängelnd in ihr Fleisch vordrangen. Krampfartig zuckte sie zusammen, als sich die Fangzähne der Magie ins Zentrum ihrer Seele senkten.

Trotz des Windes schien es plötzlich völlig still zu sein.

Lunetta öffnete die Hand. »Sie gehört mir und tut, was ich verlange. Hiermit übergebe ich mein Recht an Euch.« Sie legte Brogan den inzwischen verdörrten Fleischknoten in die aufgehaltene Hand. »Jetzt gehört sie Euch, mein Lord General.«

Brogan umschloß das geschrumpfte Fleischstück mit der Faust. Die Fürstin hing mit glasigem Blick an ihren auf den Rücken gebogenen Armen. Die Beine trugen ihr Gewicht, aber sie schüttelte sich vor Schmerz und Kälte. Blut sickerte aus ihrer Wunde.

Brogan ballte die Faust. »Hör auf zu zittern!«

Sie sah ihm in die Augen, ihr glasiger Gesichtsausdruck verschwand. Sie wurde ruhig. »Ja, mein Lord General.«

Brogan gab seiner Schwester ein Zeichen. »Heile sie.«

Mit einem lüsternen Funkeln im Blick verfolgte Galtero, wie Lunetta beide Hände um die verletzte Brust legte. Auch Herzog Lumholtz sah zu, wobei ihm die Augen fast aus den Höhlen traten. Lunetta schloß erneut die Augen, während sie weiter Magie wob und einen leisen Zauber sprach. Blut quoll zwischen Lunettas Fingern hervor, bis das Fleisch der Frau sich zusammenzog und die Wunde heilte.

Während er wartete, wanderten Brogans Gedanken ziellos umher. Fürwahr, der Schöpfer behütete die Seinen. Ein Tag, der angefangen hatte, als er knapp vor seinem größten Triumph gestanden hatte, war um ein Haar ruiniert worden, doch am Ende hatte er bewiesen, daß man die Oberhand behalten konnte, wenn man nur das Wohl des Schöpfers in seinem Herz bewahrte. Lord Rahl würde noch dahinterkommen, was mit denen geschah, die den Hüter verehrten und auch die Imperiale Ordnung würde noch lernen müssen, wie wertvoll der Lord General des Lebensborns aus dem Schoß der Kirche für sie war. Auch Galtero hatte an diesem Tag bewiesen, wie wertvoll er war. Der Mann hatte für seine Bemühungen eine Kleinigkeit verdient.

Lunetta benutzte den Umhang der Fürstin, um das Blut abzuwischen, dann trat sie zurück, und man sah eine vollkommene, vollständige Brust, ebenso makellos wie die andere, wenn auch ohne Brustwarze. Die hatte Brogan jetzt.

Lunetta deutete mit der Hand auf den Herzog. »Ihn auch, Lord General? Wollt Ihr sie beide haben?«

»Nein.« Brogan machte eine verneinende Geste. »Nein, ich brauche nur sie. Aber er wird seine Rolle in meinem Plan spielen.«

Brogan richtete seinen funkelnden Blick auf die von Panik ergriffenen Augen des Herzogs. »Diese Stadt ist gefährlich. Wie uns Lord Rahl heute erklärte, treiben sich mörderische Kreaturen herum und greifen unschuldige Bürger an. Scheußlich. Wenn nur Lord Rahl hier wäre, um den Herzog vor einem solchen Angriff zu beschützen.«

»Ich werde mich augenblicklich darum kümmern, Lord General«, meinte Galtero.

»Nein, das besorge ich selbst. Ich dachte, vielleicht möchtet Ihr die Herzogin ›unterhalten‹, während ich mich um den Herzog kümmere.«

Galtero biß sich auf die Unterlippe und starrte die Herzogin an. »Ja, Lord General, sehr gern. Vielen Dank.« Er warf Brogan sein Messer zu. »Ihr werdet das hier brauchen. Die Soldaten haben mir erzählt, diese Kreaturen weiden ihre Opfer mit einem dreiklingigen Messer aus. Ihr werdet drei Schnitte machen müssen, damit es echt aussieht.«

Brogan dankte seinem Colonel. Auf Galtero konnte er sich jederzeit verlassen. Der Blick der Frau huschte zwischen den dreien hin und her, sie sagte aber nichts.

»Wollt Ihr, daß ich sie gefügig mache?«

Ein schauerliches Grinsen machte sich auf Galteros sonst so starrem Gesicht breit. »Und welchen Zweck sollte das haben, Lord General? Besser, sie lernt gleich heute nacht noch eine weitere Lektion.«

Brogan nickte. »Also gut, ganz wie Ihr wollt.« Er sah die Herzogin an. »Meine Liebe, das habe ich nicht von Euch verlangt. Es steht Euch frei, Eure wahren Gefühle diesbezüglich gegenüber Galtero hier zu äußern.«

Sie schrie auf, als Galtero ihr einen Arm um die Hüften legte. »Warum gehen wir nicht dort rüber, wo es dunkel ist? Ich möchte Euer zartes Empfinden nicht verletzen, Herzogin, indem ich Euch zwinge zuzusehen, was Eurem Gatten hier geschieht.«

»Das dürft Ihr nicht machen!« rief sie. »Ich werde im Schnee erfrieren. Ich muß tun, was mein Lord General mir befiehlt. Ich werde erfrieren!«

Galtero gab ihr einen Klaps aufs Hinterteil. »Oh, erfrieren werdet Ihr bestimmt nicht. Der Abfallhaufen wird Euch von unten wärmen.«

Sie kreischte und versuchte sich loszureißen, doch Galtero hielt sie fest im Griff. Er krallte ihr seine andere Faust ins Haar.

»Sie ist ein wundervolles Geschöpf, Galtero. Sorgt dafür, daß diese Schönheit nicht zu Schaden kommt. Und beeilt Euch, sie muß noch etwas für mich erledigen. Sie wird weniger Schminke auflegen müssen«, fügte er mit einem fiesen Grinsen hinzu, »aber da sie in dieser Hinsicht so begabt ist, kann sie sich wenigstens eine Brustwarze anschminken, dort, wo die echte fehlt.

Wenn ich mit dem Herzog fertig bin, und Ihr mit der Frau, dann wird Lunetta einen weiteren Bann über sie sprechen. Einen ganz besonderen Bann. Einen sehr seltenen und mächtigen Bann.«

Lunetta strich über ihre hübschen Stoffetzen und beobachtete seine Augen. Sie wußte, was er verlangte. »Dann brauche ich etwas von ihm, etwas, das er berührt hat.«

Brogan klopfte auf seine Tasche. »Er war so freundlich, uns eine Münze zu überlassen.«

Lunetta nickte. »Das wird genügen.«

Die Herzogin kreischte und ruderte wild mit den Armen, als Galtero sie in die Dunkelheit zerrte.

Brogan drehte sich um und fuchtelte mit dem Messer vor den wild aufgerissenen Augen des Keltoniers herum. »Und nun, Herzog Lumholtz, zu der Rolle, die Ihr im Plan des Schöpfers spielen werdet.«

16. Kapitel

Gratch hing über seiner Schulter und sah zu, wie Richard das rote Wachs in einem langen Streifen auf den zusammengefalteten Brief träufelte. Hastig schob er Kerze und Wachs zur Seite, nahm sein Schwert zur Hand, wälzte den Griff im Wachs und stellte so einen Abdruck des Heftes mit dem geflochtenen Golddraht her, auf dem das Wort WAHRHEIT stand. Mit dem Ergebnis war er zufrieden. Kahlan und Zedd würden wissen, daß der Brief tatsächlich von ihm stammte.

Egan und Ulic saßen an den Seiten des langen geschwungenen Tisches und beobachteten den verlassenen Saal, als stünde eine Armee im Begriff, das Podium zu stürmen. Die beiden riesenhaften Wachen hatten es vorgezogen, stehenzubleiben. Bestimmt waren sie müde, und er hatte darauf bestanden, daß sie sich setzten. Sie entgegneten, daß sie im Stehen schneller reagieren könnten, falls es Schwierigkeiten geben sollte. Richard hatte ihnen erklärt, seiner Ansicht nach würden die eintausend Mann, die draußen Wache schoben, im Falle eines Angriffs wahrscheinlich genug Lärm machen, damit sie dies auch im Sitzen bemerken würden und ihnen immer noch genug Zeit bliebe, sich aus ihren Sesseln zu erheben und ihre Schwerter zu ziehen. Daraufhin hatten sie sich widerstrebend hingesetzt.

Cara und Raina standen neben der Tür. Als er ihnen gesagt hatte, sie dürften sich gerne hinsetzen, hatten sie diesen Vorschlag empört abgelehnt und gemeint, sie seien stärker als Egan oder Ulic und würden stehenbleiben. Richard war mit seinem Brief beschäftigt und hatte nicht mit ihnen streiten wollen, also hatte er ihnen erklärt, sie sähen müde aus und würden wahrscheinlich langsam, daher werde er ihnen befehlen, stehenzubleiben, damit sie genug Zeit hätten, ihm zur Hilfe zu eilen, falls es zu einem Angriff käme. Im Moment warfen sie ihm finstere Blicke zu, aus den Augenwinkeln jedoch hatte er bemerkt, wie sie einander zulächelten, offenbar zufrieden damit, daß es ihnen gelungen war, ihn in ihr Spielchen hineinzuziehen.

Darken Rahl hatte den Mord-Siths klar umrissene Grenzen vorgeschrieben: er der Herr, sie die Sklavinnen. Richard fragte sich, ob sie ihre Grenzen austesteten und versuchten herauszufinden, wo seine Nachsicht endete. Vielleicht waren sie auch einfach deshalb gut gelaunt, weil sie zum ersten Mal tun und lassen konnten, was sie wollten, ganz nach ihrer Laune.

Richard zog auch die Möglichkeit in Betracht, daß sie ihn mit ihrem Spielchen prüfen wollten, ob er wahnsinnig geworden war. Mord-Siths waren nichts, wenn sie nicht durch Prüfungen ihre Erfüllung fanden. Es beunruhigte ihn, daß sie ihn möglicherweise für verrückt hielten. Der Weg, den er einschlug, war die einzige Möglichkeit, das mußten sie begreifen.

Hoffentlich war Gratch nur nicht auch so müde wie die anderen. Der Gar war erst am Morgen zu ihnen gestoßen, daher wußte Richard nicht, wieviel Schlaf er bekommen hatte. Seine leuchtenden grünen Augen jedoch wirkten wach und aufmerksam. Gars jagten meist nachts, vielleicht erklärte das seine Wachheit. Wie auch immer, Richard hoffte jedenfalls, daß der Gar wirklich nicht müde war.

Richard tätschelte den pelzigen Arm. »Komm mit, Gratch.«

Der Gar kam auf die Beine, reckte die Flügel und ein Bein, dann folgte er Richard über die weite Marmorfläche zu einer der überbauten Treppen hoch auf den Balkon. Seine vier Aufpasser wurden augenblicklich wachsamer, als sich Richard in Bewegung setzte. Er gab ihnen ein Zeichen, sie sollten bleiben, wo sie waren. Egan und Ulic taten das auch, die beiden Frauen aber nicht, sondern folgten ihm statt dessen in einem gewissen Abstand.

Nur die beiden Lampen am Fuß der überbauten Treppe brannten, weshalb er wie durch einen dunklen Tunnel ging. Oben endete die Treppe auf einem breiten Balkon, der von einem geschwungenen Mahagonigeländer begrenzt wurde, von wo man den ganzen Hauptsaal überblicken konnte. An der Wand befanden sich runde Fenster, anderthalbmal so hoch wie er, in gleichmäßigen Abständen rings um den Raum verteilt. Aus einem dieser Fenster blickte Richard hinaus in die verschneite Nacht. Schnee. Das konnte Schwierigkeiten bedeuten.

Unten war das Fenster mit einem Messinggriff eingeklinkt, und zur Mitte beider Seiten hin war es an massiven Angeln aufgehängt. Er probierte den Griff und stellte fest, daß er sich leicht drehen ließ.

Richard wandte sich wieder zu seinem Freund um. »Gratch, ich möchte, daß du mir aufmerksam zuhörst. Es ist wichtig.«

Gratch nickte ernst und konzentriert. Die beiden Mord-Siths sahen aus dem Schatten am oberen Treppenabsatz zu.

Richard strich über die lange Haarlocke, die zusammen mit dem Drachenzahn an einem langen Lederband um Gratchs Hals hing. »Dies ist eine Locke von Kahlans Haar.« Gratch nickte, daß er verstanden hatte. »Sie ist in Gefahr, Gratch.« Gratch runzelte die Stirn. »Du und ich, wir sind die einzigen, die die Mriswiths kommen sehen.« Gratch knurrte und bedeckte die Augen mit den Krallen und linste zwischen ihnen hindurch – sein Zeichen für die Mriswiths.

Richard nickte. »Ganz recht. Sie hat keine Möglichkeit, sie kommen zu sehen, so wie du und ich, Gratch. Wenn sie hinter ihr her sind, wird sie sie nicht bemerken. Sie werden sie töten.«

Ein beklommenes, perlendes Heulen entwich Gratchs Kehle. Seine Miene hellte auf. Er streckte die Locke aus Kahlans Haar vor, dann trommelte er sich auf seine muskulöse Brust.

Richard konnte nicht anders, er mußte erstaunt lachen über die Fähigkeit des Gar, zu begreifen, was er von ihm wollte. »Du hast meine Gedanken erraten, Gratch. Ich würde selbst zu ihr gehen und sie beschützen, aber das würde zu lange dauern, und möglicherweise schwebt sie jetzt schon in Gefahr. Du bist groß, aber du bist nicht groß genug, um mich zu tragen. Das einzige, was wir tun können, ist, dich zu ihr zu schicken, damit du sie beschützt.«

Gratch nickte bereitwillig, mit einem Grinsen, daß man seine

Reißzähne sah. Plötzlich schien er zu begreifen, was das bedeutete und schlang seine Arme um Richard.

»Grrrratch haaaach Raaaach lieeggg.«

Richard tätschelte dem Gar den Rücken. »Ich hab' dich auch lieb, Gratch.« Er hatte Gratch schon einmal fortgeschickt, um dem Gar das Leben zu retten, damals hatte Gratch das aber nicht verstanden. Er hatte ihm versprochen, das nie wieder zu tun.

Er drückte den Gar fest an sich, bevor er sich von ihm löste. »Hör zu, Gratch.« Die leuchtenden grünen Augen wurden feucht. »Gratch, Kahlan hat dich ebenso lieb wie ich. Sie will genauso, daß du bei uns bist, so wie du willst, daß ich bei dir bin. Ich will, daß wir alle zusammen sind. Ich werde hier warten, und du wirst zu ihr gehen, sie beschützen und hierherbringen.« Lächelnd streichelte er Gratchs Schulter. »Dann werden wir alle zusammen sein.«

Gratchs vorstehende Brauen zogen sich zu einem fragenden Stirnrunzeln zusammen.

»Dann werden wir alle zusammen sein, und du wirst nicht nur einen Freund, sondern uns beide haben. Und meinen Großvater Zedd auch. Er wird dich bestimmt gerne um sich haben. Du wirst ihn ebenfalls mögen.« Gratch zeigte schon ein wenig mehr Begeisterung. »Du wirst eine Menge Freunde zum Balgen haben.«

Bevor der Gar sich auf ihn stürzen konnte, hielt Richard ihn auf Armeslänge von sich. Es gab nur wenig, das Gratch mehr Freude machte, als mit anderen zu raufen. »Ich kann nicht Spaß haben jetzt, Gratch, und mit dir balgen, während ich mich um die Menschen sorge, die ich liebe. Das verstehst du doch, oder? Würdest du dich zum Spaß mit jemand balgen wollen, wenn ich in Gefahr wäre und dich bräuchte?«

Gratch überlegte einen Augenblick, dann schüttelte er den Kopf. Richard nahm ihn noch einmal in die Arme. Als sie sich voneinander lösten, breitete Gratch beherzt die Flügel auseinander.

»Gratch, kannst du bei dem Schnee fliegen?« Gratch nickte. »Auch nachts?« Der Gar nickte erneut und ließ dabei hinter seinem Lächeln seine Reißzähne sehen.

»Also gut, jetzt hör mir zu, damit du weißt, wie du sie finden kannst. Ich habe dir die Himmelsrichtungen beigebracht, Norden, Süden und so weiter. Du kennst doch die Himmelsrichtungen? Gut. Kahlan ist im Südosten.« Richard zeigte nach Südosten, doch Gratch kam ihm zuvor. Richard mußte lachen. »Gut. Sie ist im Südwesten. Sie entfernt sich von uns und ist auf dem Weg in eine Stadt. Sie dachte, ich würde sie einholen und mit ihr zusammen in diese Stadt gehen, doch das schaffe ich nicht. Ich muß hier warten. Sie muß hierher zurückkommen.

Sie wird von anderen begleitet. Ein alter Mann mit weißem Haar ist bei ihr, das ist mein Freund, mein Großvater Zedd. Es sind auch noch andere Leute bei ihr, viele davon Soldaten. Eine Menge Leute. Verstehst du?«

Gratch sah ihn traurig fragend an.

Richard rieb sich die Stirn, versuchte, trotz seiner Müdigkeit einen Weg zu finden, wie er es ihm erklären konnte.

»Wie heute abend«, rief Cara von der anderen Seite des Balkons. »Als Ihr heute abend zu all den Menschen gesprochen habt.«

»Ja! Genau so, Gratch.« Er zeigte hinunter in den Saal und machte eine kreisende Bewegung mit dem Finger. »All die Menschen hier heute abend, als ich zu ihnen gesprochen habe. Ungefähr so viele Leute sind bei ihr.«

Schließlich knurrte Gratch, daß er verstanden hatte. Richard klopfte seinem Freund auf die Brust. Er zeigte ihm den Brief.

»Du mußt ihr diesen Brief bringen, damit sie versteht, warum sie hierher zurückkommen muß. Darin wird ihr alles erklärt. Es ist sehr wichtig, daß sie diesen Brief erhält. Verstehst du das?« Gratch schnappte sich den Brief mit einer Kralle.

Richard fuhr sich mit der Hand durchs Haar. »Nein, so geht das nicht. So kannst du ihn nicht tragen. Vielleicht brauchst du deine Krallen, oder du läßt ihn fallen und verlierst ihn. Außerdem wird er im Schnee ganz naß werden und sie wird ihn nicht lesen können.« Seine Stimme verlor sich, während er über eine Möglichkeit nachdachte, wie Gratch den Brief transportieren könnte.

»Lord Rahl.«

Er drehte sich um, und Raina warf ihm im schwachen Licht etwas zu. Als er es auffing, sah er, daß es sich um den Lederbeutel handelte, in dem General Trimacks Brief den weiten Weg vom Palast des Volkes in D'Hara zurückgelegt hatte.

Richard grinste. »Danke, Raina.«

Sie schmunzelte und schüttelte den Kopf. Richard steckte den Brief, seine Hoffnung, die Hoffnung aller, in den Lederbeutel und hängte ihn Gratch um den Hals. Gratch gurgelte vor Freude über das neue Stück in seiner Sammlung, dann betrachtete er erneut die Locke von Kahlans Haar.

»Es ist möglich, Gratch, daß sie aus irgendeinem Grund nicht bei all diesen Leuten ist. Ich habe keine Möglichkeit, vorherzusagen, was alles zwischen jetzt und eurem Zusammentreffen geschehen kann. Möglicherweise ist sie nicht leicht zu finden.«

Gratch strich über die Haarlocke. Richard hatte gesehen, wie Gratch in einer mondlosen Nacht eine Fledermaus mitten aus der Luft gefangen hatte. Er würde in der Lage sein, Menschen unten auf dem Erdboden zu finden, trotzdem brauchte er noch immer etwas, woran er erkennen konnte, daß es die Richtigen waren.

»Gratch, du hast sie zwar noch nie zuvor gesehen, aber sie hat lange Haare bis hierhin. Nicht viele Frauen haben das. Außerdem habe ich ihr alles über dich erzählt. Sie wird keine Angst haben, wenn sie dich sieht, und sie wird dich bei deinem Namen rufen. Daran kannst du erkennen, daß sie es wirklich ist: sie kennt deinen Namen.«

Endlich fertig mit all den Instruktionen, schlug Gratch mit den Flügeln, hüpfte auf den Fußballen auf und ab und konnte es kaum erwarten, loszufliegen und Kahlan zu Richard zurückzubringen. Richard zog das Fenster auf. Heulend wehte der Schnee herein. Die beiden Freunde umarmten sich ein letztes Mal.

»Sie ist seit Wochen auf der Flucht von hier und wird weiterziehen, bis du sie erreichst. Es kann eine Weile dauern, bis du sie eingeholt hast, etliche Tage, laß dich also nicht entmutigen. Und sei vorsichtig, Gratch. Ich möchte nicht, daß dir etwas zustößt. Ich will dich wieder hier bei mir haben, damit ich mit dir balgen kann, du großes Pelztier.«

Gratch kicherte, ein furchterregender, aber glücklicher Laut, dann kletterte er auf die Fensterbank. »Grrrratch haaaach Raaaach liieeegggg.«

Richard winkte. »Ich hab' dich auch lieb, Gratch. Paß auf dich auf. Guten Flug.«

Gratch winkte zurück, dann sprang er hinaus in die Nacht. Richard blickte noch eine Zeit in die kalte Dunkelheit, obwohl der Gar fast augenblicklich verschwunden war. Plötzlich überkam Richard ein Gefühl der Einsamkeit, obwohl er von Menschen umgeben war. Doch die waren nur da, weil sie ihm verpflichtet waren, und nicht, weil sie wirklich an ihn oder an das, was er tat, glaubten.

Kahlan war jetzt seit zwei Wochen auf der Flucht, und wahrscheinlich würde der Gar wenigstens eine weitere Woche benötigen, vielleicht sogar zwei, bis er sie schließlich eingeholt hatte. Richard konnte sich nicht vorstellen, daß es weniger als einen Monat dauerte, bis Gratch Kahlan und Zedd fand und sie alle nach Aydindril zurückkehrten. Wahrscheinlich dauerte es eher zwei.

Bereits jetzt hatte er ein flaues Gefühl im Bauch, denn er konnte es kaum erwarten, seine Freunde wiederzusehen. Zu lange waren sie getrennt gewesen. Er wollte, daß dieses Einsamkeitsgefühl ein Ende hatte, und allein ihre Anwesenheit konnte es vertreiben.

Er schloß das Fenster und drehte sich wieder zum Saal um. Die beiden Mord-Siths standen unmittelbar hinter ihm.

»Gratch ist wirklich dein Freund«, meinte Cara.

Richard nickte nur, er wagte es nicht, mit dem Kloß in seinem Hals zu sprechen.

Cara sah kurz zu Raina hinüber, bevor sie das Wort an ihn richtete. »Lord Rahl, wir haben über die Angelegenheit diskutiert und sind zu dem Schluß gekommen, daß es am besten wäre, wenn Ihr Euch in D'Hara aufhaltet, wo Ihr in Sicherheit seid. Wir können eine Armee zurücklassen, die Eure Königin beschützen wird, sobald sie eintrifft, und die sie nach D'Hara begleitet.

»Ich habe es Euch bereits erklärt, ich muß hierbleiben. Die Imperiale Ordnung will die Welt erobern. Ich bin Zauberer und muß das verhindern.«

»Ihr habt gesagt, Ihr wüßtet nicht, wie Ihr Eure Gabe benutzen könnt. Ihr habt gesagt, Ihr wüßtet nichts darüber, wie man Magie handhabt.«

»Das stimmt, aber mein Großvater weiß das. Ich muß bis zu seinem Eintreffen hierbleiben, dann kann er mir beibringen, was ich wissen muß, damit ich gegen die Imperiale Ordnung kämpfen und sie daran hindern kann, die ganze Welt zu erobern.«

Cara tat seine Antwort mit einer Handbewegung ab. »Irgend jemand wird immer die Menschen beherrschen wollen, die er noch nicht beherrscht. Den Krieg gegen die Imperiale Ordnung könnt Ihr vom sicheren D'Hara aus führen. Sobald die Vertreter der Paläste aus ihren Heimatländern zurückkehren, um ihre Kapitulation anzubieten, gehören die Midlands Euch. Ihr werdet diese Welt beherrschen, ohne Euch auch nur im entferntesten in Gefahr zu begeben. Haben die Länder erst kapituliert, ist die Imperiale Ordnung am Ende.«

Richard ging in Richtung Treppe los. »Ihr versteht nicht. Es steckt noch mehr dahinter. Irgendwie ist es der Imperialen Ordnung gelungen, in die Neue Welt vorzudringen und dort Verbündete zu gewinnen.«

»Die Neue Welt?« fragte Cara, als sie und Raina ihm gerade nachgehen wollten. »Was ist das, die Neue Welt?«

»Westland, woher ich stamme, die Midlands und D'Hara. Sie bilden zusammen die Neue Welt.«

»Sie bilden zusammen die ganze Welt«, hielt Cara entschieden dagegen.

»Die Worte eines Fisches in seinem Teich«, meinte Richard und ließ die Hand über das glatte Geländer gleiten, während er die Stufen hinunterstieg. »Ihr glaubt, das ist alles, was die Welt ausmacht?

Nur der Teich, den Ihr seht? Daß alles einfach an einem Ozean endet oder an einer Bergkette oder einer Wüste oder irgend etwas anderem?«

»Das wissen nur die Seelen.« Cara blieb unten an der Treppe stehen und legte ihren Kopf zur Seite. »Was glaubt Ihr? Daß es dahinter noch andere Länder gibt? Andere Teiche?« Sie ließ ihren Strafer kreisen. »Irgendwo dort draußen?«

Richard gab sich geschlagen. »Ich weiß es nicht. Aber ich weiß, daß im Süden die Alte Welt liegt.«

Raina verschränkte die Arme. »Im Süden liegt eine kahle Einöde.«

Richard starrte über die weite Marmorfläche. »Mitten in dieser Einöde gab es einen Ort mit Namen ›Tal der Verlorenen‹, durch den von Ozean zu Ozean eine Barriere mit dem Namen die ›Türme der Vergessenheit‹ verlief. Diese Türme wurden vor dreitausend Jahren von Zauberern mit unvorstellbarer Macht aufgestellt. Die Banne dieser Türme haben dafür gesorgt, daß in den letzten dreitausend Jahren fast niemand die Grenze passieren konnte, daher geriet die alte Welt dahinter mit der Zeit in Vergessenheit.«

Cara blitzte ihn skeptisch an, während ihre Stiefelschritte durch die Kuppel hallten. »Woher wißt Ihr das?«

»Ich war dort, in der Alten Welt, im Palast der Propheten, in einer großen Stadt mit Namen Tanimura.«

»Tatsächlich?« fragte Raina. Richard nickte. Sie schloß sich Caras fragendem Blick an. »Und wenn niemand hindurchgelangt, wie habt Ihr es dann geschafft?«

»Das ist eine lange Geschichte, aber eigentlich haben mich diese drei Frauen, die Schwestern des Lichts, dorthin gebracht. Wir konnten passieren, weil wir die Gabe besitzen, die aber nicht stark genug ist, um die zerstörerische Kraft der Banne auf sich zu ziehen. Sonst konnte niemand hindurch, daher blieben die Alte und die Neue Welt durch die Türme und ihre Banne getrennt.

Jetzt ist die Grenze zwischen Alter und Neuer Welt gefallen. Niemand ist mehr sicher. Die Imperiale Ordnung stammt aus der Alten Welt. Es ist ein weiter Weg, aber sie werden kommen, und darauf müssen wir vorbereitet sein.«

Cara musterte ihn voller Argwohn. »Und wenn diese Barriere dreitausend Jahre an ihrem Platz war, wie kommt es dann, daß das alles jetzt geschieht?«

Richard räusperte sich, während sie ihm hinauf auf das Podium folgten. »Nun, vermutlich ist das meine Schuld. Ich habe die Banne dieser Türme zerstört. Sie bilden keine Barriere mehr. Die Wüste wurde in das Grasland zurückverwandelt, das sie einst war.«

Die beiden Frauen musterten ihn schweigend. Cara beugte sich an ihm vorbei und sagte zu Raina: »Und er behauptet, nicht zu wissen, wie man Magie benutzt.«

Rainas Blick wanderte zu Richard. »Demnach habt also Ihr selbst diesen Krieg angezettelt. Ihr habt ihn ermöglicht.«

»Nein. Hört zu, das ist eine lange Geschichte.« Richard fuhr sich durch die Haare. »Schon bevor die Barriere fiel, hatten sie vier Verbündete gewonnen und mit dem Krieg begonnen. Ebinissia wurde von dem Fall der Barriere zerstört. Jetzt jedoch gibt es nichts mehr, was sie noch zurückhalten könnte. Unterschätzt sie nicht. Sie bedienen sich Zauberer und Magierinnen. Sie wollen alle Magie vernichten.«

»Sie wollen alle Magie vernichten, und dennoch benutzen sie selbst Magie? Lord Rahl, das ergibt keinen Sinn«, meinte Cara spöttisch.

»Ihr wollt, daß ich die Magie gegen die Magie bin. Warum?« Er zeigte auf die Männer zu beiden Seiten des Podiums. »Weil sie nichts anderes sein können, als der Stahl gegen den Stahl zu sein. Oft braucht man Magie, wenn man Magie zerstören will.«

Richard machte eine Handbewegung, mit der er auch die beiden Frauen einschloß. »Ihr besitzt Magie. Und wozu? Um Magie abzuwehren. Als Mord-Siths seid Ihr in der Lage, Euch die Magie eines anderen anzueignen und sie gegen ihn zu kehren. Mit ihnen ist es ebenso. Sie verwenden Magie, um bei der Zerstörung von Magie zu helfen, genau wie Darken Rahl Euch benutzt hat, um seine Widersacher, die Magie besaßen, zu foltern und umzubringen.

Ihr besitzt Magie, daher wird die Imperiale Ordnung Euch vernichten wollen. Ich besitze Magie, und sie werden mich vernichten wollen. Alle D'Haraner besitzen Magie, durch ihre Bande. Die Imperiale Ordnung wird das irgendwann erkennen und beschließen, diesen Makel, diese Verderbtheit auszumerzen. Früher oder später werden sie kommen, um D'Hara zu zerschmettern, ebenso wie sie die Midlands zerschmettern wollen.«

»Statt dessen werden die d'Haranischen Truppen sie zerschmettern«, sagte Ulic über die Schulter, so als stellte er wie selbstverständlich fest, daß die Sonne auch an diesem Tage untergehen wird, wie sie es immer tat.

Richard funkelte den Rücken des Mannes wütend an. »Bis ich kam, waren die D'Haraner mit ihnen im Bunde. Sie haben in ihrem Namen Ebinissia dem Erdboden gleichgemacht. Die D'Haraner hier in Aydindril haben ihre Befehle von der Imperialen Ordnung entgegengenommen.«

Seine vier Aufpasser verstummten. Cara starrte auf den Boden vor ihren Füßen, während Raina entmutigt seufzte.

»In den Wirren des Krieges«, sagte Cara schließlich, als dächte sie laut nach, »müssen einige unserer Truppen draußen im Feld gespürt haben, wie dieses Band zerbrach, genau wie einige damals im Palast, als Ihr Darken Rahl getötet habt. Ohne einen neuen Herrscher Rahl, der sie in die Pflicht nimmt, müssen sie sich wie verlorene Seelen vorgekommen sein. Vielleicht haben sie sich nur deshalb jemandem angeschlossen, der ihnen eine Richtung wies, um einen Ersatz für diese Bande zu finden. Jetzt haben sie ihre Bande zurück. Wir haben einen Herrscher Rahl.«

Richard ließ sich in den Sessel der Mutter Konfessor sinken. »Hoffentlich.«

»Um so mehr ein Grund, nach D'Hara zurückzukehren«, meinte Raina. »Wir müssen Euch beschützen, damit Ihr auch weiterhin der Herrscher Rahl bleiben könnt und sich Euer Volk nicht erneut der Imperialen Ordnung anschließt. Wenn Ihr getötet werdet und die Bande zerreißen, wird sich die Armee abermals an die Imperiale

Ordnung wenden und sie um Führung bitten. Man sollte die Midlands ihre eigenen Kämpfe ausfechten lassen. Es ist nicht Eure Aufgabe, sie vor sich selbst zu beschützen.«

»Dann fällt jeder in den Midlands dem Schwert der Imperialen Ordnung zum Opfer«, meinte Richard leise. »Man wird sie so behandeln, wie Ihr von Darken Rahl behandelt wurdet. Keiner wird je wieder frei sein. Solange es noch eine Möglichkeit gibt, sie aufzuhalten, müssen wir sie wahrnehmen. Und zwar sofort, bevor sie hier in den Midlands noch weiter Fuß fassen.«

Cara verdrehte die Augen. »Mögen uns die Seelen vor einem Mann bewahren, der für eine gerechte Sache kämpft. Es ist nicht Eure Angelegenheit, sie anzuführen.«

»Wenn ich es nicht tue, werden am Ende alle unter einer Herrschaft leben: der Imperialen Ordnung«, sagte Richard. »Alle Menschen werden ihre Leibeigenen sein – für alle Zeiten. Tyrannen werden ihrer Tyrannei nicht müde.«

Im Saal war es still geworden. Richard ließ den Kopf mit einem dumpfen Schlag gegen die Sessellehne sinken. Er war so müde, daß er nicht glaubte, die Augen noch länger offenhalten zu können. Er wußte nicht, wieso er sich die Mühe machte und versuchte, sie zu überzeugen. Offenbar wollten sie nicht verstehen, und sein Vorhaben schien sie auch nicht zu interessieren.

Cara lehnte sich an den Tisch und wischte sich mit der Hand durchs Gesicht. »Wir wollen Euch nicht verlieren, Lord Rahl. Wir wollen nicht dahin zurück, wie es früher war.« Sie klang, als wäre sie den Tränen nahe. »Es gefällt uns, daß wir jetzt zum Beispiel einen Scherz machen oder lachen dürfen. Das durften wir früher nicht. Wir haben immer in der Angst gelebt, daß man uns schlagen oder Schlimmeres antun würde, sobald wir ein falsches Wort sagen. Jetzt, da wir etwas anderes kennengelernt haben, wollen wir das nicht mehr zurück. Aber so wird es kommen, wenn Ihr Euer Leben für die Midlands verschwendet.«

»Cara ... Ihr alle ... hört zu. Wenn ich es nicht tue, wird es am Ende auf das gleiche hinauslaufen. Begreift Ihr das nicht? Wenn ich die Länder nicht unter einer starken Herrschaft vereine, unter gerechter Führung und gerechten Gesetzen, dann wird die Imperiale Ordnung alles an sich reißen, ein Stück nach dem anderen. Wenn die Midlands unter ihren Schatten gefallen sind, dann wird sich dieser Schatten schleichend auch auf D'Hara ausweiten, und am Ende wird die ganze Welt in Finsternis versinken. Ich mache dies alles nicht, weil es mir Spaß bereitet, sondern weil ich eine Chance sehe, dieses Werk zu vollbringen. Wenn ich es nicht versuche, wird es keinen Ort mehr geben, an dem ich mich verstecken kann – sie werden mich finden und mich töten.

Ich will die Menschen nicht beherrschen, ich möchte nichts weiter als ein ruhiges Leben führen. Ich wünsche mir eine Familie und ein friedliches Leben.

Deswegen muß ich den Ländern der Midlands beweisen, daß wir stark sind und Günstlingswirtschaft und Gezänk bestrafen werden, daß wir nicht Länder in einem Bund sein werden, der nur dann zusammensteht, wenn es für den einzelnen vorteilhaft erscheint, sondern daß wir wirklich eins sind. Die Midlands müssen darauf vertrauen können, daß wir für das einstehen, was rechtens ist, damit sie sich in Sicherheit wissen, wenn sie sich uns anschließen. Sie sollen darauf vertrauen können, daß sie nicht alleine stehen, wenn sie für die Freiheit kämpfen wollen. Wir müssen eine starke Macht darstellen, auf die sie vertrauen können. So sehr vertrauen, daß sie sich uns anschließen.«

Eisige Stille legte sich über den Saal. Richard schloß die Augen und ließ den Kopf wieder an die Sessellehne sinken. Sie hielten ihn für verrückt. Es hatte keinen Sinn. Er würde ihnen einfach befehlen müssen, das Nötige zu tun, und aufhören, sich zu fragen, ob ihnen das paßte oder gar gefiel.

Schließlich ergriff Cara das Wort. »Lord Rahl.« Er öffnete die Augen und sah sie mit verschränkten Armen dastehen, einen grimmigen Ausdruck im Gesicht. »Ich werde Eurem Kind nicht die Windeln wechseln, es weder baden noch ein Bäuerchen machen lassen oder mit ihm herumalbern.«

Richard schloß die Augen und legte den Kopf zurück nach hinten an die Sessellehne und lachte leise in sich hinein. Er mußte an das eine Mal zu Hause denken, bevor all dies angefangen hatte, und die Hebamme völlig aufgelöst gekommen war, um Zedd zu holen. Elayne Seaton, eine junge Frau, kaum älter als Richard, bekam ihr erstes Kind, und es gab Komplikationen. Die Hebamme hatte mit gedämpfter Stimme gesprochen, Richard den Rücken zugedreht und sich zu Zedd hinübergebeugt.

Bevor Richard erfuhr, daß Zedd sein Großvater war, kannte er ihn nur als seinen besten Freund. Damals hatte Richard nicht gewußt, daß Zedd ein Zauberer war. Jeder kannte ihn einfach nur als Zedd, den Wolkendeuter, einen Mann von bemerkenswertem Wissen über die gewöhnlichsten und außergewöhnlichsten Dinge – über seltene Kräuter und die Krankheiten der Menschen, über die Heilkunst und die Orte, von denen die Regenwolken kamen, wo man einen Brunnen grub oder wann man mit dem Ausheben eines Grabes begann – und er wußte über Geburten Bescheid.

Richard kannte Elayne. Sie hatte ihm das Tanzen beigebracht, damit er beim Mittsommernachtsfest ein Mädchen auffordern konnte. Richard hatte es lernen wollen, bis er sich plötzlich der Aussicht gegenübersah, tatsächlich eine Frau in den Armen zu halten. Er hatte Angst, er könnte sie zerbrechen oder ähnliches, er wußte nicht genau, was – jedenfalls meinten alle ständig, er sei stark und müsse achtgeben, niemanden zu verletzen. Als er dann seine Meinung änderte und sich entschuldigen wollte, hatte Elayne gelacht, ihn mit ihren Armen hochgehoben und herumgewirbelt und dazu eine fröhliche Melodie gesummt.

Richard wußte nicht viel darüber, wie man Kinder zur Welt brachte, aber nach allem, was er gehört hatte, hegte er nicht den geringsten Wunsch, Elaynes Haus auch nur nahe zu kommen, solange die Geburt andauerte. Er ging zur Tür in der Absicht, einen Spaziergang zu machen, der ihn von allem Ärger fernhalten sollte.

Zedd schnappte sich seine Tasche mit Kräutern und Tränken, packte Richard am Ärmel und sagte, »Komm mit, mein Junge.

Kann sein, daß ich dich brauche.« Richard bestand hartnäckig darauf, er könne unmöglich eine Hilfe sein, doch wenn Zedd sich einmal etwas in den Kopf gesetzt hatte, wirkte Granit im Vergleich dazu weich. Zedd bugsierte ihn zur Tür und meinte: »Man kann nie wissen, Richard, vielleicht lernst du sogar etwas.«

Elaynes Mann, Henry, war unterwegs, um mit einer Gruppe von Männern Eis für die Gasthäuser zu schlagen, und war wegen des Wetters noch nicht aus den umliegenden Ortschaften zurück. Im Haus befanden sich mehrere Frauen, doch sie waren alle drinnen bei Elayne. Zedd erklärte Richard, er solle sich nützlich machen, sich um das Feuer kümmern und ein wenig Wasser erhitzen. Es würde wohl eine Weile dauern.

Richard saß in der kalten Küche, der Schweiß lief ihm die Kopfhaut runter, während er die entsetzlichsten Schreie hörte, die er je vernommen hatte. Man hörte auch gedämpfte, tröstende Worte von der Hebamme und den anderen Frauen, doch hauptsächlich waren da diese Schreie. Er schürte das Feuer, schmolz Schnee in einem großen Kessel, damit er eine Entschuldigung hatte, nach draußen zu gehen. Er redete sich ein, Elayne und Henry bräuchten mehr Holz, jetzt, da sie das Kind hatten, also schlug er einen Haufen von beträchtlicher Größe. Es nützte nichts. Er konnte Elaynes Schreie noch immer hören. Es war weniger die Art, wie sie die Schmerzen ausdrückten, sondern eher die Panik, die sich darin offenbarte, und die Richards Herz zum Klopfen brachte.

Richard wußte, Elayne würde sterben. Keine Hebamme wäre zu Zedd gekommen, hätte es nicht ernsthafte Schwierigkeiten gegeben. Richard hatte noch nie einen Toten gesehen, er wollte nicht, daß Elayne der erste war. Er mußte an ihr Lachen denken, als sie ihm das Tanzen beibrachte. Sein Gesicht war die ganze Zeit über hochrot gewesen, doch sie hatte getan, als bemerkte sie nichts.

Und dann, während er am Tisch saß und in die Ferne starrte, überzeugt, daß die Welt ein wahrhaft fürchterlicher Ort sei, ertönte ein letzter Schrei, quälender als alle anderen, und es lief ihm kalt den Rücken hinunter. Der Schrei erstarb, und zurück blieb hoffnungsloses Elend. Er preßte die Augen zu in der nichtendenwollenden Stille, hielt seine Tränen zurück.

Ein Grab in dem gefrorenen Boden auszuheben würde fast unmöglich sein, doch er versprach sich selbst, es für Elayne zu tun. Er wollte nicht, daß man den gefrorenen Leichnam in der Hütte des Bestatters bis zum Frühling aufbewahrte. Er war stark. Er würde es tun, und wenn er einen Monat dafür brauchte. Sie hatte ihm das Tanzen beigebracht.

Die Tür zum Schlafzimmer öffnete sich mit einem kreischenden Geräusch, und Zedd kam herausgeschlurft, hatte etwas im Arm. »Komm her, Richard.« Er drückte ihm ein blutverschmiertes Etwas mit Ärmchen und Beinchen dran in die Hand. »Wasch ihn vorsichtig.«

»Was? Wie soll ich das denn machen?« stammelte Richard.

»Mit warmem Wasser!« blaffte Zedd ihn an. »Verdammt, Junge, du hast doch Wasser aufgesetzt, oder?« Richard deutete mit dem Kinn darauf. »Nicht zu heiß. Nur lauwarm. Dann wickle ihn in diese Decke hier und bring ihn zurück ins Schlafzimmer.«

»Aber Zedd ... die Frauen. Das ist doch deren Aufgabe. Nicht meine! Bei den Seelen, können denn die Frauen das nicht machen?«

Zedd, das weiße Haar zerzaust, sah ihn mit einem Auge an. »Wenn ich wollte, daß die Frauen es tun, mein Junge, dann hätte ich dich wohl kaum gefragt, oder?«

Dann verschwand er mit wehendem Gewand. Die Tür zum Schlafzimmer schloß sich mit einem Knall. Richard rührte sich nicht, aus Angst, er könnte das winzige Etwas zerdrücken. Es war so klein, er konnte kaum glauben, daß es echt war. Und dann geschah etwas – Richard fing an zu schmunzeln. Dies war ein Mensch, eine Seele, neu in dieser Welt. Was er hier sah, war Magie.

Dann trug er das gebadete und in eine Decke gehüllte Wunder ins Schlafzimmer und war zu Tränen gerührt, als er sah, daß Elayne durchaus lebendig war. Seine zitternden Beine wollten ihn kaum tragen.

»Elayne, du kannst wirklich tanzen«, war alles, was ihm einfiel.

»Wie hast du nur so etwas Wundervolles zustande gebracht?« Die Frauen rings ums Bett starrten ihn an, als sei er nicht recht bei Trost.

Elayne lächelte, trotz ihrer Erschöpfung. »Irgendwann kannst du Bradley beibringen, wie man tanzt, mein hübscher, blauäugiger Freund.« Sie streckte ihre Hände aus. Ihr Strahlen wurde breiter, als Richard ihr das Kind sanft in die Arme legte.

»Nun, mein Junge, sieht ganz so aus, als hättest du es doch noch begriffen.« Zedd zog eine Braue hoch. »Und, hast du was gelernt?«

Inzwischen war Bradley bestimmt zehn und nannte ihn Onkel Richard.

Richard lauschte auf die Stille, riß sich von seinen Erinnerungen los und dachte darüber nach, was Cara gesagt hatte.

»Doch, das werdet Ihr«, erklärte er ihr schließlich mit sanfter Stimme. »Und wenn ich es Euch befehlen muß, Ihr werdet es tun. Ich möchte, daß Ihr das Wunder neugeborenen Lebens, das Wunder einer neuen Seele, in Euren Armen spürt, damit Ihr eine andere Magie als die des Strafers kennenlernt. Ihr werdet ihn baden, ihn in Decken wickeln, ihn ein Bäuerchen machen lassen, damit Ihr wißt, daß Eure zärtliche Fürsorge in dieser Welt gebraucht wird und daß ich mein eigenes Kind dieser Fürsorge anvertraue. Und Ihr werdet wie töricht mit ihm plappern, damit Ihr voller Freude über eine hoffnungsvolle Zukunft lachen könnt und darüber vielleicht vergeßt, daß Ihr in der Vergangenheit Menschen getötet habt.

Auch wenn Ihr alles andere nicht begreift, so hoffe ich doch, daß Ihr meine Gründe für das, was ich tun muß, wenigstens soweit versteht.«

Er lehnte sich gelöst in seinem Sessel zurück, entspannte zum ersten Mal seit Stunden seine Muskeln. Die Stille schien ihm in den Ohren zu klingen. Er dachte an Kahlan und ließ seine Gedanken treiben.

Cara murmelte etwas, die Lippen geschlossen, weinend, so leise, daß es in dem riesigen Saal und seiner gruftartigen Stille fast verlorenging. »Wenn Ihr beim Versuch, die Welt zu beherrschen, umkommt, breche ich Euch persönlich jeden einzelnen Knochen im Leib.«

Richard merkte, wie ein Lächeln seine Wangen spannte. In der Dunkelheit hinter seinen Lidern wirbelten dunkle Farbschlieren. Er war sich des Sessels, der ihn umgab, deutlich bewußt: des Sessels der Mutter Konfessor, Kahlans Sessel. Von hier aus hatte sie den Bund der Midlands regiert. Er spürte die wütenden Blicke der ersten Mutter Konfessor und ihres Zauberers auf sich, während er hier an diesem geheiligten Ort saß und die Kapitulation der Midlands und das Ende eines Bündnisses forderte, das sie als Grundlage für einen dauerhaften Frieden geschmiedet hatten.

Er war in diesen Krieg eingetreten, weil er für die gerechte Sache der Midlands kämpfte. Jetzt befehligte er ihre früheren Feinde und setzte seinen Verbündeten die Schwertspitze an die Kehle.

In einem einzigen Tag hatte er die Welt auf den Kopf gestellt.

Richard wußte, er brach das Bündnis aus den richtigen Gründen, doch es bereitete ihm Höllenqualen, was Kahlan darüber denken würde. Sie liebte ihn und würde es verstehen, redete er sich ein. Sie mußte.

Bei den Lieben Seelen, was würde Zedd denken?

Seine Arme ruhten schwer auf eben jener Stelle, wo auch Kahlans Arme gelegen hatten. Er stellte sich vor, wie ihre Arme sich um seinen Körper schlossen, so wie in der vergangenen Nacht, an dem Ort zwischen den Welten. Er glaubte nicht, daß er jemals in seinem Leben so glücklich gewesen war oder sich so geliebt gefühlt hatte.

Er meinte zu hören, wie jemand sagte, er solle sich ein Bett suchen. Doch da war er schon eingeschlafen.

17. Kapitel

Obwohl er bei seiner Rückkehr mehrere Tausend ungeschlachte d'Haranische Soldaten vorfand, die seinen Palast umstellten, war Tobias bei guter Laune. Die Dinge entwickelten sich prächtig – nicht wie ursprünglich geplant, aber prächtig trotz alledem. Die D'Haraner machten keinerlei Anstalten, ihn am Eintreten zu hindern, warnten ihn jedoch, es wäre besser, wenn er in dieser Nacht das Haus nicht noch einmal verlassen würde.

Ihre Unverschämtheit war ärgerlich, wesentlich mehr jedoch als die protokollarischen Verstöße der D'Haraner interessierte ihn die Alte, die Ettore für ihn bearbeitete. Er hatte Fragen und war gespannt auf die Antworten. Jetzt würde sie bereit sein, sie ihm zu geben. Ettore war in seinem Handwerk sehr geübt. Auch wenn dies das erste Mal war, daß man ihm die Vorbereitungen für ein Verhör anvertraute, ohne daß ein erfahrener Bruder sein Tun überwachte, so hatte er bereits Talent und eine sichere Hand bei dieser Aufgabe bewiesen. Ettore war mehr als bereit, diese Verantwortung zu übernehmen.

Tobias schüttelte den Schnee von seinem Cape auf den rubinroten und goldenen Teppich, bemühte sich erst gar nicht, seine Stiefel abzuputzen, ehe er forschen Schritts den blitzblanken Vorraum zu den Korridoren durchquerte, die zur Treppe führten. Die weitläufige Eingangshalle wurde von Lampen aus geschliffenem Glas erleuchtet, die vor polierten Silberreflektoren hingen und deren Licht über das vergoldete Balkenwerk tanzte. Wachen in karminroten Capes, die durch den Palast patrouillierten, berührten mit den Fingerspitzen ihre Stirn und verneigten sich vor ihm. Tobias machte sich nicht die Mühe, ihren Salut zu erwidern.

Dicht gefolgt von Galtero und Lunetta, sprang er die Treppe, zwei Stufen auf einmal nehmend, hinunter. Die Wände oben waren mit reich verzierter Täfelung verkleidet, geschmückt mit Porträts von Mitgliedern des nicobaresischen Königshauses und kunstvollen Wandteppichen, auf denen ihre sagenhaften, weitgehend erfundenen Heldentaten dargestellt waren, die Mauern im unteren Stockwerk dagegen bestanden aus schlichten Steinquadern, kalt sowohl fürs Auge als auch sonst. In dem Raum, den er ansteuerte, würde es allerdings warm sein.

Er strich seinen Schnäuzer mit den Knöcheln glatt und erschrak, als er die Schmerzen in seinen Gliedern spürte. Die Kälte schien seinen Knochen in letzter Zeit mehr zuzusetzen. Er mahnte sich, dem Werk des Schöpfers mehr Aufmerksamkeit zu widmen und weniger solch weltlichen Dingen. Der Schöpfer hatte ihm an diesen Abend mehr als großzügige Hilfe gewährt, die durfte nicht umsonst gewesen sein.

In den oberen Stockwerken wurden die Flure von Soldaten der Kompanie bewacht, unten waren die tristen Gänge menschenleer. Hier gab es weder einen Weg in den Palast hinein noch aus ihm heraus. Galtero, immer auf der Hut, beobachtete die gesamte Länge des Ganges draußen vor der Tür des Verhörzimmers. Lunetta wartete geduldig lächelnd. Tobias hatte ihr erklärt, sie habe ihre Sache gut gemacht, insbesondere mit dem letzten Bann, und sein Wohlwollen spiegelte sich in ihrem strahlenden Gesicht wider.

Tobias betrat den Raum und sah sich Ettores wohlvertrautem, breiten Grinsen gegenüber.

Über seinen Augen jedoch lag der matte Glanz des Todes.

Tobias erstarrte.

Ettore hing an einem Seil, das an den beiden Enden eines eisernen Bolzens festgemacht war, den man ihm durch die Ohren getrieben hatte. Seine Füße baumelten dicht über einer dunklen, geronnenen Lache.

Der saubere Schnitt eines Rasiermessers führte in der Mitte rings um seinen Hals. Darunter hatte man ihm jeden Zentimeter Haut abgezogen. Bleiche Streifen davon lagen seitlich auf einem blutigen Haufen.

Dicht unterhalb des Brustkorbs klappte ein Schnitt. Auf dem Boden vor seinem leise schwingenden Körper lag seine Leber.

Auf jeder Seite waren ein paar Stücke herausgebissen worden. Die Bisse auf der einen Seite wiesen am Rand unregelmäßige Einrisse auf, wie größere Zähne sie hinterlassen, auf der anderen fanden sich die eines kleinen, regelmäßigen Gebisses.

Brogan wirbelte heulend vor Wut herum und schlug Lunetta mit dem Handrücken durchs Gesicht. Sie stürzte krachend neben der Feuerstelle an die Wand und glitt zu Boden.

»Daran bist du schuld, *streganicha!* Das ist deine Schuld. Du hättest hierbleiben und Ettore überwachen müssen!«

Brogan stand da, die Fäuste in die Hüften gestemmt, und starrte wuterfüllt die gehäutete Leiche des Mannes vom Lebensborn aus dem Schoß der Kirche an. Wäre Ettore nicht tot, Brogan hätte ihn eigenhändig umgebracht, wenn nötig mit den bloßen Händen, dafür, daß er diese alte Hexe der Gerechtigkeit hatte entgehen lassen. Einen Verderbten entkommen zu lassen, war nicht zu entschuldigen. Ein wahrer Jäger der Verderbten hätte die gottlose Person vor seinem Tod noch umgebracht, egal wie. Ettores spöttisches Grinsen brachte ihn noch mehr in Rage.

Brogan schlug in das erkaltete Gesicht. »Du hast uns im Stich gelassen, Ettore. Du wirst unehrenhaft aus dem Lebensborn entlassen. Dein Name wird aus dem Verzeichnis gelöscht.«

Lunetta kauerte an der Wand und hielt sich die blutverschmierte Wange. »Ich hab' es Euch ja gesagt, ich hätte bleiben und ihn überwachen sollen. Ich hab' es Euch gesagt.«

Brogan funkelte sie wütend an. »Komm mir nicht mit deinen dreckigen Ausflüchten, *streganicha*. Wenn du gewußt hast, wieviel Ärger die alte Hexe machen würde, dann hättest du hierbleiben müssen.«

»Aber das habe ich Euch doch gesagt.« Sie wischte sich die Tränen aus den Augen. »Ihr habt mich gezwungen, Euch zu begleiten.«

Er hörte nicht auf sie und wandte sich an seinen Colonel. »Holt die Pferde«, zischte er zwischen zusammengepreßten Zähnen hervor.

Er sollte sie umbringen. Gleich jetzt. Er sollte ihr die Kehle aufschlitzen, dann hätte er es hinter sich. Er war ihre abscheuliche Gabe leid. Diese Nacht hatte ihn wertvolle Informationen gekostet. Wäre seine verabscheuungswürdige Schwester nicht gewesen, er hätte sie bekommen.

»Wie viele Pferde, Lord General?« fragte Galtero leise.

Brogan beobachtete, wie seine Schwester mühsam auf die Beine kam und ihre Haltung wiederfand, während sie sich das Blut von der Wange wischte. Er solle sie umbringen. Gleich jetzt, in diesem Augenblick.

»Drei«, knurrte Brogan.

Galtero entnahm den Werkzeugen zur Befragung einen Knüppel, dann glitt er geräuschlos wie ein Schatten durch die Tür und war im Gang verschwunden. Offenbar hatten die Wachen sie nicht gesehen, auch wenn das bei Verderbten nicht unbedingt etwas heißen mußte. Trotzdem konnte die Alte durchaus noch immer in der Nähe sein. Man brauchte Galtero nicht zu erklären, daß sie lebend gefaßt werden mußte, falls man sie fand.

Vorschnelle Rache mit dem Schwert brachte ihnen nichts ein. Wenn man sie entdeckte, würde man sie lebend fassen und befragen. Wenn man sie entdeckte, würden sie den Preis für ihre Ruchlosigkeit bezahlen, aber vorher würde sie alles erzählen, was sie wußte.

Wenn man sie entdeckte. Er sah zu seiner Schwester hinüber. »Siehst du sie hier irgendwo in der Nähe?«

Lunetta schüttelte den Kopf. Sie kratzte nicht an ihren Armen herum. Auch wenn keine tausend d'Haranische Soldaten den Palast umstellt hätten, in diesem Sturm war es unmöglich, jemanden zu verfolgen. Außerdem, sosehr er die Alte auch zu fassen kriegen wollte, Brogan hatte ein ruchloseres Opfer, daß es zu verfolgen galt. Zudem war da auch noch Lord Rahl. Falls Galero die alte Frau fand, gut, falls nicht, dann hätten sie ohnehin keine Zeit für eine schwierige und höchstwahrscheinlich erfolglose Verfolgungsjagd. Verderbte waren alles andere als eine Rarität, es gab immer noch andere. Der Lord General des Lebensborns aus dem Schoß der Kirche mußte sich um wichtigere Dinge kümmern: das Werk des Schöpfers.

Lunetta humpelte zu Brogan und legte einen Arm um seine Hüfte. Sie streichelte seine auf- und abschwellende Brust.

»Es ist spät, Tobias«, gurrte sie vertraulich. »Kommt zu Bett. Ihr hattet einen schweren Tag, das Werk des schöpfers zu erledigen. Lunetta wird dafür sorgen, daß Ihr Euch besser fühlt. Ihr werdet zufrieden sein, das verspreche ich.« Er schwieg. »Galtero hatte sein Vergnügen, Lunetta wird für das Eure sorgen. Ich werde einen Zauber für Euch bewirken«, bot sie ihm an. »Bitte, Tobias?«

Er zog ihr Angebot einen Augenblick lang in Betracht. »Keine Zeit. Wir müssen sofort aufbrechen. Hoffentlich hast du heute nacht etwas gelernt, Lunetta. Ich lasse nicht zu, daß du dich noch einmal schlecht benimmst.«

Ihr Kopf zuckte auf und ab. »Ja, mein Lord General. Ich werde mich bessern, ganz bestimmt. Ich werde mich bessern. Ihr werdet sehen.«

Er führte sie nach oben in das Zimmer, in dem er die Zeugen vernommen hatte. Vor der Tür standen Wachen. Drinnen nahm er sein Trophäenkästchen von dem langen Tisch und schnallte es an seinen Gürtel. Er wollte schon zur Tür, drehte sich aber noch einmal um. Die Silbermünze, die die Alte ihm gegeben hatte und die er hatte auf dem Tisch liegenlassen, war verschwunden. Er sah zu einem der Posten.

»Hat heute abend jemand diesen Raum betreten, nachdem ich gegangen bin?«

»Nein, Lord General«, erwiderte der Posten steif. »Keine Menschenseele.«

Brogan brummte in sich hinein. Sie war hier gewesen. Sie hatte ihre Münze wieder an sich genommen, um ihm damit eine Nachricht zu hinterlassen. Er machte sich auf dem Weg nach draußen gar nicht erst die Mühe, einen der anderen Posten zu befragen. Die hatten sicher auch nichts gesehen. Die Alte und ihre kleine Vertraute waren verschwunden. Er verbannte sie aus seinen Gedanken und konzentrierte sich auf das, was getan werden mußte.

Brogan machte sich auf den Weg in den hinteren Teil des Palastes, von wo aus es nur ein kurzes Stück über freies Gelände bis hin zu den Stallungen war. Galtero wußte, was sie für die Reise benötigten, er würde die Sachen zusammensuchen und drei Pferde satteln lassen. Bestimmt waren überall im Palast D'Haraner, doch in der Dunkelheit und bei diesem Schneegestöber würde er mit Lunetta ungehindert bis zu den Stallungen durchkommen.

Zu den Männern sagte Brogan nichts. Wenn er die Mutter Konfessor verfolgen wollte, dann ging das nur zu dritt. Drei konnten bei diesem Sturm vielleicht hinausschleichen, aber sicher nicht der gesamte Verband. Eine so große Zahl von Soldaten würde mit Sicherheit bemerkt und angehalten werden. Es würde zum Kampf kommen, und wahrscheinlich würden alle den Tod finden. Der Lebensborn verfügte über wildentschlossene Kämpfer, der Überzahl der D'Haraner wären sie jedoch nicht gewachsen. Schlimmer, seinen Beobachtungen zufolge war auch den D'Haranern das Kämpfen alles andere als fremd. Besser, sie ließen die Männer einfach als Ablenkung zurück. Was sie nicht wußten, konnten sie auch nicht verraten.

Brogan öffnete die schwere Eichentür einen Spalt weit und spähte hinaus in die Nacht. Er sah nichts als Schneegestöber, erleuchtet von dem schwachen Lichtschein, der durch ein paar Fenster im zweiten Stock nach draußen fiel. Er hätte die Lampen gelöscht, doch er brauchte das wenige Licht, das sie spendeten, um die ihm unbekannten Stallungen im Sturm zu finden.

»Bleib dicht bei mir. Wenn uns Soldaten anhalten, werden sie versuchen, uns am Fortreiten zu hindern. Das dürfen wir nicht zulassen. Wir müssen der Mutter Konfessor hinterher.«

»Aber Lord General –«

»Sei still«, fuhr Brogan sie an. »Sorge lieber dafür, daß wir durchkommen, wenn sie uns aufhalten wollen. Verstanden?«

»Wenn es viele sind, kann ich nur –«

»Fordere mich nicht heraus, Lunetta. Du hast Besserung gelobt. Jetzt gebe ich dir die Chance. Enttäusche mich nicht noch einmal.«

Sie raffte ihre hübschen Stoffe fest um ihren Körper. »Ja, Lord General.«

Brogan blies die Lampe drinnen in der Eingangshalle aus, dann zerrte er Lunetta hinaus in den Schneesturm, stapfte mit ihr durch die Verwehungen. Galtero müßte die Pferde inzwischen gesattelt haben. Sie brauchten es bloß bis zu ihm zu schaffen. Bei diesem Schnee würden die D'Haraner sie weder kommen sehen noch aufhalten können, wenn sie erst einmal auf ihren Pferden saßen. Die dunklen Stallungen kamen näher.

Plötzlich tauchten Schatten aus dem Schnee auf – Soldaten. Als sie ihn sahen, riefen sie ihren Kameraden etwas zu und zogen gleichzeitig ihren Stahl blank. Ihre Stimmen trugen im heulenden Wind nicht weit, aber weit genug, um eine Schar kräftiger Männer herbeizuholen.

Sie waren überall. »Lunetta, tu etwas.«

Sie hob einen Arm, die Finger zu einer Kralle gebogen, und begann, einen Zauber heraufzubeschwören, doch die Soldaten zögerten nicht. Sie stürmten mit erhobenen Waffen vor. Er zuckte zusammen, als ein Pfeil an seiner Wange vorbeisirrte. Der Schöpfer hatte eine Windbö geschickt, auf daß der Pfeil sein Ziel verfehlte und ihn verschone. Lunetta duckte sich vor den Pfeilen.

Als er sah, daß die Soldaten von allen Seiten auf ihn zukamen, zog Tobias das Schwert. Er spielte mit dem Gedanken, sich zurück zum Palast durchzuschlagen, aber auch dieser Weg war versperrt. Es waren zu viele. Lunetta war so sehr damit beschäftigt, die Pfeile abzuwehren, daß sie keinen Zauber heraufbeschwören konnte, um ihnen zu helfen. Sie schrie vor Angst laut auf.

Ebenso plötzlich, wie der Pfeilhagel begonnen hatte, hörte er auf. Tobias hörte Rufe, die vom Wind davongetragen wurden. Er packte Lunetta am Arm, sprang durch die tiefen Verwehungen und hoffte, die Stallungen zu erreichen. Sicher wartete Galtero dort.

Mehrere Soldaten versuchten, ihm den Weg zu verstellen. Der, der ihm am nächsten war, schrie auf, als ein Schatten vor ihm vorüberhuschte. Der Mann stürzte mit dem Gesicht voran in den Schnee. Verwirrt beobachtete Tobias, wie die anderen Männer mit ihren Schwertern auf Windböen eindroschen.

Der Wind streckte sie erbarmungslos nieder.

Tobias blieb stolpernd stehen, konnte nicht fassen, was er sah. Ringsum gingen D'Haraner zu Boden. Schreie wurden laut im heulenden Wind. Er sah, wie der Schnee sich rot färbte. Er sah Männer, die in ihren Fußstapfen niedersanken, während ihnen die Eingeweide aus dem Leib quollen.

Tobias fuhr sich mit der Zunge über die Lippen, rührte sich nicht, aus Angst, der Wind könnte auch ihn niederstrecken. Sein Blick zuckte in alle Richtungen, während er versuchte, sich einen Reim auf das zu machen, was hier geschah, und die Angreifer zu erkennen.

»Beim Schöpfer«, rief er laut, »verschone mich! Ich tue doch dein Werk!«

Männer strömten aus allen Richtungen in den Hof vor den Stallungen und wurden ebenso schnell niedergestreckt, wie sie eintrafen. Gut über hundert Leichen übersäten bereits das verschneite Schlachtfeld. Noch nie hatte er gesehen, daß Männer in solcher Geschwindigkeit mit solcher Brutalität erschlagen wurden.

Tobias ging in die Hocke und mußte zu seinem Entsetzen feststellen, daß die wirbelnden Böen sich voller Absicht bewegten.

Sie waren lebendig. Jetzt konnte er sie allmählich erkennen. Männer mit weißen Capes umschwebten ihn zu allen Seiten und attackierten die d'Haranischen Soldaten mit todbringender Schnelligkeit. Nicht einer der d'Haranischen Soldaten versuchte zu fliehen, sie alle griffen voller Ingrimm an, doch keinem einzigen gelang es, mit dem Feind die Klingen zu kreuzen, ehe er blitzschnell abgefertigt wurde.

Die Nacht wurde still bis auf den Wind. Es blieb nicht einmal Zeit, davonzurennen, da war alles bereits vorbei. Der Boden war mit reglosen, dunklen Gestalten übersät. Tobias drehte sie alle um, aber es lebte niemand mehr. Schon begann der Schnee über die Leichen zu wehen. Noch eine Stunde, und sie wären in diesem weißen Gestöber verschwunden.

Die Männer in den Capes glitten fließend durch den Schnee, sie bewegten sich elegant und geschmeidig, als wären sie aus Wind. Als sie auf ihn zukamen, entglitt das Schwert seinen gefühllosen Fingern. Tobias wollte Lunetta zurufen, sie solle sie mit einem Bann niederstrecken, aber als sie ins Licht kamen, versagte ihm die Stimme.

Es waren keine Männer.

Schuppen in der Farbe der verschneiten Nacht glänzten wellenförmig über dem Spiel der Muskeln. Glatte Haut überzog ohrenlose, haarlose plumpe Schädel mit kleinen, runden, funkelnden Augen. Die Bestien trugen nur einfache Fellkleidung unter ihren Capes, welche sich im Wind blähten und flatterten, und mit jeder krallenbesetzten Hand hielten sie blutverschmierte, dreiklingige Messer umklammert.

Es waren dieselben Kreaturen, die er draußen vor dem Palast der Konfessoren auf den Pfählen gesehen hatte – die Kreaturen, die Lord Rahl getötet hatte: Mriswiths. Jetzt, wo er gesehen hatte, wie sie diese erfahrenen Soldaten erschlagen hatten, konnte Tobias sich nicht vorstellen, daß Lord Rahl oder sonst irgend jemand auch nur einen einzigen von ihnen besiegt hatte, erst recht nicht die große Zahl, die er gesehen hatte.

Eine der Kreaturen kam auf ihn zugeschlichen und betrachtete ihn mit ungerührten Augen. Sie kam gleitend zum Stehen, keine drei Meter entfernt.

»Versssschwinde«, zischelte der Mriswith.

»Was?« stammelte Tobias.

»Versssschwinde.« Ein krallenartiges Messer sirrte durch die Luft, eine blitzschnelle Geste, elegant und von tödlicher Meisterschaft. »Fliehe.«

»Warum? Warum tut ihr das? Wieso wollt ihr, daß wir fliehen?« Der lippenlose Mundschlitz weitete sich zu einem schauerlichen

Grinsen. »Der Traumwandler will, dasss ihr flieht. Geht jetzzzzt, bevor noch weitere Hautwandler kommen. Geht.«

»Aber ...«

Mit seinem schuppigen Arm raffte der Mriswith sein Cape zum Schutz gegen den Wind zusammen, machte kehrt und verschwand im Schneegestöber. Tobias starrte hinaus in die Nacht, doch der Wind war leer und ohne Leben.

Warum sollte ihm ein solch abscheuliches Geschöpf helfen wollen? Wieso sollten sie seine Feinde töten? Warum wollten sie, daß er floh?

Dann überkam ihn die Erkenntnis in einer plötzlichen Anwandlung von Liebe und Wärme. Der Schöpfer hatte sie geschickt. Natürlich. Wie hatte er nur so blind sein können? Lord Rahl hatte erzählt, er habe die Mriswiths getötet. Lord Rahl kämpfte für den Hüter. Wären die Mriswiths bösartige Geschöpfe, würde Lord Rahl auf ihrer Seite kämpfen, nicht gegen sie.

Die Mriswiths hatten gesagt, der Traumwandler habe sie geschickt. Aber im Traum erschien Tobias der Schöpfer. Das mußte es sein: der Schöpfer hatte sie geschickt.

»Lunetta.« Tobias drehte sich zu ihr um. Sie kauerte hinter ihm. »Der Schöpfer erscheint mir in meinen Träumen. Das wollten sie mir sagen, als sie meinten, jemand aus meinen Träumen habe sie geschickt. Lunetta, der Schöpfer hat sie geschickt, weil sie helfen sollen, mich zu beschützen.«

Lunetta machte große Augen. »Der Schöpfer selbst hat Euch zuliebe eingegriffen, um die Pläne des Hüters zu durchkreuzen. Der Schöpfer höchstpersönlich wacht über Euch. Er muß Großes mit Euch vorhaben, Tobias.«

Tobias holte sein Schwert unter dem Schnee hervor und richtete sich lächelnd auf. »Fürwahr. Ich habe Seinen Willen höher gehalten als alles andere, also hat Er mich beschützt. Beeil dich. Ich muß tun, was Seine Boten mir aufgetragen haben. Wir müssen aufbrechen und das Werk des Schöpfers vollbringen.«

Während er durch den Schnee stapfte und sich einen gewundenen

Pfad zwischen den Leichen hindurch bahnte, hob er den Kopf und sah, wie plötzlich eine dunkle Gestalt vor ihn sprang und ihm den Weg versperrte.

»Sieh an, Lord General, Ihr wollt fort?« Ein bedrohliches Grinsen erschien auf dem Gesicht. »Willst du mich verzaubern, Magierin?«

Tobias hielt sein Schwert noch immer in der Hand, aber wußte, er würde nicht schnell genug sein.

Er erschrak, als er das markerschütternde, dumpfe Geräusch hörte. Der Kerl, der vor ihm stand, kippte mit dem Gesicht voran in den Schnee zu seinen Füßen. Tobias sah auf und erblickte Galtero, der mit dem Knüppel über der bewußtlosen Gestalt stand.

»Galtero, heute nacht habt Ihr Euch Euren Rang verdient.«

Gerade eben hatte der Schöpfer ihn mit einem Preis von unschätzbarem Wert belohnt und ihm gezeigt, daß dem Frommen nichts unerreichbar war. Dankenswerterweise hatte Galtero die Geistesgegenwart besessen, den Knüppel und nicht die Klinge zu benutzen.

Er sah das Blut von dem Schlag, aber er sah auch den Lebenshauch des Mannes. »Oh, oh, das wird eine gute Nacht. Lunetta, bevor du diesen Mann hier heilst, hast du noch etwas im Auftrag des Schöpfers zu erledigen.«

Lunetta beugte sich über die reglose Gestalt, drückte ihre Finger in das blutig verfilzte, braune, wellige Haar. »Vielleicht sollte ich zuerst die Heilung vornehmen. Galtero ist kräftiger, als er denkt.«

»Das, meine liebe Schwester, wäre nicht ratsam, wenigstens nicht nach dem, was ich gehört habe. Die Heilung kann warten.« Er sah zu seinem Colonel hinüber und deutete auf die Stallungen. »Sind die Pferde bereit?«

»Ja, Lord General. Wenn Ihr es seid.«

Tobias zog das Messer, das Galtero ihm gegeben hatte. »Wir müssen uns beeilen, Lunetta. Der Bote meinte, wir müßten fliehen.« Er hockte sich nieder und wälzte die bewußtlose Gestalt herum. »Und dann reiten wir los, der Mutter Konfessor hinterher.«

Lunetta beugte sich zu ihm vor, sah ihn an. »Aber Lord General, ich sagte Euch doch schon, das Netz des Zauberers verbirgt ihre Identität vor uns. Wir können die Fäden eines solchen Netzes nicht sehen. Wir werden sie nicht erkennen.«

Ein Grinsen spannte die Narbe neben Tobias' Mund.

»Oh, aber ich habe die Fäden des Netzes bereits gesehen. Der Name der Mutter Konfessor lautet Kahlan Amnell.«

18. Kapitel

Wie sie befürchtet hatte, war sie eine Gefangene. Sie blätterte eine weitere Seite um, nachdem sie die entsprechende Eintragung im Hauptbuch vorgenommen hatte. Eine Gefangene in allerhöchster Stellung, eine Gefangene hinter einem Schloß aus Papier, nichtsdestotrotz eine Gefangene.

Verna überflog gähnend die nächste Seite und überprüfte die Belege für die Ausgaben des Palastes. Jeder Beleg mußte von ihr gebilligt und als Beweis dafür, daß die Prälatin die Ausgaben persönlich bestätigt hatte, abgezeichnet werden. Warum dies nötig war, blieb ihr ein Rätsel. Aber sie war erst ein paar Tage im Amt, und es widerstrebte ihr, dies als Verschwendung ihrer Zeit zu bezeichnen, nur damit Schwester Leoma oder Dulcinia wieder die Augen abwendeten und ihr, um die Prälatin nicht in Verlegenheit zu bringen, im Flüsterton erklärten, warum dies sehr wohl erforderlich sei, um dann fortzufahren und ihr in allen Einzelheiten die entsetzlichen Folgen darzulegen, die es nach sich zog, wenn man eine solch einfache Sache unterließ, die sie kaum Mühe kostete, die für andere dagegen von solchem Nutzen war.

Sie ahnte schon, was passieren würde, wenn sie erklärte, sie werde sich nicht die Mühe machen, die Rechnungslisten zu überprüfen: *Aber Prälatin, wenn die Menschen nicht befürchten müßten, daß die Prälatin ihre Aufträge persönlich überprüft, würden sie ermutigt werden, den Palast zu übervorteilen. Man würde die Schwestern für verschwenderische Närrinnen ohne einen Funken Verstand halten. Würden die Aufträge andererseits nicht gemäß der Anweisungen der Prälatin bezahlt, müßten die Familien der armen Arbeiter hungern. Ihr wollt doch sicher nicht, daß diese Kinder hungern, oder? Nur weil Ihr diesen Leuten nicht die Höflichkeit erwei-*

sen wollt, sie für eine Arbeit zu bezahlen, die sie bereits geleistet haben. Und das bloß, weil Ihr keinen Blick in die Belege werfen und Euch nicht die Mühe machen wollt, sie abzuzeichnen? Wollt Ihr wirklich, daß sie die Prälatin für so hartherzig halten?

Seufzend überflog Verna die Ausgabenbelege für die Stallungen: Heu und Getreide, der Schmied, Pflege des Zaumzeugs, Ersatz für verlorengegangenes Zaumzeug, die Stallreparatur, nachdem ein Hengst eine Stallwand eingetreten hatte, die Reparatur, die erforderlich geworden war, nachdem mehrere Pferde offenbar des Nachts in Panik geraten waren, einen Zaun niedergerissen hatten und hinaus aufs Land geflohen waren. Sie mußte mit dem Stallpersonal ein ernstes Wort reden und darauf bestehen, daß sie unter ihrem Dach bessere Ordnung hielten. Sie tauchte die Feder in das Tintenfaß, seufzte abermals, und setzte ihr Zeichen an den unteren Rand der Seite.

Während sie die Stallrechnungen auf dem Stapel der anderen, bereits durchgesehenen Rechnungen ablegte und ins Hauptbuch eintrug, klopfte jemand leise an die Tür. Sie zog ein weiteres Blatt von dem Stapel mit Belegen, die noch bearbeitet werden mußten – eine längere Abrechnung des Metzgers –, und machte sich daran, die Zahlenkolonnen zu überfliegen. Sie hatte keine Ahnung gehabt, wie kostspielig es war, den Palast der Propheten zu unterhalten.

Wieder klopfte es leise. Wahrscheinlich Schwester Dulcinia oder Schwester Phoebe, die ihr einen weiteren Stapel mit Belegen brachten. Sie schafften sie schneller heran, als sie sie abzeichnen konnte. Wie hatte Prälatin Annalina das alles nur bewältigt? Verna hoffte, daß es nicht wieder Schwester Leoma war, die ihr Augenmerk auf irgendeine Katastrophe lenken wollte, welche die Prälatin durch eine unbedachte Handlung oder einen unbedachten Kommentar verursacht hatte. Vielleicht hielten sie sie für zu beschäftigt und gingen wieder, wenn sie nicht antwortete.

Verna hatte Schwester Dulcinia zusammen mit ihrer alten Freundin Phoebe zu ihren Verwalterinnen ernannt. Es war nur sinnvoll, auf Schwester Dulcinias Erfahrung zurückgreifen zu können.

Außerdem bot sich Schwester Verna dadurch die Möglichkeit, ein Auge auf die Frauen zu halten. Schwester Dulcinia hatte selbst um den Posten gebeten und sich auf ihr ›Wissen um die Geschäfte des Palastes‹ berufen.

Die Schwestern Leoma und Philippa als ›vertraute Beraterinnen‹ zu haben, war zumindest insofern nützlich, als sie dadurch auch sie im Auge behalten konnte. Sie traute ihnen nicht. Was das anbetraf, traute sie keiner von ihnen, das durfte sie sich nicht erlauben. Verna mußte allerdings zugeben, daß sie sich als gute Beraterinnen erwiesen hatten, die gewissenhaft darauf achteten, ihren Rat zum Wohl der Prälatin und des Palastes einzubringen. Es verwirrte Verna, daß an ihren Ratschlägen nichts zu bemängeln war.

Wieder klopfte es, höflich aber hartnäckig.

»Ja! Was gibt's?«

Die mächtige Tür ging weit genug auf, damit Warren seinen blonden Lockenkopf hereinschieben konnte. Er schmunzelte, als er ihre finstere Miene bemerkte. Verna sah hinter ihm Dulcinia, die sich den Hals verrenkte, um an ihm vorbeizuschauen und festzustellen, wie die Prälatin mit ihren Papierstapeln vorankam. Warren trat endlich ein.

Er sah sich in dem nüchternen Zimmer um und betrachtete prüfend die Arbeit, die man darauf verwendet hatte. Nach dem verlorenen Kampf ihrer Vorgängerin mit den Schwestern der Finsternis war das Zimmer ein Trümmerhaufen gewesen. Ein Handwerkertrupp hatte es eilig renoviert und es so schnell wie möglich wieder in Ordnung gebracht, damit die neue Prälatin nicht lange in ihrer Arbeit behindert wurde. Verna kannte die Kosten, sie hatte die Rechnung gesehen.

Warren schlenderte an den schweren Schreibtisch aus Walnußholz heran. »Guten Abend, Verna. Ihr scheint hart zu arbeiten. Wichtige Palastgeschäfte, nehme ich an, wenn Ihr so spät noch auf seid.«

Sie preßte ihre Lippen zu einem dünnen Strich zusammen. Ehe sie dazu kam, eine Schimpfkanonade loszulassen, ergriff Dulcinia die Gelegenheit, den Kopf zur Tür hereinzustecken, bevor sie sich hinter dem Besucher wieder schloß.

»Ich bin gerade mit den Belegen des heutigen Tages fertig geworden, Prälatin. Wollt Ihr sie jetzt haben? Mit den anderen müßtet Ihr fast durch sein.«

Verna ließ kurz ein schurkisches Grinsen sehen, dann winkte sie ihre Gehilfin mit gekrümmtem Finger zu sich. Schwester Dulcinia zuckte zusammen, als sie das spöttische Grinsen sah. Ihre durchdringenden blauen Augen wanderten durchs Zimmer, verweilten kurz auf Warren, dann kam sie herein und strich sich ihr graues Haar in einer unterwürfigen Geste zurück.

»Kann ich Euch vielleicht behilflich sein, Prälatin?«

Verna faltete die Hände auf dem Tisch. »Aber ja, Schwester, das kannst du. Deine Erfahrung wäre in dieser Angelegenheit wertvoll.« Verna nahm einen Ausgabenbeleg vom Stapel. »Ich möchte, daß du sofort mit einem Auftrag in die Stallungen gehst. Offenbar gibt es dort Probleme und einen rätselhaften Vorfall.«

Schwester Dulcinias Miene hellte auf. »Probleme, Prälatin?«

»Ganz recht. Es sieht ganz so aus, als fehlten ein paar Pferde.«

Schwester Dulcinia beugte sich vor und senkte ihre Stimme in der für sie typischen duldsamen Art. »Wenn ich mich recht an den Beleg erinnerte, von dem Ihr sprecht, Prälatin, dann hat irgendwas die Pferde nachts erschreckt, und sie sind ausgerissen. Sie sind einfach noch nicht wieder aufgetaucht, das ist alles.«

»Das weiß ich, Schwester. Aber Meister Finch möchte doch bitte erklären, wie es kommt, daß man Pferde, die einen Zaun niedergerissen haben und davonlaufen konnten, nicht wiederfindet.«

»Prälatin?«

Verna zog die Brauen in gespielter Verwunderung hoch. »Wir leben auf einer Insel, oder täusche ich mich da? Wie kommt es, daß die Pferde nicht mehr auf der Insel sind? Kein Posten hat sie über eine Brücke galoppieren sehen. Wenigstens habe ich darüber keinen Bericht zu Gesicht bekommen. Zu dieser Jahreszeit sind die Fischer Tag und Nacht draußen auf dem Fluß und fangen Aale, trotzdem hat niemand Pferde zum Festland schwimmen sehen. Wo sind sie also?«

»Nun, ich bin sicher, sie sind einfach fortgelaufen, Prälatin. Vielleicht ...«

Verna lächelte nachsichtig. »Vielleicht hat Meister Finch sie verkauft und nur behauptet, sie seien fortgelaufen.«

Schwester Dulcinia richtete sich auf. »Aber Prälatin, Ihr wollt doch gewiß niemand beschuldigen –«

Verna schlug mit der Hand auf den Tisch und sprang auf. »Zaumzeug ist ebenfalls verschwunden. Ist das Zaumzeug auch des Nachts davongelaufen? Oder haben die Pferde vielleicht beschlossen, es sich selbst anzulegen und einen kleinen Ausflug zu machen?«

Schwester Dulcinia wurde blaß. »Ich ... also, ich ... Ich werde ...«

»Du wirst jetzt augenblicklich zu den Ställen hinübergehen und Meister Finch mitteilen, daß er, wenn er die Pferde nicht gefunden hat, bis ich beschließe, die Angelegenheit erneut zu prüfen, ihren Preis von seinem Lohn und das Zaumzeug mit seiner Haut bezahlen wird.«

Schwester Dulcinia verbeugte sich rasch und eilte aus dem Zimmer. Als die Tür sich mit einem Knall schloß, lachte Warren stillvergnügt in sich hinein.

»Sieht so aus, als hättet Ihr Euch sehr schnell eingewöhnt, Verna.«

»Fang du nicht auch noch an, Warren!«

Das Schmunzeln verschwand aus seinem Gesicht. »Beruhigt Euch, Verna. Es sind doch nur ein paar Pferde. Der Mann wird sie wiederfinden. Es lohnt nicht, daß Ihr deswegen Tränen vergießt.«

Verna blinzelte ihn an. Sie berührte ihre Wange mit den Fingerspitzen und fühlte, daß sie tatsächlich feucht waren. Mit einem müden Stöhnen ließ sie sich nach hinten in den Sessel sinken.

»Tut mir leid, Warren. Ich weiß nicht, was über mich gekommen ist. Wahrscheinlich bin ich einfach müde und niedergeschlagen.«

»Verna, so habe ich Euch noch nie gesehen. Ein paar dumme Fetzen Papier versetzen Euch so in Aufregung?«

»Sieh dir das an, Warren!« Sie schnappte sich den Beleg. «Ich sitze hier fest und bin dazu verdammt, die Kosten für den Abtransport von Pferdemist abzuzeichnen! Hast du eine Vorstellung, wieviel Mist diese Pferde erzeugen? Oder wieviel Futter sie fressen, nur um diesen Mist zu produzieren?«

»Na ja, nein. Ich denke, ich muß wohl zugeben, daß ...«

Sie zog den nächsten Ausgabebeleg vom Stapel. »Butter –«

»Butter?«

»Ja, Butter.« Verna überflog den Beleg. »Offenbar wurde sie ranzig, und wir mußten zehn Viertelscheffel kaufen, um sie zu ersetzen. Ich soll das prüfen und entscheiden, ob der Milchmann einen angemessenen Preis verlangt und auch in Zukunft in unseren Diensten gehalten werden soll.«

»Es ist bestimmt sinnvoll, diese Angelegenheiten zu überprüfen.«

Verna nahm das nächste Stück Papier zur Hand. »Maurer. Maurer, die das Dach über dem Speisesaal reparieren sollen, dort, wo es leckt. Und Schiefer. Ein Blitz sei in das Schieferdach eingeschlagen, behaupten sie, und nahezu ein ganzes Geviert habe heruntergerissen und ausgetauscht werden müssen. Hat zehn Mann zwei Wochen Arbeit gekostet, heißt es hier. Ich soll entscheiden, ob das angemessen war, und die Zahlung bewilligen.«

»Nun ja, wenn Menschen arbeiten, haben sie doch auch ein Recht, bezahlt zu werden, oder?«

Sie rieb mit dem Finger über den goldenen Ring mit dem Sonnenaufgangssymbol. »Ich dachte, wenn es je in meiner Macht stünde, dann würde sich einiges daran ändern, wie die Schwestern das Werk des Schöpfers verrichten. Aber das ist alles, was ich tue, Warren: ich sehe Belege durch. Ich sitze hier drinnen, Tag und Nacht, und lese die allerweltlichsten Dinge, bis meine Augen glasig werden.«

»Es ist sicherlich sehr wichtig, Verna.«

»Wichtig?« Übertrieben ehrerbietig wählte sie einen weiteren Beleg aus. »Mal sehen ... offenbar haben sich zwei unserer ›jungen Männer‹ betrunken und ein Gasthaus in Brand gesteckt ... das Feuer wurde gelöscht ... das Gasthaus trug beträchtlichen Schaden davon ... und man verlangt, daß der Palast den Schaden ersetzt.« Sie legte den Beleg zur Seite ... »Ich werde mir die beiden einmal sehr lange und ausführlich vornehmen müssen.«

»Ich glaube, da habt Ihr die richtige Entscheidung getroffen, Verna.«

Sie wählte einen weiteren Beleg aus. »Und was haben wir hier? Die Rechnung einer Näherin. Kleider für die Novizinnen.« Verna nahm den nächsten zur Hand. »Salz. Drei Sorten.«

»Aber Verna –«

Sie zog noch einen heraus. »Und dieser hier?« Sie schwenkte den Zettel mit übertriebener Förmlichkeit. »Das Ausheben von Gräbern.«

»Was?«

»Zwei Totengräber. Sie wollen für ihre Arbeit bezahlt werden.« Sie überflog die Aufstellung. »Und ich möchte hinzufügen, daß sie eine sehr hohe Meinung von ihrem Handwerk haben, nach dem Preis zu urteilen, den sie verlangen.«

»Hört zu Verna, ich glaube, Ihr wart zu lange hier drinnen eingesperrt und braucht ein wenig frische Luft. Warum machen wir nicht einen kleinen Spaziergang?«

»Einen Spaziergang? Warren, ich habe keine Zeit –«

»Prälatin, Ihr habt zu lange hier drinnen gehockt. Ihr braucht ein wenig Bewegung.« Er legte den Kopf schräg und verdrehte die Augen übertrieben in Richtung Tür. »Wie wär's?«

Verna warf einen Blick auf die Tür. Wenn Schwester Dulcinia tat, was man ihr aufgetragen hatte, dann wäre nur Schwester Phoebe im Vorzimmer. Phoebe war ihre Freundin. Sie ermahnte sich, daß sie niemandem trauen durfte.

»Nun ... ich glaube, ein kleiner Spaziergang würde mir ganz gut gefallen.«

Warren kam entschlossenen Schritts um den Schreibtisch herum, ergriff ihren Arm und zog sie hoch. »Oh, gut, also dann. Gehen wir.«

Verna zog ihren Arm aus seinem Griff und warf ihm einen mörderischen Blick zu. Sie biß die Zähne aufeinander und meinte mit einem monotonen Singsang in der Stimme, »Aber ja, warum denn nicht.«

Als die Tür aufging, erhob sich Schwester Phoebe hastig, um sich zu verbeugen. »Prälatin ... habt Ihr einen Wunsch? Vielleicht ein wenig Suppe? Etwas Tee?«

»Phoebe, ich habe dir ein dutzendmal erklärt, daß du dich nicht jedesmal verbeugen mußt, wenn du mich siehst.«

Phoebe verbeugte sich erneut. »Jawohl, Prälatin.« Ihr rundliches Gesicht errötete. »Ich wollte sagen ... es tut mir leid, Prälatin. Vergebt mir.«

Verna rief sich seufzend zur Geduld. »Schwester Phoebe, wir kennen uns, seit wir Novizinnen waren. Wie oft wurden wir zusammen in die Küche geschickt, um Töpfe zu schrubben, weil wir ...?« Verna sah zu Warren. »Also, ich weiß nicht mehr, weshalb, aber ich meine, wir sind doch alte Freundinnen. Bitte, versuche, daran zu denken.«

Phoebe bekam rote Pausbacken und strahlte. »Natürlich ... Verna.« Sie erschrak, als sie die Prälatin ›Verna‹ nannte, auch wenn es auf ihren Wunsch geschah.

Draußen auf dem Korridor wollte Warren wissen, warum man sie zum Töpfeschrubben geschickt hatte.

»Ich sagte doch, ich weiß es nicht mehr«, fuhr sie ihn an und warf einen Blick nach hinten in den menschenleeren Flur. »Was soll das eigentlich?«

Warren zuckte die Achseln. »Ich wollte nur ein wenig spazierengehen.« Er überprüfte den Flur selbst, dann warf er ihr einen bedeutungsvollen Blick zu. »Ich dachte, vielleicht möchte die Prälatin Schwester Simona einen Besuch abstatten.«

Verna zögerte. Schwester Simona befand sich seit Wochen in einem Zustand geistiger Verwirrung – es hatte etwas mit Träumen zu tun – und war in einem abgeschirmten Zimmer untergebracht worden, damit sie sich selbst oder einem Unschuldigen nichts antun konnte.

Warren beugte sich zu ihr und flüsterte: »Ich habe ihr vorhin bereits einen Besuch abgestattet.«

»Warum?«

Warren deutete mit dem gestreckten Finger mehrmals auf den Fußboden. Die Gewölbe. Er meinte die Gewölbe. Sie sah ihn stirnrunzelnd an.

»Und wie ging es der armen Simona?«

Warren sah nach rechts und links in den Gang, als sie an eine Kreuzung kamen, schaute er sich noch einmal um. »Man wollte mich nicht zu ihr lassen«, raunte er.

Draußen prasselte der Regen in Strömen nieder. Verna zog das Tuch über ihren Kopf und lief geduckt hinaus in den Wolkenbruch, sprang über Pfützen hinweg, versuchte auf Zehenspitzen über die Trittsteine im durchnäßten Gras zu balancieren. Gelbes Licht aus den Fenstern flackerte in den Pfützen. Die Wachen am Tor zum Hof der Prälatin verbeugten sich, als sie und Warren vorübertrabten und auf einen überdachten Laubengang zuhielten.

Unter dem niedrigen Dach schüttelte sie das Wasser von ihrem Tuch und drapierte dieses sodann um ihre Schultern, während die beiden wieder zu Atem kamen. Warren schüttelte ebenfalls den Regen von seinem Gewand. Die mit Bögen überspannten Seiten des Laubenganges waren nur durch ein offenes, dicht mit Efeu überwuchertes Gitterwerk geschützt, doch der Regen wurde nicht vom Wind getrieben, daher war es hier durchaus trocken. Sie spähte hinaus in die Dunkelheit, sah aber niemanden. Bis zum nächsten Gebäude, dem gedrungenen Krankenrevier, war es noch ziemlich weit.

Verna ließ sich auf eine Steinbank fallen. Warren hatte schon loslaufen wollen, setzte sich aber zu ihr. Es war kalt, und es tat gut, seine Wärme neben sich zu spüren. Der Geruch von Regen und feuchter Erde war nach dem langen Stubenhocken erfrischend.

Verna war es nicht gewohnt, kaum nach draußen zu kommen. Sie war gerne an der frischen Luft, fand, daß der Erdboden ein gutes Bett, die Bäume und Felder ein feines Büro abgäben, aber dieser Abschnitt ihres Lebens war jetzt vorbei. Gleich vor dem Arbeitszimmer der Prälatin gab es einen Garten, doch sie hatte noch nicht einmal Zeit gefunden, ihren Kopf aus der Tür zu stecken und ihn sich anzusehen.

In der Ferne war das unablässige Donnergrollen der Trommeln zu hören – wie der Herzschlag der Verdammnis.

»Ich habe gerade mein Han benutzt«, meinte er schließlich. »Ich habe nicht gespürt, daß jemand in der Nähe ist.«

»Aber die Anwesenheit einer Person mit subtraktiver Magie kannst du spüren, ja?« flüsterte sie.

Er hob im Dunkeln den Kopf. »Daran habe ich überhaupt nicht gedacht.«

»Was hat das zu bedeuten, Warren?«

»Glaubt Ihr, wir sind nicht allein?«

»Woher soll ich das wissen?« fauchte sie ihn an.

Er sah sich erneut um und schluckte. »Also, ich habe in der letzten Zeit eine Menge gelesen.« Er deutete auf die Gewölbekeller. »Ich dachte nur, wir sollten Schwester Simona einen Besuch abstatten.«

»Das hast du schon einmal gesagt. Aber noch immer nicht, warum.«

»Einige der Dinge, die ich gelesen habe, hatten mit Träumen zu tun«, sagte er dunkel.

Sie versuchte, ihm in die Augen zu sehen, konnte aber nur seinen dunklen Schatten erkennen. »Simona hat schon seit geraumer Zeit Träume.«

Er hatte seinen Oberschenkel an ihren gedrückt. Er zitterte vor Kälte. Wenigstens glaubte sie, daß es die Kälte war. Bevor sie merkte, was sie tat, hatte sie den Arm um ihn gelegt und seinen Kopf an ihre Schulter gezogen.

»Verna«, stammelte er, »ich fühle mich so allein. Ich habe Angst, mit jemandem zu sprechen. Ich habe das Gefühl, jeder beoachtet mich. Ich habe Angst, jemand könnte mich fragen, was ich studiere, und warum, auf wessen Anordnung. Ich habe Euch in drei Tagen nur ein einziges Mal gesehen, und sonst gibt es niemanden, mit dem ich reden könnte.«

Sie tätschelte ihm den Rücken. »Ich weiß, Warren. Ich wollte auch mit dir sprechen, nur hatte ich soviel zu tun. Es gibt soviel Arbeit.«

»Vielleicht haben sie Euch die Arbeit gegeben, um Euch zu beschäftigen und sich Euch vom Leib zu halten, während sie ihren ... Geschäften nachgehen.«

Verna schüttelte in der trüben Dunkelheit den Kopf. »Kann sein. Ich habe genauso Angst wie du, Warren. Ich weiß nicht, wie man sich als Prälatin verhält. Ich habe Angst, den Palast der Propheten in den Ruin zu treiben, wenn ich nicht tue, was nötig ist. Ich habe Angst, Leoma, Philippa, Dulcinia und Maren etwas abzuschlagen. Sie versuchen mich in meiner Rolle als Prälatin zu beraten, und wenn sie wirklich auf unserer Seite stehen, dann ist ihr Rat ehrlich gemeint. Es könnte ein großer Fehler sein, ihn nicht anzunehmen. Wenn die Prälatin einen Fehler macht, müssen alle dafür zahlen. Wenn sie nicht auf unserer Seite stehen, nun, die Dinge, die sie von mir verlangen, scheinen niemandem zum Schaden gereichen zu können. Wieviel Schaden kann man schon anrichten, wenn man Belege liest?«

»Es sei denn, man will Euch damit von etwas Wichtigem ablenken.«

Sie strich ihm noch einmal über den Rücken, löste sich dann von ihm. »Ich weiß. Ich werde versuchen, häufiger mit dir ›spazierenzugehen‹. Ich glaube, die frische Luft tut mir gut.«

Warren drückte ihre Hand. »Das freut mich, Verna.« Er stand auf und zupfte sein dunkles Gewand zurecht. »Sehen wir doch nach, wie es Simona geht.«

Das Krankenrevier war eines der kleineren Gebäude auf der Insel Drahle. Viele der gewöhnlichen Verletzungen konnten die

Schwestern mit Hilfe ihres Han heilen, und Krankheiten, die die Kraft ihrer Gabe überstiegen, endeten nur allzu rasch mit dem Tod, so daß das Krankenrevier meist nur ein paar ältere und gebrechliche Leute vom Personal beherbergte, die ihr Leben lang im Palast der Propheten gearbeitet hatten und jetzt niemanden hatten, der sich um sie kümmerte. Auch die Verrückten sperrte man hier ein. Für Krankheiten des Geistes war die Gabe von nur begrenztem Nutzen.

Nahe der Tür schickte Verna ihr Han in eine Lampe und nahm sie mit auf dem Weg durch die einfachen, gekalkten Korridore zu der Stelle, wo Simona, Warrens Worten nach, eingesperrt war. Nur wenige Zellen waren belegt. Das Schnarchen, Keuchen und Gehuste ihrer Bewohner hallte durch die schwach beleuchteten Flure.

Als sie das Ende des Korridors erreichten, in dem die Alten und Gebrechlichen untergebracht waren, mußten sie drei Türen passieren, die jeweils mit mächtigen Netzen verschiedener Zusammensetzung abgeschirmt waren. Schilde konnten allerdings von jemandem, der die Gabe besaß, durchbrochen werden, selbst wenn er verrückt war. Die vierte Tür war deshalb aus Eisen – mit einem massiven, von einem fein gesponnenen Schild geschützten Bolzen, der jeden Öffnungsversuch mit Magie von der anderen Seite verhindern sollte. Je mehr Kraft man anwendete, desto fester hielt er. Drei Schwestern hatten ihn gemeinsam angebracht, daher konnte er nicht von einer alleine auf der anderen Seite aufgebrochen werden.

Zwei Wachen nahmen Haltung an, als sie und Warren um die Ecke bogen. Sie verneigten die Köpfe, gaben die Tür aber nicht frei. Warren grüßte sie gutgelaunt und bedeutete ihnen mit einer flüchtigen Handbewegung, den Riegel zu öffnen.

»Tut uns leid, mein Sohn, aber hier darf niemand rein.«

Mit Feuer in den Augen schob Verna Warren zur Seite. »Ach, wirklich, mein ›Sohn‹?« Er nickte, seiner Sache sicher. »Und wer hat dir diese Anweisung gegeben?«

»Mein Kommandant, Schwester. Wer ihm die Anweisung erteilt hat, weiß ich nicht, aber es muß eine Schwester von beträchtlicher Machtbefugnis sein.«

Mit finsterer Miene hielt sie ihm den Ring mit dem Symbol der aufgehenden Sonne vors Gesicht. »Mit mehr Machtbefugnis als die Trägerin dieses Rings?«

Er riß die Augen auf. »Nein, Prälatin. Natürlich nicht. Vergebt mir, ich habe Euch nicht erkannt.«

»Wie viele Personen befinden sich hinter dieser Tür?«

Das laute metallische Klicken des Bolzens hallte durch den Flur. »Nur die eine Schwester, Prälatin.«

»Und sie wird von Schwestern überwacht?«

»Nein, die haben für heute abend Schluß gemacht.«

Als sie auf der anderen Seite der Tür und damit außer Hörweite waren, lachte Warren stillvergnügt in sich hinein. »Ich denke, endlich habt Ihr eine Verwendung für diesen Ring gefunden.«

Verna wurde langsamer und blieb verwirrt stehen. »Warren, was glaubst du, wie der Ring nach dem Begräbnis auf das Postament gelangt ist?«

Warren schmunzelte noch, wenn auch verhaltener. »Nun, mal sehen ...« Schließlich verschwand das Grinsen ganz. »Ich weiß es nicht. Was meint Ihr?«

Sie schüttelte den Kopf. »Er war von einem Lichtschild umgeben. Es gibt nicht viele, die ein solches Netz weben können. Falls, wie du sagst, Prälatin Annalina niemandem außer mir traute, wem hat sie dann vertraut, den Ring dorthin zu legen und ein solches Netz um ihn zu spinnen?«

»Keine Ahnung.« Warren warf sein feuchtes Gewand über die Schulter. »Kann es sein, daß sie das Netz selbst gesponnen hat?«

Verna runzelte die Stirn. »Vom Scheiterhaufen aus?«

»Nein. Ich meinte, könnte sie es gesponnen haben, um es dann von jemand anderem dorthin bringen zu lassen? Ihr wißt schon, so wie man einen Stock mit einem Bann belegt, damit ein anderer damit eine Lampe anzünden kann. Ich habe gesehen, wie Schwestern das machen, damit das Personal die Lampen anzünden kann, ohne eine Kerze mit sich herumtragen zu müssen, von der ihnen heißes Wachs auf die Finger oder auf den Fußboden tropft.«

Verna hob die Lampe an, um ihm in die Augen zu sehen. »Warren, das ist brillant.«

Er lächelte. Dann wurde sein Lächeln dünner. »Bleibt die Frage: wer?«

Sie senkte die Lampe. »Vielleicht jemand vom Personal, dem sie vertraute. Jemand, der die Gabe nicht besitzt, damit sie nicht befürchten mußte, daß man ihn ...« Sie blickte über die Schulter, den dunklen, menschenleeren Gang hinunter. »Du weißt schon, was ich meine.« Er nickte, als sie sich wieder in Bewegung setzte. »Ich muß der Sache nachgehen.«

Licht flackerte unter der Tür zu Schwester Simonas Zimmer: ein lautloses, zartes Flackern wie von Blitzen, das durch den Spalt unter ihrer Tür hindurchzüngelte. Der Schild sprühte Funken, sobald die Lichtimpulse auf ihn trafen, die Kraft mit Gegenkräften auflöste und die Magie mit einem Gegenstück erdete. Schwester Simona versuchte, den Schild zu durchbrechen.

Schwester Simona war verwirrt, daher war das zu erwarten gewesen. Die Frage war, warum funktionierte es nicht? Verna sah, daß der Schild rings um die Tür von der einfachen Art war, mit der man junge Zauberer einsperrte, wenn sie sich starrköpfig benahmen.

Verna öffnete sich ihrem Han und trat durch den Schild hindurch. Warren folgte ihr, als sie anklopfte. Das Flackern unter der Tür endete abrupt.

»Simona? Hier ist Schwester Verna Sauventreen. Du erinnerst dich doch noch an mich, nicht wahr, meine Liebe? Darf ich reinkommen?«

Es kam keine Antwort, also drehte Verna den Türknauf und drückte die Tür vorsichtig auf. Sie hielt die Lampe vor sich, so daß ihr gelblicher, schwacher Schein nach vorne fiel und die Dunkelheit im Innern zerriß. Die Zelle war leer bis auf ein Tablett mit einem Krug, Brot und Obst, einem Strohsack, einem Nachttopf und eine schmutzige, kleine Frau, die in der Ecke kauerte.

»Laß mich in Frieden, Dämon!« kreischte sie.

»Schon gut, Simona. Ich bin's nur, Verna, und mein Freund Warren. Hab keine Angst.«

Simona blinzelte ins Licht, so als wäre gerade die Sonne aufgegangen. Verna stellte die Lampe nach hinten, um die Frau nicht zu blenden.

Simona kniff die Augen zusammen und sah hoch. »Verna?«

»Ganz recht.«

Simona küßte ihren Ringfinger ein dutzendmal, sprudelte über vor Dankesbezeugungen und Lobpreisungen für den Schöpfer. Sie rutschte auf Händen und Knien über die Erde, griff nach Vernas Saum und küßte ihn wieder und wieder.

»Oh, danke, daß Ihr gekommen seid.« Sie rappelte sich mühsam hoch. »Beeilt Euch! Wir müssen fliehen!«

Verna packte die zierliche Frau bei den Schultern und setzte sie auf ihre Bettstatt. Mit zarter Hand strich sie ihr eine graue Haarsträhne aus dem Gesicht.

Ihre Hand erstarrte.

Simona hatte einen Ring um den Hals. Deswegen hatte sie den Schild nicht durchbrechen können. Verna hatte noch nie gesehen, daß eine Schwester einen Rada'Han trug. Sie hatte Hunderte Burschen und junger Männer gesehen, die einen trugen, nie jedoch eine Schwester. Der Anblick drehte ihr den Magen um. Man hatte ihr beigebracht, in dunkler Vergangenheit habe man den Rada'Han Schwestern um den Hals gelegt hat, die den Verstand verloren hatten. Geschah es, daß jemand mit der Gabe vom Wahn befallen wurde, dann war das, als schleuderte man auf einem belebten Marktplatz mit Blitzen um sich. Diese Menschen mußten kontrolliert werden. Trotzdem ...

»Simona, du bist in Sicherheit. Du befindest dich im Palast, unter dem wachsamen Auge des Schöpfers. Dir wird kein Leid geschehen.«

Simona brach in Tränen aus. »Ich muß fliehen. Bitte, laßt mich gehen. Ich muß fliehen.«

»Warum mußt du fliehen, meine Liebe?«

Die Frau wischte sich die Tränen aus ihrem schmutzigen Gesicht. »Weil er kommt.«

»Wer?«

»Der aus meinen Träumen. Der Traumwandler.«

»Wer ist dieser Traumwandler?«

Simona wich erschrocken zurück. »Der Hüter.«

Verna zögerte. »Dieser Traumwandler ist der Hüter?«

Sie nickte so heftig, daß Verna dachte, sie würde sich den Hals ausrenken. »Manchmal. Manchmal ist er auch der Schöpfer.«

Warren beugte sich vor. »Was?«

Simona erschrak. »Bist du es? Bist du derjenige, welcher?«

»Ich bin Warren, Schwester. Nur ein Schüler, sonst nichts.«

Simona legte einen Finger an ihre aufgeplatzten Lippen. »Dann solltest du ebenfalls fliehen. Er kommt. Er hat es auf die mit der Gabe abgesehen.«

»Dieser Kerl aus deinen Träumen?« fragte Verna. Simona nickte wild. »Was tut er in deinen Träumen?«

»Er quält mich. Tut mir weh. Er …« Sie küßte wie besessen den Ringfinger, flehte um den Schutz des Schöpfers. »Er sagt, ich müsse meinem Eid entsagen. Er trägt mir Dinge auf. Er ist ein Dämon. Manchmal, um mich zu täuschen, gibt er vor, er sei der Schöpfer. Aber ich weiß, daß er es ist. Ich weiß es. Er ist ein Dämon.«

Verna nahm die verängstigte Frau in den Arm. »Das ist nur ein Alptraum, Simona. Es ist nicht wirklich. Versuche, das zu erkennen.«

Simona schüttelte wild den Kopf. »Nein! Das ist kein Traum, sondern Wirklichkeit. Er kommt! Wir müssen fliehen!«

Verna lächelte voller Mitgefühl. »Woher willst du das wissen?«

»Hat er mir selbst gesagt. Er kommt.«

»Siehst du denn nicht, meine Liebe? Das ist doch nur im Traum passiert, nicht im Wachzustand. Es ist nicht wirklich.«

»Die Träume sind wirklich. Wenn ich wach bin, weiß ich es ebenso.«

»Jetzt bist du wach. Weißt du es jetzt auch, meine Liebe?« Simona nickte. »Und woher weißt du es, wenn du wach bist, und er nicht in deinem Kopf sitzt, um es dir einzureden wie im Traum?«

»Ich kann sein Signal hören.« Ihr Blick wanderte von Vernas Gesicht zu Warren und wieder zurück. »Ich bin nicht verrückt. Bin ich nicht. Hört Ihr die Trommeln nicht?«

»Doch, Schwester, wir hören die Trommeln.« Warren lächelte. »Aber das ist nicht Euer Traum. Das sind nur die Trommeln, die die bevorstehende Ankunft des Kaisers ankündigen.«

Simona legte wieder einen Finger an die Lippen. »Des Kaisers?«

»Ja«, tröstete Warren sie, »des Kaisers der Alten Welt. Er besucht die Stadt. Das ist alles. Deswegen die Trommeln.«

Auf ihrer Stirn erschienen Sorgenfalten. »Der Kaiser?«

»Ja«, sagte Warren. »Kaiser Jagang.«

Mit einem wilden Schrei sprang Simona in die Ecke. Sie brüllte wie am Spieß und schlug mit den Händen um sich. Verna war sofort bei ihr, versuchte, ihre Arme festzuhalten und sie zu beruhigen.

»Simona, bei uns bist du in Sicherheit. Was ist?«

»Das ist er!« kreischte sie. »Jagang! So lautet der Name des Traumwandlers! Laßt mich gehen! Bitte, laßt mich gehen, bevor er kommt!«

Simona riß sich los, taumelte wild durch die Zelle und jagte ihre Lichtblitze nach allen Seiten. Glühenden Krallen gleich kratzten sie die Farbe von der Wand. Verna und Warren versuchten, Simona zu beruhigen, versuchten sie einzufangen, sie aufzuhalten. Als Simona keinen Weg aus der Zelle fand, ging sie dazu über, mit dem Kopf gegen die Wand zu schlagen. Sie war eine zierliche Frau, aber sie schien die Kraft von zehn Männern zu besitzen.

Am Ende war Verna gezwungen, mit größtem Widerwillen den Rada'Han zu benutzen, um die Oberhand zu gewinnen.

Warren heilte Simonas blutende Stirn, nachdem sie sich beruhigt hatte. Verna erinnerte sich an einen Bann, den man ihr beigebracht hatte, um ihn bei frisch im Palast eingetroffenen Burschen einzusetzen, wenn ihnen die Trennung von ihren Eltern Alpträume bereitete, einen Bann zur Besänftigung von Ängsten, der dem verängsstigten Kind einen traumlosen Schlaf ermöglichte. Verna umfaßte den Rada'Han mit beiden Händen und ließ einen Strom ihres Han in Simona hineinfließen. Schließlich beruhigte sich ihr Atem, sie erschlaffte und schlief ein. Verna hoffte, daß ihr Schlaf traumlos war.

Mitgenommen lehnte sich Verna an die Tür, nachdem sie diese hinter sich zugemacht hatte. »Hast du herausgefunden, was du wissen wolltest?«

Warren schluckte. »Ich fürchte, ja.«

Das war nicht die Antwort, die Verna erwartet hatte. Mehr brachte er nicht hervor. »Nun?«

»Nun, ich bin nicht so sicher, ob die Schwester wirklich verrückt ist. Jedenfalls nicht im üblichen Sinne.« Er zupfte verlegen an der Litze des Ärmels seines Gewandes. »Ich werde noch mehr lesen müssen. Kann sein, daß es nichts ist. Die Bücher sind kompliziert. Ich werde Euch wissen lassen, was ich finde.«

Verna küßte ihren Finger, spürte den noch immer ungewohnten Ring der Prälatin an den Lippen. »Geliebter Schöpfer«, betete sie laut, »beschütze diesen törichten jungen Mann, denn ich könnte ihm den Kopf abreißen und ihn mit meinen bloßen Händen erwürgen.«

Warren verdrehte die Augen. »Seht doch, Verna –«

»Prälatin«, verbesserte sie ihn.

Warren seufzte, schließlich nickte er. »Wahrscheinlich sollte ich es Euch sagen, aber so, wie ich es verstehe, handelt es sich um eine sehr alte und unklare Verzweigung. Die Prophezeiungen sind voll von unechten Verzweigungen. Diese hier ist mit einem zweifachen Makel behaftet – wegen ihres Alters und ihrer Seltenheit. Das macht sie verdächtig, auch ohne all das andere. In derart alten Büchern gibt es Überkreuzungen und Fehlleitungen im Überfluß, und die kann ich ohne monatelange Arbeit nicht nachprüfen. Einige der Verbindungen sind durch Dreifachverzweigungen verschlossen. Das Zurückverfolgen einer Dreifachverzweigung gleicht unechte Verzweigungen an den Ästen aus, und falls davon welche dreigeteilt sind, nun, dann müßte das Rätsel, das durch die geometrische Progression erzeugt wird, auf die man stößt, weil die –«

Verna legte ihm die Hand auf den Unterarm, um ihn zum Schweigen zu bringen. »Warren, das weiß ich doch alles. Ich kenne die Progression und Regression in ihrem Verhältnis zu beliebigen Variablen bei der Gabelung einer Dreifachverzweigung.«

Warren machte eine fahrige Handbewegung. »Ja, natürlich. Ich hatte vergessen, welch eine gute Schülerin Ihr wart. Ich habe wohl nur so dahergeredet.«

»Raus damit, Warren. Was an Simonas Worten macht dich glauben, sie sei vielleicht nicht ›im üblichen Sinne‹ verrückt?«

»Dieser Traumwandler, von dem sie sprach. In zwei der ältesten Büchern gibt es ein paar Hinweise auf einen ›Traumwandler‹. Diese Bücher sind in schlechtem Zustand, nicht viel mehr als Staub. Was mir aber Sorgen bereitet: vielleicht erscheint nur uns die Erwähnung des Traumwandlers wegen des hohen Alters der Bücher selten, denn wir besitzen nur diese beiden Texte, während sie in Wirklichkeit für die damalige Zeit alles andere als selten war. Die meisten Bücher aus jener Zeit sind verlorengegangen.«

»Wie alt sind die Bücher?«

»Über dreitausend Jahre.«

Verna zog eine Augenbraue hoch. »Aus der Zeit des Großen Krieges?« Warren bestätigte dies. »Was ist mit diesem Traumwandler?«

»Nun, das ist nicht leicht zu verstehen. Wenn davon die Rede ist, geht es weniger um eine Person, vielmehr um eine Waffe.«

»Eine Waffe? Was für eine Art Waffe?«

»Das weiß ich nicht. Der Zusammenhang spricht auch nicht unbedingt für einen Gegenstand, sondern mehr für ein Wesen, ein Gebilde. Es könnte allerdings auch eine Person sein.«

»Vielleicht ist es so gemeint, daß eine Person, die in irgend etwas besonders gut ist, wie zum Beispiel ein Meister der Klinge, oft voller Respekt oder Ehrfurcht als Waffe bezeichnet wird?«

Warren hob einen Finger. »Das ist es. Eine sehr gute Umschreibung, Verna.«

»Was sagen die Bücher darüber, was diese Waffe mit ihrem Können bewirkt?«

Warren seufzte. »Das weiß ich nicht. Ich weiß aber, daß dieser Traumwandler irgend etwas mit den Türmen der Vergessenheit zu tun hatte, die die Alte und die Neue Welt voneinander getrennt und diese Trennung die vergangenen dreitausend Jahre über aufrechterhalten haben.«

»Willst du damit sagen, die Traumwandler haben die Türme erbaut?«

Warren beugte sich näher. »Nein, ich glaube, die Türme wurden errichtet, um sie aufzuhalten.«

Verna versteifte sich. »Richard hat die Türme zerstört«, sagte sie laut, ohne es zu wollen. »Was noch?«

»Das ist alles, was ich bis jetzt weiß. Selbst das, was ich Euch erzählt habe, sind größtenteils nur Mutmaßungen. Wir wissen nicht viel über die Bücher aus der Zeit des Krieges. Nach allem, was ich weiß, könnten es Legenden sein und keine Tatsachenberichte.«

Verna verdrehte die Augen zur Tür hinter ihr. »Was ich da drinnen gesehen haben, kam mir durchaus wirklich vor.«

Warren verzog das Gesicht. »Mir auch.«

»Was hast du gemeint, als du sagtest, sie sei nicht ›im üblichen Sinne‹ verrückt?«

»Ich glaube nicht, daß Schwester Simona wirre Träume hat und sich etwas einbildet. Ich glaube vielmehr, es ist etwas ganz Reales passiert, und dadurch ist sie so geworden, wie wir sie sehen. Die Bücher verweisen auf Fälle, in denen diesem ›Meister der Klinge‹ gewissermaßen ein Schnitzer unterlaufen ist, wodurch der Betreffende nicht mehr zwischen Traum und Wirklichkeit unterscheiden kann – so als könnte sein Verstand nicht völlig aus einem Alptraum aufwachen, beziehungsweise die Welt verlassen, die ihn im Schlaf umgibt.«

»Für mich klingt das nach Wahnsinn – wenn man nicht mehr unterscheiden kann, was wirklich ist und was nicht.«

Warren drehte die Handflächen nach oben. Eine Flamme entzündete sich dicht über der Haut. »Was ist schon Wirklichkeit? Ich habe mir eine Flamme vorgestellt, und schon wird mein ›Traum‹ Wirklichkeit. Mein Geist im Wachzustand bestimmt mein Tun.«

Sie zupfte an einer ihrer braunen Locken und dachte laut nach. »Genau wie der Schleier die Welt der Lebenden von der Welt der Toten trennt, gibt es auch in unserem Verstand eine Barriere, die die Wirklichkeit von der Vorstellung und von den Träumen trennt. Mit Disziplin und Willenskraft kontrollieren wir das, was für uns Wirklichkeit ist.«

Sie sah plötzlich auf. »Beim Schöpfer, es ist diese Barriere in unserem Verstand, die uns daran hindert, unser Han im Schlaf zu gebrauchen. Ohne diese Barriere hätten wir im Schlaf keine geistige Kontrolle über unser Han.«

Warren nickte. »Wir haben aber Kontrolle über unser Han. Wenn wir uns etwas vorstellen, kann es Wirklichkeit werden. Doch das bewußte Vorstellungsvermögen ist den Einschränkungen des Intellekts unterworfen.« Er beugte sich zu ihr, seine blauen Augen bekamen etwas Stechendes. »Im Schlaf ist die Vorstellungskraft praktisch keiner dieser Einschränkungen unterworfen. Ein Traumwandler kann die Wirklichkeit verzerren. Und wer die Gabe besitzt, kann diese Verzerrung Wirklichkeit werden lassen.«

»Eine Waffe, allerdings«, sagte sie kaum hörbar.

Sie packte Warren am Arm und ging los, den Flur hinunter. So beängstigend das Unbekannte auch war, es war ein Trost, wenigstens einen Freund zu haben, der ihr half. Ihr drehte sich der Kopf vor lauter Zweifeln und Fragen. Sie war jetzt die Prälatin, es war ihre Aufgabe, Antworten zu finden, bevor der Palast von Unannehmlichkeiten heimgesucht wurde.

»Wer ist eigentlich gestorben?« erkundigte sich Warren schließlich.

»Die Prälatin und Nathan«, sagte Verna abwesend, denn dort war sie mit ihren Gedanken.

»Nein, für sie gab es das Begräbnisritual. Ich meine, außer den beiden.«

Verna wurde aus ihren Gedanken gerissen. »Außer der Prälatin und Nathan? Niemand. Seit einer ganzen Weile ist niemand mehr gestorben.«

Der Widerschein der Lampe tanzte in seinen blauen Augen. »Aus welchem Grund hat der Palast dann die Dienste von Totengräbern in Anspruch genommen?«

19. Kapitel

Richard schwang sich aus dem Sattel, landete auf dem festgetretenen Schnee im Hof vor den Stallungen und warf die Zügel einem wartenden Soldaten zu, während die Kompanie mit zweihundert Soldaten hinter ihm hereingaloppiert kam. Er gab seinem lahmen Pferd einen Klaps auf den Hals, als Ulic und Egan gleich hinter ihm müde von ihren Pferden stiegen. In der stillen Kälte des späten Nachmittags hingen die verwehenden Atemwolken der Soldaten und der Pferde wie Dampf in der Luft. Die schweigenden Männer waren niedergeschlagen und entmutigt. Richard war wütend.

Er zog einen dick gepolsterten Handschuh aus und kratzte gähnend seinen vier Tage alten Stoppelbart. Er war erschöpft, schmutzig und hungrig, aber hauptsächlich war er wütend. Die Fährtenleser, die er mitgenommen hatte, seien gute Leute, hatte General Reibisch ihm erklärt, und Richard hatte keinen Grund, das Wort des Generals anzuzweifeln. Aber so gut sie auch waren, sie waren nicht gut genug. Richard war selbst ein begeisterter Fährtenleser und hatte mehrere Male verräterische Spuren entdeckt, die die anderen übersehen hatten, doch ein zwei Tage anhaltender, wüster Schneesturm hatte die Arbeit unmöglich gemacht, und am Ende waren sie gescheitert.

Eigentlich hätte es gar nicht erst soweit kommen sollen, aber er hatte sich täuschen lassen. Seine erste kleine Herausforderung als Anführer, und er hatte sie verpfuscht. Er hätte dem Mann niemals trauen dürfen. Wieso glaubte er immer, die Menschen würden das Vernünftige anerkennen und das Richtige tun? Wieso dachte er immer, in den Menschen stecke etwas Gutes, was zutage treten würde, wenn man ihnen nur eine Chance gab?

Als sie zusammen mühsam durch den Schnee zum Palast stapften, dessen weiße Mauern und Türme im abendlichen Zwielicht einen dunklen Grauton annahmen, bat er Ulic und Egan, General Reibisch zu suchen und sich bei ihm zu erkundigen, ob es während seiner Abwesenheit zu weiteren Katastrophen gekommen sei. Die Burg der Zauberer schien ihn aus der Dunkelheit im Schatten der Berge zu beobachten, der Schnee dort oben lag wie ein dunkles, trübsinniges, stahlblaues Tuch um ihre granitenen Schultern.

Richard traf Fräulein Sanderholt im lärmenden Durcheinander der Küche inmitten der Schar ihrer Angestellten an und fragte sie, ob sie ihm und seinen beiden großen Bewachern vielleicht etwas zu essen besorgen könne – ein Stück trockenes Brot, ein Suppenrest, was auch immer. Sie sah, daß er nicht zum Plaudern aufgelegt war, drückte wortlos seinen Arm und erklärte ihm, er solle seine Füße hochlegen, sie werde sich darum kümmern. Also steuerte er ein kleines Lesezimmer unweit der Küchen an, um sich eine Weile hinzusetzen und auszuruhen, während er darauf wartete, daß die anderen zurückkehrten.

Berdine fing ihn vor der Tür zum Lesezimmer ab und baute sich vor ihm auf. Sie trug ihr rotes Leder. »Und wo, bitte, habt Ihr gesteckt?« fragte sie in eisigem Mord-Sith-Tonfall.

»Ich habe in den Bergen Phantomen nachgejagt. Haben Cara und Raina Euch nicht gesagt, wo ich hingehe?«

»*Ihr* habt mir nichts gesagt.« Ihre blauen Augen wichen nicht von seinem Gesicht. »Das ist es, was zählt. Ihr werdet nicht noch einmal davonlaufen, ohne mir zu sagen, wohin Ihr geht. Habt Ihr das verstanden?«

Richard spürte, wie ihm ein Schauder den Rücken hochkroch. Es war nicht zu überhören, wer hier das Sagen hatte: nicht Berdine, die Frau, sondern Herrin Berdine, die Mord-Sith. Und es war auch keine Bitte gewesen, sondern eine Drohung.

Richard gab sich einen Ruck. Er war müde, und sie hatte sich um Lord Rahl Sorgen gemacht. Seine Phantasie ging mit ihm durch. Was war nur los mit ihm? Wahrscheinlich hatte er ihr einen

Schrecken eingejagt, als sie beim Aufwachen feststellen mußte, daß er fortgegangen war, um Brogan und seine Schwester, die Magierin, zu verfolgen. Sie hatten einen merkwürdigen Sinn für Humor, vielleicht war dies ihre Vorstellung von einem Scherz. Er zwang sich zu einem strahlenden Grinsen und beschloß, sie ein wenig zu beruhigen.

»Berdine, Ihr wißt, daß ich Euch am liebsten mag. Ich habe die ganze Zeit an nichts anderes gedacht als an Eure strahlenden blauen Augen.«

Richard machte einen Schritt in Richtung Tür. Plötzlich hatte sie den Strafer in der Faust. Sie stemmte seine Spitze an den gegenüberliegenden Rand des Türrahmens und versperrte ihm den Weg. So finster hatte er Berdine noch nie erlebt.

»Ich habe Euch eine Frage gestellt. Ich erwarte eine Antwort. Zwingt mich nicht, Euch noch einmal zu fragen.«

Diesmal gab es keine Entschuldigung für ihren Tonfall oder ihr Auftreten. Der Strafer befand sich genau vor seinem Gesicht und das nicht etwa zufällig. Zum ersten Mal erblickte er ihr wahres Mord-Sith-Wesen, den Menschen, den ihre Opfer kennengelernt hatten, ihren eigentlichen Charakter, der entstanden war durch ihre Unterweisung in Bösartigkeit – und der behagte ihm überhaupt nicht. Einen Moment lang sah er sie mit den Augen der gottverlassenen Opfer, die sie mit dem Strafer mißhandelt hatte. Niemand starb als Gefangener einer Mord-Sith einen leichten Tod, und niemand außer ihm hatte diese schwere Prüfung jemals überlebt.

Plötzlich bedauerte er, an diese Frauen zu glauben, verspürte er einen Stich, weil sie sein Vertrauen enttäuscht hatten.

Diesmal war es kein Schauder, sondern heiße Wut, die ihm in die Glieder fuhr. Er spürte, daß er kurz davor stand, etwas zu tun, was er vielleicht bedauern würde, und beherrschte augenblicklich seinen Zorn. Aber er merkte, daß der Zorn seinem wütenden Blick Kraft verlieh.

»Berdine, wenn ich eine Chance haben wollte, Brogan zu finden, mußte ich ihm sofort hinterherreiten, nachdem ich von seiner

Flucht erfahren hatte. Ich habe Cara und Raina gesagt, wohin ich wollte, und habe auf ihr Beharren hin Ulic und Egan mitgenommen. Ihr habt geschlafen. Ich sah keinen Grund, Euch aufzuwecken.«

Sie rührte sich noch immer nicht. »Ihr wurdet hier gebraucht, Fährtenleser und Soldaten haben wir viele. Aber wir haben nur einen Anführer.« Die Spitze ihres Strafers zuckte herum und stoppte dicht vor seinen Augen. »Enttäuscht mich nicht noch einmal.«

Es kostete ihn all seine Willenskraft, ihr nicht den Arm zu brechen. Sie zog ihren Strafer zurück und stapfte davon.

Wieder in dem kleinen, dunkel getäfelten Zimmer, schleuderte er seinen schweren Fellumhang an die Wand neben dem schmalen offenen Kamin. Wie konnte er nur so naiv sein? Diese Frauen waren Vipern mit scharfen Zähnen, und er hatte zugelassen, daß sie sich gemütlich um seinen Hals schmiegten. Er war von Fremden umgeben. Nein, nicht von Fremden. Er wußte, was Mord-Siths waren. Er kannte so manches Verbrechen der D'Haraner. Er wußte ein paar der Dinge, die die Vertreter mancher Länder hier angerichtet hatten. Und doch war er so töricht anzunehmen, sie wären fähig, das Richtige zu tun, wenn man ihnen nur die Gelegenheit gab.

Er stützte sich mit einer Hand an den Fensterrahmen, starrte hinaus in die dämmrige Burglandschaft und ließ die Wärme des heruntergebrannten, prasselnden Feuers in seinen Körper eindringen. Aus der Ferne blickte die Burg der Zauberer auf ihn herab. Er vermißte Gratch. Er vermißte Kahlan. Bei den Seelen, wie gerne hätte er sie in seinen Armen gehalten.

Vielleicht sollte er das Ganze aufgeben. Er konnte irgendeinen Ort in den Wäldern Kernlands suchen, wo man sie niemals finden würde. Sie beide könnten ganz einfach verschwinden und den Rest der Welt sich selbst überlassen. Warum sollte er sich darum kümmern – die anderen kümmerte es doch auch nicht.

Zedd, ich brauche dich hier, du mußt mir helfen.

Richard sah, wie der Lichtschein auf ihn zugekrochen kam, als die Tür geöffnet wurde. Er erkannte Cara in der Tür, Raina stand gleich hinter ihr. Beide trugen braunes Leder und hatten ein schelmisches Grinsen im Gesicht. Er war nicht amüsiert.

»Lord Rahl, wir sind froh, Euch in einem Stück wiederzusehen.« Mit einem spöttischen Grinsen warf sie ihren blonden Zopf zurück über ihre Schulter. »Habt Ihr uns vermißt? Hoffentlich wollt Ihr nicht –«

»Raus.«

Ihr neckisches Lächeln welkte dahin. »Was?«

Er fuhr sie an. »Ich sagte raus. Oder seid Ihr hergekommen, um mich mit einem Strafer zu bedrohen? Ich kann Eure Mord-Sith-Gesichter im Augenblick nicht sehen. Raus!«

Cara schluckte. »Wir bleiben in der Nähe, falls Ihr uns braucht«, sagte sie kleinlaut. Sie sah aus, als hätte er sie geschlagen. Sie machte kehrt und schob Raina mit hinaus.

Nachdem sie gegangen waren, ließ Richard sich auf den mit Quasten verzierten Ledersessel hinter einem kleinen, dunkel glänzenden Tisch mit Krallenfüßen fallen. Der rauchig-beißende Geruch vom Kamin verriet ihm, daß dort Eiche brannte, eine Wahl, wie er sie in einer solch kalten Nacht selbst auch getroffen hätte. Er schob die Lampe zur Wandseite hin, wo eine Gruppe kleiner Gemälde mit Landschaftsszenen hing. Das größte war nicht größer als seine Hand, und doch waren die Stilleben gelungene Darstellungen weiter Landschaften. Er betrachtete die friedlichen Szenerien und wünschte sich, das Leben könnte so einfach sein wie auf diesen idyllischen Bildern.

Er wurde aus seinen Gedanken gerissen, als Ulic und Egan mit General Reibisch in der Tür erschienen.

Der General schlug seine Faust vors Herz. »Lord Rahl, ich bin erleichtert, Euch sicher wieder hier zu sehen. Hattet Ihr Erfolg?«

Richard schüttelte den Kopf. »Die Männer, die Ihr mir mitgegeben habt, waren so gut, wie Ihr gesagt habt, aber die Bedingungen waren unmöglich. Wir konnten ihre Spur ein Stück weit verfolgen, aber sie sind die Stentorstraße hinaufgegangen, ins Stadtzentrum. Danach gab es keine Möglichkeit mehr festzustellen, welche Richtung sie eingeschlagen hatten. Wahrscheinlich nach Nordosten, zurück nach Nicobarese, trotzdem haben wir die gesamte Stadt umkreist, für den Fall, daß sie in eine andere Richtung gegangen sind, konnten aber keine Spur von ihnen finden. Es hat recht lange gedauert, bis wir alle Möglichkeiten genau untersucht hatten, der Sturm hatte also reichlich Zeit, ihre Spuren zu verwischen.«

Der General brummte und dachte nach. »Wir haben die Leute befragt, die sie in ihrem Palast zurückgelassen hatten. Keiner wußte, wohin Brogan geritten ist.«

»Vielleicht lügen sie.«

Reibischs Daumen strich über die Narbe an der Seite seines Gesichts. »Glaubt mir, sie wußten nicht, wohin sie geritten sind.«

Richard wollte die Einzelheiten dessen, was man seinetwegen unternommen hatte, gar nicht wissen. »Aus den wenigen Spuren konnten wir erkennen, daß sie nur zu dritt waren – zweifellos Lord General Brogan, seine Schwester und dieser andere Kerl.

»Nun, wenn er seine Leute nicht mitgenommen hat, dann sieht es ganz so aus, als sei er schlicht geflohen. Wahrscheinlich habt Ihr ihn derartig in Panik versetzt, daß er einfach um sein Leben gerannt ist.«

Richard tippte mit einem Finger auf den Tisch. »Möglich. Aber ich wünschte, ich wüßte, wohin er geritten ist, nur um ganz sicher zu sein.«

Der General zuckte die Achseln. »Warum habt Ihr ihm keine Spürwolke angehängt, oder von Eurer Magie Gebrauch gemacht, um seiner Spur zu folgen? Das jedenfalls hat Darken Rahl getan, wenn er jemanden verfolgen wollte.«

Richard wußte das alles nur zu gut. Er wußte, was eine Spürwolke war, er war selbst von einer verfolgt worden. Die ganze Geschichte hatte schließlich damit angefangen, daß Darken Rahl ihm eine Spürwolke angehängt hatte, damit er ihn nach Belieben holen konnte, um wieder in den Besitz des Buches der Gezählten Schatten zu gelangen. Zedd hatte Richard auf seinen Zaubererfelsen gestellt, um die Wolke von ihm zu lösen. Er hatte zwar gespürt, wie die Magie durch seinen Körper strömte, aber wie sie funktionierte, wußte Richard trotzdem nicht. Er hatte auch gesehen, wie Zedd ein wenig von seinem Zauberersand benutzt hatte, um ihre Spuren zu verwischen und so zu verhindern, daß Darken Rahl sie verfolgte, aber wie das funktionierte, wußte er genausowenig.

Richard wollte General Reibischs Glauben an ihn nicht erschüttern, indem er eingestand, daß er von Magie nicht die geringste Ahnung hatte. Im Augenblick war er mit seinen Verbündeten nicht recht glücklich.

»Wenn der Himmel voller Sturmwolken ist, kann man niemandem eine Spürwolke anhängen. Man wüßte nicht, welches die eigene Wolke wäre, und könnte sie nicht verfolgen. Lunetta, Brogans Schwester, ist Magierin. Sie würde ihre Magie dazu benutzen, ihre Spuren zu verwischen.«

»Das ist schade.« Der General kratzte sich am Kopf. Offensichtlich glaubte er den Bluff. »Nun, Magie ist nicht mein Fach. Dafür haben wir Euch.«

Richard wechselte das Thema. »Wie geht es hier voran?«

Der General grinste boshaft. »In der ganzen Stadt gibt es kein Schwert, das nicht in unserer Hand ist. Einigen wenigen hat das nicht recht gefallen, aber nachdem wir ihnen die Alternativen deutlich erklärt hatten, waren sie alle kampflos einverstanden.«

Nun, wenigstens etwas. »Auch die Leute vom Lebensborn aus dem Schoß der Kirche im Palast von Nicobarese?«

»Sie werden mit den Fingern essen müssen. Wir haben ihnen nicht einmal einen Löffel gelassen.«

Richard rieb sich die Augen. »Gut. Ihr habt hervorragende Arbeit geleistet, General. Was ist mit den Mriswiths? Hat es weitere Angriffe gegeben?«

»Nicht seit jener blutigen Nacht. Es war alles ruhig. Seit Wochen habe ich nicht so gut geschlafen. Seit Eurer Machtübernahme hatte ich keinen einzigen dieser Träume mehr.«

Richard sah auf. »Träume? Was für Träume?«

»Nun …« Der General kratzte sich den rostfarbenen Haarschopf. »Das ist seltsam. Ich kann mich jetzt kaum noch an sie erinnern. Ich hatte Träume, die mir mächtig zugesetzt haben, aber seit Ihr hier seid, habe ich sie nicht mehr. Ihr wißt, wie das mit Träumen ist. Nach einer Weile verblassen sie, und man kann sich nicht mehr an sie erinnern.«

»Möglich.« Das Ganze glich immer mehr einem Traum, einem bösen Traum. Richard wünschte, es wäre nichts weiter als das. »Wie viele Männer haben wir beim Angriff der Mriswiths verloren?«

»Knapp unter dreihundert.«

Richard rieb sich die Stirn und spürte, wie sein Magen rumorte. »Ich dachte, dort hätten nicht so viele Tote gelegen. Ich hätte nicht gedacht, daß es so viele waren.«

»Nun, das schließt auch die anderen ein.«

Richard nahm die Hand herunter. »Die anderen? Welche anderen?«

General Reibisch zeigte durch das Fenster. »Die von dort oben. Oben auf der Straße zur Burg der Zauberer wurden ebenfalls fast achtzig Mann erschlagen.«

Richard drehte sich um und sah aus dem Fenster. Vor dem tiefvioletten Himmel war nur die Silhouette der Burg zu erkennen. Würden die Mriswiths tatsächlich versuchen, in die Burg zu gelangen? Bei den Seelen, was konnte er dann dagegen tun? Kahlan hatte ihm erklärt, die Burg sei durch mächtige Banne geschützt, aber ob diese Netze Kreaturen wie die Mriswiths zurückhalten konnten, wußte er nicht. Warum sollten sie in die Burg eindringen wollen?

Er beschwor sich, nicht die Phantasie mit sich durchgehen zu lassen. Überall in der Stadt hatten die Mriswiths Soldaten und andere Menschen getötet. In ein paar Wochen würde Zedd zurück sein und wissen, was zu tun war. Wochen? Nein, eher würde es wohl gut einen Monat dauern, vielleicht zwei. Konnte er solange warten?

Vielleicht sollte er nachsehen gehen. Aber auch das konnte töricht sein. Die Burg war ein Ort mächtiger Magie, und über Magie wußte er nichts, außer daß sie gefährlich war. Damit würde er nur weiteren Ärger heraufbeschwören. Und Ärger hatte er schon genug. Trotzdem, vielleicht sollte er alleine nachsehen gehen. Das wäre vielleicht das beste.

»Euer Abendessen ist da«, sagte Ulic.

Richard drehte sich wieder um. »Was? Oh, danke.«

Fräulein Sanderholt brachte ein silbernes Tablett, beladen mit dampfendem Gemüseeintopf, Schwarzbrot, dick mit Butter bestrichen, eingelegten Eiern, Kräuterreis mit braunem Rahm, Schafskoteletts, Erbsen in weißer Soße und einem Becher Tee mit Honig.

Sie setzte das Tablett mit einem freundlichen Augenzwinkern ab. »Eßt ordentlich, das wird Euch guttun, und dann ruht Euch aus, Richard.«

Die einzige Nacht, die er im Palast der Konfessoren verbracht hatte, hatte er im Ratssaal geschlafen, auf Kahlans Sessel. »Wo?«

Sie zuckte die Achseln. »Nun, Ihr könntet übernachten in K –« Sie hielt inne, fing sich. »Ihr könntet im Gemach der Mutter Konfessor übernachten. Das ist das eleganteste Zimmer im Palast.«

Dort hatten er und Kahlan ihre Hochzeitsnacht verbringen sollen. »Im Augenblick würde ich mich nicht wohl dabei fühlen. Gibt es noch ein anderes Bett, das ich benutzen könnte?«

Fräulein Sanderholt machte eine Bewegung mit ihrer bandagierten Hand. Die Bandagen waren jetzt nicht mehr ganz so umfangreich und sauberer. »Diesen Gang hinunter, bis zum Ende und dann rechts gibt es eine Reihe Gästezimmer. Im Augenblick haben wir keine Gäste, Ihr könnt Euch also nach Belieben eines aussuchen.«

»Wo werden die Mord-si ... Wo schlafen Cara und ihre beiden Freundinnen?«

Sie schnitt eine Grimasse und deutete in die entgegengesetzte Richtung. »Ich habe sie in die Gemächer für das Personal geschickt. Dort teilen sie sich ein Zimmer.«

Je weiter weg, desto besser, soweit es ihn betraf. »Das war sehr nett von Euch, Fräulein Sanderholt. Ich werde dann also eines der Gästezimmer nehmen.«

Sie stieß Ulic mit dem Ellenbogen an. »Was wollt ihr großen Kerle denn zu essen?«

»Was habt Ihr denn?« fragte Egan und legte dabei eine für ihn seltene Begeisterung an den Tag.

Sie zog herausfordernd eine Braue hoch. »Warum kommt ihr nicht in die Küche und sucht euch selber etwas aus?« Sie sah, wie sie hinüber zu Richard blickten. »Es ist nur ein kleines Stück. Ihr werdet nicht weit von eurem Schützling fort sein.«

Richard warf die Seiten des schwarzen Mriswithcapes über die Armlehnen seines Sessels. Er winkte sie fort, nahm einen Löffel Gemüseeintopf und einen Schluck Tee. General Reibisch schlug sich die Faust vors Herz und wünschte ihnen eine gute Nacht. Richard erwiderte den Salut mit einer schwungvollen Gebärde der Hand, in der er das Schwarzbrot hielt.

20. Kapitel

Es war eine Erleichterung, endlich alleine zu sein. Er war es leid, daß Menschen bereitstanden, um auf sein Kommando hin zu springen. Zwar hatte er versucht, den Soldaten ein wenig von ihrer Befangenheit zu nehmen, trotzdem waren sie stets angespannt, wenn er sie begleitete, und schienen zu befürchten, er würde sie mit seiner Magie niedermachen, falls es ihnen nicht gelang, Brogans Fährte zu finden. Sogar nachdem er erklärt hatte, er habe Verständnis dafür, daß sie es nicht geschafft hatten, ließ ihre Befangenheit nicht nach. Erst gegen Ende waren sie ein wenig unbekümmerter geworden, doch noch immer behielten sie ihn ständig im Auge, für den Fall, daß er leise einen Befehl erteilte, den sie vielleicht überhören könnten. Von Menschen umgeben zu sein, die ihm soviel Ehrfurcht entgegenbrachten, zehrte an Richards Nerven.

Immer wieder gingen ihm dieselben kummervollen Gedanken durch den Kopf, während er seinen Eintopf in sich hineinlöffelte. Er hätte kaum besser schmecken können, auch wenn er nicht halb verhungert gewesen wäre. Er war nicht frisch zubereitet, sondern hatte eine gute Weile auf dem Herd geköchelt, was ihm jenen reichen Geschmack verliehen hatte, den keine andere Zutat als die Zeit hervorbringen konnte.

Als er von seinem Becher Tee aufsah, stand Berdine in der Tür. Seine Muskeln spannten sich. Sie fing an zu sprechen, bevor er ihr sagen konnte, sie solle wieder gehen.

»Herzogin Lumholtz aus Kelton ist hier und wünscht Lord Rahl zu sprechen.«

Richard saugte sich einen Brocken Eintopf aus den Zähnen und heftete den Blick auf Berdine. »Ich bin nicht daran interessiert, Bittsteller zu empfangen.«

Der Tisch allein verhinderte, daß Berdine noch näher kam. Sie warf ihren braunen Zopf nach hinten. »Ihr werdet sie empfangen.«

Richard strich mit den Fingerspitzen über die vertrauten Kerben und Kratzer auf dem Hickorygriff des Messers an seinem Gürtel. »Die Bedingungen der Kapitulation stehen nicht zur Diskussion.«

Berdine stützte sich mit den Knöcheln auf den Tisch und beugte sich zu ihm vor. Ihr Strafer, am Ende einer feinen Kette an ihrem Handgelenk, kreiste um ihre Hand. Ihre blauen Augen funkelten kalt. »Ihr werdet sie empfangen.«

Richard spürte, wie sein Gesicht heiß wurde. »Ihr habt meine Antwort gehört. Eine andere werdet Ihr nicht bekommen.«

Sie ließ nicht locker. »Und ich habe mein Wort gegeben, daß Ihr sie empfangt. Ihr *werdet* mit ihr sprechen.«

»Das einzige, was ich mir von Vertretern Keltons anhören werde, ist ihre bedingungslose Kapitulation.«

»Und die werdet Ihr auch hören.« Die melodische Stimme stammte von einer Silhouette, die sich in der Tür abzeichnete. »Vorausgesetzt, Ihr seid bereit, mich anzuhören. Ich bin nicht gekommen, um Drohungen auszustoßen, Lord Rahl.«

Richard hörte den Unterton von Angst, in ihrer leisen, bescheidenen Art zu sprechen. Es weckte in ihm ein Gefühl von Sympathie.

»Bittet die Dame herein« – sein funkelnder Blick wanderte zurück zu Berdine – »und macht auf dem Weg zum Bett die Tür hinter Euch zu.« Er ließ mit seinem Ton keinen Zweifel daran, daß dies ein Befehl war, und er keine Übertretung dulden würde.

Ohne eine Regung zu zeigen, ging Berdine zur Tür und bat den Gast herein. Richard erhob sich, als die Herzogin in den warmen Schein des Feuers trat. Berdine warf ihm einen leeren Blick zu und schloß dann die Tür, doch er bemerkte es kaum.

»Bitte, Herzogin Lumholtz, tretet ein.«

»Danke, daß Ihr mich empfangt, Lord Rahl.«

Einen Augenblick lang betrachtete er schweigend ihre braunen Augen, ihre geschwungenen roten Lippen und ihren dichten schwarzen Haarschopf, dessen Locken ihr makelloses, strahlendes

Gesicht rahmten. Richard wußte, daß in den Midlands die Länge des Haares einer Frau ihren gesellschaftlichen Rang verriet. Die lange, verschwenderische Pracht dieser Frau zeugte von hohem Rang. Längeres Haar hatte er nur bei einer Königin gesehen, und dann noch bei der Mutter Konfessor.

Benommen holte er Luft, und plötzlich besann er sich auf seine Manieren. »Bitte, laßt mich Euch einen Sessel holen.«

Er hatte das Äußere der Herzogin nicht so in Erinnerung, diese reine, für sich einnehmende Eleganz – andererseits war er ihr auch noch nie so nahe gewesen. In seiner Erinnerung war sie protzig, mit überflüssigem Glitter, zuviel Schminke und einem Kleid, das alles andere war als schlicht und vornehm wie das, welches sie jetzt trug. Es war aus einfacher, geschmeidiger rosenfarbener Seide geschneidert, die leicht über die Rundungen ihres Körpers floß, ihren üppigen Körper umschmeichelte und knapp unterhalb des Busens gerafft war.

Richard stöhnte innerlich, als er sich an ihre letzte Begegnung erinnerte. »Herzogin, es tut mir leid, daß ich im Ratssaal so schauderhafte Dinge zu Euch gesagt habe. Könnt Ihr mir je verzeihen? Ich hätte auf Euch hören sollen. Ihr wolltet mich nur vor Lord General Brogan warnen.«

Als er den Namen nannte, glaubte er Angst in ihren Augen aufblitzen zu sehen. Diese war jedoch so rasch wieder verschwunden, daß er nicht sicher war. »Ich bin es, Lord Rahl, die um Vergebung bitten sollte. Es war unverzeihlich von mir, Euch vor den versammelten Vertretern zu unterbrechen.«

Richard schüttelte den Kopf. »Ihr wolltet mich doch nur vor diesem Mann warnen. Und wie sich herausgestellt hat, hattet Ihr recht damit. Ich wünschte, ich hätte auf Euch gehört.«

»Es war falsch von mir, meiner Meinung auf diese Weise Ausdruck zu verleihen.« Auf ihrem Gesicht erschien ein geziertes Lächeln. »Nur ein äußerst galanter Mann würde versuchen, mir etwas anderes einzureden.«

Richard wurde rot, als sie ihn galant nannte. Sein Herz klopfte so heftig, daß er befürchtete, sie könnte die Adern an seinem Hals pochen sehen. Aus irgendeinem Grund malte er sich aus, wie er mit den Lippen die losen Locken daunenweichen Haars, die vor ihrem äußerst reizenden Ohr hingen, zurückstreifte. Es tat fast weh, den Blick von ihrem Gesicht zu lösen.

Eine leise warnende Stimme erklang in seinem Hinterkopf, wurde aber vom reißenden Strom seiner glühenden Leidenschaft übertönt. Mit einer Hand packte er das Gegenstück seines Quastensessels, drehte ihn vor dem Tisch um und bot ihn ihr an.

»Ihr seid äußerst freundlich«, stammelte die Herzogin. »Verzeiht bitte, wenn meine Stimme ein wenig unsicher ist. Die letzten Tage waren anstrengend.« Als sie um den Sessel herumging, hob sie erneut den Blick und sah ihm in die Augen. »Außerdem bin ich einfach ein wenig nervös. Ich habe mich nie in Gegenwart eines so großen Mannes befunden, wie Ihr es seid, Lord Rahl.«

Richard blinzelte, unfähig, den Blick von ihren Augen zu lösen, obwohl er überzeugt war, es versucht zu haben. »Ich bin nur ein Waldführer, der sehr weit fort ist von zu Hause.«

Sie lachte, ein sanfter, seidiger Laut, der den Raum in einen behaglichen, wohligen Ort verwandelte. »Ihr seid der Sucher, Ihr seid der Herrscher D'Haras.« Ihr Gesichtsausdruck wechselte von Amüsiertheit zu Ehrfurcht. »Eines Tages werdet Ihr vielleicht die Welt beherrschen.«

Richard zuckte erschrocken mit den Achseln. »Ich will nichts beherrschen. Es ist nur so, daß ...« Er hörte sich bestimmt an wie ein Narr. »Wollt Ihr nicht Platz nehmen Mylady?«

Ihr Lächeln kehrte zurück, strahlend, warm und von solch zarter Anmut, daß er in dessen Glut erstarrte. Süß und warm spürte er ihren Atem auf seinem Gesicht.

Sie sah ihn unentwegt an. »Verzeiht mir meine direkte Art, Lord Rahl, aber Ihr müßt wissen, daß Eure Augen Frauen verrückt vor Sehnsucht machen. Ich möchte wagen zu behaupten, daß Ihr das Herz einer jeden Frau im Ratssaal gebrochen habt. Die Königin von Galea darf sich höchst glücklich schätzen.«

Richard legte die Stirn in Falten. »Wer?«

»Die Königin von Galea. Eure zukünftige Braut. Ich beneide sie.«

Er drehte sich von ihr fort, als sie sich anmutig auf der Kante des Sessels niederließ. Richard holte tief Atem, um das Schwindelgefühl aus seinem Kopf zu vertreiben, ging um den Tisch herum und ließ sich in seinen Sessel sinken.

»Herzogin, Ihr hattet mein Mitgefühl, als ich vom Tod Eures Gatten erfuhr.«

Sie wendete den Blick ab. »Danke, Lord Rahl, aber sorgt Euch nicht um mich. Ich empfinde wenig Trauer für diesen Mann. Mißversteht mich nicht, ich wollte ihm nichts Böses. Aber ...«

Richards Blut geriet in Wallung. »Hat er Euch etwas angetan?«

Als sie sich daraufhin mit einem unsicheren Achselzucken abwendete, mußte Richard sich zwingen, dem Drang zu widerstehen, sie in den Arm zu nehmen und zu trösten. »Der Fürst hatte einen scheußlichen Charakter.« Ihre zarten Finger strichen über das Hermelinfell am Saum ihres Umhangs. »Aber so schlimm, wie das klingen muß, war es nicht. Ich brauchte ihn nur selten zu sehen, meistens war er fort, in irgendeinem fremden Bett.«

Richards Mund klappte auf. »Er hat Euch verlassen, um bei anderen Frauen zu sein?« Sie bestätigte ihm dies mit einem zögerlichen Nicken.

»Die Ehe war arrangiert«, erklärte sie. »Er war zwar von edlem Geblüt, trotzdem war es für ihn ein gesellschaftlicher Aufstieg. Seinen Titel erhielt er erst durch die Ehe mit mir.«

»Und was habt Ihr dafür bekommen?«

Die Lockenkringel seitlich neben ihrem Gesicht glitten über ihre Wangenknochen, als sie kurz den Kopf hob. »Mein Vater gewann einen skrupellosen Schwiegersohn dazu, der den Familienbesitz verwaltete, und gleichzeitig entledigte er sich damit einer nutzlosen Tochter.«

Richard erhob sich halb aus seinem Sessel. »So dürft Ihr nicht von Euch sprechen. Hätte ich davon gewußt, ich hätte dafür gesorgt, daß der Herzog eine Lektion erteilt bekommt ...« Er sank zurück. »Verzeiht mir die Anmaßung, Herzogin.«

Sie befeuchtete sich die Mundwinkel gemächlich mit der Zunge. »Hätte ich Euch schon gekannt, als er mich schlug, vielleicht hätte ich den Mut gehabt, Euch um Schutz zu bitten.«

Er hatte sie geschlagen? Richard wäre liebend gern dabei gewesen, um es irgendwie zu verhindern.

»Wieso habt Ihr ihn nicht verlassen? Warum habt Ihr Euch das gefallen lassen?«

Ihr Blick suchte das heruntergebrannte Feuer im Kamin. »Ich konnte nicht. Ich bin die Tochter des Bruders der Königin. Scheidung ist in solch hohen Rängen nicht erlaubt.« Plötzlich errötete sie und lächelte unsicher. »Aber hört nur, wie ich über meine albernen Probleme plaudere. Verzeiht mir, Lord Rahl. Andere haben in ihrem Leben sehr viel größere Sorgen als einen untreuen Ehemann, dem schnell die Hand entgleitet. Ich bin keine unglückliche Frau. Ich habe Pflichten meinem Volk gegenüber, die mich ganz in Anspruch nehmen.«

Sie hob den schlanken Finger und zeigte auf den Tisch. »Könnte ich vielleicht einen Schluck Tee bekommen? Meine Kehle ist ganz trocken vor Sorge, Ihr könntet ...« Die Röte stieg ihr abermals ins Gesicht. »Ihr könntet mir den Kopf abschlagen, weil ich Euch gegen Euern Befehl aufsuche.«

Richard sprang auf. »Ich werde euch heißen Tee holen.«

»Nein, bitte. Ich möchte euch keine Umstände machen. Und ein kleiner Schluck ist alles, was ich möchte. Wirklich.«

Richard ergriff den Becher und reichte ihn ihr.

Er beobachtete, wie sich ihre Lippen um den Rand legten. Er blickte auf das Tablett, bemüht, seine Gedanken wieder auf das Geschäftliche zu richten. »Weshalb wolltet Ihr mich sprechen. Herzogin?«

Nachdem sie einen Schluck getrunken hatte, setzte sie den Becher ab und drehte den Henkel wieder zu ihm, so wie zuvor. Am Rand war ein roter Hauch von ihren Lippen zurückgeblieben.

»Diese Pflichten, von denen ich eben sprach. Seht Ihr, die Königin lag im Sterben, als Prinz Fyren getötet wurde, und starb kurz darauf selbst. Der Prinz hatte zwar unzählige Bankertsprößlinge, war aber nicht verheiratet und hatte daher keine Nachkommen von Rang.«

Richard hatte noch nie Augen von einem so sanften Braun gesehen. »Ich bin kein Experte in Angelegenheiten der Erbfolge, Herzogin. Ich fürchte, Ihr müßt mir das näher erklären.«

»Nun, was ich zu sagen versuche, ist: die Königin und ihr einziger Nachfolger sind tot, daher ist Kelton ohne Monarch. Und da ich die nächste in der Erbfolge bin – die Tochter des verstorbenen Bruders der Königin – werde ich die nächste Königin von Kelton werden. Es gibt niemanden, an den ich mich wenden müßte, um ihn in der Frage unserer Kapitulation um Rat zu bitten.«

Richard hatte Mühe, sich auf ihre Worte und nicht auf ihre Lippen zu konzentrieren. »Wollt Ihr damit sagen, es steht in Eurer Macht, Keltons Kapitulation zu verfügen?«

Sie nickte. »Ja, Eure Hoheit.«

Er spürte, wie seine Ohren bei dem Titel, dem sie ihm gegeben hatte, rot wurden. Er nahm den Becher und versuchte, so gut es ging, sein Gesicht dahinter zu verstecken. Richard merkte erst, daß er seine Lippen auf die Stelle gelegt hatte, wo zuvor ihre gewesen waren, als er den pikanten Abdruck schmeckte, der auf dem Rand zurückgeblieben war. Er ließ den Becher einen Augenblick, wo er war, und spürte, wie die glatte, honigsüße Wärme über seine Zunge zog. Mit zitternder Hand stellte er den Becher auf das silberne Tablett.

Richard wischte sich die schweißnassen Hände an den Knien ab. »Herzogin, Ihr habt gehört, was ich zu sagen hatte. Wir kämpfen für die Freiheit. Wenn Ihr Euch uns ergebt, werdet Ihr nichts verlieren, sondern etwas gewinnen. Unter unserer Herrschaft wird es zum Beispiel ein Verbrechen sein, wenn ein Mann seiner Frau Gewalt antut. Genauso, als würde er einem Fremden auf der Straße Gewalt antun.«

Ihr Lächeln hatte etwas belustigt Tadelndes. »Lord Rahl, ich bin nicht sicher, ob selbst Ihr genügend Macht besitzt, um ein solches Gesetz zu verkünden. An manchen Orten der Midlands gilt die Tötung einer Frau durch ihren Mann nur als symbolische Strafe, vorausgesetzt, sie hat ihn durch eine Missetat, von denen es eine ganze Liste gibt, provoziert. Die Freiheit würde den Männern nur überall das gleiche Recht einräumen.«

Richard fuhr mit dem Finger über den Rand seines Bechers. »Es ist falsch, einem Unschuldigen Gewalt anzutun, wer es auch sein mag. Freiheit bedeutet nicht, daß Fehlverhalten hingenommen wird. Menschen mancher Länder dürfen nicht Taten erdulden müssen, die in anderen Ländern als Verbrechen gelten. Wenn wir vereint sind, wird es solche Ungerechtigkeiten nicht mehr geben. Alle Menschen werden die gleichen Freiheiten haben, die gleiche Verantwortung tragen und nach einem gerechten Gesetz leben.«

»Aber Ihr könnt doch sicher nicht erwarten, daß solche allgemein anerkannten Gebräuche allein deshalb ein Ende haben, weil Ihr sie für gesetzeswidrig erklärt.«

»Moral kommt stets von oben, wie bei Eltern gegenüber einem Kind. Der erste Schritt ist es also, gerechte Gesetze schriftlich niederzulegen und zu zeigen, daß wir alle nach ihren Grundsätzen leben müssen. Man kann nicht jedes Verbrechen unterbinden, aber wenn man es nicht bestraft, nimmt es überhand, bis die Anarchie schließlich im Gewand von Toleranz und Verständnis daherkommt.«

Sie strich mit den Fingern durch die zarte Vertiefung an ihrem Halsansatz. »Lord Rahl, was Ihr sagt, erfüllt mich mit Hoffnung für die Zukunft. Ich werde für Euren Erfolg zu den Guten Seelen beten.«

»Ihr schließt Euch uns also an? Ihr werdet Kelton übergeben?«

Flehentlich bittend hob sie ihre sanften, braunen Augen. »Unter einer Bedingung.«

Richard schluckte. »Ich habe geschworen: keine Bedingungen. Jeder wird gleich behandelt, wie ich es Euch erklärt habe. Wie kann ich Gleichheit geloben, wenn ich mich selbst nicht nach meinen Worten und Regeln richte?«

Sie befeuchtete sich erneut die Lippen, während Angst in ihre Augen trat. »Ich verstehe«, sagte sie so leise, daß es in der Stille fast verlorenging. »Vergebt mir die Eigennützigkeit, mit der ich mir einen Vorteil zu verschaffen suche. Ein Ehrenmann wie Ihr wird unmöglich verstehen, daß eine Frau wie ich auf ein solches Niveau herabsinken kann.«

Richard hätte sich am liebsten sein Messer in die Brust gestoßen, weil er zuließ, daß Angst sie quälte.

»Wie lautet Eure Bedingung?«

Sie senkte den Blick in ihren Schoß, auf die gefalteten Hände. »Mein Gatte und ich waren nach Eurer Ansprache fast schon zu Hause, als ...« Sie verzog das Gesicht und schluckte. »Wir waren fast schon sicher zu Hause, als wir von diesem Monster überfallen wurden. Ich habe es überhaupt nicht kommen sehen. Ich hatte mich bei meinem Gatten eingehakt. Plötzlich blitzte Stahl auf.« Ein Stöhnen entfuhr ihrer Kehle. Richard mußte sich zwingen, sitzenzubleiben. »Die Eingeweide meines Gatten liefen mir vorne am Körper herunter.« Sie unterdrückte ein Stöhnen. »Das Messer, das ihn tötete, streifte meinen Ärmel und hinterließ dabei drei Schnitte.«

»Herzogin, ich verstehe. Es ist nicht nötig, daß ...«

Mit zitternder Hand bat sie ihn flehentlich zu schweigen, damit sie zu Ende sprechen konnte. Sie zog den seidenen Ärmel ihres Kleides hoch, so daß man drei Striemen auf ihrem Unterarm sehen konnte. Richard erkannte den dreifachen Schnitt einer Mriswithklinge. Nie zuvor hatte er sich so sehr gewünscht zu wissen, wie man seine Gabe zum Heilen benutzt. Er hätte alles getan, um die bösartigen roten Wundmale auf ihrem Arm zu entfernen.

Sie zog den Ärmel herunter, schien ihm seine Besorgnis im Gesicht anzusehen. »Es ist nichts. Ein paar Tage, und es ist verheilt.« Sie tippte sich auf die Brust, auf ihren Busen. »Was sie mir hier drinnen angetan haben, das ist es, was nicht verheilen will. Mein

Gatte war ein ausgezeichneter Schwertkämpfer, aber seine Chancen gegen diese Kreaturen standen nicht besser, als meine gewesen wären. Das Gefühl seines warmen Blutes auf meinem Körper werde ich nie vergessen. Es ist mir peinlich zuzugeben, daß ich untröstlich geschrien habe, bis ich mir das Kleid vom Leib reißen und das Blut von meiner nackten Haut waschen konnte. Aus Angst, ich könnte aufwachen und noch immer in diesem Kleid stecken, habe ich seitdem ganz ohne Nachtkleid schlafen müssen.«

Richard wünschte, sie hätte andere Worte benutzt, die keine so lebhafte Vorstellung in seinem Kopf erzeugten. Er beobachtete das sanfte Auf und Ab ihres seidenen Kleides und zwang sich, einen Schluck Tee zu trinken, nur um unerwartet mit ihrem Lippenabdruck konfrontiert zu werden. Er wischte sich eine Schweißperle hinter dem Ohr fort.

»Ihr spracht von einer Bedingung?«

»Verzeiht mir, Lord Rahl. Ich wollte, daß Ihr meine Angst versteht, damit Ihr meinen Zustand berücksichtigen könnt. Ich hatte solche Angst.« Sie schlang die Arme um ihren Körper, wobei das Kleid zwischen ihren Brüsten Falten warf.

Richard richtete den Blick auf das Tablett und rieb sich mit den Fingerspitzen über die Stirn. »Verstehe. Und die Bedingung?«

Sie nahm ihren Mut zusammen. «Ich werde Kelton übergeben, wenn Ihr mir Euren persönlichen Schutz gewährt.«

Richard sah auf. »Was?«

»Ihr habt diese Kreaturen draußen vor dem Palast getötet. Es heißt, niemand außer Euch kann sie töten. Ich habe eine entsetzliche Angst vor diesen Bestien. Wenn ich mich mit Euch verbünde, hetzt die Imperiale Ordnung sie womöglich auf mich. Wenn Ihr mir erlaubt, hierzubleiben, unter Eurem Schutz, bis die Gefahr vorüber ist, gehört Kelton Euch.«

Richard beugte sich vor. »Ihr wollt nichts weiter, als Euch in Sicherheit fühlen?«

Sie nickte und zuckte dabei leicht zusammen, so als fürchtete sie, er würde ihr den Kopf abschlagen für das, was sie als nächstes sagen würde. »Man muß mir ein Zimmer in der Nähe von Eurem geben, damit Ihr nahe genug seid, um mir zur Hilfe zu eilen, falls ich schreien sollte.«

»Und ...«

Schließlich schöpfte sie den Mut, um ihm in die Augen zu blicken.

»Und weiter nichts. Das ist die Bedingung.«

Richard mußte lachen. Das beklemmende Gefühl in seiner Brust verflog. »Ihr wollt nur beschützt werden, so wie meine Wachen mich beschützen? Herzogin, das ist keine Bedingung, das ist bloß eine einfache Gefälligkeit – der verständliche und legitime Wunsch nach Schutz vor unseren gnadenlosen Feinden. Es sei Euch gewährt.« Er zeigte in Richtung der Gästezimmer. »Ich wohne in diesen Räumen, ein Stück den Gang hinunter. Sie stehen alle leer. Als Verbündete seid Ihr ein willkommener Gast und könnt Euch eines aussuchen. Ihr könnt eines gleich neben meinem haben, wenn Ihr Euch dort sicherer fühlt.«

Im Vergleich zu dem Strahlen, das jetzt auf ihrem Gesicht erschien, hatte sie vorher nicht einmal gelächelt. Sie faltete die Hände vor der Brust und stieß einen mächtigen Seufzer aus, als hätte man ihr eine riesengroße Last abgenommen. »Oh, ich danke Euch, Lord Rahl.«

Richard strich sich die Haare aus der Stirn. »Gleich morgen früh als erstes wird eine Delegation, begleitet von unseren Truppen, nach Kelton aufbrechen. Eure Streitkräfte müssen unserem Kommando unterstellt werden.«

»Unter ... ja, natürlich. Morgen. Sie werden ein persönliches Schreiben von mir bei sich tragen, sowie die Namen all unserer Beamten, die in Kenntnis gesetzt werden sollen. Hiermit ist Kelton ein Teil D'Haras.« Sie neigte den Kopf, daß ihre dunklen Locken über ihre rosigen Wangen fielen.

Jetzt stieß auch Richard einen mächtigen Seufzer aus. »Ich danke Euch, Herzogin ... oder sollte ich Euch Königin Lumholtz nennen?«

Sie lehnte sich zurück, die Arme ruhten auf der Lehne ihres Sessels, die Hände hingen herab. »Weder noch.« Ihr Bein glitt nach oben, als sie es über das andere schlug. »Ihr solltet mich Cathryn nennen, Lord Rahl.«

»Gut, also Cathryn – und bitte nennt mich Richard. Ganz ehrlich, ich bin es allmählich leid, daß jeder mich ...« Als er in ihre Augen blickte, entfiel ihm, was er sagen wollte.

Geziert lächelnd beugte sie sich vor, wobei eine Brust über den Rand des Tisches glitt. Richard wurde sich bewußt, daß er auf der Sesselkante saß, während er beobachtete, wie sie eine Locke ihres schwarzen Haars um ihren Finger wickelte. Er versuchte, seinen umherschweifenden Blick in den Griff zu bekommen und konzentrierte sich auf das Tablett mit den Speisen vor ihm.

»Gut, also Richard.« Sie kicherte, ein Laut, der nicht im geringsten mädchenhaft klang, sondern gleichzeitig derb und fraulich und überhaupt nicht damenhaft. Er hielt den Atem an, um nicht laut aufzustöhnen. »Ich weiß nicht, ob ich mich daran gewöhnen kann, einen so großen Mann wie den Herrscher ganz D'Haras auf so vertrauliche Weise anzusprechen.«

Richard lächelte. »Vielleicht braucht es einfach nur ein wenig Übung, Cathryn.«

»Ja, Übung«, erwiderte sie mit rauchiger Stimme. Plötzlich wurde sie rot. »Seht Ihr, ich tue es schon wieder. Bei Euren schmerzhaft schönen grauen Augen kann sich eine Frau nur selbst vergessen. Ich sollte Euch jetzt besser Eurem Abendessen überlassen, bevor es kalt wird.« Ihr Blick verweilte auf dem Tablett, das zwischen ihnen stand. »Es sieht köstlich aus.«

Richard sprang auf. »Erlaubt, daß ich Euch etwas bringen lasse.«

Sie zog sich vom Tischrand zurück, lehnte sich wieder nach hinten in den Sessel. »Nein, das könnte ich nicht. Ihr seid ein vielbeschäftigter Mann und habt bereits mehr als Freundlichkeit bewiesen.«

»Ich bin nicht vielbeschäftigt. Ich wollte nur vor dem Schlafengehen noch einen Bissen zu mir nehmen. Wenigstens könnt Ihr mir beim Essen Gesellschaft leisten und vielleicht ein wenig davon mit mir teilen. Es ist mehr, als ich bewältigen kann – man würde es nur wegwerfen.«

Sie rückte näher an ihn heran, drückte ihren Körper gegen den Tisch. »Nun, es sieht wirklich köstlich aus ... und wenn Ihr nicht alles eßt ... also gut, vielleicht einen kleinen Bissen.«

Richard strahlte. »Was möchtet Ihr? Eintopf, eingelegte Eier, Reis, Lamm?«

Bei der Erwähnung von Lammfleisch entfuhr ihr ein kehliger Laut des Wohlbehagens. Richard schob den goldgeränderten Teller über das Tablett. Er hatte nicht die Absicht gehabt, das Lammfleisch selbst zu essen. Seit die Gabe in ihm zum Leben erwacht war, konnte er kein Fleisch mehr herunterbringen. Das hatte mit der Magie zu tun, die gleichzeitig mit der Gabe in Erscheinung getreten war. Vielleicht war es aber auch so, wie es die Schwestern ihm erklärt hatten: Magie verlangte stets nach einem Ausgleich. Er war ein Kriegszauberer, vielleicht konnte er kein Fleisch essen, weil er das Töten ausgleichen mußte, zu dem er manchmal gezwungen war.

Richard reichte ihr Messer und Gabel. Lächelnd schüttelte sie den Kopf und ergriff das Lammkotelett mit den Fingern. »Bei den Keltoniern gibt es ein Sprichwort, das besagt, wenn etwas gut ist, sollte man sich diese Erfahrung um nichts entgehen lassen.«

»Dann will ich hoffen, daß es gut ist«, hörte Richard sich sagen. Zum ersten Mal seit Tagen fühlte er sich nicht einsam.

Die braunen Augen auf seine geheftet, beugte sie sich auf ihre Ellenbogen gestützt nach vorn und biß ein winziges Stückchen ab. Richard wartete wie gebannt.

»Und ... ist es gut?«

Als Antwort rollte sie die Augen nach oben und schloß langsam die Lider, während sie die Schultern hochzog und in völliger Verzückung aufstöhnte. Ihr Blick senkte sich, stellte die glühende Verbindung wieder her. Ihr Mund schloß sich um das Fleisch, und ihre makellos weißen Zähne rissen ein saftiges Stück heraus. Ihre Lippen glänzten. Er glaubte nicht, daß er jemals jemanden so langsam hatte kauen sehen.

Richard brach das weiche Brot in zwei Stücke und reichte ihr das, auf dem die meiste Butter war. Mit der Kruste löffelte er Reis aus der braunen Rahmsoße. Seine Hand zögerte vor seinem Mund, als sie die Butter mit einer einzigen, langsamen Bewegung vom Brot leckte.

Sie schnurrte kehlig, anerkennend. »Ich mag das weiche, glitschige Gefühl auf meiner Zunge«, hauchte sie, kaum lauter als ein Flüstern. Sie ließ das Brot aus ihren glänzenden Fingern aufs Tablett fallen.

Während sie den Knochen durch die Zähne zog und den Rand abknabberte, sah sie ihm tief in die Augen. Mit kleinen, saugenden Bissen nagte sie den Knochen ab. Das Stück Brot wartete noch immer vor Richards Mund.

Sie strich mit der Zunge über ihre Lippen. »Das beste Lamm, das ich je gegessen habe.«

Richard merkte, daß seine Finger leer waren. Er nahm an, daß er den Reis mit dem Brot gegessen hatte, bis er den weißen Klecks auf dem Tablett unter sich entdeckte.

Sie nahm ein Ei aus der Schale, schloß ihre roten Lippen darum und biß es entzwei. »Hm, köstlich.« Sie legte ihm das andere Stück mit dem runden Ende an die Lippen. »Hier, versucht es selbst.«

Die seidige Oberfläche hinterließ einen mild würzigen, scharfen Geschmack auf seiner Zunge und fühlte sich zugleich fest und nachgiebig an. Sie schob es mit einem Finger ganz hinein. Jetzt hieß es kauen oder ersticken. Er kaute.

Ihr Blick löste sich von seinen Augen und wanderte über das Tablett. »Was haben wir hier? Oh, Richard, sagt nur nicht, daß es ...« Sie rührte mit zwei Fingern in der Schale mit den Birnen. Dann lutschte sie die weiße Soße von ihrem Zeigefinger ab. Ein Teil der Soße auf den anderen Finger rann herunter bis zum Handgelenk. »Hmmm, ja, Richard, das ist fabelhaft. Hier.«

Sie legte ihm den Mittelfinger an die Lippen. Bevor er merkte, was geschah, hatte sie ihn der Länge nach in seinen Mund geschoben. »Lutscht ihn ab«, beharrte sie. »Ist das nicht das Beste, was Ihr je gekostet habt?« Richard nickte und versuchte, wieder Luft zu holen, nachdem sie den Finger zurückgezogen hatte. Sie hielt ihm ihr Handgelenk hin. »Oh, bitte, leckt es ab, bevor es auf mein Kleid tropft.« Er nahm ihre Hand und führte sie an seinen Mund. Ihr Geschmack elektrisierte ihn. Als seine Lippen ihre Haut berührten, fing sein Herz schmerzhaft an zu klopfen.

Sie stieß ein kehliges Lachen aus. »Das kitzelt. Ihr habt eine rauhe Zunge.«

Er ließ ihre Hand los, erschrocken über die intime Berührung. »Verzeiht«, sagte er leise.

»Redet keinen Unsinn. Ich habe nicht gesagt, daß es mir nicht gefällt.« Ihre Augen fanden die seinen. Das Licht der Lampe glühte sanft auf der einen Seite ihres Gesichts, das des Feuers auf der anderen. Er stellte sich vor, wie er mit den Fingern durch ihr Haar fuhr. Ihre Atemzüge paarten sich. »Das hat mir sehr gefallen, Richard.«

Ihm auch. Der Raum schien sich zu drehen. Der Klang seines Namens von ihren Lippen schickte Wellen von Hochgefühl durch seinen Körper. Mit allergrößter Mühe zwang er sich aufzustehen.

»Cathryn, es ist spät, und ich bin wirklich müde.«

Sie stand bereitwillig auf, in einer eleganten Bewegung, die den Körper unter dem seidenen Kleid erahnen ließ. Seine Selbstbeherrschung schien sich völlig aufzulösen, als sie ihren Arm in seinen gleiten ließ und sich eng an ihn schmiegte. »Zeigt Ihr mir, welches Euer Zimmer ist?«

Als er sie nach draußen auf den Korridor führte, spürte er, wie sich ihre feste Brust an seinem Arm drückte. Nicht weit entfernt standen Ulic und Egan, die Arme verschränkt. Ein Stück weiter, an den Enden des Ganges, erhoben sich Cara und Raina. Keiner der vier zeigte irgendeine Reaktion, als sie sahen, daß er Cathryn am Arm genommen hatte. Richard sagte nichts zu ihnen, während sie auf die Gästezimmer zusteuerten.

Mit aufdringlicher Beharrlichkeit streichelte Cathryn seine

Schulter mit ihrer freien Hand. Die Hitze ihrer Haut ließ ihn bis in die Knochen erglühen. Er wußte nicht, ob seine Beine den Weg überstehen würden.

Als er den Flügel mit den Gästezimmern gefunden hatte, winkte er Ulic und Egan zu sich. »Teilt euch in Schichten auf. Ich will, daß zu jeder Zeit einer von euch Wache hält. Außerdem soll nichts und niemand heute nacht diesen Gang betreten.« Er sah zu den beiden Mord-Siths hinüber, die am anderen Ende warteten. »Das gilt auch für die beiden dort.« Sie stellten keine Fragen und versprachen zu gehorchen. Dann bezogen sie ihren Posten.

Richard führte Cathryn bis zur Mitte des Ganges. Sie liebkoste weiter seinen Arm. Ihre Brust drückte sich noch immer gegen ihn.

»Ich denke, dieses Zimmer wird genügen.«

Ihre Lippen teilten sich, ihre Brust wogte. Mit zarten Fingern packte sie sein Hemd. »Ja«, hauchte sie, »dieses Zimmer.«

Richard nahm seine ganze Kraft zusammen. »Ich nehme das gleich nebenan. Hier seid Ihr sicher.«

»Was?« Das Blut wich aus ihrem Gesicht. »Oh, bitte, Richard ...«

»Schlaft gut, Cathryn.«

Ihr Griff um seinen Arm wurde fester. »Aber ... aber Ihr müßt mit hineinkommen. Oh, bitte, Richard. Ich werde mich fürchten.«

Er drückte ihre Hand, als sie seinen Arm losließ. »Euer Zimmer ist sicher, Cathryn. Seid unbesorgt.«

»Drinnen könnte eine Gefahr lauern. Bitte, Richard, kommt Ihr mit hinein?«

Richard lächelte besänftigend. »Dort drinnen ist nichts. Ich würde es spüren, wenn irgendwo in der Nähe eine Gefahr lauerte. Ich bin ein Zauberer, ist das Euch schon entfallen? Hier seid Ihr vollkommen sicher, außerdem werde ich nur wenige Schritte entfernt sein. Nichts wird Eure Ruhe stören, das schwöre ich.«

Er öffnete die Tür, reichte ihr eine Lampe aus einer Halterung gleich neben der Tür, legte ihr seine Hand auf den Rücken und schob sie sachte hinein.

Sie drehte sich um und strich mit einem Finger über seine Brust. »Werde ich Euch morgen sehen?«

Er nahm ihre Hand von seiner Brust und küßte sie mit aller Höflichkeit, die aufzubieten er imstande war. »Verlaßt Euch drauf. Gleich morgen früh als erstes haben wir eine Menge zu erledigen.«

Er zog ihre Tür zu und ging zur nächsten. Die zwei Mord-Siths ließen ihn nicht aus den Augen. Er sah zu, wie sie mit dem Rücken an der Wand hinabglitten und sich auf den Boden setzten. Die beiden schlugen die Beine übereinander, als wollten sie damit ausdrücken, sie hätten die Absicht, die ganze Nacht dort zu bleiben, und umfaßten ihren Strafer mit beiden Händen.

Richard sah zur Tür von Cathryns Zimmer hinüber. Sein Blick verweilte dort einen Augenblick lang. Die Stimme in seinem Hinterkopf schrie verzweifelt. Er riß die Tür zu seinem Zimmer auf. Nachdem er sie hinter sich zugemacht hatte, lehnte er sich mit dem Gesicht daran und rang nach Atem. Er zwang sich, den Riegel vorzuschieben.

Auf der Bettkante sank er nieder, vergrub das Gesicht in den Händen. Was war nur los mit ihm? Sein Hemd war schweißdurchtränkt. Wieso brachte ihn diese Frau auf solche Gedanken? Aber es war so. Bei den Seelen, es war so. Er mußte daran denken, daß die Schwestern des Lichts glaubten, die Gelüste der Männer seien unkontrollierbar.

Wie benommen zog er mühevoll das Schwert der Wahrheit aus seiner Scheide, ließ das leise, klare Klirren in dem dunklen Zimmer erklingen. Richard setzte die Spitze auf den Boden, hielt das Heft mit beiden Händen an die Stirn und ließ sich vom Zorn durchfluten. Er spürte, wie dessen Wildheit durch seine Seele toste, und er hoffte nur, daß es ausreichen würde.

In einem dunklen Winkel seines Verstandes wußte Richard, daß er sich im Tanz mit dem Tod befand, und diesmal konnte ihn das Schwert nicht retten. Und er wußte, daß er keine Wahl hatte.

21. Kapitel

Schwester Philippa brachte ihre ohnehin bereits stattliche Größe so gut es ging zur Geltung, indem sie den Rücken durchdrückte. Dabei gelang es ihr, ihre lange, gerade Nase zu rümpfen, ohne daß es so aussah, als würde sie tatsächlich die Nase rümpfen. Doch genau das tat sie.

»Prälatin, bestimmt habt Ihr die Angelegenheit nicht mit genügend Sorgfalt betrachtet. Wenn Ihr vielleicht noch ein wenig länger darüber nachdenkt, werdet Ihr erkennen, daß die Ergebnisse aus dreitausend Jahren diese dringende Notwendigkeit bestätigen.«

Den Ellbogen auf den Tisch gestützt, das Kinn in die Fläche ihrer geöffneten Hand gelegt, überflog Verna einen Bericht und bewirkte dadurch, daß man sie unmöglich ansehen konnte, ohne ihren Amtsring mit dem Symbol der aufgehenden Sonne zu bemerken. Sie hob kurz den Kopf, um sich zu vergewissern, ob Schwester Philippa sie auch tatsächlich anschaute.

»Vielen Dank, Schwester, für deinen Rat, aber ich habe die Angelegenheit bereits ausgibig überdacht. Es ist nicht erforderlich, noch tiefer in einem ausgetrockneten Brunnen zu graben. Man wird davon nur durstiger – dadurch kommt vielleicht Hoffnung auf, aber man findet kein Wasser.«

Schwester Philippas dunkle Augen und exotische Gesichtszüge verrieten nur selten eine Regung, trotzdem bemerkte Verna ein Anspannen der Muskeln an ihrem schmalen Kiefer.

»Aber Prälatin ... wir werden nicht in der Lage sein festzustellen, ob ein junger Mann die erforderlichen Fortschritte macht oder ob er genug gelernt hat, um von seinem Rada'Han befreit zu werden. Es ist die einzige Möglichkeit.«

Verna verzog das Gesicht über den Bericht, den sie gerade las. Sie legte ihn zur späteren Bearbeitung zur Seite und widmete sich nun voll und ganz ihrer Beraterin. »Wie alt bist du, Schwester?«

Schwester Philippas finstere Miene blieb unbeirrt. »Vierhundertneunundsiebzig Jahre, Prälatin.«

Verna mußte gestehen, daß sie ein wenig Neid verspürte. Die Frau sah kaum älter aus als sie, und doch war sie in Wirklichkeit gut dreihundert Jahre älter. Die über zwanzigjährige Abwesenheit aus dem Palast hatte Verna Zeit gekostet, die sie niemals würde aufholen können. Sie würde niemals über die Lebenszeit verfügen, um das gleiche zu lernen wie diese Frau.

»Wie viele Jahre davon im Palast der Propheten?«

»Vierhundertundsiebzig, Prälatin.« Daß sie diesmal Vernas Titel ein wenig anders betonte, war nicht leicht herauszuhören, es sei denn, man achtete darauf. Verna hatte darauf geachtet.

»So. Du behauptest also, der Schöpfer habe dir eine Zeitspanne von vierhundertsiebzig Jahren gewährt, um sein Werk kennenzulernen, um mit jungen Männern zu arbeiten und ihnen beizubringen, wie man seine Gabe beherrscht und Zauberer wird, und während all dieser Zeit sei es dir angeblich nicht gelungen, zu einer Entscheidung über das Wesen deiner Schüler zu gelangen?«

»Nun ja, Prälatin, das war nicht genau das, was –«

»Willst du mir etwa weismachen, Schwester, ein ganzer Palast voller Schwestern des Lichts sei nicht gescheit genug, um zu entscheiden, ob ein junger Mann, der seit über zweihundert Jahren unserer Obhut und Vormundschaft unterliegt, zur Beförderung bereit ist – ohne daß man ihn einer brutalen Schmerzensprüfung unterzieht? Hast du so wenig Vertrauen in die Schwestern? Oder in die Weisheit des Schöpfers, der uns auserwählt hat, um sein Werk zu tun? Willst du mir vielleicht erzählen, der Schöpfer habe uns, uns allen zusammen, Tausende von Jahren der Erfahrung geschenkt, und wir seien immer noch zu unwissend, um sein Werk zu tun?«

»Ich denke, Prälatin, vielleicht seid Ihr –«

»Die Erlaubnis wird verweigert. Jemandem solche Schmerzen zuzufügen, ist ein abscheulicher Mißbrauch des Rada'Han. Der

Verstand eines Menschen kann daran zerbrechen. Es ist sogar schon vorgekommen, daß junge Männer bei diesen Prüfungen gestorben sind.

Geh und erkläre diesen Schwestern, ich würde von ihnen erwarten, daß sie sich ein Verfahren überlegen, wie diese Aufgabe ohne Blutvergießen, Erbrechen und Geschrei zu bewerkstelligen ist. Du könntest sogar etwas Revolutionäres vorschlagen, wie … ach, was weiß ich … wie vielleicht mit den jungen Männern zu reden? Es sei denn, die Schwestern befürchten, sie könnten überlistet werden. In diesem Fall will ich, daß sie mir dies eingestehen und einen Bericht darüber schreiben, für die Akten.«

Schwester Philippa stand einen Augenblick lang schweigend da. Vermutlich überlegte sie, welchen Sinn es hatte, noch länger zu widersprechen. Widerstrebend verbeugte sie sich schließlich. »Ein sehr weiser Entschluß, Prälatin. Vielen Dank, daß Ihr mich erleuchtet habt.«

Sie machte kehrt und wollte gehen, doch Verna rief sie zurück. »Ich weiß, wie du dich fühlst, Schwester. Mich hat man das gleiche gelehrt wie dich. Ich habe das gleiche geglaubt. Ein junger Mann von gerade mal gut zwanzig Jahren hat mir gezeigt, wie sehr ich mich geirrt habe. Manchmal beschließt der Schöpfer, uns Sein Wissen auf eine Weise zu vermitteln, auf die wir nicht vorbereitet sind. Er erwartet aber, daß wir bereit sind, Seine Weisheit zu empfangen, wenn er sie uns darbietet.«

»Sprecht Ihr von dem jungen Richard?«

Verna ließ den Daumennagel über die unordentlichen Kanten der Stapel mit Berichten gleiten, die ihrer Erledigung harrten. »Ja.« Sie gab ihren offiziellen Tonfall auf. »Philippa, ich habe gelernt, daß diese jungen Männer, diese Zauberer, in eine Welt hinausgeschickt werden, in der sie auf die Probe gestellt werden. Der Schöpfer will, daß wir entscheiden, ob wir ihnen genug beigebracht haben, damit sie den Schmerz dessen, was sie zu sehen und zu spüren bekommen, schadlos überstehen.« Sie klopfte sich auf die Brust. »Hier drinnen. Wir müssen entscheiden, ob sie in der Lage sind, die schmerzhaften

Entscheidungen zu fällen, die die Erleuchtung des Schöpfers manchmal verlangt. Das ist die Bedeutung der Schmerzensprüfung. Ihre Fähigkeit, Qualen auszuhalten, verrät uns nichts über ihr Herz, ihren Mut oder ihr Mitgefühl.

Du selbst, Philippa, hast eine Schmerzensprüfung bestanden. Du wolltest darum kämpfen, Prälatin zu werden. Hunderte von Jahren hast du auf das Ziel hingearbeitet, wenigstens ernsthaft an dem Wettstreit teilzunehmen. Die Ereignisse haben dich um diese Chance gebracht, und dennoch hast du mir gegenüber nie ein böses Wort verloren, obwohl dich dieser Schmerz jedesmal überkommen muß, wenn du mich siehst. Statt dessen hast du in der Vergangenheit dein Bestes gegeben, um mich in diesem Amt zu beraten, und hast stets im Interesse des Palastes gehandelt – trotz dieses Schmerzes.

Wäre mir besser damit gedient gewesen, wenn ich darauf bestanden hätte, dich durch Folter darauf zu prüfen, ob du meine Beraterin werden kannst? Hätte das irgendwas bewiesen?«

Schwester Philippas Wangen hatten sich gerötet. »Ich will nicht lügen und so tun, als sei ich mit Euch einer Meinung, aber zumindest sehe ich jetzt, daß ihr tatsächlich Erde aus dem Brunnen geschaufelt und ihn nicht einfach als trocken aufgegeben habt, nur weil Ihr nicht schwitzen wolltet. Ich werde Eure Anweisung augenblicklich ausführen, Verna.«

Verna lächelte. »Danke, Philippa.«

Auf Philippas Gesicht zeigte sich ein leiser Anflug eines Lächelns. »Durch Richard hat sich bei uns einiges verändert. Ich dachte, er wollte uns alle umbringen, und dann stellt sich heraus, daß er ein größerer Freund des Palastes ist als alle anderen Zauberer in den letzten dreitausend Jahren.«

Verna lachte schallend. »Wenn du wüßtest, wie oft ich um die Kraft beten mußte, ihn nicht zu erwürgen.«

Als Philippa ging, konnte Verna durch die Tür zum Vorzimmer erkennen, daß Millie auf die Erlaubnis wartete, eintreten und saubermachen zu dürfen. Verna räkelte sich gähnend, nahm den Bericht, den sie zur Seite gelegt hatte, und ging zur Tür. Sie winkte Millie in ihr Büro und richtete ihr Augenmerk auf die beiden Verwalterinnen, die Schwestern Dulcinia und Phoebe.

Bevor Verna ein Wort herausbringen konnte, erhob Schwester Dulcinia sich mit einem Stapel von Berichten. »Wenn Ihr soweit seid, Prälatin, wir haben das hier für Euch vorbereitet.«

Verna nahm den Stapel entgegen, der ungefähr soviel wog wie ein kleines Kind und legte ihn sich halb auf die Hüfte. »Ja, gut, danke. Es ist spät. Warum macht ihr zwei nicht Schluß?«

Schwester Phoebe schüttelte den Kopf. »Mich stört das nicht, Prälatin. Die Arbeit bereitet mir Spaß, und –«

»Und morgen ist wieder ein langer, arbeitsreicher Tag. Ich werde nicht zulassen, daß du bei der Arbeit einnickst, weil du nicht genügend Schlaf bekommst. Und nun geht schon, alle beide.«

Phoebe raffte ein Bündel Papiere zusammen, wahrscheinlich, um sie in ihr Zimmer mitzunehmen und weiter daran zu arbeiten. Phoebe schien zu glauben, daß sie sich in einer Art Papierwettrennen befanden. Wann immer sie vermutete, es könnte auch nur eine entfernte Chance bestehen, daß Verna tatsächlich aufholte, fing sie wie besessen an zu arbeiten und produzierte – fast wie durch Magie – immer mehr von diesem Zeug. Dulcinia schnappte sich ihren Teebecher vom Schreibtisch und ließ die Papiere liegen. Sie arbeitete in einem gemessenen Tempo, ging nie soweit, sich anzustrengen, um Verna vorauszubleiben, trotzdem gelang es ihr fast nach Belieben, stapelweise sortierte und mit Anmerkungen versehene Berichte abzuliefern.

Keine der beiden mußte befürchten, daß Verna sie einholte – mit jedem Tag geriet sie weiter ins Hintertreffen.

Die beiden Schwestern verabschiedeten sich und gaben ihrer Hoffnung Ausdruck, der Schöpfer möge der Prälatin einen erholsamen Schlaf gewähren.

Verna wartete, bis sie die Tür erreicht hatten. »Ach, Schwester Dulcinia, da wäre eine kleine Angelegenheit, um die du dich bitte morgen kümmern möchtest.«

»Natürlich, Prälatin. Um was geht es?« Verna legte den Bericht, den sie mitgebracht hatte, auf Dulcinias Schreibtisch, wo sie ihn gleich als erstes sehen würde, wenn sie sich am Morgen hinsetzte. »Um die Bitte um Unterstützung von einer jungen Frau und ihrer Familie. Einer unserer Zauberer wird Vater.«

Phoebe quiekte. »Oh, das ist ja wunderbar! Beten wir, daß es mit dem Segen des Schöpfers ein Junge wird und er die Gabe hat. In der Stadt ist niemand mehr mit der Gabe geboren worden seit … nun, ich kann mich nicht einmal an das letzte Mal erinnern. Vielleicht wird dieses Mal …«

Vernas finstere Miene brachte sie endlich zum Schweigen. Verna wandte ihre Aufmerksamkeit Schwester Dulcinia zu. »Ich möchte mir diese junge Frau ansehen und auch den jungen Mann, der für ihren Zustand verantwortlich ist. Morgen wirst du einen Termin vereinbaren. Vielleicht sollten die Eltern auch dabeisein, schließlich bitten sie um Unterstützung.«

Schwester Dulcinia beugte sich ein wenig vor, einen leeren Ausdruck im Gesicht. »Gibt es ein Problem damit, Prälatin?«

Verna schob den Stapel Berichte auf ihrer Hüfte zurecht. »Das will ich meinen. Einer unserer jungen Männer hat eine Frau geschwängert.«

Schwester Dulcinia stellte ihren Tee auf der Schreibtischecke ab und kam einen Schritt näher. »Aber Prälatin, aus eben diesem Grund erlauben wir unseren Schützlingen doch, in die Stadt zu gehen. Dadurch können sie nicht nur ihre zügellosen Anwandlungen ausleben, damit sie sich ihren Studien widmen können, gelegentlich bringt uns das auch ein Kind mit der Gabe ein.«

»Ich werde nicht zulassen, daß der Palast sich in die Schöpfung und in das Leben unschuldiger Menschen einmischt.«

Schwester Dulcinia musterte Verna in ihrem schlichten, dunkelblauen Kleid von oben bis unten. »Prälatin, Männer haben solche unkontrollierbaren Gelüste.«

»Die habe ich auch, aber mit des Schöpfers Hilfe ist es mir bislang gelungen, niemanden zu erwürgen.«

Ein stechender Blick von Schwester Dulcinia machte Phoebes Lachen ein Ende. »Männer sind anders, Prälatin. Sie können sich nicht beherrschen. Wenn wir ihnen diese kleine Ablenkung zugestehen, stärkt das ihre Konzentration beim Unterricht. Die Entschädigung kann der Palast sich durchaus leisten. Es ist ein geringer Preis, wenn man bedenkt, daß uns dies gelegentlich zudem einen jungen Zauberer einbringt.«

»Die Aufgabe des Palastes ist es, unseren jungen Männern beizubringen, ihre Gabe auf verantwortungsbewußte Weise einzusetzen, mit Zurückhaltung, und sich dabei vollauf der Konsequenzen bewußt zu sein, die mit der Ausübung ihrer Fähigkeit einhergehen. Wenn wir sie ermuntern, sich in anderen Bereichen des Lebens auf genau entgegengesetzte Weise zu verhalten, untergräbt das die Ziele unserer Ausbildung.

Und was das Ergebnis anbetrifft, daß manchmal aus diesen wahllosen Paarungen jemand mit der Gabe hervorgeht, so gibt es keinen Hinweis darauf, ob dieses Verhalten dem zuträglich ist. Wer will behaupten, daß ein verantwortungsvolleres und beherrschteres Handeln sowie sinnvolle Paarungen nicht sogar mehr als diesen trostlosen Prozentsatz an Nachkommen mit der Gabe hervorbringen würde? Soweit wir wissen, kann diese lüsterne Unbedachtheit ihrer Fähigkeit, die Gabe weiterzugeben, möglicherweise sogar abträglich sein.«

»Oder sie entwickelt sich dadurch erst zur größtmöglichen Wahrscheinlichkeit, so gering diese auch ist.«

Verna zuckte die Achseln. »Vielleicht. Ich weiß jedoch, daß die Fischer draußen auf dem Fluß nicht ihr ganzes Leben lang an genau derselben Stelle ihre Netze auswerfen, nur weil sie dort einmal einen Fisch gefangen haben. Uns gehen nur wenige Fische ins Netz, also wird es für uns Zeit, weiterzuziehen.«

Schwester Dulcinia hakte ihre Hände ineinander und bemühte sich, die Fassung zu bewahren. »Prälatin, der Schöpfer hat die Menschen mit ihrer Natur gesegnet, so wie sie ist, und wir haben keine Möglichkeit, sie zu verändern. Männer und Frauen werden auch weiterhin tun, was ihnen Vergnügen bereitet.«

»Natürlich werden sie das, aber solange wir die Kosten der Folgen tragen, ermutigen wir sie auch noch dazu. Wenn alles ohne Folgen bleibt, geht die Selbstbeherrschung verloren. Wie viele Kinder sind ohne einen Vater aufgewachsen, weil wir den Schwangeren Gold gegeben haben? Ersetzt dieses Gold die Erziehung? Wie viele Leben haben wir mit unserem Gold zum Nachteil hin beeinflußt?«

Dulcinia breitete verzweifelt die Hände aus. »Unser Gold hilft ihnen.«

»Unser Gold ermutigt die Frauen in der Stadt zu leichtfertigem Handeln und dazu, mit unseren jungen Burschen ins Bett zu gehen, denn das trägt ihnen ohne jede Mühe lebenslangen Unterhalt ein.« Verna deutete mit ihrer freien Hand auf die Stadt. »Wir entwürdigen die Menschen mit unserem Gold. Wir haben sie zu wenig mehr als Zuchtvieh degradiert.«

»Aber wir benutzen diese Methode seit Tausenden von Jahren, um die Zahl derer mit der Gabe zu vergrößern. Es wird fast niemand mehr geboren, der die Gabe hat.«

»Dessen bin ich mir bewußt, aber unser Geschäft ist die Ausbildung von Menschen, nicht ihre Zucht. Unser Gold erniedrigt sie zu Geschöpfen, die aus Goldgier handeln, statt sie zu Menschen zu machen, die ein Kind aus Liebe zeugen.«

Schwester Dulcinia verschlug es die Sprache, doch nur kurz. »Wie können wir so herzlos erscheinen, jemandem die Hilfe von ein wenig unseres Goldes zu verweigern? Menschenleben sind wichtiger als Gold.«

»Ich habe die Berichte gesehen. Es handelt sich wohl kaum um ›ein wenig‹ Gold. Aber darum geht es gar nicht. Es geht vielmehr darum, daß wir die Kinder unseres Schöpfers heranzüchten wie Vieh, was eine Herabwürdigung aller Werte bewirkt.«

»Aber wir bringen unseren jungen Burschen doch Werte bei! Die Menschen, als Krönung der Schöpfung, sprechen auf die Lehre der Werte an, denn sie haben das nötige Urteilsvermögen, ihre Bedeutung zu erkennen.«

Verna seufzte. »Schwester, angenommen, wir predigten Aufrichtigkeit und verteilten gleichzeitig einen Penny für jede Lüge, die man uns erzählt. Was glaubst du, wäre das Ergebnis?«

Schwester Phoebe hielt sich die Hand vor den Mund, als sie loslachte. »Ich wußte nicht, daß Ihr so herzlos seid, Prälatin, die neugeborenen Kinder des Schöpfers hungern zu lassen.«

»Der Schöpfer hat ihren Müttern Brüste gegeben, damit sie ihre Kinder säugen können, nicht damit sie dem Palast Gold entlocken.«

Schwester Dulcinias Gesicht wurde karminrot. »Aber Männer haben nun einmal unkontrollierbare Gelüste!«

Verna senkte aufgebracht die Stimme. »Die Gelüste eines Mannes sind nur dann wirklich unkontrollierbar, wenn eine Magierin einen Betörungsbann ausspricht. Keine Schwester hat je auch nur über eine einzige Frau der Stadt einen Betörungsbann ausgesprochen. Muß ich dich daran erinnern, daß eine Schwester, wenn sie dies tut, sich glücklich schätzen könnte, wenn sie aus dem Palast gewiesen oder gar gehenkt würde? Wie du sehr wohl weißt, ist der Betörungsbann die moralische Entsprechung einer Vergewaltigung.«

Dulcinia erblaßte. »Ich sage nicht, daß –«

Verna blickte nachdenklich an die Decke. »Ich erinnere mich, daß die letzte Schwester, die einen Betörungsbann ausgesprochen hat vor … wieviel? Vor fünfzig Jahren erwischt wurde.«

Schwester Dulcinias Blick schien einen Ausweg zu suchen, fand aber keinen. »Das war eine Novizin, Prälatin, keine Schwester.«

Verna funkelte Dulcinia noch immer an. »Du warst im Tribunal, wie ich mich ebenfalls erinnere.« Dulcinia nickte. »Und du hast dafür gestimmt, sie aufzuhängen. Ein armes junges Ding, das erst ein paar Jahre hier war, und du hast dafür gestimmt, sie aufzuhängen.«

»So lautete das Gesetz«, erwiderte sie, ohne aufzusehen.

»So lautete die Höchststrafe.«

»Andere haben ebenso gestimmt wie ich.«

Verna nickte. »Ja, das haben sie. Es war ein Unentschieden, sechs gegen sechs. Prälatin Annalina hat dieses Patt überwunden, indem sie dafür stimmte, die junge Frau zu verbannen.«

Schwester Dulcinia hob endlich den Blick. »Ich bleibe dabei, sie hatte unrecht. Valdora schwor unsterbliche Rache. Sie schwor, den Palast der Propheten zu zerstören. Sie spie der Prälatin ins Gesicht und versprach, sie eines Tages umzubringen.«

Verna legte die Stirn in Falten. »Ich habe mich immer gefragt, Dulcinia, weshalb man dich ins Tribunal berufen hat.«

Schwester Dulcinia schluckte. »Weil ich ihre Ausbilderin war.«

»Tatsächlich. Ihre Lehrerin.« Verna schnalzte mit der Zunge. »Von wem hat diese junge Frau wohl den Betörungsbann gelernt?«

Die Farbe schoß zurück in Dulcinias Gesicht. »Das konnte niemals mit Sicherheit festgestellt werden. Wahrscheinlich von ihrer Mutter. Mütter bringen jungen Magierinnen oft solche Dinge bei.«

»Ja, das habe ich auch schon gehört, aber damit kenne ich mich nicht aus. Meine Mutter hatte nicht die Gabe, sie war eine Aussetzerin. Deine Mutter hatte die Gabe, wenn ich mich recht erinnere ...«

»Ja, das stimmt.« Schwester Dulcinia küßte ihren Ringfinger und sprach dabei leise ein Gebet an den Schöpfer, ein sehr persönlicher Akt der Hingabe, wie er häufig durchgeführt wurde, aber selten nur in Gegenwart von anderen. »Es wird spät, Prälatin. Wir möchten Euch nicht länger aufhalten.«

Verna lächelte. »Ja. Also dann gute Nacht.«

Schwester Dulcinia verneigte sich förmlich. »Wie Ihr befehlt, Prälatin, werde ich mich morgen um die Angelegenheit mit der schwangeren Frau und dem jungen Zauberer kümmern, nachdem ich das mit Schwester Leoma geklärt habe.«

Verna zog eine Braue hoch. »Ach? Schwester Leoma steht im Rang jetzt über der Prälatin, ja?«

»Äh, nein, Prälatin«, stammelte Schwester Dulcinia. »Es ist nur so, Schwester Leoma möchte, daß ich ... ich dachte nur, Ihr wolltet, daß ich Eure Beraterin von Eurer Entscheidung unterrichte ... damit es sie nicht ... unvorbereitet trifft.«

»Schwester Leoma ist meine Beraterin, Schwester, und ich unterrichte sie von meinen Entscheidungen, wenn ich es für notwendig halte.«

Phoebes rundliches Gesicht neigte sich mal zur einen, mal zur anderen Frau, während sie schweigend den Wortwechsel verfolgte.

»Wie Ihr wünscht, Prälatin, so wird es geschehen«, sagte Schwester Dulcinia. »Bitte verzeiht mir den ... Übereifer, meiner Prälatin helfen zu wollen.«

Verna zuckte die Achseln, so gut dies unter der Last der Berichte möglich war. »Natürlich, Schwester. Gute Nacht.«

Heilfroh verabschiedeten sich die beiden ohne weitere Widerworte. Vor sich hin murmelnd, schleppte Verna den Stapel Berichte in ihr Büro und ließ ihn auf ihren Schreibtisch fallen, neben die anderen, mit denen sie sich noch befassen mußte. Sie betrachtete Millie, die ein Stück entfernt in einer Ecke mit einem Putzlappen einen Flecken bearbeitete, den nie jemand bemerken würde, und bliebe er die nächsten hundert Jahre dort.

Im schwach beleuchteten Büro war es still bis auf das Wischen von Millies Lappen und ihr leises Gemurmel. Verna schlenderte hinüber zu dem Bücherschrank, in dessen Nähe die Frau auf ihren Knien arbeitete, und ließ den Finger über die Bücher gleiten, ohne die Blattgoldtitel auf den abgewetzten Rücken der alten Ledereinbände wirklich anzuschauen.

»Wie geht es deinen alten Knochen heute abend, Millie?«

»Oh, davon fang' ich besser gar nicht erst an, Prälatin, sonst hab' ich gleich überall auf meinem Körper Eure Hände, die zu heilen versuchen, was nicht geheilt werden kann. Das Alter, wißt Ihr.« Mit dem Knie schob sie den Eimer näher heran, während ihre Hand zu einer anderen Stelle des Teppichs weiterwanderte, um darauf herumzuschrubben. »Wir werden alle alt. Der Schöpfer muß es so gewollt haben, da kein Sterblicher etwas dagegen machen kann. Ich hatte zwar mehr Zeit, als den meisten gewährt wird – für die Arbeit hier im Palast, meine ich.« Ihre Zunge schob sich aus dem Mundwinkel, als sie noch mehr Kraft in den Lappen legte. »Ja, der Schöpfer hat mich mit mehr Jahren gesegnet, als ich zu nutzen weiß.«

Verna hatte die drahtige, zierliche Frau nie anders gesehen als im

Zustand resoluter Geschäftigkeit. Selbst beim Sprechen wischte sie unaufhörlich Staub oder rubbelte mit dem Daumen an einem Flecken herum oder polkte mit dem Fingernagel an einer Schmutzkruste, die außer ihr niemand sah.

Verna zog einen Band heraus und schlug ihn auf. »Nun, ich weiß, Prälatin Annalina wußte es zu schätzen, daß du all die Jahre ganz in ihrer Nähe warst.«

»Oh ja, viele Jahre waren das. Viele, viele Jahre.«

»Eine Prälatin, das wird mir allmählich klar, hat herzlich wenig Freundinnen. Es war gut, daß sie deine Freundschaft hatte. Für mich wird es gewiß kein geringerer Trost sein, dich in meiner Nähe zu wissen.«

Millie fluchte leise brummend über einen widerspenstigen Flecken. »O ja, wir haben so manches Mal bis spät in die Nacht geplaudert. Sie war aber auch eine so wunderbare Frau. Weise und gütig. Sie hat jedem zugehört, selbst der alten Millie.«

Lächelnd blätterte Verna gedankenverloren eine Seite des Buches um, das sich mit den geheimnisvollen Gesetzen eines längst untergegangenen Königreiches beschäftigte. »Es war wirklich freundlich von dir, ihr zu helfen. Mit dem Ring und dem Brief, meine ich.«

Millie sah auf, ein Grinsen schlich sich auf ihre dünnen Lippen. Ihre Hand hörte tatsächlich auf zu wischen. »Ah, Ihr wollt also alles darüber hören, so wie all die anderen.«

Verna klappte das Buch zu. »Die anderen? Welche anderen?«

Millie tunkte den Lappen in das Seifenwasser. »Die Schwestern – Leoma, Dulcinia, Maren, Philippa, die anderen eben. Ihr kennt sie doch, nicht wahr?« Sie befeuchtete eine Fingerspitze und rubbelte quietschend einen Flecken unten an der dunklen Holzvertäfelung ab. »Es können noch ein paar mehr gewesen sein, ich erinnere mich nicht mehr. Das Alter, wißt Ihr. Sie kamen alle nach dem Begräbnis zu mir. Nicht zusammen, nein, das nicht«, sagte sie mit einem stillvergnügten Glucksen. »Ihr wißt schon«, jede für sich, mit den Augen in die Schatten blinzelnd, während sie mir die gleiche Frage stellten wie Ihr.«

Verna hatte ihren Vorwand am Bücherschrank vergessen. »Und was hast du ihnen erzählt?«

Millie wrang den Lappen aus. »Die Wahrheit natürlich, so wie ich sie auch Euch erzählen werde, wenn Ihr Lust habt, sie Euch anzuhören.«

»Habe ich«, sagte Verna und ermahnte sich, jede Schärfe im Tonfall zu vermeiden. »Schließlich bin ich jetzt die Prälatin und denke, ich sollte ebenfalls davon erfahren. Warum ruhst du dich nicht ein wenig aus und erzählst mir die Geschichte.«

Mit einem gequälten Stöhnen rappelte Millie sich mühsam auf und sah Verna mit ihren durchdringenden Augen an. »Vielen Dank, Prälatin. Aber ich habe noch Arbeit zu erledigen, wißt Ihr. Ich möchte nicht, daß Ihr denkt, ich sei eine Trödlerin, die lieber schwatzt, als ihren Lappen zu schwingen.«

Verna tätschelte der alten Frau die Schulter. »Mach dir deshalb keine Sorgen, Millie. Erzähle mir von Prälatin Annalina.«

»Na ja, sie lag auf dem Sterbebett, als ich sie sah. Ich habe auch in Nathans Zimmern saubergemacht, wißt Ihr, und da hab' ich sie gesehen, als ich in Nathans Zimmer ging. Die Prälatin hat niemandem außer mir erlaubt, zu diesem Mann hineinzugehen. Kann ich ihr auch nicht verdenken, auch wenn der Prophet zu mir immer freundlich war. Außer wenn er wegen irgendwas an die Decke ging und anfing zu schreien, wißt Ihr. Nicht wegen mir, versteht Ihr, sondern wegen seiner Situation und all dem anderen, weil er die ganzen Jahre in seinen Gemächern eingesperrt war. Das zehrt vermutlich an einem Mann.«

Verna räusperte sich. »Ich könnte mir denken, daß es dir schwerfiel, die Prälatin in diesem Zustand zu sehen.«

Millie legte eine Hand auf Vernas Arm. »Da sagt Ihr was. Es hat mir das Herz gebrochen, wirklich. Aber sie war freundlich wie immer, trotz ihrer Schmerzen.«

Verna biß sich auf die Lippe. »Du wolltest mir vom Ring erzählen und von dem Brief.«

»Ach, richtig.« Millie kniff die Augen zuammen, dann streckte sie die Hand aus und zupfte Verna ein Staubkorn von der Schulter ihres Kleides. »Ihr solltet mich das für Euch ausbürsten lassen. Es ist nicht gut, wenn die Leute denken ...«

Verna ergriff die schwielige Hand der Frau. »Millie, das ist sehr wichtig für mich. Könntest du mir bitte erklären, wie du zu dem Ring gekommen bist?«

Millie lächelte reumütig. »Ann erklärte mir, daß sie im Sterben liege. Sie hat das einfach so gesagt, wirklich. ›Millie, ich sterbe.‹ Na ja, da hab' ich geweint. Sie war lange, lange Zeit meine beste Freundin gewesen. Sie lächelte und nahm meine Hand, genau so wie jetzt Ihr, und erzählte mir, da sei noch ein letzter Gefallen, um den sie mich bitten wolle. Sie zog ihren Ring vom Finger und gab ihn mir. In meine andere Hand legte sie den Brief. Der war mit Wachs verschlossen und trug das Siegel des Rings.

Sie erklärte mir, wie ich den Ring während des Begräbnisses auf den Brief legen sollte, oben auf das Postament, das ich dort reintragen sollte. Und ich solle darauf achten, den Ring erst ganz zum Schluß mit dem Brief in Berührung zu bringen, sonst könnte mich die Magie, mit der sie ihn umgeben hatte, töten. Sie warnte mich mehrmals, darauf zu achten, daß sie sich nicht berührten, bis ich alles richtig gemacht hatte. Sie erklärte mir genau, was ich tun mußte, in welcher Reihenfolge. Und das hab' ich gemacht. Ich habe sie nie wiedergesehen, nachdem sie mir den Ring gegeben hatte.«

Verna starrte durch die offenen Türen hinaus in den Garten, den aufzusuchen sie noch kein einziges Mal die Zeit gefunden hatte. »Wann genau war das?«

»Diese Frage hat mir keiner der anderen gestellt«, murmelte Millie vor sich hin. Sie strich mit einem dünnen Finger über ihre Unterlippe. »Mal sehen. Das ist schon eine Weile her. Ja, richtig. Das war lange vor der Wintersonnenwende. Richtig, es war gleich nach dem Angriff, an dem Tag, als Ihr mit Richard aufgebrochen seid: Also, das war wirklich ein netter Junge. Freundlich wie ein Sonnentag war er. Hat sich immer lächelnd erkundigt, wie es mir ging. Die meisten anderen Burschen beachten mich gar nicht, aber der junge Richard hat mich immer gegrüßt, ja, das hat er, und ein freundliches Wort hat er auch immer für mich gehabt.«

Verna hörte nur halb hin. Sie erinnerte sich an den Tag, von dem Millie sprach. Sie und Warren waren zusammen mit Richard aufgebrochen, um ihn durch den Schild hindurchzubringen, der ihn an den Palast fesselte. Nachdem sie den Schild durchquert hatten, waren sie zum Volk der Baka Ban Mana gezogen und hatten sie alle in das Tal der Verlorenen, ihre alte Heimat, geführt. Von dort waren sie dreitausend Jahre zuvor vertrieben worden, damit die Türme errichtet werden konnten, die die Alte von der Neuen Welt trennten. Richard brauchte die Hilfe der Seelenfrau des Stammes.

Richard hatte unvorstellbare Kräfte benutzt, nicht nur Additive Magie, sondern auch Subtraktive, um die Türme zu zerstören, das Tal zu befreien und es den Baka Ban Mana zurückzugeben. Anschließend hatte er sich auf seine verzweifelte Mission begeben, den Hüter der Toten daran zu hindern, durch das Tor zur Unterwelt in die Welt der Lebenden zu entkommen. Die Wintersonnenwende war gekommen und gegangen, daher wußte sie, daß er dabei erfolgreich gewesen war.

Plötzlich drehte sich Verna zu Millie um. »Das ist fast einen Monat her. Lange bevor sie starb.«

Millie nickte. »Ja, ich glaube, das könnte in etwa stimmen.«

»Willst du damit sagen, daß sie dir den Ring fast drei Wochen vor ihrem Tod gegeben hat?« Millie nickte. »Warum so lange vorher?«

»Sie sagte, sie wolle ihn bei mir wissen, bevor es ihr noch schlechter ginge und sie nicht mehr in der Verfassung wäre, sich von mir zu verabschieden oder mir die richtigen Anweisungen zu geben.«

»Verstehe. Und als du danach noch einmal zurückkamst, vor ihrem Tod, ging es ihr da noch schlechter, so wie sie es vermutet hatte?«

Millie zuckte die Achseln und seufzte. »Das war das einzige Mal, daß ich sie gesehen habe. Als ich wiederkam, um sie zu besuchen und sauberzumachen, meinten die Wachen, Nathan und die Prälatin hätten strikten Befehl erlassen, daß niemand hineingelassen werden dürfe. Nathan sollte wohl nicht gestört werden, während er sein Bestes gab, um sie zu heilen. Also hab' ich mich, so leise wie ich konnte, auf Zehenspitzen davongeschlichen.«

Verna seufzte. »Nun, danke für deine Auskunft, Millie.« Verna warf einen Blick auf ihren Schreibtisch und die wartenden Stapel mit Berichten. »Ich sollte wohl auch am besten wieder an die Arbeit gehen, sonst denken alle noch, ich sei faul.«

»Ach, das ist aber schade, Prälatin. So eine wundervolle, warme Nacht. Ihr solltet den Garten ein wenig genießen.«

Verna knurrte. »Ich habe soviel Arbeit zu erledigen, daß ich nicht einmal meine Nase hinausgesteckt habe, um mir den Garten der Prälatin anzusehen.«

Millie war schon auf dem Weg zu ihrem Eimer, als sie sich plötzlich noch einmal umdrehte. »Prälatin! Mir ist gerade noch etwas eingefallen, was Ann zu mir gesagt hat.«

Verna zog sich die Schultern ihres Kleides zurecht. »Sie hat dir noch etwas erzählt? Etwas, das du den anderen erzählt hast, aber vergessen hast, mir zu sagen?«

»Nein, Prälatin«, flüsterte Millie und eilte herbei. »Nein, sie erzählte es mir und meinte, ich solle es niemandem weitererzählen, außer der neuen Prälatin. Aus irgendeinem Grund ist es mir bis zu diesem Augenblick völlig entfallen.«

»Vielleicht hat sie die Nachricht zusammen mit allem übrigen mit einem Bann belegt, damit du dich bei allen anderen außer der neuen Prälatin nicht daran erinnerst.«

»Das könnte sein«, sagte Millie und rieb sich die Lippe. Sie sah Verna in die Augen. »Ann hat solche Sachen häufiger gemacht. Manchmal konnte sie ganz schön heimlichtuerisch sein.«

Verna lächelte freudlos. »Ja, ich weiß, ich habe auch gelegentlich unter ihren Machenschaften leiden müssen. Wie lautet die Nachricht?«

»Sie meinte, ich soll Euch sagen, daß Ihr darauf achten sollt, nicht zuviel zu arbeiten.«

Verna stemmte eine Hand in ihre Hüfte. »Das ist die Nachricht?«

Millie nickte, beugte sich vor und senkte die Stimme. »Außerdem meinte sie, daß Ihr Euch gelegentlich im Garten entspannen sollt. Aber als sie das sagte, zog sie mich am Arm zu sich, sah mir direkt in die Augen und meinte, ich solle Euch auch sagen, daß Ihr auf jeden Fall das Heiligtum der Prälatin aufsuchen sollt.«

»Heiligtum? Welches Heiligtum?«

Millie drehte sich um und zeigte durch die offene Tür. »Draußen im Garten gibt es zwischen den Bäumen und Büschen ein kleines Häuschen. Sie nannte es ihr Heiligtum. Ich war niemals drin. Sie hat mir nie erlaubt, dort sauberzumachen. Sie mache es selbst sauber, sagte sie, weil ein Heiligtum ein unantastbarer Raum sei, wo jemand alleine sein könne und in den niemand sonst einen Fuß setzen dürfe. Sie ging dort manchmal hin, ich glaube, um zu beten und um Unterweisung durch den Schöpfer zu erbitten, vielleicht aber auch nur, um alleine zu sein. Sie meinte, ich soll Euch unbedingt sagen, daß Ihr es aufsuchen sollt.«

Verna seufzte verzweifelt. »Klingt, als wollte sie mir auf diesem Weg mitteilen, daß ich die Unterstützung des Schöpfers brauche, um mich durch all die Schreibarbeiten zu quälen. Sie hatte manchmal einen eigenartigen Sinn für Humor.«

Millie lachte still in sich hinein. »Ja, Prälatin, den hatte sie allerdings. Einen eigenartigen Sinn für Humor.« Millie legte ihre Hände auf ihre erröteten Wangen. »Möge der Schöpfer mir vergeben. Sie war eine gütige Frau. Ihr Humor war niemals verletzend gemeint.«

»Nein, das wohl nicht.«

Verna rieb sich die Schläfen und wollte zum Schreibtisch. Sie war müde, und die Vorstellung, noch mehr geisttötende Berichte zu lesen, machte ihr angst. Sie blieb stehen und drehte sich noch einmal zu Millie um. Die Tür zum Garten stand weit offen und ließ die frische Nachtluft herein.

»Millie, es ist spät, warum gehst du nicht etwas zu Abend essen und ruhst dich ein wenig aus. Ruhe tut den müden Knochen gut.«

Millie feixte. »Wirklich, Prälatin? Es macht Euch nichts aus, daß Euer Büro im Schmutz versinkt?«

Verna lachte leise. »Millie, ich habe so viele Jahre unter freiem Himmel gelebt, daß mir der Schmutz ans Herz gewachsen ist. Das ist in Ordnung, wirklich. Ruh dich ein wenig aus.«

Verna stand in der Tür zu ihrem Garten und schaute hinaus in die Nacht, auf die mit Mondlichttupfern übersäte Erde unter den Bäumen und den Reben, während Millie ihre Lappen und den Eimer zusammensuchte. »Dann gute Nacht, Prälatin. Viel Vergnügen bei Eurem Besuch im Garten.«

Sie hörte, wie die Tür geschlossen und es still im Zimmer wurde. Sie spürte die milde feuchte Brise und sog den wohlriechenden Duft der Blätter, Blumen und der Erde ein.

Verna warf einen letzten Blick zurück in ihr Büro, dann trat sie hinaus in die wartende Nacht.

22. Kapitel

Verna sog die feuchte, belebende Nachtluft tief in sich ein, wie ein Lebenselixier. Sie spürte, wie ihre Muskeln sich entspannten, als sie den gewundenen schmalen Pfad zwischen Beeten voller Lilien, blühendem Hartriegel und üppigen Heidelbeersträuchern hinunterschlenderte und darauf wartete, daß sich ihre Augen an das Mondlicht gewöhnten. Ausladende Bäume reichten bis über das dichte Gestrüpp, schienen ihr die Äste zum Berühren entgegenzustrecken oder den süßen Duft ihrer Blätter und Blüten zum Inhalieren anzubieten.

Obwohl es für die meisten Bäume viel zu früh war, um zu blühen, gab es im Garten der Prälatin doch ein paar seltene Immerblüher – gedrungene, knorrige, weit gefächerte Bäume, die das ganze Jahr über in Blüte standen, auch wenn sie nur in der Erntezeit Früchte trugen. In der Neuen Welt war sie auf einen kleinen Wald aus Immerblühern gestoßen und hatte herausgefunden, daß sie der Lieblingsplatz der Irrlichter waren – zarter Geschöpfe, die nicht mehr zu sein schienen als ein Funken Licht und die nur nachts zu sehen waren.

Als die Irrlichter von ihren guten Absichten überzeugt waren, hatten sie und die beiden Schwestern, die sie zu jener Zeit begleiteten, mehrere Nächte bei ihnen verbracht und sich mit ihnen über einfache Dinge unterhalten. Dabei hatte sie von der Gutartigkeit der Zauberer und Konfessoren erfahren, die das Bündnis der Midlands regierten. Verna hatte zu ihrer Freude gehört, daß die Völker der Midlands Orte der Magie beschützten und die Geschöpfe, die dort wohnten, in ungestörter Abgeschiedenheit leben ließen.

Zwar gab es auch in der Alten Welt Orte, an denen magische Geschöpfe wohnten, doch die waren nicht annähernd so zahlreich oder mannigfaltig wie diese wundersamen Orte in der Neuen Welt. Von einigen dieser Geschöpfe hatte Verna viel über Toleranz gelernt – daß der Schöpfer die Welt mit vielen zarten Wunderdingen übersät habe und es manchmal die höchste Pflicht des Menschen sei, sie einfach in Frieden zu lassen.

In der Alten Welt war diese Ansicht nicht sehr weit verbreitet, und es gab viele Orte, an denen die Magie kontrolliert wurde, damit die Menschen nicht durch Dinge, die dem Verstand nicht zugänglich waren, Verletzungen erlitten oder gar den Tod fanden. Magie hatte oft etwas ›Lästiges‹ an sich. In vielerlei Hinsicht war die Neue Welt immer noch ein wilder Ort, so wie die Alte Welt vor Tausenden von Jahren, bevor der Mensch sie mit seinem Ordnungssinn in einen sicheren, wenn auch ein wenig sterilen Ort verwandelt hatte.

Verna vermißte die Neue Welt. Nirgendwo hatte sie sich je so zu Hause gefühlt wie dort.

Enten, die Köpfe unter ihre Flügel gesteckt, tanzten am Rand des Teiches neben dem Pfad auf dem Wasser auf und ab, während nicht zu sehende Frösche aus dem Schilf heraus quakten. Gelegentlich sah Verna eine Fledermaus auf die Wasseroberfläche herabstürzen, um einen Käfer aus der Luft zu schnappen. Schatten und Mondlicht spielten über das grasbewachsene Ufer, während der sanfte Wind liebkosend durch die Bäume strich.

Gleich hinter dem Teich bog ein schmaler Seitenweg zu einer Baumgruppe inmitten eines dichten Gebüsches ab, in das kaum ein Strahl des Mondlichts fiel. Irgendwie beschlich Verna das Gefühl, dies sei der Ort, den sie suchte. Sie verließ den Hauptweg und schlenderte auf die wartenden Schatten zu. In diesem Bereich schien noch die Wildheit der Natur zu herrschen, im Gegensatz zu der Kultiviertheit großer Teile des übrigen Gartens.

Hinter einer Wand aus Stechhand entdeckte sie ein zauberhaftes, kleines verputztes Häuschen mit vier Giebeln, deren schindelgedeckte Dachschräge sich in sanftem Schwung zu Traufen senkten, die nicht höher waren als ihr Kopf. Vor jedem Giebel stand ein hoch aufragender Ginkgobaum, deren Kronen sich hoch oben verflochten. Zaunrosen schmiegten sich dicht bei den Wänden an den Boden und erfüllten die gemütliche Einfriedung mit wohlriechendem Duft. In jede Giebelspitze war ein rundes Fenster eingelassen, zu hoch, um hindurchzuschauen.

An der Giebelwand, vor der der Pfad endete, entdeckte Verna eine grob gezimmerte, oben runde Tür, in deren Mitte das Sonnenaufgangssymbol eingeschnitten worden war. Es gab einen Knauf, aber kein Schloß. Ein Ruck daran bewirkte keinerlei Bewegung, nicht mal ein Wackeln. Die Tür war abgeschirmt.

Verna strich mit den Fingern am Rand entlang und versuchte die Art des Schildes oder seinen Schlüssel zu ertasten. Sie spürte nichts als eine Eiseskälte, die sie bei der Berührung zurückschaudern ließ.

Sie öffnete sich ihrem Han, ließ sich von dem süßen Licht und seinem wohligen, vertrauten Trost durchfluten. Ihr stockte fast der Atem angesichts der Herrlichkeit, dem Schöpfer um dieses kleine Stückchen näher zu sein. Plötzlich roch die Luft nach tausend Düften, auf der Haut fühlte sie sich nach Feuchtigkeit an, nach Staub, nach Pollen und dem Salz des Ozeans, in Vernas Ohren tönten die Laute einer Welt voller Insekten, kleiner Tiere und Wortfetzen, die die Luft meilenweit in ihren ätherischen Fingern trug. Sorgfältig lauschte sie auf Geräusche, die ihr vielleicht verrieten, ob jemand in der Nähe war, zumindest jemand, der nur Additive Magie besaß. Sie hörte nichts.

Verna richtete ihr Han auf die Tür. Ihre Untersuchung ergab, daß das gesamte Häuschen von einem Netz umgeben war, allerdings von einem, wie sie es nie zuvor ertastet hatte: Es enthielt Elemente aus Eis, die mit Geist durchwoben waren. Sie wußte nicht einmal, daß Eis mit Geist durchwoben werden konnte. Die beiden bekämpften sich wie zwei Katzen in einem Sack, doch siehe an: Hier schnurrten die beiden zufrieden, als gehörten sie zusammen. Sie hatte absolut keine Ahnung, wie ein solcher Schild durchbrochen, geschweige denn aufgehoben werden konnte.

Immer noch eins mit ihrem Han, hatte sie eine Eingebung und

hielt das Sonnenaufgangssymbol auf ihrem Ring an das auf der Tür. Lautlos ging diese auf.

Verna trat ein und legte den Ring an das Sonnenuntergangssymbol auf der Innenseite der Tür. Sie schloß sich folgsam. Mit ihrem Han spürte sie, wie der Schild sich fest um sie legte. Verna hatte sich noch nie so isoliert gefühlt, so allein, so sicher.

Kerzen fingen plötzlich Feuer. Sie nahm an, daß sie mit dem Schild verbunden waren. Der Schein der zehn Kerzen, jeweils fünf in zwei mehrarmigen Kerzenhaltern, beleuchtete das Innere des kleinen Heiligtums ausreichend. Die Kerzenhalter standen zu beiden Seiten eines kleinen Altars, über dem ein weißes, mit einem Goldfaden verziertes Tuch lag. Darauf stand eine durchbrochene Schale, in der vermutlich Duftharze abgebrannt wurden. Ein rotes, brokatbezogenes Kniebänkchen mit Goldquasten an den Ecken stand auf dem Fußboden vor dem Alter.

In einem der vier, von den Giebeln gebildeten Alkoven fand gerade ein bequemer Sessel genug Platz. Einer der anderen enthielt den Altar, ein weiterer ein winziges Tischchen mit einem dreibeinigen Schemel, und der letzte, abgesehen von der Tür, eine Truhenbank mit einer säuberlich zusammengefalteten Steppdecke. Der freie Platz in der Mitte war nicht viel größer als die Alkoven.

Verna drehte sich um und fragte sich, was sie hier wohl sollte. Prälatin Annalina hatte ihr eine Nachricht hinterlassen, damit sie diesen Ort aufsuchte, aber warum? Was sollte sie hier machen?

Sie ließ sich in den Sessel fallen, während ihre Augen die facettenartigen Wände absuchten, die dem Vor und Zurück der Giebelenden folgten. Vielleicht hatte sie nur hierherkommen sollen, um sich zu entspannen. Annalina wußte, wie anstrengend die Arbeit der Prälatin war. Vielleicht wollte sie einfach, daß ihre Nachfolgerin einen Ort kannte, wo sie alleine sein und vor den Menschen fliehen konnte, die ihr unablässig Berichte brachten. Verna trommelte mit den Fingern auf die Sessellehne. Wohl kaum.

Ihr war nicht nach Herumsitzen zumute. Es gab Wichtigeres zu tun. Berichte warteten, und die würden sich kaum von selbst lesen.

Die Hände hinter dem Rücken verschränkt, ging Verna in dem winzigen Raum auf und ab, so gut es ging. Das war sicher Zeitverschwendung. Schließlich stieß sie einen verzweifelten Seufzer aus, hatte die Hand schon fast an der Tür, hielt dann aber inne, bevor sie den Ring auf das Sonnenaufgangssymbol legte.

Verna machte kehrt, starrte einen Augenblick, dann raffte sie ihre Röcke zusammen und kniete auf dem Bänkchen nieder. Vielleicht wollte Annalina, daß sie um Unterweisung bat. Von einer Prälatin wurde Frömmigkeit erwartet, wenn auch die Vorstellung absurd war, daß man einen besonderen Ort benötigte, um zum Schöpfer zu beten. Der Schöpfer hatte alles erschaffen, warum sollte man dann einen besonderen Ort benötigen, wenn man Unterweisung suchte? Kein Ort kam dem eigenen Herzen auch nur nahe. Kein Ort ließ sich damit vergleichen, wenn man mit seinem Han eins wurde.

Mit einem gereizten Seufzer faltete Verna die Hände. Sie wartete, war aber nicht in der Stimmung, an einem Ort zum Schöpfer zu beten, an dem sie sich dazu verpflichtet fühlte. Die Vorstellung, daß Annalina tot war und sie noch immer beeinflußte, ärgerte sie. Vernas Augen wanderten zu den kahlen Wänden, während sie mit den Zehen auf den Boden tippte. Die Frau streckte ihre Hand aus dem Jenseits aus und erfreute sich eines letzten bißchens Macht. Hatte sie davon in all den Jahren als Prälatin nicht genug gehabt? Man mochte meinen, es hätte reichen sollen, aber nein, sie mußte alles so planen, daß sie selbst nach ihrem Tod noch …

Vernas Blick fiel auf die Schale. Unten drin lag etwas, und Asche war es nicht.

Sie griff hinein und holte ein kleines, in Papier gewickeltes Päckchen heraus, daß mit einem Stück Bindfaden zusammengeschnürt war. Sie drehte es in ihren Fingern, begutachtete es. Das mußte es sein. Das war der Grund, weshalb sie hierhergeschickt worden war. Aber warum es hier liegenlassen? Der Schild – niemand außer der Prälatin käme hier herein. Dies war der einzige Ort, wo man etwas verstecken konnte, wenn man nicht wollte, daß es einem anderen als der Prälatin in die Hände fiel.

Verna zog an den Enden der Schleife, zog die Schnur durch die Schlaufe. Sie legte es in ihre Hand, faltete das Papier auseinander und starrte auf das, was sich darin befand.

Es war ein Reisebuch.

Schließlich kam wieder Bewegung in ihrer Finger, und sie nahm das Buch aus dem Papier, um darin zu blättern. Es war leer.

Reisebücher waren Gegenstände der Magie, wie der Dacra, der von denselben Zauberern erschaffen worden war, die auch den Palast der Propheten sowohl mit Additiver als auch Subtraktiver Magie ausgestattet hatten. Seitdem war dreitausend Jahre lang außer Richard niemand mehr geboren worden, der Subtraktive Magie besaß. Einige hatten sie duch ihre Berufung erlernt, aber niemand außer Richard war damit geboren worden.

Reisebücher hatten die Fähigkeit, Nachrichten zu übermitteln. Was man in das eine schrieb, mit dem in seinem Rücken aufbewahrten Stift, erschien durch Magie in seinem Gegenstück. So weit sich dies feststellen ließ, tauchte die Nachricht sogar gleichzeitig in seinem Gegenstück auf. Da man den Stift auch dazu benutzen konnte, alte Nachrichten auszuradieren, waren die Bücher niemals vollgeschrieben und konnten immer wieder verwendet werden.

Sie wurden von Schwestern mitgeführt, die auf Reisen gingen, um junge Burschen mit der Gabe aufzuspüren. Meist mußten die Schwestern dafür durch die Barriere reisen, durch das Tal der Verlorenen, um in die Neue Welt zu gelangen, den Jungen zu finden und ihm einen Rada'Han um den Hals zu legen, damit ihm die Gabe keinen Schaden zufügen konnte, während er lernte, die Magie zu beherrschen. Hatten sie die Barriere einmal hinter sich gelassen, gab es kein Zurück mehr, um sich Anweisungen oder Ratschläge zu holen. Eine einzige Reise hin und wieder zurück – mehr war keiner Schwester möglich. Bis jetzt – Richard hatte die Türme und ihre Unwetter aus Bannen zerstört.

Ein junger Bursche, der kein Verständnis für die Gabe hatte, konnte diese unmöglich beherrschen. Seine Magie sandte verräterische Zeichen aus, die von jenen Schwestern im Palast, die für derartige Störungen im Fluß der Kraft empfänglich waren, wahrgenommen wurden. Es gab nicht genug Schwestern, die diese Fähigkeit besaßen, als daß man hätte riskieren können, sie auf Reisen zu schicken, daher entsandte man andere, und diese führten ein Reisebuch mit sich, um mit dem Palast in Verbindung bleiben zu können. Wenn Schwestern einen Jungen verfolgen sollten, und es kam etwas dazwischen – zum Beispiel, er zog um – dann benötigten sie die Anweisungen, um ihn an seinem neuen Aufenthaltsort zu finden.

Natürlich konnte auch ein Zauberer dem Jungen beibringen, wie man die Gabe beherrsche, um so ihren zahlreichen Gefahren aus dem Weg zu gehen, und tatsächlich war dies die bevorzugte Methode. Doch Zauberer standen weder stets zur Verfügung noch waren sie immer dazu bereit. Die Schwestern hatten vor langer Zeit eine Übereinkunft mit den Zauberern in der Neuen Welt getroffen. War kein Zauberer zur Stelle, war es den Schwestern des Lichts gestattet, das Leben eines jungen Burschen zu retten, indem sie ihn für seine Ausbildung im Gebrauch der Gabe zum Palast der Propheten brachten. Die Schwestern hatten ihrerseits gelobt, niemals einen jungen Burschen mitzunehmen, zu dessen Ausbildung sich ein Zauberer bereiterklärt hatte.

Diese Übereinkunft wurde dadurch untermauert, indem man, für den Fall, daß dieses Abkommen gebrochen wurde, jeder Schwester, die jemals wieder die Neue Welt betrat, mit der Todesstrafe drohte. Prälatin Annalina hatte diese Übereinkunft gebrochen, um Richard in den Palast zu holen. Verna war unwissentlich zum Werkzeug dieses Bruchs geworden.

Zu jedem beliebigen Zeitpunkt konnten mehrere Schwestern auf Reisen sein, um einen Jungen aufzuspüren. Verna hatte in ihrem Arbeitszimmer eine ganze Kiste mit Reisebüchern gefunden, die jeweils zu zusammengehörenden Paaren zusammengebunden waren. Die Reisebücher wurden verdoppelt, und jedes funktionierte nur mit seinem korrekten Gegenstück. Vor jeder Reise wurden Vorsichtsmaßnahmen getroffen: Man brachte die beiden Bücher an zwei verschiedene Orte und probierte sie aus, nur um sicherzugehen, daß keine Schwester mit dem falschen Buch losgeschickt wurde. Reisen war gefährlich, deshalb trugen die Schwestern zusätzlich einen Dacra in ihrem Ärmel.

Normalerweise dauerte eine Reise einige wenige Monate, und manchmal, wenn auch selten, dauerten sie bis zu einem Jahr. Vernas Reise hatte über zwanzig Jahre gedauert. Nie zuvor war etwas Vergleichbares vorgekommen, andererseits war es auch über dreitausend Jahre her, daß jemand wie Richard geboren worden war. Verna hatte zwanzig Jahre verloren, die sie nie würde wiederaufholen können. Sie war draußen in der Welt gealtert. Diese gut zwanzig Jahre des Alterns, die ihr Körper durchgemacht hatte, hätten im Palast der Propheten an die dreihundert Jahre gedauert. Sie hatte für Prälatin Annalinas Auftrag nicht nur einfach zwanzig Jahre geopfert, sondern in Wirklichkeit an die dreihundert Jahre.

Schlimmer noch, Annalina hatte die ganze Zeit gewußt, wo Richard sich befand. Auch wenn sie es getan hatte, damit sich die richtigen Prophezeiungen erfüllten und der Hüter aufgehalten werden konnte, es schmerzte trotzdem, daß sie Verna nie gesagt hatte, sie werde losgeschickt, um einen so großen Teil ihres Lebens als Lockvogel zu verschwenden.

Verna tadelte sich selbst. Sie hatte überhaupt nichts verschwendet. Sie hatte das Werk des Schöpfers getan. Nur weil sie damals nicht alle Fakten gekannt hatte, wurde die Bedeutung dessen nicht geschmälert. Viele Menschen rackerten sich ihr ganzes Leben lang sinnlos ab. Verna hatte sich für etwas abgerackert, das die Welt der Lebenden gerettet hatte.

Davon abgesehen waren diese zwanzig Jahre vielleicht die besten ihres Lebens gewesen. Sie war draußen in der Welt auf sich gestellt gewesen, zusammen mit zwei Schwestern des Lichts, hatte etwas über fremde Orte und fremde Völker gelernt. Sie hatten unter den Sternen geschlafen, ferne Bergzüge gesehen, Ebenen, Flüsse, endlose Hügellandschaften, Dörfer, Orte und Städte, die nur wenige andere je zu Gesicht bekamen. Sie hatte ihre eigenen Entscheidungen getroffen und die Folgen akzeptiert. Niemals hatte sie Berichte lesen müssen – sie hatte den Stoff gelebt, aus dem Berichte waren. Nein, ihr war nichts entgangen. Sie hatte mehr Erfahrungen gesammelt als jede der Schwestern, die hier festsaßen, in dreihundert Jahren sammeln würde.

Verna fühlte, wie ihr eine Träne auf die Hand tropfte. Sie wischte über ihre Wange. Sie vermißte ihre Reise. Die ganze Zeit über war sie überzeugt gewesen, sie zu hassen, und erst jetzt erkannte sie, wieviel sie ihr bedeutet hatte. Sie drehte das Reisebuch in ihren zitternden Fingern um, spürte die vertraute Größe, das Gewicht – die vertrauten Narben des Leders, die vertrauten drei winzigen Erhebungen oben auf dem Deckblatt.

Plötzlich riß sie das Buch hoch und betrachtete es im Schein der Kerzen. Die drei kleinen Erhebungen, der tiefe Kratzer unten am Rücken – es war dasselbe Buch. Sie konnte ihr Reisebuch unmöglich verwechseln, nicht, nachdem sie es zwanzig Jahre bei sich getragen hatte. Es war ganz genau dasselbe Buch. Sie hatte sich, geistesabwesend nach diesem einen suchend, alle Bücher aus der Kiste in ihrem Büro angesehen, und es nicht gefunden. Es war hier gewesen.

Aber warum? Sie hielt das Papier in die Höhe, in das es eingeschlagen gewesen war, und sah, daß etwas darauf geschrieben stand. Im Kerzenlicht las sie:

Behüte dies mit deinem Leben.

Sie drehte das Papier um, doch das war alles, was dort stand. *Behüte dies mit deinem Leben.*

Verna kannte die Handschrift der Prälatin. Unterwegs, als sie Richard gesucht, und später, als sie ihn gefunden hatte, man ihr jedoch verbot, ihn in irgendeiner Weise zu behelligen oder seinen Halsring zur Hilfe zu nehmen, um ihn zu kontrollieren, sie ihn aber trotzdem mitbringen sollte, ihn, einen erwachsenen Mann, der anders war als alle anderen, die sie je aufgespürt hatten, da hatte sie eine verärgerte Nachricht an den Palast geschickt. *Ich bin die Schwester, die für diesen Jungen verantwortlich ist. Diese Anwei-*

sungen sind ungerechtfertigt, wenn nicht gar absurd. Ich verlange, daß man mir die Bedeutung dieser Anweisungen erklärt. Ich verlange zu wissen, auf wessen Geheiß sie gegeben wurden.

Sie hatte eine Nachricht zurückerhalten. *Du wirst tun, was man dir aufgetragen hat, oder du mußt die Konsequenzen tragen. Wage nicht, die Befehle des Palastes erneut in Frage zu stellen – höchstselbst, die Prälatin.*

Der Verweis, den die Prälatin geschickt hatte, hatte sich in ihr Gedächtnis eingebrannt. Die Handschrift war in ihr Gedächtnis eingraviert. Die Handschrift auf dem Stück Papier war die gleiche.

Diese Nachricht war ihr ein Stachel im Fleisch gewesen, denn sie verbot ihr gerade eben jenes, worin man sie ausgebildet hatte. Erst nach ihrer Rückkehr in den Palast war sie dahintergekommen, daß Richard Subtraktive Magie besaß, und er sie, hätte sie den Halsring benutzt, sehr wahrscheinlich getötet hätte. Die Prälatin hatte ihr das Leben gerettet, aber es ärgerte sie, daß man sie wieder einmal nicht informiert hatte. Wahrscheinlich war es das, was sie am meisten ärgerte: daß die Prälatin ihr das Warum nicht erklärte.

Natürlich hatte sie Verständnis. Schwestern der Finsternis befanden sich damals im Palast, und die Prälatin durfte kein Risiko eingehen, sonst wäre die ganze Welt untergegangen. Vom Gefühl her war sie dennoch verstimmt. Vernunft und Leidenschaft stimmten nicht immer überein. Als Prälatin wurde ihr allmählich klar, daß man die Menschen manchmal einfach nicht von einer Notwendigkeit überzeugen konnte. Die einzige Alternative bestand darin, einfach einen Befehl zu erteilen. Manchmal mußte man die Menschen benutzen, um das zu tun, was getan werden mußte.

Verna ließ das Papier in die Schale fallen und setzte es mit einem Strom ihres Han in Brand. Sie sah zu, wie es verbrannte, nur um sicherzugehen, daß es vollkommen zu Asche wurde.

Dann schloß sie die Hand fest um das Reisebuch, ihr Reisebuch. Es tat gut, es zurückzuhaben. Natürlich gehörte es nicht wirklich ihr, es gehörte dem Palast. Aber sie hatte es so viele Jahre bei sich getragen, daß es so gut wie ihres war – wie ein alter, vertrauter Freund.

Der Gedanke kam ganz plötzlich – wo war das andere? Dieses Buch hatte ein Gegenstück. Wer hatte es?

Plötzlich betrachtete sie das Buch mit einem Gefühl der Beklommenheit. Sie hielt etwas in der Hand, was möglicherweise gefährlich war, und wieder einmal verriet ihr Annalina nicht die ganze Wahrheit. Durchaus möglich, daß sich das Gegenstück in der Hand einer Schwester der Finsternis befand. Vielleicht war dies Annalinas Art, ihr mitzuteilen, sie solle das Gegenstück suchen, und dabei würde sie eine Schwester der Finsternis finden. Aber wie? Sie konnte schlecht einfach in das Buch hineinschreiben: »Wer bist du, und wo steckst du?«

Verna küßte ihren Ringfinger, ihren Ring, dann erhob sie sich.

Behüte dies mit deinem Leben.

Reisen war gefährlich. Gelegentlich waren Schwestern gefangengenommen und umgebracht worden, von feindseligen, durch ihre eigene Magie geschützten Völkern. In solchen Fällen konnte nur ihr Dacra sie beschützen, eine messerähnliche Waffe mit der Fähigkeit, Leben augenblicklich auszulöschen, vorausgesetzt, man war schnell genug. Verna trug ihren immer noch im Ärmel. Und vor langer Zeit hatte Verna einen Beutel hinten in ihren Gürtel genäht, in dem sie das Reisebuch verstecken und sicher aufbewahren konnte.

Sie ließ das kleine Buch in den handschuhartigen Beutel gleiten und klopfte darauf. Es war ein gutes Gefühl, das Reisebuch wieder dort zu wissen.

Behüte es mit deinem Leben.

Beim Schöpfer, wer hatte nur das andere?

Als Verna durch die Tür zu ihrem Vorzimmer stürmte, sprang Schwester Phoebe auf, als hätte ihr jemand einen spitzen Stock ins Hinterteil gepiekst.

Ihr rundliches Gesicht verfärbte sich rot. »Prälatin ... habt Ihr mich erschreckt. Ihr wart nicht in Eurem Büro ... ich dachte, Ihr wärt schlafen gegangen.«

Verna überflog den mit Papieren übersäten Schreibtisch. »Ich dachte, ich hätte dir gesagt, daß du genug Arbeit für einen Tag getan hast und dich ein wenig ausruhen sollst.«

Phoebe rang die Hände und wand sich. »Das habt Ihr, aber dann fielen mir noch ein paar Abrechnungen ein, die ich vergessen hatte, auf ihre Richtigkeit zu prüfen, und ich hatte Angst, Ihr würdet sie sehen und mich zur Rechenschaft ziehen, also lief ich rasch zurück, um die Zahlen eben durchzugehen.«

Verna mußte an einen ganz bestimmten Ort, überlegte sich aber noch einmal, wie sie das bewerkstelligen sollte.

»Phoebe, was würdest du davon halten, eine Aufgabe zu übernehmen, die Prälatin Annalina stets ihren Verwalterinnen anvertraut hat?«

Schwester Phoebes Finger beruhigten sich. »Wirklich? Was denn?«

Verna deutete mit einer Handbewegung hinter sich auf ihr Büro. »Ich war draußen in meinem Garten und bat um Unterweisung, und da kam mir die Idee, daß ich in diesen schwierigen Zeiten die Prophezeiungen zu Rate ziehen sollte. Wann immer Prälatin Annalina dies tat, ließ sie die Gewölbekeller stets von ihren Verwalterinnen räumen, damit sie sich nicht von neugierigen Augen belästigt fühlen mußte, die mitbekamen, was sie las. Wie würde es dir gefallen, wenn du die Gewölbekeller für mich räumen lassen würdest, so wie ihre Verwalterinnen es für sie getan haben?«

Die junge Frau sprang vor Freude in die Höhe. »Wirklich, Verna? Das wäre großartig.«

Junge Frau – von wegen, dachte Verna gereizt. Sie waren im gleichen Alter, auch wenn es nicht so aussah. »Dann laß uns gehen, ich habe noch Palastgeschäfte vor mir, denen ich mich widmen muß.«

Schwester Phoebe griff nach ihrem weißen Tuch und warf es sich über die Schultern, während sie durch die Tür eilte.

»Phoebe.« Das rundliche Gesicht lugte um den Türpfosten. »Sollte Warren in den Gewölbekellern sein, dann laß ihn bleiben. Ich habe ein paar Fragen, und er kann mich besser zu den richtigen Bänden führen als die anderen. Das spart mir Zeit.«

»Wird gemacht, Verna«, sagte Phoebe mit gehetzter Stimme. Die Schreibarbeit gefiel ihr, wahrscheinlich weil sie sich dabei nützlich fühlte, was sonst frühestens nach weiteren hundert Jahren Erfahrung der Fall gewesen wäre. Durch die Ernennung zur Beraterin der Prälatin hatte Verna diese Zeit jedoch verkürzt. Die Aussicht, Befehle zu erteilen, war aber offenbar noch verlockender als die Schreibarbeit. »Ich laufe voraus und werde alle hinausgeschickt haben, bis Ihr dort seid.« Sie schmunzelte. »Ich bin froh, daß ich hier war, und nicht Dulcinia.«

Verna erinnerte sich, wie sehr sie und Phoebe sich damals geähnelt hatten. Verna fragte sich, ob sie wirklich so unreif gewesen war, als Annalina sie auf die Reise geschickt hatte. Ihr schien, sie war in den Jahren ihrer Abwesenheit nicht nur äußerlich älter geworden. Vielleicht hatte sie draußen in der Welt einfach mehr gelernt als im klösterlichen Leben des Palastes der Propheten.

Verna lächelte. »Fast wie eine von unseren alten Possen, was?«

Phoebe mußte kichern. »Aber ja, Verna. Nur wird es jetzt nicht damit enden, daß wir eintausend Gebetsketten aufziehen müssen.« Sie flitzte los, den Gang hinunter, und Röcke und Tuch flatterten ihr hinterher.

Verna war gerade erst bis in das Kernstück des Palastes vorgedrungen, bis vor die riesige, sechs Fuß dicke Steintür, die in den aus dem Muttergestein geschlagenen Gewölbekeller führte, auf dem der Palast stand, da kam ihr Phoebe bereits mit sechs Schwestern, zwei Novizinnen und drei jungen Männern im Geleit entgegen. Novizinnen und junge Männer wurden zu allen Tages- und Nachtzeiten unterrichtet. Manchmal wurden sie mitten in der Nacht zum Unterricht geweckt, zum Beispiel für Lektionen in den Gewölbekellern. Der Schöpfer kannte keine festen Stunden – und natürlich galt das auch für die, die in seinen Diensten standen. Sie verneigten sich alle miteinander wie ein Mann.

»Der Segen des Schöpfers sei mit euch«, sagte Verna zu ihnen. Fast hätte sie sich dafür entschuldigt, daß sie sie aus dem Keller vertrieben hatte, unterließ das jedoch und ermahnte sich, daß sie Prälatin war und es nicht nötig hatte, sich gegenüber irgend jemandem zu rechtfertigen. Das Wort der Prälatin war Gesetz und wurde ohne Frage befolgt. Trotzdem fiel es ihr schwer, sich nicht zu erklären.

»Alles bereit, Prälatin«, meinte Schwester Phoebe in würdevollem Ton. Phoebe deutete mit einem Nicken auf den dahinterliegenden Gewölbekeller. »Der eine, den Ihr treffen wolltet, befindet sich in einem der kleineren Räume.«

Verna nickte ihrer Assistentin zu, dann wandte sie sich den Novizinnen zu, die sie mit großen Augen ehrfürchtig anschauten. »Und wie kommen eure Studien voran?«

Zitternd wie Espenlaub, machten die beiden einen Knicks. Eine schluckte. »Sehr gut, Prälatin«, piepste sie und wurde rot im Gesicht.

Verna mußte daran denken, wie die Prälatin zum ersten Mal das Wort direkt an sie gerichtet hatte. Es war, als hätte der Schöpfer selbst gesprochen. Sie wußte noch, wieviel ihr das Lächeln der Prälatin bedeutet hatte, wie es sie aufgebaut und inspiriert hatte.

Verna ging in die Hocke, nahm die beiden Mädchen rechts und links in den Arm und drückte sie an sich. Sie gab jeder einen Kuß auf die Stirn.

»Sollte euch jemals etwas fehlen, habt keine Angst, zu mir zu kommen, dafür bin ich da. Ich liebe euch wie alle Kinder des Schöpfers.«

Die beiden Mädchen strahlten und machten erneut einen Knicks, der beim zweiten Mal ein wenig sicherer ausfiel. Mit großen Augen starrten sie auf den goldenen Ring an ihrem Finger. Als hätte er sie an etwas erinnert, küßten sie ihren Ringfinger und sprachen dabei leise ein Gebet an den Schöpfer. Verna tat dasselbe. Als sie das sahen, rissen sie abermals die Augen auf.

Sie hielt ihnen die Hand entgegen. »Wollt ihr den Ring küssen, der das Licht symbolisiert, dem wir alle folgen?« Sie nickten ernst und gingen nacheinander auf ein Knie, um den Ring mit dem Sonnenaufgangssymbol zu küssen.

Verna drückte die beiden schmächtigen Schultern. »Wie lauten eure Namen?«

»Helen, Prälatin«, meinte die eine.

»Valery, Prälatin«, die andere.

»Helen und Valery.« Verna vergaß nicht, ein Lächeln aufzusetzen. »Denkt daran, Novizinnen Helen und Valery, zwar gibt es andere, zum Beispiel die Schwestern, die mehr wissen als ihr und die euch vieles lehren werden, trotzdem ist niemand dem Schöpfer näher als ihr, nicht einmal ich. Wir sind alle seine Kinder.«

Verna fühlte sich mehr als nur ein wenig unbehaglich, das Ziel der Verehrung zu sein, trotzdem lächelte sie, als die Gruppe weiterging, den steinernen Flur entlang.

Nachdem sie um die Ecke gebogen waren, legte Verna ihre Hand auf die kalte, in die Wand eingelassene Metallplatte, jene Platte, die den Schlüssel zu dem Schild bildete, der die Gewölbekeller abschirmte. Der Boden bebte unter ihren Füßen, als sich die riesige, runde Tür in Bewegung setzte. Es geschah selten, daß die Haupttür geschlossen wurde. Von besonderen Umständen abgesehen, war die Prälatin die einzige, die den Eingang je versiegelte. Sie trat in das Gewölbe, als sich die Tür hinter ihr mit einem Knirschen schloß und sie in einer grabesähnlichen Stille zurückließ.

Verna ging an den alten, abgenutzten, mit Papieren und einigen der einfacheren Bücher mit Prophezeiungen übersäten Tischen vorbei. Die Schwestern hatten gerade unterrichtet. Die Lampen an den Wänden aus behauenem Stein taten wenig, um das Gefühl endloser Nacht zu mildern. Lange Reihen von Bücherregalen erstreckten sich zu beiden Seiten zwischen massigen Säulen, die die Gewölbedecke stützten.

Warren befand sich in einem der hinteren Räume. Die kleinen, ausgehöhlten Nischen unterlagen der Geheimhaltung und hatten daher gesonderte Türen und Schilde. Der Raum, in dem er sich befand, gehörte zu denen mit den ältesten, noch in Hoch-D'Haran geschriebenen Prophezeiungen. Nur wenige Menschen, darunter Warren und Vernas Vorgängerin, beherrschten Hoch-D'Haran.

Als sie in den Schein der Lampe trat, hob Warren, der lässig vor dem Tisch hockte und die verschränkten Arme darauf gelegt hatte, kurz den Kopf. »Phoebe meinte, Ihr wolltet die Gewölbe aufsuchen«, meinte er besorgt.

»Ich muß mit dir reden, Warren. Es ist etwas passiert.«

Er schlug eine Seite in dem Buch vor sich um, sah aber nicht auf. »Ja, also schön.«

Sie runzelte die Stirn, dann zog sie neben ihm einen Stuhl an den Tisch, setzte sich jedoch nicht. Mit einem Ruck ihres Handgelenks ließ Verna den Dacra in ihre linke Hand schnellen. Der Dacra, der anstelle der Klinge einen silbernen Stab besaß, wurde wie ein Messer benutzt, doch es war nicht die durch ihn hervorgerufene Wunde, die tötete. Der Dacra war eine Waffe, die uralte Magie besaß. Wurde sie in Verbindung mit dem Han ihres Trägers benutzt, beraubte sie, unabhängig von der Art der Wunde, das Opfer seiner Lebenskraft. Gegen seine Magie gab es kein Heilmittel.

Warren sah aus müden, roten Augen auf, als sie sich näher zu ihm beugte. »Warren, ich möchte, daß du dies an dich nimmst.«

»Das ist die Waffe der Schwestern.«

»Du besitzt die Gabe, dir wird er ebenso gute Dienste leisten wie mir.«

»Was soll ich damit tun?«

»Dich schützen.«

Er runzelte die Stirn. »Wie meint Ihr das?«

»Die Schwestern der ...« Sie warf einen Blick nach hinten in den Hauptsaal. Selbst wenn er leer war, ließ sich unmöglich sagen, wie weit jemand mit Subtraktiver Magie hören konnte. Sie hatten sogar mitbekommen, wie Prälatin Annalina sie beim Namen genannt hatte. »Du weißt schon.« Sie senkte die Stimme. »Warren, du besitzt zwar die Gabe, nur wird sie dich nicht vor ihnen schützen. Aber das hier. Dagegen gibt es keinen Schutz. Keinen.« Sie ließ die Waffe mit geübter Eleganz in der Hand kreisen und dabei über die Fingerrücken wandern. Die mattsilberne Farbe war ein verwischter Fleck im Schein der Lampe. Sie fing ihn an der stabähnlichen Klinge auf und hielt ihm den Griff hin. »Ich habe oben weitere Dacras gefunden. Ich möchte, daß du einen bei dir trägst.«

Er machte eine unsichere Handbewegung. »Ich weiß nicht, wie man mit diesem Ding umgeht. Ich weiß nur, wie man in den alten Büchern liest.«

Verna packte ihn am Kragen seines violetten Gewandes und zog sein Gesicht heran. »Du stichst ihn ihnen einfach in den Leib. Bauch, Brust, Hals, Arm, Hand, Fuß – völlig egal. Stech ihnen den Dacra einfach in den Körper, während du in dein Han gehüllt bist, und sie sind tot, bevor du mit der Wimper zucken kannst.«

»Meine Ärmel sind nicht so eng wie Eure. Er wird nur herausfallen.«

»Warren, der Dacra weiß nicht, wo du ihn aufbewahrst, und es kümmert ihn auch nicht. Schwestern üben stundenlang und tragen ihn im Ärmel, damit sie ihn griffbereit haben. Wir machen das zu unserem Schutz, wenn wir auf Reisen gehen. Es ist egal, wo du ihn trägst, nur tragen mußt du ihn. Bewahr ihn in einer Tasche auf, wenn du willst. Nur setz dich nicht auf ihn drauf.«

Er nahm den Dacra seufzend entgegen. »Wenn es Euch glücklich macht. Aber ich glaube nicht, daß ich jemand erstechen könnte.«

Sie ließ sein Gewand los und blickte fort. »Du wirst überrascht sein, zu was man fähig ist, wenn man muß.«

»Seid Ihr deswegen gekommen? Weil Ihr einen Ersatzdacra gefunden habt?«

»Nein.« Sie zog das kleine Buch aus dem Beutel hinter ihrem Gürtel und warf es vor ihm auf den Tisch. »Gekommen bin ich deswegen.«

Er betrachtete sie aus den Augenwinkeln. »Plant Ihr eine Reise, Verna?«

Sie blickte ihn finster an und versetzte ihm einen Stoß gegen die Schulter. »Was ist los mit dir?«

Er schob das Buch von sich. »Ich bin einfach müde. Was ist an einem Reisebuch so wichtig?«

Sie senkte die Stimme. »Prälatin Annalina hat mir eine Nachricht hinterlassen, ich solle ihr privates Heiligtum aufsuchen, in ihrem Garten. Es war mit einem Schild aus Eis und Geist abgeschirmt.« Warren runzelte die Stirn. Sie zeigte auf den Ring. »Hiermit kann man es öffnen. Im Inneren fand ich dieses Reisebuch. Es war in ein Stück Papier eingeschlagen, auf dem nichts weiter stand als: ›Behüte dies mit deinem Leben.‹«

Warren nahm das Reisebuch in die Hand und blätterte die leeren Seiten durch. »Wahrscheinlich will sie Euch noch Anweisungen schicken.«

»Sie ist tot!«

Warren sah sie schief an. »Meint Ihr wirklich, das würde sie daran hindern?«

Verna mußte gegen ihren Willen schmunzeln. »Vielleicht hast du recht. Vielleicht haben wir das andere mit ihr zusammen verbrannt, und sie hatte die Absicht, mein Leben aus der Welt der Toten zu bestimmen.«

Warren zog wieder ein mürrisches Gesicht. »Und wer hat nun das andere?«

Verna strich das Kleid hinter ihren Knien glatt, schob den Stuhl näher heran und setzte sich. »Ich weiß es nicht. Ich befürchte, es könnte sich um eine Warnung handeln. Vielleicht wollte sie, daß ich das andere finde und auf diese Weise unseren Feind erkenne.«

Warrens glatte Stirn legte sich in Falten. »Das ergibt keinen Sinn. Wie kommt Ihr darauf?«

»Ich weiß es nicht, Warren.« Verna wischte sich mit der Hand durchs Gesicht. »Das war das einzige, was mir einfiel. Kannst du dir etwas vorstellen, was mehr Sinn ergibt? Warum sonst sollte sie mir nicht verraten, wer das andere hat? Wenn es jemand ist, der uns helfen soll, jemand, der auf unserer Seite steht, dann hätte sie mir doch den Namen verraten, oder wenigstens, daß es sich um einen Freund handelt.«

Warren richtete seinen starren Blick wieder auf den Tisch. »Kann schon sein.«

Verna mäßigte ihren Ton, bevor sie weitersprach. »Was ist los, Warren? Ich habe dich noch nie so gesehen.«

Sie sah ihm lange in seine sorgenvollen blauen Augen. »Ich habe ein paar Prophezeiungen gelesen, die mir nicht gefallen.«

Verna musterte prüfend sein Gesicht. »Was besagen sie?«

Nach einer langen Pause blätterte er mit zwei Fingern ein Blatt Papier um und schob es ihr hin. Schließlich nahm sie es auf und las es laut vor.

»*Wenn die Prälatin und der Prophet im heiligen Ritual dem Licht übergeben werden, werden die Flammen einen Kessel voller Arglist zum Sieden bringen und einer falschen Prälatin zum Aufstieg verhelfen, die über den Tod des Palastes der Propheten herrschen wird. Im Norden wird der, der im Bunde mit der Klinge steht, diese zugunsten eines silbernen Dorns eintauschen, denn er wird sie wieder zum Leben erwecken, und sie wird ihn in die Arme des Unheils treiben.*«

Verna mußte schlucken und hatte Angst, Warren in die Augen zu sehen. Sie legte das Blatt auf den Tisch und legte die gefalteten Hände in den Schoß, damit das Zittern aufhörte. Stumm saß sie da, starrte auf sie herab und wußte nicht, was sie sagen sollte.

»Es handelt sich um die Prophezeiung eines wahren Astes«, meinte Warren schließlich.

»Das ist eine verwegene Behauptung, Warren, selbst für jemanden, der, was Prophezeiungen anbetrifft, so talentiert ist wie du. Wie alt ist diese Prophezeiung?«

»Noch keinen Tag.«

Sie hob ihre großen Augen. »Was?« sagte sie leise. »Warren, soll das heißen ... sie ist über dich gekommen? Du hast endlich eine Prophezeiung gemacht?«

Warren erwiderte ihren Blick mit seinen starren, geröteten Augen. »Ja. Ich fiel in eine Art Trance, und in diesem Zustand der Verzückung hatte ich eine Vision von Teilen aus dieser Prophezeiung, zusammen mit den Worten. So ist es auch bei Nathan passiert, glaube ich. Wißt Ihr noch, wie ich Euch erzählte, allmählich begänne ich, die Prophezeiungen auf eine Weise zu verstehen wie noch nie zuvor? Es sind die Visionen, in denen sich die Prophezeiungen wahrhaft offenbaren sollen.«

Verna machte eine fahrige Handbewegung. »Aber die Bücher

enthalten Prophezeiungen, keine Visionen. Die Worte sind es, die die Prophezeiungen ausmachen.«

»Die Worte sind nur der Weg, auf dem sie weitergegeben werden. Sie sollen nichts weiter als ein Hinweis sein, welcher die Vision in demjenigen auslöst, der die Gabe der Prophezeiung besitzt. All die Studien, die die Schwestern während der letzten dreitausend Jahre unternommen haben, haben nur zu einem begrenzten Verständnis geführt. Die geschriebenen Worte sollen das Wissen mittels Visionen an Zauberer weitergeben. Das habe ich gelernt, als diese Prophezeiung über mich kam. Es war, als hätte sich eine Tür in meinem Geist geöffnet. All die Zeit habe ich gesucht, und der Schlüssel befand sich in meinem eigenen Kopf.«

»Soll das heißen, du kannst irgendeine von diesen Prophezeiungen lesen und hast dabei eine Vision, die ihre wahre Bedeutung offenbart?«

Er schüttelte den Kopf. »Ich bin ein Kind, das gerade seine ersten Schritte macht. Ich habe noch einen langen Weg vor mir, bis ich über Zäune springen kann.«

Sie sah auf das Blatt, das auf dem Tisch lag, dann wandte sie den Blick ab und drehte den Ring an ihrem Finger. »Und bedeutet diese eine Prophezeiung, die über dich gekommen ist, nun das, was ich vermute?«

Warren befeuchtete sich die Lippen. »Wie der erste noch recht unsichere Schritt eines Kindes, so ist dies auch eine recht unklare Prophezeiung. Man könnte sagen, es handelt sich um eine Prophezeiung zum Üben. Ich habe noch weitere entdeckt, die ich für ähnliche Erstlingsversuche halte, wie zum Beispiel diese hier –«

»Warren, ist sie nun wahr oder nicht!«

Er zog sich die Ärmel herunter. »Es stimmt alles, nur sind die Worte, wie in allen Prophezeiungen, zwar wahr, bedeuten aber nicht unbedingt das, was sie zu bedeuten scheinen.«

Verna beugte sich dicht zu ihm vor und biß die Zähne aufeinander. »Beantworte die Frage, Warren. Wir sitzen in dieser Angelegenheit im selben Boot. Ich muß es wissen.«

Er winkte ab, so wie er es häufig tat, wenn er versuchte, die Wichtigkeit von etwas herunterzuspielen. Für Verna jedoch kam diese Handbewegung einer Warnung gleich. »Hört zu, Verna, ich werde Euch sagen, was ich weiß und was ich in der Vision gesehen habe. Aber das ist alles neu für mich und ich begreife noch nicht alles, auch wenn es meine eigene Prophezeiung ist.«

Sie funkelte ihn an. »Sag es mir, Warren.«

»Die Prälatin in der Prophezeiung, das seid nicht Ihr. Ich weiß nicht, wer es ist, aber Ihr seid es nicht.«

Verna schloß die Augen und seufzte. »Warren, dann ist es nicht so schlimm, wie ich befürchtet hatte. Wenigstens bin nicht ich es, die diese fürchterlichen Dinge tun muß. Wir können uns bemühen und die Prophezeiung in einen falschen Ast verwandeln.«

Warren wandte sich ab. Er steckte das Blatt Papier mit seiner Prophezeiung in ein offenes Buch und klappte es zu. »Verna, eine andere Frau kann erst Prälatin sein, wenn Ihr tot seid.«

23. Kapitel

Als plötzlich eine Woge süß quälenden Verlangens seinen Körper durchflutete, da wußte er, daß sie den Raum betreten hatte, obwohl er sie nicht sehen konnte. Ihr unverkennbarer Duft füllte seine Nase, und schon sehnte er sich danach, sich ihr hinzugeben. Einer verstohlenen Bewegung im Nebel gleich konnte er das Wesen der Bedrohung nicht klar erkennen, irgendwie, in den entlegensten Winkeln seines Bewußtseins, wußte er jedoch ohne jeden Zweifel, daß dort eine lauerte, und diese köstliche Gefahr erregte ihn zusätzlich.

Mit der Verzweiflung eines Mannes, der von einem übermächtigen Feind bestürmt wird, tastete er nach dem Heft seines Schwertes, in der Hoffnung, seine Entschlossenheit zu bestärken und der Macht der Unterwerfung Einhalt zu gebieten. Aber es war nicht blanker Stahl, wonach er trachtete, sondern blanke Wut, ein Zorn, der ihn aufrechterhalten und ihm die Kraft geben würde, zu widerstehen. Er konnte es schaffen. Er mußte es schaffen – alles hing davon ab.

Seine Hand schloß sich fest um das Heft an seinem Gürtel, und er spürte, wie die Raserei einer Flut gleich durch seinen Geist und Körper strömte.

Als Richard aufsah, erblickte er über dem Menschenknäuel die Köpfe von Ulic und Egan, die sich ihm näherten. Auch wenn er sie nicht gesehen hätte, die Lücke zwischen ihnen, wo die Frau sein würde, verriet ihm, daß sie hier war. Soldaten und Würdenträger begannen, den Weg freizumachen für die beiden großen Männer und ihren Schützling. Die Woge aus Köpfen, die tuschelnd zusammengesteckt wurden, um Bemerkungen weiterzugeben, erinnerte ihn an das Kräuseln eines Teiches. Richard mußte daran denken, daß ihn die Prophezeiungen auch als ›Kiesel im Teich‹ bezeichnet hatten – den Erzeuger eines Kräuselns in der Welt der Lebenden.

Und dann sah er sie.

Das Verlangen schnürte ihm die Brust zusammen. Da sie keine Kleider zum Wechseln bei sich hatte, trug sie das gleiche rosafarbene Seidenkleid wie am Abend zuvor. Richard wurde lebhaft daran erinnert, wie sie ihm erzählt hatte, sie schlafe nackt. Er spürte, wie sein Herz pochte.

Unter Anstrengung versuchte er, seine Gedanken auf die bevorstehende Aufgabe zu konzentrieren. Mit großen Augen betrachtete sie die ihr bekannten Soldaten. Es war die keltonische Palastwache. Jetzt trugen sie d'Haranische Uniformen.

Richard war früh aufgestanden und hatte alles vorbereitet. Er hatte ohnehin nicht viel schlafen können, und das bißchen Schlaf, das er gefunden hatte, war durchsetzt gewesen von sehnsuchtsvollen, quälenden Träumen.

Kahlan, meine Liebste, wirst du mir diese Träume je verzeihen können?

Bei so vielen d'Haranischen Soldaten in Aydindril war ihm klar gewesen, daß Nachschub jeder Art zur Verfügung stand, daher hatte er befohlen, Reserveuniformen herbeizuschaffen. Die Keltonier waren, da man sie entwaffnet hatte, nicht in der Position, zu widersprechen. Als sie jedoch das dunkle Leder und die Kettenhemden angelegt und Gelegenheit gehabt hatten, zu sehen, wie wild sie in ihrer neuen Rüstung aussahen, hatten sie anerkennend gegrinst. Man hatte ihnen erklärt, Kelton sei nur ein Teil D'Haras, und ihnen ihre Waffen zurückgegeben. Jetzt waren sie in Reih und Glied angetreten, stolz und aufrecht, und hielten ein Auge auf die Vertreter der anderen Länder, die sich noch nicht ergeben hatten.

Wie sich herausstellte, hatte das Unwetter, das Brogan die Flucht ermöglicht hatte, als Ausgleich auch etwas Gutes mitgebracht: Die Würdenträger hatten vor ihrem Aufbruch abwarten wollen, bis das schlechte Wetter vorüber war, also hatte Richard die Gelegenheit beim Schopf ergriffen und sie vor ihrer Abreise am späteren Vormittag noch einmal in den Palast beordert. Nur die höchsten, wichtigsten Amtsinhaber waren anwesend. Er wollte, daß sie Zeugen der Kapitulation Keltons wurden: eines der mächtigsten Länder der Midlands. Er wollte, daß sie eine letzte Lektion erteilt bekamen.

Richard erhob sich, als Cathryn die Stufen seitlich neben dem Podium hinaufzusteigen begann, während ihr Blick über die ihr zugewandten Gesichter hinwegglitt. Berdine trat zurück, um ihr Platz zu machen. Richard hatte die drei Mord-Siths am äußersten Ende des Podiums plaziert, wo sie ihm nicht zu nahe waren. Er war nicht daran interessiert, was sie zu sagen hatten.

Schließlich fiel Cathryns Blick auf ihn, und er mußte die Knie zusammendrücken, um nicht einzuknicken. Seine Linke, mit der er den Griff des Schwertes fest umklammert hielt, begann zu zittern. Er ermahnte sich, daß er das Schwert nicht in der Hand zu halten brauchte, um seine Magie zu beherrschen, und riskierte es, die Hand zu lösen und wieder ein wenig Gefühl in seine Hand zu schütteln, während er über die vor ihm liegende Aufgabe nachdachte.

Als die Schwestern des Lichts ihm die Beherrschung seines Han hatten beibringen wollen, hatten sie ihn angehalten, ein geistiges Bild zu benutzen, um seinen Willen zu konzentrieren. Richard hatte sich ein Bild des Schwertes der Wahrheit als Bündelpunkt seiner Gedanken ausgesucht, und dieses hatte er in seinen Gedanken jetzt fest fixiert.

Doch im Kampf mit den Menschen, die sich heute vor ihm versammelt hatten, würde ihm das Schwert nichts nützen. Heute würde er auf die geschickten Manöver zurückgreifen müssen, die mit der Hilfe von General Reibisch, seinen Offizieren und kenntnisreichen Mitgliedern des Palaststabes ersonnen worden waren. Hoffentlich hatte er alles richtig behalten.

»Richard, was –«

»Willkommen, Herzogin. Es ist alles vorbereitet.« Richard ergriff ihre Hand und küßte sie auf eine Weise, die seinem Dafürhalten nach einer Königin vor Publikum angemessen war, trotzdem entflammte die Berührung nur seine Leidenschaft. »Ich wußte, Ihr würdet wollen, daß diese Repräsentanten Zeugen Eures Mutes werden, die erste zu sein, die sich mit uns gegen die Imperiale Ordnung verbündet, die erste, die den Midlands den Weg bereitet.«

»Aber ich ... nun, ja ... gewiß.«

Er drehte sich zu den Zuschauern um. Die Menge war beträchtlich ruhiger und willfähriger als beim letzten Mal, als sie in gespannter Erwartung vor ihm gestanden hatten.

»Herzogin Lumholtz – die, wie Ihr alle wißt, bald zur Königin von Kelton ernannt werden wird – hat Ihr Volk der Freiheit überantwortet und sich gewünscht, daß Ihr alle dabeisein sollt, wenn sie die Dokumente der Kapitulation unterzeichnet.«

»Richard«, füsterte sie leise und beugte sich ein wenig vor, »ich muß ... sie erst von unseren Rechtskundigen prüfen lassen ... nur um ganz sicher zu gehen, daß sie eindeutig sind und es keine Mißverständnisse gibt.«

Richard lächelte beruhigend. »Ich bin zwar überzeugt, Ihr werdet feststellen, daß sie recht eindeutig sind, dennoch habe ich Eure Besorgnis vorausgeahnt und mir die Freiheit herausgenommen, die Rechtskundigen zur Unterzeichnung einzuladen.« Richard streckte die Hand zum anderen Ende des Podiums aus. Raina packte einen Mann am Arm und drängte ihn, die Stufen hochzusteigen. »Meister Sifold, würdet Ihr Eurer zukünftigen Königin Eure geschätzte Meinung mitteilen?«

Er verneigte sich. »Die Dokumente sind, wie Lord Rahl sagt, recht eindeutig, Herzogin. Sie lassen keinen Raum für Mißverständnisse.«

Richard nahm das reichverschnörkelte Dokument vom Tisch. »Mit Eurer Erlaubnis, Herzogin, möchte ich es den versammelten Repräsentanten vorlesen, damit sie sehen, daß Keltons Wunsch nach der Vereinigung unserer Kräfte unmißverständlich ist. Damit sie sehen, wie tapfer Ihr seid.«

Sie hob unter den Blicken der Repräsentanten der anderen Länder stolz den Kopf. »Ja, bitte. Nur zu, Lord Rahl.«

Richard sah kurz in die wartenden Gesichter. »Ich bitte um Geduld, es ist nicht lang.« Er hielt das Blatt vor sich und las laut vor. »An alle Völker, hiermit unterwirft sich Kelton bedingungslos D'Hara. Unterzeichnet, höchstselbst, als rechtmäßig erkannte Führerin des Keltonischen Volkes, Herzogin Lumholtz.«

Richard legte das Dokument zurück auf den Tisch und tauchte den Federkiel in ein Tintenfaß, bevor er ihn Cathryn reichte. Sie nahm ihn steif und ohne Regung entgegen. Ihr Gesicht war leichenblaß geworden.

Er mußte befürchten, daß sie einen Rückzieher machen würde und hatte keine andere Wahl. Er nahm all seine Kraft zusammen, die, das wußte er, ihm später fehlen würde, brachte seine Lippen ganz nah an ihr Ohr und ertrug dabei stillschweigend die Wogen qualvollen Verlangens, die der warme Duft ihrer Haut in ihm erzeugte.

»Cathryn, wenn wir hier fertig sind, würdet Ihr mit mir spazierengehen? Nur wir beide, alleine? Ich habe von nichts anderem geträumt als von Euch.«

Ihre Wangen erblühten in leuchtenden Farben. Er glaubte, sie würde ihm den Arm um den Hals legen, und dankte den Seelen, als sie es unterließ.

»Natürlich, Richard«, antwortete sie flüsternd. »Ich habe auch von nichts anderem geträumt als von Euch. Bringen wir diese Formalitäten hinter uns.«

»Macht mich stolz auf Euch und Eure Stärke.«

Richard war überzeugt, die anderen im Saal müßten erröten, wenn sie ihr Lächeln sahen. Er spürte, wie ihm die Ohren glühten, als er daran dachte, was ihr Lächeln verhieß.

Sie ergriff den Federkiel, streifte dabei seine Hand und hielt ihn in die Höhe. »Ich unterzeichne diese Kapitulationserklärung mit der Feder einer Taube, als Zeichen dafür, daß ich dies freiwillig tue, in Frieden und nicht als Besiegte. Ich tue es aus Liebe zu meinem Volk und in der Hoffnung auf die Zukunft. Diese Hoffnung verkörpert dieser Mann hier – Lord Rahl. Ich schwöre jedem die unsterbliche Rache meines Volkes, der es wagt, ihm Schaden zuzufügen.«

Sie beugte sich vor und kritzelte ihre ausladende Unterschrift quer unter die Erklärung.

Bevor sie sich aufrichten konnte, zog Richard weitere Papiere hervor und schob sie ihr unter.

»Was ...«

»Die Briefe, von denen Ihr gesprochen habt, Herzogin. Ich wollte Euch nicht mit der langweiligen Aufgabe belasten, diese Arbeit selbst zu übernehmen, wo wir die Zeit doch besser nutzen können. Eure Berater haben mir dabei geholfen, sie aufzusetzen. Seht sie bitte durch, nur um sicherzugehen, daß alles so ist, wie es in Eurer Absicht lag, als Ihr mir gestern abend das Angebot gemacht habt.

Leutnant Harrington von Eurer Palastwache half mir mit den Namen von General Baldwin, dem Oberkommandeur aller keltonischen Streitkräfte, den Divisionsgenerälen Cutter, Leiden, Nesbit, Bradford und Emerson sowie einigen der Kommandanten der Palastwache. Hier ist ein Brief an jeden von ihnen für Euch zur Unterschrift, in dem Ihr ihnen befehlt, alle Befehlsgewalt an meine d'Haranischen Offiziere abzutreten. Einige der Offiziere Eurer Palastwache werden eine Abteilung meiner Männer zusammen mit den neuen Offizieren begleiten.

Euer Berater, Meister Montleon, war mir von unschätzbarer Hilfe bei den Anweisungen an Finanzminister Pelletier, an Meister Carlisle, den stellvertretenden Verwalter des Amtes für strategische Planungen, die geschäftsführenden Gouverneure des Handelsrates, Cameron, Tuck, Spooner und Ashmore sowie Levardson, Doudiet und Faulkingham vom Handelsministerium.

Adjutant Schaffer war es, der die Liste Eurer Bürgermeister zusammengestellt hat. Wir wollten selbstverständlich niemanden beleidigen, indem wir ihn vergessen, daher hat er sich bei der Zusammenstellung der vollständigen Liste von einer Reihe von Beratern helfen lassen. Hier sind Briefe an sie alle. Aber natürlich lauten die Schreiben mit den Anordnungen an alle gleich, bis auf die jeweiligen Namen. Ihr braucht also nur eins durchzusehen und könnt dann die übrigen so unterschreiben. Von da an übernehmen wir.

Meine Kuriere warten, um mit den offiziellen Dokumententaschen loszureiten. Ein Soldat aus Eurer Palastwache wird jeden von ihnen begleiten, nur um sicherzustellen, daß es keine Mißverständnisse gibt. Wir haben alle Soldaten Eurer Palastwache hier versammelt, damit sie Eure Unterschrift bezeugen können.«

Richard holte Luft und richtete sich auf, als Cathryn, die Feder immer noch erhoben, fassungslos auf all die Papiere starrte, die Richard ihr hingeschoben hatte. Ihre Berater waren sämtlich aufs Podium gekommen und hatten sich um sie herum aufgestellt, stolz auf die Arbeit, die sie in so kurzer Zeit geleistet hatten.

Richard beugte sich erneut zu ihr hinunter. »Ich hoffe, ich habe alles Euren Wünschen gemäß erledigt, Cathryn. Ihr sagtet zwar, Ihr wolltet Euch darum kümmern, aber ich mochte nicht von Euch getrennt sein, während Ihr Euch mit dem Schreiben abmüht, also bin ich zeitig aufgestanden und habe Euch die Arbeit abgenommen. Ich hoffe doch, ich habe Euch damit eine Freude gemacht?«

Sie überflog die Briefe, schob einen nach dem anderen zur Seite, um den darunterliegenden zu betrachten. »Ja ... natürlich.«

Richard schob einen Sessel näher heran. »Warum setzt Ihr Euch nicht?«

Als sie Platz genommen und mit der Unterzeichnung begonnen hatte, schob Richard sein Schwert aus dem Weg und setzte sich neben sie, in den Sessel der Mutter Konfessor. Er ließ seinen Blick auf den Zuschauern ruhen und beließ ihn dort, während er auf das Kratzen der Feder lauschte. Um sich konzentrieren zu können, hielt er den Zorn auf kleiner Flamme.

Richard drehte sich zu den lächelnden keltonischen Beamten hinter ihrem Sessel um. »Ihr alle habt heute morgen sehr wertvolle Arbeit geleistet, und ich würde mich geehrt fühlen, wenn Ihr bereit wärt, auch weiterhin in meinen Diensten zu stehen. Ich bin sicher, daß ich für Eure Fähigkeiten bei der Verwaltung des größer werdenden D'Haras Verwendung habe.«

Nachdem sich alle verneigt und ihm für seine Großherzigkeit gedankt hatten, richtete er erneut sein Augenmerk auf die schweigende Gruppe von Leuten, die das Geschehen verfolgte. Die d'Haranischen Soldaten, vor allem ihre Offiziere, hatten, da sie monatelang in Aydindril stationiert waren, eine Menge über den Handel in den Midlands gelernt. In den vier Tagen, die er auf der Suche nach Brogan unter ihnen verbracht hatte, hatte Richard sich soviel Wissen als möglich angeeignet. Zudem hatte er seine Kenntnisse heute morgen noch bereichert. Denn es hatte sich herausgestellt, daß Fräulein Sanderholt eine Quelle großen, über viele Jahre beim Zubereiten von Gerichten aus vielen Ländern zusammengetragenen Wissens war. Speisen waren, wie sich herausstellte, eine Quelle von Informationen über ein Volk. Ihr scharfes Ohr war ebenfalls nützlich gewesen.

»Einige der Papiere, die die Herzogin soeben unterzeichnet, sind Handelsanweisungen«, erklärte Richard den Beamten, während Cathryn sich ihrer Arbeit widmete. Sein Blick verweilte auf ihren Schultern. Er zwang sich, ihn abzuwenden. »Da Kelton jetzt ein Teil D'Haras ist, gibt es keinen Handel mehr zwischen Kelton und jenen Ländern, die sich uns nicht angeschlossen haben.«

Er sah einen kleinen, rundlichen Mann mit lockigem, schwarzgrauem Bart an. »Mir ist bewußt, Repräsentant Garthram, daß dies Lifany in eine unangenehme Lage bringt. Nach der Anordnung zur Schließung der Grenzen von Galea und Kelton für alle, die nicht Teil D'Haras sind, stehen Euch harte Zeiten bevor, was den Handel anbetrifft.

Mit Galea und Kelton im Norden, D'Hara im Osten und dem Rang'Shada-Gebirge im Westen wird es Euch äußerst schwerfallen, Euren Bedarf an Eisen zu decken. Der größte Teil Eurer Einkäufe stammte aus Kelton, und dort wiederum hat man Euch Getreide abgekauft. Jetzt wird Kelton sein Getreide aus den galeanischen Lagerhäusern beziehen müssen. Da sie jetzt beide zu D'Hara gehören, gibt es keinen Grund mehr, den Handel wegen Feindseligkeiten wie früher einzuschränken. Außerdem stehen ihre beiden Armeen jetzt unter meinem Kommando, so daß sie keine Mühe darauf verschwenden werden, wegen des jeweils anderen beunruhigt zu sein, sondern statt dessen ihre Aufmerksamkeit auf die Schließung der Grenzen richten können.

Natürlich hat D'Hara Verwendung für Eisen und Stahl aus Kelton. Ich schlage vor, Ihr sucht Euch eine andere Quelle, und das schnell, denn die Imperiale Ordnung wird wahrscheinlich von Süden her angreifen. Möglicherweise geradewegs durch Lifany hindurch, wie ich mir vorstellen könnte. Ich werde weder zulassen, daß auch nur das Blut eines einzigen Soldaten für den Schutz von Ländern vergossen wird, die sich noch nicht mit uns verbündet haben, noch werde ich ein Zögern in diesem Punkt mit Handelsprivilegien belohnen.«

Richard richtete den Blick auf einen großen, hageren Mann mit einem strähnigen, weißen Haarkranz um den knorrigen Schädel. »Botschafter Bezancort, es tut mir leid, Euch mitteilen zu müssen, daß dieser Brief hier den Kommissar Cameron aus Kelton davon in Kenntnis setzt, daß sämtliche Übereinkünfte mit Ihrem Heimatland Sanderia hiermit aufgekündigt werden, bis auch Ihr ein Teil D'Haras seid. Nach diesem Winter wird es Sanderia nicht mehr gestattet sein, seine Herden im kommenden Frühjahr in das Hochland von Kelton zu treiben.«

Der Mann verlor das bißchen Farbe, das er ohnehin nur hatte. »Aber Lord Rahl, es gibt keinen Ort, wo wir die Tiere im Frühjahr und Sommer unterbringen können. Die Ebenen sind im Winter zwar üppiges Weideland, im Sommer jedoch sind sie eine braune und verdorrte Ödnis. Was sollen wir Eurer Ansicht nach denn tun?«

Richard zuckte die Achseln. »Ich schlage vor, Ihr laßt Eure Herden schlachten, um zu retten, was zu retten ist, bevor die Tiere Hungers sterben.«

Dem Botschafter stockte der Atem. »Lord Rahl, diese Abmachungen haben seit Jahrhunderten Gültigkeit. Unsere gesamte Wirtschaft gründet sich auf den Schafen!«

Richard zog eine Augenbraue hoch. »Das ist nicht meine Sorge. Meine Sorge gilt denen, die uns beistehen.«

Botschafter Bezancort hob flehend die Hände. »Lord Rahl, das wäre eine Katastrophe für mein Volk. Unser ganzes Land wäre ruiniert, wären wir gezwungen, unsere Herden zu schlachten.«

Repräsentant Theriault trat hastig einen Schritt nach vorn. »Ihr dürft auf keinen Fall zulassen, daß diese Herden geschlachtet werden. Herjborgue ist auf diese Wolle angewiesen. Das, das … würde unsere Industrie zugrunde richten.«

Ein anderer meldete sich zu Wort. »Dann könnten sie mit uns keinen Handel treiben, und wir hätten keine Möglichkeit mehr, Getreide einzukaufen, das bei uns nicht gedeiht.«

Richard beugte sich vor. »Dann schlage ich vor, Ihr berichtet Euren Führern diese Argumente und tut Euer Bestes, sie davon zu überzeugen, daß eine Kapitulation ihre einzige Möglichkeit ist. Je eher desto besser.« Er sah hinüber zu den anderen Würdenträgern. »Angesichts so großer gegenseitiger Abhängigkeit werdet ihr sicher bald den Wert der Einheit erkennen. Kelton ist jetzt ein Teil D'Haras. Die Handelswege werden für alle geschlossen werden, die sich nicht auf unsere Seite schlagen. Ich habe es Euch bereits erklärt, Neutrale wird es nicht geben.«

Proteste, Appelle und flehentliche Bitten erfüllten den Ratssaal. Richard stand auf, und die Proteste verstummten.

Der sanderianische Botschafter hob vorwurfsvoll den knochigen Zeigefinger. »Ihr seid ein unbarmherziger Mann.«

Richard nickte, die Magie brachte seinen wütend funkelnden Blick zum Glühen. »Und vergeßt nicht, dies der Imperialen Ordnung mitzuteilen, falls Ihr Euch dafür entscheidet, Euch ihnen anzuschließen.« Er blickte in die Gesichter hinab. »Ihr alle hattet Frieden und Einheit, garantiert durch den Rat und die Mutter Konfessor. Während sie fort war und für Euch und Euer Volk kämpfte, habt Ihr diese Einheit mit Füßen getreten, aus nackter Gier. Ihr benehmt Euch wie kleine Kinder, die sich um einen Kuchen zanken. Jeder hätte sein Stück bekommen können, statt dessen beschloßt Ihr, ihn Euren kleineren Geschwistern wegzunehmen. Wenn Ihr an meinen Tisch kommt, werdet Ihr auf Eure Manieren achten müssen, aber Ihr werdet alle Brot bekommen.«

Diesmal widersprach ihm niemand. Richard zog das Mriswithcape zurecht, als er merkte, daß Cathryn mit Unterschreiben fertig war und ihn aus diesen großen, braunen Augen ansah. Angesichts ihres süßen Blickes konnte er die Kontrolle über den Zorn des Schwertes nicht länger aufrechterhalten.

Er drehte sich wieder zu den Repräsentanten um, der Zorn war aus seinem Ton gewichen. »Das Wetter ist gut. Ihr solltet jetzt besser aufbrechen. Je eher Ihr Eure Führer überzeugt, meinen Bedingungen zuzustimmen, desto weniger Unannehmlichkeiten werden Eure Völker zu erleiden haben. Ich möchte nicht, daß jemand leidet ...« Seine Stimme brach ab. Cathryn stand neben ihm und blickte hinunter zu den Leuten, die sie so gut kannte. »Tut, was Lord Rahl von Euch verlangt. Er hat Euch genug von seiner Zeit geschenkt.« Sie drehte sich um und wandte sich an einen ihrer Berater. »Laßt augenblicklich meine Kleider herbeischaffen. Ich werde hier bleiben, im Palast der Konfessoren.«

»Wieso bleibt sie hier?« wollte einer der Botschafter wissen, die Stirn argwöhnisch in Falten gelegt.

»Ihr Gatte wurde, wie Ihr wißt, von einem Mriswith getötet«, sagte Richard. »Sie bleibt hier, zu ihrem Schutz.«

»Soll das heißen, für uns besteht Gefahr?«

»Aber durchaus«, sagte Richard. »Ihr Gatte war ein erfahrener Fechter, dennoch wurde er ... nun, hoffentlich seid Ihr vorsichtig. Wenn Ihr Euch uns anschließt, seid Ihr berechtigt, Gäste des Palastes zu sein und den Schutz meiner Magie zu genießen. Es gibt ausreichend leerstehende Gästezimmer, aber bis zu Eurer Kapitulation wird niemand darin wohnen.«

Aufgeregt und voller Sorge in Gespräche vertieft, drängten sich die Anwesenden zum Ausgang.

»Gehen wir endlich?« hauchte Cathryn.

Jetzt, nach getaner Arbeit, spürte Richard, wie die plötzliche Leere sich mit ihrer Gegenwart füllte. Als sie sich bei ihm einhakte und sie beide sich zum Gehen wandten, bot er seine letzte Willenskraft auf und trat zu Ulic und Cara am Rand des Podiums.

»Behaltet uns jederzeit im Auge, verstanden?«

»Ja, Lord Rahl«, sagten Ulic und Cara wie aus einem Mund.

Cathryn zerrte an seinem Arm, drängte ihn, ihr sein Ohr hinzuhalten. »Richard.« Sein Name, getragen von ihrem warmen Atem, jagte ihm ein sehnsüchtiges Schaudern durch den Körper. »Ihr sagtet, wir würden alleine sein. Ich will mit Euch alleine sein. Ganz alleine. Bitte.«

Dies war der Augenblick, für den sich Richard seine Kraft hätte aufsparen sollen. Er konnte das Bild des Schwertes nicht länger mit seinen Gedanken festhalten. Verzweifelt ersetzte er es durch Kahlans Gesicht.

»Gefahr ist im Verzug, Cathryn. Ich spüre es. Ich werde Euer Leben nicht leichtfertig aufs Spiel setzen. Wir können allein sein, sobald ich die Bedrohung nicht mehr spüre. Bitte, versucht, das zu begreifen. Fürs erste.«

Sie schien beunruhigt, nickte aber. »Fürs erste.«

Als sie vom Podium hinunterstiegen, wandte sich Richard noch einmal Cara zu. »Laßt uns nicht aus den Augen – aus welchem Grund auch immer.«

24. Kapitel

Phoebe ließ die Berichte auf ein schmales freies Plätzchen auf dem polierten Walnußholztisch fallen. »Verna, dürfte ich Euch eine persönliche Frage stellen?«

Verna kritzelte ihre Initialen unter einen Bericht aus der Küche, in dem Ersatz für die großen Kessel gefordert wurde. »Wir sind doch gute, alte Freundinnen, Phoebe. Du kannst mich alles fragen, was du willst.« Sie prüfte die Anforderung ein weiteres Mal, dann fügte sie über ihren Initialen eine Notiz hinzu, mit der sie die Erlaubnis verweigerte und statt dessen darauf bestand, daß die Kessel ausgebessert wurden. Verna ermahnte sich, zu lächeln. »Bitte.«

Phoebes rundliche Wangen wurden rot, während sie die Finger ineinander verschlang. »Nun, ich will Euch nicht kränken, wo Ihr jetzt in einer so hohen Stellung seid, aber ich könnte niemals jemand anderes fragen als eine Freundin wie Euch.« Sie räusperte sich. »Wie ist es, wenn man alt wird?«

Verna schnaubte verächtlich. »Wir sind im gleichen Alter, Phoebe.«

Sie wischte mit den Handflächen an ihren Hüften herum, während Verna wartete. »Nun ja ... aber Ihr wart mehr als zwanzig Jahre fort. Um so viel seid Ihr gealtert, genau wie die Menschen außerhalb des Palastes. Ich werde annähernd dreihundert Jahre brauchen, um Euer jetziges Alter zu erreichen. Ihr seht aus wie eine Frau von fast ... vierzig Jahren.«

Verna seufzte. »Ja, nun, das sind die Folgen einer Reise. Meiner Reise jedenfalls.«

»Ich will niemals auf eine Reise gehen und alt werden. Tut es am Ende weh, plötzlich so alt zu sein? Habt Ihr das Gefühl ... ich weiß nicht, als wärt Ihr nicht mehr attraktiv, und das Leben nicht mehr süß? Ich mag es, wenn Männer mich begehrenswert finden. Ich will nicht alt werden ... Das macht mir angst.«

Verna stieß sich vom Tisch ab und lehnte sich in ihrem Sessel zurück. Am allerliebsten hätte sie die Frau erwürgt, statt dessen atmete sie tief durch und rief sich ins Gedächtnis, daß es sich um die ernstgemeinte Frage einer Freundin handelte, die diese aus Unwissenheit gestellt hatte.

»Nun, das betrachtet wohl jeder auf seine ganz eigene Weise, aber ich kann dir verraten, was es für mich bedeutet. Ja, es schmerzt ein wenig, Phoebe, wenn man weiß, daß etwas dahin ist und niemals mehr zurückgewonnen werden kann – ganz so, als hätte ich nicht aufgepaßt und mir wäre meine Jugend gestohlen worden, während ich noch darauf warte, daß mein Leben beginnt. Aber der Schöpfer wiegt es auch mit etwas Gutem auf.«

»Mit etwas Gutem? Was kann schon Gutes daran sein?«

»Nun, im Innern bin ich immer noch ich selbst, nur weiser. Ich sehe mich und meine Ziele klarer. Ich weiß Dinge zu schätzen, die ich zuvor nie zu schätzen gewußt habe. Ich weiß genauer, was wichtig ist, wenn man das Werk des Schöpfers tut. Vermutlich könnte man sagen, ich bin zufriedener und mache mir weniger Gedanken, was andere über mich denken.

Zwar bin ich gealtert, doch das mindert mein Verlangen nach anderen keineswegs. Ich finde Trost bei Freunden, und, ja, um deine unausgesprochene Frage zu beantworten, ich sehne mich noch immer nach Männern, fast genau wie früher, nur bin ich jetzt viel aufgeschlossener für sie. Die Unerfahrenheit der Jugend interessiert mich weniger. Es reicht nicht, daß Männer jung sind, um meine Gefühle zu entfachen, und Naivität wirkt weniger anziehend.«

Mit großen Augen beugte Phoebe sich gespannt vor. »Wirklich? Ältere Männer erwecken bei Euch Gefühle des Verlangens?«

Verna hielt ihre Zunge im Zaum. »Mit ›älter‹, Phoebe, meine ich Männer, die älter sind als ich. Die Männer, die zur Zeit dein Interesse erregen – vor fünfzig Jahren wärst du nicht auf die Idee gekommen, mit einem Mann in deinem heutigen Alter auszugehen.

Doch jetzt kommt dir das ganz natürlich vor, weil du selbst in diesem Alter bist und dir die Männer in deinem Alter von damals unreif erscheinen. Verstehst du jetzt, was ich meine?«

»Na ja ... ich denke schon.«

Verna sah ihren Augen an, daß das nicht stimmte. »Als wir als junge Mädchen hierherkamen, so wie die beiden im Gewölbekeller gestern abend, die Novizinnen Helen und Valery, was hast du da von Frauen gedacht, die so alt waren wie du heute?«

Phoebe verbarg das Kichern hinter ihrer Hand. »Ich fand sie unglaublich alt. Ich hätte nie gedacht, selber mal so alt zu werden.«

»Und jetzt, wie erscheint dir dein Alter jetzt?«

»Ach, ich fühle mich überhaupt nicht alt. In diesen jungen Jahren war ich wahrscheinlich einfach dumm. Es gefällt mir, so alt zu sein, wie ich jetzt bin. Ich bin noch jung.«

Verna zuckte die Achseln. »Bei mir verhält es sich ganz ähnlich. Ich betrachte mich auch noch als jung. Doch kommen mir alte Menschen nicht mehr so alt vor, denn ich weiß jetzt, daß sie genauso sind wie du oder ich – sie sehen sich selbst genauso, wie du oder ich uns sehen.«

Die junge Frau rümpfte die Nase. »Ich glaube, ich weiß, was Ihr meint, aber alt will ich trotzdem nicht werden.

»Phoebe, in der Welt draußen hättest du mittlerweile fast drei Leben gelebt. Dir – uns – ist durch den Schöpfer ein großes Geschenk zuteil geworden, da uns durch das Leben hier im Palast so viele Jahre zur Verfügung stehen. So haben wir die nötige Zeit, um die jungen Zauberer im Gebrauch ihrer Gabe auszubilden. Würdige das, was man dir geschenkt hat. Es ist eine seltene Wohltat, die nur wenigen Menschen vergönnt ist.«

Phoebe nickte langsam, und an ihren leicht zusammengekniffenen Augen konnte Verna erkennen, wie angestrengt die Schwester nachdachte. »Das ist sehr weise, Verna. Ich wußte gar nicht, daß Ihr so weise seid. Ich wußte immer, daß Ihr klug seid, aber weise fand ich Euch vorher nie.«

Verna lächelte. »Das ist einer der weiteren Vorzüge. Die Jüngeren halten einen für weise. Unter den Blinden ist die Einäugige Königin.«

»Aber das ist eine so schreckliche Vorstellung, mitansehen zu müssen, wie das Fleisch erschlafft und faltig wird.«

»Es geschieht allmählich, man gewöhnt sich langsam an das Älterwerden. Für mich ist die Vorstellung erschreckend, noch einmal in deinem Alter zu sein.«

»Warum denn das?«

Verna wollte sagen, weil es ihr angst machte, mit einem so unterentwickelten Verstand herumzulaufen, doch dann erinnerte sie sich ein weiteres Mal daran, wie lange sie und Phoebe schon Freundinnen waren. »Ach, vermutlich deshalb, weil ich durch einige Dornenhecken gegangen bin, die du noch vor dir hast, und ich weiß, wie sehr sie stechen.«

»Was für Dornen?«

»Ich glaube, sie sind für jeden Menschen anders. Jeder muß seinen eigenen Weg gehen.«

Phoebe faltete die Hände und beugte sich noch weiter vor. »Was waren die Dornen auf Eurem Pfad, Verna?«

Verna stand auf und drückte den Stöpsel wieder auf das Tintenfaß. Sie starrte auf ihren Schreibtisch, ohne ihn eigentlich wahrzunehmen. »Der schlimmste Dorn«, sagte sie mit entrückter Stimme, »war wohl der, zurückzukehren und erleben zu müssen, wie Jedidiah mich mit Augen wie den deinen ansah, Augen, die ein faltiges, vertrocknetes, unattraktives Weib erblickten.«

»Oh, bitte, Verna, ich wollte damit nicht sagen, daß ich –«

»Verstehst du, welcher Dorn sich dahinter verbirgt, Phoebe?«

»Na ja, weil man für alt und häßlich gehalten wird, natürlich, auch wenn Ihr eigentlich gar nicht so ...«

Verna schüttelte den Kopf. »Nein.« Sie hob den Kopf und sah der anderen in die Augen. »Nein, der Dorn war der, herauszufinden, daß Äußerlichkeiten alles sind, was jemals zählt, und daß das, was innen ist« – sie tippte sich an die Schläfe –, »keinerlei Bedeutung für ihn hatte, nur die äußere Hülle.«

Schlimmer noch als bei ihrer Rückkehr diesen Blick in Jedidiahs Augen zu sehen, war es gewesen, entdecken zu müssen, daß ihr Geliebter sich dem Hüter verschrieben hatte. Um Richard das Leben zu retten, da Jedidiah ihn töten wollte, hatte sie ihm ihren Dacra in den Rücken gestoßen. Jedidiah hatte nicht nur sie verraten, sondern auch den Schöpfer. Mit ihm war auch ein Teil von ihr gestorben.

Phoebe richtete sich auf, wirkte leicht verwirrt. «Ja, ich glaube, ich weiß, was Ihr meint, wenn Männer ...»

Verna winkte ab. »Hoffentlich habe ich dir ein wenig helfen können, Phoebe. Mit einer Freundin zu sprechen, tut immer gut.« Sie verfiel in einen autoritären Ton. »Sind Bittsteller da, die mich sprechen wollen?«

Phoebe blinzelte. »Bittsteller? Nein, heute nicht.«

»Gut. Ich möchte beten und den Schöpfer um Unterweisung bitten. Du und Dulcinia, würdet ihr bitte die Tür abschirmen? Ich wünsche nicht gestört zu werden.«

Phoebe machte einen Knicks. »Natürlich, Prälatin.« Sie lächelte freundlich. »Danke, daß Ihr mit mir gesprochen habt, Verna. Es war wie in alten Zeiten auf unserem Zimmer vorm Einschlafen.« Ihr Blick wanderte zu den Stapeln mit Papieren. »Aber was wird aus den Berichten? Ihr geratet immer mehr in Rückstand.«

»Als Prälatin kann ich das Licht, das die Geschicke des Palastes und der Schwestern lenkt, nicht ignorieren. Ich muß auch für uns beten und Ihn um Seine Unterweisung bitten. Schließlich sind wir die Schwestern des Lichts.«

Der ehrfurchtsvolle Blick kehrte in Phoebes Augen zurück. Ihre alte Freundin schien zu glauben, daß Verna mit der Übernahme des Postens irgendwie übermenschlich geworden war und auf wundersame Weise mit dem Wirken des Schöpfers in Berührung stand. »Natürlich, Prälatin. Ich werde mich um den Schild kümmern. Niemand wird die Meditation der Prälatin stören.«

Bevor Phoebe durch die Tür war, rief Verna sie in ruhigem Tonfall noch einmal zurück. »Hast du schon etwas über Christabel in Erfahrung gebracht?«

Phoebe wandte plötzlich nervös den Blick ab. »Nein. Niemand weiß, wo sie hingegangen ist. Wir haben auch noch nichts darüber gehört, wohin Amelia oder Janet verschwunden sind.«

Die fünf, Christabel, Amelia, Janet, Phoebe und Verna, waren Freundinnen gewesen, waren im Palast zusammen aufgewachsen, Verna jedoch war Christabel am vertrautesten gewesen, auch wenn alle ein wenig neidisch auf sie waren. Der Schöpfer hatte sie mit wunderschönen blonden Haaren und einem hübschen Gesicht gesegnet, aber auch mit einem freundlichen und warmherzigen Wesen.

Es war beunruhigend, daß ihre drei Freundinnen offenbar verschwunden waren. Manchmal, wenn ihre Familien noch lebten, verließen die Schwestern den Palast für einen Besuch zu Hause, aber dafür benötigten sie zuerst eine Erlaubnis, außerdem waren die Eltern dieser drei sicher längst verstorben. Gelegentlich gingen Schwestern auch für eine Weile fort, nicht nur, um ihren Geist in der Welt draußen aufzufrischen, sondern auch, um nach endlosen Jahrzehnten im Palast etwas Abwechslung zu finden. Selbst dann erzählten sie den anderen fast immer, daß sie für eine Weile fort müßten und wohin sie gingen.

Von ihren drei Freundinnen hatte keine dies getan. Nach dem Tod der Prälatin hatte man nur plötzlich ihr Fehlen bemerkt. Verna tat das Herz vor Sorge weh, daß sie sie vielleicht einfach nicht als Prälatin akzeptieren konnten und sich statt dessen entschieden hatten, den Palast zu verlassen. Doch sosehr dies auch schmerzte, betete sie, daß es das war, was sich ihrer bemächtigt hatte, und nicht etwas Finstereres.

»Solltest du irgend etwas hören, Phoebe«, sagte Verna und versuchte, sich ihre Besorgnis nicht anmerken zu lassen, »bitte komm und erzähle es mir.«

Als die Frau gegangen war, errichtete Verna ihren eigenen Schild an der Türinnenseite, einen Kontrollschild, den sie eigenständig entworfen hatte. Die zarten Fäden waren aus ihrem eigenen, einzigartigen Han gesponnen – eine Magie, die sie als die eigene erkennen würde. Wenn jemand versuchte, einzudringen, würde er den durchsichtigen Schild vermutlich nicht bemerken. Selbst wenn es ihm gelang, ihn zu entdecken, würde er die Fäden durch die bloße Suche nach einem Schild unvermeidlich zerreißen. Und wenn er dann versuchte, das Gewebe mit seinem eigenen Han zu reparieren, würde Verna auch das feststellen.

Verschwommenes Sonnenlicht sickerte durch die Bäume nahe der Gartenmauer und tauchte den stillen, bewaldeten Bereich des Zufluchtsortes in ein gedämpftes, träumerisches Licht. Das kleine Waldstück endet an einer Gruppe Lorbeerbäume, deren Äste schwer von haarigen, weißen Blüten waren. Der Pfad dahinter wand sich schlängelnd in ein wohlgepflegtes Fleckchen mit einem blau und gelb blühenden Bodengewächs, das Inseln aus größeren Farnen und Monarchenrosen umschloß. Verna brach einen Ast des Lorbeerbaumes ab und genoß voller Muße den würzigen Duft, während sie den Pfad entlangschlenderte und die Mauer absuchte.

Am hinteren Ende der Bepflanzung stand ein Dickicht aus glänzenden Sumachbäumen. Die Reihe kleiner Bäumchen war absichtlich so angeordnet, daß die hohe Mauer verdeckt wurde, welche den Garten der Prälatin schützte, um so die Illusion eines weitläufigeren Geländes zu erzeugen. Verna betrachtete die gedrungenen Stämme und die breitgefächerten Äste kritisch – vielleicht genügten sie, wenn sich nichts Besseres finden ließ. Dann ging sie weiter, denn sie war bereits spät dran.

Auf einem kleinen Nebenpfad auf der Rückseite jenes wildbewachsenen Fleckens, wo das Heiligtum der Prälatin verborgen stand, entdeckte sie eine vielversprechende Stelle. Sie raffte ihr Kleid hoch und schlug sich durch das Gestrüpp zur Mauer durch. Perfekt! Nach allen Seiten hin hinter Fichten versteckt, lag ein kleines, sonnenbeschienenes Fleckchen, wo Birnenbäume an der Mauer Spalier standen. Sie waren zwar alle beschnitten und gestutzt, einer aber schien besonders gut geeignet – die Äste zu beiden Seiten wechselten sich ab wie Sprossen einer Leiter.

Verna wollte gerade ihre Röcke hochnehmen und zu klettern beginnen, als die Oberfläche der Rinde ihre Aufmerksamkeit erregte. Sie rieb mit dem Finger über die Oberseite der kräftigen Äste und stellte fest, daß sie sich hart und rauh anfühlte. Es schien ganz so, als sei sie nicht die erste, die heimlich den Garten der Prälatin verlassen wollte.

Sie kletterte auf die Mauerkante und vergewisserte sich, daß keine Wachen in Sichtweite waren, dann sah sie auf der anderen Seite praktischerweise die Querverstrebung eines Stützpfeilers, über die man bequem hinuntersteigen konnte, dann eine Schindel mit einer Abflußrinne, einen vorstehenden Zierstein, einen niedrigen, vorstehenden Ast einer Raucheiche und schließlich, keine zwei Fuß von der Mauer entfernt, einen runden Felsen, von dem bis zum Boden es ein einfacher Hüpfer war. Sie bürstete Rinde und Blätter vom Kleid ab, zog es an den Hüften zurecht und ordnete den schlichten Kragen. Den Ring der Prälatin ließ sie in die Tasche gleiten. Als sie ihr schweres, schwarzes Tuch um ihren Kopf drapierte und unterm Kinn befestigte, mußte Verna grinsen, weil sie einen geheimen Weg aus ihrem papiernen Gefängnis gefunden hatte.

Überrascht stellte sie fest, daß das Palastgelände ungewöhnlich menschenleer war. Wachen patrouillierten auf ihren Posten, und Schwestern, Novizinnen und junge Burschen mit Halsring waren überall auf den Pfaden und gepflasterten Gehwegen zu sehen, wo sie ihren Geschäften nachgingen, nur wenige Stadtbewohner, die meisten von ihnen alte Frauen.

Jeden Tag strömten während der hellen Stunden des Tages Menschen aus der Stadt Tanimura über die Brücke auf die Insel Drahle, um bei den Schwestern Rat einzuholen, um bei Streitereien um Schlichtung zu ersuchen, um Wohltätigkeit zu erbitten, um Unterweisung in der Weisheit des Schöpfers zu erhalten und um in den Höfen überall auf der Insel ihre Andacht zu verrichten. Warum sie glaubten, hier ihre Andacht abhalten zu müssen, war Verna immer rätselhaft erschienen, sie wußte aber, daß diese Menschen das Zuhause der Schwestern des Lichts als heiligen Boden betrachteten.

Vielleicht erfreuten sie sich einfach der Schönheit des Palastgeländes.

Jetzt erfreuten sie sich nicht daran. Es waren praktisch keine Menschen aus der Stadt zu sehen. Novizinnen, die man mit der Führung von Besuchern betraut hatte, schlichen gelangweilt hin und her. Wachen an den Toren zu den verbotenen Bereichen des Palastes schwatzten miteinander, und die, die in Vernas Richtung blickten, sahen nichts weiter als eine Schwester die ihren Geschäften nachging. Auf den Rasenflächen tummelten sich keine Ruhe suchenden Gäste, die architektonischen Gärten erfreuten niemanden mit ihrer Pracht, und die Brunnen spien und plätscherten ohne die Begleitung der erstaunten Laute der Erwachsenen oder des vergnügten Kindergeschreis. Selbst auf den Bänken saß kein Mensch.

In der Ferne schlugen ohne Unterlaß die Trommeln.

Verna fand Warren auf dem dunklen, flachen Felsen an, ihrem Treffpunkt am stadtseitigen Ufer des Flusses. Er warf seine Steine ins vorbeirauschende Wasser, auf dem einsam ein Fischerboot trieb. Warren sprang auf, als er sie kommen hörte.

»Verna! Ich wußte nicht, ob Ihr überhaupt noch kommen würdet.«

Verna beobachtete den alten Mann, der seine Haken mit Ködern versah, während sein Boot sachte unter seinen standfesten Beinen schwankte. »Phoebe wollte wissen, wie es ist, wenn man alt und runzlig wird.«

Warren bürstete sich das Hinterteil seines violetten Gewandes ab. »Warum sollte sie gerade Euch das fragen?«

Verna seufzte nur, als sie seinen verständnislosen Gesichtsausdruck sah. »Gehen wir.«

Der Weg durch die Stadt bis in die Vororte erwies sich als ebenso eigentümlich wie das Palastgelände. Zwar hatten einige Geschäfte in den wohlhabenden Stadtbezirken geöffnet und sogar gelegentlich einen Kunden, doch der Markt im ärmeren Teil der Stadt war verlassen, die Stände leer, die Feuerstellen kalt, die Schaufensterläden geschlossen. Unterstände waren menschenleer, die Webstühle in den Werkstätten verlassen und die Straßen still bis auf die stete, nervenaufreibende Allgegenwart der Trommeln.

Warren tat, als wäre an den gespenstisch leeren Straßen nichts Ungewöhnliches. Die beiden bogen in eine schmale, in tiefem Schatten liegende, staubige Straße ein, die von zerfallenen Gebäuden gesäumt wurde, und endlich hatte Verna genug und schäumte vor Wut über.

»Wo stecken denn alle! Was ist hier eigentlich los?«

Warren blieb stehen, drehte sich um und sah sie verdutzt an, wie sie dastand, die Fäuste auf den Hüften, mitten in der menschenleeren Straße. »Heute ist Ja'La-Tag.«

Sie starrte ihn mit finsterer Miene an. »Ja'La-Tag.«

Er nickte, während die Falten in seinem verwirrten Gesicht noch tiefer wurden. »Eben. Ja'La-Tag. Was dachtet Ihr denn, was aus all den …« Warren schlug sich an die Stirn. »Es tut mir leid, Verna. Ich dachte, Ihr wüßtet Bescheid. Wir haben uns mittlerweile so sehr daran gewöhnt, daß ich einfach vergessen habe, daß Ihr es nicht wissen könnt.«

Verna verschränkte die Arme. »Was denn nun?«

Warren kam zurück, um ihren Arm zu nehmen und sie zum Weitergehen zu bewegen. »Ja'La ist ein Spiel, ein Wettkampf.« Er deutete über seine Schulter. »Draußen in der Senke zwischen den beiden Hügeln am Stadtrand hat man ein großes Spielfeld errichtet, dort drüben ungefähr … nun, das muß vor schätzungsweise fünfzehn, zwanzig Jahren gewesen sein, als der Kaiser kam, um die Herrschaft zu übernehmen. Die Menschen sind alle vollauf begeistert.«

»Ein Spiel? Die ganze Stadt ist wie leergefegt, weil alle einem Spiel zuschauen?«

Warren nickte. »Ich fürchte ja. Bis auf einige wenige – meist ältere Leute. Sie verstehen es nicht und sind nicht sonderlich interessiert daran, aber sonst fast jeder. Es ist die reinste Volksleidenschaft. Kinder spielen es in den Straßen, kaum daß sie laufen können.«

Verna blickte in eine Seitenstraße und sah sich prüfend um, in die

Richtung, aus der sie gekommen waren. «Und was ist das für ein Spiel?«

Warren zuckte die Achseln. »Ich war bislang noch nie bei einem Spiel, da ich den größten Teil meiner Zeit in den Gewölbekellern verbringe, doch ich habe mich ein wenig in die Angelegenheit vertieft. Für Spiele habe ich mich schon immer interessiert und dafür, wie sie in das Gefüge der verschiedenen Kulturen passen. Ich habe alte Völker und ihre Spiele studiert, aber hier bekomme ich endlich die Gelegenheit, ein lebendiges Spiel mit eigenen Augen zu beobachten, also habe ich darüber nachgelesen und Erkundungen eingeholt.

Ja'La wird von zwei Mannschaften auf einem quadratischen Spielfeld gespielt, über das ein Schachbrettmuster gelegt wird. In jeder Ecke befindet sich ein Tor, zwei für jede Mannschaft. Die Mannschaften versuchen, den ›Broc‹ – einen schweren, mit Leder überzogenen Ball, ein wenig kleiner als ein Menschenkopf – in eines der Tore ihres Gegners zu befördern. Gelingt ihnen das, erhalten sie einen Punkt, und die andere Mannschaft kann sich ein Feld des Schachbrettmusters aussuchen, von dem aus sie ihrerseits nun einen Angriff starten kann.

Die Strategie ist mir nicht recht klar, sie wird ziemlich kompliziert, trotzdem scheinen Fünfjährige sie im Nu zu begreifen.«

»Wahrscheinlich, weil sie Spaß am Spielen haben und du nicht.« Verna band ihr Tuch auseinander und wedelte mit den Enden, um sich Luft zuzufächeln. »Was ist so interessant daran, daß sich alle dicht gedrängt in die pralle Sonne stellen, um es sich anzuschauen?«

»Wahrscheinlich, daß sie dafür ihre schwere Arbeit liegenlassen und einen Tag lang feiern können. Es bietet ihnen eine Entschuldigung dafür, zu jubeln und zu schreien, zu trinken und zu feiern, wenn die eigene Mannschaft gewinnt, oder zu trinken und sich gegenseitig zu trösten, wenn sie verliert. Alle geraten darüber ziemlich außer Rand und Band. Vielleicht mehr, als ihnen guttut.«

Verna spürte, wie eine erfrischende Brise ihren Nacken kühlte und dachte einen Augenblick darüber nach. »Das klingt doch alles recht harmlos.«

Warren sah sie aus den Augenwinkeln an. »Es ist ein blutiges Spiel.«

»Blutig?«

Warren wich einem Kothaufen aus. »Der Ball ist schwer, und die Regeln sind locker. Die Männer, die Ja'La spielen, sind wüst. Natürlich, sie müssen geschickt im Umgang mit dem Broc sein, doch hauptsächlich werden sie wegen ihrer Muskelkraft und ihrer brutalen Aggressivität ausgesucht. Kaum ein Spiel geht vorbei, ohne daß wenigstens ein paar Zähne ausgeschlagen werden oder sich jemand die Knochen bricht. Nicht selten bricht sich sogar jemand den Hals.«

Verna starrte ihn ungläubig an. »Und den Menschen gefällt es, sich so etwas anzusehen?«

Warren bestätigte dies mit einem freudlosen Brummen. »Nach dem, was die Wachen mir erzählen, wird die Menge ungehalten, wenn kein Blut fließt, weil sie dann denken, ihre Mannschaft strenge sich nicht genügend an.«

Verna schüttelte den Kopf. »Also, das klingt nicht so, als würde ich mir das gerne ansehen.«

»Das ist noch nicht das Schlimmste.« Warren hielt den Blick nach vorn gerichtet, während er forschen Schritts die schattige Straße entlangging. Rechts und links waren die schmalen Fenster mit Läden verschlossen, die so verblichen waren, daß man kaum sagen konnte, ob man sie je gestrichen hatte. »Die Verlierermannschaft wird auf das Feld geholt, wenn das Spiel vorüber ist, und dann wird jeder einzelne ausgepeitscht. Ein Schlag mit einer großen Lederpeitsche für jeden gegen sie erzielten Punkt, verabreicht von der Siegermannschaft. Zwischen den Mannschaften herrscht eine erbitterte Rivalität. Es kann passieren, daß Männer durch das Auspeitschen zu Tode kommen.«

Verna schwieg wie betäubt, als sie um eine Ecke bogen. »Die Menschen bleiben, um sich das Auspeitschen anzuschauen?«

»Ich glaube, darauf haben sie es überhaupt nur abgesehen. Die gesamte Menge feuert die Siegermannschaft an und zählt die Zahl der Peitschenhiebe ab, während sie verabreicht werden. Dabei schlagen die Wellen der Gefühle ziemlich hoch. Die Menschen geraten über Ja'La richtig in Erregung. Manchmal kommt es zu Tumulten. Trotz Zehntausender Soldaten, die versuchen, Ordnung zu halten, kann es passieren, daß die Dinge außer Kontrolle geraten. Manchmal fangen die Spieler selbst die Schlägerei an. Die Männer, die Ja'La spielen, sind brutale Kerle.«

»Es gefällt den Menschen tatsächlich, eine Mannschaft von Rohlingen anzufeuern?«

»Die Spieler gelten als Helden. Ja'La-Spieler haben die Stadt praktisch in der Hand und können sich alles erlauben. Regeln und Gesetze gelten für Ja'La-Spieler nur selten. Massen von Frauen folgen den Spielern überall hin, und nach einem Spiel findet gewöhnlich eine Massenorgie statt. Frauen kämpfen darum, wer sich einem Ja'La-Spieler hingeben darf. Die Ausschweifungen ziehen sich tagelang hin. Mit einem Spieler zusammengewesen zu sein, ist eine hohe Ehre, um die so heftig gestritten wird, daß man für das Recht, sich damit zu brüsten, Zeugen braucht.«

»Warum?« war alles, was ihr dazu einfiel.

Warren warf die Hände in die Luft. »Ihr seid eine Frau, sagt Ihr es mir! Mir hat keine Frau die Hände um den Hals geschlungen, mir wollte keine Frau das Blut vom Rücken lecken, als ich nach dreitausend Jahren als erster wieder eine Prophezeiung entschlüsselt hatte.«

»Das tun sie?«

»Sie schlagen sich darum. Ist der Kerl mit ihrer Zunge zufrieden, kann es sein, daß er sie erwählt. Wie ich gehört habe, sind die Spieler ziemlich selbstherrlich, und es gefällt ihnen, daß sie die nur zu willigen Frauen zwingen können, sich die Ehre, unter ihnen zu liegen, zu verdienen.«

Verna schaute hinüber und sah, daß Warrens Gesicht rot glühte. »Sie wollen sogar mit den Spielern zusammen sein, die verloren haben?«

»Das spielt keine Rolle. Der Mann ist ein Ja'La-Spieler und damit ein Held. Je brutaler, desto besser. Die, die mit dem Ja'La-Ball einen Gegner getötet haben, genießen höchstes Ansehen und sind bei den Frauen äußerst begehrt. Die Leute nennen ihre Neugeborenen nach ihnen. Ich versteh' das auch nicht.«

»Du hast nur mit einer kleinen Gruppe von Menschen Kontakt, Warren. Wenn du in die Stadt gingest, statt all deine Zeit unten in den Gewölben zu verbringen, würden Frauen auch mit dir zusammensein wollen.«

Er tippte an den nackten Hals. »Würden sie, wenn ich noch einen Halsring hätte. Denn dann würden sie das Gold des Palastes an meinem Hals sehen, das ist alles. Sie würden nicht mit mir zusammensein wollen, weil ich der bin, der ich bin.«

Verna schürzte die Lippen. »Manche Menschen finden Macht attraktiv. Wenn man selbst keine besitzt, kann Macht sehr verführerisch sein. So ist das Leben nun mal.«

»Das Leben«, wiederholte er mit einem mürrischen Brummen. »Ja'La, so nennen es alle, aber sein voller Name lautet Ja'La dh Jin – das Spiel des Lebens, in der alten Sprache der Heimat des Kaisers, Altur'Rang. Aber alle nennen es einfach nur Ja'La: das Spiel.«

»Was bedeutet Altur'Rang?«

»›Altur'Rang‹ stammt ebenfalls aus der alten Sprache. Es läßt sich nicht gut übersetzen, aber es bedeutet ungefähr ›die Erwählten des Schöpfers‹ oder die ›Menschen des Schicksals‹, irgendwas in dieser Art. Wieso?«

»Die Neue Welt wird von einem Gebirgszug mit dem Namen Rang'Shada geteilt. Das klingt, als sei es dieselbe Sprache.«

Warren nickte. »Ein *Shada* ist ein gepanzerter Kampfhandschuh mit Dornen. Rang'Shada würde in etwa bedeuten ›Kampffaust der Erwählten‹.«

»Ein Name aus dem alten Krieg vermutlich. Dornen, das träfe durchaus auf diese Berge zu.« Verna drehte sich der Kopf von Warrens Erzählung. »Ich kann kaum glauben, daß man ein solches Spiel erlaubt.«

»Erlaubt? Es wird gefördert. Der Kaiser hat seine eigene, persönliche Ja'La-Mannschaft. Heute morgen wurde bekanntgegeben, daß er seine Mannschaft bei seinem Besuch mitbringen und sie gegen die beste Mannschaft aus Tanimura antreten lassen wird. Nach allem, was ich mir zusammenreimen konnte, ist das eine ziemlich große Ehre. Alle sind deswegen völlig aus dem Häuschen.« Warren ließ den Blick schweifen, dann drehte er sich wieder zu ihr um. »Die Mannschaft des Kaisers wird nicht ausgepeitscht, wenn sie verliert.«

Sie runzelte die Stirn. »Das Vorrecht der Mächtigen?«

»Nicht ganz«, meinte Warren. »Wenn sie verliert, werden sie alle enthauptet.«

Verna ließ die Enden ihres Tuches los. »Wieso sollte der Kaiser ein solches Spiel fördern?«

Warren lächelte geheimnistuerisch. »Ich weiß es nicht, Verna, aber ich habe meine Theorien.«

»Und die wären?«

»Nun ja, wenn man ein Land erobert hat, welche Probleme könnten sich da Eurer Ansicht nach ergeben?«

»Du meinst eine Rebellion?«

Warren strich sich eine Locke seines blonden Haars aus dem Gesicht. »Tumulte, Proteste, Unruhen, Aufstände und, ja, auch eine Rebellion. Erinnert Ihr Euch noch an die Zeit, als König Gregory regierte?«

Verna nickte, während sie eine alte Frau beobachtete, die, ein gutes Stück eine Seitenstraße hoch, Wäsche über ein Balkongeländer hängte. Sie war der einzige Mensch, den sie während der letzten Stunde zu Gesicht bekommen hatte. »Was war mit ihm?«

»Nicht lange nach Eurer Abreise übernahm die Imperiale Ordnung die Macht, und das war das Letzte, was wir von ihm hörten. Der König war beliebt, und Tanimura blühte damals, genau wie die anderen Städte im Norden unter seiner Herrschaft. Seit damals sind die Zeiten für die Mannschaft hart geworden. Der Kaiser ließ zu, daß die Korruption aufblühte, gleichzeitig ignorierte er wichtige Angelegenheiten der Wirtschaft und Justiz. All die Menschen, die

Ihr hier gesehen habt, und die im Elend leben, sind Flüchtlinge aus kleineren Ortschaften, Dörfern und Städten, die damals geplündert wurden.«

»Für Flüchtlinge kommen sie mir recht ruhig und zufrieden vor.«

Warren zog die Augenbrauen hoch. »Ja'La.«

»Was soll das heißen?«

»Unter der Imperialen Ordnung haben sie nur wenig Hoffnung auf ein besseres Leben. Das einzige, auf das sie hoffen, von dem sie träumen können, ist es, ein Ja'La-Spieler zu werden.

Die Spieler werden nach Talent ausgewählt, nicht nach Rang und Namen. Die Familie eines Spielers braucht nie mehr Not zu leiden – er sorgt für sie – im Überfluß. Eltern halten ihre Kinder dazu an, Ja'La zu spielen, in der Hoffnung, daß sie bezahlte Spieler werden. Amateurmannschaften, nach Altersgruppen eingeteilt, fangen bereits mit Fünfjährigen an. Jeder, ganz gleich, aus welcher Gesellschaftsschicht er stammt, kann bezahlter Ja'La-Spieler werden. Sogar aus den Reihen der Sklaven des Kaisers sind schon Spieler hervorgegangen.«

»Aber das erklärt doch immer noch nicht diese Leidenschaft.«

»Mittlerweile gehört jeder zur Imperialen Ordnung. Treue der ehemaligen Heimat gegenüber ist verboten. Ja'La erlaubt den Menschen, sich über ihre Mannschaft mit irgend etwas verbunden zu fühlen – ihren Nachbarn oder ihrer Stadt. Der Kaiser hat das Ja'La-Spielfeld bezahlt – als Geschenk an die Menschen. Die Menschen werden von ihren Lebensumständen abgelenkt, auf die sie keinerlei Einfluß haben. So bietet der Kaiser ihnen ein Ventil, das ihn jedoch nicht gefährdet.«

Verna wedelte wieder mit den Zipfeln ihres Tuches. »Ich glaube, deine Theorie hat einen Haken, Warren. Von früher Jugend an spielen Kinder gerne Spiele. Die Menschen haben immer schon Spiele gespielt. Wenn sie älter werden, halten sie Wettbewerbe mit dem Bogen, Pferden und Würfeln ab. Spiele zu spielen ist ein Teil der menschlichen Natur.«

»Hier entlang.« Warren bekam ihren Ärmel zu fassen, deutete mit dem Daumen in eine enge Gasse, und führte sie dort hinein. »Und der Kaiser lenkt diese Neigung auf etwas um, das über diese Natur hinausgeht. Er muß sich keine Sorgen machen, daß die Menschen auch nur einen Gedanken an Freiheit oder auch nur einfach Gerechtigkeit verschwenden. Ihre Leidenschaft gilt jetzt Ja'La. Für alles andere sind sie blind.

Anstatt sich zu fragen, wieso der Kaiser kommt, und was dies für ihr Leben bedeutet, sind alle wegen Ja'La völlig aus dem Häuschen.«

Verna spürte, wie ihr flau im Magen wurde. Sie hatte sich bereits gefragt, wieso der Kaiser überhaupt kam. Es mußte einen Grund dafür geben, daß er den weiten Weg hierher machte, und sie glaubte nicht, daß er nur seiner Mannschaft beim Ja'La zusehen wollte. Er wollte irgend etwas anderes.

»Haben die Menschen eigentlich keine Angst, einen so mächtigen Mann oder seine Mannschaft zu besiegen?«

»Die Mannschaft des Kaisers ist sehr gut, hab' ich gehört. Aber sie hat weder Privilegien noch erhält sie irgendeinen Vorteil. Der Kaiser fühlt sich nicht in seinem Stolz verletzt, wenn seine Mannschaft verliert, außer natürlich durch seine Spieler. Besiegt ein Gegner sie, würdigt der Kaiser ihr Geschick und gratuliert ihnen und ihrer Stadt. Die Menschen sind ganz versessen auf diese Ehre, die hochgelobte Mannschaft des Kaisers zu besiegen.«

»Ich bin seit ein paar Monaten zurück, und ich habe nie zuvor gesehen, daß die Stadt wegen dieses Spiels wie leergefegt war.«

»Die Saison hat gerade erst begonnen. Offizielle Spiele dürfen nur während der Ja'La-Saison gespielt werden.«

»Das widerspricht dann aber deiner Theorie. Wenn Ja'La von wichtigeren Dingen des Lebens ablenken soll, warum läßt man sie dann nicht die ganze Zeit über spielen?«

Warren bedachte sie mit einem selbstzufriedenen Lächeln. »Die Vorfreude verstärkt die Leidenschaft. Die Chancen in der kommenden Saison werden endlos diskutiert. Fängt die Saison dann endlich an, befinden sich die Menschen in einer aufgeheizten Stimmung wie ein junges Liebespaar, das sich nach einer Zeit der Trennung in die Arme fällt – ihr Verstand ist blind für alles andere. Würden die Spiele ständig fortgesetzt werden, würde das Verlangen abkühlen.«

Warren hatte offenbar lange und gründlich über seine Theorie nachgedacht. Verna glaubte zwar nicht recht daran, aber da er auf alles eine Antwort zu wissen schien, wechselte sie das Thema.

»Von wem hast du gehört, daß er seine Mannschaft mitbringt?«

»Von Meister Finch.«

»Warren, ich habe dich in die Stallungen geschickt, damit du dich nach den Pferden erkundigst, und nicht, damit du über Ja'La plauderst.«

»Meister Finch ist ein begeisterter Anhänger des Ja'La und war ganz aufgeregt wegen des heutigen Eröffnungsspiels, also hab' ich ihn einfach reden lassen, um herauszufinden, was Ihr wissen wolltet.«

»Und? Hast du es herausgefunden?«

Sie blieben abrupt stehen und sahen hoch zu einem Schild, in das ein Grabstein, eine Schaufel und die Namen BENSTENT und SPROUL geschnitzt waren.

»Ja. Zwischen seinen Geschichten über die Zahl der Peitschenhiebe, die die andere Mannschaft erhalten würde, und darüber, wie man mit Wetten gutes Geld verdienen kann, verriet er mir, daß die fehlenden Pferde schon seit einiger Zeit verschwunden sind.«

»Gleich nach der Wintersonnenwende, möchte ich wetten.«

Warren legte die Hand an die Augen und sah durch das Fenster. »Die Wette würdet Ihr gewinnen. Vier seiner kräftigsten Pferde sind verschwunden, Zaumzeug aber nur für zwei. Die Pferde sucht er noch immer und schwört, daß er sie finden wird, aber das Zaumzeug, glaubt er, wurde gestohlen.«

Hinter der Tür, aus dem Hintergrund des dunklen Raumes, hörte sie eine Feile über Stahl kreischen.

Warren nahm die Hand vom Gesicht, sah sich auf der Straße um.

»Klingt, als gäbe es dort jemand, der kein begeisterter Anhänger des Ja'La ist.«

»Gut.« Verna verknotete das Tuch unter ihrem Kinn und zog die Tür auf. »Gehen wir rein und lassen uns von dem überraschen, was dieser Totengräber zu erzählen hat.«

25. Kapitel

Nur das kleine, zur Straße hin gelegene, mit uraltem Dreck verschmierte Fenster und eine offene Tür im Hintergrund beleuchteten den dunklen, staubigen Raum, doch das genügte, um einen Pfad zwischen den übereinandergeworfenen Haufen schlampig zusammengerollten Leichentuchs, wackeligen Werkbänken und schlichten Särgen zu finden. Ein paar rostige Sägen, Hobel und verschiedenes anderes Werkzeug hingen an einer Wand, und ein unordentlicher Stapel Fichtenbretter lehnte an einer anderen.

Wohlhabende Menschen gingen zu Bestattungsunternehmern, die ihnen bei der Auswahl prächtiger Särge für ihre lieben Verstorbenen mit Rat und Tat zur Seite standen, Leute mit sehr wenig Geld dagegen konnten sich nichts anderes leisten als die Dienste eines Totengräbers, der ihnen eine simple Kiste anbot sowie ein Loch, um den Toten darin zu versenken. Zwar waren die lieben Dahingeschiedenen jener Menschen, die zum Totengräber gingen, diesen nicht weniger teuer, aber die Mäuler der Lebenden wollten gestopft sein. Die Erinnerungen an die Verstorbenen waren bei ihnen allerdings nicht weniger verbrämt.

Verna und Warren blieben in der Tür stehen, die hinaus in einen winzigen Hinterhof führte, dessen Seiten steil und hoch voll Bauholz standen, das man senkrecht hinten an einen Zaun sowie an die verputzten Häuser zu den Seiten gestapelt hatte. In der Mitte, mit dem Rücken zu ihnen, stand ein schlaksiger, barfüßiger Mann in zerlumpter Kleidung, der die Blätter seiner Schaufeln mit einer Feile bearbeitete.

»Mein Beileid für den Verlust Eures lieben Anverwandten«, meinte er mit rauher, aber überraschend ernster Stimme. Dann nahm er die Arbeit mit Feile und Stahl wieder auf. »Kind oder Erwachsener?«

»Weder noch«, sagte Verna.

Der Mann mit den eingefallenen Wangen warf einen Blick über die Schulter. Er trug keinen Bart, sah aber so aus, als würde er sich so selten rasieren, daß er kurz davor stand, die Grenze zu überschreiten. »Dazwischen also? Wenn Ihr mir die Größe des Verstorbenen verratet, kann ich ihm eine passende Kiste zimmern.«

Verna hakte die Hände ineinander. »Wir haben niemanden zu begraben. Wir sind hier, um dir ein paar Fragen zu stellen.«

Er ließ seine Hände zur Ruhe kommen, drehte sich ganz um und betrachtete sie von Kopf bis Fuß. »Tja, wie ich sehe, könnt Ihr Euch etwas anderes leisten als mich.«

»Interessierst du dich nicht für Ja'La?« fragte Warren.

Die niedergeschlagenen Augen des Mannes wurden ein wenig aufmerksamer, als er Warrens violettes Gewand ein zweites Mal betrachtete. »Die Leute mögen es nicht, wenn meinesgleichen bei Festlichkeiten in der Nähe ist. Verdirbt ihnen den Spaß, wenn sie mein Gesicht sehen, so als wäre es das Antlitz des Todes höchstpersönlich, der sich unter sie gemischt hat. Scheuen auch nicht davor zurück, mir zu sagen, daß ich nicht willkommen bin. Aber wenn sie mich brauchen, dann kommen sie. Dann kommen sie und tun, als hätten sie nie zuvor die Augen abgewendet. Ich könnte sie für einen reichverzierten Sarg zahlen lassen, den die Toten ohnehin nicht sehen, aber das können sie sich nicht leisten, und ihre Münzen nützen mir nichts, wenn ich ihnen ihre Ängste übelnehme.«

»Welcher von beiden bist du«, fragte Verna, »Meister Benstent oder Meister Sproul?«

Seine schlaffen Lider verzogen sich zu einem Gewirr von Falten, als er sie von unten herauf ansah. »Ich bin Milton Sproul.«

»Und Meister Benstent? Ist er auch hier?«

»Ham ist nicht da. Worum geht es?«

Verna setzte eine unbekümmerte Miene auf. »Wir sind aus dem Palast und wollten uns nach einer Rechnung erkundigen, die man uns geschickt hat. Wir wollen uns lediglich vergewissern, daß sie korrekt ist, dann ist alles in Ordnung.«

Der knochige Mann wandte sich wieder seiner Schaufel zu und strich mit der Feile über deren Kante. »Die Rechnung stimmt. Wir betrügen die Schwestern nicht.«

»Wir wollen selbstverständlich nichts dergleichen unterstellen. Es ist nur so, daß wir keinen Beleg darüber finden können, wer es war, den du begraben hast. Wir wollen lediglich herausfinden, wer verstorben ist, dann können wir die Zahlung veranlassen.«

»Weiß ich nicht. Ham hat das gemacht und auch die Rechnung geschrieben. Er ist ein ehrlicher Mann. Er würde nicht mal einen Dieb betrügen, um zurückzukriegen, was man ihm gestohlen hat. Er hat die Rechnung geschrieben und mir gesagt, ich soll sie Euch schicken. Das ist alles, was ich weiß.«

»Verstehe.« Verna zuckte die Achseln. »Dann, schätze ich, werden wir Meister Benstent sprechen müssen, um die Sache aufzuklären. Wo können wir ihn finden?«

Sproul zog die Feile noch einmal übers Blech. »Weiß ich nicht. Ham wurde langsam alt. Er meinte, das bißchen Zeit, das ihm noch bleibt, wolle er bei seiner Tochter und seinen Enkeln verbringen. Er ist fort, um bei ihnen zu wohnen. Sie leben irgendwo unten im Süden.« Er ließ die Feile in der Luft kreisen. »Hat mir seine Hälfte von dem Laden hier vermacht, so wie er ist. Seine Hälfte der Arbeit auch. Wahrscheinlich muß ich für die Buddelei noch einen Jüngeren einstellen. Ich werde selber langsam alt.«

»Aber du mußt doch wissen, wo er hin ist, und was es mit der Rechnung auf sich hat.«

»Hab' ich doch schon gesagt, ich weiß es nicht. Hat seinen Kram zusammengepackt, nicht daß es viel gewesen wäre, und sich einen Esel für die Reise gekauft, schätze also, daß es eine stattliche Entfernung ist.« Er zeigte mit der Feile über die Schulter Richtung Süden. »Wie gesagt, irgendwo da unten.

Das letzte, was er zu mir sagte war, ich soll die Rechnung auf jeden Fall an den Palast schicken, denn er hätte die Arbeit gemacht und es wäre nur fair, wenn sie bezahlen für das, was gemacht wurde. Ich hab' ihn gefragt, wohin ich das Geld schicken soll, schließlich war das seine Arbeit, aber er meinte, ich soll es dafür nehmen, einen Neuen anzuheuern. Sagte, das wär' nur fair, wo er mich doch so kurzfristig verläßt.«

Verna überlegte. »Verstehe.« Sie sah ihm zu, wie er die Feile ein dutzendmal über die Schaufel zog, dann wandte sie sich an Warren. »Geh nach draußen und warte auf mich.«

»Was!« zischelte er aufgebracht. »Warum wollt Ihr –«

Verna hob einen Finger und brachte ihn zum Schweigen. »Tu, was ich sage. Mach einen kleinen Spaziergang um den Häuserblock und vergewissere dich ... daß unsere Freunde nicht nach uns suchen.« Sie beugte sich ein wenig näher und warf ihm einen vielsagenden Blick zu. »Sie fragen sich womöglich schon, ob wir keine Hilfe brauchen.«

Warren richtete sich auf und sah zu dem Mann hinüber, der an seiner Schaufel feilte. »Oh. Ja, also gut. Ich gehe nachsehen, wo unsere Freunde geblieben sind.« Er nestelte am Silberbrokat seines Ärmels herum. »Ihr werdet doch nicht lange brauchen, oder?«

»Nein. Ich bin in Kürze draußen. Geh jetzt und sieh nach, ob du sie finden kannst.«

Verna hörte, wie die Vordertür geschlossen wurde, als Sproul einen Blick über die Schulter warf. »Die Antwort ist immer noch dieselbe. Ich sagte Euch doch, was ...«

Verna hielt plötzlich ein Goldstück in den Fingern. »So, Meister Sproul, wir beide werden jetzt ganz offen miteinander reden. Mehr noch, du wirst mir meine Fragen wahrheitsgemäß beantworten.«

Er sah sie mißtrauisch an. »Wozu habt Ihr ihn rausgeschickt?«

Sie machte sich nicht mehr die Mühe, ihn freundlich anzulächeln. »Der Junge hat einen schwachen Magen.«

Er zog unbeeindruckt seine Feile über die Schaufel. »Ich hab' Euch die Wahrheit gesagt. Wenn Ihr wollt, daß ich Euch anlüge, sagt es nur und ich denke mir etwas aus, ganz wie's Euch paßt.«

Verna blitzte ihn bedrohlich an. »Wage nicht einmal daran zu denken, mich anzulügen. Du hast vielleicht die Wahrheit gesagt, aber nicht die ganze. Und jetzt wirst du mir den Rest erzählen, entweder im Tausch gegen diesen Beweis meiner Wertschätzung« – Verna benutzte ihr Han, um ihm die Feile zu entreißen und sie in die Luft zu schleudern, bis sie nicht mehr zu sehen war – »oder als Anerkennung dafür, daß ich dir Unannehmlichkeiten erspare.«

Die Feile kam pfeifend aus dem Himmel geschossen, schlug krachend kaum zwei Zentimeter von den Zehen des Totengräbers in den Boden ein. Nur der Griff schaute noch heraus, und der glühte rot. Voller Wut und mit großer geistiger Anstrengung zog sie den heißen Stahl zu einem dünnen Faden geschmolzenen Metalls aus. Dessen weiße Glut beleuchtete das schockierte Gesicht des Mannes, und auch sie spürte die sengende Hitze auf ihrer Haut.

Sie bewegte den Zeigefinger hin und her, und der biegsame Faden aus glühendem Stahl geriet vor seinen Augen ins Schwanken und tanzte zum Rhythmus ihres Fingers. Sie ließ den Finger kreisen, und der Stahl wickelte sich um den Mann, nur wenige Zentimeter von seiner Haut entfernt.

»Ein Zucken meines Fingers, Meister Sproul, und ich wickele dich in deiner Feile ein.« Sie öffnete die Hand, die Handfläche nach oben. Eine Flamme entzündete sich heulend und schwebte folgsam in der Luft. »Und wenn ich dich gefesselt habe, dann werde ich dich Zentimeter auf Zentimeter garen, bis du mir die ganze Wahrheit sagst. Bei deinen Füßen fange ich an.«

Seine schiefen Zähne klapperten. »Bitte ...«

Sie nahm die Münze in die andere Hand und lächelte ihn kalt an. »Oder, wie gesagt, du kannst dich entscheiden, mir im Tausch gegen diesen Beweis meiner Wertschätzung die ganze Wahrheit zu erzählen.«

Er schluckte, betrachtete das heiße Metall, das ihn umgab, und die zischende Flamme in ihrer Hand. »Ich glaube, ich erinnere mich doch noch an ein wenig mehr. Ich würde mich sehr freuen, wenn Ihr mich den Rest der Geschichte, der mir gerade eingefallen ist, auch noch erzählen laßt.«

Verna löschte die Flamme in ihrer Hand und ließ die Hitze ihres Han mit einem heftigen Ruck ins Gegenteil umschlagen, zu bitterer Kälte. Die Glut schwand aus dem Metall, als hätte man die Flamme einer Kerze ausgedrückt. Der Stahl wechselte von rotglühend zu eisigem Schwarz und zersprang, daß die Splitter rings um den erstarrten Totengräber wie Hagel niedergingen.

Verna packte seinen Arm, drückte ihm das Goldstück in die Hand und schloß seine Finger um die Münze. »Tut mir leid. Es scheint, als hätte ich deine Feile zerbrochen. Ich bin sicher, dies wird den Schaden mehr als decken.«

Er nickte. Wahrscheinlich war dies mehr Gold, als der Mann in einem Jahr verdiente. »Ich hab' noch mehr Feilen. Das macht nichts.«

Sie legte ihm eine Hand auf die Schulter. »Also gut, Meister Sproul, warum erzählst du mir jetzt nicht, was dir sonst noch zu dieser Rechnung einfällt.« Sie packte fester zu. »Und zwar bis in die letzte Einzelheit, egal, für wie unwichtig du sie hältst. Verstanden?«

Er fuhr sich mit der Zunge über die Lippen. »Ja. Ich werde Euch jede Einzelheit erzählen. Wie ich schon sagte, Ham hat die Arbeit gemacht. Ich wußte gar nichts davon. Er meinte, er müsse irgendwelche Grabarbeiten für den Palast erledigen, sonst nichts. Ham ist ein mundfauler Bursche, und ich hab' nicht weiter darauf geachtet.

Gleich danach hat er mir davon erzählt, ganz plötzlich, daß er sich aus dem Geschäft zurückziehen und fortgehen will, um bei seiner Tochter zu wohnen, wie ich Euch gesagt hab'. Er hat immer davon geredet, daß er fortgehen und bei seiner Tochter leben will, bevor er sich sein eigenes Loch schaufeln muß, aber er hatte kein Geld, und sie ist auch nicht besser dran, daher hab' ich nie darauf gehört. Dann hat er diesen Esel gekauft, sogar ein gutes Tier, daher wußte ich, diesmal ist's keine Träumerei. Er sagte, er will das Geld für die Arbeit im Palast nicht. Meinte, ich soll einen neuen anheuern, der mir hilft.

Tja, und am nächsten Abend, bevor er loszog, da hat er eine Flasche Schnaps mitgebracht. Ein gutes Tröpfchen, das mehr gekostet hatte als das, was wir sonst immer kaufen. Ham kann nie ein Geheimnis für sich behalten, wenn er mit Trinken anfängt. Das weiß jeder hier! Er erzählt aber nicht überall rum, was er nicht erzählen soll – versteht das nicht falsch, meine Dame –, er ist ein Mann, dem man schon was anvertrauen kann. Aber mir erzählt er alles, wenn er getrunken hat.«

Verna zog ihre Hand zurück. »Verstehe. Ham ist ein guter Kerl und dein Freund. Ich möchte nicht, daß du dir Sorgen machst, weil du etwas verrätst, was man dir anvertraut hat, Milton. Ich bin eine Schwester. Du tust nichts Falsches, wenn du dich mir anvertraust, und du brauchst auch keine Angst zu haben, daß ich dir deswegen Schwierigkeiten mache.«

Er nickte sichtlich erleichtert und brachte ein dünnes Lächeln zuwege. »Also, wie gesagt, wir haben uns diese Flasche vorgenommen und über alte Zeiten geredet. Er wollte weg, und ich wußte, daß ich ihn vermissen würde. Ihr wißt schon. Wir waren lange Zeit zusammen, nicht daß wir keine ...«

»Ihr wart Freunde, verstehe. Was hat er gesagt?«

Er lockerte seinen Kragen. »Na ja, wir haben getrunken und ganz feuchte Augen gekriegt, weil wir uns trennen würden. Dieses Zeug war stärker als das, was wir gewohnt waren. Ich hab' ihn gefragt, wo seine Tochter wohnt, damit ich ihm das Geld von der Rechnung schicken und ihm ein wenig unter die Arme greifen kann. Ich hab' schließlich diesen Laden und komme zurecht. Ich hab' Arbeit. Aber Ham hat nein gesagt, er braucht es nicht. Braucht es nicht! Also danach war ich mächtig neugierig. Ich hab' ihn gefragt, wo er das Geld herhat, und er meint, er hat es gespart. Ham hat nie etwas gespart. Wenn er etwas hatte, dann hatte er es gerade bekommen und noch nicht ausgegeben, das war alles.

Ja, und da hat er zu mir gesagt, ich soll die Rechnung auf jeden Fall an den Palast schicken. Er war richtig hartnäckig. Wahrscheinlich, weil er mich ohne Hilfe zurückgelassen hat. Also frag' ich ihn: ›Ham, wen hast du für den Palast unter die Erde gebracht?‹«

Milton beugte sich zu ihr hinüber und senkte die Stimme zu einem rauhen Flüstern. »›Hab' gar keinen unter die Erde gebracht‹, sagt Ham da, ›hab' einen rausgeholt.‹«

Verna packte den Mann an seinem schmutzigen Kragen. »Was? Er hat jemanden ausgegraben? Hat er das damit gemeint? Er hat jemanden ausgegraben?«

Milton nickte. »So ist es. Habt Ihr so was je gehört? Einen Toten ausgraben? Sie unter die Erde zu bringen macht mir nichts aus, das ist meine Arbeit. Aber die Vorstellung, einen wieder auszubuddeln, da läuft's mir kalt den Rücken runter. Das ist wie eine Grabschändung. Klar, damals haben wir auf die alten Zeiten getrunken und so und haben uns kaputtgelacht.«

Vernas Gedanken rasten in alle Richtungen gleichzeitig. »Wen hat er exhumiert? Und auf wessen Anordnung?«

»Alles, was er gesagt hat, war, ›für den Palast‹.«

»Wie lange ist das her?«

»Eine ganze Weile. Ich weiß nicht mehr ... wartet, das war nach der Wintersonnenwende, aber nicht lange danach, vielleicht bloß ein paar Tage.«

Sie rüttelte ihn am Kragen. »Wer war es? Wen hat er ausgegraben?«

»Ich hab' ihn gefragt. Ich hab' ihn gefragt, wer das war, den sie wiederhaben wollten. Er meinte: ›Das war denen egal, ich sollte sie nur einfach bringen, schön ordentlich eingewickelt in ein sauberes Leichentuch.‹«

Verna krallte ihre Finger in seinen Kragen. »Weißt du das ganz genau? Du hattest getrunken – vielleicht hat er dir nur einen Bären aufgebunden?«

Er schüttelte den Kopf, als fürchtete er, sie würde ihn abreißen. »Nein. Ich schwöre es. Ham denkt sich keine Geschichten oder Lügen aus, wenn er trinkt. Wenn er trinkt, erzählt er mir immer nur die Wahrheit. Egal, welche Sünde er begeht, wenn er trinkt, dann beichtet er sie mir. Und ich weiß noch ganz genau, was er mir erzählt hat – es war das letzte Mal, daß ich meinen Freund gesehen hab'. Ich weiß noch ganz genau, was er gesagt hat.

Er hat gesagt, ich soll die Rechnung auf jeden Fall an den Palast schicken, aber ein paar Wochen damit warten, weil sie soviel Arbeit haben, hätte man ihm dort erzählt.«

»Was hat er mit der Leiche gemacht? Wohin hat er sie gebracht? Wem hat er sie übergeben?«

Milton versuchte, ein Stückchen von ihr abzurücken, aber das ließ ihr Griff an seinem Kragen nicht zu. »Weiß ich nicht. Er hat gesagt, er hat sie in den Palast gefahren, auf einem Karren, richtig gut zugedeckt. Sie haben ihm einen Paß gegeben, damit die Wachen seine Ladung nicht durchsuchen. Er hat seine besten Kleider anziehen müssen, damit die Leute nicht merken, wer er ist, und er die feinen Leute im Palast nicht erschreckt und vor allem nicht das feine Empfinden der Schwestern verletzt, die sich mit dem Schöpfer unterhalten. Er hat gesagt, er hat getan, was man ihm aufgetragen hat. Und er war stolz, daß er alles richtig gemacht hat, weil er niemanden gestört hat, als er mit den Leichen da reingefahren ist. Das ist alles, was er mir darüber erzählt hat. Mehr weiß ich nicht, das schwöre ich bei meiner Hoffnung auf das Licht des Schöpfers, wenn mein Leben hier zu Ende ist.«

»Leichen? Du sagtest Leichen. Waren es mehr als eine?« Sie funkelte ihn bedrohlich an und packte noch fester zu. »Wie viele waren es? Wie viele Leichen hat er ausgegraben und dem Palast geliefert?«

»Zwei.«

»Zwei …«, wiederholte sie mit leiser Stimme und aufgerissenen Augen. Er nickte.

Vernas Hand löste den Griff an seinem Kragen.

Zwei.

Zwei Leichen, gehüllt in saubere Leichentücher.

Sie ballte die Fäuste und fing wütend an zu knurren.

Milton schluckte, hob abwehrend die Hand. »Da ist noch was. Ich weiß nicht, ob es wichtig ist.«

»Was?« preßte sie zwischen zusammengebissenen Zähnen hervor.

»Er hat gesagt, sie wollten, daß sie frisch sind. Eine war klein und war nicht so schlimm, aber die andere hat ihn Zeit gekostet, das war eine große. Ich hab' ihn dann nicht weiter danach ausgefragt. Verzeiht.«

Unter größten Mühen brachte sie ein Lächeln zustande. »Danke, Milton, du warst dem Schöpfer eine große Hilfe.«

Er raffte sein Hemd am Hals zusammen. »Danke, Schwester. Schwester, ich hab' nie den Mut gehabt, in den Palast zu gehen, wo ich doch Totengräber bin. Ich weiß, die Leute mögen es nicht, wenn sie mich sehen. Also, ich bin jedenfalls nie dagewesen. Schwester, könnt Ihr mir vielleicht den Segen des Schöpfers erteilen?«

»Natürlich, Milton. Du hast Sein Werk getan.«

Er schloß die Augen und sprach murmelnd ein Gebet.

Verna berührte seine Stirn. »Dem Kind des Schöpfers Seinen Segen«, sprach sie leise und ließ die Wärme ihres Han in seinen Geist eindringen. Ihm stockte der Atem vor Verzückung. Verna überflutete seinen Geist mit ihrem Han. »Du wirst dich an nichts erinnern, was Ham dir beim Trinken über die Rechnung erzählt hat. Du wirst nur noch wissen, daß er erzählt hat, es sei seine Arbeit gewesen, aber welcher Art sie war, das weißt du nicht. Wenn ich gegangen bin, wirst du dich nicht mehr an meinen Besuch erinnern.«

Seine Augen zuckten eine Weile unter seinen Lidern hin und her, bevor er sie schließlich wieder öffnete. »Danke, Schwester.«

Warren lief draußen auf der Straße auf und ab. Ohne anzuhalten oder irgendeine Erklärung abzugeben, stürmte sie an ihm vorbei. Er mußte rennen, um sie einzuholen.

Verna gebärdete sich wie ein drohendes Unwetter. »Ich werde sie erwürgen«, knurrte sie kaum hörbar. »Ich werde sie mit meinen eigenen Händen erwürgen. Es ist mir egal, ob der Hüter mich holt, ich werde ihr die Hände um den Hals legen.«

»Was redet Ihr da? Was habt Ihr herausgefunden? Geht doch langsamer, Verna!«

»Sprich jetzt nicht mit mir, Warren. Sag kein einziges Wort!«

Sie fegte durch die Straßen, holte mit den Fäusten im Rhythmus ihrer zornigen Schritte aus – ein Sturm, der über das Land wütete. Das Kribbeln in ihrem Bauch drohte sich in einem Lichtblitz zu entladen. Sie sah weder Straßen noch Gebäude, noch hörte sie das Schlagen der Trommeln im Hintergrund. Sie vergaß, daß Warren hinter ihr hertrabte. Sie sah nichts weiter als ein Traumbild ihrer Rache.

Sie war blind für ihre Umgebung, verloren in einer Welt aus Zorn. Ohne zu wissen, wie sie dorthingekommen war, fand sie sich plötzlich auf einer der abgelegenen Brücken wieder, die zur Insel Drahle führten. Auf dem Scheitelpunkt, mitten über dem Fluß, blieb sie so unvermittelt stehen, daß Warren fast mit ihr zusammenstieß.

Sie packte den Silberbrokat an seinem Kragen. »Mach, daß du runter in den Gewölbekeller kommst und verkette diese Prophezeiung.«

»Wovon redet Ihr?«

Sie schüttelte ihn an seinem Gewand. »Die, in der es heißt: Wenn die Prälatin und der Prophet im heiligen Ritual dem Licht übergeben werden, werden die Flammen einen Kessel voller Arglist zum Sieden bringen und einer falschen Prälatin zum Aufstieg verhelfen, die den Tod des Palastes der Propheten herbeiführen wird. Suche die Äste. Verkette sie miteinander. Finde alles heraus, was du kannst. Hast du verstanden!«

Warren riß sein Gewand los und zupfte es zurecht. »Was soll das alles? Was hat Euch dieser Totengräber erzählt?«

Sie hob warnend den Zeigefinger. »Jetzt nicht, Warren.«

»Wir sind doch Freunde, Verna. Wir sitzen in dieser Geschichte doch im selben Boot, habt Ihr das vergessen? Ich möchte wissen –«

Ihre Stimme klang wie Donnergrollen am Horizont. »Tu, was ich dir sage. Wenn du mich jetzt, in diesem Augenblick, bedrängst, wirst du Bekanntschaft mit dem Wasser machen. Und jetzt geh und verkette diese Prophezeiung und sage mir sofort Bescheid, sobald du etwas herausgefunden hast.«

Verna kannte sich aus mit den Prophezeiungen im Gewölbekeller. Sie wußte, daß es leicht Jahre dauern konnte, Äste miteinander zu verketten. Jahrhunderte. Aber was sollten sie sonst tun?

Er bürstete sein Gewand ab und hatte so einen Vorwand, woanders hinzusehen. »Ganz wie Ihr wünscht, *Prälatin.*«

Als er sich umdrehte und gehen wollte, bemerkte sie seine roten und aufgequollenen Augen. Am liebsten hätte sie ihn am Arm gepackt und festgehalten, doch er war bereits zu weit weg. Wie gern hätte sie ihm hinterhergerufen und ihm gesagt, daß sie nicht böse auf ihn sei, daß es nicht sein Fehler sei, daß sie die falsche Prälatin war, aber ihr versagte die Stimme.

Sie fand den runden Felsen unter dem Ast und sprang auf die Mauer. Sie benutzte nur zwei Äste des Birnenbaums, stürzte im Gelände der Prälatin zu Boden und fing an zu rennen, gleich als sie wieder auf den Beinen war. Stöhnend vor Schmerzen schlug sie immer wieder mit der Hand gegen die Tür des Heiligtums der Prälatin, doch die weigerte sich aufzugehen. Dann fiel ihr ein, warum. Sie kramte in ihrer Tasche und fand den Ring. Als sie eingetreten war, preßte sie ihn gegen das Sonnenaufgangssymbol der Tür, um sie zu schließen, dann schleuderte sie ihn mit all ihrer Wut und Seelenqual quer durch den Raum.

Verna riß das Reisebuch aus der Geheimtasche hinten am Gürtel und ließ es auf den dreibeinigen Schemel klatschen. Keuchend, nach Atem ringend, nestelte sie den Stift aus dem Rücken des kleinen schwarzen Buches. Sie schlug es auf, breitete es flach auf dem kleinen Tischchen aus und starrte auf die leere Seite.

Sie versuchte, trotz ihres Zorns und ihrer Verärgerung nachzudenken. Sie mußte die Möglichkeit in Betracht ziehen, daß sie sich täuschte. Nein. Sie täuschte sich nicht. Dennoch, sie war eine Schwester des Lichts, was immer das bedeutete, und würde nicht so unvernünftig sein, auf eine bloße Vermutung hin alles aufs Spiel zu setzen. Sie mußte sich überlegen, wie sie feststellen konnte, wer im Besitz des anderen Buches war, und zwar auf eine Weise, die ihre Identität nicht verriet, falls sie sich irrte. Aber sie irrte sich nicht. Sie wußte, wer es hatte.

Verna küßte ihren Ringfinger und sprach leise ein Gebet, in dem sie um die Unterweisung des Schöpfers bat, und auch um Kraft.

Sie wollte ihrem Zorn Luft machen, doch vor allem mußte sie sich vergewissern. Mit zitternden Fingern nahm sie den Stift zur Hand und begann zu schreiben.

Zuerst müßt Ihr mir den Grund verraten, warum Ihr mich beim letzten Mal auserwählt habt. Ich weiß noch jedes Wort. Ein Fehler, und dieses Reisebuch wird zum Fraß der Flammen.

Verna klappte das Buch zu und steckte es wieder in die Geheimtasche an ihrem Gürtel. Zitternd zog sie die Steppdecke von ihrem Platz auf der Truhenbank und trug sie hinüber zu dem mächtigen Sessel. So einsam wie nie zuvor in ihrem ganzen Leben rollte sie sich im Sessel ein.

Verna dachte an ihr letztes Zusammentreffen mit Prälatin Annalina, als Verna nach all den Jahren mit Richard zurückgekehrt war. Annalina hatte sie nicht sehen wollen, und es hatte Wochen gedauert, bis man ihr endlich eine Audienz gewährte. Solange sie lebte, ganz gleich, wie viele hundert Jahre das werden mochten, nie würde sie diese Begegnung oder das, was die Prälatin zu ihr gesagt hatte, vergessen.

Verna war außer sich gewesen, als sie feststellte, daß die Prälatin ihr wichtige Informationen vorenthielt. Die Prälatin hatte sie benutzt, ihr aber nie die Gründe dafür verraten. Die Prälatin hatte sich erkundigt, ob Verna wußte, weshalb sie auserwählt worden war, um Richard suchen zu gehen. Verna sagte, sie halte es für ein Vertrauensvotum. Die Prälatin meinte, es sei, weil sie vermutete, daß die Schwestern Grace und Elisabeth, die sie auf der Reise begleitet hatten und die als erste auserwählt worden waren, Schwestern der Finsternis waren, und sie im Besitz vertraulicher Informationen aus den Prophezeiungen sei, in denen es hieß, die ersten beiden Schwestern würden sterben. Die Prälatin meinte, sie habe von ihrem Vorrecht Gebrauch gemacht, Verna als dritte Schwester auszuwählen.

Verna fragte: »Ihr habt mich ausgewählt, weil Ihr darauf vertraut habt, daß ich nicht eine von ihnen bin?«

»Ich habe dich ausgewählt, Verna«, sagte die Prälatin, »weil du ganz unten auf der Liste standest, und weil du im großen und ganzen recht unauffällig bist. Du bist ein Mensch, von dem man wenig Notiz nimmt. Sicher haben die Schwestern Grace und Elisabeth es deshalb bis an die Spitze der Liste geschafft, weil, wer immer die Schwestern der Finsternis anführt, sie für verzichtbar hielt. Ich habe Euch aus demselben Grunde ausgesucht.

Es gibt Schwestern, die für unsere Sache wertvoll sind. Ich konnte sie für eine solche Aufgabe nicht aufs Spiel setzen. Möglicherweise erweist sich der junge Bursche für uns als wertvoll, aber er ist nicht so wichtig wie andere Angelegenheiten im Palast. Es war schlicht eine Gelegenheit, die zu ergreifen ich mich entschloß.

Hätte es Schwierigkeiten gegeben, und keine von euch wäre zurückgekehrt, nun, ich bin sicher, du verstehst, daß ein General seine besten Offiziere nicht bei einer Mission von geringer Dringlichkeit verlieren möchte.«

Die Frau, die sie angelächelt und mit Anregungen erfüllt hatte, als sie klein war, hatte ihr das Herz gebrochen.

Verna zog die Steppdecke hoch und blickte durch ihre Tränen blinzelnd auf die Wände des Heiligtums. Sie hatte niemals etwas anderes sein wollen als eine Schwester des Lichts. Sie hatte eine von diesen wunderbaren Frauen sein wollen, die ihre Gabe dazu benutzten, hier in dieser Welt das Werk des Schöpfers zu tun. Sie hatte ihr Leben und ihr Herz dem Palast der Propheten geschenkt.

Verna wußte noch genau den Tag, als sie kamen, um ihr zu sagen, daß ihre Mutter gestorben sei. An hohem Alter, wie es hieß.

Ihre Mutter besaß die Gabe nicht und war daher für den Palast ohne Wert. Ihre Mutter lebte nicht in der Nähe, und Verna sah sie nur selten. Als ihre Mutter in den Palast kam, um Verna zu besuchen, war sie erschrocken, daß ihre Tochter nicht alterte wie ein normaler Mensch. Sie hatte das nie verstehen können, egal, wie oft Verna versuchte, ihr diesen Bann zu erklären. Verna wußte, der Grund lag darin, daß ihre Mutter sich davor fürchtete, wirklich zuzuhören. Magie machte ihr angst.

Auch wenn die Schwestern keinerlei Versuch unternahmen, die Existenz des Banns rings um den Palast zu verheimlichen, der ihren Alterungsprozeß verlangsamte, die Menschen, die die Gabe nicht besaßen, hatten trotzdem Schwierigkeiten, sich einen Reim darauf zu machen. Dies war Magie, die keine Bedeutung für ihr Leben hatte. Die Menschen waren stolz darauf, in der Nähe des Palastes zu leben. Und wenn sie den Palast auch voller Ehrerbietung betrachteten, so grenzte die Ehrerbietung doch an ängstliche Vorsicht. Sie wagten es nicht, ihre Gedanken auf Dinge zu richten, denen soviel Macht innewohnte, etwa so, wie sie die Wärme der Sonne genossen, es aber nicht wagten, direkt hineinzusehen.

Als ihre Mutter starb, war Verna seit siebenundvierzig Jahren im Palast, und doch war sie dem Aussehen nach gerade erst zu einer jungen Frau herangewachsen.

Verna erinnerte sich an den Tag, als man kam und ihr mitteilte, daß Leitis, ihre Tochter, gestorben sei. An Altersschwäche, hieß es.

Vernas Tochter, Jedidiahs Tochter, besaß die Gabe nicht, und war daher ohne Wert für den Palast. Es wäre besser, hieß es, wenn sie von einer Familie aufgezogen würde, die sie liebte und ihr ein ganz normales Leben möglich machte. Ein Leben im Palast sei für jemanden ohne die Gabe kein Leben. Verna hatte das Werk des Schöpfers zu erledigen und fügte sich stillschweigend.

Besaßen sowohl Mann und Frau die Gabe, so erhöhte sich die Chance, wenn auch kaum, daß die Nachkommen ebenfalls mit der Gabe geboren wurden. Daher konnten Schwestern und Zauberer mit Zustimmung, wenn nicht gar offizieller Ermunterung rechnen, wenn sie ein Kind zeugten.

Einer Übereinkunft zufolge, die der Palast stets unter solchen Umständen traf, wußte Leitis nicht, daß die Menschen, die sie aufzogen, nicht ihre leiblichen Eltern waren. Verna vermutete, daß dies zu ihrem Besten war. Was für eine Mutter hätte eine Schwester des Licht schon sein können? Der Palast hatte für ihre Familie gesorgt, so brauchte sich Verna wegen des Wohlergehens ihrer Tochter keine Sorgen zu machen.

Mehrere Male war Verna zu Besuch gekommen – als Schwester, die einer Familie ehrlicher, hart arbeitender Menschen den Segen des Schöpfers brachte –, und Leitis hatte stets glücklich ausgesehen. Bei Vernas letztem Besuch war Leitis grau und gebeugt gewesen und hatte nur noch mit Hilfe eines Stockes laufen können. Für Leitis war Verna nicht mehr dieselbe Schwester, die sie besucht hatte, als sie, sechzig Jahre zuvor, ›Fangt den Fuchs‹ mit ihren jungen Freundinnen gespielt hatte.

Leitis hatte Verna angelächelt, aus Freude über den Segen, und hatte gesagt: »Ich danke Euch, Schwester. So jung und schon so begabt.«

»Wie geht es dir, Leitis? Hattest du ein gutes Leben?«

Vernas Tochter lächelte bescheiden. »Aber ja, Schwester, ich hatte ein langes und glückliches Leben. Mein Mann ist vor fünf Jahren gestorben, doch davon abgesehen hat der Schöpfer mich gesegnet.« Dann hatte sie stillvergnügt gelacht. »Ich wünschte nur, ich hätte noch mein braunes, lockiges Haar. Es war einmal so wunderschön wie Eures. Ja, das war es – das schwöre ich.«

Beim Schöpfer, wie lange war es her, daß Leitis gestorben war? Es mußte an die fünfzig Jahre her sein. Leitis hatte Kinder gehabt, doch Verna hatte nicht einmal ihre Namen erfahren wollen.

Der Kloß in ihrem Hals schnürte ihr beim Weinen fast die Kehle zu.

Sie hatte soviel dafür gegeben, eine Schwester zu sein. Sie hatte den Menschen einfach nur helfen wollen. Nie hatte sie etwas verlangt.

Und war zum Narren gehalten worden.

Sie hatte nicht Prälatin werden wollen, doch jetzt fing sie gerade an zu glauben, sie könnte die Stellung vielleicht dazu benutzen, den Menschen ein besseres Leben zu ermöglichen und das Werk zu tun, für das sie alles andere geopfert hatte. Statt dessen war sie ein weiteres Mal zum Narren gehalten worden.

Verna hielt die Decke fest umklammert und schüttelte sich unter Weinkrämpfen, bis das Licht vor den kleinen Fenstern in den Giebeln längst erloschen war, und ihre Kehle rauh wurde.

Mitten in der Nacht beschloß sie schließlich, ins Bett zu gehen. Sie wollte nicht im Heiligtum der Prälatin bleiben, der Raum schien sie nur zu verhöhnen. Sie war nicht die Prälatin. Endlich hatte sie alle ihre Tränen vergossen und spürte nichts als ein betäubendes Gefühl der Erniedrigung.

Sie bekam die Tür nicht auf und mußte auf dem Fußboden herumkriechen, bis sie den Ring der Prälatin fand. Nachdem sie die Tür verschlossen hatte, steckte sie sich den Ring wieder auf den Finger, als Erinnerung, als weithin sichtbares Zeichen dafür, wie leichtgläubig sie gewesen war.

Mit ausdrucksloser Miene schlich sie zurück ins Büro der Prälatin, unterwegs ins Bett der Prälatin. Die Kerze hatte getropft und war ausgegangen, also zündete sie eine andere auf dem Schreibtisch an, auf dem sich noch immer die Berichte stapelten. Was würde Phoebe denken, wenn sie herausfand, daß sie in Wirklichkeit nicht die Verwalterin der Prälatin war? Daß sie von einer recht unbedeutenden Schwester von nur geringem Ansehen ernannt worden war?

Morgen würde sie Warren um Verzeihung bitten müssen. Es war nicht seine Schuld. Sie durfte es nicht an ihm auslassen.

Gerade wollte sie durch die Tür ins Vorzimmer gehen, als sie mitten im Schritt erstarrte.

Ihr durchsichtiger Schild war zerrissen. Sie drehte sich zum Schreibtisch um. Auf den Stapeln lagen keine neuen Berichte.

Irgend jemand hatte herumgeschnüffelt.